o tiempo

«Бл»

32. 9 D655

LA FACTORIA
DE IDEAS

06 54791

Título original: The Jesus Puzzle
Primera edición: junio de 2006
Segunda edición: junio de 2006
Tercera edición: junio de 2006
Cuarta edición: junio de 2007

Ilustración de portada: © Opalworks

Diseño de colección: Alonso Esteban y Dinamic Duo

Derechos exclusivos de la edición en español:
© 2006, La Factoría de Ideas. C/ Iria Mailhacén, 24-26. Pol. Indust
28500 Arganda del Rey. Madrid. Teléfono: 91 870 15 85

informacion@lafactoriadeideas.es
www.lafactoriadeideas.es

I.S.B.N.: 84-9800-268-0   Depósito Legal: M-26083-2006

Impresión: Gráficas, S.A.
Printed in Spain – Impreso en España

Con mucho gusto te remitiremos información periódica y detallada sobre nuestras publicaciones, planes
editoriales, etc. Por favor, envía una carta a «La Factoría de Ideas»
C/ Iria Mailhacén 28500, Arganda del Rey. Madrid;
informacion@lafactoriadeideas.es, o
INFORMACIÓN DE LA FAC

El puzzle de Jesús

Una novela sobre la gran pregunta de nuestro tiempo

Earl Doherty

Traducción:
Marta García Martínez

LA FACTORIA
DE IDEAS

Título original: *The Jesus Puzzle*
Primera edición: junio de 2006
Segunda edición: junio de 2006
Tercera edición: junio de 2006
Cuarta edición: junio de 2006

© 2004, Earl Doherty

Ilustración de portada: © Opalworks

Diseño de colección: Alonso Esteban y Dinamic Duo

Derechos exclusivos de la edición en español:
© 2006, La Factoría de Ideas. C/Pico Mulhacén, 24-26. Pol. Industrial «El Alquitón».
28500 Arganda del Rey. Madrid. Teléfono: 91 870 45 85

informacion@lafactoriadeideas.es
www.lafactoriadeideas.es

I.S.B.N.: 84-9800-268-0   Depósito Legal: M-26083-2006

Impresión: Graficinco, S.A
Printed in Spain — Impreso en España

«Como historiador, no sé con seguridad si Jesús existió de verdad, o si es poco más que el producto de alguna imaginación hiperactiva... En mi opinión, no hay nada sobre Jesús de Nazaret que podamos saber sin sombra de duda. En la vida mortal que tenemos solo hay probabilidades. Y el Jesús que los eruditos han aislado en los evangelios antiguos, evangelios que están hinchados con la voluntad de creer, quizás al final no sea más que otra imagen que solo se limita a reflejar nuestros más profundos anhelos.»

Robert W. Funk, fundador del Seminario de Jesús
y copresidente
(de *La Cuarta R*, enero-febrero 1995, página 9)

1

La sala de conferencias del Hotel Flamingo de Santa Rosa era del tamaño de una cancha de baloncesto. Los cuarenta y tantos jugadores del partido que se jugaba este día concreto ocupaban el espacio del centro mientras que los espectadores se distribuían por las gradas colocadas en tres lados. Los aros, sin embargo, eran metafóricos y las pelotas que lanzaban por toda la cancha eran argumentos bien preparados y citas de las Sagradas Escrituras.

Solo un equipo dominaba la cancha: los socios del Seminario de Jesús, que estaban a la vanguardia en la renovada búsqueda de la verdadera naturaleza, las palabras y hechos históricos auténticos de la figura más influyente de la Historia del mundo. Era esta una búsqueda que durante los últimos dos siglos había tenido tantas vidas como la mítica Hidra, con todas sus cabezas. Cuando una mordía el polvo bajo el tajo de los nuevos descubrimientos y el creciente avance del progresismo moderno, surgía otra en su lugar. La actual «tercera búsqueda» ya casi había reducido a Jesús a unas dimensiones terrenales y procedía sin miedo a desacreditar buena parte de lo que los cristianos habían creído y apreciado durante casi dos mil años.

Los miembros de este equipo concreto, sin embargo, no saltaban todos igual de alto, ni exactamente en la misma dirección. Las eruditas filas del Seminario de Jesús incluían a unos cuantos elementos más conservadores. Y en esta soleada tarde californiana, cuya luz se derramaba como maná caído de las alturas por los amplios ventanales que llegaban al suelo, se podía garantizar que los temas que se estaban discutiendo iban a sacar a la luz aquellas naturales divisiones de opinión.

Este día parecía que los espectadores estaban también un tanto crispados. Quizá se veían como parte involucrada en un ejercicio herético que terminaría incitando a vengarse a una divinidad hasta ahora letárgica. El

Seminario de Jesús llevaba años consiguiendo una publicidad que bordeaba lo notorio con su impávido examen de las enseñanzas atribuidas a Jesús en los Evangelios. Como organismo, habían publicado notas de rechazo a diestro y siniestro. Una vez pasada la tempestad, se concedió un voto de confianza en mayor o menos medida a solo el 18% de las palabras que los primeros cristianos pusieron en boca de Jesús; el resto se consideró una invención posterior, producto de la fe, la leyenda y la atracción de tradiciones no jesuíticas.

A esta oscuridad exterior se mandó «Yo soy la resurrección y la vida» y «Toma tu cruz y sígueme», y todo un sinfín de dichos más que durante siglos habían enriquecido la voz de Jesús y llenado los sermones de generaciones de oradores que ocuparon los púlpitos. Tampoco había pronunciado el Jesús auténtico ninguna de las palabras condenatorias que se bramaron sobre las cabezas de los fariseos ni las predicciones sobre un apocalíptico fin de los tiempos en el que vendrían el fuego y el juicio final a envolver el mundo.

Era evidente; los cristianos tendrían que arreglárselas con un conjunto bastante más reducido de las enseñanzas de Jesús. ¿Pero podrían aceptar un nuevo reparto de la Semana Santa? Pues tras cerrar los libros sobre las palabras de Jesús, el seminario se había embarcado ahora en una exhumación de la cruz y la tumba y las antiguas historias comenzaban a desmoronarse como fragmentos de papiros desecados bajo una avalancha de luz y aire fresco.

Para este encuentro de dos días se había preparado con vistas a la votación una lista de varias docenas de proposiciones sobre el entierro de Jesús, su resurrección y sus apariciones tras esta. Esa mañana, los socios, entre otras cosas, habían condenado al olvido a José de Arimatea, al que San Marcos incluyó para bajar el cuerpo de Jesús de la cruz y colocarlo en una tumba. Al parecer fue un invento de San Marcos, decidieron los socios. Se despacharon de forma similar otros detalles relacionados con el entierro. La guardia que según San Mateo se había colocado en la tumba fue rechazada por un 94%. Y los socios estaban divididos en dos facciones sobre quién se había encargado del cuerpo de Jesús: sus seguidores o las autoridades.

De momento, bien. Ahora que el seminario regresaba tras la pausa para la comida y los espectadores volvían a llenar las filas de asientos, la gente de los medios de comunicación se apresuraba de nuevo a rodear las mesas con sus cámaras portátiles, listos para capturar el drama del momento, como si los cristianos de todo el mundo estuvieran esperando con el alma en un vilo teológico para saber lo que podrían seguir creyendo o no. De hecho, la mayor parte de esos cristianos, si eran conscientes siquiera de la existencia del Seminario de Jesús y de sus controvertidas deliberaciones, habían tendido a colmar de desprecio más que de elogios el atrevimiento de esos hallazgos. El día de hoy solo prometía alimentar aún más la hoguera de su indignación.

De los aproximadamente cien miembros oficiales del seminario, asistía hoy algo menos de la mitad, junto con unos cuantos invitados eruditos. Se habían distribuido alrededor de los lados exteriores de una serie de mesas colocadas en forma de rectángulo y cubiertas con una tela blanca. Cada una de las personas tenía su propio micrófono, cuyos cables se arrastraban por el espacio central como seductoras serpientes en la base de un nuevo y seductor árbol del conocimiento. A la «cabeza» de esta cadena continua se sentaba Robert Funk, presidente y cofundador del propio seminario. Figura engañosamente apacible, había dirigido las deliberaciones de la mañana y las votaciones con mano firme, aunque comedida. Otras lumbreras de la nueva búsqueda se distribuían a su alrededor: James Robinson, Marcus Borg, Karen King, John Dominic Crossan.

El primer lugar del orden del día de la tarde lo ocupaban el debate y la votación del asunto principal de las deliberaciones de esta conferencia. Cuatro proposiciones minaban con toda alegría los cimientos de la religión del mundo occidental: la creencia de que el Hijo de Dios, Jesús de Nazaret, había resucitado literalmente de la tumba.

Sobre cada una de estas cuatro afirmaciones, los socios votarían eligiendo entre un juego de cuatro cuentas de colores, dejando caer una en una urna. Los que estaban por completo de acuerdo elegían una cuenta roja; los que pensaban que la afirmación tenía un cierto grado de fiabilidad, una rosa. Si la proposición parecía posible de algún modo, aunque careciera de pruebas fiables que la apoyaran, se dejaba caer una cuenta gris. Para la improbabilidad, el veredicto se daba con el negro. El recuento se hacía y se anunciaba de inmediato.

Estas eran las cuatro proposiciones:

1. La resurrección de Jesús de entre los muertos supuso la resucitación de su cadáver.

2. Todas las afirmaciones del Nuevo Testamento y de otras obras de la primera literatura cristiana sobre la resurrección de Jesús son declaraciones basadas en la fe, no relatos de un acontecimiento histórico.

3. El cuerpo de Jesús se descompuso.

4. La creencia en la resurrección de Jesús no depende de lo que le ocurrió a su cuerpo.

Robert Funk invitó al profesor Thomas Sheehan a que pronunciara una breve conferencia como parte del debate anterior a la votación. Sheehan permaneció sentado, pero las cámaras volvieron sus inquisidores ojos hacia el barbudo catedrático de la Universidad de Loyola, uno de los eruditos invitados al acto.

—En mi opinión —comenzó Sheehan—, la victoria pascual de Jesús no fue un acontecimiento histórico. No tuvo lugar en el espacio ni en el tiempo. Las apariciones de Jesús no requirieron la visión de un cuerpo «resucitado» de una forma física ni espiritual. La resurrección es una cuestión de fe y no admite pruebas.

El hecho de que prominentes eruditos cristianos pudieran reunirse bajo la luz deslumbradora del sol de Dios y la mirada del mundo creyente y expresar unas opiniones tan radicales, sin lugar a dudas demostraba que, mientras las fuerzas de la fe y la tradición estaban durmiendo, alguien había apretado un interruptor y lanzado el tren de la crítica bíblica por una nueva y valiente vía. Al igual que las motas de polvo bajo la luz deslumbradora de los rayos divinos, las destilaciones de herejía se empujaban por el aire.

Ante las palabras iniciales de Sheehan, no fueron pocos los espectadores que parecieron retorcerse en sus asientos, e incluso algún que otro socio del rectángulo se removió presa de una incomodidad evidente.

Sheehan procedió a esbozar «cuatro fases» de la doctrina referidas a la resurrección, tal y como la revelan los primeros documentos de la Cristiandad. La fase uno estaba representada por varios elementos incrustados en las Cartas de San Pablo y otros documentos, como los himnos anteriores a San Pablo recogidos en la Carta de San Pablo a los Filipenses 2:6-11 y Timoteo, 3:16. Estos documentos hablaban de la «exaltación a la gloria» de Jesús directamente desde la cruz, en espíritu, no de una resurrección física tres días más tarde. Las primeras proclamaciones que se hicieron, incluyendo a San Pablo, no contenían ninguna referencia al descubrimiento de una tumba vacía ni a la aparición de unos ángeles ante las mujeres la mañana del domingo de Resurrección.

Sheehan también ofreció pruebas de una colección de dichos de Jesús que los eruditos llamaban «Q». Este era un documento perdido extraído de San Mateo y San Lucas.

—Q tiene su origen antes del 50 d. C. —afirmó Sheehan—, y es testigo de la primera fe cristiana, pero en ningún caso menciona la resurrección de Jesús.

Uno de los socios que ocupaban el lado contrario del rectángulo planteó una pregunta.

—Q tampoco menciona nada sobre la muerte de Jesús. ¿Qué podemos deducir entonces de un silencio sobre la resurrección?

—Algo tan cercano al acontecimiento en sí —replicó Sheehan— tiene que ser significativo cuando no menciona nada sobre el supuesto acontecimiento central de la fe cristiana. No podemos hacer caso omiso del silencio de Q.

La interjección de Funk fue de una suave brusquedad y acabó con el improvisado intercambio.

—Cualquiera puede morir. Pero no todo el mundo sale andando de su tumba.

Sheehan continuó. La fase dos la constituían las ideas que San Pablo expresaba en sus epístolas, todas escritas en la década de los años 50 dc ese siglo. Aquí a Jesús lo «resucitó» o lo «despertó» Dios de la muerte. No se sugería en ningún momento que su resurrección fuera de ningún modo corporal. San Pablo, en su primera Carta a los Corintios 15, describía una serie de «apariciones» ante varios apóstoles y grupos, durante las cuales Jesús se «manifestaba» ante ellos. Pero San Pablo incluía entre las demás su propia experiencia, una visión de Cristo que, según reconocía, era del todo espiritual. Lo cual implicaba con toda certeza, señaló Sheehan, que el resto de las apariciones eran de la misma naturaleza. La frase de San Pablo «al tercer día» era una referencia bíblica y no una descripción temporal de cuándo había tenido lugar este «despertar».

—Aquí tenemos proclamaciones de fe, no un testimonio histórico — declaró Sheehan—. San Pablo incluso continúa diciendo en 15:12-19 que si los seres humanos no resucitan, entonces Cristo no resucitó. Dice lo mismo cuatro veces de una forma u otra en el curso de unas cuantas frases. Si algún testigo ocular hubiera visto a Jesús regresar de la tumba con algún tipo de cuerpo, San Pablo desde luego no hubiera negado la resurrección aunque fuera de una forma retórica, ¿no les parece?

Esta pregunta parecía dirigida al disidente del otro lado del rectángulo.

El otro socio le respondió con aspereza.

—San Pablo también dijo, «Si Cristo no resucitó, vana es vuestra fe». No cabe duda de que habla de una forma metafórica. Quiere decir, «Si no reconocéis la resurrección de Cristo». ¿Y dónde desafía ahí a la fe si a lo único a lo que se refiere es al ascenso del espíritu de Jesús a los cielos?

—Me atrevería a decir que hay otros destinos en el mundo espiritual. Y la realidad de la fe de San Pablo no avanza con juegos de manos.

—Tengamos cuidado con las imágenes que utilizamos, caballeros —les advirtió Funk—. Aquí no somos magos.

Llegó hasta ellos una voz lo bastante audible procedente de la última fila que tenía a sus espaldas.

—Hechiceros, quizá.

Funk se sobresaltó de una forma apenas perceptible. Sheehan siguió adelante.

—El Evangelio según San Marcos nos proporciona la fase tres: una tumba visitada por mujeres la mañana de Pascua. La encuentran vacía y vigilada por un ángel que anuncia la «resurrección» de Jesús. Y ya está. No hay apariciones ante estas mujeres ni ante sus discípulos. ¿Hemos de hacer caso omiso del yermo final de San Marcos en 16:8? ¿O desea alguien darle crédito a esos versos tan transparentes y manidos que encontramos añadidos a algunos manuscritos del Evangelio según San Marcos?

Nadie aceptó el desafío retórico de Sheehan.

—La última fase, la cuatro, la encontramos en los Evangelios posteriores de las décadas siguientes, básicamente revisiones y ampliaciones de San Marcos. Aquí, un Jesús físico, tras salir de la tumba, se aparece a varias personas, come y conversa, incluso se ofrece para que toquen sus heridas. Es más, estos relatos discrepantes de la Semana Santa que hacen los Evangelios posteriores no se pueden armonizar para producir una historia consistente. Se contradicen demasiado entre sí. Está claro que la resurrección de Jesús el domingo de Resurrección es una evolución ficticia que surge más de medio siglo después de la muerte de Jesús. Es imposible seguir aceptando un suceso tan milagroso.

Se levantó entonces un audible siseo en dos secciones diferentes de la galería, al parecer producido por varias bocas, y flotó sobre las mesas como un avance de la marea que comenzaba a surgir en el horizonte. Sheehan cerró su carpeta con gesto desafiante.

Robert Funk lanzó una mirada de reojo a la galería, una acción que de momento levantó un dique que los protegía del torrente que se avecinaba, le dio las gracias al orador y cedió la palabra a un caballero de rostro arisco y despeinado que tenía a su izquierda. Gerd Luedemann, autor del controvertido *La resurrección de Jesús: ¿el gran engaño de la historia?*, se limpió las gafas con el aliento, ajustó el micrófono y asió su manojo de papeles como si fuera una poderosísima lanza.

—La pruebas que encontramos en San Pablo demuestran que las comparecencias de Jesús fueron apariciones luminosas, visiones de un Jesús glorificado que se interpretaron como pruebas de su resurrección. Si hubiera estado presente alguna videocámara en una de estas comparecencias, no habría grabado nada en la cinta. No fue un acontecimiento que se pudiera verificar de forma empírica.

—¡Lo verificó la fe! —El grito procedía de una de las direcciones de los anteriores siseos. Funk los fulminó con la mirada. En todas las sesiones anteriores el público jamás había expresado en voz alta objeción alguna a los procedimientos ni a las opiniones que se vertían. Si bien las posturas conservadoras pocas veces se contenían en la puerta, había un protocolo tácito: el público se abstendría de hacer comentarios durante las deliberaciones, ya que siempre se ofrecía un periodo de ruegos y preguntas después de la votación. De hecho, la mayor parte de los miembros del público solía defender un parecer liberal y en general aplaudían las radicales tendencias del seminario.

La galería había comenzado a inquietarse de forma visible. Luedemann irrumpió sin miedo en la gresca naciente.

—Hemos cuestionado si se encargaron del cuerpo de Jesús sus amigos o sus enemigos. En vista de la huida de los Apóstoles y del carácter obviamente ficticio de José de Arimatea, es muy poco probable que los seguidores de Jesús tuvieran algo que ver con el entierro de su cuerpo. Yo soy de la opinión de que, de acuerdo con las prácticas romanas, es posible que no se hubiera enterrado a Jesús, sino que lo dejaran a merced de los elementos. Es incluso posible que su cuerpo fuese devorado por perros que anduvieran buscando comida...

En ese punto ocurrieron varias cosas al mismo tiempo. Uno de los socios lanzó su propio manojo de papeles al espacio central, donde cayeron flotando como fragmentos de las despedazadas escrituras. Muy cerca se levantó otro y protestó:

—Señor presidente, ¿vamos a quedar en ridículo ante...?

Este, sin embargo, fue interrumpido por un súbito y poderoso cántico que se elevó de los labios de algo más de una docena de figuras que se pusieron en pie como uno solo en medio de dos secciones de la galería. Una infiltración de disidentes a los que era obvio que habían avisado de que un acontecimiento de dimensiones heréticas inaceptables estaba a punto de producirse bajo el techo del Hotel Flamingo aquella soleada tarde californiana.

—¡Ha resucitado! ¡El Señor ha resucitado!

Robert Funk se levantó de su asiento, pero el cántico se elevó hasta las vigas de la sala. Después de un momento de duda, los dos cámaras coordinaron sus ojos que todo lo ven: uno enfocó los rostros de los socios, sorprendidos, horrorizados, asqueados, mientras que el otro se centró en la inundación que se movía ahora entre las filas de espectadores, igual de perplejos, y fluía hacia la cancha central.

Había llegado el equipo contrario...

Hmmm. Repasé lo que había escrito. Estaba bastante seguro de que jamás se había producido semejante alboroto, ni siquiera una lucha interna, en ninguno de los seminarios de Jesús, aunque sin duda había a quienes les hubiera gustado presenciar una escena así. U organizarla.

Era cierto que se estaba librando una guerra civil sin precedentes entre las filas de los eruditos del Nuevo Testamento y que el Seminario de Jesús, bajo la dirección de Robert Funk, había sido casi el único responsable absoluto de su erupción. En cada generación, el elemento conservador consideraba siempre de un radicalismo inaceptable las ideas vanguardistas que aparecían en su seno, pero el alcance de las continuas conclusiones del seminario había llevado al estudio de los orígenes del Cristianismo a aguas nuevas e inexploradas. Yo sabía que eran muchos los que se sentían abrumados.

Bueno, quizá me saliera con la mía. Licencia artística. Después de todo, mi escenario formaría parte de una novela. Pero buena parte del material que había incluido en el debate procedía de publicaciones recientes del Seminario de Jesús. Y los socios en sí eran reales, aunque quizá me hiciera falta autentificar un poco mis descripciones. Un amigo que había asistido a una de sus sesiones me había dejado exprimirle el coco sobre los procedimientos. Pero lo más probable es que yo también tuviera que ir a alguna.

Quizá pudiera pedirle a Robert Funk que revisara mi manuscrito.

La ruta que me había llevado a escribir mi novela, así como a las asombrosas conclusiones que encarnaba, había sido larga e inesperada. Como también lo había sido la ruta que había llevado al radical y revelador trabajo del Seminario de Jesús. La imagen resumida por Thomas Sheehan sobre las opiniones de los primeros cristianos acerca de la resurrección, el camino evolutivo trazado desde los predecesores de San Pablo a los Evangelios, se había encontrado siempre a la vista de todos y sin embargo era hoy, cuando el mundo se precipitaba hacia el final del segundo milenio de la Historia de la Cristiandad, cuando los profesionales del campo habían percibido tales cosas y las habían sacado a la luz para someterlas al examen público. ¿Por qué había llevado tanto tiempo?

¿Y por qué ahora?

Mientras contemplaba desde las ventanas de mi estudio los suaves colores del atardecer de un final de verano en Nueva Inglaterra, comprendí que todo lo que tenía que hacer era buscar en mi pasado, la última mitad del siglo XX, para entender la respuesta a esa pregunta.

2

Yo siempre decía que nací y crecí justo antes de que terminara la Edad Media. Yo pondría el cambio de época en algún momento alrededor del año 1960. Antes de eso, todos aquellos a los que conocí durante mis años de juventud, jóvenes y viejos, vivían en un estado de ánimo que yo llamaría medieval. Nos movíamos en un universo estratificado. En algún lugar por debajo de la tierra sobre la que caminábamos se encontraba un lugar real repleto de horrores y sufrimientos impensables, el destino fatal, así nos hacían creer, de muchos de aquellos a los que conocíamos y con quien tratábamos todos los días, quizás incluso el nuestro, pues la salvación no era algo que se ganase con facilidad. El odiado gobernante de este lugar de tormento, ayudado por sus secuaces demoniacos que acechaban incluso en el aire que nos rodeaba, trabajaba sin descanso para atrapar nuestras almas. Y no era una empresa tan difícil, ya que la mayor parte de las actividades humanas era pecaminosa o bien suponía tentadoras oportunidades que apuntaban en esa dirección. La oración, la asistencia a la iglesia, la ayuda de consejeros sacerdotales, todas ellas eran cosas de las que nadie se habría atrevido a prescindir si esperaba evitar un destino terrible tras la muerte.

Las regiones que se encontraban en la otra dirección eran del todo opuestas. Si bien es cierto que, durante este tardío periodo medieval, la ciencia de la Astronomía nos decía que sobre el cielo se hallaban vastas extensiones de espacio abierto salpicadas por otras estrellas y galaxias que llegaban a distancias insondables, nosotros sabíamos que allí arriba, en alguna parte, se encontraba el otro cielo, la morada de Dios y de los que se habían salvado. Lo servían miríadas de ángeles, algunos dedicados a contrarrestar los esfuerzos de sus infernales contrapartidas inferiores, otros asignados a papeles protectores de la Humanidad, una tarea que no siempre se llevaba a cabo con eficacia absoluta.

Si bien el año 2000 todavía estaba muy lejano, cada vez éramos más conscientes de que el acontecimiento más importante de la Historia había ocurrido «casi dos mil años» atrás: la vida de Jesús, el Hijo de Dios y Salvador. «Nuestro Señor» seguía siendo la forma más común de referirse a él y era la figura que dominaba nuestras vidas. Yo debía recordar más sobre el catecismo que sobre cualquier otra asignatura de la escuela primaria. Uno de nuestros profesores dibujó el contorno de un alma humana, la manchó de pecados con una tiza roja (eran las «heridas» de su superficie) y expuso con todo detalle cómo el sacrificio y la muerte de un hombre-dios «hace casi dos mil años» las había borrado y curado. Hasta el niño más pequeño tenía el poder de influir en el propio cielo, pues cada pecado cometido, ya fuera grande o pequeño, provocaba su propia herida en el corazón del Salvador sentado en su trono celestial. Por suerte, el poder redentor generado por aquel antiguo sacrificio era infinito y se podía, con un acto de contrición y arrepentimiento adecuados, recurrir a él para neutralizar todas y cada una de las afrentas a la Divinidad, incluso las de un niño. Como los clásicos «poli bueno-poli malo», Jesús salvaba, pero le dejaba el asunto del castigo de aquellos que no buscaban su misericordia a su más severo Padre.

A primera vista, la sociedad occidental llevaba sus buenos dos siglos siendo «secular» y dejándose «iluminar por la ciencia»; hasta la Inquisición había desaparecido después de su última ejecución en España en 1826, tras colgar a un maestro por cambiar las palabras de una oración escolar. Pero en ese lugar donde mora la sociedad en sí, los años que llevaban a la mitad de este siglo habían seguido formando parte de la época medieval. Las ideas, líderes e instituciones religiosas eran las que todavía controlaban de verdad buena parte de nuestro pensamiento y comportamiento. La amplia mayoría del mundo occidental vivía en un universo de cielos e infiernos, ángeles y demonios, culpa y denigración personal, todo ello coloreado por la redención a través del sacrificio sangriento de un dios crucificado nacido de una virgen. Jesús era su rey y recibía la obediencia de todos sus súbditos desde el fondo de sus almas y corazones.

Muchos habrían dicho que incluso hoy Jesús seguía mandando en muchos corazones y púlpitos, pero tales creencias eran ahora contrarias al punto de vista de la sociedad como entidad colectiva, pues esta se había convertido en un ente profundamente secular y escéptico y no aceptaba el control religioso sobre sus instituciones y formas de expresión.

Con frecuencia me había preguntado a qué se podía achacar la evolución que había sufrido la sociedad moderna a lo largo de mi vida, con su paso de una disposición religiosa a una secular. No tenía ninguna respuesta. Pero ya llevábamos algún tiempo presenciando cómo morían de pie Iglesias establecidas desde tiempos inmemoriales. Una asistencia cada vez menor, escasez de sacerdotes y ministros, escándalos sexuales, el rechazo de muchos laicos a los dogmas y directivas tradicionales que seguía emitiendo la oficina central, habían creado inmensos espacios vacíos por todas las naves, donde el menguante tintineo del cepillo resonaba con triste melodía. Por irónico que parezca, fue poco después de 1960 cuando comenzaron a experimentar un gran crecimiento las Iglesias fundamentalistas. En parte fue un fenómeno que surgió del movimiento *hippie* de la década de los años 60: una especie de culto a Jesús que pretendía una vuelta a lo básico. Esto tenía mucho que ver (y terminó en gran medida uniéndose a él) con el movimiento de los «vueltos a nacer» de las fes baptista y de Pentecostés, que llevaban décadas existiendo a la sombra de las Iglesias dominantes.

Con la disminución de estas últimas, ese tipo de expresiones fundamentalistas habían pasado a un primer plano. Lejos de abandonar la Edad Media, ahora podían gozar por fin de su medievalismo. No solo Satán estaba vivo y gozaba de buena salud, sino que cada una de las palabras de la Biblia se declaró infalible, la teoría científica de la evolución (que había encontrado cabida hasta en la teología convencional) se condenó por ser un fraude impío y se exigió su supresión junto con avances sociales como el derecho al aborto, la planificación familiar y el control demográfico. La creación del mundo hace seil mil años se había convertido en la «ciencia» elegida y casi todo lo sexual se consideró una perversión vergonzosa. Jesús era una vez más «el Señor» mientras, paradójicamente, asumía el estatus de casi un miembro más de la familia. Los creyentes lo habían convertido en una figura de culto que resultaba más accesible que nunca.

En Norteamérica, sobre todo, la expresión y el crecimiento más vital de la Cristiandad se encontraba hoy en esas iglesias de derechas tan parecidas a sectas. Muchas tenían agendas muy bien organizadas para introducirse en el poder político y devolver a la sociedad entera a un crepúsculo medieval. Le habían declarado la guerra a todo aquello que fuera moderno y secular. Durante los últimos años me había encontrado con que pasaba mucho tiempo preguntándome a dónde iban a llevarnos esas profundas divisiones filosóficas de la sociedad.

3

He sentido durante toda mi vida una fascinación avasalladora por la Historia, cuanto más lejana, mejor. De muchacho, mientras los demás estaban fuera bamboleando un bate de madera en un esfuerzo por mandar una pelota a la calle siguiente, yo me dedicaba a leer con avidez sobre antiguos imperios. Cuando apenas había doblado mi edad prepubescente, Alejandro Magno ya había conquistado la mitad de la tierra conocida y muchas veces compartí con él todas las grandes batallas que libró mientras rodaba como un camión de gran tonelaje por las arenas y montañas de Asia y penetraba en la India. Me tomé su trágica y prematura muerte como una pérdida personal. Aun mientras me estremecía, sentía fascinación por los crueles y enigmáticos asirios que habían provocado tales estragos en el antiguo Oriente Próximo y que desollaban vivos a sus enemigos. Mi mente se remontaba a los más remotos de los pasados históricos, al inolvidable Egipto abrasado por el sol de las pirámides, al amanecer sumerio de la civilización y la invención de la escritura, una invención que pronto recogió las leyendas de Gilgamesh, que buscaba la inmortalidad y solo la encontró en esos documentos escritos.

Al crecer, me encontré con que mi interés juvenil por las batallas militares y las triquiñuelas políticas maduraba y se convertía en fascinación por la historia de las ideas, un ansia de saber cómo pensaba la mente de la antigua Humanidad, cómo sus muchos pueblos veían el universo y su funcionamiento. El mundo antiguo era una suntuosa cacofonía de ideas, muchas de las cuales se probaban por primera vez, una alborotada torre de Babel. Uno de los grandes pecados de la Iglesia cristiana cuando la Antigüedad dio paso a la larga Edad Media fue su gratuita erradicación de la mayor parte de esas ideas, la reducción de su variopinta riqueza a una sensiblería gris y aburrida en el caldero de la fe impuesta. La creencia correcta se convirtió en el lema y la obsesión de los tiempos medievales y fueron muchos los crímenes que se cometieron en su nombre.

No mucho después de abrir mi primer libro de Historia, descubrí otro medio que podía darle vida al pasado de una forma muy vívida: la novela histórica. El escritor de este género había asumido la tarea, además de entretener al lector, de abrir una ventana al pasado y darnos una impresión de lo que era vivir, luchar, sufrir, pensar y creer en una cultura desaparecida y con frecuencia ajena, y también quizá, de proporcionarnos al mismo tiempo un cierto conocimiento de nosotros mismos. Cuando a los doce años leí *Sinuhé, el egipcio*, de Mika Waltari, con su poderoso ambiente y agridulce imagen del intemporal Nilo y su civilización, muerta tanto tiempo atrás, supe lo que quería ser en esta vida.

Después de unos cuantos esfuerzos tan ambiciosos como inmaduros durante la adolescencia, produje una primera novela publicable a los 22 años. Contaba la desafortunada expedición ateniense a Sicilia en el momento decisivo de la Guerra del Peloponeso. Aquí estaba, quizá, el mayor ejemplo de *hubris* de la Historia griega, ese orgullo desmesurado que lleva a la perdición más absoluta, en este caso la destrucción de la flota naval de Atenas y de la flor y nata de sus guerreros durante una presuntuosa empresa para conquistar la gran ciudad de Siracusa. ¿Qué acontecimiento natural más dramático se le podría ofrecer a un escritor que el fatídico eclipse de luna del 27 de agosto del 413 a. C., la misma noche en la que los atenienses, tras admitir su fracaso a la hora de infiltrarse en las defensas de la ciudad, estaban a punto de retirarse del puerto en sus grandes trirremes? El supersticioso general Nicias sostuvo que el eclipse era un augurio de los dioses, que les decían que esperaran y lo intentaran una vez más. Al día siguiente se interrumpió la retirada y la expedición entera no tardó en perecer envuelta en sangre e ignominia. Ahí, pensé, había grandes lecciones que aprender y comentarios que hacer y si yo todavía no poseía la madurez necesaria para hacerles justicia, hubo un editor que pensó que estaban lo bastante logrados para poder ofrecérselos al mundo.

A esa le siguieron novelas sobre Aníbal, la construcción del Coloso de Rodas, el filósofo griego Demócrito, que anticipó la teoría atómica moderna veintitrés siglos antes de su aparición. Pero mi favorita fue un ambicioso intento de transmitir el significado de un gran punto de inflexión en la evolución de la racionalidad y la historia de las ideas: la carrera y el juicio de Sócrates. El excéntrico y anciano filósofo, como un tábano que se pegaba a sus conciudadanos en el mercado de Atenas, quería que la gente examinara sus ideas sobre los dioses y el mundo para que se cuestionara los supuestos y prejuicios que subyacían a buena parte de lo que aceptaban como verdad o «forma correcta» de actuar. Su defensa, «estoy intentando hacer que la gente piense con su propia cabeza», y su negativa a tener en cuenta nada sagrado que no se pueda someter a un examen crítico, fueron principios que no solo guiaron al humanismo occidental durante 2.500 años, sino que siguen necesitándose casi con la misma urgencia hoy en día en nuestros mercados y templos.

Mi carrera editorial tuvo altibajos y no todo lo que escribí vio la luz del día. Ahora que vivía la mitad de mi vida, al parecer, anclado en el mundo antiguo, volví a la universidad pasados los treinta para ampliar unos primeros estudios que había hecho de Historia Antigua y Lenguas Clásicas. También tanteé las aguas semíticas, pues comenzaba a sentirme atraído por la cuna de la religión occidental y los grandes acontecimientos de la Historia judía. Ya casi me había decidido por la Revuelta Judía del primer siglo, cuando los romanos acabaron con el templo que había sido el centro de la vida religiosa de Israel durante mil años y el Judaísmo tomó una nueva dirección. Pero eso fue antes de que Brenda Segal escribiera su brillante novela *La décima medida*, una obra que yo llegué a pensar que jamás podría superarse en belleza e impacto.

Pero hubo otro acontecimiento que comenzaba a tirar de mi mano de escritor. Me había sorprendido con frecuencia que fueran tan pocos los escritores de mi campo que se hubieran sentido atraídos por un hombre al que yo, y supuse que todos los demás, habría considerado la figura más influyente de la historia del mundo. ¿Había tal reticencia porque no se podía separar al hombre de las afirmaciones vertidas sobre él, que era Dios bajado a la tierra? Ha habido otras figuras en la mitología mundial a las que se ha caracterizado de ese modo, pero ninguno que hubiera vivido en un periodo accesible de la Historia y ninguno que hubiera producido religiones mundiales prósperas aún hoy en día. Jesús de Nazaret parecía único y quizá esa singularidad fuera abrumadora.

Si se dejaba a un lado la miríada de novelas «piadosas» escritas por autores cristianos sobre Jesús, solo se habían producido un puñado de novelas de primera clase que tuvieran a Jesús de Nazaret como personaje central. Pensé en *Rey Jesús*, una obra de Robert Graves poco conocida y muy poco ortodoxa; o la melodramática *Judas, mi hermano*, de Frank Yerby. James Mills escribió *El evangelio según Poncio Pilatos*, la historia del juicio y crucifixión de Jesús desde un punto de vista humano y neutral, una obra imparcial mezcla de escepticismo y consideraciones filosóficas.

Pero a todas las eclipsaba una novela contenida dentro del proyecto más ambicioso emprendido dentro de la ficción histórica: *El testamento del hombre* de Vardis Fisher, una serie de once novelas que traza la evolución de las ideas religiosas y morales de la Humanidad desde los albores de la inteligencia, hace dos millones de años, hasta la Edad Media cristiana. Fisher era un distinguido novelista americano que emprendió este proyecto en la década de los años 40 y 50 y encontró controversia y oposición por su perspicaz e inflexible presentación de la historia e ideología judeocristianas; tanto su carrera como el logro que corona esta obra entraron en una oscuridad de la que nunca salieron. A pesar del «mensaje» que en ocasiones les costaba transmitir, a mí estas novelas siempre me parecieron unos relatos llenos de poder.

La octava entrega de la serie era *Jesús volvió: una parábola*. Fisher fue el primer escritor de ficción que abordó el asunto del «Jesús histórico». Es decir, era plenamente consciente de la gran cuestión que planteaba la investigación del Nuevo Testamento: ¿quién era el hombre de verdad que se encontraba tras la primera fe cristiana? ¿Quizá, incluso, llegó a existir tal hombre? La respuesta de Fisher no era retratar a Jesús como él creía que había sido ese hombre, sino presentar una «parábola», una historia sobre el tipo de hombre y los acontecimientos cuyo supuesto significado podrían haber dado lugar a la Cristiandad. El Jesús de Fisher no era tanto un creador deliberado como el centro de atención al que podrían unirse las necesidades y expectativas de los que lo rodeaban para dar vida a un nuevo movimiento.

Yo había vuelto con frecuencia, por puro placer, a esta dulce y conmovedora historia, una obra maestra de queda moderación que penetraba en el alma de toda una época. Al presentir que había algo que tiraba de mí hacia esa dramática y sin embargo enigmática figura de la historia de las ideas, me intrigó siempre una paradoja: si uno de los centros de atención de la Historia se encontraba en la Palestina del siglo I, ¿por qué era tan difícil discernir el carácter verdadero del hombre que al parecer se encontraba en el centro de todo?

Poco podría imaginar que esta cuestión iba a resultar mucho más enigmática de lo que nunca había creído posible.

1

Con frecuencia sucede que las cosas más significativas de la vida de uno ocurren casi por accidente, a través de la combinación de acontecimientos sin trascendencia. Un domingo al mediodía, Shauna y yo estábamos en la terraza de un restaurante local, disfrutando del sol de principios de primavera y permitiéndonos el lujo de tomar una comida marinada típica de las Indias Orientales demasiado exótica para aquella hora, cuando una pareja que estaba sentada en la mesa de al lado alzó la voz y nos invitó a visitar su iglesia evangélica.

El ferviente joven habló de manifestaciones poco comunes durante los servicios y de experiencias durante las cuales le temblaban las piernas y barría su cuerpo una abrumadora embriaguez. Shauna, a su cándida manera que enmascaraba un ingenio astuto y no tan inocente, comenzó a referirse a algunas experiencias recientes del mismo tono que había tenido ella, hasta que yo me apresuré a preguntarle al hombre qué le parecían recientes las noticias que hablaban de estatuas que bebían leche durante los servicios de los hindúes en su templo. ¿Les daba el mismo crédito a estas inusuales manifestaciones? Después de mirarnos sorprendido por un momento, se limitó a decir que no sabía mucho de esas cosas. Cuando se iba del restaurante, la pareja nos alentó una vez más a asistir a uno de sus encuentros de oración, que debía celebrarse esa misma tarde a solo unas manzanas de allí.

Solo por diversión nos dejamos caer por allí. Era un evento repleto de pantalones vaqueros y guitarras, dirigido por un pastor con el pelo recogido en cola de caballo, y muchos cánticos en nombre de «Jesús». En un momento determinado hubo un anuncio: el mismísimo Jesús iba a volver el día de Navidad del año 2000. Allí sentados, en uno de los bancos traseros, con el sol de una primavera de finales de siglo entrando a raudales por las ventanas, yo pensé en Jesús bajando del cielo a horcajadas de aquellos mismos rayos, igual que lo imaginaba de niño, trayendo vida y el juicio final y poniendo fin con fuego al mundo tal y como lo conocíamos; aunque quizá hoy en día fuera algo un poco más guay.

Me di cuenta de que a medida que el siglo se precipitaba hacia el gran hito del próximo milenio estaba empezando a oír la misma predicción, o algo parecido, cada vez más. ¿Cómo sería según se aproximase el día en sí? Mi mente conjuró visiones de un delirio mundial, una locura provocada por el milenio. Cuando amaneciese el año 2000, me pregunté, ¿se vería la cordura arrastrada por una inundación de fiebre jesuítica?

Más tarde, Shauna y yo hablamos de lo que habíamos visto esa tarde. ¿Cómo se podía explicar, nos preguntamos, el continuo atractivo e influencia de esta figura que había vivido casi dos mil años atrás?

—Deberían celebrarse convenciones psiquiátricas para examinar esta cuestión —sugirió Shauna. Era judía y nunca estuvo muy segura de lo culpable que debía sentirse su raza por desatar esta fuerza sobre el mundo. Intenté tranquilizarla diciéndole que, por lo que yo sabía del asunto, fue de algo más que de los judíos la responsabilidad de lanzar a Jesús a su loca carrera por los siglos.

—Buena parte de lo que se hizo de Jesús era bastante ajeno al pensamiento judío. Los cristianos siempre hablan de la línea de desarrollo judeocristiana, pero llamarla grecocristiana sería igual de acertado. Pero intenta decirle a un cristiano que su fe le debe tanto a Platón como a Moisés o que el Zenón estoico tendría que figurar junto con Abraham entre los patriarcas.

Shauna, como era de esperar, no había leído el Nuevo Testamento, aunque ciertos elementos del mismo e incluso alguna que otra cita le resultaban familiares. Yo, después de una primera juventud saturada de este tema, había pasado por una década, después de mi conversión al ateísmo, en la que había abandonado todo aquello relacionado con mi educación religiosa en una caja de metal con olor a humedad y había gozado de mis inmensamente ampliados horizontes de secularismo, tanto antiguo como moderno. Pero un fin de semana lluvioso y solitario, cuando tenía alrededor de treinta años, había leído el Nuevo Testamento entero por primera vez desde mis días de ortodoxia. Estaba buscando alguna aclaración sobre la cuestión de la persecución romana de los cristianos y me encontré con que había aplicado una mente más madura y libre a los libros que habían regido mi niñez.

Le dije a Shauna que había dos cosas que me habían impresionado sobremanera de esta lectura nueva e integral de los primeros textos cristianos.

—De repente me chocó lo primitiva que es la mayor parte. Las ideas son tan ingenuas y hay una gran estrechez de miras. Cualquier tipo de ciencia es inexistente. Y la escritura en sí puede ser bastante rudimentaria. Hay unas cuantas joyas de sabiduría y expresión literaria, sobre todo en cuestión de directivas morales, parábolas y demás, pero quedan empantanadas en un gran mar de penosas tonterías... Al menos cuando les pones la etiqueta de palabra de Dios.

—¿Cómo puede haber sobrevivido tanto tiempo si era tan primitivo? —Shauna jamás había sabido mucho sobre el pasado (ni le había interesado demasiado), ya fuera el de ayer o el de sus ancestros; nunca fue de las que les daba con vueltas a cosas sobre las que no tenían ningún control, decía. Pero desde que comenzó nuestra relación y mi trabajo le dio una perspectiva nueva y flagrante del pasado como entidad viva (o así intenté presentárselo), Shauna había empezado a compartir algo de mi interés y fascinación.

Dije para responder a su pregunta:

—Los escritos religiosos, por no hablar ya de las mentes religiosas, son tremendamente flexibles, ya que siempre se pueden inventar nuevas reglas para interpretarlos. Pero me pregunto si a estas alturas ya no nos hemos quedado sin opciones en lo que a la Cristiandad se refiere.

Pues lo segundo que me había chocado sobre el Nuevo Testamento era la sensación de que buena parte de él parecía ajeno, sobre todo los escritos que no pertenecían a los Evangelios. Me había dado cuenta de que eran el producto de un tiempo y una cultura que no tenían nada que ver con la mía y apenas podían presentarse como algo relevante hoy en día. Una epístola como la de San Pablo a los hebreos parecía escrita en otro planeta. La imagen que pinta San Pablo del universo y del proceso de salvación era en muchos sentidos ininteligible para la mente moderna. Y sin embargo, la idea de Jesús era la creación más perdurable y adaptable de la civilización occidental. ¿Cómo había logrado un simple predicador judío semejante hazaña? O si los que vinieron tras él fueron los responsables de su transformación, ¿de dónde procede su motivación? En algún lugar detrás de los sencillos (o simplistas) contornos de la Historia cristiana yacía un misterio, un auténtico puzzle.

—Pero no espero que nadie lo resuelva pronto. Desde luego no antes de que un buen pedazo de la sociedad occidental caiga sin notarlo en alguna especie de psicosis dentro de no muchos años.

Para entonces Shauna decidió que ya habíamos pasado suficiente tiempo reflexionando sobre los misterios del pasado y ofreció para mi investigación un misterio de perspectivas más inmediatas y emocionantes. Quizá mientras procedíamos preví en mi subconsciente que pronto estaría labrando nuevas tierras en mi propio trabajo, ya que parte de mi cerebro conjuró una escena de la fabulosa novela de George Rippey Stewart sobre la historia de una colonia griega ficticia, *Los años de la ciudad*. Aquí los primeros granjeros que cultivaban el suelo virgen habían tomado a una doncella sobre él una noche durante un rito de fertilidad, aunque ni Shauna ni yo éramos doncellas. Me abstuve de revelar tal imaginería en un momento tan íntimo, pero que una parte de mi mente pudiera ser capaz de viajar al pasado, a casi tres mil años atrás, incluso en estas circunstancias, era algo que con toda probabilidad no la habría sorprendido en absoluto.

2

¿Fue una simple coincidencia que justo al día siguiente se pusiera en contacto conmigo mi agente con una propuesta que estaba destinada a afectar a algo más que mi futuro? Stanley y yo nos conocíamos desde hacía más de una década, aunque no se hubiera hecho rico con el limitado papel que jugaba de vez en cuando a la hora de conseguir que se publicara una de mis novelas. Sin duda, el entusiasmo que mostró por teléfono estaba provocado por la oportunidad que veía de rectificar esa situación.

Pero la llamada de esta tarde vino precedida por una entrega por la mañana, acompañada de una seca nota que decía: «¡Lee esto! ¡Ahora! Te llamo a las 2. Stan».

El mensajero me entregó un ejemplar de una publicación reciente de la gente del Seminario de Jesús, un número de su revista bimensual llamada *La Cuarta R*. Este cubría los debates y conclusiones del seminario referidos al relato que hacía el Evangelio de la resurrección de Jesús. Yo ya sabía que la crítica seria, y sobre todo el trabajo del Seminario de Jesús, llevaba unos años creando cierto revuelo entre los círculos del Nuevo Testamento, un revuelo cuyas ondas habían alcanzado por fin los medios de comunicación e incluso unos cuantos púlpitos. Pero esta publicación fue reveladora.

Estos progresistas estudiosos estaban dándole la vuelta a la historia de la resurrección que contaba el Evangelio. Me di cuenta de que, probablemente por primera vez en su historia, el campo de la investigación del Nuevo Testamento se sumía en el caos. Me asombró el modo que tenían los miembros del seminario de ridiculizar a los fundamentalistas, e incluso a colegas menos liberales, por su aceptación ingenua y falta de sentido crítico de los relatos evangélicos.

«Tonterías que no pertenecen a la Biblia», lo llamaban. Uno de los titulares de la revista decía: «El Cristianismo no se defiende eludiendo los hechos... ¡Y no se sirve a Dios contando mentiras en su nombre!».

Yo todavía estaba leyendo con detenimiento las más de cien preguntas referidas al relato de la resurrección sobre las que el Seminario de Jesús había votado cuando llegó la llamada de Stanley.

—Bueno, ¿ya estás escribiendo?

—¿Escribiendo qué?

—Tu próximo éxito, por supuesto. —Lo cual era muy generoso por su parte, ya que solo una de mis novelas se había acercado a ese rango y su recuerdo comenzaba a desvanecerse a toda prisa de la mente de todos, incluyendo la mía—. El que te dará la fama y la fortuna que te mereces desde hace tanto tiempo.

En un instante supe de qué estaba hablando. La cuestión del Jesús histórico, quién y qué había sido en realidad, sería sin duda el tema más candente en los medios de comunicación y en el interés del público durante los tres años que todavía faltaban para que llegara el próximo milenio. Stanley había sido el primero en darse cuenta de que yo tenía que adentrarme en el tema.

—¿Te refieres a una novela sobre Jesús?

—¿A qué otra cosa? El hombre de verdad, el que todo lo movía y agitaba, el alma perdida e incomprendida, lo que sea. Eso es cosa tuya. Pero haz que sea controvertido. Vanguardista. Eso es lo que va a querer el mercado. Tómate seis meses, como mucho. Quiero que seas el primero en llegar.

Cogí aliento.

—Esto, Stanley, mira. Jesús no es un personaje histórico corriente y moliente. ¿Tienes idea...?

—Sé que puedes hacerlo, Kevin. Y no pierdas de vista los derechos cinematográficos.

Y ya estaba. Sintiéndome atrapado por lo que estaba empezando a parecer un tren sin frenos, dejé que Stanley se despidiera tras prometerle que me lo pensaría bien. Pero para cuando colgué el teléfono sabía que la decisión era inevitable. Había llegado el momento de que abordara aquella abrumadora y misteriosa figura que se encontraba en el ojo del huracán.

Una cosa iba a necesitar cierto repaso: mi griego clásico, en el que llevaba varios años sin profundizar. Todo el corpus de la primera documentación cristiana se había escrito originalmente en griego y habría que repasarla con todo detalle. Es más, era un griego que había evolucionado desde el idioma utilizado por Platón y Tucídides y tenía sus propias características. Era el lenguaje internacional del imperio durante el primer siglo (conocido como griego *Koine* o «común») y lo sabía hablar cualquier judío, romano, egipcio y sirio que tuviera estudios; de hecho, lo hablaba casi cualquier persona de todas las esquinas del Mediterráneo oriental que supiera leer y escribir.

Una pregunta intrigante: ¿Jesús sabía griego? Ningún erudito parecía dudar de que hubiera predicado en arameo, que era el idioma cotidiano de Palestina y el Oriente Próximo en general. Una persona normal de hoy en día podría preguntarse por qué, si algunos de los Evangelios y las epístolas fueron productos de las personas que siguieron a Jesús, no se escribieron en ningún otro idioma que no fuera el griego. ¿Por qué la carrera de Jesús, que es de presumir que no se llevó a cabo en griego, no nos dejó ningún producto que reflejase el idioma que sí usó?

Yo había oído hablar hacía poco de una cosa llamada «El proyecto Muratorian». Una institución había metido en Internet la Biblia entera, con un minucioso índice por temas y comentarios detallados escritos por destacados eruditos. («Muratorian» se refería al primer listado hecho por la Iglesia a finales del siglo II de un canon oficial de escritos sagrados). Eso sería de vital importancia: poder localizar temas concretos entre la considerable colección de material que constituía la primera literatura cristiana. En cuanto a los escritos no canónicos, tendría que introducir algunos de ellos en el ordenador yo mismo. Si escaneaba los textos, podría hacer mis propias investigaciones de este importante material secundario.

El primer paso era renovar algunos contactos de la universidad, la misma institución en la que yo había obtenido mi licenciatura y hecho mis estudios de posgrado. Ya había utilizado su vasta biblioteca en el pasado pero este proyecto iba a requerir algunos recursos adicionales, quizá incluso privilegios especiales.

Resultó que el contacto que hice al día siguiente fue inesperado. David Porter y yo habíamos sido buenos amigos durante nuestros años de universidad, donde habíamos compartido clases de Filosofía y Lingüística. Después de licenciarnos, él se había ido a otra ciudad a enseñar Filosofía a alumnos de primer año y habíamos perdido el contacto. Cuando me tropecé con él ese día en la universidad, veinte años se evaporaron en la nada.

—Todo termina volviendo al mismo sitio —dijo—. ¿Quién habría pensado que al final me encontraría aquí dando algunas de las clases a las que íbamos juntos? Demuestra que, después de todo, el universo es cíclico. Claro que ninguno de los estudiantes de hoy son del calibre que éramos nosotros.

Asentí con gesto sabio.

—Desde luego que no. A estos pobres diablos les han freído el cerebro las pantallas del ordenador.

—Que es mucho peor que la cerveza, te lo digo yo.

David me acompañó a su despacho. Daba la sensación de que se había mudado la semana anterior, pero en realidad se había instalado en agosto y ya llevaba encima siete meses de enseñanzas de la filosofía previa al Siglo de las Luces a tres niveles diferentes de estudiantes no licenciados.

—Ahora en serio, la mente formada por el ordenador de la década de los años 90 tiene una forma de absorber los cursos de Filosofía completamente diferente a la nuestra, y probablemente todo lo demás. A mí me han enseñado unos cuantos trucos. Si estuviera Descartes por aquí, quizá tendría que decir: «Tengo ordenador, luego existo».

Luché con lo que pude recordar de Descartes, que no era mucho.

—¿No fue Descartes el que declaró que porque podía concebir a Dios, Dios tenía que existir? Dios es un ser perfecto y parte de ser perfecto es que debes existir. Además, la mente imperfecta de hombres y mujeres no podría concebir un ser perfecto, así que la idea en sí tenía que provenir de Dios. O algo así —terminé sin convicción.

David se echó a reír, sabía lo que me había costado.

—No está nada mal. Sobre todo sin una base de datos. Es asombroso cuántos filósofos han encontrado pruebas de la existencia de Dios y sin embargo es más posible que nunca dudar de este tipo.

Estuve de acuerdo, Dios era un personaje esquivo.

—Pero no me ha pasado desapercibida tu carrera, Kevin. —David le echó un vistazo a su desordenada librería como si de verdad esperara encontrar allí uno de mis libros—. He leído dos o tres de tus novelas. Recuerdo la que escribiste sobre Sócrates. Se te da bien eso de transmitir ideas filosóficas y mantener el interés del lector. De hecho...

Dejó sin acabar la frase con toda la intención del mundo mientras me miraba con una expresión exagerada, como si se le acabara de ocurrir algo bastante enigmático.

—Me preguntaba si no podría interesarte participar en cierta iniciativa mía.

Me apresuré un tanto al añadir:

—Lo cierto es que mi agente me acaba de convencer para que me meta en un nuevo proyecto que es posible que me impida dormir demasiado durante los próximos tres años. —Cuando alzó las cejas, yo continué—. Quiero escribir la novela definitiva sobre la carrera de Jesús de Nazaret.

David dejó escapar un aullido de sorpresa.

—¿Tres años? ¿Y por qué no treinta? La primera cristiandad no es mi especialidad, pero si hay alguna figura en la Historia sobre la que nadie se pone de acuerdo, esa tiene que ser Jesús. ¿Qué te hace pensar que puedes resolver el puzzle, si no te importa que te lo pregunte?

—Ignorancia, supongo —respondí con tono avergonzado.

—De hecho, parece un proyecto bastante emocionante. Pero sabes —y aquí volvió a adoptar su expresión enigmática—, quizá no se aleje tanto de lo que estaba a punto de proponerte.

Mi amigo cogió un lápiz que procedió a empuñar para dar más énfasis a sus palabras.

—Hace unos diez años conocí a un grupo llamado los Escépticos Internacionales. Les interesa sobre todo desacreditar los ovnis, las abducciones, los fenómenos paranormales, cosas así. Yo empecé, de la forma más sutil, a sacar esos temas en clase, sobre todo para ver quién pensaba qué, cuánta gente joven creía hoy en día en estas cosas o quizá incluso se hubiese imaginado que las había experimentado. Entre mis estudiantes no parecía haber un índice alarmante de personas que fueran partidarias de todo aquello que más preocupaba a los escépticos, pero poco a poco fui ampliando el radio de acción y empezaron a interesarme cada vez más las opiniones que sostenían sobre categorías más «espirituales»... a falta de una palabra mejor.

—¿Como por ejemplo?

—Los ángeles, para empezar. —David hizo un gesto en el aire con el lápiz, como si estuviera dándole a una de esas criaturas en las alas para obtener su atención—. Una cosa es leer que el 62% de los americanos cree en los ángeles y otra muy distinta oír que la mitad de tu clase de Filosofía cree o admite la posibilidad de que existan tales criaturas e incluso se relacionen con los seres humanos. Te hace preguntarte qué estás haciendo en la clase.

Asentí sin decir nada.

—Yo no enseño ciencias, pero ¿cuántos conocimientos científicos pueden tener en realidad cuando están dispuestos a admitir que quizá deberíamos explicar la teoría de la creación divina hace seis mil años junto con la evolución darviniana? Ten en cuenta que esta no es una facultad evangelista. Queremos pensar que somos una de las universidades más destacadas del Estado, si no del país, y sin embargo, una buena parte de nuestros estudiantes cree que todo lo que dice la Biblia debe de ser verdad.

—Supongo que no somos una sociedad tan secular como nos gustaría creer.

David hizo una mueca.

—Personalmente, he decidido hace muy poco que me da igual si los ovni existen o no, o si alguien afirma que puede doblar una cuchara con la mente. He decidido que esas cosas no son ni la mitad de peligrosas que creer en los ángeles, la infalibilidad de la Biblia o que Dios vive en el cielo y tiene un departamento que se pasa el tiempo manipulándonos a ti o a mí. Son cosas como esas las que socavan la base racional de la sociedad y se van a extender a un montón de áreas que hemos empezado a dar por hechas, ya sea la eficacia de nuestro sistema educativo y la productividad de la nación o el derecho de una mujer a someterse a un aborto o incluso a trabajar fuera de casa. Cuando bajas las persianas de una ventana y le impides la entrada a la luz de la racionalidad, la casa entera se oscurece; pronto terminas por aceptar la oscuridad y al final se bajan el resto de las persianas.

—Pero no es solo la religión —señalé yo.

—No, es cierto. Parte de lo que dice eso del *New Age* es igual de irracional. Pero no importa, todo eso tiene que ser perjudicial para una visión saludable del mundo.

Yo utilicé el dedo para imitar a su lápiz.

—¡Y tú quieres hacer algo sobre el tema!

David asintió fervoroso.

—Hace tres meses le propuse a la Junta de Escépticos que ampliásemos nuestro campo de acción y nos concentráramos incluso en desacreditar los peores excesos espirituales y religiosos. Eso significaría enfrentarnos a la Biblia, enfrentarnos de cabeza, ya que esa es la fuente de muchos de los excesos.

—¿Y cómo se lo tomaron?

—Con cautela. En esencia, me acompañaron a la puerta. Dijeron: «Échale un vistazo y mira a ver lo que puedes organizar, luego vuélvenos a llamar». Yo cogí aliento, dije «qué demonios» y empecé a mandar *e-mails*. He sondeado a amigos y personas que ya hacía tiempo que se habían olvidado de mi existencia, así como a un montón de absolutos extraños. Y no solo en las facultades de Filosofía de las universidades. Mis contactos me proporcionaron contactos. Decidí que necesitaba una propuesta concreta y específica, así que se me ocurrió esta: nos organizamos en células y presentamos una campaña de promoción de la racionalidad y el secularismo en las creencias y actitudes diarias, atraemos toda la publicidad que podamos y luego celebramos a nivel nacional, incluso quizás a nivel mundial, un Simposio por la Racionalidad —el lápiz escribió las palabras en letras mayúsculas—, en el año 2000.

—Impresionante. —No mentía—. ¿Y la respuesta?

—Unos 50 calurosos respaldos, más o menos cien «me lo pensaré» y casi los mismos «no me molestes» o algo por el estilo. Tengo un núcleo de unos seis, todos salvo uno catedráticos universitarios, que están intentando organizar las cosas. Unas tres docenas están volcando varias ideas en el papel y hay unos cuantos que están empezando a entrar. Estamos tanteando el terreno.

—¿Y cómo pensabas que podría contribuir yo a esta encomiable empresa?

—En la *uni* yo siempre pensaba que eras una de las personas más racionales que había conocido, aunque tenías una vena romántica. Todavía no he decidido si es posible que haya un Dios o no, pero una cosa que sí sé es que ese dios, o diosa, tiene que ser racional, y veo muy poca racionalidad en el Dios que circula entre la mayor parte de las personas religiosas. Recuerdo que adoptaste un ateísmo sereno, seguro y que te sentaba muy bien, como un buen desayuno tomado esa mañana.

¡Esa sí que era una metáfora que nunca se me había ocurrido!

—Supongo que para mí, abandonar a Dios fue un alivio, pura libertad: ver el universo claro como el cristal por primera vez, y sentirme entusiasmado con esa visión. Sé que estaba convencido de que en unas pocas décadas como mucho, quizá incluso para cuando llegara a esta edad, el resto del mundo habría seguido mi ejemplo. Una ingenuidad, es obvio.

—¿Quién sabe? Quizá tenías razón, solo que de una forma un poco prematura. Quizá esta sea una fase aberrante temporal, una especie de agonía. Por desgracia, yo vivo en medio y no me entusiasma su aspecto.

Le pregunté de nuevo a David cómo pensaba que podía contribuir yo.

—Bueno, ahora que me has hablado de tu último proyecto, quizá haya algo de material que podamos utilizar. Los estudiosos bíblicos de estos tiempos son una panda de esquizofrénicos. O bien se dedican a derribar las almenas o están muy ocupados volviéndolas a alzar. Están levantando un montón de polvo y tendremos que esperar a que se despeje el aire para ver qué sale de todo eso. El único la que me acerqué, un tío de Claremont, dice que está demasiado ocupado haciendo campaña a favor del racionalismo en su propio campo. Está enredado en una nueva «búsqueda del Jesús histórico», dice.

—Es gracioso —comenté—. Da la sensación de que hace años que se está llevando a cabo esta «búsqueda» del hombre real. Es cierto que no podemos limitarnos a aceptar los Evangelios como relatos objetivos, históricos. Después de todo, ni siquiera terminan de ponerse de acuerdo entre ellos con respecto a muchos detalles, grandes y pequeños. Y ninguno de los autores del Nuevo Testamento eran historiadores. Presentaron al Jesús de su propia fe, a veces mucho después de los hechos. Pero en algún lugar bajo toda esa superestructura yace la figura real de la Historia. ¿Tan difícil puede ser sacarlo a la luz?

—El tipo con el que hablé parece bastante seguro de sí mismo.

—Bueno, ya llevan dos siglos en el mismo sitio con sus picos y sus palas y parece que cada generación de eruditos tira las excavaciones de la generación anterior a la pila de desechos y afirma que por fin han descubierto el producto auténtico. Pero me pregunto cómo van a estar seguros de que lo podrán reconocer cuando lo hagan.

Me abstuve de expresar en voz alta que pensaba que yo también tenía que hacerle esa misma pregunta a mi nuevo proyecto.

El tiempo avanzaba, se hacía ya media tarde y yo todavía tenía que visitar la biblioteca para elaborar mi estrategia. David captó mis señales.

—Piensa en ello —dijo al tiempo que bajaba el lápiz—. Esa investigación tuya es fascinante y quizás al ser ajeno a ello le des una nueva perspectiva, ¿quién sabe? Me gustaría mucho que te mantuvieras en contacto conmigo, con tanta frecuencia como quieras. Quizá cuando aquí tengamos las cosas un poco más organizadas, tenga una propuesta más concreta para ti. Es posible que hasta te interese a pesar de todo.

Le aseguré que ya me interesaba.

—Por cierto, ¿cómo os hacéis llamar?

—Bueno, todavía no lo sabemos. Estamos barajando unas cuantas ideas. ¿Siempre les pones título a tus libros antes de escribirlos?

—A veces. Aunque los títulos están sujetos a cambios. Nunca sabes a dónde te va a llevar el proceso de escritura. O la investigación en sí, si a eso vamos.

Nos intercambiamos las direcciones de correo electrónico y demás y David me dijo unas últimas palabras, un tanto inquietantes.

—Sabes, algo como esto, y quizá incluso te encuentres con que es tu propio trabajo, atrae inevitablemente cierta oposición. Todavía no he hecho ningún sondeo en Internet y quizá no lo haga. Pero ya tengo siguiéndome los pasos a alguien o a algún grupo al que no le gusta el cariz que estamos tomando. Se las arreglaron para conseguir mi dirección de *e-mail* y me enviaron un texto de una revista racionalista reciente que sabían que me interesaría. Aunque no estaba seguro de quién lo había mandado, decidí descargarlo. Por suerte, me he acostumbrado a comprobar si hay algún virus cada vez que abro algo que no conozco. Te lo creas o no, había un bichito muy desagradable incrustado en aquello que me habría jodido el disco duro entero y habría destruido unos archivos muy útiles que llevamos algún tiempo elaborando. Ahora encima tenemos que establecer un sistema de seguridad.

—Terroristas cibernéticos. Tantos avances racionales han provocado un contraataque por parte de aquellos que prefieren aferrarse a las antiguas formas de pensar. La cicuta toma muchas formas.

—Tendré cuidado con lo que bebo. Esperemos que no intenten nada peor, pero no creo que esto sea lo último que hagan. —Se levantó y me estrechó la mano—. Kevin, ha sido un placer verte después de todos estos años. ¿Quién sabe lo que podría salir de aquí? Quizá no haya sido un simple encuentro al azar.

Lo reprendí por esta nota de irracionalidad. Me despedí y emprendí el camino de la biblioteca.

Una investigación de tres horas de varios índices y libros de referencia me proporcionó una lista de trabajo de documentos que tendría que investigar. Me interesaban sobre todo los escritos cristianos ajenos al Nuevo Testamento, ya que el instinto me decía que cualquier cosa que no formara parte del canon sagrado podría haber conservado información u opiniones sobre Jesús que fueran más originales y fiables. Sabía ya antes de empezar que confiar por completo en la imagen pintada por el Evangelio sería un error y no me proporcionaría nada que no se les hubiera ocurrido a mil escritores antes que a mí.

Hablé con una ayudante de biblioteca a la que no conocía y que no había leído ninguno de mis libros. Basándome en mi estatus de antiguo alumno y en mi reputación de escritor de éxito, una impresión que me esforcé al máximo por crear, conseguí arrancarle la concesión de unos cuantos privilegios de los que no suele disfrutar alguien que no pertenezca al personal de la universidad.

A la caída de la tarde salí hacia mi casa con varios libros, algunos para escanearlos de inmediato y meterlos en mi disco duro. Esperaba que tuviera suficiente espacio libre y una gran resistencia a la indigestión. Por otro lado, el espíritu de mi ordenador (y yo con frecuencia me convencía de que tenía uno) a estas alturas ya tendría que sentirse como en casa entre las ideas y el ambiente de la religión y la filosofía del mundo antiguo.

Esas visiones de riquezas y aplausos que Stanley había intentado plantar en mi cabeza seguían bailando al fondo del escenario, pero yo sabía que la tarea en sí sería todo un desafío y que no había garantías de éxito. Ser controvertido era una cosa, pero si no podía relacionarlo con alguna apariencia de realidad, con alguna imagen coherente de lo que había ocurrido de verdad en una apartada región del Imperio Romano a finales del siglo I y que había dado forma al futuro entero del mundo occidental, era muy probable que rechazaran el asunto entero sin más.

Y tampoco podía hacer caso omiso de las ramificaciones «políticas» de cualquier retrato de Jesús que pudiera sugerir. El entorno de hoy, con su floreciente lucha entre la religión y el secularismo, muy bien podría reaccionar a una novela así de formas que no tenían nada que ver con su mérito literario o de diversión. ¿Sería capaz de mantener tantas pelotas en el aire al mismo tiempo?

Y tenía otra pelota más cerca de casa. ¿Cómo reaccionaría la señorita Shauna Rosen, judía extraordinaria en cuya compañía yo me ocupaba de otro tipo de malabarismos, cuando me sumergiese en la figura que había provocado tantos infortunios a aquellos de su raza que habían vivido durante dos milenios bajo su abrumadora y penosa sombra.

1

Como solía hacer cuando me embarcaba en un nuevo proyecto literario, compré una botella especial de vino para celebrar la ocasión, y como también solía hacer desde que nuestra relación había echado a volar unos años atrás, Shauna se reunió conmigo esa tarde para ayudarme a celebrarlo. Le hablé de mi inesperado encuentro con David Porter.

—Si tu amigo cree que va a erradicar la espiritualidad, se va a llevar una desilusión.

Shauna con vino en los labios podía encaminarse en más de una dirección, cualquiera de las cuales sería bastante estimulante. Esta noche poníamos rumbo a una conversación de lo más animada.

—Oh, no me imagino que David planee nada tan ambicioso. Solo tiene la sensación de que algunas marcas de irracionalidad minan el potencial de la sociedad. Se pregunta cómo podemos entender y controlar el mundo que nos rodea de una forma adecuada si creemos en todo tipo de fuerzas y entidades que no existen.

—¿De verdad nos hace falta controlar tanto el mundo? ¿Toda esa obsesión por el control y la comprensión no termina metiéndonos en un montón de problemas?

Shauna y yo reñíamos muy pocas veces. Siempre había una vena de humor incluso en el más inflexible de sus debates, pocos de los cuales consideraba lo bastante importantes como para volcar su quilla de susceptibilidad. Yo, por otro lado, podía llegar a apoyar con mucha determinación mis opiniones. La mayoría de las veces, Shauna disfruta-ba enfrentándose a esa determinación.

—Si alguien me demostrase —declaré yo— que se puede tomar la mejor decisión sobre algo cuando tus opiniones sobre ese asunto son irracionales o erróneas, yo estaría encantado de escucharlo.

—¿Es irracional querer sentir que hay algo «ahí fuera», algo más allá de lo que podemos estudiar con nuestros instrumentos científicos? Así siempre hay un poco de misterio en el mundo. El potencial de lo que puede pasar en él, de lo que puede pasarnos a nosotros, se hace ilimitado. Si somos capaces de entenderlo todo, si lo desnudamos todo bajo la luz del día, nos quedamos solo con lo que podemos percibir. No podemos ir más allá de eso.

—Eso debería ser más que suficiente, diría yo. Son unos horizontes enormes. ¿Pero tú cuánto espacio quieres?

—Personalmente, yo tengo todo el espacio que necesito. Pero para algunos se trata de la calidad de ese espacio. No les gusta demasiado lo que ven a su alrededor, así que se inventan otras dimensiones donde las cosas pueden ser como a ellos les gustaría que fuesen.

—Jamás se resolvió ningún problema inventando una fantasía que promete alejarte del problema. El problema solo se hace más grande por culpa del abandono.

—Digno de un auténtico pragmático. —¿David no me había llamado «excesivamente romántico»?— Pero no es solo la fantasía esa de Dios en el cielo. Hay muchas personas que han abandonado ese tipo de figuras y sin embargo siguen creyendo en cosas que la ciencia no puede detectar. Mira algunas de las ideas del *New Age*. Los flujos de energía, la reencarnación y ese tipo de cosas.

—A eso se refería David. ¿Cómo podemos producir científicos competentes que vayan a entender el mundo si creemos en ángeles, poderes o cristales?

—Oh, creo que eso es quedarse corto. De todos modos, hay muchos partidarios del *New Age* que creen que las fuerzas energéticas que hay en los humanos, o entre los humanos y el universo, son reales. Es solo que no las pueden detectar nuestros restringidos métodos científicos.

—Entonces vamos a ampliar nuestros métodos científicos. Pero si seguimos sin poder detectar nada, es demasiado fácil recurrir a que nuestro equipo es defectuoso o nuestra ciencia demasiado limitada. De esa forma se cuelan por la puerta demasiados elefantes rosas. En última instancia, si la razón, los sentidos o los instrumentos que han creado nuestros sentidos para ayudarse no pueden dar cabida a algo, no tenemos derecho a aferrarnos a ello y mucho menos a construir nuestras vidas a su alrededor.

—Podrías perderte entonces las cosas que no te puede ofrecer la ciencia.

—Aceptaré cualquier veredicto al que se llegue en el tribunal de la razón.

La discusión tocaba a su fin. Los dos lo sabíamos. Además, los labios de Shauna parecían menos argumentativos y más sensuales a cada momento que pasaba. La madurez dispone de una fascinación que la juventud todavía no puede ni imaginar. Shauna acababa de entrar en ella y yo llevaba unos años reservándole un lugar, incluso antes de conocerla. La mente es un almacén maravilloso y una mujer con dos o tres décadas de experiencia sexual tiene un fascinante inventario de respuestas y sensibilidad. Cuando el cuerpo se mueve con más lentitud, el sabor es más dulce y como los labios relucientes de vino tinto, los sabores de Shauna habían madurado hasta alcanzar la perfección.

La alegría de estar vivo es también más intensa cuando es la experiencia, más que una inundación de hormonas, lo que la produce. Shauna era técnico en un laboratorio médico, así que tenía que enfrentarse a diario a las manifestaciones de la vida. Me atraía mucho su realismo, tan práctico y natural, así como su sentido común. Y sin embargo también tenía algo exótico. En parte era su carácter judío, que para mí significaba una profundidad sutil que se remontaba a brumosos pasados, una tenacidad innata, un torbellino de fecundidad (aunque ella no tenía hijos). El ensanchamiento del caballete de la nariz indicaba una gran riqueza sensual y yo con frecuencia me pasaba unos momentos de más ocupándome de ese rasgo concreto, para gran regocijo suyo. Al igual que el tono de su piel, su forma de hacer el amor estaba pintada en tonos ahumados, pardos y borgoñas suaves. Estar en su interior era entrar en un lugar lleno de calidez y placer profundo.

En cuanto a mí, la energía de la juventud había quedado sustituida por búsquedas más reflexivas. Las arenas del tiempo invaden pronto la huella de la zancada de Alejandro, pero el paso medido de las palabras de Platón sigue resonando a lo largo de los siglos y es muy probable que nunca se apague.

Después hubo un poco más de vino y un aperitivo de madrugada.

—Esta es la tercera vez que bautizo un nuevo proyecto contigo —dijo Shauna entre bocado y bocado—. Pero debo decir que seguramente es el más ambicioso al que te has enfrentado hasta ahora. ¿Qué vas a hacer con él?

—¿Con quién?

—Con Jesús, por supuesto. Si no es el divino Hijo de Dios, cosa que supongo que no es, ¿qué va a ser, según tú? —Se pasó la lengua por el labio superior con un gesto provocativo—. ¿Vas a darle una novia judía?

Me estremecí.

—Que me destrocen los críticos es una cosa, pero que me despedacen unos cristianos enfurecidos es algo que preferiría no experimentar. No creo que trabaje ningún detalle romántico.

Pareció desilusionada.

—¿No es eso lo que vende? Ya has metido cosas picantes en algunas de tus otras novelas. ¿Y de repente te vas a poner en plan políticamente correcto?

—No sé en qué plan me voy a poner. La verdad es que no he tenido tiempo de pensar en ello. ¿El centro de atención va a ser el hombre mismo o una figura secundaria, un personaje ficticio, quizá, y que todo se vea a través de sus ojos? Es un recurso muy común en las novelas históricas. Pero desde luego sería todo un desafío presentar la Historia a través de los ojos del propio Jesús. Eso es lo que hace Vardis Fisher, aunque su Jesús, Joshua, en realidad no piensa en sí mismo como un hombre especial con una misión especial. Solo se le da bien atraer a otras personas, hombres y mujeres. Sobre todo a las mujeres. Espera, déjame leerte algo de un estudio del *Testamento del hombre* de Fisher.

Saqué una de las carpetas de anillas que se apelotonaban en la estantería inferior de mi librería. En ella guardaba algunas de las muchas copias que había hecho de esta o aquella fuente a lo largo de tantos años de investigación.

—No recuerdo el nombre del autor de este estudio. Creo que era una tesis universitaria. —Pasé unas cuantas hojas—. Aquí... está hablando de la novela *Jesús volvió: una parábola*.

—«Llevaban ya dos siglos fermentando en Judea especulaciones y expectativas sobre la llegada de un Mesías y el cambio cataclísmico que provocaría, hasta que el ambiente llegó casi al nivel de locura nacional, sobre todo entre el pueblo llano. Durante las primeras décadas del siglo I, por toda aquella tierra se recogen migraciones de un amplísimo número de personas: granjeros, habitantes de las ciudades, muchedumbres de pobres y enfermos; y más de un hombre que intentó liderarlos o que afirmó hacer milagros, ser maestro o incluso el propio Mesías, fue prendido y ejecutado por las autoridades romanas como instigador de desórdenes públicos. Tal desorden se provocaba con facilidad. El hombre y la mujer normales que no pertenecían a las clases privilegiadas se veía aplastados por una masa de diezmos e impuestos. Trabajar la tierra era tosco y perjudicial. La esclavitud provocaba una gran miseria humana. Las supersticiones, muy extendidas, y la creencia en un mundo lleno de demonios que los atormentaban con enfermedades y posesiones provocaban desórdenes nerviosos y comportamientos psicóticos en muchos de ellos. En una época en la que la medicina era primitiva, la enfermedad y la degeneración física hacía desgraciadas a millones de personas. Fisher crea una angustiosa visión de un mundo lleno de dolor, locura e injusticia».

»En uno de esos febriles momentos durante el reinado de Herodes Antipas, un joven judío llamado Joshua se une a las multitudes de pobres y enfermos que atestan los caminos de Judea y se dirigen desorganizados hacia Jerusalén y otros lugares santos. Están esperando la aparición inminente del Mesías, que salvará a los oprimidos, curará a los enfermos y reparará todos los daños. Varias personas se unen a Joshua, sobre todo mujeres: desde la sencilla viuda con un hijo al griego con estudios, pasando por el místico que tiene visiones del cielo. Algunos empiezan a crcer que el Mesías es el propio Joshua, aunque él lo niega categóricamente. Fisher ha dado forma a esta historia en el clásico molde de la «búsqueda»: la pequeña banda de viajeros compuesta por diversos personajes que sufren diferentes experiencias y tribulaciones en busca de algo que les dé esperanza y una nueva vida».

Me salté unos cuantos párrafos y seguí adelante.

—«Cuando un número creciente de aquellos que lo siguen imaginan que ha curado a los enfermos e incluso que ha hecho que un hombre muerto vuelva a la vida, Joshua es por fin arrestado y conducido a presencia de Pilatos. Admite con humildad que cree que el Mesías lo conquistará todo, incluso Roma, con amor y eso choca con la necesidad del comprensivo Pilatos; en una tierra que no deja de tambalearse al borde de la anarquía, él tiene que mantener a raya todas esas ideas y sugerencias que alientan la creencia de que la autoridad de Roma será derrocada. Para un judío entre muchos, eso significa la crucifixión por rebelde. Pero entre los seguidores de Joshua, se ha plantado la semilla de una fe».

»Ese es el acercamiento de Fisher, ya ves: comedido y conmovedor, a veces incluso ingenuo. Es probable que influya en mi forma de presentar el entorno. Quiero transmitir qué es lo que hace vibrar a los tiempos, o al menos a aquella persona que respondieron a Jesús. ¿Pero cómo vamos a saber qué era lo que hacía vibrar a Jesús? Los Evangelios no nos lo proporcionan. Lo único que nos ofrece cada evangelista es una figura divina a imagen y semejanza de su propia teología.

—¿Y qué pasa con eso de «dejad que los niños se acerquen a mí» o como se diga? ¿No demuestra que se suponía que era compasivo y sensible?

Me encogí de hombros.

—¿Eso crees? ¿Y qué pasa con, y creo que está en San Lucas: «Tienes que odiar a tu padre y a tu madre, a tu esposa y a tus hijos, y así sucesivamente, si quieres ser discípulo mío»? En un Evangelio les dice a sus discípulos que vayan a predicar por el mundo, en otro les dice que no les echen margaritas a los cerdos, y los cerdos eran los gentiles, que eran demasiado ignorantes para poder apreciar la Ley. Las contradicciones son numerosas y significativas, no se puede confiar en nada de lo que se haya dicho sobre él. Al contrario que Fisher, que no pretendió en absoluto hacer una obra histórica, a mí me gustaría construir mi relato alrededor de al menos un grano de algo razonablemente fiable. Pero el problema es que se supone que los primeros autores, como San Pablo, crearon un Cristo resucitado cósmico y archivaron al hombre en sí en un último cajón del que luego hicieron caso omiso. Si el primer material tiene tan poco sobre el Jesús humano, ¿de dónde lo vamos a desenterrar?

—Quizá sea una tarea imposible.

—Desde luego, espero que no.

2

Me pasé buena parte de la mañana siguiente escaneando y guardando en el ordenador páginas de los libros que había sacado de la biblioteca el día anterior: Cartas de San Ignacio, Policarpo, Clemente de Roma, Bernabé. Estos supuestos Padres Apostólicos, que escribieron alrededor de finales del siglo I y las primeras décadas del siglo II, eran prácticamente el único archivo no canónico que poseíamos de la «generación posapostólica» del movimiento cristiano, antes de que comenzara a tomar forma cualquier tipo de Iglesia centralizada.

Me di cuenta de que tenía que elaborar una cosa antes de poder empezar a reunir datos: un gráfico temporal que mostrase las fechas aproximadas en las que se escribieron todos los documentos cristianos y otros relacionados con ellos. Cosa que no era tan fácil como parecía, porque las fechas de muchos de ellos estaban por determinar: eran poco más que suposiciones bien fundamentadas. Podría haber construido con toda facilidad un cuadro en el ordenador, con un icono para cada documento que podría cambiar de sitio a voluntad a medida que fuera sabiendo más cosas. Pero me apetecía tener algo concreto, en espacio real, algo en lo que pudiese posar los ojos cuando los apartara de la pantalla. Así que monté en la pared una franja de tiempo que iba desde el año 30 al 150 d. C. Debajo pegué un adhesivo para cada documento: verde para los cristianos, azul para los judíos, rojo para los romanos. Después de tres días de rápida investigación, tenía más de cuarenta papeles aleteando en la pared por encima de la pantalla del ordenador.

Siete papeles verdes representaban las cartas auténticas de San Pablo, todas en un grupo perteneciente a los primeros cincuenta años del siglo i: 1 Tesalonicenses, Filipenses, Gálatas, 1 y 2 Corintios, Romanos y Filemón. Se habían escrito seis cartas más utilizando el nombre de San Pablo y yo las espolvoreé por las siguientes décadas: Colosenses alrededor del año 80, Efesios unos años después, 2 Tesalonicenses alrededor del 90. El grupo llamado las Pastorales (1 y 2 Timoteo y Tito) parecía haber sido fechado por diferentes estudiosos entre los años 100 y 130. Llegué a un equilibrio y las pegué en el 115.

El grupo de tres epístolas conocidas como la 1, 2 y 3 Juan normalmente se fechaban alrededor del año 90. 1 Pedro iba bajo el año 85. 2 Pedro, que se juzgaba posterior, la pegué en el 120. Luego las que se consideraban las primeras: Santiago, Judas y la Carta a los Hebreos. Quién sabe de cuándo eran, pero las coloqué un poco antes del año 70, el punto culminante de ese hito que constituyó la Primera Guerra de los Judíos, quizá el levantamiento más grande de su tiempo. Aplastar la revuelta judía y destruir la ciudad de Jerusalén fue la campaña militar más difícil que tuvieron que emprender los romanos durante el siglo i. Tres cuartas partes de la población de Palestina resultaron muertas o desplazadas. Marqué ese acontecimiento con su propio papel. El Apocalipsis, todo un levantamiento en sí, iba bajo los años 90 de ese siglo (aunque algunos piensan que se escribió durante la Guerra de los Judíos), junto con la primera epístola no canónica de Clemente.

Las siete Cartas de San Ignacio, el obispo de Antioquía que pereció en el circo de Roma, iban en una sola pieza bajo el año 107, seguidas poco después por otros dos escritores que tampoco consiguieron entrar en el canon: Policarpo y Bernabé. Un manual eclesiástico llamado la *Didaché* (que significaba «enseñanza» en griego) pertenecía más o menos al año 100. Por ahora se acababan los primeros escritos cristianos. Dejaría a los apologistas del segundo siglo para más tarde, ya que no sabía si tendría ocasión de meterme con ellos.

Eso dejaba un buen surtido de documentos judíos y romanos. Los historiadores Josefo, Tácito y Suetonio se podían colocar bajo fechas concretas de finales del primer siglo y principios del segundo. Pero luego venía un montón de documentos de una serie de escritos judíos de todo tipo conocidos con el nombre de Pseudopígrafa, procedentes del periodo que va del 200 a. C. al 200 d. C. (La palabra se refería a los escritos elaborados bajo nombres «falsos», normalmente grandes figuras del pasado de Israel). Prometían ser un activo considerable. Tras día y medio leyendo los pequeños comentarios adjuntos a estas seis docenas, más o menos, de obras me daba la sensación de que los antecedentes del primer pensamiento cristiano eran mucho más complejos de lo que se imaginaba la mayor parte de la gente. Los más prometedores los puse en la pared.

En cuanto a los Evangelios, las cosas no eran tan sencillas como yo había previsto. La controversia sobre cuál se había escrito antes ya estaba más o menos resuelta a estas alturas: el de San Marcos, el primero, se solía fechar alrededor del año 70 o así, mientras que los de San Mateo, San Lucas y San Juan (todos ellos y de forma diversa, dependientes de los cimientos colocados por San Marcos) se repartían entre los años 80 y 110. Pero los últimos estudios habían llegado a la conclusión de que todos los Evangelios se habían escrito por etapas, y se habían editado y revisado a lo largo del tiempo; la Iglesia posterior había perdido de vista esa primera historia de su desarrollo. Es más, una investigación de todos los escritos no pertenecientes a los Evangelios les había demostrado a los estudiosos que antes de mediados del siglo II resultaba difícil encontrar pruebas de que se supiese de la existencia de los Evangelios. Decidí dejarlos fuera de mi gráfico por ahora. Apliqué la misma teoría a los Hechos de los Apóstoles, cuya fecha sugerida de elaboración fluctuaba muchísimo a lo largo de casi un siglo. Habría que examinar con toda minuciosidad las fechas de cualquier cosa que pretendiera ser Historia.

3

El día siguiente era viernes, y un comienzo aburrido del fin de semana. Al invierno, que protestaba camino de la salida, empezaban a acompañarlo a la puerta: días de marzo húmedos y sucios en los que caía casi tanta lluvia como nieve. Shauna se había ido la tarde anterior a visitar a unos familiares que vivían fuera de la ciudad y por la mañana yo solo tenía una taza de café para arrancar en este primer día de reunión de datos. Como siempre, sin embargo, no pasó mucho tiempo antes de que me encontrara metido de lleno en el ambiente de los antiguos documentos que estaba examinando, tanto en la página impresa como en la pantalla del ordenador. La ventana que se asoma a una mente muerta desde mucho tiempo atrás suele estar empañada y granulosa y la nitidez de su significado puede ser esquiva, pero el milagro de devolverle la vida a un pasado desaparecido para siempre sacándolo de unas cuantas palabras recogidas por alguien que lo ha vivido es algo que jamás deberíamos perder ni descuidar. Sin eso, seríamos poco más que animales.

Y sin embargo, hoy ese pasado desaparecido contenía una curiosidad inesperada. Decidí que para llegar al Jesús histórico, quizá debería empezar examinando sus antecedentes: sus padres, su familia, los lugares donde nació y vivió. Los Evangelios, claro está, contenían un montón de cosas sobre eso, aunque no siempre se ponían de acuerdo. Pero uno no podía demostrar la validez de lo que cuenta el Evangelio apelando a lo que cuenta el Evangelio.

Pero aquí estaba el problema con el que me encontré. Tras utilizar el índice del proyecto Muratorian y mi propia investigación del material no canónico que había metido en el ordenador, no pude encontrar ninguna referencia a los nombres de María y José, ni a Belén, Nazaret o Galilea, en ningún sitio de los documentos no evangélicos del siglo I. Decidí entonces buscar el nombre del hombre del que se podría decir que fue el más crucial en la vida de Jesús, a saber, el hombre que lo había juzgado y ejecutado: el gobernador romano, Poncio Pilatos. En las epístolas, solo aparecía en una única referencia hecha de paso en 1 Timoteo, 6:13. En el resto, en todos los debates sobre la crucifixión y muerte de Cristo, no aparecía por ninguna parte. ¡Ni siquiera pude encontrar referencias al hecho de que Jesús había sido sometido a un juicio, ni en San Pablo ni en ningún otro escritor de epístolas! ¡Poco podía imaginar Pilatos que cuando se lavó las manos, con esa suciedad desaparecía también toda mención a su existencia buena parte de los documentos cristianos durante unos 80 años!

Al parecer fue San Ignacio el primer escritor de epístolas que volvió a poner a Pilatos bajo los focos. Este obispo martirizado fue también el primero que mencionó a la madre de Jesús llamándola por su nombre, María. Nadie mencionaba a José. En el capítulo 9 de su Carta a Tralles (escribió todas sus cartas siendo un prisionero de camino a Roma en el año107), San Ignacio decía: «Cerrad vuestros oídos, entonces, si alguien os predica sin hablar de Jesucristo. Cristo pertenecía al linaje de David. Era el hijo de María; verdaderamente nació, comió y bebió, y fue verdaderamente perseguido bajo Poncio Pilatos, fue en verdad crucificado. También fue de verdad resucitado de entre los muertos».

Para mí, este pasaje tenía un carácter muy especial. Al leerlo, me pareció que estaba declarando que estos acontecimientos eran reales, como si alguien los estuviese desmintiendo o se negase a aceptarlos. ¿Por qué iban a escuchar los compañeros cristianos de San Ignacio a predicadores que no les estuvieran hablando de Jesucristo? ¿Y, exactamente, quién negaría o ignoraría que Jesús había sido el hijo de María o que Pilatos lo había ejecutado?

Al día siguiente las precipitaciones se habían convertido en una llovizna continua que caía de un cielo plomizo. Concordaba con mi estado de ánimo. Las cosas no empezaban de una forma brillante ni demasiado enérgica. Los documentos comenzaban a tener un aspecto tan denso como el tiempo, nublado, sin entregar esas brillantes pepitas de información que yo buscaba, sino un lodo extraño y muy poco esclarecedor. Había empezado a darme cuenta de que hasta temas tan básicos como la muerte de Jesús se debatían en las epístolas de modo que no parecían tener ninguna relación con la imagen que ellos pintaban de los Evangelios.

En mi búsqueda de Pilatos, había leído un versículo en Colosenses, 2:15: «En la cruz despojó a los poderes cósmicos y a las potestades como de una prenda; hizo un espectáculo público de todos ellos y los llevó como cautivos en su desfile triunfal».

Por alguna razón, a mí esta idea no me encajaba con ninguna escena ocurrida en el monte del Calvario a las afueras de Jerusalén, una escena que no parecía insinuarse en ninguna parte, no solo en la Carta a los Colosenses. Los «poderes y potestades» eran términos que se aplicaban a fuerzas espirituales demoníacas, que en este periodo se creía que habitaban en la atmósfera y en las capas del cielo justo por encima de la Tierra, hostigando y mutilando a la Humanidad. Fisher había iluminado el papel perjudicial que desempeñaban en el pensamiento de aquella época.

Una referencia cruzada señalaba Efesios 6:12, que decía en un tono bastante sombrío: «Nuestra lucha no es contra enemigos humanos, sino contra poderes cósmicos, contra las autoridades y potestades de este mundo oscuro, contra las fuerzas sobrehumanas del mal que moran en los cielos».

Esto, una década o así después de la muerte de San Pablo y puesto en su boca por alguien que con toda probabilidad pertenecía a una de las comunidades entre las que él había predicado. Pero el propio San Pablo tenía cosas que decir sobre estas fuerzas demoníacas. En 1 Corintios

2:8, incluso parecía hacerlas responsables de la muerte de Jesús, sin una sola mención al papel de Pilatos. Vi por el comentario que el significado que se daba aquí a San Pablo era muy debatido pero que, según la opinión de muchos, los malos espíritus eran los «gobernantes» a los que se refería. Tomé nota de que tenía que investigar todo ese asunto de los espíritus y las dimensiones espirituales en el pensamiento de la época de San Pablo.

Me puse cómodo en la silla y miré la colección de adhesivos que formaban una hilera en la pared. Muy bien, así que nada de padres, lugar de nacimiento ni ciudad natal, y no hubo ningún verdugo humano antes de San Ignacio. Tampoco había lugar de ejecución, por lo que parecía. Al buscar el Calvario y la escena de la crucifixión, no había encontrado nada fuera de los Evangelios. Pero los lugares donde ejerció su ministerio, los pueblos donde hizo sus milagros o los lugares en los que enseñó. Seguro que autores como San Pablo tenían que haber mencionado algunos de pasada.

Ninguno de los varios índices que consulté me brindó nada. Metí todo lo que pude localizar en una primera exploración de los textos evangélicos: lugares y nombres de la historia evangélica. Con una posible excepción, la oscuridad era impenetrable. Como resultaba difícil creer que todos los primeros autores pudieran haber guardado un silencio tan absoluto, me tomé el resto del fin de semana para leerme todo San Pablo y las demás cartas y comprobar varios puntos en los comentarios del Muratorian. Terminé perplejo. En el pasado nunca me había planteado cuando leía (u oía de niño) pasajes de las cartas del Nuevo Testamento que en realidad no decían nada sobre la vida de Jesús. De hecho, ni siquiera se sabría por los primeros autores que Jesús había vivido hacía muy poco tiempo. No parecían ubicarlo en ningún punto concreto del pasado. Nada sobre Herodes ni sobre los romanos.

Otro personaje que faltaba era Juan el Bautista. No lo mencionaba ni uno solo de todos los documentos que examiné, hasta bien entrado el siglo II. Observé que San Pablo hablaba mucho del bautismo cristiano, pero no tenía nada que decir sobre el bautismo de Jesús, por no hablar ya de Juan el Bautista.

Tampoco pude encontrar ninguna referencia a los lugares donde predicó Jesús. Galilea no se mencionaba por ninguna parte. Ni el templo. Ni siquiera un Jerusalén. San Pablo y los demás jamás situaron a Jesús en ninguna parte. Ahora que lo pensaba, en realidad yo no recordaba ninguna referencia a que Jesús enseñara de verdad, aunque muchas de las cosas que las epístolas defendían en forma de directivas morales y demás parecían cosa suya. Era solo que jamás se molestaban en atribuírselas a él, cosa que parecía extraña. Los únicos candidatos posibles eran un par de casos de lo que San Pablo llamaba «palabras del Señor», que versaban sobre el divorcio y sobre el regreso de Jesús en el fin del mundo, aunque parecía implícito que las recibió de forma directa, como revelaciones privadas.

Una de ellas, la excepción que había observado antes, estaba en 1 Corintios 11 y sí que me recordó a una escena del Evangelio: Jesús pronunciando las palabras acerca de su cuerpo y su sangre al tomar el pan y el vino durante la Última Cena. En realidad, mejor «la cena del Señor», que era el término que utilizaba San Pablo. Este pasaje habría que mirarlo mejor. Era más o menos el único vínculo que pude encontrar en San Pablo referido a algún incidente en la vida de Jesús, aunque era más incitante que definitivo. En el resto de los documentos no fui capaz de encontrar ninguna referencia a la Última Cena.

Y luego estaban los milagros. No pude encontrar ninguno. San Pablo jamás menciona ningún milagro. Lo cual resultaba especialmente extraño, ya que sostenía con frecuencia ante sus lectores que la resurrección de los muertos era posible. Pero nunca utilizó el hecho de que Jesús hubiera resucitado a algún muerto como prueba de algún tipo. Como es natural, yo no creía que ningún estudioso acreditado de hoy en día creyera de verdad que Jesús había resucitado a nadie de entre los muertos, pero la idea de que lo había hecho debió de desarrollarse bastante pronto. Los autores de las epístolas se pasaban la vida hablando de las promesas de resurrección de Dios, pero ni uno solo señalaba las hazañas de Jesús para apoyar esas promesas. ¿Dónde coño estaba Lázaro? Ni siquiera San Ignacio habló de los milagros de Jesús, ¡y estaba a punto de enfrentarse a los leones!

Para el lunes por la mañana la perplejidad se estaba convirtiendo en frustración. Si tuviera que depender solo de los Evangelios, había muy poco de lo que pudiera fiarme, ¿y cómo iba a resolver las contradicciones halladas entre ellos? Si las investigaciones más actualizadas estaban reduciendo incluso la base más fundamental de la historia evangélica, ¿en qué se iba a basar un relato sobre Jesús? ¿Acaso Fisher había seguido ya el único camino que le quedaba abierto a un novelista: haz lo que quieras de ello y preséntalo como una especie de cuento moral sin ningún tipo de reivindicación de historicidad? Pero eso iba en contra de mis principios. Si lo que a mí me interesaba era la Historia de las ideas, mi historia de Jesús tenía que encarnar sus ideas o las ideas a las que dio lugar y cómo dieron forma al futuro. ¿O tendría que ocurrírseme alguna otra alternativa?

Quizá fuera que no iba por el buen camino. En lugar de buscar rasgos evangélicos, debería haberme preguntado qué estaban diciendo en realidad sobre Jesús autores como San Pablo. Quizá fuera mejor no medirlos según los estándares de los Evangelios. Volví a repasar una serie de pasajes de San Pablo y creí ver que Jesucristo (o con más frecuencia Cristo Jesús) era una figura ya cómodamente instalada en un marco espiritual completo y en una identidad. La transformación de Jesús en una divinidad que habitaba el reino de los cielos ya era completa y en la época en la que vivió San Pablo apenas quedaba algún eco de su encarnación en la tierra.

Por alguna razón, ese aspecto de él se había alejado y desaparecido y San Pablo o bien ignoraba la existencia de Jesús en la Tierra (cosa que no parecía posible a la vista de los estrechos contactos que mantuvo con los Apóstoles de Jerusalén), o bien esa existencia no tenía ningún interés para él, cosa que en sí misma me parecía asombrosa.

Hojeé los comentarios proporcionados por el proyecto Muratorian y me encontré con que eran una crítica muy antigua que se achacaba a San Pablo, una que ya había escuchado alguna vez de forma vaga; decían que prácticamente había desvirtuado el mensaje cristiano original al convertir a Jesús en un Cristo cósmico y bloquear el acceso al ser humano. Al parecer, buscar a Jesús de Nazaret en San Pablo era una tarea imposible. Es posible que incluso en este punto se me hubiera cruzado por la cabeza la idea de cómo podría haber realizado San Pablo una transformación tan extraña, o incluso si era siquiera probable, pero por el momento mi reacción más destacada fue de desesperación.

Y sin embargo una cosa era, me parecía a mí, postular que la vida y el ministerio de Jesús no le interesaban a San Pablo. Pero no se podía decir lo mismo de la muerte de Jesús y de su resurrección de la tumba, ya que las Cartas de San Pablo estaban llenas de proclamaciones y comentarios sobre estos grandes actos de redención. El Cristo crucificado no abandonaba jamás sus labios: la fe en que Dios lo había resucitado de entre los muertos era el eje de su predicación. Pero ni siquiera aquí aparecían estos acontecimientos dentro de su contexto histórico. Todos los rasgos de la pasión de los Evangelios, los detalles de la escena de la crucifixión, la historia de la tumba abierta, todo se había eliminado.

A juzgar solo por lo dicho por los primeros autores, toda la responsabilidad de la muerte de Jesús parecía hacerse recaer sobre los espíritus demoniacos. Es decir, excepto una vez. O eso pensé hasta que vi la nota a pie de página. En 1 Tesalonicenses 2:15-16, San Pablo se refería a los judíos «que mataron a Jesús, el Señor». Muchos comentaristas juzgaban ahora que esta era una inserción posterior («interpolación» era el término oficial para este tipo de cosas) en la carta, pues estos versículos contenían una alusión clara a la destrucción de Jerusalén, un acontecimiento que se produjo después de la muerte de San Pablo. La mayor parte pensaba también que estas opiniones no las pudo escribir San Pablo porque en ningún otro sitio se expresó de una forma tan maliciosa contra sus compañeros judíos. Si se eliminase este pasaje, entonces no había nada en las epístolas del primer siglo que nos contase que alguna agencia humana había sido responsable de la muerte de Jesús, ni judía ni romana.

4

1

El día siguiente supuso recados que tenían más que ver con las tareas cotidianas de la vida que con otra cosa, pero conseguí colar una excursión a la biblioteca de la universidad para buscar un par de libros mencionados en los comentarios del Muratorian. Esa tarde, Shauna se reunió conmigo para tomar una de mis cenas patentadas con el término «sin casi antelación». Era un cocinero bastante competente cuando me ponía y Shauna amenazaba con frecuencia con mudarse a mi casa por esa razón. Pero en realidad ninguno de los dos estábamos listos para comprometer nuestra independencia y cuando yo me metía con tanta intensidad en la fase de investigación podía ser muy celoso de mi aislamiento. Esta vez, sin embargo, con la frustración que albergaba por cómo iban las cosas, sentía la necesidad de hablar.

Quizá la preocupación me llevó a sobrecalentar la crema para el *strogonoff* de carne, pero Shauna se abstuvo cortésmente de hacer ningún comentario sobre el sabor un tanto agrio del plato. Al menos el brócoli estaba perfecto, *al dente*. Durante el plato principal habló sobre el primo con el que había pasado el fin de semana y fue solo en el momento en que saqué los napoleones de nata de nuestra pastelería favorita cuando me preguntó cómo iba el trabajo.

—Es gracioso que lo preguntes —dije con fingido sarcasmo. Shauna sabía muy bien que yo llevaba toda la comida devorado por la impaciencia—. La verdad es que me estoy planteando un cambio de planes. En lugar de una novela histórica, estoy pensando en escribir una policiaca. El primer misterio es, ¿quién mató a Jesús? No hay forma de encontrar a los sospechosos habituales.

—Vas a tener que explicar eso.

Una vez que lo hice, mi amiga sugirió:

—Quizá a San Pablo en realidad le importaba muy poco quién apretó el gatillo, por así decirlo. ¿No éramos todos culpables? ¿No es esa la idea que subyace en toda la visión cristiana de la muerte de Jesús?

Lo pensé un momento.

—Bueno, San Pablo desde luego creía que todos pecábamos. Pero yo diría que en realidad no considera un crimen la muerte de Jesús. Es más un caso de Dios y Jesús que nos hacen un favor por propia voluntad, que trabajan juntos para organizar este sacrificio por nosotros. Pero nunca tienes la sensación de que hay un responsable directo de ella: a nadie se le asigna la culpa de la ejecución de Jesús. Y sin embargo, la historia de los Evangelios es una inmensa conspiración: los ancianos judíos traman su muerte, el sumo sacerdote lo interroga y lo maltrata, varios testigos dan un falso testimonio. Hasta Pilatos con todas sus buenas intenciones se raja y cede a la presión. ¿Y qué pasa con las multitudes que chillan pidiendo su sangre? Seguro que en opinión de los primeros cristianos eso contribuyó a la decisión de Pilatos.

Shauna murmuró:

—«Que su sangre caiga sobre nosotros y sobre nuestros hijos».

Ese versículo concreto de San Mateo, junto con el epíteto «asesinos de Cristo» que engendró, se había grabado a fuego durante casi dos milenios en la conciencia de cada judío.

—Sí, pero no encontrarás ninguna opinión parecida en San Pablo. Sencillamente, no se percibe la sensación de que Jesús fuera un hombre inocente al que traicionaron y condenaron a muerte de forma injusta. Y San Pablo no es el único. De hecho, esto quizá te sorprenda, pero no se menciona a Judas en todo el primer siglo fuera de los Evangelios.

—He oído decir que Judas fue un invento. —Parecía pensativa—. Me gustaría creerlo, pero entonces tendríamos que vivir con el hecho de haber sido demonizados durante casi dos mil años por culpa de un invento.

—Lo sé. Ciertas personas tienen mucho por lo que responder. San Mateo quizá nos haya dado el grito de la multitud, pero encontró a Judas en San Marcos. Creo que el grupo del Seminario de Jesús ya ha rechazado ambas cosas como inventos de los evangelistas.

Shauna siempre se ofrecía a fregar cuando yo cocinaba y yo siempre me negaba a permitírselo. Por norma general nos retirábamos a la salita después de una buena comida, pero esta noche me la llevé al estudio para mostrarle el campo de batalla, la escena de mi nueva lucha contra la intransigencia de los primeros documentos cristianos. Los adhesivos que aleteaban en la pared bien podrían haber sido mi piel desollada. Shauna pensó que tenían un aspecto bastante cómico.

Coloqué otra silla para ella al lado del ordenador.

—Quiero enseñarte otra cosa. —Aunque podríamos haber mirado una página impresa mucho más cómodos acurrucados en el sofá, yo quería ante nosotros la viveza de la pantalla del ordenador conectado al ciberespacio. Ofrecía una ventana que se asomaba a los inmensos límites de un paisaje desconocido, una imagen que la primera cristiandad estaba empezando a asumir para mí. Me conecté a la Red.

—Dices que quizás a San Pablo no le importaba Pilatos lo suficiente para molestarse en mencionarlo. Pero una cosa que sí que le preocupa son los judíos como él. Si a Jesús lo mataron en Jerusalén y si la imagen que pinta el Evangelio tiene aunque sea una décima parte de verdad, tendría que haber facciones judías trabajando contra él, facciones que habían desempeñado algún tipo de papel en su muerte. Seguro que entre los primeros cristianos tuvo que haber cierta sensación de que los judíos eran responsables.

La página web del proyecto Muratorian era imponente. Un gráfico sutil e intrincado de fondo que cambiaba de forma periódica y giraba de derecha a izquierda: una serie repetida de iluminaciones despojadas de color de manuscritos medievales de la Biblia. Me estremecía con solo pensar cuánto espacio informático estaba inmovilizado en todos estos detalles tan delicados y suntuosos, pero como puerta de acceso a las Sagradas Escrituras eran muy evocadores. Seguro que te podías pasar horas contemplándolo.

Se podían solicitar dos portadas: una para el Antiguo Testamento y otra para el Nuevo. En este último se habían enumerado cada uno de los 27 documentos del canon, además de enlaces a introducciones diferentes a los Comentarios y a los Índices. Pinché en la Carta a los Romanos, la primera y la más larga del corpus epistolar de San Pablo, considerada por la mayoría como la obra maestra del apóstol. El texto se desplazaba hacia arriba, como siempre, pero un tipo de notas a pie de página podía abrir (en la parte inferior de la pantalla) breves aclaraciones del texto en sí: lecturas y discusiones alternadas de naturaleza lingüística que en general tenían que ver con el texto griego original. Otro tipo de anotaciones llevaba a los Evangelios y a otros paralelismos textuales con una proyección opcional de estos textos a un lado. Y otra más transfería al lector al punto adecuado del comentario principal que se proporcionaba sobre la obra en cuestión y realizado por algún destacado erudito. A estos comentarios también se podía llegar a través de un enlace diferente que salía de la portada; también se proporcionaban con frecuencia extractos suplementarios, todo ello unido por varios enlaces. La organización de toda esta riqueza de material, con la inclusión de un intrincado índice cuyos detalles y sutileza yo solo había comenzado a arañar, indicaba una tarea monumental asumida por un grupo o institución del que yo todavía no sabía nada.

—Romanos, 10 —entoné mientras bajaba hasta ese punto del texto. Avancé línea por línea hasta llegar al versículo 13. Con Shauna a mi lado, con el cuello estirado para ver la pantalla, dije—: Ves, aquí San Pablo está intentando demostrar que los judíos no tienen ninguna excusa para no creer en Cristo y alcanzar la salvación. Todo lo que tienen que hacer, dice, es «invocar el nombre del Señor y serán salvados». —Yo ya me había enterado de que esta era una cita de Joel 2:32, en la Septuaginta griega (San Pablo estaba utilizando la Biblia judía que se había traducido al griego un par de siglos antes, no la hebrea original). Para que Shauna lo viese, abrí la nota que identificaba y citaba el versículo del Antiguo Testamento, en inglés y en griego. Había también un enlace al comentario principal sobre la Carta a los Romanos, escrito por C. K. Barret. Aquí se destacaba el comentario de Barret, en el que señalaba que mientras la palabra original «Señor» en Joel era una referencia a Dios mismo, San Pablo prefería interpretar el término como referido a Jesucristo.

Volví al texto. La cita de Joel, que serán salvados todos los que invoquen el nombre del Señor, introducía el argumento de San Pablo referido a la respuesta de los judíos, una serie de preguntas estructuradas de forma poética. Le pedí a Shauna que las leyera en voz alta.

«¿Pero cómo han de invocar los hombres a aquel en quien no han creído?
¿Y cómo han de creer en aquel de quien nunca han oído hablar?
¿Y cómo han de escuchar sin un predicador?
¿Y cómo pueden los hombres predicar a menos que sean enviados?
Pues está escrito: ¡Qué hermosos los pies de aquellos que predican la buena nueva!»

Le señalé que aquellos que «son enviados» y «aquellos que predican la buena nueva» se referían a apóstoles como San Pablo. Examinamos unos cuantos versículos más, hasta donde San Pablo declaraba que la fe proviene de lo que se oye y lo que se oye sale de las palabras referidas a Cristo. La voz de tales predicadores, afirmaba San Pablo, ha sido llevada hasta los confines de la tierra, lo cual era una pequeña hipérbole por su parte.

Miré a Shauna.

—¿Qué te parece? ¿Ha demostrado bien San Pablo la culpabilidad de los judíos que no creen en Cristo?

Se dio cuenta de que la estaba sondeando.

—La trampa está aquí, ¿verdad? —Miró fijamente los versículos de la pantalla, que se extendían del 10:13 al 10:21—. San Pablo está cabreado porque los judíos ante los que predicó no lo escucharon.

Aguanté el «sí» a la espera de algo más. Señalé los versículos posteriores del pasaje.

—Aquí cita otros libros de la Biblia, pasajes que toma como profecías que demuestran que, al contrario que los judíos, los gentiles sí que creyeron cuando lo oyeron. —Uno de esos pasajes era Isaías 65:1: «Me encontraron aquellos que no me buscaban; me mostraron con claridad a aquellos que nunca preguntaron por mí».

—San Pablo recurrió a predicarles entre los gentiles cuando sus propios conciudadanos no respondieron —expliqué—, y disfrutó de un éxito mucho mayor. Era el «apóstol de los gentiles» por naturaleza. Predicar entre los judíos sin duda ocupó muchos de los años que siguieron a su conversión antes de colocarse en el centro de atención gracias a sus cartas, cartas que están dedicadas en su mayor parte a las comunidades de gentiles.

Le pedí que volviera a prestar atención a aquellos inquisitivos y poéticos versículos.

—Ahora recuerda que está hablando de los judíos en general, así como de los gentiles. Aquí hay una especie de culpa y mérito colectivo. —Repetí mi pregunta anterior—. ¿Crees que ha presentado el caso de la mejor manera posible?

Shauna lo volvió a leer y de repente se sobresaltó.

—¿Dónde está Jesús? —Yo sonreí y asentí. Mi amiga se volvió hacia mí—. ¿Por qué no culpa a los judíos por no escuchar a Jesús?

—Exacto. Jesús había predicado a los judíos. Muchos de ellos escucharon su mensaje. Y sin embargo la colectividad lo rechazó. Se supone que incluso echaron una mano a la hora de matarlo. ¿Qué razones podría haber tenido San Pablo para dejar este drástico rechazo fuera de la ecuación? Mira lo que dice en el versículo 18: «¿Puede ser que no lo escucharan?», se refería al mensaje. «Pero sí que lo hicieron...». Pero luego todo lo que hace es pasar a citar el Salmo 19, que se supone que habla sobre los apóstoles que van a predicar a los confines de la Tierra. ¿Por qué no quiso mencionar que los judíos desdeñaron al Hijo de Dios en carne y hueso? ¿Qué más necesitaría para demostrar el alcance de su fracaso y de su culpa?

Shauna, a su pesar, empezaba a sentirse intrigada e hizo la siguiente observación sin ayuda de nadie.

—¿Y por qué, cuando está contrastando la culpa de los judíos con el mérito de los gentiles, no señala el contraste más fuerte? Podría haber dicho que los judíos habían rechazado el mensaje aunque lo lanzaba el propio Jesús, mientras que los gentiles lo habían aceptado de segunda mano.

Ahora me tocó a mí sobresaltarme.

—Muy bien observado. No me había dado cuenta de eso.

La expresión satisfecha de Shauna dio paso a un repentino desinflamiento.

—Pero aquí... —señaló la pantalla, el versículo 12—. Dice: «lo que se oye viene a través de la palabra de Cristo». ¿No es eso una referencia a que Cristo predicó?

—No. El «de Cristo» del griego es solo un sustantivo en genitivo. Puede significar «la palabra sobre Cristo» o Cristo hablando a través de los predicadores, y así es como parecen tomarlo todos los comentaristas. Toda la estructura del argumento de San Pablo gira alrededor de la respuesta, o falta de la misma, que obtuvieron los mensajeros del evangelio como él. Aquí no ha dejado espacio para Jesús.

Shauna me miró un poco perpleja.

—Entonces... ¿qué significa esto? ¿Por qué lo dejaría fuera San Pablo?

—No lo sé. Una cosa es no mencionar a alguien como Pilatos si no tienes ningún interés en él. Otra muy distinta, dejar fuera al propio Jesús cuando está claro que exige su inclusión. Anoche estuve pensando en ello, pero la verdad es que no puedo darte una respuesta.

Me volví hacia la pantalla y dije:

—Pero eso no es todo. Mira. —Bajé al capítulo siguiente, Romanos 11—. Les pregunta a sus lectores si el hecho de no creer en Cristo significa que Dios ha abandonado a los judíos, que no tienen esperanza. Cita a Elías en 1 Reyes: «Señor, han matado a tus profetas...». A lo que Dios había respondido que se había asegurado de que un remanente de Israel permaneciera fiel. San Pablo utiliza esto como profecía de que lo mismo ocurrirá esta vez, que algunos judíos se avendrán, quizá todos con el tiempo. El caso es que se puede estar refiriendo a las veces en que Israel ha matado a los profetas...

Shauna me interrumpió a la defensiva.

—No creo que eso sea cierto. Nunca he oído hablar de nada parecido en nuestras tradiciones.

Pinché en la marca de la nota a pie de página.

—Lo cierto es que tienes bastante razón. Verás, esa idea era en realidad un mito corriente en esa época, utilizado por algunos grupos sectarios que sufrían la oposición del gobierno establecido y se veían a sí mismos como profetas modernos perseguidos, al igual que los profetas de antaño. —Una línea de la nota decía: «Más o menos los únicos profetas de los que se recoge que fueron asesinados por la clase gobernante fueron los de la época de Elías: durante el reinado de Ahab y Jezabel se ejecutó a muchos por expresar su oposición a la introducción por parte de la reina de las deidades de su Fenicia natal». —La cabeza de Shauna hizo un pequeño gesto de reivindicación.

—Pero de lo que se trata, querida, es de que San Pablo se refiere a un supuesto pasado en el que Israel mata a los mensajeros de Dios. ¿Ves lo que falta?

Shauna empezaba a comprender el juego cada vez más deprisa.

—Sí. ¡San Pablo no dice nada de que los judíos hayan matado a Jesús! ¡Seguro que lo habría dicho si fuera eso lo que hicieron!

—Sí, sería lógico pensar que matar al Hijo de Dios se habría pregonado a bombo y platillo como la atrocidad suprema. Y mira, en estos versículos... —señalé al 11:7, 10 y 11—. Dice que Dios les dio a los judíos ojos ciegos y oídos sordos y que no ven. Aquí dice que «tropezaron». En una de las otras epístolas utiliza la misma imagen. Es un lenguaje bastante suave para abarcar el pecado de deicidio. —Le hablé del único pasaje de 1 Tesalonicenses que los estudiosos modernos rechazaron como interpolación posterior.

Shauna dejó escapar el aliento poco a poco.

—¿Significa esto que la imagen que pinta el Evangelio es una falsedad absoluta? —La insinuación de angustia en su voz era como una onda en la superficie de un inmenso pozo cuya profundidad solo se podía adivinar. Me miró con expresión de dolor—. ¿Hemos sufrido todo este tiempo por nada en absoluto?

—No puedo responder a eso —dije con suavidad—. Al menos todavía no.

Mi amiga volvió a mirar la pantalla con la boca un poco rígida.

—Muéstrame algo más.

Lo pensé un momento. Decidí que sería mejor pasar a un tema un poco menos emotivo. Quizá podía empezar a meterme en el silencio generalizado que me había encontrado acerca de las enseñanzas de Jesús. Y tuve otra idea. Me levanté.

—Ten, ¿por qué no te sientas ante el monitor? Yo te dirijo.

A Shauna pareció gustarle. Tomó de nuevo asiento con las manos colocadas sobre el teclado como si estuviera a punto de abrir una cripta secreta en la que yacía la clave de la salvación perdida mucho tiempo atrás.

—Pincha en la flecha de la esquina. —Nos devolvió a la portada, donde una impresionante reproducción de un manuscrito iluminado irlandés conocido con el nombre de Libro de Kells se había quedado inmóvil por un momento en el fondo, una intrincada filigrana de dorados y marrones que adornaban las letras griegas utilizadas en el nombre de Cristo. Lo contemplamos fascinados durante unos momentos antes de entrar en el laberíntico índice.

Había tres ramas principales. Una era una serie de concordancias. Primero el texto en inglés: todas las palabras principales, enumeradas por orden alfabético, de la traducción utilizada por el proyecto Muratorian, que según supuse era su propio texto «modernizado» del rey Jaime, una especie de versión estándar revisada. Se inclinaba por la literalidad y la sencillez. Bajo cada palabra, como en cualquier concordancia normal, había una lista de todos los pasajes en los que aparecía, pero el contexto dado para cada aparición no estaba preestablecido; se podía llegar tan lejos como se quisiera a ambos lados de la aparición de la palabra. Al mismo tiempo, se proporcionaban comparaciones con los pasajes importantes de cuatro traducciones modernas diferentes. Las otras concordancias eran las de los idiomas originales: hebreo para el Antiguo Testamento, griego para el Nuevo.

La segunda rama era un monumental índice por tópicos que en muchos aspectos funcionaba como un diccionario bíblico. Cuando lo había probado unos días antes, había buscado «Espíritu» y lo había encontrado todo, desde la concepción que tenía San Pablo del Espíritu divino que opera en el movimiento misionero, hasta las fuerzas espirituales que habitan las esferas celestiales, pasando por un examen de ese término según se utiliza en varias filosofías contemporáneas. Estos tópicos, añadidos a los debates «de la casa», tenían enlaces con varios textos bíblicos y con los comentarios.

La tercera rama, que yo todavía tenía que investigar, era una enciclopedia biográfica y geográfica.

Le pedí a Shauna que abriera las concordancias.

—¿Cuál dirías tú que es el «dicho más famoso» de Jesús?

Lo pensó un momento.

—No lo sé... ¿«Amarás a tu enemigo»? ¿«Pon la otra mejilla»?

—Vamos a probar con «amor».

Curioseamos entrando y saliendo entre las concordancias y los textos del Nuevo Testamento. Muchos eran los dichos que se atribuían a Jesús en los Evangelios y que invocaban la idea del amor. Mateo 22:34f presentaba la clásica escena en la que a Jesús le preguntaban los fariseos cuál era el mandamiento más importante. La respuesta de Jesús había sido doble: «Amarás a Dios y amarás a tu prójimo»; esto último citaba el antiguo mandamiento del Levítico. Marcos y Lucas contenían escenas parecidas.

Y sin embargo, cuando encontramos sentimientos parecidos en las epístolas, la voz de Jesús guardaba un extraño silencio. San Pablo se expresaba dos veces en los mismos términos que Jesús en los Evangelios: les decía a sus lectores que la Ley entera se podía resumir en ese doble mandamiento de amor. Y sin embargo, en esos pasajes, Romanos 13:9 y Gálatas 5:14, no había el menor indicio de que San Pablo supiese que estaba siguiendo las instrucciones de Jesús. Shauna partió de las concordancias y abrió Santiago 2:8, en la que el escritor les decía a sus lectores que hacían bien cuando «cumplen la ley soberana establecida en las escrituras: amarás a tu prójimo como a ti mismo». Y sin embargo, «Santiago» no tenía ni una palabra que decir sobre la defensa que había hecho Jesús de este mismo mandamiento.

—No lo entiendo —dijo Shauna—. ¿Santiago no querría apelar a las enseñanzas de Jesús para apoyar lo que dice? Si yo estuviera intentando convencer a alguien para que siguiera mi consejo y el Hijo de Dios hubiera dicho eso mismo, estaría loca si no lo señalara.

—Es curioso, desde luego —asentí. Pero eso fue antes de que viéramos 1 Tesalonicenses 4:9. Si lo de Santiago había sido curioso, lo de San Pablo nos dejó mudos, directamente.

—«Pues a vosotros mismos os enseñó Dios que debíais amaros los unos a los otros» —leyó Shauna—. ¿Cómo pudo decir algo así? Siempre oyes que ese es el resumen de lo que enseñó Jesús. ¿Es que San Pablo no lo sabía?

Dije con cierto sarcasmo:

—A estas alturas, ya no sé lo que sabía San Pablo. —Decidí seguir adelante hasta que agotamos todas las referencias al amor. Seguro que alguien, en alguna parte de las epístolas, le habría atribuido tal enseñanza a Jesús.

Las cartas 1 y 2 de Juan estaban repletas del mandamiento del amor. En la mayor parte de los casos, la fuente parecía ser con toda claridad Dios, aunque en ocasiones el pensamiento era ambiguo y podría estar refiriéndose a Jesús. Los estudiosos debatían ese punto con frecuencia. Sin embargo 2 Juan 4-6 resolvía el asunto sin dejar lugar a dudas: allí se decía que el mandamiento que decía «amaos los unos a los otros» se había recibido en un principio «del Padre».

1 Corintios 13 era un himno al amor, aunque algunos pensaban que este capítulo era una inserción posterior y no estaba escrito por San Pablo. Pero ni siquiera aquí se hacía mención de Jesús como maestro en este tema. Una forma judía de instrucción moral llamada «los dos caminos» formaba parte de la *Didaché* y de la Epístola de Bernabé y ambas expresaban sentimientos sobre el amor parecidos a las enseñanzas del Evangelio; sin embargo, ninguno de los escritores cristianos que habían adaptado este material y lo habían incluido en sus obras habían decidido agregar referencia alguna a Jesús. Leímos enteros todos los pasajes de los dos caminos de ambas epístolas y si bien cada uno de ellos era una letanía de enseñanzas cristianas, no había forma de encontrar por ninguna parte a Jesús como maestro de ello.

Una investigación más profunda descubrió anomalías no menos sorprendentes. 1 Pedro 3:9 pedía: «No devuelvas mal por mal, ni abuso por abuso; sino al contrario, responde con una bendición...»

—Ahí tienes tu idea de «Pon la otra mejilla» —le dije a Shauna—. ¿Entonces por qué no apela a las palabras de Jesús?

—Quizá no sabe nada de ellas —sugirió—. Aunque eso no parece muy probable, ¿verdad? Seguro que Pedro se las oyó decir a Jesús con sus propios oídos.

Me reí de su ingenuidad, aunque estaba basada en una ignorancia comprensible.

—Oh, no hay ni la menor posibilidad de que el apóstol Pedro escribiera esta carta. Ni tampoco la otra que se le atribuye. Todas estas epístolas con nombres como Juan, Judas o Santiago son pseudónimos. Se escribieron después con los nombres de famosas figuras apostólicas o bien se les acopló el nombre un tiempo después de que se escribieran. Los estudiosos saben por el estilo y varios rasgos del contenido que no se pueden atribuir a sus autores tradicionales. No creo que haya ni una sola que a estas alturas se juzgue auténtica. Y en lo que a San Pablo se refiere, ya han dejado bastante claro que las Cartas a los Colosenses, a los Efesios, la segunda a los Tesalonicenses y las Pastorales son todas posteriores. Por supuesto, los cristianos no eran los únicos que hacían este tipo de cosas. Era una práctica bastante común en el mundo antiguo escribir en nombre de alguna figura famosa. Se debate si se puede llamar falsificación a ese tipo de cosas. No tengo muy claro que pretendieran en realidad engañar a nadie.

—Salvo a nosotros —dijo Shauna con ironía.

Me eché a reír.

—Bueno, desde luego el resultado fue ese, intencionado o no. Y fue casi inmediato. A finales del siglo II, estas atribuciones, incluyendo las de los Evangelios, eran aceptadas por casi todos los Padres de la Iglesia.

Investigamos varias palabras e ideas que nos llevaron a muchas máximas morales y recomendaciones expresadas en las epístolas que nos sonaban conocidas. «No nos juzguemos más», había dicho San Pablo en Romanos 14. El pseudo San Pablo de Efesios 4:26 abogaba: «Si estás enfadado, no permitas que la ira te guíe al pecado». Santiago 4:10 aconsejaba: «Humillaos ante Dios y él os ensalzará». Seguro que eran ecos de las enseñanzas de Jesús. Y sin embargo, ni uno solo había decidido identificarlas como tal. Era también el autor de Santiago el que les decía a sus lectores: «Escuchad, amigos míos, ¿no ha elegido Dios a aquellos que son pobres a los ojos del mundo para que sean ricos en fe y hereden el Reino?». Era desconcertante, pero no se echaba ni una sola mirada hacia la memorable primera Bienaventuranza de Jesús: «Bienaventurados sean los pobres de espíritu, pues suyo es el reino de los cielos».

En una línea de 1 Juan que les aseguraba a los creyentes que «No podemos acercarnos a Dios y obtener lo que pidamos», Shauna comentó con tono perplejo:

—Hasta yo sé que Jesús dijo: «Pedid y se os concederá». No tiene sentido que ninguno de estos escritores señalara jamás que fue Jesús el que les dio estas enseñanzas.

—Quizá todo el mundo sabía ya que él lo había dicho. —Fue lo mejor que se me ocurrió, aunque ni a mí mismo me convencía esa sugerencia.

—Aun así. ¿Cuánta energía hace falta para decir «como dijo Jesús»? Los judíos citamos con frecuencia lo dicho por un rabino famoso pero también solemos incluir su nombre, aunque todo el mundo sepa de dónde viene. Nos gusta hacerlo, es un homenaje. Quizás a veces no te moleste pero no me puedo creer que ni un solo escritor cristiano en todos estos casos no quisiera honrar a Jesús como su fuente. Además, haría que el argumento del escritor fuese más fuerte. Lo haría por instinto.

Tuve que estar de acuerdo. En ese momento, Shauna expresó cierta curiosidad por el tema de la Ley judía y las restricciones dietéticas de los judíos. ¿Qué le habían parecido a Jesús esas cosas? Por lo que yo había leído de San Pablo hasta ahora, sabía que ambas cosas eran temas candentes en su tiempo. ¿Los varones gentiles que se convertían al cristianismo tenían que ser circuncidados? ¿Todas aquellas leyes dietéticas que decían que muchos alimentos eran impuros y debían evitarse, seguían aplicándose a los creyentes cristianos? Según los Evangelios, Jesús se pronunció de forma definitiva sobre estas dos cuestiones clave. ¿Había apelado San Pablo a las opiniones del Señor en los debates que entabló a través de sus cartas?

En una larga discusión en Romanos 14 que trata de las riñas que hay en las comunidades cristianas sobre los alimentos que se podían tomar, San Pablo había escrito: «Sé y estoy convencido, como hombre de Cristo, que nada es impuro en sí mismo». Nada se decía sobre la opinión de Jesús. Y sin embargo en la escena de Marcos 7 se veía con claridad a Jesús declarando «puros a todos los alimentos». Había acusado a los fariseos de hipocresía y le decía al pueblo: «Nada de lo que entra en un hombre desde el exterior puede profanarlo». Shauna comentó que habría sido imposible que San Pablo hubiera sabido de tal tradición y no la hubiera mencionado. Pronto nos encontramos con que discusiones parecidas sobre restricciones dietéticas en 1 Timoteo y en la Epístola de Bernabé, ambas ya de principios del siglo II, tampoco sacaban a colación los pronunciamientos de Jesús.

La opinión de Jesús sobre la Ley en general que daban los Evangelios también creaba una imagen igual de desconcertante. En el Sermón de la Montaña de San Mateo, Jesús era inflexible, la Ley tenía que mantenerse:

> «No penséis que he venido a abolir la Ley y los profetas; no he venido a abolirlos sino a hacerlos realidad. Pues en verdad os digo, hasta que el Cielo y la Tierra desaparezcan, ni una i, ni un punto se eliminarán de la Ley hasta que todo se logre.»

Y sin embargo, San Pablo había desafiado la Ley a diestro y siniestro. Creía que ya había sido desbancada y no se requería su observación para salvarse, solo fe, fe en Cristo Jesús, que ahora tenían a su disposición tanto judíos como gentiles. En Gálatas 2 despellejaba a San Pedro por negarse a comer con los gentiles en una mesa común de iguales. Negó la necesidad de la circuncisión para los convertidos a Cristo. Para él, como dijo en Gálatas 3:23, la humanidad había sido un alumno o incluso un prisionero bajo la custodia de la Ley hasta la llegada de la fe en Cristo, y ahora se había abolido la Ley.

Shauna protestó:

—¿Cómo pudo haber predicado algo así en vista de las palabras de Jesús, que ni un solo punto de la Ley podía abandonarse? ¿Es que no se lo dijo nadie?

—Lo cierto es que en eso tienes mucha razón. Parece imposible creer que los otros apóstoles hubieran omitido mencionarle a San Pablo este pequeño detalle, sobre todo porque era un punto de disensión entre ellos. Pero más imposible es que los enemigos que tenía entre los apóstoles que habían salido al campo misionero no se lo hubieran echado en cara.

—¿San Pablo tenía enemigos entre los apóstoles?

—Sí, aunque al parecer no pertenecían al grupo de San Pedro. Algunos de estos otros apóstoles querían seguir siendo fieles a la Ley escrita. Puedes estar segura de que si Jesús hubiera dicho algo así, ellos lo habrían sabido y habrían utilizado esas palabras para condenar a San Pablo por menosprecio de la Ley. Sin embargo, parece que San Pablo jamás tuvo que enfrentarse a ese desafío.

—¿Significa eso que San Mateo se inventó las palabras de Jesús? Quizá es lo que quería creer. Quizá creía en mantener la inviolabilidad de la Ley e inventó un dicho para Jesús que reflejaba su opinión.

—Es muy posible, desde luego. Pero si San Mateo podía limitarse a inventar palabras dichas por Jesús sobre un tema tan importante como ese, no va a ser fácil confiar en él sobre nada de lo que ponga en boca de Jesús, ni en ninguno de los otros evangelistas.

Shauna lo pensó un momento.

—Pero algunas de las palabras que escribieron tuvieron que ser fieles, seguro. Tienen que estar en lo cierto al decir que Jesús enseñó algo.

—¿Tú crees? ¿Hemos encontrado una sola referencia en las epístolas del Nuevo Testamento que digan que Jesús enseñó esto o aquello? Y si a eso vamos, ¿hemos encontrado algo que diga que Jesús enseñó algo, lo que sea? Recuerda Romanos 10, donde San Pablo ni siquiera podía decirnos que los judíos habían rechazado lo que predicaba Jesús.

Shauna seguía mirándome escéptica.

—Tiene que haber algo en alguna parte.

Como si quisiera responder al reto, unos minutos después aparecieron en la pantalla estas palabras de San Pablo, 1 Corintios 7:10-11.

«A los casados doy esta regla, no yo sino el Señor, que la esposa no deba separarse de su esposo... y que el esposo no deba divorciarse de su esposa.»

Una nota al pie comparaba esto con un dicho similar en Marcos 10:11-12, aunque la forma de expresarlo del Evangelio era bastante diferente e introducía la idea del adulterio, cosa que San Pablo no había hecho. Pero el esclarecedor comentario adjunto a este pasaje era muy diferente. La nota al pie decía: «Además de los muchos ecos de los dichos de Jesús que los estudiosos han detectado en San Pablo, hay cuatro ocasiones en las que San Pablo declara que ha recibido instrucciones o información del propio Señor. Los comentaristas del Nuevo Testamento llaman a estas citas palabras del Señor».

De las otras tres, una era una declaración, unos cuantos capítulos después, de que «el Señor ordenaba que aquellos que proclaman el evangelio deben ganarse la vida con el Evangelio». Otra era una profecía en 1 Tesalonicenses 4 sobre lo que ocurriría el día que bajara el Señor del cielo, mientras que la última se refería a la «cena del Señor» en 1 Corintios 11:23f, cuando Jesús pronunció las palabras sobre el pan y el vino, una escena que yo ya había marcado para un estudio más atento.

La nota continuaba diciendo que, si bien había cierto debate sobre el tema, los estudiosos en general habían llegado a la conclusión de que en todo salvo en la escena de la Cena, San Pablo no estaba citando lo dicho por Jesús durante su ministerio. Más bien llevaba a cabo una práctica común durante toda la primera predicación cristiana. San Pablo y los demás carismáticos misioneros de Cristo transmitían directivas y revelaciones que creían haber recibido directamente del cielo, a través de la inspiración, a través de visiones e interpretando la glosalalia (el don de lenguas) o a través del estudio de las Escrituras, así de simple. Una cita del difunto estudioso americano Norman Perrin llegaba a admitir que mucho de lo que se dice en los Evangelios es eso, que solo con posterioridad los evangelistas colocaron esas palabras en la boca de Jesús y que no se puede confiar en que mucho de lo que se dice en los Evangelios sea histórico. Otros admitían que San Pablo no veía un maestro de ética en Jesús, sino que se veía a sí mismo como el portavoz de un Cristo que está en los cielos y que operaba en la tierra en el momento actual de la fe a través del Espíritu Santo.

La nota señalaba un par de pasajes a modo de ilustración, uno de los cuales era 1 Corintios 14:36-38:

> «¿Se originó la palabra de Dios con vosotros? ¿Sois vosotros los únicos a los que ha llegado? Si alguno piensa que es un profeta, u hombre espiritual, debería admitir que lo que estoy escribiendo está también dicho por la palabra del Señor.»

Desde luego no se percibía un gran movimiento misionero impulsado por tradiciones basadas en las enseñanzas de Jesús. El mundo de San Pablo parecía ser un mundo de inspiraciones y revelaciones directas de Dios, y un mundo muy competitivo, por cierto. Una vez más, el ambiente creado por los primeros documentos, por las voces de aquellos que habían sido el alma de la generación apostólica, estaba curiosamente desconectado de la imagen creada por los evangelistas posteriores. Y con qué posterioridad todavía tenía que determinarse.

2

Ya casi era medianoche y nos desconectamos de la web. Me di cuenta de que la investigación de este libro me iba a costar una pasta en conexión a Internet. Shauna y yo dejamos el estudio y adoptamos nuestra habitual postura semiyaciente en el sofá de la salita, un objeto muy usado pero cómodo que servía como foco central de una decoración no demasiado coordinada. Shauna siempre decía que como yo vivía tanto en el pasado, mis gustos para lo presente no tenían demasiado discernimiento.

Era tarde. Pero después de nuestra sesión ante la fría e implacable pantalla del ordenador, con sus secretos impenetrables, los dos necesitábamos un contacto físico más satisfactorio. Las frustraciones de esa sesión, sin embargo, impedían cualquier actividad salvo la charla. Si acaso, Shauna estaba incluso más desconcertada que yo.

—No creo que puedas entender lo que significa vivir a la sombra de este enorme y amenazador monolito que ha sido durante dos mil años la Cristiandad, sobre todo cuando hemos sufrido tanto en sus manos. Sé que en su mayor parte ya lo hemos dejado atrás, pero tampoco fue hace tanto tiempo. Mi padre tenía unas cuantas historias que contar sobre sus experiencias, incluso en este país.

—Y tenéis muy buena memoria —dije con suavidad.

—No nos quedó más remedio. Con frecuencia fue lo único que nos hizo seguir adelante. Aunque yo, personalmente, prefiero no darle vueltas a esas cosas. Estoy muy contenta con quién soy hoy en día. Pero lo que le pasa al Cristianismo es que siempre ha estado muy seguro y ha sido muy farisaico en su certidumbre, ese gran poder que poseía. Siempre la figura de Jesús cerniéndose sobre todo, como una bendición personal sobre todo lo que hacían los cristianos. Con Jesús allí, a su lado, el Cristianismo era una fuerza de la que no podíamos escapar. Y ahora todo parece tan... voluble. Todo el mundo parece estar cuestionándolo todo, negando cosas de las que los cristianos estaban tan seguros. Tú has estado examinando los documentos con gran atención y nada parece encajar. Es como si la figura tradicional de Jesús se estuviera evaporando en medio de la bruma y nadie pudiese ver lo que hay en realidad.

—Eso me recuerda un pasaje de una de las novelas de Fisher, pero no pienso buscarlo hoy.

Shauna dijo pensativa:

—Sabes, la única vez que visité Israel yo era bastante pequeña, fue alrededor de la Pascua judía. Nunca he sido muy religiosa, como sabes, pero con los judíos es también una sensación de comunidad, de tomar parte en cosas que se remontan a mucho tiempo atrás y te dan una sensación clara de tu identidad y tu pertenencia. Pero en Jerusalén, en aquella época, teníamos la sensación de que nos inundaban los visitantes cristianos que venían a pasar la Semana Santa. Fue justo después de la guerra del 67, cuando toda la ciudad era ya nuestra. Incluso en nuestra propia capital, en un país nuevo que nos había proporcionado tanto orgullo y fuerza, no podíamos huir de las presunciones cristianas. Hasta los lugares de nuestra propia ciudad antigua los reclamaban como cimientos de la verdad cristiana.

—Y sin embargo, Jesús era judío —le recordé—. El Cristianismo salió del Judaísmo.

—Sí, ya sé que eso es lo que siempre dicen. Pero, sabes, aunque yo no sé mucho de estas cosas, comprendo casi por instinto que no es del todo cierto. Estoy preparada para admitir que Jesús no fue el responsable, pero las cosas se les escaparon de las manos y desde luego lo que salió de ahí no tenía nada de judío.

—Bueno, ya te dije no hace mucho tiempo que las ideas y precedentes griegos tuvieron tanto que ver con aquello en lo que se convirtió el Cristianismo como los judíos. Creo que voy a tener que empezar a investigar en esa dirección muy pronto. Mi novela quizá esté tomando unas dimensiones que no había orevisto.

El viejo reloj que tenía sobre la repisa de la chimenea (esta última fría ahora que el invierno ya casi había terminado) dio las doce. Pensé en personalidades importantes y en invitados pesados, en ideas obsoletas que había que dejar descansar.

Y sin embargo, Shauna no mostraba signos de querer irse. Nos acurrucamos juntos y dije:

—Estabas hablando de las peregrinaciones cristianas a Jerusalén. Esa es otra cosa que, curiosamente, brilla por su ausencia en las epístolas del Nuevo Testamento. Nadie va jamás a visitar el lugar donde murió Jesús. Nunca hablan del Calvario, ni siquiera de la tumba donde se supone que resucitó de entre los muertos. No pude encontrar ni una sola referencia a ningún punto de Galilea o Jerusalén que alguien asociara con Jesús. No parece haber ningún lugar sagrado.

—Desde luego es muy raro. Jesús tuvo que morir en alguna parte. Se diría que un sitio así se habría convertido en un santuario.

—Yo diría que sí. San Pablo no deja de hablar de la muerte de Jesús. En la Carta a los filipenses dice algo así como: «Todo lo que me importa es conocer a Cristo, compartir sus sufrimientos y absorber el poder de su muerte y resurrección». Cuando lo leí, tuve una imagen de San Pablo corriendo al Calvario y abrazando el suelo donde había muerto Cristo, empapándose del poder de su sangre y su sacrificio. San Pablo era un hombre muy místico, y también emotivo. Y sin embargo, en la Carta a los Gálatas dice que después de su conversión tardó tres años en acercarse a Jerusalén y luego que todo lo que hizo allí fue conocer mejor a Pedro. Se quedó solo dos semanas y no vio a ninguno de los demás apóstoles salvo a Santiago. Luego se fue y no volvió ¡hasta 14 años después! ¿Entonces cuándo visitó el Calvario, el lugar donde se salvó al mundo? ¿Tenemos que suponer que aquel sitio no le interesaba? No saca el tema ni una vez.

—Quizá fue pero no lo mencionó.

—Eso resulta dificilísimo de creer. San Pablo se pasa la vida compartiendo sus emociones y experiencias personales con sus lectores. Es imposible pensar que fuera al Calvario pero jamás se molestara en decirlo. Esa habría sido una experiencia que llevaría consigo el resto de su vida. Debería haber salido al menos algunas de las veces que habló sobre la cruz.

—Pero si habla de la cruz, tiene que tener en mente el lugar donde se levantó esa cruz.

—¿Entonces por qué no lo expresa jamás con palabras? ¿Por qué no querría ir nunca allí? ¿Y qué pasa con la tumba? San Pablo siempre está hablando de la resurrección de Jesús. Está deseando vivir la suya. No deja de asegurarles a sus lectores que ellos también disfrutarán de la suya. Hay una línea en la Carta a los Romanos que dice que todos compartiremos la resurrección de Cristo. ¿Pretendes decirme que nunca quiso visitar la tumba en sí y ver el lugar en el que ocurrió ese maravilloso acontecimiento? ¿Para reforzar su convicción de que la resurrección era de verdad la promesa cristiana? ¿No hablaría de una experiencia así en sus cartas, en sus prédicas?

Shauna no tenía ningún comentario que hacer.

—Y no es solo San Pablo. No va ninguno. Ningún escritor de las epístolas expresa jamás el menor deseo de visitar esos lugares. Ni Belén, donde nació Jesús, ni Nazaret, donde creció, ni los lugares donde predicó e hizo milagros en Galilea. San Pablo parecer hacer una alusión a la cena de Pascua, pero nunca va allí, jamás visita aquella habitación del piso de arriba en la que Jesús celebró su colación expiatoria antes de morir. Y tampoco va nunca a Getsemaní, ni siquiera habla de ello. Ese debería ser uno de los puntos preferidos de San Pablo: Jesús atormentado por los temores y las dudas, enfrentándose a la muerte y buscando fuerzas en Dios. Era el vivo retrato de lo que sentía el propio San Pablo. ¡Aquel sitio debería atraerlo como un imán!

»Cuando piensas en ello, todos esos lugares deberían haber sido irresistibles para todos los primeros cristianos. En ninguna parte se dice ni una palabra de que viniera gente de otros centros a visitar los escenarios donde transcurrió la vida de Jesús. Nadie quiere pisar el suelo que él pisó, ni coger las cosas que él tocó. ¿Dónde están sus ropas, sus utensilios domésticos? Tenía que vivir en alguna parte, tenía que comer y hacer las cosas que hacemos todos. Debería haber mil reliquias circulando por allí. Alguien las habría mencionado en alguna parte, seguro.

—¿Y qué pasa con los trozos de la cruz, o el sudario? Yo he oído hablar de ellos.

—Falsificaciones, con toda probabilidad. Pero el caso es que son todas posteriores. Nadie menciona ese tipo de cosas durante al menos un par de cientos de años. ¿Dónde estaban durante el periodo anterior?

Por el toque de frustración que se percibía en la voz de Shauna se diría que me había dedicado a hacer temblar el suelo bajo los pies de una creyente.

—Pero los Evangelios tenían que estar basados en algo. El Jesús de San Pablo murió en alguna parte, ¿no? ¿Es que todos esos primeros cristianos se han ido en sueños a un mundo místico y se han llevado a Jesús con ellos?

—Quizá no estés muy alejada de la verdad. —Recordé el comentario que había hecho San Pablo, que habían sido los espíritus demoniacos los que habían crucificado a Jesús. Pero ya se había hecho demasiado tarde para meterse en eso.

—Estoy empezando a detestar todo esto —dijo Shauna con una repentina y sorprendente vehemencia—. Ahí tienes tu preciosa historia. Si tan precaria es, ¿cómo podemos aprender nada de ella? ¿Cómo podemos saber nada sobre ella? Los judíos estamos obsesionados con nuestra propia historia. ¿También es igual de precaria? No quiero encarnar buena parte de mi identidad en cosas que ocurrieron hace siglos o milenios. La verdad es que me da igual si salimos de Egipto o quién ganó una antigua batalla. Quiero que mi identidad se base en lo que soy como persona ahora, en este cuerpo y en este tiempo. ¿Por qué todo el mundo le da tanta importancia al pasado? ¿Es que no les gusta vivir el presente? ¿No prefieren juzgar las cosas según lo que podemos descubrir y hacer ahora mismo? Estoy cansada de enterrarme en viejos libros. Estoy cansada de que me lean palabras que escribió alguien hace siglos y siglos, alguien que nunca vivió en mi tiempo y no podía tener ni idea de lo que sería. Estoy cansada de que me digan que tenemos que hacer o ser tal y tal porque las viejas y manidas palabras de alguna mente antigua están escritas en alguna parte. Tengo una mente propia y sé usarla bastante bien, muchas gracias.

Se incorporó y comenzó a gesticular muy enfadada, dirigiéndose al parecer al pasado.

—Y ahora volvemos la vista hacia la Historia y nos encontramos con que no es nada salvo un fantasma. Todo el mundo ha invertido mucho en ella y se derrumba como un castillo de naipes. Jesús jamás resucitó de entre los muertos. Quizá ni siquiera sepamos dónde o cómo murió. Quizá los judíos jamás celebraron una primera Pascua en Egipto. Quizá todo esto no sea más que un montón de cuentos. ¿Cuándo vamos a crecer y dejar que se vaya?

Se tranquilizó un poco y me miró como disculpándose.

—Lo siento. Sé que a ti te fascina el pasado y has construido el trabajo de tu vida a su alrededor. Pero no podemos ir allí. Ya no existe. Y quizá nos esté haciendo más mal que bien pensar que podemos mantenerlo vivo.

La miré, sorprendido y un poco más humilde.

—Es cierto que el instinto humano nos ha llevado siempre a atarnos al pasado —dije—. En los mitos se trata solo de sentir que nuestro cordón umbilical está vinculado a algún tiempo y acontecimiento sagrado. No solo en términos de identidad, sino como una especie de fuerza mística que nos mantiene literalmente con vida, un vínculo con algún útero simbólico. Pero llevamos ya algún tiempo perdiéndolo y perderlo forma parte del proceso de crecer. Quizá estemos llegando a la edad adulta y estemos cortando por fin el cordón. La investigación cristiana moderna no habría sido posible hace veinticinco años. No habríamos tenido el valor de cortar el cordón. Y ahora estamos librando una lucha con aquellos que todavía no pueden reunir el coraje. Pero el caso es que se está cortando y ya no podemos volverlo a pegar.

»Supongo que es cierto que me fascina el pasado, pero la razón principal es entender el mundo y de dónde viene. No tengo miedo de lo que pueda averiguar y si eso significa que tengo que volver a evaluarlo todo e incluso revisar mi propia identidad, que así sea. Pero quiero saber la realidad de todo, no su encarnación mística. Creo que con ello seré mucho más rico y más sabio.

—Esos son sentimientos encomiables —dijo Shauna más aplacada—. Es solo que ojalá hubiera alguna forma de cortar el cordón sin que la mayor parte de la gente se ahogue antes de llegar a la parte «más rica y más sabia». Pero no quiero que pienses que no me interesa tu proyecto. La verdad es que me fascina bastante. Sobre todo desde que estoy empezando a preguntarme cómo vas a manejarlo.

—No eres la única.

Shauna volvió a acurrucarse contra mí.

—Incluso vendré siempre que quieras a ayudarte a apretar algún botón más.

1

No había sido mi intención ponerme en contacto con David tan pronto, pero a la mañana siguiente llamó desde su despacho de la universidad y me hizo una invitación que no pude rechazar. Las cosas estaban tomando forma más rápido de lo que él había anticipado, dijo. A su neófita campaña para fomentar la racionalidad y el secularismo le iban a ofrecer una modesta ceremonia para celebrar su nacimiento ese sábado por la tarde en la casa de campo de un partidario recién incorporado, un acaudalado caballero del que yo solo había oído hablar vagamente. David se refirió a él con ironía llamándolo «un filántropo aficionado a las causas excéntricas». Mi expresión se debió de transmitir por la línea de teléfono porque se apresuró a modificar su frívola presentación de Burton Patterson.

—La verdad es que cuando era joven se hizo bastante famoso como abogado litigante especializado en casos de derechos civiles. Luego se metió en el negocio del dinero y pasó a apoyar esos temas fuera de la sala de justicia. Alguien le dio mi nombre la semana pasada y tuve mi primera reunión con él al día siguiente de verte a ti. Desde entonces no hemos parado. De hecho, el grupo se ha decidido por un tema central (o dos) e incluso por un primer plan de acción. Vamos a hacer un anuncio formal el sábado.

—¿Te refieres a los medios de comunicación? —pregunté un poco sorprendido.

—Oh, no, aunque hemos invitado a una columnista del *Times* que esperamos que haga algún reportaje favorable sobre nosotros un poco más adelante. No, en realidad esto es una cosa «para casa». Un pequeño exceso por nuestra parte para poner las cosas en marcha con cierta formalidad. Y nos sirve también para darle la bienvenida a bordo a Patterson de forma oficial. Seremos unas cuatro decenas de personas, sobre todo de esta parte de país, aunque hay un par de personas que vienen de la costa oeste.

Yo tenía mis dudas sobre un tema.

—Si no te importa que te lo pregunte, ¿por qué me invitas a formar parte de una compañía tan selecta?

Es posible que solo me haya imaginado la vacilación.

—Bueno, en parte es una cuestión sentimental. Todavía nos recuerdo en aquellos tiempos, charlando hasta bien entrada la noche sobre temas como la religión, la racionalidad y hacia dónde iba el mundo. Sigo pensando que tienes una mente creativa y tú no tratas todos los días con académicos, así que podrías traer una visión más amplia de las cosas. Digamos solo que estudiar Historia y escribir novelas es una combinación muy prometedora.

Después de una publicidad como aquella, no habría tenido ganas de negarme, pero fingí aceptar con una condición:

—Si me concedes unos minutos de tu tiempo para discutir algunos puntos de filosofía antigua. No me vendría mal un poco de ayuda en mi investigación sobre Jesús.

David dijo que podía hacer algo más que eso y que lo hablaría con una colega que estaría en la reunión del sábado, una especialista en filosofía y civilización del mundo antiguo, cosa que no era en realidad su fuerte. Con eso acabó de rematarlo y le prometí asistir, invitándome a traer alguna acompañante. Últimamente me había sentido un poco culpable por mi falta de imaginación en mis salidas con Shauna. Mi creatividad parecía extenderse solo a mi trabajo.

El inminente acontecimiento le dio a los tres días siguientes de mi investigación un enfoque muy escogido. Necesitaba hacer un curso acelerado sobre ciertos aspectos del pensamiento religioso del mundo antiguo. Una de las cosas que me había chocado hasta ahora en mis lecturas era la sensación de perplejidad que sentían muchos sobre uno de los rasgos centrales de las primeras etapas de desarrollo del Cristianismo. No había demasiados estudiosos que no hubieran abordado la cuestión de la asombrosa transformación que había sufrido Jesús después de su muerte. Una cosa es que los seguidores vean la divinidad de un maestro respetado, o que el trato que le den vaya en esa dirección después de su fallecimiento. Otra muy diferente es que lo deifiquen del modo que hicieron con Jesús y lo instalen en los cielos a la derecha del Padre, sobre todo después de que su misión en la tierra hubiera terminado en lo que parecía un fracaso tan ignominioso.

Un libro que consulté, *San Pablo y Jesús*, lo expresaba así:

«Nadie que examine los Evangelios... y luego lea las epístolas de San Pablo puede librarse de la impresión de que se mueve en dos esferas completamente diferentes... Cuando San Pablo escribe sobre Jesús como el Cristo, los rasgos históricos y humanos parecen oscurecerse y Cristo parece tener importancia solo como un ser divino trascendente». En la página siguiente el autor, Herman Ridderbos, pasaba a preguntarse: «Jesús no estuvo muerto el tiempo que dura una vida humana y su estatus no solo había aumentado de una forma infinita, sino que había cambiado por completo. ¿Cómo ocurrió esto?».

A este infinito aumento de estatus se suelen referir llamándolo la «mitologización» de Jesús, la práctica de investirlo con rasgos que pertenecían en exclusiva a deidades del reino espiritual. Varios hicieron esa pregunta: por qué Jesús de Nazaret, una persona histórica, había sido retratada por completo en términos mitológicos.

Un rasgo, por ejemplo, era la idea de que Jesús había sido preexistente. Es decir, había estado con Dios en el cielo antes de su vida en la Tierra: de hecho, había estado con Dios desde el principio, había compartido la naturaleza de Dios antes de la creación del mundo. El pasaje que da comienzo a Colosenses 1:15 llamaba a Jesús «la imagen del Dios invisible, nacido antes que toda la creación, (en quien) el ser completo de la Divinidad moraba». Fueron muchos los estudiosos que expresaron su asombro ante el hecho de que un judío, por no hablar ya de todo un movimiento, pudiera haber ascendido a otro judío como ellos a una posición tan elevada al lado de su Dios ancestral, que pudieran haberlo llamado el «Hijo de Dios» en un sentido literal.

A Jesús también le habían dado un papel en la creación. El mismo pasaje de la Carta a los Colosenses declaraba que en Jesús «se creó todo lo que hay en el cielo y en la tierra y todas las cosas se mantienen unidas en él». En la Carta a los Hebreos, se dice que el Hijo sostiene el universo «por medio de su palabra de poder». ¡No deja de maravillar la capacidad de la mente del siglo I para convertir a un humilde predicador judío en el principio de la coherencia cósmica!

San Pablo, en 1 Corintios 8:6, había descrito a Jesús como una figura «a través de la cual todas las cosas adquirieron existencia y nosotros a través de él». Ciertos himnos litúrgicos citados por San Pablo y otros habían presentado a Jesús como una divinidad que había descendido desde el reino de Dios a través de las capas del cielo, había comulgado con los ángeles y había sometido a los espíritus demoniacos que habitaban las esferas celestiales inferiores.

Pero en lo que los estudiosos se centraban sobre todo, y con la mayor perplejidad, era en el hecho de que todos los títulos divinos de Dios se aplicaban de una forma prácticamente inmediata a alguien que había sido, según la percepción del pueblo, un criminal crucificado. Hasta el título más antiguo y sagrado de Dios, «Señor», se lo había aplicado San Pablo a Jesús sin sentir la menor incomodidad. ¿Cómo pudo efectuarse semejante elevación a las alturas tan pronto, y en medio de un entorno que lo habría hecho casi impensable? Pensé en el comentario de Shauna (su intuición, en realidad), de que había algo muy poco judío en el cristianismo. Y sin embargo, la mayor parte de los primeros cristianos eran judíos. El Cristianismo, a juzgar por los testimonios, se había originado en el mismo corazón de Israel y había salido de las experiencias de judíos normales de Jerusalén. ¿Cómo pudieron esos judíos haber creado algo que habría asombrado (de hecho horrorizado) a todos sus hermanos monoteístas, algo que era tan contrario a la antiquísima obsesión que tenía la mente judía por mantener todas las cosas divinas separadas de todas las cosas humanas? El Dios judío no se podía representar ni siquiera por una sugerencia de una imagen humana. Una sociedad entera había expuesto literalmente el cuello ante las espadas de Pilatos para protestar contra la colocación de estandartes romanos, que lucían imágenes humanas, sobre el muro de la fortaleza que se asomaba al templo. Y quizá una dimensión todavía mayor del misterio: ¿Cómo lograron los primeros cristianos judíos un éxito tan explosivo a la hora de extender su tan poco ortodoxa creación por casi todas las esquinas del imperio en tan solo unos cuantos años?

Semejante elevación de un ser humano carecía, que yo supiera, de precedentes en cualquier otro sitio, en cualquier otra época. Tenía que haber algo que explicase el fenómeno en esta ocasión y yo me negaba a creer que se encontrara en una resurrección real, en carne y hueso, tal y como la representaban los Evangelios. Y no estaba solo, ya que los estudiosos más progresistas del Cristianismo que postulaban esta deificación tampoco creían en tal acontecimiento. Su razonamiento, sin embargo, de que después de la ejecución de Jesús los discípulos habían acudido corriendo a las Escrituras y las habían saqueado en busca de pasajes que pudieran iluminar el «significado» de lo que habían presenciado en el ministerio y muerte de su maestro, y que habían leído en todo ello su deificación cósmica, no sonaba muy real. En cualquier caso, habrían tenido que consultar una variedad de fuentes mucho más amplia, ya que buena parte de lo que se pensaba de Jesús olía a una mitología y filosofía del mundo antiguo mucho más amplia. ¿Quién habría hecho todo esto, y por qué?

¿Y qué pasaba con la «pérdida de interés» consiguiente (la habitual racionalización de los estudiosos) sobre la vida y los rasgos humanos del mismo hombre al que acababan de elevar, como atestigua el silencio absoluto sobre esa vida humana en todas las primeras epístolas? Si lo pensabas con lógica, los dos aspectos de este puzzle no parecían compatibles. Si se elevaba a un hombre a la Divinidad, ¿por qué se habría de perder todo el interés en su vida humana? Seguro que esa vida sufriría un examen de lo más minucioso, para ilustrar y celebrar esa divinidad. La presencia del mismísimo Hijo de Dios sobre la tierra, viviendo, enseñando y haciendo milagros entre hombres y mujeres, muchos de los cuales todavía vivían durante la época de San Pablo y habrían poseído recuerdos de él tan vívidos como apasionantes: eso tendría que haber provocado, seguro, que se valorara y venerara esa vida divina en medio de la Humanidad, no su relegación a un armario olvidado durante casi un siglo.

No parecía posible ninguna explicación para este extraño progreso. Además, convertir a un hombre en Dios había carecido de precedentes; habría sido tal blasfemia para la mente judía que los cristianos se habrían encontrado envueltos en una continua defensa de la doctrina, lo que habría requerido una concentración constante en el hombre humano. No, tenía que faltar algún elemento en esta desconcertante imagen.

Hablé con Shauna esa tarde y le transmití la invitación de David. Pareció genuinamente emocionada ante la perspectiva aunque, como siempre, hizo gala en ese momento de su irrefrenable ingenio.

—Espero que le dijeras que lo más probable es que yo no cumpla sus requisitos de racionalidad. Después de todo, sé muy poco sobre la filosofía anterior a John Lennon y en ocasiones se me ha visto evitar caminar bajo una escalera. Es probable que suelte algo por completo inapropiado.

—En ese caso, será mejor que me lleve el bozal. No quiero que me avergüences delante de tan distinguida compañía. —Lo cierto es que Shauna solía brillar con luz propia en tales ocasiones. Podía ser bastante locuaz en una reunión social y sus pragmáticas opiniones con frecuencia se expresaban con una agudeza muy sutil. Uno de los lazos que me ataban a ella era que podía ser infinitamente fascinante pero de un modo discreto.

Pero debía interponer dos días más de lectura constante antes del evento en sí. Había abordado de vez en cuando el tema de la religión en el mundo antiguo cuando investigaba novelas anteriores, pero nunca con tal profundidad y no durante la época de Jesús. En el siglo I d. C. la filosofía griega ya había dejado atrás la aceptación literal de la mitología del Olimpo de dioses y diosas y se concentraba en una búsqueda religiosa más profunda: comprender la naturaleza del Dios supremo definitivo y cómo se relacionaban los seres humanos con esta deidad y el reino que habitaba. Formular un sistema ético era también una de las preocupaciones fundamentales.

Esas fueron las novedades de la época helenística, después de que Alejandro hubiera puesto patas arriba el mundo mediterráneo oriental y hubiera establecido una precaria mezcla entre la griega y otras culturas conquistadas más antiguas. La época se había desestabilizado. La guerra era frecuente entre los varios reinos que surgieron de la ruptura del efímero imperio de Alejandro, hasta que Roma conquistó la mayoría en el siglo I a. C. e impuso su propia marca de gobierno absoluto. Se impuso el pesimismo en muchos círculos y la destrucción de las antiguas formas de fe y religión estatal colectiva. En su lugar, la «salvación» del individuo se convirtió en la nueva preocupación, el nuevo cliché. Y era una salvación que debía huir del mundo. El vuelo del místico se convirtió en el anhelo religioso de la época: «Abandonar esta tierra, volar a los cielos, para ser como los dioses y disfrutar de su dicha».

Los mitos del Olimpo se consideraban ahora simples reflejos primitivos de la verdadera realidad. El dios fundamental era un ser absoluto, la forma suprema de existencia espiritual, una mente pura. De formas que variaban entre una escuela filosófica y otra, había hecho que se creara el universo. Para algunos era un principio que operaba dentro del mundo, prácticamente abstracto; para otros se encontraba fuera de él por completo, un ser trascendente, nada más.

Pero un dios trascendente no le servía de mucho al mundo si no podía tener contacto con él. Si se convertía en un ser tan elevado y perfecto (como lo describían cada vez más filósofos), incapaz de acercarse al mundo inferior de la materia, necesitaba un subordinado, un representante, un embajador que cumpliera ese papel. Pero en un marco monoteísta, este intermediario tenía que formar parte del dios fundamental en sí, tenía que emanar de él. Se convirtió en parte de las «obras» de la deidad, parte de la construcción del mundo espiritual. En algunos lenguajes, se convirtió en un Hijo.

Para este papel de intermediario, los griegos crearon el *Logos*, una fuerza divina abstracta que operaba sobre y dentro del mundo. El *Logos* era un concepto muy extendido entre las filosofías griegas y se interpretaba de varias formas. Se podría decir que parte de la interpretación de Jesús se parecería al *Logos* griego, una fuerza intermediaria entre Dios y la Humanidad. El Evangelio de San Juan, en su conmovedor prólogo, presenta a Jesús como el *Logos* hecho carne y algunos estudiosos han dicho que el Jesús de San Pablo era el *Logos* sin el nombre, y más personalizado. El filósofo judío Filo de Alejandría precedió a San Pablo y tuvo un *Logos* como parte integral de su híbrido de filosofía griega y judía. En él parecía haber ecos de Cristo antes de Cristo.

Y sin embargo, yo tenía que preguntarme por qué a los discípulos de Jesús se les ocurriría que su maestro era la encarnación del *Logos*, una fuerza abstracta y un concepto en esencia ajeno a ellos. ¿Y por qué habría de responder nadie a un mensaje tan extraño? La cuestión de a quién se le había ocurrido esta interpretación en realidad también se cernía amenazadora, ya que los sencillos apóstoles pescadores de los Evangelios no parecían los candidatos más probables. ¿Era obra de San Pablo? Con toda seguridad habría entrado en conflicto con la visión más sencilla de Jesús que tenía el grupo de Jerusalén; sin embargo no había ni una sola insinuación de choque entre ellos sobre la naturaleza fundamental de Jesús.

Si la cuestión de colocar a Jesús en el molde del *Logos* griego era una evolución tan poco probable como desconcertante, quizás había otra forma de interpretarlo más plausible. Los estudiosos ya hacía tiempo que habían señalado que algunos primeros cristianos veían en Jesús la encarnación de la versión judía del *Logos*, una figura conocida como la sabiduría personificada. La sabiduría era femenina (ya que la palabra en hebreo era femenina) y en un principio fue desarrollada como una personificación poética de la palabra divina, la voz de Dios que se comunica con el mundo a través de las Escrituras y los profetas. Este conocimiento de Dios era «la sabiduría» para los judíos y se convirtió en un aspecto de la Deidad.

Entre los escribas judíos de los siglos posteriores al regreso de Babilonia, la sabiduría adoptó la naturaleza de una entidad definida, un ser divino independiente que se veía como una emanación de Dios. Los maestros judíos de la sabiduría la representaban en libros del Antiguo Testamento como Proverbios y Eclesiastés viniendo a la tierra (aunque no en una encarnación física), llamando a los hombres y mujeres e invitándolos a conocer a Dios. También se convirtió en una figura frecuente en los escritos judíos ajenos a la Biblia. Para ciertos judíos, que Jesús era la sabiduría que había venido a la Tierra en carne y hueso quizá no fuese inconcebible, aunque el cambio de sexo parecía problemático. Por otro lado, ninguna secta judía de aquella época habría convertido a una mujer en Dios.

Quizá sobre algunas de estas preguntas podría sondear a la especialista de la que David había hablado y que acudiría al lanzamiento del sábado de... ¿qué? Me di cuenta que había olvidado de preguntarle cómo había decidido llamarse el grupo. Seguro que se habían decidido por un nombre si estaban listos para salir del útero. Sin duda la ceremonia bautismal formaría parte del acto.

2

Shauna y yo llegamos a la finca de Burton Patterson alrededor de las cuatro de la tarde del primer sábado de abril. El lugar se encontraba a unos veintitrés kilómetros de la ciudad y apartado de la autopista. Era un marco impresionante, entre colinas bajas que comenzaban a cubrirse de verde, pero había algo en el emplazamiento de la casa principal que decía que su diseñador estaba enamorado de la luz. Los altos pinos de un lado de la estructura proporcionaban una zona de sombra a una de las terrazas, pero los imponentes árboles parecían servir sobre todo como recurso arquitectónico, creando un horizonte desde la atalaya del largo camino de entrada que llevaba al espectador hasta la estratosfera y lo ahogaba en un azul empapado de sol. En otras partes la estructura relucía y centelleaba, incluso ahora que ya caía la tarde, y todas sus superficies parecían diseñadas para captar la luz de cualquier hora y estación.

Un aparcacoches se llevó mi vehículo a toda prisa a algún aparcamiento oculto y nos acercamos a la entrada principal. Las puertas se encontraban abiertas. Un ayudante flanqueaba uno de los lados y comprobaba los nombres en una lista de invitados. Tras la puerta, claraboyas que no eran evidentes desde el camino de entrada permitían que entrara la luz a raudales e iluminaba un vestíbulo de sutiles colores y adornos. Era obvio que la luz tenía un significado especial para Burton Patterson.

Nos mandaron a un gran salón de recepciones, ya atestado, situado en uno de los costados de la casa, o mansión, como Shauna decidió llamarla más tarde. Nada de lo que yo iba a ver ese día podía etiquetarse de abiertamente ostentoso, pero este era con toda claridad un hombre de considerable fortuna y un gusto equiparable. Cuando nos procuraron unos cócteles me apresuré a recordarle a Shauna que se decía que Burton Patterson entregaba una importante cantidad de su fortuna a causas nobles.

—¿Y ha hecho todo esto con la litigación de casos de derechos civiles?

—Oh, no. —No había llegado a relatarle todo lo que David me había contado a mí—. Eso fue antes de que se pusiera a hacer dinero... En qué, no tengo ni idea.

Había quizá unas tres docenas de personas en la habitación. Unas puertas de cristal en el lado contrario llevaban a un patio interior; una vez más, allí la luz entraba por arriba, aunque a esta hora del día y a principios de primavera el efecto era más apagado. Nos llegaban compases de Vivaldi desde algún sitio, quizá desde el propio patio. Tuve la sensación de que el compositor elegido no lo había sido por casualidad. Vivaldi siempre me había dado la impresión de estar lleno de luz.

Shauna y yo contemplábamos sin vergüenza nuestro entorno, así que no vimos a David hasta que lo tuvimos al lado.

—No dejes que este sitio te desconcierte —dijo en un tono casi de disculpa—. No he vendido mi alma. Lo cierto es que fue Burton el que nos buscó a nosotros. Vimos que teníamos mucho en común, salvo esto, claro está. —Señaló con un gesto irónico el local.

—¿Quieres decir que no podrías permitirte esto con el sueldo de un catedrático de Filosofía?

—No, pero la Filosofía tiene sus propias recompensas, mi querido amigo.

—Sí, tengo entendido que las cimas de las montañas andan bastante bien de precio en estos tiempos. —David y yo teníamos la costumbre de dejarnos llevar por largas cadenas de réplicas agudas, no todas muy ingeniosas, pero en este punto me di cuenta de que estaba a un pelo de una torpeza de la que quizá no hubiera podido librarme en lo que quedaba de tarde. Mi apuro fue apenas perceptible cuando me volví hacia Shauna para hacer las presentaciones.

David parecía bastante preparado para encontrar atractiva a Shauna y empezó a rondar un poco más cerca de ella que de mí mientras nos conducía por la sala y nos presentaba a algunos de los demás invitados. La mayoría estaba en parejas. Todos ellos tenían un cierto aspecto académico. Yo todavía no comprendía del todo qué ambiciones tenía David para esta pequeña empresa, pero si tenía alguna esperanza de crear un movimiento popular, o de apelar a los gustos populares (¿se podía conseguir que el público le tomara gusto a la racionalidad?, me pregunté), iba a tener que ampliar su imagen. Sin embargo, había que empezar por algún sitio y este era su entorno.

Shauna y yo teníamos un pequeño juego que practicábamos en situaciones como esta. Quizá debería haber dicho que el juego era en realidad de ella, porque era ella la que hacía todos los movimientos. Siempre que nos presentaban en una reunión de extraños y me identificaban como el novelista Kevin Quinter, si alguien afirmaba haber leído uno de mis libros, me daba un codazo furtivo; si se pronunciaba el título exacto, el codazo se convertía en un auténtico golpe. Si el otro invitado daba señales de no haber oído hablar de mí jamás, Shauna carraspeaba con mucha suavidad o bien daba un suspiro apenas audible. Siempre me informaba del recuento al final de la velada por si acaso yo había perdido la cuenta.

Íbamos dos suspiros a cero para cuando David nos presentó a uno de sus colegas de la universidad, un catedrático de ciencias de algún tipo. El hombre me pareció de esos que desde luego no pensaban tolerar teorías irracionales en ninguna de sus clases. Al decirle mi nombre y ocupación, el caballero entrecerró los ojos y rumió:

—Quinter... Quinter... ¿No fue usted el que escribió *El cronista del faraón*? Creo recordar que era una novela muy buena. Me gustan muchas esas cosas antiguas. Una buena evasión, pero muy evocadora y al mismo tiempo hace reflexionar.

Mientras le daba las gracias era consciente de que Shauna estaba casi al otro lado de David y tendría que estirar la mano por delante de él para darme el golpe. Mi mente sabía que no era muy probable que lo hiciera, pero mi cuerpo se contrajo un segundo hacia un lado solo por la fuerza de la costumbre. Esperaba que con eso se sintiera satisfecha.

Pasaron quizá quince minutos y unas cuantas mini conversaciones antes de llegar al anfitrión. Se encontraba de pie con un grupito de cinco o seis personas, incluyendo dos mujeres deslumbrantes, y yo ya llevaba unos minutos mirando a mi alrededor de vez en cuando para ver si distinguía algún probable candidato al papel de filántropo y propietario de este bello edificio. Cuando por fin me llevaron ante él me quedé desconcertado, ya que era mucho más joven de lo que yo me había imaginado, quizá de mi misma edad. Era un hombre alto, casi uno noventa de estatura, un tanto enjuto, con una cabeza de cabello castaño claro que era casi rebelde. Su rostro era lleno y lucía una mandíbula cuadrada que no podía haberlo convertido en nada más que guapo, pero la nariz, aunque caía sólida y recta desde la cima a la punta, estaba un poco torcida hacia un lado. Eso le daba un semblante perceptiblemente diferente dependiendo del punto de vista.

Por alguna razón David, al presentarnos a Shauna y a mí a Burton Patterson, se refirió a mí llamándome solo «escritor», en lugar del término que siempre me aplicaba, «novelista». Eso podría haber llevado a una pregunta que aclarara las cosas pero en su lugar, Patterson dijo con un tono bastante afable:

—Ah, nuestro cronista de grandes acontecimientos.

Me dio la sensación de que aquella era una ambigüedad bastante enigmática. Podría ser una descripción sucinta de mi profesión, ya que eso era lo que hacían a su manera los novelistas históricos. Por otro lado, muy bien podría haber tenido otra cosa en mente, un papel más inmediato para alguien con talento para la escritura. Y quizá esa no era la única mente presente que pensaba lo mismo.

Pero no tuve tiempo para sacar significados más profundos y en mi prisa por llenar el vacío de un silencio creciente, solté sin pensar:

—Su casa es muy llamativa. Parece gustarle mucho la luz.

Patterson se giró del todo hacia Shauna y hacia mí, o quizá era aquella dramática nariz la que se enfrentaba a Shauna mientras que yo tenía una perspectiva más plebeya.

—Sí, soy un entusiasta de la luz. Tenemos que buscarla siempre que podamos, y alimentarla. Hay demasiados a los que les gustaría impedir el paso del sol y entregarnos a todos a la oscuridad. —Por alguna razón, en los labios de Patterson aquel pronunciamiento no resultaba en absoluto pomposo y me recordé que había sido abogado litigante, un abogado que había defendido, por supuesto, solo las causas más nobles. Además, cualquiera que le escuchara habría considerado aquella opinión un conciso comentario sobre el propósito de la reunión. Casi me felicité por habérselo facilitado.

Pero no tuve tiempo de hacerlo porque Shauna interpuso de forma inesperada:

—¿No fue Diógenes el Cínico el que le pidió a Alejandro Magno que se hiciera a un lado porque le estaba tapando la luz?

Patterson le dirigió toda la fuerza de una poderosa sonrisa.

—Sí, así es. Alejandro se había ofrecido a darle al anciano e irritable filósofo cualquier cosa que deseara cuando lo encontró sentado a un lado del camino. Diógenes eligió que no le taparan la luz.

Shauna lanzó la más breve de las miradas a su alrededor y comentó con tono cándido:

—Claro que eso era todo lo que él quería.

Por dentro solté un gemido. Yo conocía a Shauna lo bastante bien para darme cuenta de que solo estaba siendo la chica alegre de siempre, alguien que no soportaba que nadie se tomara a sí mismo demasiado en serio. Jamás resistía la tentación de lanzar una pulla ingeniosa cuando se presentaba la oportunidad. Pero me preguntaba cómo interpretarían los otros su no tan sutil alusión.

No me atreví a mirar a David pero Patterson no mostraba señales de haberse ofendido, y no se perdía ni una. Con una carcajada que reconocía el *touché,* dijo:

—El problema es, querida , que en estos tiempos nadie escucharía a un mugriento y viejo cínico que viviera en una cuba de barro y mirara a todos lo que pasaran con el ceño fruncido. Nosotros esperamos que nuestros hombres y mujeres sabios logren un cierto nivel de éxito. Y la modestia no es más que una señal de inseguridad.

Le estaba lanzando a Shauna una mirada que reconocí porque la había visto más de una vez. Shauna, con su agudo ingenio y espíritu encantador, podía resultar inmensamente atractiva para algunos hombres. Si añadíamos la chispa de dos ojos un tanto desparejados pero enigmáticos, yo estaba convencido de que Burton Patterson estaba a punto de darse un coscorrón.

Antes de que yo pudiera hacer o decir alguna tontería, David desvió la atención de la sala anunciando:

—Muy bien, señoras y caballeros, creo que ya es hora de que pongamos en marcha este acto.

Salió un discreto estrado de una esquina de la habitación. Quizá se utilizara para una pequeña banda en las ocasiones en las que el baile estaba en el menú, pero hoy se había instalado un micrófono sobre él. David se colocó detrás y contempló casi cincuenta rostros. Pertenecían a personas de diversas edades, más varones que mujeres pero todos parecían compatibles de una forma muy sutil. El ambiente era relajado y alegre.

—La mayor parte de ustedes saben por qué estamos hoy aquí. Lo que yo he estado proponiendo y aquello en lo que muchos de nosotros hemos estado trabajando durante los últimos meses quizá parezca ambicioso o incluso osado. Algunos quizá lo llamen temerario. Pero creo que todos los que pertenecemos a esta profesión en un momento u otro nos hemos sentido consternados al ver las muchas manifestaciones de irracionalidad del mundo que nos rodea. Nuestra sociedad se enorgullece de su ciencia, de su tecnología. Todo el mundo aprovecha los beneficios de la racionalidad aplicada; de hecho, no podríamos vivir sin ella. Pero por alguna razón nuestras creencias personales no siempre han sido capaces de mantenerse a la par. Hoy en día vivimos en medio de una extraña mezcla de actitudes científicas y precientíficas, de principios razonables e irrazonables. La misma mentalidad que puede realizar cálculos matemáticos y entender cómo funcionan ordenadores, cámaras y transbordadores espaciales puede creer también en los ángeles y las abducciones alienígenas, o que la tierra solo tiene seis mil años. El problema es que la irracionalidad puede ser como un virus: infecta el tejido más sano y puede incluso comprometer su supervivencia. Todos lo hemos visto en el aula y lo vemos en la mano de obra tecnológica que con regularidad se ve comprometida por ciertas formas de superstición y analfabetismo científico.

»El otro problema es que son muchas las expresiones irracionales que van unidas a la religión, y la religión, como saben, no es solo dogmática, está apoyada por fuerzas que con frecuencia intentan de forma sistemática imponer su dogmatismo a la sociedad en su totalidad. Y cuanto más nos movemos hacia el secularismo y la racionalidad científica, y eso es lo que estamos haciendo, no se equivoquen, más luchan estas fuerzas contra esa tendencia.

»¿Hacia dónde nos dirigimos? Lo cierto es que no lo sé. A todos nos gusta pensar que el progreso se mueve de una forma lineal, que a pesar de los retrasos o reveses temporales, el desarrollo de la razón, de la ciencia y de las filosofías humanísticas continúa progresando y que no hay vuelta atrás. Pero de eso no tenemos garantías, como la Historia nos ha demostrado una y otra vez, y supongo que lo que he estado proponiendo es que intentemos hacer algo para asegurarnos de que ese progreso continúa. Tenemos que empezar a trabajar hoy por eso para alcanzar una «Edad de la Razón».

David había ido ralentizando el ritmo en la última frase y ahora me di cuenta de que estaba dejando que esas tres últimas palabras quedaran colgando. Supe antes de que nos lo dijera que ese iba a ser el nombre de la nueva empresa.

—Edad de la Razón. En muchos aspectos, por supuesto, ya la hemos alcanzado. En muchos aspectos ya llevamos un tiempo en ella. Pero mi experiencia en el aula, experiencia apoyada por muchos con los que he hablado, me lleva a pensar que podríamos estar saliéndonos. Así que nuestro grupo central ha decidido que deberíamos dirigir nuestras energías, para empezar, hacia dos áreas claves.

»Una, como es natural, es el campo de la educación. Tenemos que asegurarnos de que la generación más joven llegue de verdad a una Edad de la Razón en su vida y en su forma de pensar. Las fuerzas conservadoras han estado adquiriendo demasiada influencia en la educación, sobre todo enel nivel de la enseñanza secundaria. La censura campa por sus respetos y la oposición a ciertos temas castra la ciencia, sobre todo en la enseñanza de la evolución. Dado que la teoría de la evolución es una de las piedras angulares de la ciencia moderna y afecta a tantas disciplinas, corremos el peligro de crear una epidemia de analfabetismo científico a través de la supresión de la evolución en nuestras escuelas y libros de texto. Los profesores se muestran cada vez más reticentes a sacar el tema por temor a una reacción de los conservadores en contra. El esfuerzo por conseguir que se añada la llamada ciencia de la Creación a los planes de estudio comienza a aumentar una vez más y debe resistirse. Por desgracia, estas fuerzas son como la Hidra de muchas cabezas: no importa cuántas veces amputes sus intentos, estos siguen produciéndose. La oposición a la ciencia de la Creación y la defensa de la evolución va a ser un rasgo de gran relieve en nuestra campaña para traer una Edad de la Razón a las aulas.

»Con ese fin, así como con muchos otros, es un placer para mí anunciar que se ha sumado a nosotros alguien que traerá consigo un gran compromiso y experiencia personal a este tema. Aquellos de ustedes que estén familiarizados con los antecedentes del señor Burton Patterson sabrán que tiene una experiencia considerable en la litigación de casos de derechos civiles e incluso antifundamentalistas. Será un apoyo inestimable para nosotros a la hora de organizar la oposición a la supresión del saber científico establecido en el campo de la educación.

Se oyó algo más que un aplauso cortés por toda la sala, que nuestro anfitrión agradeció con un gesto elegante. Parte del aplauso quizá también estuviera motivado porque la contribución de Patterson iba a ser además financiera. No obstante, el impacto de una figura así en el perfil del grupo sería incalculable y David se había anotado todo un tanto al traerlo a bordo, aunque fuera el propio Patterson el que había iniciado el contacto. Se me ocurrió preguntarme si era posible que tuviera sus propias prioridades, de las que nada había dicho.

David reanudó el discurso cuando se extinguieron los aplausos.

—Les proporcionaré un informe más completo sobre los detalles de nuestros planes, por supuesto, pero permítanme que mencione ahora el otro enfoque por el que nos hemos decidido. Como todos saben, se nos acerca por el horizonte una pequeña división en el tiempo, por muy arbitrarias que puedan ser estas cosas. Ya hemos visto manifestaciones de irracionalidad en conexión con ella y pueden estar seguros de que todavía se verán más. Pero si lo miramos por el lado positivo, un nuevo milenio podría ser una oportunidad de oro. Ya sabemos toda la atención que los medios de comunicación están empezando a darle a este acontecimiento. No hay razón para que no podamos aprovecharlo también y promover la nueva era como una Edad de la Razón. Ya estamos empezando a organizar nuestro Simposio sobre la Racionalidad para principios del año 2000 y tenemos unas cuantas ideas más guardadas en la manga.

Mientras David continuaba hablando yo no puede evitar sentirme impresionado por el alcance de la propuesta que se estaba lanzando. Pero me pareció difícil creer que un puñado de académicos pudiera crear de verdad un movimiento con una influencia significativa. ¿Podrían rescatar al sistema educativo de las garras de los fundamentalistas? ¿Se escucharía alguna voz racional en medio del circo que prometía ser el cambio de milenio? Cuando le lancé una mirada a Shauna, esta me ofreció una pequeña sonrisa que podría haber significado cualquier cosa.

Hubo preguntas del público, algunas de las cuales David respondió directamente, mientras que otras se refirieron a la publicación inaugural que la Fundación de la Edad de la Razón (pues ese iba a ser el nombre oficial de la organización) estaba preparando para poner en circulación. Unas cuantas voces recomendaron que se pusieran otros temas en la agenda. Me di cuenta de que no habría escasez de temas que reclamasen la atención de la fundación, ni de mentes para enfrentarse a ellos. Quizá, después de todo, se podía creer que ahí fuera existía una gran sed de pensamiento racional y de que se podía aprovechar para lograr algo nuevo y productivo cuando se alcanzase la gran frontera del nuevo milenio, dentro de solo unos años. Quizá la transición de los tiempos medievales a los modernos, cuyos primeros movimientos yo había experimentado de joven, iba por fin a alcanzar la madurez.

Una vez terminadas las formalidades, se invitó a los presentes a trasladarse desde el salón de recepciones al patio interior. El lugar me recordaba un poco a un *atrium* romano, pero le faltaba alguna estatua antigua o una columnata. En su lugar, dividían la zona una gran variedad de estructuras sencillas y de líneas limpias que podrían verse como esculturas o como simples elementos arquitectónicos. Algunas de ellas servían de bancos. El espacio era casi equivalente al del salón de recepciones en sí, pero poseía una mayor sensación de intimidad y se encontraba a cielo abierto. En todos los lados salvo uno las paredes se elevaban a través de dos pisos y tejados inclinados; en el cuarto, se podían ver estirándose hacia el azul del cielo, sobre un segmento más bajo de la casa, los límites superiores de los pinos. Aunque estaba seguro de que la ocasión en sí y las opiniones allí expresadas estaban influyendo sobre mis pensamientos, sentí que en todo lo que había visto del entorno que Burton Patterson había creado para sí hablaba de una mente sofisticada e inquisitiva, abierta a un mundo que albergaba una fascinación interminable y ningún terror.

En el patio, la compañía se dividió en grupos flexibles. Cuatro músicos de cuerda se habían instalado con toda comodidad en una esquina y su música flotó discreta a lo largo de la siguiente hora o dos recorriendo Vivaldi, Corelli y otros maestros del Barroco italiano. Nuestros apetitos menos artísticos encontraron satisfacción en bandejas de aperitivos servidas junto con más copas. Pensé que este tipo de cócteles tenía que ser uno de los grandes inventos de la sociedad moderna, y uno de los más racionales, por supuesto.

Ya fuera por casualidad o a propósito, nuestro anfitrión permaneció con un pequeño grupo de personas que nos incluía a Shauna y a mí. Burton Patterson de vez en cuando le lanzaba a Shauna una sonrisa cuando le señalaba algo al grupo, pero no hizo ningún esfuerzo abierto por entablar una conversación personal con ella. De hecho, observé un tanto sorprendido que iba poco a poco consiguiendo que hablásemos solo nosotros dos. Shauna, noté, terminó saliendo del círculo y dirigiéndose hacia otra zona del patio.

—Cuando era un muchacho leía novelas históricas con voracidad —me confió Patterson, demostrando con eso que conocía mi especialidad literaria, con toda probabilidad por David—. Mi ambición era ser arqueólogo y desenterrar ciudades antiguas. Me gusta investigar las raíces. Me gusta imaginar a alguien como yo viviendo en una época anterior, cómo se enfrentaría a las cosas y se ganaría la vida. Te hace apreciar todo aquello por lo que hemos pasado para alcanzar la etapa actual de progreso, y lo decididos que deberíamos estar a no perderlo.

Al oír esto, la opinión que tenía de Burton Patterson, como es natural, se puso por las nubes. ¿Había sido consciente David de todo lo que teníamos en común?

—¿Y qué les ocurrió a esas ambiciones de juventud? —pregunté—. ¿O pasó usted algún tiempo en las arenas de algún vestigio antiguo antes de dedicarse al derecho?

—Nada tan romántico, me temo. Creo que escuché el señuelo de la fama y la fortuna demasiado pronto. Vi que no era muy probable que consiguiese esas cosas pasándome la vida de rodillas, cavando la tierra. Pero todavía no he perdido la fascinación que sentía por el pasado. Admiro a las personas como usted, que le pueden dar vida para las personas como yo.

—¿Y a quién ha leído? —Era la forma más sutil que se me ocurría para averiguar si estaba familiarizado con alguna de mis novelas.

—Oh, no he leído demasiado desde mis tiempos jóvenes. Nada suyo, me temo. En aquellos tiempos los que hacían furor eran personas como Mary Renault, todas sus novelas sobre la antigua Grecia y Alejandro, que estoy seguro que usted conoce. Y Zoe Oldenbourg sobre las Cruzadas medievales era una de las favoritas. Sus historias sobre los comienzos de la Inquisición en Francia me causaron un gran impacto emocional. Incluso diría que atizaron mi primera pasión, la de defender la libertad de expresión y la libertad de pensamiento. Aquellos que querrían quemarte, literalmente, en el nombre de la fe correcta han sido un peligro siempre presente, y siguen con nosotros, por desgracia. Esta escritora me lo hizo ver de una forma muy viva.

—Sí —convine—. Oldenbourg sabía comunicar la sensación de indignación y la tragedia ante la locura del fanatismo. Su *Ciudades carnales* fue, con mucha diferencia, uno de los libros más importantes de mi vida.

Patterson asintió con entusiasmo. Siempre me había parecido asombroso cómo un simple tema en común podía engrasar las ruedas de la comunicación humana.

—¿Sabía que también era historiadora? —le pregunté—. Escribió sobre las Cruzadas a Tierra Santa, así como la que hubo contra la herejía albigense en Francia.

—Creo que lo sabía, aunque no he leído sus libros de Historia. Pero me imagino que las exigencias que se hace cualquier buen novelista histórico a la hora de investigar son inmensas.

Asentí, pero antes de que pudiera seguir mi impulso de averiguar qué podría pensar él de mi actual proyecto, Patterson me paró en seco con su siguiente comentario.

—Pero había un novelista a quien yo admiraba muchísimo. La variedad de su investigación debió de ser más extensa que la de cualquier otro en su campo. ¿Por casualidad está usted familiarizado con Vardis Fisher?

A punto estuve de dejar caer mi copa.

—¿Sabe —solté sin pensar— que usted es la primera persona que me encuentro en estos tiempos que no se dedica a escribir pero que conoce a Fisher? Tenía una carrera muy prometedora en la década de los años 30 como novelista contemporáneo, pero le picó una especie de gusanillo y decidió escribir una serie definitiva de novelas históricas. Las dificultades y la oposición a las que se enfrentó fueron tremendas. ¿Cuántas novelas del *Testamento del hombre* ha leído usted?

—Creo que todas salvo una sobre la fase matriarcal que me costó encontrar. Pero todavía me acuerdo del día que lo descubrí. Leí el primer libro de la serie en unas seis horas: *Oscuridad y profundidad*. Nunca me había encontrado con ninguna novela que intentara recrear el nacimiento de la inteligencia en la mente humana hace dos millones de años. Absolutamente fascinante.

—Sí, y lo hizo sin una sola pizca de diálogo, ya que era antes del lenguaje. Era antes del fuego, las herramientas y la caza. Los conceptos y emociones más primitivos apenas comenzaban a surgir. La vida era cruda y violenta. Y sin embargo, Fisher consiguió de algún modo crear una sensación estimulante en el lector.

Patterson hizo una mueca irónica por encima del borde de su copa.

—Bueno, eso dependería de su filosofía, claro. Los creacionistas lo habrían odiado. Todos esos procesos de la naturaleza, la vida y el instinto que tantean y evolucionan de forma automática, como si se le hubiera dado a un interruptor cósmico y lo hubieran dejado todo sin atender. Esa fue la impresión visceral que me quedó. Ha sido todo una exploración ciega en busca de la inteligencia y la comprensión y aún no hemos salido del todo de nuestra propia ignorancia: todavía intentamos comprender nuestra propia naturaleza. Esa quizá sea una imagen aterradora para algunas personas, pero la verdad es que yo la encuentro inspiradora, y estimulante, como usted dice.

—¿Sabía usted que el editor original de Fisher lo abandonó cuando llegó a la época bíblica? Fisher recurrió a los estudiosos más progresistas de su época para su investigación y cuando escribió su novela sobre Salomón alrededor de 1950, no se mordió la lengua a la hora de hacer pedazos el mito del primer monoteísmo judío y la integridad del testimonio bíblico. Los críticos lo denunciaron a diestro y siniestro y los editores normales no querían ni verlo. Fisher siguió adelante y por fin encontró un alma valiente en Alan Swallow, de Denver.

—No lo sabía.

—Yo he tomado uno de mis lemas de Fisher, que el dogma no debe gobernar la Historia... ni la ficción histórica. Demostró que muchas de las leyendas del Génesis se derivaban de Mesopotamia y que muchas de las ideas y leyes hebreas se basaban en antecedentes egipcios. Eso no lo había hecho antes ningún escritor que hubiera abordado la ficción popular y sufrió por ello. Sus libros jamás alcanzaron al público que él esperaba y murió en el olvido.

—¿Y cuándo fue eso, lo sabe?

—Creo que fue en 1969.

—Bueno, le debemos mucho a unas cuantas almas valientes a lo largo de la Historia. El grueso de la Humanidad se ha conformado con perpetuar lo que le han enseñado, sin cuestionarlo. Pero tengo la sensación de que el gen responsable del cuestionamiento ha empezado a tomar el mando últimamente. Quizá estemos a punto de entrar en una edad de la razón, después de todo.

Me había empezado a dar cuenta mientras hablaba con Burton Patterson de que este tenía la costumbre de situarse un poco a la derecha del oyente y miraba a la persona que tenía ante él con un ángulo hacia la izquierda. Eso significaba que la visión que se tenía de la nariz del anfitrión era recta. Pensé entonces que el gen responsable de la vanidad estaba desde luego vivito y coleando hasta en los más ilustrados de nosotros, y con toda probabilidad lo había estado incluso en los tiempos de Fisher.

Y para demostrarlo intenté desviar el tema hacia mi actual proyecto.

—¿Y qué le pareció la novela sobre el Jesús del Testamento? Como siempre, Fisher podía ser muy poco convencional.

Patterson dudó y unió las cejas en el más leve de los ceños.

—Creo recordar que esa quizá me haya desilusionado un poco. Siempre imaginé a Jesús como un tipo dinámico que sabía con toda exactitud lo que estaba haciendo. Cuando estás intentando replantear las actitudes básicas de la sociedad, no puedes andarte con pies de plomo.

De repente me di cuenta de que aquel hombre le estaba haciendo al desventurado rabino judío lo mismo que le habían hecho todos los demás durante dos mil años: proyectar sobre él su propia imagen o la imagen que mejor se adaptaba a sus propósitos. Y eso había empezado, si se podía creer a los estudiosos, con la primerísima respuesta que le habían dado cuando su cadáver todavía no se había enfriado. Jesús era el clásico camaleón que cambiaba de color con cada nueva situación, no por voluntad propia sino por voluntad de aquellos que lo habían reclamado como propio. ¿Quién podría haber sido el hombre real para producir una reacción tan asombrosa y sin embargo crear al mismo tiempo tanta confusión e incertidumbre?

A Patterson me limité a decirle:

—No es tan fácil determinar con exactitud cómo era Jesús ni lo que estaba intentando hacer. A mí también me está resultando difícil lidiar con él.

—¿Esa es la novela en la que está trabajando? — Por lo que parecía, David le había dado un informe completo sobre mí.

—Sí. La documentación es tan exasperante como frustrante. No hay nada fuera de los Evangelios que nos diga algo sobre el hombre.

—¿Por qué no usar los Evangelios entonces?

—Porque son tendenciosos. Los evangelistas han creado al Jesús en el que quieren creer. San Juan y los sinópticos son incompatibles, muestran un Jesús muy diferente: diferentes enseñanzas, diferentes milagros, una filosofía completamente diferente de la salvación. ¿En quién debemos confiar? ¿Podemos confiar en alguien?

—Tiene que haber algún grano de verdad del que uno se pueda fiar.

—Si así es, está resultando muy difícil identificarlo.

Me chocó la similitud de las respuestas dadas por Patterson y Shauna. Incluso sin tener un especial interés personal en el fundador de la fe del mundo occidental, fe que ya tenía dos mil años, la reacción habitual era de incredulidad al saber que hasta el conocimiento más básico que se tenía de Jesús se apoyaba en una base tan inestable.

—Vivió en la época de Herodes, murió a manos de alguien y poco después de su muerte alguien lo convirtió en dios. Y ya está. —Decidí no entrar en el tema de que incluso una información tan básica como esta era imposible concretarla a partir de los testimonios no evangélicos.

—¿Estás llevando al señor Patterson a tu oscuro y olvidado pasado? —Shauna se había acercado a mí y me había puesto una mano en el brazo—. Aquí todo el mundo está mirando al futuro. Y promete ser un futuro fascinante.

—¿Detecto una cierta nota de escepticismo? —preguntó Patterson al tiempo que giraba la cabeza con gran sutileza para presentarle el ángulo más óptimo a Shauna.

—No lo sé. En general yo tengo la sensación de que la gente hace las cosas cuando está lista, no cuando otros intentan persuadirla o avergonzarla para que las haga. —Una vez más, yo sabía que Shauna no se oponía de ningún modo a lo que se había anunciado hoy. Era solo que tenía un poco de abogado del diablo y además le gustaba provocar.

—Pero quizá ya estén listos —replicó Patterson—. Me gustaría pensar que solo le estamos dando voz al espíritu de los tiempos. Mucha gente cree lo mismo que nosotros, pero no se da cuenta de que esas creencias están muy extendidas, de que muchos de sus vecinos piensan como ellos. Yo no puedo creer que enseñarles a nuestros hijos que este gran e intrincado universo fue construido prácticamente ayer por una deidad que también inundó la Tierra poco después para erradicar la excesiva fornicación, o que convertía a las mujeres en estatuas de sal por ser curiosas o detenía el sol en seco para permitir que sus seguidores asesinaran a más de esos nativos a los que les estaban robando la tierra... No puedo creer que eso sea lo que de verdad quiere la mayoría de las personas de este país que con tanta impaciencia esperan el tercer milenio. Creo que están listas para seguir adelante y dejar atrás esas nociones infantiles. Solo les hace falta que alguien hable por ellas y exprese en palabras esas aspiraciones.

Después de una pausa que quedó flotando en el aire, Shauna asintió y dijo en un tono casi sincero:

—Bueno, quizá la suya sea la voz real que necesitan. —Me di cuenta de que deseaba despejar cualquier recelo que pudiera hacer pensar que no simpatizaba con las opiniones que se habían expresado este hermoso día de primavera en un entorno tan estimulante. Burton Patterson, con su pulido tono y su carismático porte, había transportado a todos los que podían oírlo a una idílica edad de la razón, de tal modo que allí no había ni una sola alma que no esperara con impaciencia la llegada del nuevo amanecer.

—Ah, Kevin... —Shauna se volvió hacia mí de repente y rompió el encanto—. Allí hay una mujer que parece bastante impaciente por hablar contigo. Dice que David mencionó que estabas interesado en discutir unos.temas de filosofía antigua. Me ofrecí a transmitírtelos, pero debió de tener la sensación de que yo estaba demasiado enfangada en el siglo XX. —Shauna había adoptado una vez más su tono provocador y me dio un golpecito amistoso. Supuse que era el que no había podido darme antes, pero me confió en un medio susurro—: Señorita Lawrence se llama. De hecho me dijo que había leído uno de tus libros, título y todo.

Patterson intervino y se ofreció a liberarme de mi compromiso con su séquito si Shauna accedía a ocupar mi lugar. Shauna asintió y ambos me despacharon a los márgenes del patio y a la compañía de la señorita Lawrence para debatir sobre filosofía antigua.

Resultó ser una de las conversaciones más estimulantes que había tenido en mucho tiempo. Sylvia Lawrence era todo lo contrario de Shauna, alta y en aparencia incómoda en un cuerpo un tanto descomunal, pálida y casi remilgada, y sin embargo con una energía callada que te atraía. Daba la sensación de que ocurrían tantas cosas a la vez en su mente que te podías marear un poco en presencia de tanto esfuerzo.

La mayor parte de las conversaciones sobre filosofía griega parecían tomar como punto de partida la gran rivalidad entre Platón y Aristóteles, y la nuestra no fue ninguna excepción. Después de una presentación mutua y una estrategia inicial, Sylvia Lawrence tenía lo siguiente que decir sobre la racionalidad en el mundo antiguo.

—Aristóteles fue el primer hombre de ciencia auténtico, en el sentido de que basaba buena parte de su filosofía en la observación de las cosas. No llegaba a tener una teoría de la experimentación, no se puede decir que la tuviera nadie del mundo antiguo, pero al menos él intentó dejar que gobernara sus conclusiones un estudio empírico del mundo que le rodeaba. Y con eso no quiero decir que no sesgara muchas cosas por culpa de los prejuicios y las creencias establecidas, por ejemplo su visión de las mujeres.

Me apresuré a convenir con ella en que el progresismo moderno sobre la igualdad de sexos había tardado mucho en llegar.

—Pero tuvo el buen sentido de ver que la visión de Platón probablemente se equivocaba. Ya conoce la filosofía platónica clásica, por supuesto, que dice que todas las cosas del mundo material de los sentidos en el que vivimos son en realidad copias imperfectas de las «Ideas» cuya existencia es eterna, o de formas espirituales del mundo superior de Dios. Aristóteles menospreció eso y sugirió lo contrario: que nuestra experiencia de las versiones individuales de algo, un caballo, por ejemplo, nos llevaba a desarrollar una forma «ideal» mental en la que encajaban todas estas versiones, pero que la «Idea» representativa de un caballo no tenía una existencia real independiente en el mundo superior. No consiguió triunfar, sin embargo, y todo el mundo antiguo, e incluso el medieval, siguió a Platón de un modo u otro.

Mientras mi mente descargaba todo esto y lo comparaba con lo que ya sabía, el crepúsculo comenzaba a descender sobre el patio y suavizaba las líneas tanto de la arquitectura como de los invitados. Ya eran más de las seis y había un toque de frescura en el aire. Me di cuenta de que emanaba una luz difusa de sutiles fuentes que en un principio no pude identificar. Los pinos que teníamos encima eran como centinelas que nos protegían de las usurpadoras fuerzas de la oscuridad. También producían una extraña sensación: parecía que si te pusieras al revés, te caerías al cielo.

Permanecí cabeza arriba y volví a prestarle atención a Sylvia Lawrence.

—Quizá pueda usted ayudarme a aclarar unas cosas. Todo este tema es bastante esotérico. ¿Cómo encajaba el *Logos* en el sistema de Platón de formas y orígenes?

—Bueno, primero debe comprender que el término *Logos* era en realidad algo que servía para todo en el mundo antiguo. Estrictamente hablando, significa «palabra», pero el significado conlleva muchas más cargas que esa. Las diferentes filosofías podían utilizarlo de formas bastante diferentes y el término evolucionó con el tiempo. Los estoicos lo veían como el principio de la razón en el universo, una especie de mente de Dios, y esta razón también estaba presente en la mente humana, es decir, que los seres humanos formaban parte integral del mundo cósmico, en continuidad con Dios. —Sylvia había caído en una especie de tono conferenciante, sin duda por la costumbre del aula, aunque la copa de cóctel medio llena habría supuesto un elemento incongruente en ese marco.

»Los platónicos, por otro lado, tenían una perspectiva dual: que el universo no era una unidad sino que estaba dividido en dos partes, básicamente el cielo y la tierra, los mundos espiritual y material, las Ideas y las copias, y que no podía haber una interacción o comunicación directa entre los dos; desde luego no entre nosotros, humildes humanos, y el Dios máximo y trascendente. Este era demasiado absoluto, una mente demasiado pura para poder tener contacto con el mundo de la materia.

—¿Así que el *Logos* servía como una especie de interfaz entre los dos reinos?

—Sí, ese es un buen término. El platonismo (en los siglos posteriores a Platón) utilizó el concepto del *Logos* para referirse a todos los procesos que ocurren en el cielo y que proceden de la mente de Dios. Esa mente producía Ideas, así como la energía que generaba el mundo material a partir de ellas. Dado que el *Logos* era la imagen de Dios, una especie de radiación que salía de él, como la luz o la electricidad si quiere, era el que revelaba la naturaleza de Dios, una forma de ponerse en contacto con él.

Sylvia tenía la costumbre de añadir ideas extra según se le iban ocurriendo, como los vagones adicionales de un tren. Me di cuenta que algunos de esos vagones se estaban acercando a las primeras visiones cristianas de Jesús, y le pregunté:

—¿Diría que este *Logos* podría llamarse «Hijo» de Dios?

—En un sentido poético, quizá. Ninguna de las visiones del *Logos* se imaginó como un ser personal y separado. Era más una fuerza abstracta, una forma de describir el poder o el pensamiento de Dios que opera en el mundo. El filósofo judío Filo de Alejandría, que está en Egipto, pero estoy segura de que eso ya lo sabía, quizá diera un paso más. Filo llamó al *Logos* «el Hijo» o «el primogénito de Dios». Dijo que el *Logos* podía penetrar en el interior de personas especiales e inspirarlos con el conocimiento de Dios y la capacidad de comunicárselo a otros. Eso era lo que creía sobre Moisés. Lo cierto es que Moisés era su héroe.

Se me ocurrió que los primeros cristianos quizás habían imaginado que el *Logos* de Dios había entrado en Jesús.

—¿Entonces Filo veía en Moisés a un ser divino?

—Oh, no. Filo jamás habría cometido ese tipo de blasfemia. Fue más lejos que cualquier otro pensador judío de su época al abrazar la filosofía platónica, pero en el fondo seguía siendo judío y la integridad de un dios monoteísta era muy importante para él. Su Moisés seguía siendo humano; se podría decir que solo era el receptáculo privilegiado de Dios.

Tan cerca y sin embargo tan lejos. Parecía que no iba a ser posible una conexión directa entre Filo y la primera interpretación de Jesús.

—¿Cree usted que Filo podría haber influido en la visión cristiana de Jesús?

Sylvia sonrió con una expresión un tanto cómplice, como si quisiera decirme que comprendía mi interés por el tema. O bien David le había dado cuenta de mi nuevo proyecto o había salido en la conversación con Shauna.

—Bueno —aventuró—, es cierto que los pensadores cristianos posteriores se dieron cuenta de que Filo parecía estar presagiando ideas sobre Jesús; después de todo, vivió la mayor parte de su vida antes del comienzo del Cristianismo. Por otro lado, San Pablo no muestra ninguna prueba concluyente de haber estado familiarizado con los escritos de Filo.

—Quizá las ideas eran más amplias que Filo, estaban más extendidas. Todo el mundo trabajando en los mismos conceptos durante todo ese periodo de tiempo: sobre una especie de figura o fuerza intermediaria que daba acceso al Dios máximo y trascendente. Que hacía su trabajo por él.

Sylvia abrió mucho los ojos, que podían ser bastante expresivos aunque a veces me recordaban a un pájaro nervioso. Había una profunda inteligencia detrás de su mirada, aunque sus gestos podrían sugerir que no estaba del todo aprovechada. O quizá compartía espacio con otras corrientes menos intelectuales.

—Ese es un análisis muy perspicaz. La Historia está llena de cosas, no solo de Filosofía, expresadas de forma muy generalizada, cosas que están «en el aire» por así decirlo, que toman varias formas. A veces nos obsesionamos demasiado con identificar qué caso específico influyó o produjo otro caso específico cuando es algo más sutil e indefinible que eso.

—Así que Filo, como judío en Alejandría, prefería ver el *Logos* de Dios como algo que residía de forma espiritual en un hombre humano. Pero alguien como San Pablo, en otra parte, se inclina más por la idea de que este *Logos* vino a la tierra en persona (o hecho ser) y vivió toda una vida propia. ¿Procede la segunda idea de la primera?

—Una pregunta interesante. Como siempre en estos casos, no es una única idea la que produce otra, sino un grupo complejo de ideas procedentes de varias fuentes que se unen y generan algo nuevo en la mente de una persona o grupo innovador.

Me di cuenta de que aquel era un resumen bonito y conciso de cómo procedía la historia de las ideas.

—¿Por cierto, Filo tuvo algo que decir sobre Jesús durante sus últimos años? ¿Cuánto tiempo le sobrevivió?

—Habría sido más o menos década y media, aunque no se sabe la fecha exacta de la muerte de Filo. Pero para responder a su primera pregunta, no. Filo no dice nada sobre Jesús ni el Cristianismo.

Y otro curioso silencio más, pensé.

—¿No le parece que le habría interesado un movimiento que veía un *Logos* divino que había venido a la Tierra?

—Desde luego que sí. Claro que es posible que todos los escritos filosóficos de Filo que tenemos resulten proceder de la parte precristiana de su vida.

Admití esa posibilidad. Hicimos una pausa para probar una delicada y diminuta crepe de un carrito que pasaba. Después de que Sylvia se chupara los restos de jarabe de los dos dedos, sugirió:

—Pero sabe, en realidad no se debería juzgar a los judíos por Filo. Él representaba a corrientes más helénicas de fuera de Palestina. En Jerusalén tenían su propio concepto de intermediario divino que se remontaba a una época incluso anterior al *Logos* griego.

—Se refiere a la Sabiduría personificada.

La señorita Lawrence se mostró entonces impresionada.

—Vaya, ha profundizado bastante en todo esto, ¿verdad? Supongo que sabe, entonces, que era más una tendencia del Oriente Próximo, para despojar a la deidad de ciertos aspectos y convertirlos en figuras divinas independientes. Los dioses superiores no eran necesariamente trascendentes, se limitaban a delegar su autoridad con demasiada eficiencia y en el proceso perdían parte de sí mismos.

—Y creo que el proceso se llamaba... hipo... hiper... —había ido más allá de mis posibilidades. No me acordaba del término.

Sylvia sonrió, esta vez más animada.

—Se llama «hipostasitación». Las divinidades independientes eran «hipóstasis».

—Sí, por supuesto. La sabiduría comenzó siendo en un principio el conocimiento sabio de Dios y la vida que se recibía de Dios, y luego evolucionó hasta convertirse en una figura definida. Desarrolló su propia voz que hablaba en nombre de Dios y llamaba a la gente. —El pasaje de Proverbios 8 y 9 había permanecido en mi memoria con su vívida imagen de doña Filosofía, de pie, ante la puerta de la ciudad y llamando a todos.

—Eso es. Pero la sabiduría también adoptaba otros papeles. Desde el principio fue la compañera de Dios en el trono de los cielos, y fue su agente en la creación.

—Bueno, eso es significativo, estoy seguro. Porque esos son dos de los rasgos otorgados a Jesús en las primeras capas del pensamiento cristiano. Eso debe de indicar un vínculo muy estrecho hecho entre la sabiduría y Jesús. ¿Pero por qué ocurriría? ¿A quién se le ocurriría convertir a un predicador crucificado en la encarnación de una hipóstasis de Dios que había ayudado a crear el mundo? Y encima femenina. Y no creo que el Antiguo Testamento insinúe por ninguna parte que se suponía que la sabiduría tenía que sufrir, morir y ser resucitada. ¿Por qué harían semejante conexión los seguidores de Jesús después de su muerte?

—Bueno, yo no soy ninguna experta en teología cristiana, pero quizá fuera porque Jesús había enseñado el conocimiento y el amor de Dios, igual que hacía la sabiduría.

Algo en la manera que tuvo Sylvia de decirlo hizo que se estremeciese una de mis antenas mentales, pero estaba enterrada a bastante profundidad como para prestarle algo más que una atención momentánea y el instante pasó. De hecho, había dado un buen argumento y así se lo dije. Segundos más tarde, sin embargo, me di cuenta de que se iba a pique por una desconcertante anomalía. Si ese era el motivo de esa asociación, eso debería haber hecho destacar las enseñanzas de Jesús en la imagen post pascual que había de él. Y sin embargo, a juzgar por los testimonios no evangélicos, Jesús como maestro de sabiduría y conocimiento había desaparecido sin más; ninguno de los autores de las epístolas mostraba el menor interés por ese aspecto de su vida, ni por ningún otro si a eso vamos. Pero algo me dijo que no me pusiera a vadear esta ciénaga concreta con Sylvia Lawrence.

En lugar de eso, le di voz a una conexión diferente.

—Pero, aun así, dice que la sabiduría precedió al *Logos*, y sin embargo ambos conceptos tienen mucho en común. Como ese asunto de la creación y de dar acceso a Dios. ¿Influyó uno en el otro o seguimos contemplando cosas que están «en el aire»?

—Bueno, no olvide que las ideas están siempre evolucionando y las diferentes expresiones de las mismas actúan unas sobre otras. Debería leer la sabiduría de Salomón en el Antiguo Testamento apócrifo. Se escribió en Alejandría durante la época de Filo, aunque no lo escribió él. Este escritor judío fusiona la sabiduría y el *Logos* como el amor y el matrimonio.

—Supongo que resultaba muy práctico que una fuera femenina y el otro masculino —bromeé—. Judía y griego juntos en la misma cama.

Los ojos de Sylvia se suavizaron de una forma apenas perceptible al oír eso y dijo con un tono que albergaba un sutil cambio de cualidad:

—De hecho, para empezar, una de las fuentes de la figura de la sabiduría fue con toda probabilidad la diosa fenicia Ishtar. Esta se erguía ante la puerta de su templo y también llamaba a los hombres, aunque ella los llamaba para algo un poco más provocativo. —Jamás se me habría ocurrido llamar sexy a Sylvia Lawrence, pero aquellos ojos parecían albergar una sutil invocación propia que no había notado hasta ahora. ¿Es que yo había desplegado más encanto del que solía reconocer? Me dije que lo más probable era que hasta la antigua filosofía pudiera ser un afrodisíaco para la mente adecuada. Al mismo tiempo tuve que admitir que esta extraña mujer estaba empezando a ejercer cierta atracción sobre mí.

Mientras el cielo se hundía en la oscuridad sobre nuestras cabezas y la iluminación artificial del patio proyectaba sobre todo y sobre todos una luz suave, me sorprendió que todo esto no me hubiera llevado todavía a ninguna gran revelación en mi intento por entender el fenómeno de los primeros cristianos. De algún modo, Jesús había sido una esponja y había absorbido los conceptos filosóficos imperantes de su época. Pero todavía me eludía la comprensión de por qué un hombre humano, un humilde predicador, habría producido este efecto.

También me chocó el contraste que tal imagen presentaba con todo el ambiente de los Evangelios... y los Hechos. Ninguno de estos documentos parecía sugerir siquiera un proceso semejante. De hecho, estaban repletos de las asociaciones que habían hecho ellos con Jesús: el hijo de David, el Mesías, el enigmático Hijo del Hombre. Los Hechos sobre todo, en la imagen que dan de los primeros momentos del movimiento cristiano, parecían totalmente desprovistos de cualquier transformación de Jesús en la encarnación terrenal de un mediador preexistente y entidad creadora del cielo. ¿Cuál podría ser la clave que haría que todo encajase?

Dado que la universidad donde enseñaban David y Sylvia prometía ser una de mis guaridas habituales durante el tiempo que durase este proyecto, Sylvia me invitó a dejarme caer cuando quisiera, y si no tenía clase, podríamos seguir charlando. Fue en este momento cuando apareció David.

—Confío que, entre los dos, a estas alturas ya habréis resuelto el libro de Kevin.

—Solo las escenas de sexo —bromeó Sylvia. Capté la nota de sorpresa en la expresión de David antes de que se volviera hacia mí con un sutil interrogante en los ojos: «¿pero qué pasa aquí?» parecían decir. Fingí inocencia.

Volvimos en coche a la ciudad unas cuantas horas después, bajo un cielo brillante iluminado por una luna que acababa de dejar atrás la fase de plenilunio. Shauna me recordó que estábamos en plena semana de la Pascua judía y además daba la casualidad de que mañana era domingo de Pascua. Ambas celebraciones, el corazón de las costumbres judía y cristiana, conmemoraban acontecimientos que se remontaban a miles de años atrás, y sin embargo nosotros vivíamos en una época que acababa de empezar a cuestionar los cimientos históricos de estas dos piedras angulares de la tradición occidental. ¿Cuántas vidas cambiarían para siempre si al final se demostraba que las dos no eran más que bocanadas de humo místico? Y lo que era más importante, ¿qué las sustituiría?

La conversación derivó a temas más mundanos y terminamos sondeando la reacción que había inspirado en el otro la reunión. La verdad es que yo no veía cómo podía encajar en el gran proyecto de David, aunque este me había preguntado si se podía poner en contacto conmigo un par de semanas después de que ciertas cosas estuvieran en su sitio, pero sin aclararme nada sobre lo que tenía en mente. Preferí no preguntar. Estaba deseando volver a mi trabajo, ya que había decidido abordar todo aquel asunto desde una perspectiva diferente.

Para cuando llegamos a la ciudad, yo estaba tanteando a Shauna para ver lo que le había parecido Burton Patterson y ella quería saber qué me había parecido a mí Sylvia Lawrence, y los dos dejábamos claro que, por supuesto, aquello no implicaba ningún tipo de celos. Sí que es cierto que no le mencioné que probablemente tendría ocasión de volver a consultar con Sylvia temas de religión y filosofía antigua. Y me sentí culpable cuando me informó de que Patterson le había hecho una invitación abierta para «volver a verse en otro momento». Mi supuesta despreocupación era transparente cuando inquirí cuál había sido su respuesta y la suya igual cuando respondió que se había limitado a decirle que ya lo avisaría.

—Estoy segura de que entendió lo que quise decir. Además, no quería ofender a tu nuevo socio... Ni al nuevo salvador del mundo occidental.

—Estoy seguro de que no es ninguna de las dos cosas —reí. Y sin embargo aquel hombre a mí me había caído muy bien y a pesar de su displicente actitud, sabía que a Shauna también.

Los dos estábamos cansados cuando llegamos a la puerta de su casa y bajo esa luna casi llena nos despedimos. Como siempre, no fijamos ningún día para nuestro próximo encuentro.

6

1

Había decidido que necesitaba un registro más sistemático de lo que debía encontrarse (y no encontrarse) en los documentos de la primera Cristiandad que se encontraban fuera de los Evangelios y los Hechos. Durante mi investigación hasta ahora, incluyendo aquella memorable velada pasada con Shauna ante el ordenador, había descubierto una amplia variedad de material que faltaba en las epístolas. Mentalmente yo había empezado a llamarlos «silencios». A lo largo de los días siguientes elaboré una serie de apartados y subapartados para clasificar esos silencios, y ayudado por los índices del Muratorian y por mis propios recursos, comencé a llenar cada categoría.

El alcance del vacío en la historia evangélica que se hallaba en los primeros testimonios era poco menos que asombroso. Faltaba casi cada lugar, figura y detalle asociado con el ministerio y la muerte de Jesús, si bien eran muchos los pasajes de las epístolas que ofrecían ocasiones naturales, incluso irresistibles, para mencionarlos. Con mucho, la categoría más grande, y que no me sorprendió en absoluto, abarcaba los dichos y enseñanzas que los Evangelios habían atribuido a Jesús. Eran muchos los dichos, incluso los famosos, de los que habían hecho caso omiso un autor tras otro, de formas que sugerían que no era posible que los hubieran conocido. O bien utilizaban máximas morales muy parecidas a las de Jesús, pero sin reconocerlo a él como su fuente.

Me chocó en especial un dicho que faltaba, el famoso «Dad al César lo que es del César y a Dios lo que es de Dios». Los novelistas históricos modernos que escribían sobre Jesús lo utilizaban con frecuencia para representar al hombre de Nazaret como un estratega políticamente correcto capaz de pensar con rapidez. Y sin embargo el autor de 1 Pedro podía decir «Someteos a toda institución» sin recurrir a él. Y tampoco lo hacía San Pablo en Romanos 13:1, cuando recomendaba la sumisión a las autoridades, o cuando continuaba aconsejando: «Pagad contribuciones, impuestos, honores y respeto a los que les corresponda». Había que suponer que no podían haber estado familiarizados con alguna declaración parecida de Jesús.

Una destacada clase de dichos ausentes era toda el área de predicciones apocalípticas. El primer cristianismo era un movimiento sectario que creía con pasión que el fin del mundo era inminente, o al menos su transformación. El Hijo de Dios iba a llegar de los cielos entre grandes penas y levantamientos para dirigir el establecimiento del Reino de Dios. Era este un acontecimiento que llevaba mucho tiempo esperándose con expectación en el mundo judío, aunque en el pensamiento popular debía lograrse a través de la intervención de un Mesías humano. San Pablo le decía a sus lectores en 1 Corintios 7:29 que «el tiempo en el que vivimos no durará mucho». En la 1 Tesalonicenses 4 hablaba de cómo la trompeta sonaría cuando descendiera el Señor, cómo los muertos cristianos resucitarían de la tierra y aquellos todavía vivos serían recogidos para encontrarse con Cristo en el aire. Muchos otros autores hablaban de la inminencia de este fin de los tiempos y de su naturaleza convulsa. Y sin embargo, los autores de las epístolas no citan ni una sola de las predicciones apocalípticas de Jesús tal y como se recogen en los Evangelios.

Y en los documentos epistolares tampoco se encuentra por ninguna parte la autodenominación favorita de Jesús como Hijo del Hombre. La mayor parte de las predicciones de Jesús sobre el fin de los tiempos, incluso ante el mismísimo sumo sacerdote la noche de su arresto, se centraba en su papel como Hijo del Hombre. Era esta una apocalíptica figura imaginada por varios círculos sectarios del siglo I, cristianos y judíos, y que derivaba de la gran y utópica escena del séptimo capítulo de Daniel. ¿Cómo podía alguien como San Pablo desconocer que Jesús se asociaba a sí mismo con esa figura?

¿Debía descartarse como invención toda la imagen de Jesús como predicador apocalíptico, uno de los fundamentos de la historia de los Evangelios? Era imposible creer que los apóstoles y maestros del primer periodo cristiano, tan preocupados como estaban por la esperada llegada de Cristo para que diera entrada a la nueva era, hubieran ignorado que la profecía de ese mismo acontecimiento y su propio papel en ella habían sido uno de los rasgos más destacados del ministerio de Jesús, si es que en realidad lo había sido. Que hubieran sabido algo así y hubieran decidido no mencionarlo lo descarté por ser una imposibilidad lógica.

Me pareció que todo esto no podía cuadrar con la teoría de la transmisión oral. Los dichos de Jesús, o eso se decía, se habían mantenido vivos de palabra, en las prédicas y en la correspondencia, hasta el momento en el que los evangelistas los recogieron y plasmaron en los Evangelios, varias décadas después de la muerte de Jesús. Pero si en el ínterin nadie le atribuyó nada a Jesús, ¿cómo se mantuvo viva esa identificación? ¿Cómo lo iban a diferenciar del surtido general de material ético que intercambiaban todos sin excepción? Este había sido un intenso periodo de proselitismo sectario, en el que apóstoles de todas las creencias, judíos, cristianos y paganos recorrían los caminos menos frecuentados del imperio trayendo mensajes de salvación y exhortando a llevas una vida correcta a cualquiera que quisiera escucharlos. ¿Por qué ante tanta competencia, reflejada a cada paso en las Escrituras, nadie apuntaba al propio Jesús como la fuente de la ética cristiana y la voz profética principal de la salvación que había de llegar? No tenía sentido.

Este panorama sugería desde luego que buena parte de las enseñanzas de Jesús tal y como se recogen en los Evangelios se derivaba de fuentes ajenas, de la ética y promesas generales de la época que luego colocaron en su boca. Pero en este punto yo no estaba preparado para prescindir del concepto entero de Jesús el maestro y tacharlo de invención. Eso habría sido una eliminación demasiado drástica de la imagen de los Evangelios, y además, si Jesús no había enseñado nada en absoluto, ¿entonces alrededor de qué había girado su carrera?

Yo sabía, por supuesto, que los críticos modernos decían que las «verdaderas» enseñanzas de Jesús podían encontrarse en el Q, ese misterioso documento perdido extraído de los Evangelios de San Mateo y San Lucas. La investigación de ese tema estaba en mi lista. Pero se me ocurrió preguntarme qué grupos habían preservado con fidelidad al verdadero Jesús cuando el cuerpo entero de las epístolas canónicas, y al parecer todo lo demás en la primera documentación existente, no aludía siguiera a un ministerio educativo.

Considerando la sensación de desánimo que empezaba a instalarse a toda prisa en mí, Stan escogió un mal momento para llamar y preguntar cómo me iba con el nuevo proyecto. Dado que mi agente no era de los que solían pedir informes de progresos, me di cuenta de que debía de haber depositado grandes esperanzas en la perspectiva de una novela sobre

Jesús a finales del milenio. No tuve corazón para decirle que todavía no se había plasmado ni una palabra de ella sobre el papel.

—Bueno, estoy intentando capturar el espíritu de los tiempos, Stan. Montones de color, la oportunidad de comprender cómo los acontecimientos del siglo I nos han dado forma a todos. También estoy jugando con muchas ideas para escenas de acción. —Esperaba que no pareciera que estaba improvisando a toda prisa, cosa que así era—. Estoy pensando en convertir a Jesús en una especie de figura misteriosa, casi en segundo plano. Si intento retratarlo con demasiada exactitud, me expongo a muchas críticas. De este modo, el lector tiene más campo de acción para leer en él lo que quiera.

Stan no ocultó la nota de recelo que había en su voz.

—¿Y eso va a funcionar, Kev? A ti te suelen gustar los personajes fuertes. No te estarás volviendo políticamente correcto, ¿verdad? —Shauna había hecho la misma pregunta poco antes.

—Cualquier cosa menos eso, te lo aseguro. De hecho, estoy experimentando con un nuevo giro. Quizá termines con algo más controvertido de lo que esperabas. Tú déjamelo a mí. Te mantendré informado.

—Muy bien, pero solo te doy seis meses, cinco ya. Un novelista histórico no consigue una oportunidad como esta, bueno, más de una vez al milenio. No la fastidies.

—Ya oigo el reloj.

—Preferiría que escucharas la caja registradora.

Pobre Stan. Esperaba que no estuviera apostando su hipoteca por mis actuales facultades creativas. En cuanto al «nuevo giro» que me había sacado de ninguna parte, el único que sentía de forma consciente en estos instantes era el que producían en mi estado mental las distorsiones de los documentos escritos cristianos. Y esos documentos no estaban cooperando con la «oportunidad del milenio» de Stan. Resultaba que la verdadera oportunidad había llegado con la investigación actual que de esos documentos estaban haciendo los estudiosos y los tiempos sin precedentes en los que vivíamos. Que eso coincidiera con el comienzo de una nueva etapa de mil años probablemente era una simple novedad fortuita más en la trama del inescrutable diseño divino del universo.

La cuestión del primer apostolado cristiano fue otra caja de Pandora que casi me arrepentí de abrir. Uno de los grandes temas que San Pablo se vio obligado a tratar en sus cartas fue: ¿Quién era un apóstol propiamente dicho de Cristo? Muchos cuestionaban las credenciales de San Pablo y criticaban su actuación y sus doctrinas. Y sin embargo, a juzgar por su silencio sobre ese tema, nadie le desafió sobre la base de que no había sido apóstol de Jesús durante su ministerio terrenal, como lo habían sido San Pedro y los demás.

La declaración de San Pablo afirmaba que estaba tan cualificado como cualquier otro apóstol. Su vara de medir, como dijo en 1 Corintios 9:1, era el hecho de haber «visto» al Señor, como todos los demás. Eso me pareció una referencia obvia a las visiones, uno de los modos habituales de revelación religiosa de este periodo. Incluso en 1 Corintios 15 colocó sus propias visiones del Cristo resucitado junto a los demás; la implicación era que todas eran de la misma naturaleza y nadie consideró que el hecho de que San Pablo «viera» a Jesús fuera otra cosa que una visión de su ser espiritual. En sus disputas con los apóstoles de Jerusalén, el tema de quién había conocido a Jesús mientras estaba en la Tierra y la autoridad que eso debería haberle dado nunca se suscitaba, así de simple. San Pablo jamás se defendió sobre ese tema.

Nadie se refería jamás al hecho de que Jesús había nombrado apóstoles. Eso, para mí, era un silencio asombroso. En 1 Corintios 12:28, San Pablo dijo que en la Iglesia, «Dios» había nombrado apóstoles, profetas y maestros. ¿Dónde estaba la idea de que Jesús en persona había nombrado a alguien? La elección de los discípulos y el envío de apóstoles a predicar por el mundo era uno de los rasgos más destacados de los Evangelios, incluso en las escenas posteriores a la resurrección. Si alguno de los actos de Jesús se hubiera mantenido vivo en la conciencia cristiana, con toda seguridad habría sido este. Después de todo, el primer movimiento cristiano, como evidencian las epístolas, era cualquier cosa salvo armonioso. Abundaban las discusiones sobre quién tenía autoridad, quién estaba predicando la doctrina correcta, a quién se debería escuchar. El recurso lógico, el inevitable, de hecho, habría sido apelar a aquellos a los que Jesús había nombrado y a su vez a aquellos que habían recibido su nombramiento y enseñanza de esos apóstoles autorizados. No habría dejado de crearse una cadena de autoridad, sobre todo a medida que pasaba el tiempo, una cadena que se remontaría al propio Jesús.

Y sin embargo San Pablo podía discutir con aquellos que, como él dijo, «proclamaban otro Jesús», y apelar solo al espíritu recibido de manos de Dios como la norma, mientras el que él mismo había recibido era, por supuesto, el adecuado. Varias décadas después de la muerte de Jesús, el escritor de 1 Juan condenaba las doctrinas de un grupo rival sobre el Cristo, pero hablaba también solo de espíritus verdaderos y falsos, los primeros recibidos de manos de Dios, los segundos de manos de Satanás. Como es lógico, el suyo estaba entre los primeros.

El «manual de la Iglesia» conocido con el nombre de *Didaché,* normalmente fechado a finales del siglo I, ofrecía en su capítulo 11 una serie de normas por las que las congregaciones podían juzgar si el predicador itinerante y su ortodoxia estaban cualificados. Pero no se incluía ninguna consideración al hecho de que esa autoridad se remontara a través de los canales apropiados a los apóstoles nombrados y por tanto al propio Jesús, o si las enseñanzas de esos predicadores correspondían a los primeros criterios sagrados. Para mí era un misterio cómo era posible que todo el movimiento cristiano hasta la época de San Ignacio, si lo juzgáramos por la correspondencia que ha sobrevivido, no mostrara ni el menor signo de desarrollar un sistema de autoridad y ortodoxia basado en la idea de la tradición apostólica, fundada en última instancia en el nombramiento de apóstoles que había hecho Jesús.

A muchos estudiosos, observé, les desconcertaba la imagen general del primer apostolado cristiano. La designación de «apóstol» se aplicaba, en los primeros documentos, a cualquiera que llevara y predicara el mensaje de Cristo; su aplicación no se restringía a los individuos elegidos por Jesús. Faltaba el concepto de un círculo de personas más allegadas, «los Doce», que obtenían de Jesús una autoridad especial y realizaban la divulgación de la fe. El término en sí surgió una vez en San Pablo, en 1 Corintios 15, en donde hacía una lista de aquellos que habían recibido visiones del Cristo, pero dado que estos «Doce» se mencionaban sin incluir a San Pedro ni a otro grupo al que se refería como «todos los apóstoles», no estaba en absoluto claro quiénes eran los que constituían este cuerpo. En los comentarios se cita a algunos destacados estudiosos que han rechazado la historicidad de los Doce como un círculo elegido de seguidores que acompañan a Jesús en su ministerio. Solo en el siglo II aparecen las figuras evangélicas que rodean a Jesús y son testigos de un ministerio histórico, además de garantizar la verdad de las enseñanzas de la Iglesia. Todo grupo cristiano, ortodoxo o hereje tuvo con el tiempo su propio vínculo con Jesús, un fundador entre los supuestos Apóstoles originales y una garantía de su propia «corrección».

¿Acaso la idea de los Doce cristalizó más tarde a partir de los recuerdos de un grupo más amorfo que rodeaba a Jesús? ¿Tendríamos que abandonar el concepto del nombramiento especial hecho por él? Quizá Jesús no le dio a nadie ninguna indicación para que saliera y predicara en su nombre. Pero incluso si así fuera, era difícil creer que, una vez comenzado el movimiento misionero, no se hubieran desarrollado, y rápido, formas de autoridad basadas en algún tipo de vínculo que se remontara a Jesús. Pero eso era precisamente lo que faltaba en San Pablo y las otras epístolas.

2

El universo había llegado al miércoles. Había un pequeño parque calle abajo, a poca distancia de mi modesta casa de las afueras, en este suave día de primavera de mediados de abril los árboles comenzaban a reverdecer y se abrían los primeros brotes en los cuidados parterres. La vida a finales del siglo XX tenía sus propios males, pero no cabía duda de que era mejor que cualquier otra que los humanos de este planeta hubieran conocido jamás. ¿Cómo había sido de verdad la vida hace casi veinte siglos, me pregunté, cuando hombres como San Pablo se echaban a los polvorientos y peligrosos caminos o se aventuraban a cruzar mares precarios en barcos primitivos, y todo para llevar un mensaje sobre un dios crucificado y la perspectiva de la vida eterna? Sentado en el parque, en un banco recién restregado para quitarle la suciedad del invierno, contemplando un oasis verde donde varias formas de vida, incluyendo la humana, acababan de salir de los capullos que los envolvían durante los meses fríos, tuve que maravillarme ante el vigor y la tenacidad de esa antigua erupción de hombres como San Pablo y las ideas que transmitían. Tuve que preguntarme por qué había generado un efecto tan dramático, una energía mundial que solo ahora empezaba a disminuir, a perder impulso, a arremolinarse en un torbellino de nuevas corrientes que llevaría a aquellos de nosotros que estábamos a bordo de este barquito de la sociedad humana a aguas diferentes y nuevos destinos. Cuáles serían, ninguno de nosotros podríamos decirlo. El banco del parque estaba anclado con firmeza al suelo, pero yo sentí que formaba parte de ese remolino que no dejaba de girar y decidí que la sensación de mareo era embriagadora.

Pero mi tarea era descubrir la imagen de aquel primer remolino cuyas corrientes iban a marcar el flujo de los próximos dos mil años. Solo había traído mi manoseado ejemplar del Nuevo Testamento al banco del parque y mientras mi cuerpo absorbía el sol de la mañana y mis oídos los sonidos de las calles que comenzaban a despertar, intenté dejar que mi mente recreara el ambiente de la época de San Pablo a partir de sus propias palabras, del crudo despliegue de convicción personal, entusiasmo y lucha por parte de un hombre que sentía la compulsión de predicar para, según su propia admisión, no volverse loco.

Pero San Pablo no estaba solo. Varias veces desde el comienzo de mi investigación había tropezado con un gráfico pasaje de 2 Corintios en el que hablaba de las pruebas a las que se había enfrentado como misionero cristiano. Los capítulos 10 a 12 presentaban una incitante imagen de un movimiento amplio y obsesivo en el que una infinidad de hombres (y quizá también unas cuantas mujeres) sentían que el espíritu de Dios se posaba sobre ellos y salían a ganar el mundo para una nueva fe.

Y sin embargo, por alguna razón, esa imagen resultaba extraña, pues este era un mundo muy competitivo. Aquí no había ningún movimiento cristiano unificado, como quisieron presentarlo los Hechos más tarde. El obstáculo más grande que tuvo que salvar San Pablo no era la falta de fe ni el antagonismo de las autoridades. En realidad era la presencia de apóstoles rivales que predicaban mensajes diferentes, que predicaban a «otro Jesús». En 10:7 hablaba de esos otros que, decía, estaban convencidos de que pertenecían a Cristo, que reclamaban la autoridad de los apóstoles legítimos. En la comunidad cristiana de Corinto que San Pablo reclamaba como propia, estos rivales lo habían menospreciado y habían negado que estuviera cualificado. A eso, San Pablo respondió escribiendo que pertenecía a Cristo tanto como ellos. En el lenguaje más injurioso que pueda encontrarse en sus cartas, condenó a tales hombres llamándolos «falsos apóstoles, mentirosos que se hacen pasar por apóstoles de Cristo». Los llamó agentes de Satanás.

La mayor parte de los estudiosos que yo había consultado se dieron cuenta de que San Pablo no podía estar dirigiendo tales vilipendios contra el grupo de Jerusalén. Con San Pedro y Santiago mantenía una relación al menos cortés y trabajaba en su nombre a la hora de recolectar contribuciones pecuniarias. Además, habría sido imposible para él describir en semejantes términos a hombres que habían conocido a Jesús en persona o que habían sido nombrados por él. ¿Pero entonces quiénes eran todos estos apóstoles rivales que no tenían ninguna conexión obvia con Jerusalén, que iban por ahí intentando deshacer el trabajo de San Pablo y predicaban su propia marca de fe? Fue uno de los grandes problemas de la investigación del primer Cristianismo.

De hecho, a mí me pareció la imagen de un campo de juego nivelado, un mundo más amplio y amorfo de apostolado en el que nadie parecía reclamar ningún vínculo con el propio Jesús ni defender la falta de este. Nadie, incluyendo a San Pablo, parecía reclamar un vínculo siquiera con el grupo de Jerusalén que tuvo el privilegio de tener tal conexión con Jesús, algo que San Pablo podría haber hecho con toda facilidad. En lugar de eso, como San Pablo dijo en 11:4, estos evangelios diferentes que se predicaban, los diferentes Jesús que otros proclamaban, provenían «del espíritu», refiriéndose con eso a la inspiración que cada uno afirmaba recibir de Dios. San Pablo se limitaba a declarar que su espíritu era más auténtico. Aquí había una serie de predicadores y profetas que recorrían el imperio, proclamaban sus versiones conflictivas de Cristo y ninguno de ellos mostraba el menor interés en señalar ningún aspecto de la reciente vida vivida en la tierra que era de suponer que había puesto todo aquello en movimiento. En 10:13, San Pablo hablaba del territorio misionero de cada apóstol como una esfera cuyo «límite Dios estableció por nosotros». Incluso se refirió a su mensaje llamándolo el «evangelio de Dios». ¿Por qué era incapaz de presentar algo como procedente de Jesús? ¿Por qué ninguno de los autores de epístolas habló jamás, en todo el siglo I, de continuar el trabajo y el ministerio del propio Señor?

Algo había llevado a hombres como San Pablo a dedicar toda su vida a predicar, y soportaron peligros, privaciones y persecución al servicio de su fe. Si ese algo había sido el propio Jesús, o lo que otros habían contado de él, era desconcertante que aquel hombre y su vida pudieran haber entrado de tal modo en el olvido de la mente de todos.

Me quedé sentado bajo el cálido sol hasta el mediodía. Los sonidos del tráfico lejano eran la estática de la época a través de la que yo estaba intentando escuchar, después de tantos siglos, alguna señal clara del espíritu del primer siglo y los hombres que le habían dado forma. Recordé una vívida frase de un libro que había consultado hacía poco sobre la filosofía de la época, *Platonismo medio,* de John Dillon. Hablaba de aquella era como de una época repleta de «una masa hirviente de sectas y cultos de salvación». Aquí, ante mí, estaban las palabras de un hombre que había formado parte de esa masa hirviente, alguien que se había visto atrapado en sus luchas. San Pablo había luchado contra los misioneros de otras fes, los filósofos errantes (una especie de clero popular) que predicaban sistemas paganos de creencias y ética, y los rabinos judíos que hacían proselitismo y ya llevaban mucho tiempo consiguiendo ganarse a los gentiles para la antigua religión de Abraham. Había luchado contra la atracción de los dioses grecorromanos y los cultos de salvación a los que en ocasiones aludía y contra los que más tarde los Padres de la Iglesia libraron una guerra. Y había luchado contra las numerosísimas formas de vida rivales de su propio movimiento. Se me ocurrió que la predicción de Jesús de que habría falsos maestros e impostores entre los creyentes la habían colocado en su boca solo para prestarle una aclaración divina a la situación a la que todas las primeras comunidades se tuvieron que enfrentar: una intensa lucha entre doctrinas rivales y sus opiniones sobre la figura a la que veneraban.

El pasaje de 2 Corintios revelaba una situación así en un centro de Grecia. Pero una comunidad cristiana del corazón de Asia Menor se enfrentaba a una serie de problemas parecidos. La siguiente carta del corpus era a los gálatas y aquí San Pablo comenzaba riñendo a sus recientes conversos por escuchar a otros misioneros y seguir ahora «un evangelio diferente». Cualquiera que predicara un evangelio diferente del suyo propio, declaró, «¡debería estar maldito!».

Y luego San Pablo añadía una reivindicación realmente asombrosa:

«El evangelio que me habéis oído predicar no es producto de los hombres. Yo no lo recibí de hombre alguno, ni hombre alguno me lo enseñó, sino que lo recibí por revelación de Jesucristo.»

Aquí estaba el apóstol principal de aquel periodo definiendo con toda pasión la más alta medida de fiabilidad y autenticidad del evangelio de un predicador cristiano: no que tuviera sus raíces en las cosas que Jesús había enseñado y hecho en la Tierra, ni en la delegación de autoridad que había hecho Jesús durante su ministerio, ni a través de ningún canal apostólico que se remontara a una génesis durante la vida del Señor, sino que era una revelación divina, ¡el espíritu de Dios conferido de forma individual a los profetas cristianos elegidos!

Yo sabía que el griego que había detrás de «una revelación de Jesucristo» era un genitivo objetivo: Jesús como objeto de la revelación. Por asombroso que parezca, entonces, San Pablo no reconocía ningún evangelio de Jesús que se remontase a Jesús. No tenía en cuenta la primacía de ningún evangelio sostenido por aquellos que habían visto, oído y seguido al Señor mientras estaba en la Tierra, ni la superioridad de ningún apóstol que hubiera sido nombrado por el propio Jesús. O bien San Pablo era culpable de la mayor arrogancia o bien es que tales conceptos simplemente no existían para él. Era como si Jesús se hubiera convertido en un hijo divino en el cielo justo después de su muerte y lo que se percibió como resurrección, y hubiera adoptado una nueva importancia mitológica. A partir de ahí, todo había comenzado de nuevo, generado por una revelación de Dios y un estudio de las Escrituras. La vida encarnada vivida tan poco tiempo antes en la Tierra quedaba atrás, marchitándose como un apéndice amputado, toda conexión con su dueño cortada, sus rasgos desechados y olvidados.

En ese momento yo era incapaz de ver por qué o cómo podría haber tenido lugar una evolución tan extraña.

3

El viernes llamé a Shauna al trabajo antes de que el laboratorio cerrara el fin de semana. La investigación de los dos días transcurridos desde mi excursión al parque los había pasado elaborando una imagen que era tan desconcertante, e incluso de algún modo inquietante, que necesitaba presentarla ante otra mente y ver su reacción. Shauna era la candidata más lógica.

La imagen había salido tras echar a volar en una dirección propia y desconocida. Yo había terminado por percibir que el silencio de las epístolas referido al Jesús de los Evangelios no era más que la mitad de la imagen, la mitad negativa. Dentro de ese silencio, San Pablo y los demás escritores presentaban su propios rasgos positivos del movimiento misionero cristiano y sus creencias sobre el Hijo celestial. Esos rasgos, si bien casi nunca se ponían en contacto con el relato evangélico, presentaban unas pautas propias, consistentes e identificables.

No estaba preparado ni me apetecía cocinar, pero Shauna dijo que cancelaría su fin de semana en París y se acercaría de todos modos.

—San Pablo y pizza —suspiró al cruzar mi puerta—. Esa sí que es una combinación capaz de seducir a cualquier chica desprevenida, sobre todo si es judía.

Le di un beso.

—¿Qué tal si dejamos la seducción para más tarde? La pizza está caliente y el ordenador también. Si me prometes no tirar queso por el teclado, podemos tener acceso a ambas cosas al mismo tiempo.

Hizo un mohín y me dedicó una provocadora caricia.

—Y yo aquí pensando que buscabas un tipo de acceso diferente. Pero será mejor que tengas cuidado. Con toda la propaganda cristiana que me estás haciendo cabría la posibilidad de que me convirtiese. Y entonces tendría que hacerme célibe.

Le devolví el favor.

—Bueno, supongo que tendría que llamar a un desprogramador.

—Hmm. —Fingió pensárselo un momento—. ¿Me pregunto si Burton Patterson ha tenido alguna experiencia en ese campo?

Yo carraspeé irritado.

—Y si no, estoy seguro de que le encantaría aprender lo básico contigo. ¿Ya has respondido a su invitación?

Me miró por encima del hombro y dijo:

—No concedo mis respuestas con tanta facilidad, caballero.

La llevé a la cocina donde la pizza, recién traída, esperaba en su caja sobre el calientaplatos. Ya casi me arrepentía de mi primera resolución y Shauna no estaba ayudando mucho con sus palabras y travesuras mientras sacábamos los platos y empezábamos a dividirnos los trozos. Beicon, tomate y champiñones, doble de queso. Cuando me enteré de que mi combinación favorita era la suya también, supe que el destino de este cristiano no practicante y esa judía que no cumplía las tradiciones estaba sin lugar a dudas entrelazado.

Esta vez tomé asiento yo delante del teclado. Había creado unas cuantas cadenas de textos, en las que una categoría general tenía enlaces con pasajes consecutivos de todas las epístolas, de tal modo que podía ensartar y leer como grupo varios versículos que ilustraban un tema dado.

—Ahora sé que a veces tú haces conexiones que a mí se me escapan, pero quiero ver sobre todo la impresión que te producen ciertos grupos de pasajes que te voy a enseñar. La mayor parte son de San Pablo, o de los que escribieron en su nombre, pero también hay unos cuantos de otras epístolas.

—Dime otra vez cuánto tiempo después de Jesús apareció San Pablo.

—De hecho, se piensa que San Pablo nació más o menos en la misma época que Jesús. Por lo que se puede calcular, se convirtió al Cristianismo a los tres o cinco años de la muerte de Jesús, pero no sabemos casi nada de sus primeros años de misionero. Solo aparece con la primera Carta a los Tesalonicenses, alrededor del año 50, digamos unas dos décadas después de la crucifixión. En Gálatas, apenas insinúa lo que hizo antes de ese momento. No hay razón para creer que cambiara su teología sobre Jesús de una forma sustancial a lo largo de esos años; no nos insinúa nada de eso. Pero es natural pensar que las cosas sí que evolucionaron con él. Es probable que al menos lo hiciera su estrategia misionera. Y pasó un tiempo en Antioquía, donde se estaban filtrando montones de ideas sobre el panorama religioso helenístico. Recuerda que solo fue a Jerusalén una vez en todos esos años, para una visita de dos semanas. Así que dónde y cuándo consiguió la información que tenía sobre Jesús...

—Creí que no tenía ninguna —interpuso Shauna.

—Bueno, desde luego no da muchas señales de tenerla. Pero en algún lugar desarrolló su teología cósmica sobre Jesús y uno tiene que preguntarse en qué la basó. Si no sabía nada en absoluto sobre Jesús el hombre, ¿qué podría llevarlo a convertir a ese hombre en semejante deidad cósmica, o a aceptar la elevación que de él habían hecho otros?

—Quizá lo inspiraron.

Me eché a reír.

—Bueno, sí, esa es la visión ortodoxa, por supuesto. Se lo encontró todo en el camino a Damasco. Lo gracioso es que San Pablo nunca habla sobre ningún acontecimiento ocurrido en el camino a Damasco. Esa es la visión de las cosas que da San Lucas en los Hechos, y que probablemente era una leyenda sobre la conversión de San Pablo que se impuso más tarde. San Pablo casi nunca habla sobre visión alguna de Jesús, salvo una vez y de forma muy breve en la primera Carta a los Corintios. La mayor parte de las veces se limita a decir que Dios lo llamó a predicar el Evangelio y nunca da la sensación de que fuese una conversión dramática. Cuando habla sobre las doctrinas de Cristo nunca se refiere a un acontecimiento así como su fuente. Las más de las veces, parece insinuar que obtuvo sus conocimientos leyendo las Escrituras.

—Así que Saúl se convierte, se cambia de nombre, y se larga a buscar a Jesús en las Escrituras judías en lugar de acudir a las personas que lo conocieron mientras estaba en la Tierra. Eso parece casi patológico. Como si no quisiera saber nada del Jesús humano.

—Te sorprendería saber cuántos estudiosos postulan en realidad razones como esa para explicar la total falta de interés de San Pablo en el hombre que acababa de deificar.

Me terminé el último bocado de mi trozo de pizza, me limpié las manos en la camisa y le di al teclado. La web estaba lista. La página del Muratorian con sus lujosas ilustraciones brilló en mi humilde estudio.

—Muy bien, yo llamo a esta primera cadena «el comienzo del movimiento misionero», pero quizá debería pensar en ella como «aprender sobre Jesús». Aquí está el primer pasaje. Los he colocado en mi propio orden de importancia, del todo subjetivo.

Gálatas 1:16 apareció en la pantalla.

«Dios decidió revelar a su Hijo en mí para que yo pudiera predicarlo entre los gentiles.»

—Es justo después de esto cuando San Pablo dice que fue de inmediato a Arabia y luego a Damasco, y solo tres años después fue a Jerusalén para hacer una corta visita y conocer a San Pedro. Así que San Pablo parece decir que conoce al Hijo enteramente a través de la revelación de Dios.

—Y es Dios el que le habla de Jesús, no el espíritu del propio Jesús.

—Exacto. Y hay algo raro en la preposición «en». Es como sin San Pablo dijera que el Hijo se revela a través de personas como él que han sido inspiradas por Dios, en lugar de a través de los relatos sobre Jesús que hacen aquellos que lo conocieron y lo siguieron, por no hablar ya de la presentación que hizo Jesús de sí mismo durante su vida.

—Eso es un poco osado, ¿no?

—Bueno, nadie se quejó. Y todos los escritores hablan del mismo modo sobre la revelación hecha por Dios. Es «el evangelio de Dios» y «el acto de redención de Dios» y Dios el que llama al creyente, no Jesús. Te mostraré esa lista en un momento.

Acudí luego a mi siguiente cita, Romanos 16:25-27.

> «Gloria a Dios que os ha fortalecido, a través de mi evangelio y proclamación de Jesucristo, a través de su revelación del misterio que fue mantenido en secreto durante largas eras, ahora descubierto y dado a conocer a través de los escritos proféticos por orden del Dios eterno para que todas las naciones puedan obedecer mediante la fe al único Dios sabio, a través de Jesucristo. Amén.»

—*Guau* —dijo Shauna después de quedarse mirando la pantalla durante casi un minuto—. ¿San Pablo siempre escribía así?

—Bueno, en griego puedes escribir largas frases con toda una sarta de ideas porque es un idioma flexivo, al contrario que el inglés, así que nunca pierdes el rastro de qué frase modifica qué palabra. Puede ser bastante sonoro, en realidad. Pero confieso que cambié un poco la traducción para intentar dejar las cosas más claras.

Shauna me lanzó una mirada que sugería que no había tenido demasiado éxito.

—¿Entonces, está diciendo qué? ¿Qué es este «misterio» mantenido en secreto durante largas eras?

—Tiene que ser Jesucristo. No hay nada más a lo que se pueda estar refiriendo.

—Pero eso no tiene sentido. Si Dios está revelando a Jesús por primera vez en largas eras, ¿qué estaba haciendo Jesús? ¿Es que San Pablo no contó con eso como revelación de Jesús?

Me encogí de hombros.

—No lo parece, ¿verdad? Y esa «proclamación de Jesucristo» es un genitivo objetivo, así que es a Cristo al que proclaman, no el que hace la proclamación. —Señalé la pantalla—. En cualquier caso aquí dice que se reveló a través de las Escrituras, no a través del propio Jesús.

—¿Cómo puede San Pablo hacer caso omiso así de toda la trayectoria de Jesús?

—No lo sé.

Shauna se volvió hacia mí con un gesto de condescendencia burlona.

—Quizá la traducción no esté bien, si la oración es tan complicada.

Le di un codazo.

—Buen intento. Pero hay unos cuantos sitios más en los que te encuentras exactamente la misma idea. No pueden estar todos mal traducidos. —Abrí el siguiente enlace de la cadena: dos pasajes de Colosenses. —Estos son de alguien un poco posterior a San Pablo que escribe en su nombre.

«Me convertí en ministro... para predicar la palabra de Dios, el misterio oculto desde los siglos y las generaciones pero revelado ahora a los santos. Dios escogió hacer saber entre los gentiles la riqueza de la gloria de este misterio, que es Cristo en vosotros, la esperanza de (vuestra) gloria». (1:25-27)

Y «Yo lucho... para que todos podáis disfrutar de la riqueza de la comprensión, del pleno conocimiento del misterio de Dios, que es Cristo, en quien se encuentran todos los tesoros de Dios de la sabiduría y el conocimiento». (2:2-3)

—Así que está diciendo que Cristo es un misterio revelado por Dios.

—Sí, después de largas eras de ser un secreto.

Shauna lo pensó un momento.

—Quizá San Pablo y los demás creían que Jesús no había revelado nada importante sobre sí mismo cuando estaba vivo. Tenía que confiar en la revelación que hizo Dios de Jesús después de su muerte.

—Pero si Jesús no reivindicó nada sobre sí mismo, ¿qué inspiró a hombres como San Pablo a amontonar tanta divinidad sobre él? En cualquier caso, los cristianos no podían dejar de suponer que Jesús se había revelado como lo que era, al menos ante los seguidores que había elegido. Tradiciones como esa se habrían formado muy rápido, aunque solo fuera para apoyar las afirmaciones que hacía sobre él la primera Iglesia.

Shauna parecía perpleja.

—¿Entonces por qué no le reconocen a Jesús el mérito de revelar el secreto de Dios? Quizá San Pablo quería reivindicar que su manera era la única, a través de la inspiración directa.

—Eso sí que habría sido una osadía. ¿Cómo habría quedado San Pablo?

—Quizá quería eclipsar a Jesús.

—Quizá eso querían todos. Mira el siguiente. —Abrí Efesios 3:3-6 en la pantalla—. Este es incluso posterior y también escrito en nombre de San Pablo.

> «Fue por medio de una revelación como se me dio a conocer el misterio de Dios. Por lo que os escribí con anterioridad, reconocéis lo que yo sé del misterio de Cristo, que en anteriores generaciones no se dio a conocer a los hombres pero que ahora se ha revelado por medio del Espíritu a los santos apóstoles y profetas de Dios: que a través del Evangelio los gentiles se han convertido también en herederos, miembros del mismo cuerpo y participantes de la promesa en Jesucristo.»

»Ves, a todos estos profetas y apóstoles les ha revelado cosas el Espíritu Santo. No hay ni una sola palabra que indique que alguno de ellos recibió conocimiento o inspiración del propio Jesús. Y siempre el misterio de Cristo, desconocido para todas las eras antes de esta revelación divina que se hace de él. ¿Cómo podía expresarse así, de una forma tan universal, cuando el recuerdo del reciente ministerio de Jesús estaba tan fresco, y poco importa lo que este haya podido afirmar o no sobre sí mismo?

Shauna se acercó un poco más a la pantalla.

—¿Pero no dice aquí que el misterio es algo concreto, que los gentiles son también herederos? Quizá Jesús no había puesto especial énfasis en eso y ahora se revela, por así decirlo. ¿Y no había algo parecido en el anterior?

Abrí otra vez los extractos de Colosenses. Shauna señaló al primer pasaje.

—Mira, el misterio es «Cristo en vosotros». Quizá Jesús tampoco dijo eso y San Pablo cree que ha recibido una revelación sobre eso, o el tío que escribió esto fingiendo que era San Pablo.

Saqué mi texto griego y repasé ambos pasajes.

—Bueno, en primer lugar, el griego no es tan preciso. Estas cosas podían estar refiriéndose a la «riqueza del misterio» o a la «comprensión del misterio» que «San Pablo» dice haber recibido, no al misterio en sí. Además, la otra cita de Colosenses y la de Romanos señalan específicamente al propio Cristo como contenido del secreto. Pero desde luego, lo más asombroso es que todos estos escritores pudieran hablar sobre Cristo y cosas que tenían que ver con Cristo y la salvación y no señalar ni una vez que el propio ministerio de Jesús pudo haber tenido algo que ver con su revelación. ¿Por qué iban a eliminarlo así de la imagen, de una forma tan concienzuda?

Shauna hizo su propio gesto de perplejidad.

Hojeé los demás pasajes de mi cadena.

—Mira esto. Aquí, en 2 Corintios 5:18, San Pablo dice que se le ha dado el ministerio de reconciliar al hombre con Dios. ¿No fue lo que hizo Jesús en su ministerio? De vuelta al capítulo 3, aquí, San Pablo dice que Dios lo ha cualificado para que sea el que ofrezca su nueva alianza, pero no tiene ni una palabra que decir sobre que Jesús hubiera ofrecido esa alianza. Y luego sigue hablando del esplendor de la obra de Dios al enviar al Espíritu para inspirar a misioneros como él. ¿Pero dónde está el esplendor de la vida y ministerio de Jesús? ¿Es que su trabajo no fue al menos tan importante como el de San Pablo? ¿Piensa San Pablo que Dios le dio una importancia mayor a su obra que a la obra de Jesús?

—Creí que San Pablo siempre estaba hablando de lo humilde que era.

Señalé mi siguiente pasaje: 2 Corintios 6:2.

—Bueno, ¿qué me dices de esta humildad? San Pablo cita a Isaías: «En el tiempo de mi favor te escuché y en el día de la salvación te ayudé». Se supone que este es Dios prometiendo la salvación. ¿Pero cuándo se cumple esta promesa? ¿Fue en la vida y muerte de Jesús? No. ¡San Pablo señala a su propio ministerio y dice: «Y yo os digo: ahora es el tiempo del favor de Dios, ahora es el día de la salvación»!

Shauna me dio unas palmaditas en el hombro.

—No te preocupes, Kevin, estoy segura de que terminarás por entenderlo. Quizá todo lo que necesitamos es otro trozo de pizza.

Se bajó de repente de la silla y se dirigió a la cocina. Después de echarle una última mirada colérica a la pantalla, la seguí.

Shauna se quejaba de vez en cuando de mi cocina, o al menos de cómo la tenía organizada. Cuando yo le decía que comer no era una de mis prioridades, ella contraatacaba diciendo que precisamente las cosas que no son prioritarias son las que deberían estar organizadas con más eficiencia. De esa forma, no había que perder tiempo pensando en ellas, tiempo que mejor se utilizaba en cosas más importantes. Por otro lado, ella no tenía un calientaplatos, un rasgo que yo siempre exageraba como parte destacada de una cocina eficiente de verdad, sobre todo cuando se servía pizza en él. Noté que en esta ocasión no expresaba ningún escrúpulo sobre tales temas.

Claro que esa tarde teníamos en el plato temas bastante más significativos y trascendentales: desentrañar los inesperados misterios de una fe que ya tenía dos mil años. Y a todo el mundo le gustaba un buen misterio.

De vuelta ante el teclado le dije a Shauna:

—San Pablo es coherente en lo que nos dice sobre su inspiración. Y no solo sobre la suya. El motor que impulsa a todo el movimiento misionero parece no tener nada que ver con el recuerdo de Jesús, ni con las instrucciones que dejó este. Es el Espíritu Santo, enviado directamente desde el cielo.

Abrí el primer pasaje de mi siguiente cadena, 2 Corintios 1:21-22.

> «Es Dios el que con firmeza nos ha unido a vosotros en Cristo y nos ha ungido, Dios el que ha puesto su sello sobre nosotros dándonos el Espíritu para que more en nuestros corazones, como prenda de lo que ha de venir.»

—Esto es muy representativo de lo que dice San Pablo, y todos los demás. Todos señalan a Dios como el que lo empezó todo. Y lo hizo enviando al Espíritu.

Shauna empezó a señalar la pantalla.

—Pero...

—Sí —la interrumpí. A estas alturas ya sabía que veía las cosas enseguida—. Ese «en Cristo» aparece por todas partes. Es casi como un mantra. A veces es «a través de Cristo». Recuerdo a un sacerdote de la parroquia que, cuando yo era niño, lo metía en sus sermones cada dos frases y resultaba bastante molesto. Pero el modo en que él lo utilizaba es el modo en el que lo utilizaba San Pablo, estoy seguro. Para el sacerdote y para San Pablo, era una referencia a la presencia mística de Jesús. He notado que esa presencia aparece muchas veces en las cartas y San Pablo y los demás nunca parecen referirse a Jesús en el pasado, a su vida en la

Tierra. Es Jesús en el presente lo que les importa: Dios, trabajando ahora a través de Cristo, como una especie de canal espiritual.

En cierto punto de mi estudio, se me había ocurrido que ese era un concepto casi equivalente al *Logos* griego o a la sabiduría personificada judía: Cristo como la fuerza intermediaria entre Dios y el mundo. Sin embargo, eso no se lo mencioné a Shauna porque no me apetecía meterme en un largo debate sobre la filosofía religiosa de la época.

—Aquí Cristo es una especie de vínculo místico que Dios ha utilizado para unir a San Pablo y a los demás. De hecho, San Pablo dice incluso que los creyentes lo son «en Cristo» como parte del cuerpo de Cristo. En un sentido espiritual, por supuesto.

Shauna arrugó la nariz.

—A mí todo eso me suena un tanto blasfemo. Por no mencionar ya de mal gusto. No parece el tipo de cosas que se le ocurrirían a un judío normal sobre un rabino crucificado. No me extraña que los persiguieran en las sinagogas.

Yo había pasado a mi siguiente enlace de la cadena.

—Aquí está otro ejemplo en el que no se llega a ninguna parte sobre Jesús. —Le leí partes de 1 Corintios 2:11-16.

> «Solo el Espíritu Santo conoce cuál es la naturaleza de Dios. Hemos recibido no el espíritu del mundo, sino el Espíritu que es de Dios, para que podamos entender los dones que se nos conceden desde Dios. Y hablamos de estos dones en palabras que no nos ha enseñado la sabiduría humana, sino el Espíritu...».

—¿Qué te parece? —le pregunté.

—Bueno, sé que los cristianos dicen que todo el significado de las enseñanzas de Jesús era revelar a Dios y lo que este quería. ¿San Pablo no pensaba también eso?

—Al parecer no. Al parecer San Pablo consideraba que solo el Espíritu conocía y enseñaba sobre Dios, y que nosotros entendemos los dones de Dios solo a través del Espíritu. Hay otro punto... aquí, Romanos 1:19, en el que dice: «Todo lo que los hombres pueden saber de Dios... Dios mismo se lo ha revelado». Vamos a ver, ¿es que Jesús no reveló a Dios? ¿La idea no era que los atributos de Dios eran visibles en Jesús? ¿Y cómo es posible que un apóstol que predica a Jesús pueda hablar de los dones de Dios y no decir ni una palabra sobre los dones de Jesús? Una cosa es tener la sensación de que no te interesan las cosas que hizo ese hombre, pero San Pablo no debería haber podido hacer declaraciones que descartan esas cosas de forma tan abierta, como si nunca hubieran existido.

—¿Y no crees que pudiera ser solo un interés creado que tenía San Pablo? Quizá lo suyo sí que era patológico. —Al ver mi expresión, Shauna se apresuró a añadir—: Por supuesto, ya sé que solo me estoy agarrando a un clavo ardiendo.

—Desde luego que sí, aunque no es la primera vez que se hace. Pero ese tipo de explicaciones no se sostiene, aunque solo sea porque San Pablo no es el único que habla así. Mira esto. Aquí está el escritor de 1 Pedro diciendo que los profetas pronosticaron gracia y salvación, así como los sufrimientos y la gloria destinada para los creyentes y que todo se refería al tiempo del autor de la epístola. Y ahora esas cosas «os las han anunciado predicadores que os han traído el evangelio a través del Espíritu Santo enviado desde los cielos». Es como el caso del «secreto oculto durante largas eras»: entre las antiguas profecías y lo predicado por los apóstoles cristianos no hay ni una sola palabra que indique que Jesús reveló tales cosas. Todo es a través del Espíritu.

—Extraño —murmuró Shauna.

—Hay un pasaje, aquí está, Tito 3:6, en el que casi da la sensación de que está a punto de hacer una referencia a la vida de Jesús y luego te das cuenta de que es una de esas cosas en plan médium espiritual. —Leí lo que traía la pantalla, empezando por el versículo 4.

«Pero cuando la bondad y amor de Dios nuestro Salvador apareció, nos salvó no por la justicia de nuestros actos, sino por su misericordia, por el agua del bautismo y la renovación en el Espíritu Santo, que derramó sobre nosotros con abundancia a través de Jesucristo nuestro Salvador...».

—Esto es muy típico del punto de vista de todos los primeros escritores, que es Dios el que ha actuado en el presente, más que Jesús. Es la bondad de Dios (o su «gracia» en otros sitios) la que ha aparecido. Siempre dicen que es Dios el que nos ha salvado, en lugar de Jesús.

—Incluso llama a Dios «nuestro Salvador» —observó Shauna.

—Sí, aunque luego le da el mismo título a Jesús. Pero si miras este pasaje con atención, ves que Dios salva en el presente a través de una especie de bautismo y el poder del Espíritu Santo. No, como se esperaría...

—A través de la muerte y resurrección de Jesús —Shauna completó mi idea.

—Exacto. Se introduce a Jesús solo como entidad para enviar al Espíritu.

—Como un conducto...

—Un canal espiritual... —otra imagen parecida al *Logos*.

—Un cable eléctrico entre el cielo y la tierra.

Le sonreí.

—Sí, buena metáfora. Se puede presentar a Jesús como una fuerza intermediaria que ayuda a Dios a trabajar a través del Espíritu, pero nadie puede presentarlo como una fuerza por derecho propio, una fuerza que vive, predica.... y muere, y que hizo el trabajo de la salvación dentro de un tiempo cuyo recuerdo aún no ha desaparecido. Lo que escribe ese mismo autor en su carta un poco antes es alucinante. Escucha esto: «...con la esperanza de la vida eterna que Dios prometió hace ya largas eras y que ahora, en el momento adecuado, ha revelado en su palabra a través de la proclamación que me confió la orden de Dios nuestro Salvador...».

Levanté las manos de golpe.

—Bueno, y si ahora alguien puede encontrar en esta imagen un resquicio por el que se pueda colar Jesús, me encantaría verlo. Dios hace promesas hace muchísimo tiempo y ahora ha cumplido esas promesas revelando su palabra a apóstoles como San Pablo. ¿Este escritor es un caso tan patológico como San Pablo? Disculpa la metáfora, pero es como si entre todos hubieran cogido un escalpelo y le hubieran extirpado el corazón a todo el organismo cristiano.

Shauna hizo una mueca de dolor.

—O algo peor.

—Para ser un movimiento que se supone que empezó como reacción a un ser humano, al hombre que pensaban que era el Hijo de Dios, todos han dejado de concentrarse en él para clavar los ojos por completo en Dios.

Hojeé sin demasiado orden una de las otras cadenas que había elaborado:

—«El Evangelio es el poder salvador de Dios»... «Dios que nos ha salvado y llamado». ¿No hizo Jesús todas estas cosas? «Dios apela a vosotros a través de nosotros»... «Confiemos nuestras mentes a Dios»... «Dios comenzó la buena obra en vosotros». ¿La buena obra no la comenzó Jesús? «Sois herederos por los actos de Dios». ¿Y qué pasa con los actos de Jesús? «Tenemos que enseñaros los oráculos de Dios de nuevo». Aquí está San Pablo otra vez, en 1 Tesalonicenses, diciendo: «Dios nos llamó a la santidad, no a la impureza». Me da igual si no sabías ni uno solo de los dichos que pronunció Jesús, ¿cómo es posible que los cristianos no consideraran que Jesús llamaba a las personas a la santidad? ¡Es increíble! Luego dice que cualquiera que rechace estas reglas está rechazando a Dios. Supongo que no podía saber que Jesús había dicho: «Cualquiera que me rechace a mí rechaza al que me envió».

Shauna dejó escapar el aliento y dijo:

—Muy bien, Kevin, todo esto está muy bien... ¡pero! —Sabía que mi ángel de la guarda del sentido común estaba a punto de levantarse para sacarme del apuro, como siempre hacía—. No tengo ni idea de por qué se expresaron todos así, pero San Pablo y los otros tuvieron que hablar de la muerte y resurrección de Jesús, ¿no? Tuvieron que tenerlo en mente parte del tiempo, al menos.

—Bueno, sí, lo tuvieron, por supuesto—. Estaba permitiendo que se filtrara a través de mi voz más exasperación de la debida—. Pero todo en una especie de tono incorpóreo. Nunca tienes la sensación de que hay un contexto. Es como ese asunto de quién fue el responsable de la crucifixión. No se acusa jamás a nadie, salvo quizás a los espíritus demoniacos. San Pablo habla sobre los beneficios de la muerte de Cristo que Dios, y él mismo por supuesto, están poniendo a nuestra disposición a través de la predicación del evangelio. Todo lo que tienes que hacer es creer y ya tienes la vida eterna. Pero es como si el simple hecho de la muerte de Jesús fuera algo que ha sacado de una caja que le ha mandado Dios por correo...

—Y el Espíritu Santo fuera el cartero —interpuso Shauna.

Me reí a pesar de mí mismo. Aquella mujer siempre podía devolver el equilibrio a mi barco con su refrescante ingenio. Por no mencionar la chispa en sus ojos, a la que yo era incapaz de resistirme.

—Sí. Y Jesús la furgoneta de correos que trae al cartero, supongo. —Ahora nos estábamos poniendo tontos. Luego se me ocurrió algo—. Es casi como si el hecho de la muerte de Jesús fuera una parte del misterio que está revelando Dios. El secreto sobre el que se ha guardado silencio durante largas eras. Todos están aprendiendo sobre Jesús y su obra redentora a través del Espíritu.

—Quizá el secreto era la importancia de su muerte. Después de todo, Jesús no podía enseñar sobre su muerte antes de que tuviera lugar.

Consideré la idea durante un momento.

—Bueno, esa podría ser una solución. Salvo que no debería impedirle a todo el mundo que al menos se refirieran a su muerte, a toda su carrera, de hecho, como algo que ha ocurrido hace no demasiado tiempo, algo ubicado entre las promesas y misterios de Dios y las revelaciones que hicieron de ellas personas como San Pablo. Además, los Evangelios sí que presentan a Jesús haciendo profecías sobre su muerte e insinuando su significado durante su ministerio.

—Entonces no tengo ninguna solución.

Los dos nos quedamos mirando con atención la pantalla como si le pidiésemos que nos proporcionara aquella esquiva explicación, la razón por la que San Pablo y los otros primeros escritores podían separar de una forma tan despiadada la misión proselitista cristiana de esa reciente encarnación de la figura divina que todos veneraban y sobre la que predicaban. Lo lógico es que el movimiento hubiera olido al espíritu de Jesús de Nazaret, debería haber exudado su personalidad humana, debería haber resonado en él cada uno de sus pensamientos, palabras y obras. Los profetas deberían haberse hecho eco de sus apocalípticas predicciones, los predicadores deberían haber pregonado sus enseñanzas y todos deberían haberse enorgullecido de las maravillas y promesas de sus supuestos milagros. Las imágenes de las figuras que habían formado parte de su vida, los lugares que había pisado, en los que había dormido, predicado y muerto, deberían haber pendido del aire que respiraban los cristianos, deberían haberse grabado a fuego en su recuerdo y su conciencia. El Hijo de Dios venido a la Tierra. El rostro de Dios encarnado para que todos lo vieran.

Pero en lugar de eso lo habían convertido en algo lejano. En lugar de mencionar su nacimiento en Belén y su juventud en Nazaret, hablaban de su preexistencia en el cielo con Dios. En lugar de hablar de sus milagros en las costas del mar de Galilea, hablaban de su trabajo al crear todas las cosas. Más que proclamar las enseñanzas que ofreció en las faldas de las colinas y en los mercados, escuchado por los rostros absortos de hombres y mujeres normales que anhelaban una nueva ética de caridad y amor, buscaron su voz en las Escrituras y lo pusieron en el papel místico de canal del Espíritu Santo enviado desde el cielo e inspirado en las mentes de profetas y visionarios. En cuanto a los intensos acontecimientos ocurridos en el momento culminante de su vida, sus juicios y sufrimientos y su terrible ejecución en una colina a las afueras de Jerusalén, todas y cada una de aquellas cosas se evaporaron ante la gran reflexión cósmica que se hacía de ellos en los reinos espirituales, en la lucha y triunfo definitivo sobre las fuerzas demoníacas que, sin saberlo estaban haciendo la obra de Dios al provocar su propia destrucción. Y luego había resucitado, pero nadie decía dónde y nadie hablaba de un maravilloso regreso de la carne. Cuando Jesús de Nazaret murió, su propio movimiento lo enterró y fueron personas como San Ignacio los que ochenta años más tarde tuvieron que desenterrar los huesos y suplicar algo tan sencillo como que se reconociera que Jesús había nacido de verdad de María, y realmente lo habían perseguido y había muerto crucificado por Poncio Pilatos.

Por qué será que los grandes temas de la vida suelen ser los que nos fabricamos nosotros a partir de cosas que no podemos tocar, ideas que no podemos demostrar, emociones que recorren paisajes en los que nunca podemos posar los ojos. Cuando se necesita un respiro de tales obsesiones humanas, es quizá el refugio del acto del amor al que con más frecuencia nos dejamos llevar, allí donde todo se puede tocar y ver y las pasiones que se suscitan no requieren mucha filosofía.

Shauna era, a su modo relajado, la amante más desinhibida que yo hubiera conocido jamás, y había veces en las que incluso podía mezclar el sexo con el humor. Cuando se ponía así, podía ser ingeniosa hasta el punto de la locura; una vez se llevó una libreta y un lápiz a la cama para esbozar todo lo que hacíamos. Pero sobre todo era capaz de perderse en lo que tenía entre manos como si fuera lo más natural y gratificante de la Tierra, cosa que era, decía. Yo la comparaba con frecuencia con las mujeres que había conocido siendo joven, en ese periodo en el que la Edad Media había decaído, pero antes de que la revolución sexual se hubiera afianzado de verdad para formar el nuevo gobierno. La única novia judía que había tenido durante ese tiempo también me había parecido completamente cómoda en los brazos de un amante, mientras que mis compañeras cristianas (o incluso ex cristianas) siempre tenían, o eso parecía, el oído aguzado. La voz que temían escuchar pertenecía a siglos pasados, a la fanática misoginia de los primeros Padres de la Iglesia, a la obsesiva antisexualidad de la iglesia medieval, a las fijaciones del clero más moderno que todavía se mostraba inflexible contra todas las expresiones de placer del cuerpo humano.

Yo le había dicho con frecuencia a Shauna que estaba convencido de que el centro del cerebro que estimulaba la fe religiosa se encontraba justo al lado del grupo de neuronas que fuera responsable del temor al sexo, ya que la estimulación de uno disparaba de forma inevitable una respuesta en el otro. La obsesión de los fundamentalistas de hoy de convertir a los niños en eunucos y de desterrar el erotismo humano al otro lado de la Luna no era más que el último capítulo en una larga tradición de asfixia por aburrimiento que buena parte de la sociedad occidental se había autoinfligido durante casi dos milenios. La liberación sexual moderna y el libertinaje, que tanto deploraban los conservadores, no era más que la intoxicante respuesta a un flujo renovado de aliento y a la desaparición de siglos de culpa y vergüenza autoimpuestas.

Los cimientos de mi cultura ancestral estaban derrumbándose al tiempo que un antiguo dios se desmoronaba entre el polvo del tiempo, pero el cuerpo de Shauna debajo de mí era un cimiento al que podía aferrarme, siempre vital y apasionado, aunque en esta ocasión no hubiera humor en la mezcla. Que estábamos enamorados era algo aceptado entre nosotros. Si nos casaríamos algún día era un tema que aún estaba por decidir. Para ella, las consideraciones culturales todavía funcionaban, aunque no asistiera a la sinagoga y un matrimonio anterior no hubiera resultado demasiado satisfactorio. Para mí, alguien que había estado siempre soltero, el matrimonio seguía teniendo una connotación de viejas asociaciones, parte de una visión del mundo descartada con firmeza, y siempre me había mostrado renuente a renovar cualquier conexión con ella. Quizá imaginaba que un día la unión a la que estaba destinado se limitaría a ocurrir, generada de forma espontánea por alguna fuerza de la que todos nos encontraríamos formando parte. Cuando el mundo llegase a la edad adulta, cuando la época medieval fuera por fin arrastrada y mezclara sus últimos restos con las aguas de la historia, la compañera de mi vida y yo nos encontraríamos en la costa, listos para emprender el viaje a tierras desconocidas. Esas, en cualquier caso, habían sido las ingenuas fantasías de mi juventud, cuando me despojé por primera vez de los detritos personales de los siglos.

Esa noche Shauna se mostró maravillosamente perceptiva, aunque con un tono algo más solemne del habitual. Siempre reacio a considerarme un amante excepcional, decidí que San Pablo y la pizza habían sido, después de todo, una potente combinación. Por alguna razón sentí que Shauna no era una simple observadora imparcial de mi investigación o de las más amplias convulsiones del mundo de los estudios cristianos. Incluso si la casa de uno permanece en pie, el derrumbamiento del barrio que la rodea puede ser aleccionador. Es muy posible que el estruendo del terremoto de cambios también estuviera resonando en los oídos de Shauna.

7

1

Me pasé buena parte de la semana siguiente en Nueva York, con mi editor. Dos de mis antiguas novelas estaban a punto de volver a editarse y querían consultarme sobre ciertas características del diseño y las portadas. Dejé caer alguna insinuación de que mi próximo proyecto sería poco habitual y sin duda controvertido. Winston estaba intrigado pero me conocía lo suficiente para no presionarme cuando le dije que de momento debía seguir siendo un secreto muy bien guardado.

Se me ocurrió preguntarme si incluso en estas prestigiosas oficinas, en este momento progresista que veía aproximarse el siglo XXI, a un editor podría entrarle miedo ante un libro que con toda seguridad iba a ponerle las plumas de punta a una amplia variedad de gallos. ¿Era posible que yo sufriese el mismo destino que Vardis Fisher, relegado a los valerosos elementos marginales del mundo editorial, a las afueras del olvido? Luego pensé que esta era una comparación muy osada por mi parte, ya que en estos momentos casi no tenía ni idea de cómo iba a proceder con esta «revolucionaria» novela. De momento, solo existía en las dimensiones místicas de la realidad teórica.

Cuando volví a casa descubrí que David había estado intentando ponerse en contacto conmigo y a comienzos de la semana siguiente quedé en ir a encontrarme con él en su despacho de la universidad. Mayo acababa de llegar, la primavera iba al grano y comenzaban a ponerse fin a los exámenes de la *uni*. Muchos de los estudiantes se iban ya para ir adelantando trabajos de verano, fiestas o el interminable ciclo del estudio. Me felicité por haber dejado todo eso mucho tiempo atrás, hasta que me di cuenta de que en realidad seguía metido en la misma carrera de ratas, solo que con muchas menos fiestas, desde luego. Al menos yo podía decidir mi propio temario para el diploma que eligiese.

La puerta del despacho de David se encontraba abierta. El sol de últimas horas de la mañana que entraba a raudales a través de las altas ventanas de estilo académico caía sobre una agotada figura sentada tras un escritorio desordenado más peligrosamente que cuando lo había visto por primera vez más de un mes atrás.

—Entra, Kevin. Si no he enterrado esa silla bajo una montaña de papeles, siéntate. —Señaló hacia algo que había delante del escritorio y que en estos momentos soportaba tres grandes cajas de sobres. Coloqué estas en los últimos centímetros cuadrados de espacio que quedaba libre en el sofá que había contra la pared y me senté.

—¿Cómo está la encantadora Shauna? —Me guiñó un ojo—. Burton preguntó por ella ayer, sin ir más lejos.

—¿Ah, sí? ¿Y hasta qué punto es codicioso este hombre cuando sus ojos tropiezan con algo que le gusta?

—Burton Patterson es un hombre con un sentido del decoro impecable —entonó David, seguido por el alzamiento de una ceja, apenas una mueca—. Y de la sutileza. Pero bueno, estoy seguro de que tú ya estabas planeando regalarle a Shauna una docena de rosas cada viernes, solo para demostrarle cuánto te importa.

Solté una carcajada ambigua y dejé el tema, aunque parte de mi cerebro comenzó a calcular el coste mensual de una docena de rosas cada viernes.

David se acomodó en su silla con gesto sociable.

—Bueno, ¿por dónde empiezo? Ya que nos hemos metido en el tema de Burton Patterson, déjame darte una noticia. No, antes que nada, será mejor que te ponga al día de lo esencial. La fundación se está constituyendo en sociedad y está solicitando el estatus de sociedad sin ánimo de lucro. El jueves pasado supervisé la construcción de una página web: seis de nosotros trabajando en eso durante una semana entera, te lo aseguro. Mis días de estudiante están empezando a parecerse a la Alta Edad Media.

Sacó una tarjeta del cajón del escritorio y me la lanzó con un capirotazo.

—Ahí está la URL. ¿Estás conectado? Sí, claro que sí. Haznos una visita, a ver qué te parece.

Le eché un vistazo a la tarjeta. En estos tiempos, las tarjetas de visita casi nunca se molestaban en poner algo tan anticuado como una dirección postal. Las visitas y comunicaciones se hacían ahora por el ciberespacio. La Fundación de la Edad de la Razón habitaba, como supuse que le correspondía, no un edificio concreto de algún bloque de asfalto, sino una página neuronal de una mente electrónica que cercaba el mundo. Muy pronto todos seríamos sinapsis incorpóreas disparadas en un cerebro del tamaño del planeta. Me pregunté si ese cerebro terminaría siendo un todo homogéneo. ¿Podía una parte permanecer anclada en la Edad Media mientras el resto entraba en el Tercer Milenio? Luego pensé que una de las capacidades del cerebro humano es el potencial que tiene para la disociación, por no mencionar ya la esquizofrenia.

David continuaba.

—Hemos hecho sondeos en la web para conseguir nuevos miembros. No solo instituciones académicas. Los hemos colocado en varios foros de discusión. Ya estamos empezando a recibir peticiones de información de personas interesadas. Por supuesto, eso no es todo lo que hemos recibido. Échale un vistazo a esto.

Cogió una hoja que tenía a un lado y me la pasó. Era una copia impresa de un correo electrónico dirigido a la página web.

—Llegó hace un par de días. Se las arreglaron para borrar la dirección del remitente. Tengo a alguien echándole un vistazo para ver si puede averiguar dónde se localiza este grupo. Se hacen llamar los Maestros Ascendidos. Lo más probable es que no sean más que una panda de locos que quieren desahogarse, pero nunca se sabe.

Leí:

«Despertad y reconoced al MAESTRO ASCENDIDO Jesucristo. Su mensaje es toda la Razón que necesitamos. Vuestro atrevimiento os etiqueta como lo que sois: el profetizado Anticristo cuyo seductor mensaje señala los comienzos de las penas que anuncian la llegada del Cordero, el Hijo del Hombre que recogerá la cosecha ya pasada de los cultivos de la Tierra. Así lo predice el Apocalipsis 14:15: los poderes de la oscuridad serán derrotados y seréis arrojados junto con vuestros falsos adoradores de la sabiduría del mundo al lago de fuego con sus llamas sulfurosas. Averiguaréis que seis mil años es el auténtico recuento, a pesar de vuestras malignas intenciones y vuestros peces gordos de la abogacía».

Se lo devolví.

—Bueno, sean quienes sean, se las han arreglado para falsear alusiones a varios documentos del Nuevo Testamento, incluyendo San Pablo. No se nombra a ningún Anticristo en el Apocalipsis, pero seguramente están pensando en la «Bestia», que en realidad es una referencia a Nerón, cuando volviera de entre los muertos.

—¿Los cristianos creían que Nerón regresó de entre los muertos?

—Que iba a hacerlo —le corregí—. Era uno de los grandes mitos de la época, al parecer. La idea del Anticristo comenzó con los judíos (o con algunos de ellos) que pensaban que algún agente de Satanás, un «hombre del desgobierno», iba a impedir el trabajo del Mesías y capitanear una gran confrontación antes de que se pudiera establecer el Reino. Algunos cristianos adoptaron la idea y la centraron en un Nerón que regresaba en forma de bestia. Son las letras de su nombre las que suman 666.

—Fascinante.

—¿Crees que este grupo plantea algún peligro?

—Bueno, tenemos que tener en cuenta esa posibilidad.

—Por cierto, que yo sepa no hay ningún «pez gordo de la abogacía» en el Nuevo Testamento. ¿A qué se están refiriendo con eso, lo sabes? —Por alguna razón creía saber ya cuál iba a ser la respuesta.

—La verdad, eso es lo más extraño... y por eso no estamos descartando todo este tema como la respuesta de algún excéntrico. El resto podrían haberlo sacado de lo que hemos dicho sobre nosotros mismos en la página web. Pero esa alusión a Burton Patterson es lo que demuestra que tienen información interna.

Alcé las cejas.

—Sí, no cabe duda de que los «peces gordos de la abogacía» es una referencia a Burton. Se refiere a una de las cosas que estaba planeando decirte hoy. No sé si sabes que la UALC (la Unión Americana de Libertades Civiles) se está preparando para una nueva recusación de un par de proyectos de ley que están aprobando leyes a favor de que se enseñe el creacionismo en las escuelas. Este tipo de cosas está cogiendo velocidad otra vez, al parecer. A principios de este año, en Tennessee, estaban planteándose una ley que permitiría a las juntas escolares despedir a profesores que presentaran la evolución como un hecho en lugar de como una «teoría». Y Alabama está insistiendo en que se incluyan desmentidos en los libros de texto de Biología señalando que la evolución es una «teoría controvertida» sostenida por «algunos científicos». Escucha este razonamiento científico. —Sacó otra hoja de papel del montón que lo rodeaba—. «Nadie estaba presente cuando apareció la vida por primera vez sobre la Tierra. Por tanto, cualquier afirmación sobre los orígenes de la vida debería considerarse una teoría, no un hecho». Eso es lo que el Senado estatal quiere que los estudiantes de Alabama lean en sus libros de texto. —Volvió a tirar el papel en el montón—. No me extraña que estemos perdiendo la capacidad para pensar de forma racional.

—Tampoco había nadie presente cuando Dios creó el mundo. Pero los creacionistas parecen tener fuentes infalibles sobre ese pequeño evento.

David bufó.

—Estamos llegando a un punto en el que los profesores se limitarán a no enseñar la evolución. Los fundamentalistas están empezando a mostrarse tan seguros de sí mismos que las escuelas temen un enfrentamiento con los padres y los grupos de la Iglesia y se saltan el tema entero. En algunos estados, los padres se encuentran con que se tienen que enfrentar a juntas escolares en las que la mitad de los miembros son fundamentalistas que defienden la creación. No lo tengo aquí, pero una reciente encuesta en las clases de Biología demostró que solo un 10% de los estudiantes había estudiado la evolución. —David levantó las manos—. ¿Y es de ahí de donde van a salir nuestros futuros científicos?

—¿Y qué tiene todo esto que ver con Burton Patterson?

David se volvió a relajar en su silla.

—Perdona, con esto me exalto mucho. Como te he dicho, la UALC lleva un tiempo planeando una recusación legal contra los sondeos de Georgia y Pensilvania para colar el creacionismo en los planes de estudio escolares. —Hizo una pausa para impresionarme—. La Fundación de la Edad de la Razón va a llevar la de Pensilvania.

Di una sacudida de sorpresa.

—¿Cómo lo habéis conseguido? Apenas acabáis de salir por la puerta. Me sorprende que la UALC haya oído hablar de vosotros siquiera.

David se inclinó sobre el escritorio y adoptó una expresión conspirativa.

—Bueno... esto es entre tú y yo, pero fue a través de Burton. —Esperé. David decidió que era mejor parecer un poquito avergonzado—. Sé lo que vas a pensar. Pero Burton tiene muchos contactos en la UALC que se remontan a décadas atrás. Si nos ocupamos de la vista judicial, nos pondrá en el candelero de la noche a la mañana. No podríamos haber comprado esa clase de publicidad.

—Espera un momento —lo interrumpí—. Déjame adivinar. Es el mismísimo gran hombre el que va a dirigir en persona el proceso en la sala.

David esbozó una sonrisa irónica.

—Algo así.

—Supongo que no sois los únicos que están deseando encontrarse bajo los focos, o volver a ellos. ¿Y cuándo se va a celebrar esta vista?

—A finales de junio. En Filadelfia. —Otra pausa—. Esperamos que puedas estar allí.

Ahora sí que me quedé sorprendido.

—¿Yo? ¿Por qué yo?

Dio la sensación de que David llevaba ya un tiempo preparándose con mucho cuidado para este momento.

—Kevin, creo que estarás de acuerdo conmigo en que la época que vivimos es muy compleja, incluso caótica; las cosas ocurren y cambian tan rápido que los medios de comunicación no pueden seguirle el ritmo, así de simple. La verdad es que no se puede esperar que entiendan bien las cosas en todo momento ni que le den el enfoque adecuado. Cuando quieres comunicar tus ideas y crear la imagen correcta, tienes que hacerlo tú mismo. Ahora que Internet ofrece todo un nuevo medio de comunicación, necesita sus propios «reporteros», por así decirlo, un nuevo tipo de escritor que le presente las cosas al público de la red y a los medios de comunicación tradicionales... ¿no te parece?

Yo lo miraba completamente perplejo. Él dijo:

—Pensé que quizá te gustaría tener el puesto de publicista residente de la Fundación de la Edad de la Razón.

Por fin recuperé el habla.

—¡David, soy novelista!

—Sí, pero eres uno de los mejores escritores que conozco. Tenías un don natural, incluso cuando estábamos en la *uni*, pero sin las pretensiones académicas. Necesitamos color, estilo. Alguien que pueda llegar al hombre y la mujer normal y corriente, decir cosas que la gente quiera leer, cosas que puedan entender. Necesitamos generar un poco de emoción. Después de todo, aquí tenemos un tema que va a terminar siendo un poco frío y árido. —Pronunció la siguiente frase como si fuera un antiguo y entusiasta lema escolar—. Tú puedes convertir la «racionalidad» en la próxima palabra de moda, ¡estará en los labios de todo el mundo!

No hace falta decir que lo miré con escepticismo.

—Eso lo dudo. ¿Pero por qué no un profesional de las relaciones públicas?

—¡Bah! No podríamos trabajar con alguien así. Necesitamos un escritor con un cierto interés personal, que esté familiarizado con lo que intentamos hacer. Tiene que creer en ello. No queremos los típicos acercamientos impecables y superficiales. Y también está el hecho de que tenemos que ser capaces de manejar los temas delicados con un poco de tacto; no queremos parecer demasiado dados a sermonear ni demasiado elitistas.

—Eso es mucho pedir.

—Sé que tú puedes hacerlo, Kevin. Como es natural, habría un estipendio. Bastante decente. Burton está poniendo a disposición de la fundación un fondo considerable. Y quedó bastante impresionado contigo en su casa. También cree que puedes hacer el trabajo.

Recordé el saludo que me había dirigido Patterson en la fiesta, «nuestro cronista de grandes acontecimientos». Eso implicaba que David y él habían discutido esa posibilidad antes de que me conociera.

—¿Y la vista? —Dado que ese iba a ser el espectáculo de Patterson, me pregunté si me estaban contratando como biógrafo personal del abogado.

—Serás nuestro reportero en Internet, si quieres. Quizá incluso podamos convencer a algunos servicios informativos de los medios de comunicación tradicionales para que te den un espacio. Tú pondrás las cosas en un contexto más amplio, dando publicidad a la fundación. No de una forma demasiado descarada, claro. Pero necesitamos asegurarnos de que lo que se escribe sobre nosotros crea la mejor de las impresiones y cuanto más nuestra sea esa voz, mejor. Nos enfrentamos a opiniones contrarias bastante rígidas, y no todas dan la sensación de estar tan chifladas como esa. —Señaló con un gesto el mensaje de los Maestros Ascendidos.

—¿Y cómo crees que estos tipos averiguaron lo de Filadelfia?

—Bueno, hay varias formas. A través de contactos en la UALC, probablemente. Aunque resulta sorprendente que lo hayan averiguado tan pronto.

En la parte de mi cabeza donde le estaba dando vueltas a la propuesta de David, la idea tenía cierto atractivo. Solo una de mis novelas había llegado a ser un éxito de ventas, así que un salario regular sería una añadidura muy útil a mis ingresos. Extender mi producción a formas literarias más orientadas hacia el ensayo también era una idea que llevaba mucho tiempo fascinándome. Además, sería un foro no solo para la fundación, sino sin duda también para mis propias opiniones y experiencias, siempre que no chocaran con las de mis jefes. Pero eso suscitaba un tema delicado que le comenté a David.

—No, Kevin, yo preferiría que pensaras en ti como un colega, no como un empleado. Como es natural, una especie de comité de relaciones públicas haría algún tipo de... contribución, o daría el visto bueno a lo que escribieses y mandases, pero querríamos estimular tu propia creatividad. De todos modos, amigo mío, en este punto todavía lo hacemos todo de oído.

Bueno, ¿por qué no? Merecía la pena probar. Que yo supiera, toda aquella empresa podía hundirse como una piedra, incluso con Burton Patterson en el puente de mando. Así que dije con tono alegre:

—De acuerdo. Apúntame a Filadelfia para finales de junio.

David parecía inmensamente satisfecho de sí mismo.

Pero yo no podía dejar que me distrajeran demasiado de mi proyecto más prioritario.

—Con una condición, que mientras tanto me dejéis en paz. Que ese sea mi primer trabajo y no entro en nómina, por así decirlo, hasta entonces. Si no puedo concretar la investigación de la novela sobre Jesús en las próximas semanas, quizá lo deje sin más. Pero tengo que intentarlo.

David contraatacó.

—¿Y qué te parece un compromiso? Entre este momento y la vista tendremos una, como mucho dos reuniones para clarificar tu posición y establecer unas reglas básicas. Luego podemos partir de ahí en Filadelfia.

—Me parece justo. Ahora me toca a mí. Desde que volví de Nueva York he estado vadeando una nueva área de investigación y me estoy ahogando. Hay unos cuantos trabajos antiguos sobre este tema y algún surtido de artículos, pero no he sido capaz de localizar un estudio exhaustivo y actualizado. Al parecer hay estudiosos dedicándose a lo mismo por todas partes y nadie se pone de acuerdo sobre cómo debería integrarse en la imagen del primer Cristianismo.

—¿Qué es?

—Las religiones grecorromanas dedicadas al misterio. O cultos, si quieres. Los comentarios hacen alguna referencia o alusión ocasional a ellos, pero nada importante. A lo largo de los años he ido recogiendo algunas nociones, pero necesito hablar con alguien que pueda responder a algunas preguntas concretas. Supongo que ese alguien serás tú.

—Ah, no. Eso es demasiado esotérico para mí. Sin embargo... —y aquí David me ofreció una curiosa sonrisa—, ya has estado en contacto con la persona que podría ayudarte, estoy seguro.

—¿Te refieres a Sylvia?

—Sí, por supuesto. Estoy seguro de que le encantaría verte otra vez. De hecho, el otro día me dijo que si venías a verme, me asegurara de sugerirte que te pasaras por su despacho. —Le echó un vistazo al reloj—. Es posible que la pilles allí dentro de unos minutos. Saldrá dentro de nada de vigilar un examen.

—Sí, no se me había ocurrido —murmuré con un tono no demasiado convincente. David y yo intercambiamos unas cuantas frases más y quedamos en que me llamaría esa misma semana.

—Burton estará encantado —exclamó David cuando yo ya salía por la puerta.

No con todo, espero, me dije. Había decidido que no me podía permitir las rosas.

2

Por supuesto que había pensado en Sylvia Lawrence incluso antes de venir ese día, pero por alguna razón cumplí con el protocolo de preguntarle a David. ¿Era culpa o anticipación lo que sentía mientras bajaba por el pasillo rumbo al despacho de Sylvia, situado no muy lejos del de David? La mujer me había causado una buena impresión en la casa de Patterson, en aquel elegante patio bajo un fresco cielo vespertino, pero todavía no me había permitido analizar qué impresión era esa.

No hubo respuesta cuando llamé a los paneles de vidrio esmerilado de la puerta. Después de un momento de duda, estaba a punto de invocar la discreción antes que el valor y hacer una retirada rápida cuando se acercaron unos pasos procedentes de una esquina cercana. Sylvia Lawrence apareció con una considerable pila de papeles en brazos. Cuando me vio, se le iluminó el rostro y casi trotó los pocos pasos que nos separaban, como si temiera que yo echara a correr.

—¡Señor Quinter! Cuánto me alegro de verle.

—¿Cómo está, Sylvia? —Esperaba que eso la empujara a utilizar mi nombre de pila y también esperaba que no fuera deferencia lo que me mostraba. Después de todo, yo no podía tener más de ocho o diez años más que ella. Y aparentaba menos, me dije.

—Espere, déjeme que le coja eso. —La acción de ir a coger los papeles no solo puso mis manos en contacto con sus brazos, sino que también colocó mi rostro muy cerca del suyo, más cerca de lo que nos habíamos encontrado en la fiesta de Patterson. En ese momento tuve la sensación de que aquellos rasgos angulares que podrían haber parecido desagradables de lejos eran en realidad bastante fuertes y la momentánea expresión que adoptaron me produjo un inesperado apuro. Bajé los ojos al tiempo que retiraba los brazos cargados de papeles.

Solté sin pensar.

—¿Exámenes?

Ella buscaba la llave del despacho en el bolsillo pequeño de su americana.

—Sí. Debería haber llegado antes para hacerlo. Estoy segura de que le habría ido bien. Filosofía de la Historia 204. Me aseguré de que hubiera una pregunta sobre los antiguos historiadores griegos.

—Heródoto y Tucídides.

Esbozó una sonrisa que me dirigió al sacar la llave.

—Bueno, yo considero a Heródoto poco más que un cronista, o algo peor, ya que puede resultar bastante ingenuo y parcial en sus análisis. Tucídides, por otro lado...

—Un maestro. No podría haberme pasado sin él cuando escribí mi novela sobre la expedición ateniense a Sicilia.

—Ninguno de nosotros podría haberse pasado sin Tucídides. Toda nuestra interpretación y buena parte de lo que sabemos sobre el periodo de la Guerra del Peloponeso depende de él. —Sylvia señaló con un gesto los papeles que yo llevaba—. Estoy dispuesta a apostar que varios de esos estudiantes han hablado sobre cómo Tucídides «creó» la Historia de la época para las eras posteriores. Es posible que la hubiera vivido y escrito en parte mientras estaba ocurriendo, pero ofreció su propio parecer a la interpretación de los acontecimientos, y tenemos suerte de que fuese un hombre de gran integridad y percepción intelectual. Estamos enteramente en las manos de aquellos que han «creado» la Historia para nosotros, señor Quinter, y si lo único a lo que podemos recurrir son mentes inferiores, tenemos que tener un cuidado exquisito con lo que hacemos con ese producto.

Sylvia no hizo nada por abrir la puerta, como si este punto y este momento en el gastado pasillo de una envejecida universidad fuera algo que debiera saborearse. Luego le echó un vistazo a la pila de papeles que le había quitado y al parecer decidió que el momento había pasado.

—Será mejor que le dé la oportunidad de dejar eso.

Mientras ella metía la llave en la cerradura, yo dije:

—Es una pena que Tucídides no completara su trabajo. En otro tiempo pensé en escribir una novela sobre esa guerra; quería centrarme en el propio Tucídides, incluso imaginé una escena en la que lo interrumpían en medio de una frase, el punto en el que la Historia se interrumpe de repente.

Me sonrió por encima del hombro al tiempo que abría la puerta con un leve empujón.

—Estoy segura de que eso habría sido muy interesante.

El contraste con el despacho de David no podría haber sido mayor. Decir que Sylvia Lawrence era pulcra habría sido quizá un eufemismo, pero era la pulcritud de una artista que hace una utilización dramática de un gran lienzo sin perder ni una sola vez el control sobre ninguno de los elementos que lo forman. Había varias librerías altas, de esas que tienen puertas horizontales de cristal en los estantes superiores, llenas a rebosar de volúmenes de todas las formas y tamaños. Además de un escritorio impresionante, había tres lámparas, un pequeño sofá, dos sillas y un taburete. La colección de final de curso de exámenes, informes y quién sabía qué más era vertiginosa, pero me quedaban pocas dudas de que su propietaria sabía con toda exactitud dónde se encontraba cada hoja. En la pared que había a la derecha del escritorio colgaba una obra de arte moderno. Sus colores eran variados y sutiles, pero seguían líneas atrevidas y bien definidas y era demasiado grande para aquella habitación. Transmitía la misma impresión que el cuerpo de su dueña había tenido sobre mí en la fiesta: quizá un poco alto y desgarbado, pero por alguna razón absorbente, algo que invitaba a examinarlo más de cerca.

Sylvia me quitó los exámenes y los colocó en la esquina de su escritorio. En lugar de rodearlo para llegar a su silla y colocar aquel mueble entre los dos, se apoyó en él y me preguntó en tono familiar.

—¿Cómo va su novela?

La silla que había delante del escritorio, al contrario que la de David, estaba despejada, pero como no me invitó a sentarme, yo también permanecí de pie, sintiendo el mismo extraño magnetismo al estar cerca de ella que había sentido en la fiesta. La ropa que llevaba hoy no era tan elegante, pero estaba bien cortada y de algún modo complementaba la peculiar personalidad que envolvía.

A punto estuve de confiarle mis problemas.

—La verdad es que podría ir mejor. A veces tengo la sensación de que estoy en la casa de los espejos de un parque de atracciones. ¿Cuál es la imagen y cuál es la realidad? ¿Y por qué tiene todo un aspecto tan distorsionado?

El comentario pareció picar su curiosidad. Le pregunté:

—Dígame, ¿a usted, qué le parece Jesús?

Por un instante me dio la impresión de que había tocado un nervio sensible. Luego cogió aliento, como si acabara de abrir una caja y tuviera que decidir qué artículo iba a coger de ella. Si algunos de esos artículos eran más personales que otros, ella escogió uno neutral.

—Supongo que diría que Jesús apareció en el momento justo. Le dio expresión a muchas cosas que se estaban desarrollando en su época. Los judíos pensaban que el Reino estaba a punto de llegar y con él un Mesías para rescatarlos. Los griegos querían una forma de comunicarse con el Dios trascendente.

—¿Se refiere a la idea del *Logos*?

—Bueno, a la idea general de que necesitábamos un intermediario entre Dios y el mundo. Un salvador, si quiere. La salvación personal era la gran preocupación de la época, y se desarrollaron varios dioses para proporcionarla.

—¿Como los dioses salvadores de los cultos griegos de misterio?

—Formaban parte del cuadro.

—Solo que Jesús era un hombre.

—Eso es.

—Lo que quiero decir es: si todos los demás estaban desarrollando dioses salvadores que eran míticos, ¿por qué los cristianos decidieron colgárselo todo a un hombre? Tiene que haber parecido extraño en aquella época.

—Supongo que Jesús debió de impresionarlos.

Sus ojos, a algo más de medio metro, quizá, estaban al mismo nivel que los míos. Le dije:

—Tanto que abandonaron por completo al hombre... después de convertirlo en un dios.

—¿Qué quiere decir eso? —Solo la voz expresaba curiosidad.

Bajé los ojos.

—Oh, solo una pequeña cosa rara que he encontrado en mi investigación.

Me volví hacia la estantería que tenía al lado.

—¿Tiene aquí algún libro sobre los cultos de misterio?

—Sí, así es. ¿Le gustaría verlos? —Se acercó a una vitrina más alejada y levantó una de las puertas horizontales—. Angus... Burkert... Wagner...

—¿Alguno es reciente?

—El que Burkert. Él ve los cultos como religiones principalmente votivas, les piden a los dioses favores y protección contra las vicisitudes de la vida. Igual que hacen los cristianos con los santos.

—¿Es eso válido? ¿No proporcionaban una especie de salvación eterna?

Sylvia sacó un volumen y lo hojeó con gesto ocioso.

—La tendencia entre los estudiosos modernos parece ser restarle importancia a eso. Pero tiene que entender que en realidad sabemos muy poco sobre los misterios. Fueron muchos los miles de personas que a lo largo de los siglos se iniciaron en los varios cultos, pero debían jurar que guardarían el secreto de lo que ocurría durante los rituales y lo que se suponía que significaban. Ni uno solo de ellos rompió ese silencio, o por lo menos no de tal forma que terminase en algún documento que haya sobrevivido. Tenemos un incitante relato de la iniciación a Isis descrito por Apuleyo en su novela *El asno dorado*, pero de forma deliberada solo da referencias y dice que no se le permite contar más. Todos los frescos e inscripciones tienden a ser enigmáticos y están abiertos a la interpretación.

—¿Así que los secretos de los misterios perecieron cuando los erradicó el Cristianismo?

—A menos que desenterremos algo nuevo sobre ellos. —Volvió a acercarse a mí y se sentó de nuevo en el borde del escritorio con el libro apretado contra ella—. ¿Esperaba incluir algún rito orgiástico de Dionisos en su novela? En épocas muy antiguas, se suponía que las mujeres que dirigían los ritos se permitían un comportamiento bastante escandaloso.

El ligero resplandor de los ojos femeninos me hizo lanzar una tímida carcajada.

—Bueno... una cierta cantidad de erotismo no le hace daño a ningún libro, supongo. Pero creo que en realidad estaba intentando aclarar la cuestión de si los cultos de misterio influyeron sobre el Cristianismo de alguna manera. Algunos estudiosos parecen implicar que así fue, y luego hay otros que intentan echarlos por tierra.

—Esa ha sido la pauta a lo largo de este siglo, desde luego. Hubo algunas reivindicaciones extravagantes por parte de la escuela de la Historia de las Religiones a principios de este siglo: decía que el Cristianismo era poco más que otra «religión del misterio» con Jesús como su dios salvador. Como Osiris, Attis y Mitra. ¿Está familiarizado con ellos?

—Estoy en ello. Sé que eran los dioses de varios cultos, que sufrieron y murieron del mismo modo, volvieron de entre los muertos y daban la salvación a aquellos que se sometían a una iniciación para entrar en su culto. Eso se parece mucho a Jesús y los cristianos, ¿no?

Sylvia sonrió con un toque de condescendencia, como si yo fuera un estudiante prometedor que no sabía tanto como pensaba y que podía tolerar algún conocimiento más. Tan cerca de esa sonrisa, con ese cuerpo contra el escritorio y el libro apretado contra ese pecho, yo estaba empezando a pensar que estaría dispuesto a rendirme a cualquier conocimiento que quisiera impartirme. Estaba quizá demasiado cerca y si bien el decoro sugería que debería alejarme, mis pies no le prestaban ninguna atención.

—Bueno, en primer lugar, le hace falta corregir un par de equivocaciones. Había una gran variedad en los cultos y diferencias entre las deidades, así que es difícil hacer generalizaciones. Mitra era quizá el más importante de los dioses de aquellos cultos, pero no murió. En su lugar mató a un toro, cosa que con toda probabilidad se remonta a algún rito agrícola o a algún ritual para alcanzar la mayoría de edad, como seguramente hacen todas las ceremonias de los cultos. Ese era el «acto salvador», si quiere. Los otros sí que murieron de alguna manera, salvo Isis si quiere separar su culto del de su marido Osiris, pero solo Dionisos tuvo un mito que dice con claridad que volvió de entre los muertos. Esa vieja pretensión de los estudiosos que dice que el mundo antiguo estaba repleto de dioses muriendo y resucitando y que Jesús encajaba en la pauta como otra gota más de agua es un concepto erróneo.

—¿Por qué?

—Porque queda muy lejos de estar claro si se pensaba que estos dioses habían sido resucitados. Los estudiosos más antiguos le dieron demasiada importancia a una referencia de un especialista cristiano en herejías del siglo IV, Fermicus Maternus. Hace un comentario que podría referirse a algún tipo de resurrección, pero está abierto a más de una interpretación. Y de todos modos, es bastante tardío.

Le dije que Vardis Fisher le había dado mucha importancia a la idea de esos dioses salvadores que morían y resucitaban en su novela *Una cabra para Azazel*, la obra del *Testamento del hombre* que trataba de la propagación del Cristianismo. Sylvia no estaba familiarizada con él.

—Pero no me sorprende si se escribió en la década de los años 50. Todavía habría estado bajo la influencia de los antiguos estudios.

—Pero seguro —objeté yo— que incluso si estos dioses en realidad no resucitaban de entre los muertos, seguían concediendo la salvación, ¿no es así? Y yo tengo entendido que el Cristianismo entabló una gran lucha contra los cultos antes de la conversión de Constantino. Si no ofrecían la promesa de alguna especie de vida después, ¿por qué se habría molestado nadie por ellos? ¿Por qué habrían demostrado ser una competencia tan fuerte? —A mí me había dado la impresión de que muchos de los que habían estudiado los misterios eran estudiosos del Nuevo Testamento que sentían un comprensible interés por quitarle importancia a la influencia de esos cultos sobre los orígenes de su propia fe.

—Ese, desde luego, es un punto legítimo. Hay sugerencias de que esos cultos sí que conferían un cierto estado de felicidad en el más allá. Pero la idea de que la resurrección estaba garantizada para el creyente porque el propio dios había sido resucitado es imposible de demostrar. Lo cierto es que no podemos encontrar esa idea representada en los mitos ni los frescos y, por supuesto, no tenemos ningún escrito de los cultos como los tenemos del Cristianismo. Ni siquiera podemos estar seguros de que los cultos imaginasen que los iniciados se fundían con el dios de una forma mística, como vemos en San Pablo. Lo cierto es que tenemos muy poco de lo que tirar.

—Pero... a mí me parece que a los griegos y los romanos no les haría ninguna falta que sus dioses resucitasen en carne y hueso. Los judíos estaban desarrollando la idea de que los muertos justos de los tiempos pasados iban a volver a la vida para ser premiados y tomar parte en el Reino, que iba a estar en la Tierra, o al menos en una Tierra transformada. Así que los cristianos necesitaban que Jesús volviera en carne y hueso, para proporcionar el ejemplo, el precedente...

—El paradigma —sugirió Sylvia.

—Sí. Pero los griegos, en realidad, no querían que el cuerpo sobreviviese a la muerte, ¿verdad? Quiero decir, ¿esa idea no les parecía repugnante?

—Sí, en general ese es el modo que tenía de verlo la filosofía griega. Platón, e incluso el orfismo antes que él, consideraba que el alma era divina y estaba atrapada en la prisión de la materia, en el cuerpo. El cuerpo era algo de lo que había que liberarse para que el alma pudiera reunirse con su fuente divina en el mundo celestial. Algunos escritores griegos, como Celso, despreciaban a los cristianos por querer preservar el cuerpo para siempre, cosa que ellos consideraban como un simple desecho.

—¿Así que eso quiere decir que tenemos que darle las gracias a Platón por alejarnos de nuestros cuerpos? Quizá los primeros cristianos eran tan contrarios al sexo porque llevaron al extremo eso de «el mal de la materia».

Sylvia lanzó una pequeña carcajada.

—Oh, creo que hay algo más que eso. La mayor parte de las culturas parecen tener alguna vena antisexual en su interior y no creo que Platón sea el único responsable de la idea de que nuestro sitio no está entre estas prendas de carne y hueso. —Ahora me miraba más fijamente—. Y yo también diría que los cristianos estaban influidos por un sentido del pecado demasiado desarrollado y por el examen de conciencia existente entre los judíos, por no mencionar su obsesión con la pureza ritual. Y eso se extendía también a las relaciones sexuales.

La voz de Sylvia había adquirido un tono suave y sensual, medía más sus palabras.

—Nada podía volver a alguien impuro más rápido que el contacto con una mujer.

El despacho era cálido y cerrado. Albergaba el aroma de los libros. Los rayos de sol que entraban por la ventana doraban las motas de polvo que flotaban en el aire. A su lado pendían las palabras de Sylvia, suaves y doradas también. Creí oler su piel. Dijo:

—Pero a estas alturas ya hemos dejado todo eso atrás, ¿no es cierto? —El equilibrio entre la afirmación y la pregunta era delicado.

Jamás había recibido de una mujer una invitación tan irresistible a la impureza ritual y me costó bastante no estirar los brazos hacia ella y abrazar la prenda de carne y hueso que me brindaba, le gustara a Platón o no. Intenté mantener un cierto equilibrio en mi voz.

—Así que... además de eso, usted diría que los dioses de los misterios, incluso si no volvieron a la tierra, triunfaron sobre la muerte y les transmitieron ese triunfo a sus iniciados. Para que sus almas pudieran salvarse y fueran felices en el más allá... Los griegos sí que tenían alguna idea sobre el más allá, ¿no? —En ese preciso momento yo era incapaz de acordarme de nada.

La profesora bajó la vista y miró el libro que apretaba contra sí, aunque estaba cerrado.

—Sí, no era algo uniforme pero tenían sus Islas de los Bienaventurados o Campos Elíseos, e incluso un Infierno, en el orfismo. Para cuando llegó el periodo cristiano, las ideas sobre el más allá se habían hecho bastante místicas. —Volvió a levantar la vista con la expresión un poco más serena—. Pero estoy de acuerdo, los iniciados de los cultos debían sentirse vinculados al dios y su destino de una manera positiva. Habían recibido verdades ocultas sobre el mundo y lo sobrenatural y eso les proporcionaba un cierto dominio sobre su destino en esta vida, así como una especie de garantía de inmortalidad.

—Cosa que se parece mucho a la actitud cristiana hacia Jesús, ¿no le parece?

—Quizá. —Percibí el más leve de los tonos defensivos—. Pero Jesús era un hombre humano, estuvo en la Historia. Los dioses salvadores eran mitológicos. Por eso no se puede hablar de si Attis u Osiris volvieron o no a la tierra. Para empezar, nunca estuvieron allí, al menos no en un periodo histórico identificable.

A parte de mí le apetecía pasearse por la habitación, aunque solo fuera para descargar un poco de la tensión que sentía y para aliviar el efecto de la cercanía de Sylvia. Pero pensé que con eso parecería demasiado cohibido. Me quedé con un punto intermedio: me acerqué de lado a la librería más cercana y apoyé la cadera en la repisa que sobresalía por debajo de los estantes superiores con sus puertas de cristal. Aquí se podría haber colocado un volumen de un tamaño considerable, pero yo posé la mano en él y dejé que mi mirada barriese la pulcra proliferación de filas de libros.

—Así que se pensaba que habían realizado sus obras en un pasado distante, en una especie de época primordial, ¿lo he entendido bien?

—Originalmente. Así es como se veían todos los mitos en los primeros tiempos; incluso hoy en día, en las sociedades primitivas. Una especie de edad dorada al principio de las cosas. Eliade, el antropólogo de la religión, ¿lo conoce? Este hombre lo llama el «pasado sagrado», cuando los dioses realizaron por primera vez acciones que ahora copia la sociedad. Verá, cuando una cultura desarrolla rituales religiosos, o incluso formas de realizar actos como cultivar o cazar, se ven a sí mismos reconstruyendo cosas que hicieron los dioses en el pasado sagrado. Eso les da un significado místico: pueden tener una especie de conexión con el acto divino y así obtener beneficios continuados. «Recrean» ese acto en el presente, con todos sus efectos sagrados.

—¿Quiere decir igual que la Eucaristía cristiana? Durante la misa el sacerdote representa el momento en el que Jesús bendijo el pan y el vino y con eso se vuelve a cuando Jesús lo hizo en persona.

—Sí, el sacramento es eso, en esencia. El acto original se mantiene vivo y se recupera en el presente, y sus efectos quedan así a disposición de los devotos. El sacramento accede a las fuerzas invisibles que operan entre el pasado y el presente, o entre el cielo y la tierra.

—¿Es ese el modo en el que los judíos ven la Pascua judía? Aunque no es un pasado primordial, ¿verdad?

—No en el sentido mítico. Quizá en un principio lo fuera, antes de que los judíos decidieran colocar todos sus mitos en la historia arcaica y comenzaran a contar los años. Es probable que la Pascua judía estuviera relacionada con un rito agrícola de la antigua Canaán y que más tarde se reinterpretara como parte de la historia del Éxodo. Ese tipo de cosas ocurre con frecuencia: los mitos nuevos se unen a antiguos rituales cuyo propósito original se ha perdido. Pero los judíos seguían recreando un pasado sagrado, algo que hacían sus heroicos antepasados, con la participación de Dios. Se suponía que así se seguía disponiendo de los mismos efectos, por ejemplo, la promesa de una futura liberación como la que ocurrió en Egipto.

Pensé en los comentarios frustrados de Shauna.

—Me pregunto por qué solo podemos encontrar un sentido a lo que somos en el presente invirtiéndolo todo en el simbolismo del pasado. ¿No podemos ser felices con nosotros mismos tal y como somos hoy en día?

Los ojos de Sylvia parecieron adoptar una expresión más oscura que de repente encontré enternecedora. Luego dijo con tono apagado:

—Quizá traemos demasiado equipaje del pasado. No podemos huir de él. Allí es donde tuvo lugar nuestra caída y de ahí es de donde tiene que venir nuestra salvación.

Me hice eco de sus anteriores palabras.

—¿Pero a estas alturas no hemos dejado ya todo eso atrás?

Ella se encogió de hombros.

—Caímos como humanos. Algo más que un ser humano tiene que salvarnos.

Algo en mí quería responder a este enigmático comentario pero no sabía a qué se refería ni cuál sería la respuesta adecuada. En su lugar dije:

—Bueno, esa es desde luego la opinión de San Pablo. Lo abrumaba el poder del pecado. ¿Pero no es curioso que todos los dioses salvadores, y Jesús en especial, tengan que adoptar alguna semblanza de humanidad? Parecería que solo metiéndose con nosotros en el barro pueden sacarnos de allí.

Sylvia una vez más decidió corregirme.

—Bueno, los cultos de la época de Jesús no veían a sus dioses como algo que se convertía del todo en materia. Incluso podían hablar de Dionisos, por ejemplo, diciendo que había nacido de una mujer en una cueva. Los dioses todavía se movían en una parte del mundo espiritual. El mito no es igual que la Historia. Y para cuando llegamos a Plutarco en el siglo I, y a otros después de él, la actividad de los dioses salvadores ya no se ve como algo que ocurrió en un pasado primordial. El platonismo se había hecho cargo más o menos y había colocado el mito en el mundo celestial de una realidad superior. Eso que hacen los dioses, como que Mitra mate al toro y que a Attis lo castren y demás, ocurre en un reino mitológico situado por encima de la Tierra. Se consideraba que las historias de los mitos reflejaban procesos espirituales intemporales que ocurrían en el cielo. Al menos esa era la forma que tenían los filósofos de ver las cosas. El devoto medio de los cultos probablemente contemplaba la actividad de sus dioses como algo más literal.

—Pero no tan literal como Jesús. —Era una pregunta—. Quiero decir que Mitra no mató ningún toro de verdad en algún momento de la Historia.

—No, por supuesto que no. Ese tipo de cosas ocurrían en un marco espiritual equivalente. Pero no hay nada de esto escrito en ninguna parte, ya sabe. Podemos hacernos una idea de su forma de pensar a partir de escritos como el *Isis y Osiris* de Plutarco, o el Salustio del siglo IV. Pero en realidad estamos especulando sobre cómo se veían estos cultos míticos, sobre todo por parte de la persona normal. Ni siquiera podemos estar seguros de cuándo se desarrollaron los distintos mitos. Los más tempranos, como el culto a Dionisos y a Demeter en Eleusis, cerca de Atenas, se remontan a siglos antes de Jesús. Pero los grandes cultos tal y como los conocemos ahora, a Isis, o Mitra y a la Gran Madre con su consorte Attis, en realidad solo aparecen con claridad a principios del siglo II. Pero sus raíces tenían que remontarse a bastante tiempo atrás.

—¿Así que podían haber influido en las ideas cristianas?

—Supongo. La visión que tenía San Pablo del bautismo y la eucaristía en realidad es bastante poco judía. La mayor parte de los judíos se habría sentido horrorizada ante la idea de comer la carne de Dios y beber su sangre.

Me incorporé con una sacudida, bastante emocionado.

—Sí, se me había ocurrido hace poco. —¿O había sido a Shauna?— Pero si eso era tan terrible para los judíos, ¿cómo pudo Jesús instituir un sacramento así? Quiero decir, todos sus apóstoles eran judíos. ¿No se habrían resistido a la idea?

Sylvia bajó el libro hasta su regazo, todavía apoyada en el escritorio. El gesto la expuso y la protegió a la vez.

—No lo sé. Quizá le habrían seguido a cualquier parte... incluso a la blasfemia.

Su voz se perdió, pero yo no me di cuenta. Estaba muy ocupado preguntándome si era posible que San Pablo hubiera reinterpretado la histórica Última Cena y hubiera repetido las palabras de Jesús de un modo más similar a los cultos. O quizá incluso se las había inventado. Tendría que observar 1 Corintios 11:23 bajo esa luz. No recordaba que San Pablo hiciera jamás una referencia clara a los misterios paganos, a menos que fuera una frase críptica justo antes de ese pasaje, cuando debatía sobre la comida comunal de los cristianos de Corinto, algo sobre «la mesa de demonios».

Pregunté:

—¿Alguno de estos sacramentos de los cultos se remonta con toda claridad a antes del Cristianismo?

—Bueno, en esas ceremonias que mencioné del culto a Dionisos, se supone que se trataba de comer el cuerpo y beber la sangre del dios. El vino habría representado la sangre y es probable que la carne cruda animal fuera el cuerpo del dios.

—¿O pan?

—Es posible. Pero eso era más probable en el caso de las comidas de cultos posteriores. Con Mitra, por ejemplo. El mitraísmo tenía una comida sagrada de pan y una copa de vino, o creo que podría haber sido agua.

—¿En serio? ¿Cuándo se desarrolló el culto a Mitra?

—Bueno, el dios se remonta a la antigua Persia y debió de tener misterios de algún tipo asociados a él durante mucho tiempo. La versión helenística del culto estaba probablemente en marcha ya en el siglo I. Hace no mucho, alguien sugirió que surgió de un descubrimiento astronómico realizado alrededor del reino de Mitridates del Ponto unos cien años antes de Cristo, en Tarso, creo recordar. El nombre del rey demuestra que era devoto de Mitra.

—¿Crees que los cristianos lo sabían? ¿No les habría molestado que Jesús estableciera una comida tan parecida a la de los cultos del misterio?

Sylvia se incorporó, se apartó del escritorio y volvió a la estantería de donde había sacado el primer libro; luego lo colocó en su sitio.

—No soy especialista en los Padres de la Iglesia, pero podría comprobar a Tertuliano, o quizá sea San Justino Mártir. Debieron de pensar que los misterios precedían a Jesús porque se defienden contra la acusación de que los cristianos habían copiado su comida eucarística de los cultos griegos. ¿Sabes qué explicación se les ocurrió?

—Ni me la imagino.

—Dijeron que los demonios habían querido debilitar la fe de los creyentes cristianos, así que lo arreglaron para que los paganos establecieran eucaristías falsas antes de Jesús.

Resoplé:

—Ya veo a qué se refiere. No todos aquellos en los que confiamos para tener una visión del pasado estaban al nivel intelectual de Tucídides.

Sylvia había sacado otro libro, un volumen fino y gastado que parecía poder tener hasta un siglo. Se me acercó y lo abrió.

—Esta no es una publicación reciente, pero los mitos que describe no han cambiado, que yo sepa. En los mitos sobre Mitra dice... que después de matar al toro y que su sangre se derramara sobre la tierra, lo que vivificó a toda la vida, el dios sol Helios bajó y los dos formaron un pacto que sellaron celebrando juntos una comida. Bebieron agua mezclada con vino y partieron hogazas de pan. Una versión del mito los presenta comiendo la carne del toro que habían matado. Los devotos del culto mitraico celebraban una comida de pan y vino en conmemoración de este evento. El mito era la explicación que le daban a la comida sacramental.

Mi mente le daba vueltas sin parar a esta información y mis manos comenzaron a moverse en el aire delante de mí, como si intentaran moldear un concepto nuevo.

—Así que es posible que San Pablo estuviera familiarizado con ciertas prácticas de los cultos, como una comida sagrada conmemorativa, y decide reinterpretar la Última Cena, solo que por alguna razón él la llama la cena del Señor, que en esencia habría sido una comida de la Pascua judía, digamos una especie de comida de acción de gracias... —Hice un giro mental a la derecha—. ¡Como la comida eucarística descrita en el documento cristiano llamado *Didaché*! Ahora que lo pienso, en esa comida no había ninguna palabra sobre Jesús, ni siquiera una referencia a la Última Cena. Ni siquiera está vinculada a su muerte. Tiene plegarias de acción de gracias a Dios ante la copa y el pan...

—*Eucaristía* en griego significa acción de gracias —sugirió Sylvia.

—Sí, eso es. Y hay alguna referencia a Jesús su Siervo, no recuerdo con exactitud. Bueno, supongo que dado que Jesús era judío y los apóstoles eran judíos, a nadie se le ocurrió que él declarara que el pan y el vino de la comida de Pascua fueran en realidad su cuerpo y su sangre, y luego viene San Pablo y quiere darle a esa comida un significado sacramental, como hacen los griegos en sus cultos salvadores, así que él reinterpreta por ahí las cosas. Lo que significa que los evangelistas debieron sacar la idea de San Pablo mientras que la *Didaché* refleja un anterior...

Sylvia me miraba con los ojos bastante abiertos y me di cuenta de que mi habitual y tranquilo yo se estaba erosionando a toda velocidad. Pero todavía no estaba listo para tirar de las riendas.

—Por casualidad, Sylvia, ¿tiene aquí un Nuevo Testamento?

—¿En griego o en inglés?

La boca se me quedó un poco abierta.

—¿Tiene un Nuevo Testamento en griego?

Decidí que una sonrisa desenfrenada convertía su rostro en algo sorprendente.

—La Biblia es una de las principales obras de la literatura del mundo antiguo, señor... Kevin, y yo soy profesora de Filosofía y Religión antiguas, como quizá recuerde.

—Sí, por supuesto. Supongo que será mejor que cojamos la inglesa. Lo entiendo si tengo mi léxico pero...

Sylvia sacó el libro de un estante inferior. Yo lo abrí en 1 Corintios 11:23.

—Aquí... «Pues yo recibí del Señor lo que también os he transmitido, que Jesús, el Señor, la noche que fue traicionado, cogió pan y cuando hubo dado las gracias, lo partió y dijo: Esto es mi cuerpo...», etc. —Hice una pausa—. Maldita sea. Ojalá recordara lo que leí sobre este pasaje en uno de los comentarios. Sobre esta frase inicial, porque puede tener dos significados diferentes. Déjeme pensar...

—Será mejor que saque también la griega —ofreció Sylvia—. Quizá eso ayude.

—Espere, sí... «Recibí del Señor». ¿Significa eso que fue a través de una revelación personal o de una tradición transmitida por canales humanos, aquellos que habían asistido a la Cena? Esa sería una cuestión crucial si queremos considerar si San Pablo se inventó esas palabras dichas por Jesús. Tendría que ser la idea de la revelación personal. Se habría imaginado que Jesús le había informado de esto a través de algún tipo de inspiración.

Como sus «palabras del Señor», pensé, que los estudiosos consideraban que se referían a las comunicaciones que San Pablo creía recibir del Cristo celestial. Luego recordé que 1 Corintios 11:23 era en realidad uno de esos dichos, solo que los estudiosos habían hecho una excepción con la fuente de este, ya que creían que era algo que San Pablo había sacado de los otros apóstoles.

Sylvia mientras tanto se había alejado hacia la ventana para recuperar otro libro. Lo posó en la repisa que sobresalía de la estantería y hojeó las páginas.

—Aquí está en griego. —Leyó—. *«Ego gar parelabon apo tou kuriou, ho kai paredota humin...».* Ahí está su «Pues yo recibí del Señor lo que os he transmitido...». —Levantó la cabeza y me hizo un gesto—. Venga a verlo.

Mientras daba los tres o cuatro pasos que me separaban de ella, le dije:

—Tiene un acento precioso, ojalá yo supiera leer el griego así.

—Es solo práctica.

Me había colocado justo a su lado y los dos miramos juntos el libro. Como un alumno enamorado de su profesora, yo sabía que quería impresionarla. Señalé.

—«*Parelabon*». Eso es de *paralambanÙ*, ¿verdad?

—Sí, así es. —Tenía su voz, suave y musical, casi en el oído—. Estoy más familiarizada con el griego clásico que con el griego del Nuevo Testamento, pero eso significaría recibir una tradición o enseñanza de otra persona.

Emití un pequeño ruido de exasperación.

—Sin embargo... —su voz sonaba un tanto divertida. Estábamos jugando más de un juego—. Este verbo se utilizaba en los misterios para indicar la recepción de una revelación del dios. Así que...

—Así que... —le lancé una sonrisa que era casi tímida. La cercanía nos estaba poniendo juguetones—. San Pablo podría estar hablando de una revelación que cree haber recibido del Señor. Y... —volví al libro y lo hojeé hasta dar con Gálatas 1:11-12. Mi memoria funcionaba ahora con una claridad asombrosa. Señalé las palabras griegas—. ¡Ajá! «*Parelabon*». El mismo verbo. San Pablo lo utiliza aquí en ambos sentidos. —Traduje con titubeos—. «No lo recibí de ningún hombre... Lo recibí (sobreentendido) a través de una revelación de, o procedente de, Jesucristo». De ambas formas. ¡Caso cerrado!

Mis ojos se posaron en una palabra anterior en griego.

»Espera... «*para anthùpou*»: de cualquier hombre. Sí, ahora me acuerdo. La otra disputa. —Con la mano derecha en el pasaje de Gálatas, volví a pasar las hojas hasta 1 Corintios—. Ahí... «*apo tou kuiou*»: del Señor. ¡La batalla de las preposiciones!

Sylvia me miró curiosa.

—Por favor, ilumíneme. —Parecía encontrarme sumamente divertido y los ojos le brillaban. Desde tan cerca su aspecto era de una belleza asombrosa.

Tenía el libro abierto por las dos páginas. Marqué con la mano derecha y la izquierda a los dos antagonistas y anuncié con tono teatral:

—En esta esquina, la preposición «*para*», que significa «procedente de» y suele representar la fuente inmediata, más cercana, de algo, una información concreta. En esta esquina, su digno oponente, la preposición «*apo*», que también significa «procedente de». Pero representa, por lo general, la fuente definitiva o más lejana de algo, el creador de la idea. Bueno... si San Pablo utiliza «*para*» en Gálatas, de cualquier hombre, eso encaja con el significado habitual, porque está hablando sobre la fuente inmediata de un evangelio, aunque aquí está negando que ese sea el caso, de que recibió su evangelio de un hombre. Pero... en 1 Corintios, San Pablo utiliza *«apo»*: del Señor, que en general significaría que Jesús fue la fuente última, el creador de las palabras... —dudé—. Que es por lo que la mayor parte de los estudiosos afirman que aquí no se refiere a una revelación personal sino que recibió estas palabras de Jesús a través de otros... —¿estaba a punto de caerme de bruces? Intentaba desesperadamente recordar todos los intríngulis de este pequeño argumento que había sacado de una sola lectura del comentario del Muratorian sobre el tema.

Sylvia vino a rescatarme.

—Salvo que... Espere un minuto, déjeme comprobarlo. —Se alejó un momento y bajó un volumen de aspecto imponente de la estantería superior, que no tuvo ningún problema para alcanzar. Después de un momento, se pronunció—. En el discurso diario, *para* y *apo* se utilizaban sin precisar su distinción. —Cerró el tomo, que también tenía un aspecto bastante antiguo—. Ese es el veredicto del señor Brose, que por cierto, hace mucho tiempo que murió, pobre hombre.

Volvió con un movimiento ágil y se colocó a mi lado. Parecía muy animada, casi mareada. Su cercanía, sobre todo teniendo en cuenta que era una mujer tan alta como yo, comenzaba a ser abrumadora, provocativa. Parte de mí me señaló que corría un grave peligro. Sylvia le dio unos golpecitos al Nuevo Testamento griego que teníamos delante.

—Estoy dispuesta a apostar que se encontrará con *apo* utilizado en el otro sentido incluso en algunos sitios de aquí.

—Tendré que comprobarlo cuando llegue a casa. —Quité las manos del libro, que dejé abierto por el pasaje de la primera Carta a los Corintios—. Pero desde luego parece que San Pablo podría estar contándoles a los corintios algo que recibió del Señor a través de una inspiración: las palabras que se supone que Jesús dijo en la Cena, lo que la convertía en un sacramento... muy poco judío. Ya sacara esa idea de alguna comida concreta, de algún culto o solo expresara ideas sacramentales generales que había absorbido del mundo helenístico que lo rodeaba, el tratamiento que le daba a Jesús y a los mitos de los cultos parece muy similar.

Cuando recordé ese momento un tiempo después, me dije que lo más probable es que estuviera muy cerca de hacer una conexión, que algo estaba a punto de encajar en mi mente, solo me hacían falta unos cuantos segundos más para pensar sin distracciones. Pero en ese momento Sylvia bajó los ojos para mirar la página abierta y dijo:

—En cualquier caso, no suena bien de la otra manera. Si San Pablo estaba a punto de decirles a sus lectores las mismas palabras que pronunció Jesús, ¿por qué iba a empezar diciendo que estas palabras en última instancia procedían de Jesús? Es una redundancia. Tiene mucho más sentido si está diciendo que conoce estas palabras de Jesús porque las recibió directamente del propio Señor. —Me sonrió con una alegría casi infantil—. ¿No le parece?

La miré con abierta admiración. Había hecho esa conexión partiendo solo de mi lectura parcial de unos minutos atrás.

—No creo que se me hubiera ocurrido jamás. Es usted una belleza, Sylvia.

Qué quería decir con exactitud con esas palabras quizá fuera difícil de decir, pero su efecto fue inequívoco. Sylvia dejó escapar un pequeño sonido de placer, se apretó contra mí y me rodeó el cuello con los brazos. Quizá fue mi boca la que buscó la de ella, pero sus labios en los míos eran embriagadores. Durante unos segundos los dos estuvimos borrachos. ¿Fue producto de un alcohol de lujuria, o una especie de estimulante intelectual? Esto último quizás haya formado parte del cóctel, pero aquel cuerpo cálido y lleno que me apretaba contra la librería había perdido toda sensación de torpeza y mis manos, sin permiso de nadie, comenzaron a buscar lugares peligrosos. La pelvis de Sylvia ambicionaba intrépida sus propios riesgos.

Ya no tocaban timbres en las universidades para anunciar las clases, pero algo debió dispararse en la cabeza de los dos al mismo tiempo. Sylvia dejó de repente de moverse contra mí y se apartó un poco. Mi mente y mis manos se detuvieron sin ganas y los dos nos miramos sorprendidos. Un momento después, Sylvia se retiró y rodeó el escritorio mientras se sacudía el pelo y la ropa.

—Lo siento mucho, Kevin —dijo con voz contenida pero un poco temblorosa—. No ha sido muy justo por mi parte. Por lo general no intento seducir a los hombres que visitan mi despacho. Sobre todo cuando apenas los conozco. —Se colocó entre la silla y el escritorio y levantó la vista para mirarme vacilante. Su rostro se parecía un poco al de un pajarillo asustado.

—Yo... —aparté la mirada y titubeé—. Yo tampoco sé qué decir, Sylvia. —Por alguna razón, aparté de mi lado el libro culpable, a un punto situado unos centímetros más allá—. Espero que no piense que estaba intentando aprovecharme de usted.

—No, no. Fue culpa mía. Usted es solo... un hombre muy agradable. Y bueno, sabe... sabe muchas cosas que me interesan, sin ser un académico estirado. —Jugaba distraída con el cuello de la americana—. Por supuesto, me doy cuenta de que tiene... otros compromisos.

—Sí, supongo que sí.

Con un gesto mecánico Sylvia estiró el brazo para coger la pila de papeles que había en el borde del escritorio y los colocó delante de ella.

—Pero espero que todavía le apetezca consultarme si quiere alguna información más sobre su trabajo. Intentaré portarme un poco mejor. —Su expresión tenía un ligero matiz quejumbroso—. Su investigación me parece muy interesante. Me gustaría entenderla mejor.

Pensé que cuanto menos dijese, mejor. Le sonreí y le prometí que desde luego volvería a consultar con ella y que yo también me portaría mejor. Cuando le hice un incómodo gesto de despedida desde la puerta, ella seguía de pie con las manos posadas en los exámenes.

Salí del edificio con una prisa algo más que furtiva. Mi mayor temor era que pudiera tropezarme con David. Estaba seguro de que la expresión de mi rostro terminaría traicionándome.

8

1

La vuelta a casa pareció llevarme una eternidad, aunque conducía con más lentitud de lo habitual. Quizá mis instintos estuvieran imponiendo ciertas precauciones de seguridad porque mi mente estaba teniendo dificultades para concentrarse en la carretera. Para empezar, intentaba decidir si debería sentirme muy culpable. Me dije que yo jamás habría iniciado el contacto físico con Sylvia, pero no se podía negar que cuando me lo ofrecieron (o tiraron encima), yo lo había aprovechado con una intensidad que me escandalizaba. ¿Todos los hombres eran así? Mi relación con Shauna era muy satisfactoria, dentro de los límites que habíamos establecido. O eso pensaba yo. Algo se había apoderado de mí al sentir el cuerpo de Sylvia de repente contra el mío, pero también había otros impulsos. La curiosa vulnerabilidad de aquella mujer parecía indicar una inquietud interna, una lucha de confianzas. El miedo y la necesidad convivían incómodos en aquel torpe y extrañamente voluptuoso cuerpo. El leve murmullo de un conflicto subterráneo hacía estremecerse su piel y yo me había sentido atraído por ella. No cabía duda de que el instinto de la lujuria también me había atrapado, pero lo mismo había hecho un impulso más profundo todavía: el de rescatar, proteger, vivificar. Quizá, pensé con ironía, darle la salvación. ¿Todo eso formaba parte también del instinto masculino? Quizá no en estos tiempos tan políticamente correctos.

Pero sí sabía una cosa. No iba a tomar ninguna decisión sobre si volvería a verla. La vida era impredecible por naturaleza. ¿Quién era yo para hacer caso omiso de la ley natural?

Me puse a pensar entonces en la conversación que había tenido con David. Finales de junio en Filadelfia. La Fundación de la Edad de la Razón contra las fuerzas medievales del fundamentalismo americano. ¿Cómo iba yo, «publicista residente», a retratar la gran lucha? ¿David contra Goliat? ¿Los fantasmas de Darrow y Bryan que han vuelto para enfrentarse otra vez? Demasiado predecible. Necesitaba una imagen nueva, algo que resumiera el debate de la Razón contra la Revelación, el avance continuo del secularismo progresista que para mí había comenzado un día de marzo de 1961, que yo recordara. ¿Se podían tratar con seriedad temas tan grandiosos o éramos demasiado cínicos para eso? ¿Qué tal un acercamiento más irónico, lo aprobaría David? La pregunta era: ¿lo haría Burton Patterson? Sin duda todo se reduciría a cómo quería presentarse ese hombre.

Así que Burton Patterson, extraordinario litigante especialista en derechos civiles, estaba deseando volver a la arena y enfrentarse al fundamentalismo creacionista. ¿Era para él una afrenta intelectual, como lo era para David? Con la Tierra repleta de tantas cosas que demostraban que la vida era una obra en curso, experimental y sin dirección alguna, ¿la imposición de los mitos primitivos de una sociedad antigua e ignorante en temas científicos constituía el insulto definitivo, una ofensa a la inteligencia humana que había luchado durante tanto tiempo para alcanzar su estado actual? ¿O había implicados motivos menos altruistas? Decidí que sería interesante contemplarlo.

Pero hubo una idea que me chocó, una conexión que no había hecho mientras estaba en el despacho de David. ¿Había sido Patterson consciente de las intenciones que tenía la UALC en Filadelfia antes de acercarse a la recién nacida Fundación de la Edad de la Razón? ¿El proyecto de David le había parecido a Patterson la rampa de lanzamiento ideal para una carrera renovada bajo los focos, un grupo que todavía no tenía una organización firme ni sentido de sí mismo, un grupo que Patterson podría intentar moldear según sus propios propósitos? Si era así, ¿tenía David la perspicacia necesaria para verlo y defenderse contra ello?

Comencé a ver que quizá mi papel tendría unas dimensiones que ni David ni yo nos habíamos imaginado.

Y en alguna parte en medio de todo esto, yo, un humilde novelista, intentando averiguar quién había sido en realidad Jesús de Nazaret y por qué el primer Cristianismo presentaba una imagen de la complejidad de un nudo gordiano que hacía que la teoría de la evolución pareciese un libro infantil para colorear.

Cierto, ¿adónde ir a partir de aquí? Con una comida a base de sobras que encajaba muy bien con un martes desechable y bochornoso de primeros de mayo, intenté sacarme de la cabeza el cuerpo y los ojos veleidosos y conmovedores de Sylvia y revisar el estado de mi investigación. Sentía por instinto que en algún lugar del trabajo que había hecho hasta ahora se hallaban las insinuaciones de una pauta, una imagen de cómo había sido el primer movimiento cristiano, tal y como lo había representado San Pablo. Lo que no había sido era la perpetuación de la vida y la personalidad de Jesús de Nazaret, de las cosas que había enseñado y los milagros que había realizado. Muchos estudiosos parecían pensar que tales cosas se conservaban en otros lugares, entre otros grupos, y esos eran los caminos que tendría que investigar. Pero esos caminos se encontraban más allá del mundo presentado por todas las epístolas del Nuevo Testamento. ¿Se encontraban esos otros lugares y grupos en algún universo alternativo, dimensiones contiguas que nunca entraban en contacto con San Pablo y el culto de Cristo? Desde luego eso parecía.

¿El movimiento de San Pablo se había convertido en el equivalente judío de los misterios de los cultos que proliferaban entre los paganos durante el primer siglo de nuestra era? Si lo que necesitaba la época era dioses salvadores, ¿anhelaban algunos judíos nada menos que una figura así, una figura que la idea tradicional del Mesías no podía llenar del todo? ¿Había llevado esto a que ciertos círculos sectarios se inclinasen por su propio «misterio judío» y viesen en Jesús un prometedor candidato a convertirse en divinidad salvadora?

San Pablo, y quizá con el apoyo de otros que desconocemos, había dado forma, sin discusión alguna, a la adoración de Jesús según esas líneas. Pero su herencia nacional había contribuido a buena parte de lo que lo convertía en algo típicamente judío. La resurrección de Jesús garantizaba la suya, pero al contrario que en cualquier aspiración griega, era una resurrección de la carne. La imagen de Jesús encajaba con el ambiente general de las deidades de los misterios, pero los escritos sagrados hebreos la habían desarrollado y le habían dado un significado, un elemento del que carecían los cultos paganos casi por completo. Jesús, como los dioses salvadores, rescataba al devoto de las garras de los espíritus hostiles y de las fuerzas del destino, una de las preocupaciones de epístolas como las dedicadas a los colosenses y a los efesios. Pero un punto que los distinguía era que también había estado en la Tierra en persona para combatir a los demonios. Lo había hecho ante los propios ojos del pueblo, había demostrado su poder sobre el mundo espiritual a través de exorcismos y curaciones. Los paganos también tenían sus dioses curativos, como Asclepio e incluso Isis, pero Jesús había hecho más. Había curado en carne y hueso: con sus manos, con el tacto de sus prendas, con su compasión y ánimo, con su presencia humana. Y además de todo eso (al contrario que los dioses salvadores), le había enseñado al pueblo una ética: cómo curar por medio de la caridad, cómo aliviar la carga de los hombres y mujeres que sufren por medio de la misericordia, el perdón y el amor. También había dado ejemplo impartiendo una lección de humildad al entrar en el propio reino de los humanos.

Y sin embargo todo esto se enfrentaba a ese desconcertante escollo, ese testarudo impedimento que no nos dejaba llegar a una imagen racional y coherente. Allí sentado, solo en mi modesta terraza que se asomaba a un jardín más modesto todavía que cada año reclamaba en vano más atención, saboreé después de la cena el aire vespertino fresco y húmedo junto con una copita de coñac, y me hice la omnipresente pregunta: si esos rasgos de Jesús eran tan únicos, tan beneficiosos, (¡tan vendibles!), ¿cómo es que el primer movimiento cristiano no los pregonó a los cuatro vientos? Los estudiosos siempre dibujaban el contraste fundamental entre Cristo y las deidades de los misterios: ¿por qué no hicieron lo mismo los primeros cristianos? Si, teniendo que competir con los dioses de los cultos, San Pablo y los demás apóstoles cristianos poseían la inconmensurable ventaja que les proporcionaba la carrera terrenal de Jesús, ¿cómo demonios pudieron enterrar al hombre bajo el destructor peso de toda esa divinidad? ¿Cómo pudieron hacer caso omiso, despreciar, perder todo interés en aquello que se habría ganado los corazones y las mentes de las multitudes que ansiaban la salvación: la personalidad, las palabras y las obras de Jesús de Nazaret, hijo de María, hasta hace poco de Galilea y Judea, crucificado por Pilatos, resucitado de una tumba a las afueras de Jerusalén?

Un dios salvador en carne y hueso. ¡Menudo as en la manga! El problema es que nadie se molestó en echarlo sobre la mesa. Desde luego no los escritores de las Cartas a los colosenses y a los efesios, ni siquiera el propio San Pablo. La competencia se habría derrumbado ante ellos.

Las tardes de mediados de primavera seguían siendo cortas. Me quedé sentado en medio de una oscuridad casi total. Las luces de un tranquilo barrio de las afueras grababan pálidos contornos apenas insinuados a mi alrededor. Esta noche no tenía ningún deseo de reanudar mi trabajo, ni de buscar contacto humano alguno. El contacto de hoy había sido demasiado perturbador.

Así que casi me sentí resentido cuando el teléfono, que había traído un poco antes a la terraza, comenzó a sonar de forma insistente a mi lado. Descolgué tras el cuarto tono y escuché la voz agitada de David.

—Siento molestarte tan pronto, Kevin, pero necesito tu consejo. Nuestros Maestros Ascendidos al parecer van a convertirse en una molestia continua. O algo peor. Escucha esto: «Pista número uno: Esta es la revelación hecha por Dios a Jesucristo. La hora de la ejecución está cerca. Mirad, todos los ojos lo verán a éltraspasado y todos los pueblos del mundo lo lamentarán arrepentidos. Que así sea. Amén». Llegó hace un par de horas. Así, de pronto, no sé de dónde es. ¿Y tú?

—En realidad es del comienzo del Apocalipsis, aunque la cita no es muy fiel, por lo que recuerdo. Espera, déjame coger mi ejemplar.

Recogí mi Nuevo Testamento del estudio, encendí la luz exterior y volví a acomodarme en la butaca. Cerca ladró un perro por un momento y el sonido distante de un vehículo que pasaba erizó el aire nocturno. Aparte de eso, no había ninguna señal de un apocalipsis inminente. Me llevé el teléfono a la oreja.

—El profeta Juan se está tomando unas vacaciones forzadas en la isla de Patmos, es de suponer que a petición de las autoridades romanas. Él dice que era «porque había predicado la palabra de Dios y dado mi testimonio de Jesús». Sí, aquí está la parte principal de tu mensaje: capítulo 1, versículo 7. Como siempre, lo han falseado, o abreviado por la razón que sea. «Mirad, ¡viene con las nubes! Todos los ojos lo verán y entre ellos los que lo traspasaron; y todos los pueblos del mundo lo lamentarán arrepentidos. Que así sea. Amén».

—¿Crees que es algún tipo de amenaza? —preguntó David.

—Oh, estoy seguro de que ese es el efecto deseado del mensaje. La pregunta es: ¿lo mandan como amenaza divina o tienen algo más humano e inmediato en mente? —Le pedí a David que repitiera la cita tal y como aparecía en el mensaje del correo electrónico. La apunté en la parte inferior de la página de mi Nuevo Testamento.

—Lo llaman pista número uno —observó David—. ¿Se supone que debemos deducir algún significado concreto de eso? Y eso implica que habrá más, ¿no te parece?

—Oh, apostaría a que sí. Lo más probable es que estos tíos vayan a jugar a algo con nosotros.

Me di cuenta que mi elección de palabras demostraba que ya me consideraba una parte integral del nuevo proyecto. Me pregunté si David también se había dado cuenta del «nosotros».

Pero David solo parecía preocupado.

—No me gusta este asunto del Apocalipsis. Esa cosa es un imán para todos los milenaristas chiflados que salen en estos tiempos de no se sabe dónde. Estoy empezando a pensar que vivir tan cerca del año 2000 es una maldición en lugar de una bendición.

—Sobreviviremos a esto, David. Y cuando salgamos por el otro lado y no haya pasado nada, esta fiebre del fin del mundo y del regreso de Jesús se verá como lo que es. Luego podremos seguir con la tarea de vivir y dejar atrás todas estas tonterías.

—No lo sé. El verdadero fundamentalismo es algo a lo que no se puede llegar. Ni con todos los argumentos del mundo.

—Entonces tenemos que neutralizar aquello de lo que se alimenta. Como el Apocalipsis.

—El Apocalipsis es solo una gota del cubo.

—Entonces empecemos a vaciar el cubo, aunque sea gota a gota.

—Eso a mí me suena a tortura china.

Nos dimos las buenas noches. Yo permanecí en la terraza otra hora, hojeando el tristemente famoso documento final del Nuevo Testamento con una mirada pesimista. David tenía razón. Este único texto había contribuido más que cualquier otro a la neurosis occidental de los últimos 1.900 años y continuaba perturbando la actitud y la salud mental de muchos en la sociedad de hoy. Había sido el producto de una mente trastornada, la vengativa pesadilla que contaba un hombre de un fin del mundo ensangrentado, ordenado por Dios y dirigido desde el cielo por Cristo, el Cordero utilizando equipos de ángeles. Ya no se defendía que lo hubiera escrito el apóstol San Juan, uno de los Doce según la tradición. Ni tampoco era el mismo que había escrito el Evangelio según San Juan, ni las epístolas bajo ese nombre. Eso al menos era lo que habían establecido los estudiosos modernos.

Por haber dado su testimonio de Jesús, decía el profeta. La conmoción que había provocado había hecho que lo desterraran durante un tiempo a una isla del Egeo. ¿Pero cuál era ese testimonio? ¿Era el testimonio de la figura de Jesús de Nazaret, sus enseñanzas, su vida y su muerte sobre la Tierra? Si bien el Apocalipsis era un texto que difería mucho de las epístolas, tanto en género como en circunstancias, aunque era probable que se hubiera escrito a finales del siglo I, tampoco tenía ni una palabra que decir sobre esa vida humana acontecida tan poco tiempo antes.

El Juan del Apocalipsis había sido un profeta local del oeste de Asia Menor cerca ya del final del siglo I. Al parecer había hecho la ronda de las comunidades cristianas de la zona y al principio de su documento tenía a Jesucristo en una visión dictándole cartas para ellas. Las cartas estaban llenas de circunstancias mundanas y triviales de esas comunidades, cosas a las que era obvio que Juan se había enfrentado de primera mano. No obstante, estos cristianos locales (o al menos los que prestasen atención a las palabras de Juan) pronto se encontrarían sentados en los mismísimos tronos del cielo, desde donde gobernarían todas las naciones del mundo. O eso hizo el profeta que Jesús prometiese en sus cartas.

El mensaje era apocalíptico. A los humildes, a los marginados, a los fieles se les entregará el gobierno de la Tierra. Con semejante visión, no era de extrañar que tantas almas perturbadas y delirantes se acercaran en tropel a un estandarte como el Apocalipsis.

Los Maestros Ascendidos. ¿Eran una amenaza real? Había fanáticos de todos los estilos y todos eran peligrosos de alguna manera. ¿Por qué la religión y el fanatismo tienen tanta facilidad para relacionarse? ¿Había también conexiones neuronales entre estas dos expresiones humanas? ¿Qué se le avecinaba al mundo ahora que las versiones más formales de las religiones establecidas se estaban derrumbando ante el firme avance del racionalismo y las filosofías seculares? Ese campo había quedado a merced de expresiones más fundamentalistas, con su firme cerrazón de mente a los avances sociales y científicos modernos. Quizá el Apocalipsis representaba el espíritu de nuestros tiempos más de lo que queríamos admitir. Los recelos de David quizá fueran acertados: se nos avecinaban auténticos levantamientos y penas antes de que pudiera empezar la nueva era a la que tan impaciente estaba él por dar comienzo.

Me asomé a las sombras que me rodeaban y vislumbré fuerzas que acechaban y contra las que con toda probabilidad yo no podría hacer mucho. A medianoche me retiré a pasar una noche intranquila, una noche perseguida por Maestros Ascendidos y el espíritu de Shauna consolando a una inconsolable Sylvia.

Al día siguiente no había perdido el mal presentimiento. Decidí examinar más de cerca lo que nos enviaban los Maestros Ascendidos. El uso de la palabra «pista» sugería que su elección de pasajes nos reportaría alguna indicación sobre sus intenciones. Comparé la cita del *e-mail* con el texto original. ¿Por qué habían decidido cortar ciertas frases? El primer paso para responder a esa pregunta era probablemente estudiar los pasajes exactos del Apocalipsis y ver qué significado surgía de ellos.

Habían reproducido la primera parte de la oración inicial del Apocalipsis, que decía:

> «La revelación de Jesucristo que Dios le dio para mostrarles a sus servidores lo que pronto ha de suceder y Cristo dio a conocer enviando su ángel a su siervo Juan».

Una cadena de revelaciones de Dios a Jesucristo y luego a Juan, y todo a través de canales espirituales. Esa parecía ser la marca de todos los primeros escritores; veían a Cristo como el intermediario actual entre Dios y el mundo, alguien que transmitía conocimientos a través de inspiraciones y revelaciones. Juan no era diferente a la hora de pasar por alto cualquier apelación a las palabras de Jesús en la Tierra, o a cualquier tradición apostólica que se remontara a él.

Luego los Maestros habían introducido la última frase del versículo 3: «Pues el tiempo está cerca». Eso estaba muy claro. Poco importa cuánto tiempo haga que se escribieron estas cosas, poco importa cuántos en el pasado hayan sostenido la misma convicción, cada investigador de las Escrituras ha creído siempre que los textos sagrados se referían a su propia época y a su futuro inmediato. Dios dirigía su antiguo mensaje directamente al lector. Los delirios de grandeza eran un requisito indispensable para el fundamentalista de las Escrituras.

La pista había saltado entonces a 1:7, que decía en su totalidad:

> «Mirad, ¡viene con las nubes! Todos los ojos lo verán y entre ellos los que lo traspasaron; y todos los pueblos del mundo lo lamentarán arrepentidos. Que así sea. Amén».

La primera frase no podía ser otra cosa que una referencia al supuesto Hijo del Hombre. El motivo de nubes se remontaba a Daniel

7:13, esa visión que había marcado una época en la que Dios le confería la gloria y la soberanía sobre las naciones de la Tierra al «que era como un hijo del hombre», que se acercaba al trono divino «con las nubes de los cielos». Daniel pretendía que esta figura, quizá un ángel, representara a los santos justos de Israel que debían recibir tales cosas cuando se estableciese el Reino. En el Evangelio según San Marcos, el evangelista hacía que Jesús declarase que volvería en medio de la gloria como el Hijo del Hombre ante el sumo sacerdote: «vendría con las nubes de los cielos». La idea de San Marcos era una derivación obvia de Daniel.

La especulación sobre esta figura había crecido mucho desde que se escribió el libro de Daniel en el siglo II a. C. ya que los Evangelios, el Apocalipsis y un par de escritos apocalípticos judíos, 1 Enoc y 4 Ezra, habían incorporado también una figura con este nombre en algún momento del primer siglo posterior y todos le daban un tratamiento diferente. Yo era consciente de que el Hijo del Hombre había aparecido en el documento perdido Q más o menos alrededor de la Guerra de los Judíos. Esta preocupación por la figura daniélica reflejaba lo mucho que se concentraron en las Escrituras durante este agitado periodo, en busca de información sobre las intenciones de Dios para el inminente fin de los tiempos.

¿Había existido esa tendencia en la época de Jesús y de verdad había utilizado Jesús ese término para referirse a sí mismo, tal y como retrataban los Evangelios? Había quien negaba ambos elementos de esta cuestión y muchos consideraban al Hijo del Hombre quizá como el problema más espinoso de la investigación del Nuevo Testamento; nadie afirmaba haber hallado una solución de conjunto.

Una búsqueda demostró que el Apocalipsis utilizaba el término dos veces, en 1:13 y en 14:14, pero lo curioso era que Juan debió de ir directamente a Daniel a buscarlo, no a ninguna tradición evangélica. Ya que utilizaba el término en su forma prístina, tal y como aparecía en la visión de Daniel: «uno como un hijo del hombre». No lo convirtió en un título: el Hijo del Hombre, como hacían los Evangelios. Me parecía a mí que eso indicaría que Jesús no lo había empleado como un título aplicado a sí mismo, porque ¿cómo podría no haberlo sabido Juan?

¿Por qué habían cortado los Maestros Ascendidos la referencia a las nubes? Era obvio que no les interesaba mucho la idea del Hijo del Hombre. Era con toda probabilidad demasiado arcana y críptica incluso para ellos, y quizá no encajara con la «pista» que estaban intentando dar. ¿Pero a qué se referían con las frases que sí utilizaban?

En el Apocalipsis en sí, el resto de este versículo había sido una adaptación bastante fiel que había hecho Juan de un versículo del profeta Zacarías 12:10b que decía:

> «Entonces mirarán a aquel al que han traspasado y llorarán
> por él como por un hijo único, y se lamentarán por él con
> tanta amargura como por un hijo primogénito».

El comentario del Muratorian describía que los primeros intérpretes cristianos habían hecho un uso «atomístico» de los textos sagrados. Es decir, buscaban frases y pasajes que parecían estar relacionados con el tema que estaban investigando. Eso lo sacaban de su contexto y declaraban que eran profecías hechas en ese tiempo sobre Jesús. Hacían caso omiso del contexto original o de cualquier significado que hubiera querido darle el escritor. Los profetas del Antiguo Testamento que habían hablado sobre su propio tiempo y circunstancias fueron convertidos por hombres como Juan y San Pablo en profetas de un futuro lejano. Estos investigadores posteriores creían que vivían los últimos días de una época antigua, a punto de entrar en una nueva, y estaban convencidos de que Dios había predicho todos los detalles de este fin de los tiempos y los había cifrado en las Escrituras.

Yo estaba empezando a comprender el proceso de la «revelación» de la que hablaban tantos de los primeros escritores, incluyendo a San Pablo. Estos hombres habían escudriñado las páginas de los escritos sagrados y cuando tenían una idea, cuando hacían una conexión entre lo que estaban leyendo y lo que estaban buscando, se encendía una luz y ellos la consideraban una revelación de Dios, quizás a través de Jesucristo, su intermediario. Quizá se imaginaban al propio Jesús de pie a su lado, y quizá en la intensidad del momento, resultado de largas horas inmersos en un examen enfebrecido de la críptica palabra de Dios, incluso tuvieran una visión de él.

Pensé que había escritores fundamentalistas y evangelistas ambulantes que seguían haciendo exactamente lo mismo. Ahí fuera había una industria en pleno apogeo, sobre todo en América, que saqueaba las Escrituras en busca de profecías sobre el regreso inminente de Jesús y los acontecimientos del Armagedón. Con toda probabilidad no había documento más escudriñado con este propósito que el Apocalipsis.

¿Es eso lo que habían hecho los Maestros Ascendidos? ¿Eran ellos también un grupo fundamentalista que había examinado la palabra de Dios y se había imaginado que los señalaba directamente a ellos? Era evidente que David Koresh había hecho lo mismo en el desafortunado Waco, aquella comunidad tejana de milenaristas. El Apocalipsis había definido su visión del mundo y sus dementes ideas. Los Maestros habían realizado una notable operación «atomística» en este pasaje del Apocalipsis, habían elegido solo las frases que querían. ¿Por qué? «Todos los ojos lo verán atravesado» alteraba de una forma significativa el versículo original, ¿pero en qué dirección? No quedaba claro a primera vista. ¿Se iba a crucificar, en su mente, a Cristo una vez más? ¿Algo de lo que el mundo sería responsable y posteriormente lamentaría? Quizá tendría que esperar futuros mensajes antes de poder resolver el puzzle.

9

1

Se acercaban las últimas horas de la tarde y el día había sido sofocante. Unas nubes oscuras y bajas habían contenido la humedad, como si solo estuvieran dispuestas a que lloviera por condensación. El crepúsculo descendía también sobre mi comprensión y las tinieblas de mi mente comenzaban a cerrarse convirtiéndose a toda prisa en oscuridad.

No había dejado la casa desde que había vuelto de la universidad. Quizás había sido un vano intento de sumergirme yo también en un examen enfebrecido, en una búsqueda de la palabra que me proporcionaría la inspiración, que me haría escuchar la revelación que descubriría la clave del puzzle. Tenía hambre pero no me apetecía comer. ¿Eso también había formado parte del proceso de la revelación? ¿La inmersión en un estudio absorto hasta el punto de excluir todo lo demás, hasta que el mareo, una intoxicación física, había inducido la visión de la inspiración? Quizá debería probarlo.

El teléfono sonó alrededor de las siete en punto. Mi saludo fue seguido por un silencio de unos dos segundos antes de que la voz del otro lado dijera:

—Hola... ¿Kevin? Soy Sylvia. Espero... no molestarlo. Si es así, puedo volver a llamar en otro momento. —Su voz sonaba tan tímida como sus palabras.

—No, no. En absoluto, Sylvia. No estoy ocupado. —Pero sí estaba, sin embargo, experimentando una sensación de ansiedad; parecía que mis imprudentes actos del día anterior habían puesto en marcha las consecuencias en curso. Y la menor de ellas no era mi propia ambivalencia, pues parte de mí había dado un salto definitivo cuando me había dado cuenta de quién llamaba—. ¿Qué puedo hacer por usted?

Hubo otra pausa llena de dudas.

—Yo... solo quería disculparme por mi comportamiento de ayer por la mañana. Llevo desde entonces sintiéndome mal por ello y no quería que se llevara una mala impresión de mí. —Estaba claro que se sentía incómoda.

—Sylvia, eso no es necesario. Los dos somos adultos. Estas cosas pasan.

Ahora estaba aturdida.

—Sí, por supuesto, supongo. Solo tengo que tener cuidado. Me imagino que tampoco se ha hecho ningún mal.

—No, por supuesto que no.

—Es solo que no quiero ser la responsable de nada.

Tuve que suponer que eso era una alusión a mi relación con Shauna. Me pareció que estaba exagerando. Intenté desviar la conversación hacia una dirección menos incómoda.

—No hay razón para preocuparse, Sylvia. De hecho, quiero darle las gracias. Sus conocimientos me han resultado inestimables. Me ha hecho comprender mejor algunas cosas.

Pareció contenta de oír eso.

—Oh, me alegro de haber podido ayudar. Espero que vuelva a pensar en mí.

—Estoy seguro de que sí.

Y ese fue el final de esta curiosa llamada de teléfono. Se me ocurrió preguntarme de dónde había sacado mi número. Quizá de David. Aunque solo había un Kevin Quinter en la guía. Decidí desconectar el teléfono durante lo que restaba de noche.

Las ventanas del estudio estaban abiertas. El aire, saturado del olor del nuevo follaje de primavera, era cálido y bochornoso. Intenté sacarme de la cabeza la imagen de una preocupada Sylvia Lawrence y volver al tema que tenía entre manos. Había pasado el apunte que tenía del mensaje de los Maestros Ascendidos a un trozo de papel. Fue lo que cogí y volví a mirar, por vigésima vez por lo menos.

«Todos los ojos lo verán traspasado.» «Traspasado» se refería a la crucifixión de Jesús. Su muerte en la cruz. El momento que había definido su vida. El punto crucial entre el pasado del mundo y el futuro de Dios. El momento de la salvación.

Si había algún momento que se hubiera grabado a fuego en la conciencia cristiana, con toda seguridad había sido este.

¿Pero lo había sido? Como ya había visto, no había ni un solo autor que se hubiera molestado en reproducir ninguno de los detalles de la historia del Evangelio que habían rodeado la muerte de Jesús. ¿Casualidad?

¿Coincidencia? Era imposible creer que ninguno de estos escritores hubiera sabido nada sobre el acontecimiento, incluso si los detalles que después proporcionaron los Evangelios no fueran exactos. Algo se tendría que haber sabido más allá del hecho de la muerte en sí.

Dejé de pasearme por el estudio. ¿Se me habría pasado algo por alto? Supongamos que los detalles de los Evangelios eran, de hecho, no un relato histórico sino más bien un revestimiento de invención posterior. Si un escritor anterior, alguien no familiarizado con ningún Evangelio, hubiera querido contar a sus lectores algo sobre la crucifixión de Jesús, ¿qué habría dicho? En mi investigación nunca había abordado esa pregunta desde ese ángulo.

Si hubiera habido un portero a la entrada del proyecto Muratorian, quizá se hubiera preguntado por mis constantes visitas. Pasé al lado una vez más de los manuscritos iluminados y entré en el índice. Como siempre, iba de pesca y mis propias asociaciones, el índice de términos que tenía alojado en el cerebro, determinaba con frecuencia los pasillos que seguía. Uno de esos pasillos me llevó a Gálatas 3:

> «¡Insensatos gálatas! ¿Quién os ha embrujado a vosotros,
> ante cuyos ojos Jesucristo fue públicamente representado
> como crucificado?».

San Pablo les recordaba a los gálatas que les había predicado sobre la crucifixión de Cristo y les había pintado un retrato que era obvio que pensaba que los había impresionado. ¿Cuáles eran los detalles? No lo decía. Aparte de la escena de la cena del Señor, que parecía imputarle a una revelación directa de Jesús, San Pablo no relataba en ninguna parte ni un solo incidente evangélico referido a la pasión. Si se descartaba 1 Tesalonicenses 2:15-16 como una interpolación posterior, cosa que hacía la mayor parte de los críticos, San Pablo ni siquiera hacía a los judíos responsables de la muerte de Jesús, un silencio especialmente asombroso en Romanos 11. En ninguna parte daba un solo detalle sobre la resurrección de la tumba la mañana de Resurrección e incluso la lista de apariciones posteriores a la resurrección que aparece en 1 Corintios 15 era sospechosa, ya que el lenguaje era el de la revelación, y la «visión» de todos los demás era al parecer idéntica a la que tuvo San Pablo.

¿Cuál, entonces, había sido el contenido de la imagen que había pintado San Pablo para los gálatas sobre la crucifixión de Cristo, o lo que fuera?

Otro pasillo llevaba a 1 Pedro 2:22-24. A primera vista, tenía todo el aspecto de una descripción de la pasión.

«No cometió ningún pecado; no se encontró en sus labios ningún engaño. Cuando lo injuriaron, no respondió con injurias; cuando sufrió, no amenazó, sino que confió en aquel que juzga con justicia. Él llevó nuestros pecados dentro de su cuerpo en el árbol, para que podamos morir para el pecado y vivir para la justicia. Por sus heridas, habéis sido curados.»

Aquí había algún eco del juicio, Jesús silencioso ante sus acusadores y maltratadores. Su carácter, libre de pecado y honesto, confiaba en Dios. El uso de la palabra «árbol» para referirse a la cruz parecía un poco extraño. Me pregunté qué influencia podría haber provocado una tradición que hablaba de la cruz del Calvario en tales términos.

«Pedro» les había proporcionado a sus lectores este retrato del Cristo sufriente para ejemplificar que el cristiano debería sufrir la persecución o los malos tratos con humildad y aceptación. ¡Pero qué relato más débil! Si era el silencio ante el Sanedrín judío, o ante Pilatos, ¿por qué no se mencionaban esas figuras? Si era el silencio bajo los malos tratos y los azotes, ¿por qué no se daban esos detalles? ¿Y dónde estaban las palabras pronunciadas en la cruz, el consuelo de Jesús al buen ladrón, el perdón que había pedido para sus ejecutores? Esos sentimientos habrían servido de una forma admirable para transmitir a sus lectores el argumento del escritor.

Una anotación al pasaje de 1 Pedro me llevó en una dirección inesperada. Hacía mucho tiempo que los estudiosos habían observado la similitud de este pasaje con partes de la Canción de la Pasión del Siervo de la segunda parte de Isaías, capítulo 53. Todo este capítulo había sido una importante fuente de profecías sobre Jesús para los primeros cristianos. Lo abrí en la pantalla. Al recorrer sus doce versículos, reconocí ciertas ideas que se correspondían con lo que el autor de 1 Pedro había escrito, algunas casi palabra por palabra. En mi copia del Antiguo Testamento marqué con un rotulador las líneas pertinentes:

«Pero fue traspasado por nuestras transgresiones, torturado por nuestras iniquidades...
y por sus heridas somos curados...
Fue maltratado, se sometió y lo derribaron y no abrió la boca...
Fue llevado como una oveja al matadero...
No cometió ningún acto criminal, y no hubo engaños en su boca...
Soportó los pecados de muchos e intercedió por sus transgresiones».

El comentario incluso observaba una posible conexión en el uso del término «árbol» en 1 Pedro. La palabra aparecía en el Deuteronomio 2:23, con la prohibición de dejar a un hombre al que se hubiera ejecutado colgado de un árbol después de la puesta de sol. Al parecer, eso también se había visto como una profecía del destino de Jesús.

Una vez más encontraba la curiosa imagen de los primeros autores y predicadores cristianos que iban a las Escrituras en busca de información sobre Cristo. Según el comentario, algunos estudiosos reconocían que el escritor de 1 Pedro no mostraba ningún rastro de dependencia literaria de la historia del Evangelio, sino que citaba solo a Isaías 53. ¿Es que «Pedro» no tenía ninguna tradición oral a la que recurrir para describir el sufrimiento y la muerte de Jesús? ¿Por qué se volvía hacia lo que se percibía como profecías del acontecimiento en lugar de hacerlo hacia lo ocurrido en realidad? Si los cristianos de la época de este escritor no tenían ninguna información sobre el acontecimiento central de su fe, nada que fuera el resultado de un testimonio histórico, ¿se puede saber qué tenían y cómo es que ese movimiento pudo despegar, por no hablar ya de barrer el imperio, si no podían decir nada sobre el acontecimiento histórico en sí?

La descripción que había hecho San Pablo de la crucifixión, ¿se había sacado también así de las Escrituras?

Había comenzado a llover. Las gotas tamborileaban en la terraza con un sonido impaciente. ¿Con quién se impacientaban los dioses? Esperaba que no fuera conmigo. Las fuerzas de la naturaleza habían sido siempre la única voz verdadera de los dioses. Por desgracia, era un idioma que nadie entendía, salvo quizá por los efectos de tormentas, inundaciones y terremotos. Para una comunicación más exacta, los dioses dependían de las voces de los hombres, en ocasiones de las mujeres. Hablaban a través de las cuerdas vocales humanas. Para hacer que los hombres hablaran como los dioses deseaban, se necesitaba la inspiración. Lo cual, a su vez, requería fe, fe por parte de aquellos que habían sido elegidos, fe por parte de aquellos que los oían hablar. Y a lo largo de la Historia nunca había habido carestía de ninguna de las dos cosas.

Me pregunté cuándo habían empezado a describir los autores cristianos la crucifixión de Jesús en los términos con los que nos han familiarizado los Evangelios. Yo ya casi había agotado las epístolas del Nuevo Testamento. Se podía encontrar una única referencia de pasada a Pilatos en la Pastoral 1 Timoteo. Esta, sin embargo, era una obra tardía, aunque se atribuía a San Pablo. Los estudiosos fechaban las Pastorales entre los años 100 y 130. Las circunstancias y organización de la Iglesia que reflejaban no existía en la época de San Pablo y la imagen general que presentaban encajaba con los primeros años del siglo II. En cualquier caso, el comentario observaba que algunos estudiosos cuestionaban la autenticidad de esta referencia a Pilatos porque no parecía encajar bien con el contexto.

Pasé a los escritos nocanónicos del periodo situado alrededor del año 100. Hasta entonces no me había metido mucho en 1 Clemente, las Cartas de San Ignacio y la Epístola de Bernabé. Si estos escritores no sabían nada de los detalles históricos que rodearon la muerte de Jesús, estaba listo para desesperarme.

1 Clemente se había escrito alrededor del año 96 en la comunidad cristiana de Roma e iba dirigida a Corinto para intentar mediar en una disputa sobre el liderazgo de la ciudad griega. Era difícil decir si su autor fue en realidad el supuesto obispo de Roma en ese momento, un tal Clemente, como apuntó la tradición posterior. El sistema de búsqueda que tenía yo para el ejemplar de 1 Clemente que había escaneado y metido en mi ordenador no era tan eficiente como el del Muratorian, pero no me llevó mucho tiempo localizar un asombroso pasaje en el capítulo 16.

Para reprender a los corintios en liza, Clemente apelaba al ejemplo que les había dado Jesús, alguien que había venido no con orgullo, sino rebajándose. Para ilustrarlo, Clemente no recurría a recuerdos o tradiciones sobre la humilde conducta de Jesús en su vida y su muerte, sino a las Escrituras. Tomaba todo el capítulo 53 de Isaías y se lo citaba a sus lectores. A eso le añadía los versos del Salmo 21, en el que su autor original se había lamentado del desprecio y las burlas que le habían dedicado sus enemigos durante algún infortunio. Las mofas se habían expresado en estas pullas: «Puso sus esperanzas en el Señor; que él lo libere, que lo salve él ya que lo quiere tanto».

Me di cuenta sin comprobarlo que estas palabras del Salmo se parecían mucho a las que San Mateo había puesto en boca de la multitud en la escena de la crucifixión. Y sin embargo, Clemente había ido a las Ecrituras a buscarlas. Si este autor, que estaba en Roma a finales de siglo, conocía el Evangelio de San Mateo, como algunos afirmaban (ya que expresó unas cuantas «palabras de Jesús, el Señor» que se hacían eco del Sermón de la Montaña), ¿por qué no recurrió a ese Evangelio para hacer un relato de la Pasión de Jesús? Al citar los Salmos, ¿por qué no había sentido la necesidad de señalarles a sus lectores que estas profecías se habían cumplido en los hechos mismos? Esta era una práctica de uso común en los Evangelios, pero hasta ahora yo no me la había encontrado por ninguna parte en la primera correspondencia cristiana.

En cuanto a San Ignacio de Antioquía, había sido mi primera fuente localizable de una referencia a Pilatos fuera de los Evangelios. Sin embargo, más allá de una simple declaración en dos o tres puntos concretos en los que decía que Jesús había sufrido y muerto bajo Pilatos, no se ofrecía ningún detalle más del acontecimiento histórico. En vista de la impaciencia de San Ignacio por inculcar en sus lectores el hecho de la pasión de Cristo, tenía que ser significativo que no recurriera a ningún relato del Evangelio para apoyarla. El capítulo 3 de su Carta a los Esmirnios contenía una declaración que decía saber que Cristo había resucitado «en carne y hueso» porque les había mostrado sus heridas a sus discípulos. Pero San Ignacio no señalaba ningún documento escrito como fuente de esta información. Evidentemente era una tradición oral, o quizás alguna anécdota de las prédicas para apoyar el argumento de la resurrección de Cristo.

Esos silencios serían mi punto de partida, decidí, para intentar precisar las fechas probables de los Evangelios: si San Ignacio, el obispo de un centro tan importante como Antioquía a principios del siglo II, todavía no había recibido una copia del Evangelio escrito, ¿qué les decía eso a aquellos que mantenían que el primero se había compuesto casi medio siglo antes?

La voz de los dioses era ahora más insistente. Había aparecido una lluvia más fuerte y con ella la profunda sonoridad del trueno. Todavía me quedaban por ver algunos de los rayos de Zeus en aquel cielo de las últimas horas de la tarde. Qué aterradoras les debieron parecer aquellas cosas a nuestros primitivos ancestros, acurrucados en cuevas mientras los elementos golpeaban la tierra a su alrededor. ¿Cómo no iban a creer que alguna fuerza sensible se dirigía directamente a ellos para enviarles un mensaje de advertencia, o algo peor? La profesión más antigua del mundo tuvo que ser con toda seguridad la de aquellas personas a quienes el pueblo llano y temeroso se volvía para que le explicaran tales furias y lo guiaran a la hora de darle la respuesta adecuada. El sacerdote y el profeta seguían entre nosotros, pero ahora estaban a la defensiva. La ciencia y el secularismo los estaban arrinconando en esquinas mohosas desde donde tenían que gritar todavía más alto. A esas voces se les había retirado el discurso de los dioses.

Esperaba que la tormenta no produjese un corte de electricidad. Si se hacía más violenta y se acercaba más, el buen juicio dictaría que descⁿnectase mi equipo electrónico y regresara a las primitivas prácticas de mis ancestros más inmediatos: leer las páginas de los libros. Cuando se consideraba que el material que ahora estaba examinando había sobrevivido para llegar a mí a lo largo de tantos siglos gracias a un laborioso trabajo de copia y vuelta a copiar, a mano y con pluma, a menudo bajo condiciones difíciles y llenas de dolor, había que maravillarse de la perseverancia del espíritu humano y su preocupación por el mensaje de la Divinidad. Hoy podíamos abrir ese mensaje en una fracción de segundo y reproducirlo en no mucho más. Los dioses iban a tener que hacer ciertos ajustes.

Pasé luego a la Epístola de Bernabé, quizá el último escrito no canónico que había sobrevivido antes de los grandes apologistas del siglo II. Era una obra larga, farragosa y bastante aburrida, según decía el veredicto, escrita probablemente en Alejandría alrededor del año 120. Ahora se rechazaba su antigua atribución al apóstol Bernabé, que había acompañado a San Pablo en algunos de sus viajes. El escritor condenaba de forma categórica a los judíos por no entender sus propias escrituras sagradas, que eran, todas ellas, una profecía codificada de Cristo y su cruz. Así lo mostraba con toda claridad el método alegórico, decía «Bernabé». Y se dispuso a demostrarlo, con frecuencia de una forma tan bochornosa como escandalosa.

Me encontré con que esta epístola, a pesar de su tardía fecha, contenía muchos silencios desconcertantes sobre Jesús. Y sin embargo, al lado de estos se encontraban insinuaciones de una cruda familiaridad con algunos elementos históricos. El autor podía hablar de «las enseñanzas que había ofrecido al pueblo de Israel» Jesús y sin embargo no mencionar ni uno solo de sus dichos éticos; de hecho en su sección de los «dos caminos», en la que ofrecía preceptos morales tradicionales, ni siquiera atribuyó a Jesús el material que se parecía al ministerio evangélico. Dos artículos que se parecían a los dichos de Jesús se asignaban en su lugar a las Escrituras. Había capítulos sobre el descanso sabático y las leyes dietéticas judías, pero en ningún momento se apelaba a ninguna de las palabras de Jesús sobre estos temas. Bernabé sí que hacía referencia a los «milagros y maravillas» de Jesús, la primera que yo encontraba en la correspondencia cristiana, pero no daba ningún detalle específico. Y hablaba de «apóstoles» elegidos por el Señor a quienes no nombraba, pero describía en términos muy poco evangélicos, llamándolos «pecadores de la peor clase». Me pregunté qué canales de la tradición oral habían producido precisamente esta imagen de personas como San Pedro y San Pablo. Era difícil creer (de hecho, imposible) que Bernabé poseyera algún Evangelio escrito, ni siquiera en el año 120. Esta imagen incompleta y distorsionada de los acontecimientos históricos, que surgía como si saliera de una oscura niebla, era desde luego curiosa.

Pero yo estaba buscando descripciones de la crucifixión. Esto es lo que encontré en el capítulo 5:

«Y bien, cuando el Señor se resignó a entregar su cuerpo a la destrucción, el objetivo que tenía ante él era santificarnos por la remisión de nuestros pecados... Pues lo que la Escritura dice es: Fue herido a causa de nuestras transgresiones, y golpeado por nuestros pecados, y por sus cicatrices fuimos curados. Fue llevado al matadero como una oveja y como un cordero que está mudo ante su esquilador.»

Este era con toda claridad otro uso más de los versículos de Isaías 53. En lugar de un Evangelio escrito, o incluso de la tradición oral, parecería que durante un siglo los cristianos habían dependido de Isaías y un surtido de Salmos para que les proporcionasen una imagen de las experiencias de Jesús en el momento más importante de su vida. ¡Qué cosa más extraña! Acudir a un escrito antiguo cuyos detalles han sido distorsionados para que sirvan como profecía en lugar de a los acontecimientos históricos en sí... noventa años después de la muerte de Jesús, un importante autor cristiano que trabajaba en un centro como Antioquía apenas tenía algún fragmento de información que pudiera citar sobre una muerte que había expiado nuestros pecados, la muerte del hombre al que veneraba como Hijo de Dios.

Pero hubo algo que me llamó la atención después de la cita que hacía Bernabé de Isaías 53. El hecho de que eso coincidiera con el estrepitoso crujido de un trueno justo por encima de mi cabeza no me pareció importante en términos sobrenaturales, pero algún espíritu permanente de mi cerebro me dijo que estaba poniendo mi ordenador, si no mi alma, en peligro. Decidí desconectar el trasto y desenchufarlo. Si mis ancestros podían hacerlo, yo también. Agarré mi viejo ejemplar de Penguin de *Primeros escritos cristianos* y una versión en griego y en inglés de los Padres Apostólicos que había sacado de la universidad (y cuyo préstamo vi que ya había vencido) y con todo ello me retiré a la oscurecida sala de estar. Allí me puse cómodo en mi sillón de lectura favorito y encendí una única lámpara a mis espaldas. El resto de la casa estaba prácticamente cerrada a cal y canto para capear la tormenta, que ahora daba la sensación de estar descargando calle abajo.

La lámpara parpadeaba de vez en cuando, pero aguantaba como una valiente. Ya era casi medianoche.

Elegí la versión en griego y en inglés y pasé las páginas de Bernabé, capítulo 5: «Pues la Escritura que se refiere a él habla de esta manera» eran las palabras que introducían la cita de Isaías 53 y esto es lo que iba a continuación:

«Por tanto deberíamos darle las gracias al Señor por habernos dado el conocimiento del pasado, sabiduría para el presente y que no carezcamos de entendimiento para el futuro.»

Fruncí el ceño. Fue en este punto, creo, cuando empezó a levantarse el velo, pero para mi mente consciente fue un simple destello de movimiento, algo que se apartaba un poco hacia un lado, por así decirlo. Mi visión más precoz solo registró la opinión de que había algo muy peculiar en esta afirmación. Pues Bernabé parecía decir, de una forma bastante brusca, que el conocimiento del pasado, que habría incluido las experiencias de Jesús, procedía de pasajes de las Escrituras como Isaías 53. Una pequeña referencia cruzada a pie de página señalaba un poco más atrás, a 1:7, donde el autor había hecho una afirmación parecida: «Pues el Señor nos dio a conocer a través de los profetas cosas pasadas y cosas presentes... y una muestra de las cosas que han de venir.»

Aquí teníamos a un autor cristiano de la segunda década del siglo II elogiando a Dios por revelar a Jesús a través de las Escrituras. No profetizando, sino dando a conocer. Sin idea alguna que complementara esto y que demostrara que los acontecimientos históricos habían, de hecho, cumplido esas profecías. Si la intención expresada por Bernabé era demostrar que las Escrituras judías habían sido en realidad un depósito profético sobre Cristo, habría hecho comparaciones constantes entre las Escrituras y la Historia. En lugar de eso, solo se refería a las primeras.

Durante el siguiente par de capítulos, Bernabé continuaba sacando retazos de las Escrituras que él consideraba que se referían a Jesús, en particular a su Pasión. Uno decía: «Clava mi carne», de la versión del Salmo 119-120 que daba la Septuaginta. Otro citaba a Zacarías 13:7: «Cuando golpeen a su pastor, entonces las ovejas del rebaño serán destruidas.»

Pero la cita de Zacarías iba introducida por una afirmación curiosísima. La traducción de Penguin lo dejaba muy claro: «Pues Dios coloca los golpes de Su carne ante su puerta, con las palabras...». ¿Estaba diciendo Bernabé que sabemos que los judíos fueron los responsables de la muerte de Jesús porque nos lo dicen profetas como Zacarías? ¿Era eso posible? ¿Los cristianos, que durante más de dos generaciones no habían dado signos de culpar a los judíos de la muerte de Jesús, habían asumido la tarea de crear una «Historia» que dijese que eran los responsables, solo por el testimonio que se percibía en la palabra de Dios de las Escrituras? Eso era algo más que curioso: era pasmoso.

Había otra cita que servía para apoyar la responsabilidad de los judíos. Vi que Bernabé había presentado muchas de las citas que daba de las Escrituras como si fuesen las palabras directas de Cristo, es de suponer que porque fueron formuladas por los profetas y salmistas en la primera persona del singular. «Pues las sinagogas de los malvados se han alzado contra mí», decía el Salmo 22, así que Bernabé se lo había tomado como la voz de Cristo que hablaba desde las páginas de las Escrituras. Eso me recordó a algo que acababa de leer en 1 Clemente y volví atrás, a la epístola anterior. Ahí estaba: la larga cita de Isaías 53 se había presentado como la voz del Espíritu Santo que hablaba en las Escrituras y se refería a Jesús. En opinión de Clemente, Dios estaba revelando cosas sobre Jesús a través de su Espíritu, en los escritos. De vez en cuando, como en Bernabé, se presentaba al propio Jesús como si hablara él directamente.

El velo se levantó solo un poco más. Autores como Clemente y Bernabé, y el que había escrito la Carta a los Hebreos, pues recordé que también había hecho lo mismo, parecían considerar a Jesús como una figura que residía en las Escrituras. Desde allí hablaba. De allí procedían algunas de las «enseñanzas» que, según se decía, había impartido. En cuanto a sus obras y experiencias, sobre todo las que rodeaban a su Pasión y muerte, ¿también ellas, en opinión de estos hombres, residían allí? Si se habían perdido las tradiciones sobre la crucifixión de Cristo (como sugerían con bastante rotundidad los silencios de San Pablo y demás), ¿acaso las Escrituras habían proporcionado la única fuente disponible? Jesús era ahora un ser enteramente espiritual y tanto él como Dios hablaban de estas experiencias perdidas a través de los escritos; de hecho los habían codificado allí por adelantado.

Otro relámpago, ahora visible a través de las ventanas delanteras de la casa, debió de darme un buen susto. Me reprendí a mí mismo. ¿En qué clase de absurda racionalización estaba cayendo? Jamás podría haberse desarrollado una situación tan extraña, la pérdida completa de la Historia, el eclipse total del hombre que había dado comienzo a todo el movimiento. Y tampoco había ninguna sugerencia de algo así en las palabras de los documentos mismos. Y considerar que el Cristianismo había salido de alguna carrera del todo mundana y que todas las tradiciones sobre Jesús eran una invención posterior tampoco tenía ningún sentido. Si Jesús no había hecho prácticamente nada, ¿qué le había proporcionado esa asombrosa energía al movimiento misionero, el impulso para una deificación tan cósmica?

Para alguien como Clemente, Jesús no daba la impresión de ser un hombre muerto en el pasado, cuya memoria se guardaba con reverencia o cuyos preceptos se conservaban y observaban con todo cuidado. Era una presencia viva, activa, que operaba a través del Espíritu y que hablaba a través de las palabras de la Biblia hebrea, el hijo espiritual que comunicaba el conocimiento de Dios y de sus propias actividades redentoras. En el Bernabé posterior, era como si estuviera empezando a surgir de ese mundo espiritual y entrara en el pasado, pero de una forma indistinta y descuidada, todavía atado a su lugar de las Escrituras. En San Ignacio, se había convertido en el esqueleto de la Historia: hijo de María, nacido de verdad, crucificado realmente por Poncio Pilatos.

Pero leer a Clemente y a aquellos que venían antes que él era leer sobre un Cristo sufriente y sacrificado que había sufrido todo ello en las propias Escrituras, o en el mundo que representasen esas Escrituras. Uno viajaba a las páginas de los escritos sagrados para enterarse de los detalles de estos acontecimientos de otro modo desconocidos. ¿Era eso concebible?

Mi agitación interna se veía agravada por una reacción más externa al ataque que me rodeaba, ya que todo el impacto de la tormenta parecía estar liberandose justo encima de mi cabeza. Rachas de luz fantasmal quemaban las paredes y los muebles que me rodeaban. Campanas agrietadas que habían perdido el tono repicaban por toda la catedral celestial. Si era la voz de Dios dándome una respuesta o quizá intentando ahogarme, haría falta alguien más hábil que yo en la interpretación de las comunicaciones divinas.

Pero antes de que me viera arrastrado por completo a unas aguas desconocidas y sin fondo, creí vislumbrar un bote, una caña que me salvaría la vida. Alguien había dicho (y estaba seguro de que había sido San Pablo) que Jesús había «nacido de mujer» y que era «el hijo de David». Si habían visto en Jesús al Cristo, al Mesías que esperaban, eso era un requisito esencial, ya que el Antiguo Testamento estaba lleno de promesas; decía que uno del linaje de David, de la simiente de Jesé, una rama de la tribu de Judá, sería elevado al trono de Israel y crearía una nueva y gloriosa monarquía que gobernaría la Tierra. Era del todo imposible que Cristo no hubiera sido considerado de algún modo descendiente de David y a eso con toda seguridad se le tendría que dar una base histórica. No se podría haber perdido de vista en la tradición oral que el hombre humano que había ejercido su ministerio en Galilea y muerto en el Calvario, que había resucitado de una tumba a las afueras de Jerusalén, había pertenecido a un linaje que se remontaba al rey más grande de Israel.

¿Dónde habían estado esas referencias paulinas? Era tarde y con la distracción de la tormenta empezaba a desconcentrarme. No quedaba más remedio que hacer una revisión rápida de las epístolas.

De vuelta al estudio oscurecido, mientras el chaparrón de fuera se estrellaba contra los cristales de la ventana, tanteé en busca de mi Nuevo Testamente en griego y en inglés y rescaté también mi leal y manoseado ejemplar. Mientras volvía al salón, me pregunté por qué nos molestábamos tanto. Incluso ante el tumulto y la adversidad, ¿qué nos daba esa sed de conocimientos? ¿Durante cuánto tiempo se vieron los humanos primitivos abrumados por los elementos que los rodeaban, impotentes para hacer nada salvo sobrevivir en un universo poco compasivo? ¿Cuánto tiempo había pasado hasta que se levantaron en un sutil momento de transición y dijeron: «Se acabó. No queremos acurrucarnos bajo el frío, empapados por la lluvia e intimidados por las fuerzas que nos rodean. Queremos hacer algo. Queremos entender»?

En la segunda novela del *Testamento del hombre* de Vardis Fisher, la especie humana había dominado el fuego y había creado para sí unas habitaciones doradas llenas de luz y calidez. Este descubrimiento formaba parte del desarrollo de la inteligencia, la creación de habitaciones doradas en la mente. Fisher había transmitido con gran viveza la sensación de asombro y euforia experimentada cuando una verdad fundamental entró en el cerebro por primera vez. Pero con la luz de la conciencia y el autodescubrimiento llegaron preguntas más grandes y temores mayores. Cuando los humanos comenzaron a saber, también se dieron cuenta de cuántas cosas no sabían. Y con la mayor conciencia de la propia existencia, llegó el miedo a la no existencia. Tal y como Fisher lo retrataba, eso, junto con la veneración que los humanos sentían por el milagro del fuego, creó el instinto de la religión. El mundo había quedado dividido en dos y nació lo sobrenatural. A los desafíos a los que se enfrentaba en el mundo real, la Humanidad añadía ahora una nueva preocupación; algunos lo llamarían un albatros, el temor a los poderes invisibles y desconocidos que debían aplacarse. Se había embarcado en el camino que llevaba a los dioses y a la superstición.

La única lámpara que iluminaba mi sillón de lectura creaba su propia habitación dorada y dentro de su aura de calidez y luz en medio de la tempestad circundante abrí mi Nuevo Testamento por las Cartas de San Pablo. Allí, al comienzo mismo del corpus, en las líneas que abrían la Carta a los Romanos, se encontraba el pasaje que yo recordaba:

«Pablo, siervo de Jesucristo, llamado a ser apóstol, elegido para predicar el Evangelio de Dios, que prometió de antemano a través de sus profetas en las Sagradas Escrituras, el Evangelio referido a su Hijo, que surgió de la simiente de David según la carne y fue designado Hijo de Dios en poder según el espíritu de santidad por su resurrección de entre los muertos, Jesucristo nuestro Señor.»

La otra traducción no hacía mucho más lúcida esta rimbombante oración pero, por lo que yo veía, San Pablo establecía dos hechos sobre Jesús, dos hechos que al parecer se referían a los dos lados de su naturaleza o actividad. El primero estaba en la carne, suponiendo que ese fuera el significado de *kata sarka*, «según la carne». El segundo estaba en el espíritu, *kata pneuma*, «según el espíritu». El significado de esto también era críptico, pues la otra traducción decidía convertir eso en una referencia al Espíritu Santo. ¿Decía aquí San Pablo que en la esfera de la carne Jesús había descendido de David mientras que en la esfera del espíritu había resucitado de entre los muertos, había sido declarado Hijo de Dios y asumido todo su poder? Decidí no mostrarle este pasaje a Shauna. Este tenía que ser un pasaje inusualmente difícil, pero jamás sería capaz de convencerla de que los escritores del Nuevo Testamento eran cualquier cosa excepto inteligibles.

Me pregunté por qué había elegido San Pablo estos dos elementos. Si hubiera querido hacer una declaración sobre las dos esferas de la actividad de Jesús, la tierra y el Cielo, parecía extraño elegir la ascendencia de David como elemento más digno de citarse de toda la vida de Jesús. Y si San Pablo conocía este dato histórico de Jesús (es de suponer que a través de canales humanos), ¿por qué nunca les dio a sus lectores ninguna otra información biográfica?

Había otra anomalía que me sorprendió. El segundo elemento no era del todo comparable al primero. Que te declaren Hijo de Dios en la esfera espiritual es algo que tiene que ser una cuestión de fe, no un conocimiento histórico. En esencia, era una escena ocurrida en el Cielo después de su resurrección. Aquí Jesús había recibido su investidura absoluta como Hijo de Dios, junto con ciertos poderes no especificados.

Un dato histórico y un acontecimiento espiritual. ¿Por qué esta curiosa combinación de elementos?

Ambos formaban parte esencial de su Evangelio, decía San Pablo. Este predicaba que Jesús era hijo de David y sin embargo no volvía a darnos ninguna información más sobre el hombre. ¿Nada más tenía importancia? En vista de la relegación que hacía de todo lo demás relacionado con la vida de Cristo al montón de desechos, parecería que no.

Pero había algo más en todo este pasaje que me molestaba. El problema era que no terminaba de saber qué era. Había estado buscando algo históricamente concreto, algo que comparar con todo lo que se implicaba en documentos como 1 Clemente, que Cristo existía y hablaba desde las Escrituras; que para todo lo que se sabía de Cristo, había que ir a los escritos, como si la tradición histórica se hubiera perdido o no existiera. El propio San Pablo había insinuado lo mismo. Solo aquí parecía darnos un dato biográfico. Y sin embargo...

El reloj que tenía encima de la chimenea, un antiguo trasto mecánico que había heredado a través de varias generaciones, dio las doce de la noche. Tenía la sensación de llevar horas allí sentado, bajo la tormenta. Quizá su fuerza había doblegado el tiempo, lo había ralentizado. Volví al libro y leí Romanos 1:1-4 entero, llevé a cabo mi propia desaceleración, me detuve en cada frase para absorber sus implicaciones.

El Evangelio de Dios. Es decir, dado por Dios. Una manera de expresarse que San Pablo utilizaba con frecuencia. El Evangelio de San Pablo era el Evangelio de Dios. Como insistía en otro sitio, no lo había obtenido de ningún hombre. No era un producto del hombre. Lo había recibido a través de la revelación. De Dios, del cielo. Aquí Jesús no tenía ningún papel.

Dios había prometido este evangelio de antemano. El verbo era *proepaggel*. Esto lo había hecho a través de los profetas. ¿Qué quería decir San Pablo con «prometer»? No parecía lógico que quisiese decir que Dios se había limitado a decir a través de los profetas que en el futuro le daría un evangelio a San Pablo. Tenía que significar que el contenido de ese evangelio se había pronosticado en los escritos sagrados.

Comprobé mi otra traducción. Allí, Dios «anunciaba» el Evangelio de antemano. Eso encajaba mucho mejor con mi suposición. La raíz del verbo era la misma que la de la palabra que significaba ángel, el «anunciador» y mensajero de Dios. Dios había puesto los detalles del Evangelio sobre Jesús en las Escrituras. Todo estaba allí de antemano, señalando el Evangelio que se había revelado a San Pablo. De hecho era de allí, obviamente, de donde lo había sacado San Pablo.

Sobre su Hijo. El Evangelio de Dios era «sobre su Hijo», *peri tou huiou autou*. Tanto el Evangelio de Dios, dado en las Escrituras, como el Evangelio de San Pablo eran uno y el mismo, un mensaje, la «buena nueva» sobre el Hijo de Dios. Dios, en las Escrituras, había mirado hacia adelante, no hacia Jesús, sino hacia el Evangelio que hablaba de él.

¿Qué problema había en este cuadro?

Dios había predicho el Evangelio de San Pablo.

Dios no había predicho a Jesús. Ni lo había prometido, si ese era en realidad el significado del verbo. En realidad había prometido y predicho el Evangelio que transmitiría San Pablo.

Sentía mi mente como si estuviera rondando al borde de un abismo.

Si San Pablo creía que Dios había cifrado en las Escrituras información sobre Jesús que formaría parte del Evangelio de San Pablo, entonces Dios habría estado ante todo prediciendo a Jesús. Incluso si nada en absoluto sobre la vida de Jesús se hubiera transmitido a San Pablo a través de canales humanos, enterarse de la vida de Jesús en las predicciones de las Escrituras habría abierto una ventana a esa vida. Cualquier mente en su sano juicio habría hecho ese simple ajuste y habría dicho que Dios había dado información anticipada sobre Jesús. Así es como se habría presentado. No que Dios había dado información sobre el Evangelio de San Pablo. El Hijo entraba en el cuadro solo porque formaba parte del contenido de ese evangelio.

Las Escrituras no habían sido la profecía de la vida y actividades de Jesús. Habían sido la profecía del evangelio que hablaba de esas actividades.

Se había borrado todo rastro de la tormenta. El silencio llenaba el universo.

Ninguna vida de Jesús intervenía entre la elaboración de las Escrituras y la revelación del Evangelio a San Pablo. No importaba dónde o cuándo habían tenido lugar esas actividades: no se habían ubicado en la Historia entre esos dos acontecimientos.

Todos lo presentaban del mismo modo: San Pablo, Pedro, Clemente, incluso hasta cierto punto Bernabé. Y sin duda otros más. El Hijo vivía en las Escrituras, o en el mundo del que hablasen las Escrituras. Su existencia, por no hablar ya de los detalles concretos de su vida, su propia existencia debía conocerse solo a través de la palabra sagrada de Dios, la palabra que había acudido a San Pablo y otros como él.

No había existido ningún Jesús histórico.

Esperé el trueno. ¿Sería un rayo de horror (felicidades), el castigo?

No se produjo ninguno. Solo el tamborileo constante de la lluvia.

La frase en griego había continuado. El contenido del Evangelio que había sido predicho por Dios. San Pablo hablaba de dos elementos sobre el Hijo. Que Jesús, en la esfera de la carne, había sido de la semilla de David. Que en el Cielo, después de su resurrección, Jesús había sido proclamado o nombrado Hijo de Dios y en ese papel había recibido todo su poder. La estructura de la oración, la relación entre sus elementos: estaba claro que San Pablo identificaba en estos dos puntos sobre Jesús elementos de su evangelio, elementos que procedían de la fuente de ese evangelio: las Escrituras. Dios los había recogido allí. San Pablo los había leído allí, inspirado por el Espíritu Santo.

No vi cómo se podía haber tomado esa oración de otra manera. ¿Por qué nadie más, que yo supiera, la había visto con este significado?

Eso eliminaría la anomalía que yo había observado antes, la vinculación de un dato histórico con un artículo de fe sobre un acontecimiento del mundo espiritual. El primero no era en absoluto un dato histórico. También era un rasgo de Jesús derivado exclusivamente de las Escrituras, que era el hijo de David. Para decirlo de forma literal, «había surgido de la simiente de David».

¿Era eso posible? *Kata sarka*. Una frase críptica, cuando se pensaba en ello, una frase que yo me había encontrado unas cuantas veces en San Pablo y otros autores, o alguna variante muy parecida de la misma. Era casi una referencia estereotipada. ¿Por qué no «en su vida humana»? ¿O «cuando vino a la tierra» o algo por el estilo? *Kata sarka*, según la carne. ¿Qué significaba en realidad? ¿Podría Jesús ser de la semilla de David en un sentido por completo espiritual? Decidí averiguarlo.

También explicaría esta otra anomalía: por qué San Pablo no mostraba ningún interés por ninguna otra información biográfica de Jesús. Esto no era biográfico en el sentido histórico. Era un rasgo derivado de las Escrituras.

Pero ahora se disparaba otro sensor inconsciente. Que el Mesías fuese descendiente de David era una idea que aparecía en todos los escritos proféticos. Que el Cristo de San Pablo disfrutase de esta necesaria característica era algo que San Pablo podía deducir con toda facilidad de profetas como Isaías. Por su importancia dentro de los escritos, se hubiese justificado que San Pablo lo presentase como uno de los rasgos principales de la naturaleza de Jesús «en la carne». Pero ese extraño segundo rasgo: Jesús en el espíritu era designado Hijo de Dios en poder tras su resurrección. Me había preguntado por qué San Pablo había decidido destacar esta idea, algo que parecía menos significativo que la muerte y resurrección, que se habían relegado a un lado. ¿Había un pasaje por alguna parte que pudiera haber sugerido esta escena en el Cielo, algo cuya importancia habría llevado a San Pablo a presentarlo como la experiencia suprema de Jesús «en el espíritu»?

Mi tintineante sensor me estaba diciendo que sí y tenía la sensación de saber dónde estaba. Era un pasaje que me había encontrado más de una vez, debatido en los comentarios en conexión con una cosa u otra, uno de crucial importancia para los primeros intérpretes cristianos de Jesús.

Casi corrí al estudio (una arriesgada tontería, ya que el sitio estaba completamente a oscuras) y cogí mi Antiguo Testamento. De vuelta a mi habitación dorada, lo abrí por los Salmos. Era en uno de los primeros Salmos, estaba seguro.

Era una pena que no tuviera tanta suerte a la hora de elegir los números de la lotería o de coger autobuses. Ahí estaba: Salmo 2. Era un Salmo escrito para una coronación real. Dios da la bienvenida y unge a su rey y el autor advierte a las naciones extranjeras que tengan cuidado con sus conjuras y ambiciones contra el Señor y su ungido. En el centro, leí estas líneas:

«Hablaré del decreto del Señor:
Él me dijo: Eres mi hijo, hoy te he engendrado...
Pídeme y te daré las naciones como herencia,
y los confines de la Tierra como posesión...».

Aquí, con toda seguridad, estaba la fuente de la segunda afirmación de San Pablo en Romanos 1, en sus dos elementos. San Pablo había supuesto que este pasaje del Salmo se refería a Jesús. Jesús es proclamado, nombrado hijo de Dios por el propio Dios. Y es investido de poder, recibe las naciones de la Tierra como posesión.

Bajo la lámpara, en mi isla de luz, me pareció que todos los elementos de las primeras líneas de Romanos encajaban por fin en su lugar. Dios daba la «buena nueva» sobre Jesús, su Hijo, en las Escrituras. Este relato residió allí, desconocido e inadvertido, hasta que los profetas de la época de San Pablo lo desenterraron a través de la inspiración del Espíritu

Santo. Como Colosenses, Efesios y el autor que añadió Romanos 16:25 iban a decir más tarde: era un misterio mantenido en secreto durante largas generaciones. San Pablo se había fijado en dos elementos de este relato de las Escrituras y los había destacado para sus lectores (aunque algunos han dicho que es posible que estuviera tomando prestada una fórmula anterior del Credo): que Jesús era «de la semilla de David» según la carne. Y que había adquirido su estatura completa como Hijo de Dios tras su resurrección cuando Dios le había dado la bienvenida al Cielo y le había dado poder sobre la Tierra.

Una vez más, había que responder a una serie de preguntas. Si Jesús jamás había estado sobre la Tierra en la Historia, ¿desde dónde había llegado al Cielo? ¿Dónde habían tenido lugar la muerte y la resurrección? ¿Podría adaptarse eso al significado de «según la carne» y se podría considerar que Jesús estaba relacionado con David en este estado?

La conmoción comenzaba a desaparecer. Vi que buena parte de lo que había observado con anterioridad señalaba de forma inevitable en esa dirección. San Pablo y los primeros autores cristianos jamás habían apelado a Jesús de Nazaret. Habían guardado silencio en todo lo que a su vida se refería. No había ningún concepto de tradición apostólica que se remontara a Jesús. En su lugar, todos ellos habían hablado del Espíritu, cómo inspiraba el Espíritu, cómo contaba los secretos de Dios. Se habían referido a las Escrituras en cada momento, señalaban a Jesús en sus páginas, jamás iban de allí a su vida histórica ni declaraban que tales «profecías» se hubieran cumplido en los acontecimientos históricos. Las Cartas de San Pablo revelaban un mundo de apóstoles rivales: todos ellos afirmaban que el Espíritu que habían recibido era el verdadero y ninguno de ellos reivindicó jamás una relación directa con Jesús. Jesús era una fuerza presente, no una figura de un pasado reciente. La imagen de Jesús que conocían, la imagen que presentaban ante el creyente, era la imagen del Jesús encontrado en las Escrituras.

El centro de la tormenta parecía estar pasando. Los rayos ya no llenaban la habitación de espectros de siluetas brutales. Aún era muy pronto para arriesgarme a reactivar el ordenador y todavía no recordaba dónde se localizaba la otra referencia en la que San Pablo hablaba de Jesús como «nacido de mujer». Pero recordé ahora algo que Sylvia había dicho en conexión con uno de los dioses salvadores de los cultos de misterio: Dionisos también había nacido de una mujer, en una cueva. Pero Dionisos jamás había sido considerado una figura histórica. Quizá esa era la respuesta más sencilla. Que en todos estos rasgos «históricos» otorgados a Jesús, ese tipo de cosas, habían existido en un reino mítico, como las actividades de las deidades griegas. El primer Cristianismo y los círculos judíos sectarios de donde había salido habían desarrollado su propia forma equivalente de mito, algo en lo que las Escrituras judías habían desepeñado un papel crucial. Quizá, incluso en cierto sentido, se podría haber pensado que existía «en la esfera de la carne».

Decidí rastrear la referencia de San Pablo e investigar todo aquel asunto. Con un pequeño estremecimiento de recelo, me di cuenta de que eso exigiría nuevas consultas con Sylvia.

Una cosa parecía clara. La muerte y resurrección de Jesús habían sido acontecimientos míticos, habían tenido lugar en algún lugar del mundo espiritual. Ninguna otra explicación podía justificar el silencio absoluto sobre todos los detalles de la crucifixión y la resurrección de la tumba. Y no solo los detalles de los Evangelios, sino cualquier detalle. Que tal situación pudiera existir alrededor del acontecimiento central de la fe cristiana era inconcebible, sin más. Pilatos, si hubiera sido el responsable de la crucifixión de Jesús, no podría haber desaparecido de la vista de todos de una forma tan absoluta y para resurgir en la correspondencia cristiana solo con San Ignacio y una Pastoral del siglo II. San Pablo había señalado a los espíritus demoniacos como los ejecutores involuntarios de Jesús y los espíritus no residían en la Tierra. Formaban parte del reino celestial que se encontraba justo por encima de la Tierra. Si la muerte de Jesús era un evento mítico, como las muertes de otros dioses salvadores, entonces también la había revelado Dios. También formaba parte del misterio de Dios, oculto durante largas eras.

Me di cuenta de que ya había encontrado la fuente probable de la idea de que Jesús había sido crucificado. Había autores por todas partes, 1 Clemente, Juan el profeta del Apocalipsis, Bernabé y sin duda otros, que habían abierto el libro sagrado y habían señalado pasajes sobre carne traspasada, clavada. Si esto era mesiánico, entonces el Cristo había sido sometido con toda claridad a una crucifixión. Según 1 Pedro, que probablemente lo sacaba del Deuteronomio, había colgado de un «árbol».

De repente comprendí qué otro incidente se había revelado, al menos a San Pablo. Así lo había declarado en 1 Corintios 11:23. «Pues yo recibí del Señor lo que os he trasmitido a vosotros...». San Pablo estaba hablando de la revelación que había recibido sobre las palabras de Jesús al tomar el pan y el vino en la comida de acción de gracias que observaban las comunidades paulinas. Como la comida del culto del mito de Mitra, esto formaba parte del mito de Jesús. Quizá solo había sido un producto de la imaginación de San Pablo, una «inspiración» que le había llegado por una única razón algo más mundana: inducir a los revoltosos corintios, que se peleaban por conseguir más de alimentos y bebida de lo que les correspondía, a tratar la comida con más respeto, a que la vieran como un sacramento establecido por el Señor. El pan y el vino eran en realidad elementos sagrados, decía San Pablo, pues eran el cuerpo y la sangre del Jesús sacrificado. Quizá eso explicaría por qué su término, la cena del Señor, no se parecía a ningún otro término utilizado para referirse a esa comida en la primera literatura cristiana, porque no había tenido nada que ver con una tradición establecida.

Parecía probable que el innovador tratamiento que le daba San Pablo a la comida judía se hubiera visto influido por los cultos religiosos, que también creían que sus dioses habían establecido comidas de culto. Esta forma de sacramento habría repugnado a los judíos, mientras que tenía fuertes afinidades con las prácticas griegas.

Los rayos y los truenos habían seguido su camino. Solo la lluvia continuaba golpeando a mi alrededor con su ritmo persistente. Decidí que ya era seguro volver al estudio y poner a trabajar otra vez mi cordón umbilical. Habría que resolver dos puntos más antes de que pudiera darme el visto bueno y aceptar de forma provisional mis sorprendentes conclusiones.

Todo el cansancio se había evaporado ante la emoción de la revelación. Esperaba que la mía no fuera el producto de una comunicación divina, aunque bien es cierto que había estado estudiando las Escrituras.

2

Un tanto sorprendido, descubrí que la tormenta no había arrasado el mundo exterior. El proyecto Muratorian seguía existiendo. Cuando abrí las palabras de San Pablo en 1 Corintios 11:23, fue como si reestableciera el contacto con una voz viva:

> «Pues yo recibí del Señor lo que también os he transmitido,
> que el Señor Jesús, la noche que fue traicionado, cogió pan
> y cuando hubo dado las gracias...»

«La noche que fue traicionado». La mayor parte de los lectores habrían tomado esto como una alusión a Judas. Mi vieja tradición decía «la noche de su arresto». Una vez más acudía de forma natural a la mente la escena posterior a la Última Cena, cuando Jesús fue prendido por las autoridades.

¿Por qué estas dos traducciones diferentes? El verbo que San Pablo utilizaba era «*paradidÙmi*», que significaba literalmente «ceder» o «entregar». En mi léxico me enteré de que uno de sus usos era una especie de término técnico en el contexto del martirio, y de que su mejor traducción era «rendir» a alguien. La implicación no era necesariamente una traición o un arresto judicial. De hecho, el mismo verbo se había utilizado en Romanos 8:32: «Dios lo entregó por todos nosotros». Y en Efesios 5:2 y 25 era Cristo mismo el que lo hacía, el que «se rendía en vuestro nombre». En ninguno de los dos casos podría haber implicado la idea de una traición o un arresto. Estaba claro que las traducciones de las epístolas podrían estar influidas por la imagen que daba el Evangelio.

Luego estaba la cuestión de «por la noche». Eso encajaba con el relato del Evangelio, por supuesto, pero después de pensarlo un momento me di cuenta de que no había razón alguna para que no se pudiera encuadrar por la noche una historia mítica. San Pablo quizá hubiera deducido ese elemento de algún pasaje de las Escrituras; o, dado que 1 Corintios 5:7 sugería que relacionaba el sacrificio de Jesús con la Pascua judía, quizá hubiera asociado la comida con esa celebración, que tenía lugar después de la puesta de sol.

Hasta ahora, bien.

El segundo punto era el pasaje de 1 Corintios 15, la afirmación que había hecho San Pablo de las doctrinas centrales de su evangelio. A modo de prólogo leíamos en el versículo 3 una declaración que ya conocíamos: «Pues os he transmitido, al ser de gran importancia, lo que yo también recibí...».

El verbo que indicaba ese «recibí» era idéntico al de 11:23, *parelabon*. San Pablo había recibido sus doctrinas, ¿cómo? ¿A través de una revelación personal o a través de los relatos de otros antes que él? Tenía que inclinarme por lo primero, pues ese era el significado al que había llegado para la frase anterior. Y porque en Gálatas 1:11-12, San Pablo había declarado con toda pasión que su evangelio no lo había recibido de ningún hombre, sino de una revelación sobre Jesucristo.

Luego San Pablo pasaba a establecer su «minievangelio».

> «... que Cristo murió por nuestros pecados según las Escrituras; que fue enterrado; que fue resucitado al tercer día según las Escrituras».

Según las Escrituras. *Kata tas graphas*. Esa era la frase crucial. El parecer tradicional decía que San Pablo, con el «de acuerdo con», quería decir que Jesús había hecho todas estas cosas bajo el gobierno de las Escrituras. Con eso se cumplían las profecías sobre el Cristo.

El problema con esta interpretación, sin embargo, era que San Pablo no discutía en ninguna parte esa idea. Nunca comparaba las Escrituras con la Historia ni señalaba la relación entre ambas. Eso habría dado como resultado una referencia clara a un acontecimiento histórico en la vida reciente de Jesús, y mis estudios anteriores no habían descubierto jamás algo parecido.

Pero *kata* podía utilizarse con otros sentidos, y uno de ellos era el mismo con el que en ciertos casos utilizábamos nosotros el «según». Si yo le decía a alguien que «según el periódico de esta mañana, el presidente fue a Chicago», yo no querría decir que el presidente estuviera cumpliendo ni actuando de acuerdo con el relato del periódico, sino que me había enterado de su viaje a Chicago por el reportaje del periódico. San Pablo muy bien podría haber estado diciendo que sabía de la muerte y resurrección de Cristo por lo que había leído en las Sagradas Escrituras.

Ese significado excluiría por completo cualquier posibilidad de que San Pablo supiera de un Jesús que había muerto y resucitado en la Historia reciente, un hombre que había vivido durante el mismo periodo de tiempo que él. No era de extrañar que ningún comentarista hubiera decidido jamás interpretar la frase de esa manera.

Así pues, en ambos pasajes, las afirmaciones de San Pablo eran consistentes con todo lo demás que yo había investigado durante esta dramática noche: que la información y la fe en Cristo llegaban a través de las revelaciones y la Escritura.

Qué extraño, al menos para nuestras mentes. Pensar que todo un movimiento religioso se había extendido por los caminos menos frecuentados de un imperio, y se había ganado los corazones y las mentes de tantos centros de vida judía y gentil basándose exclusivamente en las palabras escritas en un libro.

Y sin embargo eran las palabras de Dios. Y todo el tenor de aquellos tiempos era buscar en el mundo invisible pistas que reflejaran este. Los judíos creían que todo en este mundo estaba reflejado y predestinado en el Cielo. En la filosofía platónica, el mundo humano de la materia era un reflejo inferior de la realidad divina de arriba, intemporal y perfecta. Aparte de un puñado de filósofos racionalistas, los antiguos no tenían ningún concepto científico importante del universo. Ángeles y espíritus llenaban las capas de los cielos que tenían sobre sus cabezas. La realidad mística existía, era un lugar y un estado que anhelar, que se podían lograr a través de la salvación.

Las Escrituras eran la ventana de Dios a esa realidad invisible, una ventana que revelaba sus secretos y deseos. Todos los judíos con ciertos estudios (y San Pablo desde luego lo era) vivían dentro de las páginas de los libros sagrados. Gobernaban su vida según las palabras de aquellos. Toda la antigua Filosofía, su visión del universo y la Deidad, eran un producto de la contemplación intelectual. La realidad genuina se hallaba fuera del mundo observable. Las verdades definitivas se alcanzaban a través del rechazo del mundo y el abandono del cuerpo. Se creía que Dios se comunicaba en primer lugar a través de sus Escrituras y en segundo a través de revelaciones visionarias. Dios le había hablado a San Pablo a través de ambas.

Quizá no fuera tan extraño, entonces, que San Pablo y una multitud de creyentes pudieran amar y comprometerse con un Cristo que nadie había visto todavía. Todos los que los rodeaban hacían lo mismo. Los filósofos se movían en esferas puramente místicas. Isis, Mitra, todos los dioses salvadores: como mucho se habían acercado a la Tierra a través de mitos. Dios mismo era un ser por completo sobrenatural. Jamás había dejado el Cielo. Y sin embargo, incontables generaciones de judíos le habían dedicado sus vidas y destinos. ¿Por qué no a un Hijo de Dios?

El Hijo había sido la innovación religiosa de la época. Una figura intermediaria, un puente hacia el Dios trascendente y definitivo, un revelador, un redentor. Una figura así había sido al principio impersonal, abstracto, como el *Logos* griego. Pero poco a poco se había movido hacia lo personal. La sabiduría de Dios se convirtió en una entidad femenina que lo ayudaba, que venía a la Tierra y llamaba, que daba conocimientos y residía entre los hombres. El filósofo judío Filo de Alejandría, o eso recordaba de mi conversación con Sylvia durante la fiesta, había dado un paso intermedio, convirtiendo al *Logos* en el «Hijo» y «primogénito de Dios», infundiéndoselo a Moisés. Los filósofos griegos y romanos, como me iba a enterar después, habían asociado al *Logos* con ciertos dioses salvadores, y al menos había una secta helenística que lo personalizaba en una entidad salvadora.

Los cristianos siguieron esa tendencia. Crearon un Hijo que, al igual que algunas deidades de los cultos, había muerto por ellos, alguien a quien podrían unirse de forma mística, que revelaba a Dios y garantizaba la resurrección y la vida eterna. Era un Hijo al que amar.

Para San Pablo, las Escrituras no eran la profecía del acontecimiento de Cristo, sino su encarnación. La palabra de Dios revelaba el mundo espiritual en el que Cristo vivía y realizaba sus actos redentores. Pero en poco tiempo, sin embargo, de modo que todavía debía investigar, este Cristo se iba a desbordar y entraría en la Historia y en los Evangelios que hablaban de él. A estas alturas ya me había dado cuenta de que esta «biografía» evangélica había salido de las Escrituras, los detalles de una vida laboriosamente construidos a partir de las palabras e ideas salidas de allí, sin duda con alguna otra influencia para enriquecer la mezcla.

Cuando se completara este proceso, las Escrituras se convertían en un libro de profecías sobre Jesús. Los cristianos perdieron de vista que era de allí de donde había salido en realidad.

Respiré hondo, de hecho no una, sino varias veces. ¿Había algún fallo en este cuadro? ¿Me despertaría mañana por la mañana y rechazaría el asunto entero como demasiado increíble, demasiado inaceptable? ¿Podía ser realmente cierto que menos de un siglo después de comenzar el movimiento cristiano, este había tomado una dirección inesperada y sin precedentes, una dirección que había llevado a diecinueve siglos de fe basada en un monumental malentendido?

En algún lugar de mi mente sabía que la teoría que defendía, que no había existido jamás un Jesús humano, era una de esas cosas que habían salido rebotando del campo de juego; pero jamás me había encontrado ni fijado en algo así, y no sabía nada de ninguno de los escritores o estudiosos que la habían defendido. Ese podría ser otro camino por donde seguir investigando.

Pero esta noche solo podía recurrir a mis pensamientos. La voz de los dioses había disminuido. El ruido de la lluvia se estaba reduciendo a una vibración ahogada. En el universo había una sensación de extraño vacío, sonidos huecos que resonaban en un nuevo vacío que jamás se llenaría. Si la voz divina se había callado, quizá ningún otro sonido volviera a oírse.

Salvo el timbre de la puerta.

Ya fuera por lo tardío de la hora o porque llevaba sintiéndome aislado en alguna otra dimensión durante lo que parecía media eternidad, el pequeño repique de mi puerta me pareció algo que no se podía identificar. Cuando se repitió unos momentos después, me levanté sumido en una especie de estupor, preguntándome qué nuevo misterio me esperaba al otro lado.

Ese misterio resultó ser una Shauna bastante mojada y con aspecto preocupado.

—¡Dios mío, Shauna! ¿Qué estás haciendo aquí? ¿A estas horas?

Ella permanecía en el porche con su pequeño paraguas transformando la lluvia en un tubo reluciente alrededor de su cuerpo, con las perneras de los pantalones y las zapatillas de deporte ya salpicadas, aunque yo estaba seguro de que no había estado corriendo. Por alguna razón nos quedamos los dos allí, ella bajo la lluvia, yo al abrigo del quicio de la puerta. Shauna lucía una mirada casi culpable, como si eso la privara del derecho a entrar para salir del chaparrón.

—Estaba preocupada. Tu teléfono lleva horas comunicando o algo así y empezaba a hacerse tarde y con la tormenta...

Vislumbré su coche aparcado en la calle.

—¿Por qué no has aparcado en el callejón? Ven, por Dios. Entra. Estarás empapada.

Sacudió el paraguas al tiempo de meterse por la puerta como un ratoncito.

—No quería despertarte por si estabas durmiendo. Sí, ya lo sé, no tiene sentido, ¿verdad? Bueno, a veces resulta difícil pensar con claridad a las dos de la mañana.

La ayudé a quitarse la cazadora.

—¿Te gustaría tomar un poco de chocolate caliente?

—Eso sería maravilloso. Pero podría quedarme dormida aquí mismo.

—¿No tienes que levantarte para ir a trabajar por la mañana?

—Supongo. Pero hace meses que no me tomo un día por enfermedad. Siempre podría llamarlos... A menos que tú vayas a estar ocupado, por supuesto.

—No, no. Me da la sensación de que es muy probable que yo también duerma hasta tarde.

Shauna se quitó los zapatos mojados y entramos en la cocina. Me puse a preparar el prometido chocolate caliente.

Me preguntó, casi sin atreverse:

—¿Tienes el teléfono estropeado? Llevo intentándolo desde las siete, más o menos, y eso fue antes de que empezara la tormenta.

—No. Lo descolgué.

—Ah. —Sabía que se estaba preguntando si había interrumpido uno de mis ataques de privacidad. Cosa que en cierto modo así era—. ¿Has estado haciendo algo especial?

Mezclé el chocolate y la leche justo como a ella le gustaba.

—Sobre todo capear el temporal, como todos los demás, me imagino. —Metí las dos tazas en el microondas, la máquina de supervivencia indispensable para el varón moderno—. Me he puesto a investigar un poco más, ya que estaba en ello. A lo basto, claro. Nada de ordenador. Tuve que apagar el trasto, solo por si acaso.

Ella asintió, sabía de lo que hablaba.

—¿Por qué? ¿Qué pensabas que me había pasado?

Lanzó una pequeña carcajada y me di cuenta de que se sentía un poco cohibida.

—Oh, no sé. Creí que quizá estabas debatiendo por teléfono el inminente apocalipsis con Burton Patterson. O que habías huido con alguna profesora de Historia.

Mantuve los ojos clavados en el temporizador del microondas y le dije con cierto humor en la voz:

—Si me pasa eso, te avisaré primero.

—Eso espero.

El temporizador emitió tres pitidos. Serví el chocolate bien caliente y los dos comenzamos a sorberlo sentados a la mesa de la cocina. La noche era tranquila; la continua lluvia, un murmullo delicado. El mundo exterior yacía adormilado y saciado tras la pasajera pasión de los dioses. Si su voz se estaba debilitando, su virilidad no parecía muy afectada.

A Shauna se le cerraban los ojos sobre la taza humeante. Me pregunté por qué le había preocupado tanto que el teléfono estuviera comunicando. ¿Lo suficiente para acercarse con semejante tiempo y a tales horas?

Me preguntó:

—Has dicho que estabas trabajando. ¿Has descubierto algo interesante?

—Oh, alguna cosa por aquí o por allá. No estoy muy seguro de cómo lo voy a usar. —No tenía ninguna intención de intentar explicar nada esta noche. La leche caliente me bajaba por la garganta y calmaba mis entrañas, como sabía que estaría calentando las de ella, sumándose así a su sueño. Con su tono de piel moreno y sus ojos grandes de bordes oscuros y mal emparejados, su figura pequeña, un tanto *zoftig* (qué palabra tan deliciosa me había enseñado de su herencia *yiddish*, significaba carnosa, pero de una forma agradable), Shauna podría haber sido una encarnación de la propia Madre Tierra. Pero al contrario que los sacerdotes de Attis, consorte de la Gran Madre, yo no tenía ninguna intención de castrarme por ella. De hecho, con aquel líquido cálido y dulce cosquilleándome en la boca, yo sentía más bien la necesidad contraria. Ya estaba cansado de las voces severas y fulminantes de los dioses. Ahora deseaba provocar un sonido diferente en una criatura de la Tierra.

—¿Quieres irte a la cama?

Me miró con la más pequeña de las sonrisas en los ojos.

—¿Y exactamente qué clase de proposición es esa, caballero?

—Estar cerca. Olvidar dioses, sacerdotes y profetas. Averiguar quizás a quién deberíamos estar adorando en realidad. —Busqué su mano al otro lado de la mesa—. Esta noche me gustaría probar algo más dulce que el chocolate.

Su suave estremecimiento no lo provocó la humedad.

Dejamos las tazas, medio llenas, humeando sobre la mesa.

El suyo era un altar que de vez en cuando yo veneraba así. No había nada más íntimo que este regalo de atención exclusiva que no requería ninguna medida recíproca por su parte salvo la pura respuesta. Eso me regaló a cambio: llenó mis oídos con los sonidos de su placer, soñoliento y descarado. El otro regalo lo tenía yo bajo los labios. El poeta se lo había perdido, tan preocupado y absorto como estaba con los néctares de los dioses; había sabores más cercanos a la Tierra con los que podría haberse puesto poético. A medida que la noche seguía deslizándose hacia su lasitud postraumática, yo mantuve a Shauna en el borde de la languidez y la excitación, con algún estallido ocasional de una ráfaga más involuntaria de pasión. Para que los primates adquiriéramos una capacidad tan exquisita, merecía la pena esperar sesenta millones de años. Era una pena que nos hubiéramos traído algunos dinosaurios con nosotros.

Al final mi compañera me pidió un respiro, me subió y me atrajo a su interior. La combinación de mi extenso ministerio en el altar y la tensión de los descubrimientos del día produjeron una experiencia visionaria casi inmediata que pareció comunicarse a todos los devotos presentes, y a los pocos minutos los dos rondábamos el borde del sueño.

—No pienso moverme de esta cama hasta el mediodía, te lo advierto —ronroneó Shauna arrimándose a mí bajo la manta.

Emití un murmullo de total aquiescencia y los dos dejamos que el mundo se las arreglara solo.

3

Aparte de una discreta llamada de teléfono al laboratorio a las nueve de la mañana, de la que yo no fui consciente sumido como estaba en mi propia dicha, Shauna cumplió su palabra. Nos quedamos en la cama hasta bien pasado el mediodía y luego un poco más. Era un día que le daba la bienvenida al sol como a un señor feudal que volvía a sus dominios después de los estragos causados por la tormenta intrusa.

El almuerzo consistió en gofres tostados con jarabe de arce. Y el jarabe era el auténtico.

Esa mañana, o tarde como en realidad era, me sentía más seguro para hablar de la misión de salvamento de Shauna de la noche anterior.

—¿De verdad pensaste que me había pasado algo?

—Bueno, si te empeñas, Kevin... Me sentía sola y un poco inquieta con la tormenta. Solo quería oír el sonido de tu voz.

Estoy seguro de que parecía tan avergonzado como me sentía. Había sido un auténtico egoísta por no pensar en eso. Y ella había desafiado los rigores de la tormenta para cruzar la ciudad, solo para estar conmigo.

—Lo siento. No ha sido muy considerado por mi parte, ¿verdad? Podría decir que tenía muchas cosas en la cabeza, pero la verdad es que no es excusa.

Sus ojos me perdonaron.

—¿Qué clase de cosas?

Le conté sin extenderme lo de los Maestros Ascendidos y el *e-mail* que le habían mandado a David.

Había un cierto «ya te lo dije» en su expresión, aunque no lo había hecho.

—¿Ves lo que pasa cuando te enfrentas a fanáticos? Que te muerden. Nunca se sabe lo que puede hacer la gente cuando desafías sus preciosas convicciones.

—Si nadie desafiara jamás las convicciones establecidas... —El resto de la idea esperó su turno con un bocado de gofre.

—Sí, eso es lo que dices siempre —me riñó Shauna. ¿Es que mis tácitos pensamientos eran tan predecibles?— ¿Por qué no me cuentas lo de tus pequeños descubrimientos, ya que eran tan importantes como para que tuvieras que desconectar el cordón que me une a ti?

—Hmm. —Me aclaré la garganta. ¿Cómo podía presentar una idea así y no parecer un auténtico idiota? De hecho, hoy había intentado todo lo posible por no pensar en ello en absoluto, aunque no lo había conseguido del todo. Y ahora me lo devolvían en toda su imponencia. Y complejidad.

Comencé:

—Qué dirías... —Hice una pausa como si quisiera darle a mi cerebro una última oportunidad de revisar el cuadro entero y decidir que, de hecho, había sacado una conclusión absurda y descabellada. Mi RAM no estuvo a la altura.

Shauna seguía esperando con la boca llena de gofre y jarabe. Me lancé de cabeza.

—¿Recuerdas que no encontramos ninguna señal de que nadie culpara a los judíos de la muerte de Jesús? —Sí, ese era un buen comienzo. Ella había apoyado ese acercamiento—. Supongamos que yo fuera a decir que la razón es que nadie mató a Jesús—. Shauna se puso a masticar más despacio.

Y yo lancé el resto con gesto desdeñoso:

—Sobre todo porque esa persona no existió jamás.

Shauna dejó de masticar del todo. Luego decidió que era mejor tragar. Frunció los labios, ladeó la cabeza para mirarme y dijo:

—Diría que estabas debajo de un árbol durante la tormenta cuando lo alcanzó un rayo.

Me di cuenta, desazonado, de que esa era precisamente la reacción que iba a obtener cuando les presentara la misma proposición disparatada a todos ellos: David, Patterson, Winston, mi editor y quién sabe quién más. Si no podía convencer a Shauna, la neutral, lúcida y judía Shauna, que incluso había compartido parte de mi investigación, desde luego ya podía abandonar el proyecto entero. Intenté no parecer desesperado.

—Pero recuerda todos esos silencios que descubrimos. La vida de ese hombre había caído en un agujero negro en lo que a los autores de las Epístolas se refería. ¿Y qué pasa con todas esas referencias a secretos guardados durante largas eras? Estaban hablando de Cristo, con toda claridad. San Pablo se vuelve hacia el Espíritu Santo de las Escrituras en busca de alguna revelación sobre Jesús; no recibe nada de Jesús. Dios es la fuente de todo, de todo conocimiento, hasta de la ética. Incluso es Dios el que salva. ¿No te parece que todo encaja? —Si esta frenética retahíla de justificaciones conseguía algún resultado...

Shauna estaba digiriendo algo más que los gofres y el jarabe.

—Pero... Parece tan... ¡Tan extremista! ¿No podría haber alguna otra explicación?

—Pues claro que es extremista. Podría ser completamente inaceptable para millones de cristianos. Y da igual si era lo bastante bueno para San Pablo. Pero si eso es lo que pasó de verdad, no sirve de nada perpetuar una ficción. Piensa en ello: lo entenderíamos todo mucho mejor, podríamos ver el desarrollo de las ideas religiosas dentro de la Historia...

Shauna me miró con su expresión más escéptica.

—Por alguna razón no creo que encontraras demasiadas personas a las que les pareciera una compensación adecuada. —Pinchó vacilante con el cuchillo y el tenedor el resto del gofre, como si se preguntara si debía seguir comiendo en semejante momento.

Luego tuvo una idea.

—Quizá San Pablo puso tanto énfasis en las Escrituras porque hasta entonces eso era en lo que creía todo el mundo. Si no estaba en las Escrituras, no tenía validez. Algunas personas todavía son así.

—Sí. Pero era una razón de más para hacer que las Escrituras señalaran con claridad al hombre histórico.

—Quizá solo quería que tuvieran fe. Si les daba pruebas, no tendría ningún mérito. —Comprendí que aquello solo era un tibio intento.

—Bueno, en una cosa tienes razón. Desde luego, San Pablo pone énfasis en que se debe tener fe. Es todo lo que necesita cualquiera para...

Me detuve en seco. La mitad de mi gofre permanecía inacabado. Asentí, más para mí mismo que para Shauna.

—Fe. Sí, San Pablo se pasa la vida hablando de que hay que tener fe. Así es como te salvas. Creyendo en Jesús.

Shauna dijo con ironía:

—Eso no ha cambiado mucho.

Pinché el aire con un dedo y dije poco a poco:

—Pero hay un tipo de fe del que no habla... —¿Estaba recibiendo una auténtica «revelación»? Quizá el hombre antiguo, cuando relacionaba algo mentalmente, creía que lo había tocado alguna fuerza divina. Me levanté de la mesa—. Venga. Vamos a comprobar una cosa.

Shauna hizo como si fuera a seguirme; luego decidió que el universo no se había derrumbado lo suficiente para evitar que tomara un último (y muy grande) bocado de gofre y jarabe. Con las mejillas a punto de explotar, me siguió obediente al estudio.

Encendí el ordenador y me conecté a la Red.

—Fe: ese es el denominador común de una de esas cadenas de pasajes que he hecho, pero no te la enseñé la primera vez. —Entré en el proyecto Muratorian—. San Pablo no deja de insistir en la idea de que Dios ha ofrecido la fe en Jesús como medio para alcanzar la vida eterna. Y habla de creer en ciertas cosas sobre Jesús. —Puse en marcha mi cadena.

»Aquí está Romanos 10:9: «Si crees en tu corazón que Dios resucitó a Jesús de entre los muertos, te salvarás». Tú hablabas de pruebas, ¿pero es que no tenían pruebas? Según los Evangelios, se suponía que docenas de personas habían visto a Jesús en carne y hueso después de su resurrección. ¿Por qué iba a necesitar nadie fe en que había resucitado? Aquí, en 1 Tesalonicenses 4:13: «Creemos que Jesús murió y se levantó otra vez...». ¿También necesitaban fe para saber que Jesús había muerto?

El siguiente enlace era 2 Corintios 5:7.

—«Vivimos a través de la fe, no de la vista». Quizá San Pablo no había sido testigo en persona de la vida de Jesús, pero había muchos otros que sí. ¿Por qué los testigos históricos no eran nunca un factor en ninguna de las doctrinas de San Pablo sobre Jesús?

Yo ya había llegado a la conclusión de que incluso la lista de visiones de 1 Corintios 15 era una cuestión de fe, ya que habían sido justamente eso: revelaciones de una figura espiritual, como la que había recibido San Pablo.

—Cuando está discutiendo con los corintios sobre la certeza de su propia resurrección, incluso puede hablar de forma hipotética y decir que si lo muertos no resucitan, «entonces Cristo no fue resucitado». Lo dice media docena de veces, como si fuese posible no creerlo. Señala a Dios y dice que el testimonio de Dios sobre la resurrección de Cristo sería falso si nosotros no fuéramos a resucitar también. Es obvio, su fe en que Jesús resucitó de entre los muertos proviene de Dios. Y con eso me refiero a las Escrituras.

Shauna esperó con paciencia a que yo terminara mi argumento. Es muy probable que pensara que me estaba poniendo como siempre en plan perverso al alargar las cosas.

—Mira esto y verás a qué me refiero. —Le leí del pasaje que comenzaba en Romanos 3:21.

—«Ahora se ha revelado la justicia de Dios... que la ley y los profetas atestiguaron...». Observa, por cierto, que San Pablo apela de nuevo a las Escrituras, no a la Historia. «... a quien Dios mostró como medio de expiar el pecado a través de la fe en su sangre». Parecería que se tendría que tener fe en que la sangre de Jesús fue derramada. «... para demostrar ahora que Dios es justo y justifica a todo aquel que tiene fe en Jesús». —Enfaticé las tres últimas palabras como si con ello intentara guiarla a la fuerza a la revelación.

Shauna dijo sin prisas:

—Así que San Pablo tiene una fijación con la fe en Jesús. ¿No sería de lo más natural?

—Sí, muy natural. Fe en que Jesús ha proporcionado la salvación. Fe en que murió y resucitó de entre los muertos. Fe en que Dios lo ha revelado todo. Con fe, resucitas a la vida eterna. Todo depende de la fe.

Pero piénsalo: ¿no hay otra fe que debería pedirse? ¿Algo incluso más natural?

Shauna miraba fijamente la pantalla como si la respuesta pudiera estar oculta en las palabras, como un acróstico.

—Yo, no estoy muy segura de ver...

—La más importante. La primera que aparece, cuando un apóstol cristiano se acerca por vez primera al converso en potencia. Sin esta fe, no pasas a tener ninguna más. —Esperé un momento más—. San Pablo tiene fe en el Hijo de Dios...

Una fuerza divina pinchó a Shauna cuando la luz de la revelación inundó su rostro. Dejó escapar un lento «¡Ah!» y se volvió hacia mí.

—No dice que tienes que tener fe en que Jesús de Nazaret fue el Hijo de Dios. ¡Esa sería la fe que tendría que aparecer primero!

Le sonreí radiante como un tutor orgulloso. Y entonces ella procedió a darle la vuelta a la tortilla.

—Así que San Pablo tiene fe en un Hijo de Dios, en que existe. —Fue midiendo idea por idea—. Y cree en lo que ese Hijo ha hecho por él. Un sacrificio y todo eso. Pero no identifica a este Hijo con ningún hombre reciente, alguien a quien Pilatos crucificó. —Y luego añadió con énfasis—. O los judíos.

—Exacto. Toda esta fe en lo que Jesús es, o lo que ha hecho, no va unida a un hombre reciente. El Jesús de San Pablo es una entidad dada. O crees en él o no crees.

Sus ojos me ofrecieron esa pequeña sonrisa que siempre me advertía que estaba a punto de decir algo muy inteligente.

—Supongo que se podría decir que lo que tenemos aquí es... una ecuación perdida.

Esbocé a mi vez una amplia sonrisa.

—La Ecuación Perdida —repetí saboreando la frase—. Sí, me gusta. Puedo utilizarlo. —Me incliné y le di un beso—. Solo hay un lado en la ecuación de San Pablo. Él cree en el Hijo, no que alguien fuera el Hijo. El punto de partida de San Pablo para todo es el Hijo divino que está en el Cielo, no el Jesús de Nazaret de la historia reciente. En algún lugar hizo que lo sacrificaran. Y si debemos creer a San Pablo, el hecho fue realizado por espíritus demoniacos. —Y añadí con énfasis—: No por los judíos.

La cabeza de Shauna hizo una pequeña reverencia.

—Gracias. Pero esa era mi próxima pregunta. ¿Dónde ocurrió entonces el vil hecho?

—Bueno, vas a tener que permitir que te lo diga en otro momento. Tuvo que ver con los mitos, y los modos de ver el reino espiritual. Y la filosofía helenística sobre la verdadera realidad. Con unas cuantas ideas sobre los dioses salvadores añadidas. No voy a molestarte con todos los detalles ahora mismo. Tengo que trabajar un poco más sobre ello.

—Suena todo muy esotérico.

—Sí, lo es. Y hoy no tenemos nada equivalente. Y probablemente por eso a la gente (incluso a los estudiosos) le resulta difícil verlo. Si lees a San Pablo sin suponer que le está aplicando todas estas pesadas ideas al Jesús evangélico, empiezas a tener la sensación de que el mundo en el que se mueve su mente es en realidad bastante ajeno a nosotros. Me atrevería a decir que al lector medio de San Pablo la mayor parte le parecería ininteligible, sin más. —Estaba empezando a darme cuenta de que me iba a enfrentar a una tarea monumental cuando intentara transmitir todo aquel asunto de una forma sencilla.

De repente, Shauna alzó la voz en medio de un estallido de emoción.

—¿Lo ves, ¿no te lo había dicho? ¡Sabía que había algo que no encajaba! Habría sido una absoluta blasfemia que un judío fuera por ahí diciendo que un hombre era el Hijo de Dios. Y lo más probable es que cualquier otro judío lo hubiera apedreado por ello.

—Casi seguro. Y cuando piensas en ello, eso es lo que hace que el silencio de San Pablo sea tan revelador. Si hubiera andado por ahí predicando que un hombre reciente era el Hijo de Dios, constantemente se habría visto forzado a defender una proposición tan estrafalaria. Pero nunca dice ni una palabra de que tuviera que defenderse de algo así. Ahí es donde tu Ecuación Perdida destaca tanto como un dedo hinchado.

Shauna lo pensó un momento.

—Pero sabes, Kevin, yo diría que hasta un Hijo divino en el Cielo habría resultado ofensivo para muchos judíos. Después de todo, «Dios es Uno» se supone que es nuestra afirmación teológica central.

—Es muy probable que tengas razón. Y sin duda fue por eso por lo que la primera Iglesia sufrió algunas persecuciones. Pero al menos la idea formaba parte del espíritu de los tiempos: inventar un hijo divino para el Dios máximo. De una forma u otra.

—Y San Pablo podía señalar las Escrituras y decir: «Veis, está todo ahí. Lo dice Dios».

Asentí.

—Sí, lo dice Dios. Y eso es exactamente lo que dicen todos. Los primeros autores nunca dicen que «Jesús vino a la Tierra» o «vivió una vida», por no hablar ya delos tiempos recientes. Siempre es que Jesús ha sido «revelado» por Dios. Dios «manifestó» a Jesús.

Señalé la pantalla, donde todavía seguía un pasaje de Romanos 3.

—Como ese. «Dios lo mostró». Cuando busqué ese verbo en el léxico, uno de los significados era «exhibir, traer a la luz pública». Hay un verbo así en 1 Pedro. Recuerdo que me pareció extraño en ese momento. A ver si lo encuentro...

Me llevó más o menos medio minuto abrir el pasaje en la pantalla.

—Ahí, 1:20. «Fue elegido antes de la fundación del mundo y ahora ha sido manifestado en los últimos tiempos para vosotros.»

Shauna estuvo de acuerdo en que esa sería una forma extraña de referirse a la vida de Jesús en la Tierra.

—Hay un montón de verbos así en los primeros escritos. Todos significan revelar y hacer que se sepa, o dar pruebas de la presencia de alguien. Desde luego no significan encarnarse, da igual lo que algunas traducciones lean en ellos. Son el tipo de palabras que un griego podría haber utilizado para hablar de su experiencia del dios durante los ritos de los misterios. Se limitan a decir que Dios nos ha hecho saber de la existencia de Jesús.

—Bueno, si ese es el caso, no me extraña que lo llame Dios el Salvador.

—En realidad, los dos son salvadores. Jesús realizó la acción, en un reino y tiempo míticos. Ahora Dios lo revela todo y pone los beneficios a nuestra disposición a través de la fe en todo el asunto. Todo ello cortesía de San Pablo, por supuesto.

—¿San Pablo se llama a sí mismo salvador? —preguntó Shauna con un poco de ironía.

Me eché a reír.

—De todo menos eso. Todo entre protestas de humildad.

Shauna fingió de repente ponerse seria.

—¿Y cómo te propones escribir una novela sobre alguien que nunca existió?

—Cierto, no cabe duda de que será todo un reto.

—Bueno, al menos no tendrás que preocuparte por el desarrollo del personaje.

—Ni por la descripción física.

—Pero este héroe inexistente sí que tiene un nombre. —Lo pensó un momento—. Supongo que siento curiosidad por eso. ¿Por qué se llamó a este Hijo que está en el cielo «Jesús»?

—Tendré que pensar en eso. Pero así, de improviso, yo diría que es probablemente porque el nombre en hebreo significa «salvador». Pero tú deberías saberlo. Yeshua, Joshua. ¿El nombre de Joshua en la Biblia no significa «liberador»? O en el sentido estricto de la palabra, «Yahvé salva». ¿Qué nombre más natural para una deidad salvadora judía, sobre todo una que se considera parte de Dios? En cuanto a Cristo, eso solo significa «Ungido», como los antiguos reyes de Israel, que eran ungidos por Dios. La palabra «Cristo» es la traducción griega del hebreo *Mashiach* o Mesías. Para los primeros cristianos, que habrían sido todos judíos, supongo, el Mesías humano tradicional fue trasladado al Cielo y convertido en un Hijo divino. Habrían estado interpretando las Escrituras, es probable que bajo la influencia de las ideas religiosas más amplias de su tiempo, la sabiduría, el *Logos*, los cultos, tú eliges. Así que «Jesucristo» solo significaría «el salvador ungido». En cuanto a quién unió esas dos palabras por primera vez, o cuándo, y se las aplicó a un Hijo divino, dudo que lleguemos a saberlo jamás. Estoy seguro de que tuvo que ser antes de San Pablo.

—Quizás a esa persona, sea quien sea, deberíamos llamarlo el auténtico fundador del Cristianismo. Pero supongo que jamás sabremos su identidad.

—Bueno, las ideas tuvieron que aparecer antes que los nombres. Pero como todo en la Historia de las ideas, nada surge hecho y derecho en la mente de nadie. No cabe duda de que Jesucristo evolucionó a partir de conceptos anteriores, más primitivos.

—¿Y qué pasa con los Evangelios? ¿De dónde demonios salieron, todos esos detalles sobre un Jesús humano?

—Básicamente de las Escrituras, diría yo. Ya he visto ese proceso en marcha en algunos de los escritos del cambio de siglo, como 1 Clemente y Bernabé.

A Shauna pareció de repente ocurrírsele algo y preguntó, casi como pidiendo disculpas:

—¿Pero el pueblo en general no estaba esperando, como tú dices, una especie de Mesías humano? Es decir, ¿no tendría sentido que los Evangelios representaran una reacción popular a algún predicador, una especie de Joshua como el de Fisher?

—Podría ser —admití—. Y me haré una idea mejor una vez que me ponga con los Evangelios. Pero ya veo que hay un vínculo demasiado estrecho entre los acontecimientos de los Evangelios y las Escrituras. Y eso no cambiaría el hecho de que el Cristo de creyentes como San Pablo no tiene nada que ver con un hombre como el del Evangelio. Los círculos en los que se movía San Pablo no reflejan las expectativas judías populares. Incluso me he encontrado con grupos puramente judíos que creían en un Mesías espiritual que espera en el Cielo a que se produzca un fin del mundo apocalíptico.

Shauna estiró los brazos.

—Bueno, cariño mío, no creo que vaya a estar por aquí al final del próximo milenio, cuando tú tengas todo esto solucionado. —Le lanzó una mirada ávida a las ventanas del estudio—. Yo tengo que vivir esta vida y la verdad es que no deberíamos desperdiciar nuestro inesperado día juntos. —Y luego se apresuró a añadir—: Es decir, fuera de la cama. Hace un día glorioso. Por mucho que me guste recorrer los polvorientos caminos de tu antiquísimo pasado...

—No digas más. San Pablo ha esperado hasta ahora a que alguien escuchara lo que decía en realidad. Supongo que se puede permitir ser paciente un poquito más.

Cogidos de la mano, salimos poco después por la puerta y nos adentramos en un brillante día de primavera. A pesar de mi advertencia, creí detectar los pasos de San Pablo siguiéndonos a una discreta distancia.

10

1

Los siguientes diez días pasaron sumidos en una especie de bruma. Me encontré con que no podía permitirme seguir adelante basándome en la radical conclusión a la que había llegado hasta que reconsiderara los pasos que había dado para llegar allí. Volví a leer a San Pablo entero y las otras epístolas del Nuevo Testamento. Consulté de nuevo los comentarios y los índices del proyecto Muratorian. Comprobé de nuevo mi razonamiento y consideré la posibilidad de explicaciones alternativas. No se me ofreció ninguna convincente. Decidí que de momento aceptaría el veredicto de que no había existido ningún Jesús histórico, al menos hasta que tuviera la oportunidad de profundizar más en las obras de la antigua mitología mundial y viera si el Cristo muerto y resucitado de San Pablo podía encajar allí. Y tenía que investigar la cuestión de cómo habían surgido los Evangelios. Si había alguna forma de ver este proceso como algo que se había desarrollado a partir de un Cristo mítico previo, tenía la sensación de que el caso estaría entonces razonablemente completo. Y luego podría ponerme a elaborar mi novela.

Tarea que, comprendí, no sería nada fácil. En lugar de un personaje central vital cuya fama e influencia no tenían paralelismo en la Historia del mundo, yo solo tenía una idea mítica. En lugar del pintoresco relato de una vida y un ministerio, el drama de unas horas finales llenas de acción en un juicio amañado y una ejecución ignominiosa, yo tenía fragmentos de las Escrituras judías, enhebrados e hilados por mentes imaginativas hasta convertirlos en un cuento moral cuya acción jamás se había producido en la Tierra.

El primer Cristianismo ya no presentaba la imagen de un movimiento razonablemente unificado que surgía a partir de una única serie de circunstancias en un lugar y momento concretos. En su lugar, era una imagen de diversidad, de doctrinas rivales. La nueva religión había nacido en mil lugares, una generación espontánea salida de las tendencias filosóficas y religiosas de la época. La sabiduría y el *Logos*. El Hijo intermediario. El Mesías prometido. Y todo ello alimentado por una pasión muy humana por la salvación, por anhelos místicos. Conformada por una época que estaba convencida de que el Fin estaba cerca, de que el mundo estaba a punto de transformarse en un nuevo orden, regido por Dios y dirigido por el Hijo cuando llegara del Cielo.

De hecho, una de las muchas cosas que había notado de pasada durante mi lectura de San Pablo y los autores de las Epístolas era que faltaba esa sensación de que la anticipada llegada del Hijo al Final de los Tiempos (la *Parousia*, como se llamaba en griego: la «aparición» de Jesús) era una segunda venida, un regreso de Cristo. Más bien, se tenía la inconfundible impresión que esta sería la primera vez que alguien posaba los ojos sobre él fuera de las inspiraciones visionarias.

«Ven, oh, Señor», rogaba San Pablo al final de 1 Corintios. El autor de 1 Pedro prometía gloria y honor «cuando Jesucristo se revele». Varios escritores, incluyendo a Juan, el profeta del Apocalipsis, abogaban porque «El Que Ha de Llegar» estuviera pronto aquí, sin sugerir en ningún momento que ya había venido en un pasado reciente. San Pablo, al mirar al futuro, al momento del descenso del Señor de los Cielos, podía decir, en Romanos 8:22, que «Hasta el momento presente, el universo creado entero gime por todas partes como si tuviera dolores de parto», sin mostrar ninguna señal de que los dolores del universo se hubieran visto aliviados por la reciente encarnación de Jesús. En Romanos 13:11-12, había convencido a sus lectores de lo crítico que era el momento presente. «La salvación está más cerca de nosotros que cuando empezamos a creer. Está avanzada la noche, el día está cerca». Parecía claro que en opinión de San Pablo, no había llegado ningún amanecer ni salvación con el primer advenimiento de Jesús. En el pasado reciente no se había producido ningún momento central en el continuo proceso de la historia de la salvación de Dios.

Todo se encontraba en el futuro y solo el movimiento misionero del que formaba parte San Pablo, la revelación del secreto de Cristo, había dado comienzo al proceso que lograría el tan esperado amanecer.

Sí, desde luego, esa novela sería todo un reto. Sería la historia de un movimiento, no de una figura fundadora. De una deidad albergada en las mentes de visionarios y creyentes, no de un hombre. San Pablo quizá fuera el centro natural de la historia, pero esa historia tendría que llegar más allá de los límites de su obra, pues Jesús era una idea que se había apoderado de una época.

Y sin embargo, sentía una curiosa lasitud a la hora de ponerme a realizar la siguiente fase de la investigación. Así que cuando David Porter llamó, dos semanas después de la tormentosa noche de la revelación, cuando el universo había tomado con una sacudida una nueva dirección, me alegré de tener una excusa para dejarla a un lado por un rato.

Nuestra primera reunión para planear la estrategia de la cobertura de la vista sobre el creacionismo y para hablar de mi puesto como publicista de la Fundación de la Edad de la Razón se programó para el lunes siguiente en la universidad. Asistiría el propio Burton Patterson junto con un catedrático de la Facultad de Ciencias que estaba en la ejecutiva de la fundación. Además se uniría a nosotros Phyllis Gramm, una escritora independiente y columnista de temas científicos y sociales para una cadena de periódicos del este. Había estado en la fiesta de lanzamiento de la finca de Patterson, pero no me la habían presentado. David dijo que había expresado algún interés en las actividades y objetivos de la fundación.

—Si podemos conseguir que una columnista de su calibre se ponga de nuestro lado, ya estaremos a medio camino. Por lo que he visto, tiene una mente abierta y creativa. Estoy seguro de que os daréis cuenta de que tenéis muchas cosas en común.

Me abstuve de señalar que había dicho lo mismo de Sylvia.

—¿Qué formación tiene, lo sabes?

David lanzó una risita.

—En cuanto a estudios, no tengo ni idea. En cuanto a su filosofía personal respecto a... ciertos temas que nos interesan, tendremos que esperar y ver. —Hizo una pausa para impresionarme—. Una cosa que sí he oído es que es una ex monja.

—Estás de broma. ¿Hace cuánto?

—Oh, tengo entendido que ya ha pasado algún tiempo. En realidad no tuve oportunidad de verla después de la noche en casa de Burton. Salió de la ciudad por alguna cuestión de trabajo. Me llamó hace unos días porque quería averiguar qué novedades había. Le puse al corriente por teléfono y la invité a nuestra reunión, casi sin pensar. Burton tenía sus recelos, pero lo convencí de que no pasaba nada. Tengo un buen presentimiento sobre ella. Desde luego traerá una perspectiva diferente a cualquier debate.

—Sin duda. ¿Pero podemos hablar sobre todo delante de ella?

—Bueno, nosotros vamos a empezar la reunión sesenta minutos antes de la hora que le dije a ella. Eso debería proporcionarnos tiempo suficiente para darle cuerda y programar de la forma adecuada a nuestro nuevo publicista residente.

—Hmm. Intentaré recordar que tengo que traer la cuerda.

—Creí que eso lo guardaba Shauna.

No tenía ninguna réplica preparada. Estaba perdiendo mi tacto.

Resultó que la parte *prePhyllis* de nuestra reunión duró menos de una hora y no fue demasiado confidencial. Patterson no llegó puntual aquella hermosa tarde de lunes y mientras esperábamos, David me presentó a Theodore Weiss, antes en la Universidad de Florencia y ahora catedrático de Física Teórica en nuestra *Alma Mater,* un puesto en el que llevaba apenas un año. Cuando comenté su acento americano adquirido con tanta rapidez, los otros dos compartieron una carcajada a mis expensas: Weiss era nativo de Long Island y se había licenciado en Columbia.

—Pasé solo cuatro años en Italia. No lo suficiente para sacarme de la cabeza los sonidos de los taxis de Manhattan, por no hablar ya de mis pautas de lenguaje. —Weiss era como una década más joven que yo, fornido, bajo y con una cabeza de cabello negro y tieso del que se habría sentido orgulloso el joven Einstein.

—Tengo entendido que los taxistas de Italia son incluso más salvajes que los de Manhattan.

—En Roma arriesgas la vida en cualquier sitio en el que tengas a uno cerca. Florencia es un poco más tranquila. Una ciudad hermosa, pero es la belleza de una vejez noble. El maquillaje que se puede aplicar para cubrir los estragos de la edad tiene un límite. El Renacimiento fue hace mucho tiempo.

David dijo con un pequeño toque de ironía:

—Si Burton estuviera aquí, diría que crearemos uno nuevo.

La voz de Weiss tenía un toque de estruendo y jovialidad.

—Entonces me alegro de haber vuelto justo a tiempo para el evento. Pero tendremos que ponernos en plan para producir a un nuevo Miguel Ángel. O a un Mirandola.

Patterson llegó poco tiempo después sin disculparse por el retraso. Me pareció que su simpática cordialidad era del tipo magnánimo, algo que solo pueden mostrar aquellos que suponen que serán sus propias opiniones las que ganen de forma inevitable. Pero claro, yo también había adoptado mi propia presunción, que él todavía albergaba propósitos rapaces con respecto a Shauna, lo que quizás había coloreado la opinión que tenía de aquel hombre. El hecho de que no la mencionara durante el curso de la tarde, como es natural, me pareció sospechoso.

En la sala que David había requisado para la ocasión, una pequeña primera charla sobre la respuesta a las propuestas que la fundación había vertido en la Red fue seguida por el informe de Patterson sobre los últimos preparativos de la UALC para la próxima vista de Filadelfia. Sería tarea nuestra pensar cómo podíamos darle publicidad a la implicación de la Fundación de la Edad de la Razón en el caso, que era casi lo mismo que decir la implicación de Patterson. Nuestro nuevo litigante debía de haber presentado un caso muy convincente ante la UALC. Habría dicho que tal acuerdo, desde el punto de vista de la percepción del público, era una ventaja. Quizá la impresión era que el ojo del público era un poco pesimista en lo que a la UALC se refería y meter a un nuevo chaval en el barrio, alguien lozano y que respaldaba a un abogado de la talla de Burton Patterson, podría atraer críticas más favorables. Yo sentía una gran curiosidad por todo este aspecto del tema, pero juzgué que no era asunto mío (ni demasiado prudente) hacer preguntas directas sobre ello.

Por otro lado, sin tener en cuenta los beneficios que pudieran obtener Patterson y la UALC al tener a la nueva Fundación de la Edad de la Razón a bordo, no había razón para que las ventajas no pudieran fluir en la otra dirección. Supuse que mi trabajo sería asegurarme de que la fundación aprovechaba la parte que le correspondía de los focos. Yo, desde luego, decidí convertir eso en mi trabajo.

David miró el reloj y, quizás anticipando la inminente llegada de Phyllis Gramm, desvió la reunión hacia ese mismo tema: mi puesto de «publicista residente». Propuso el nivel de remuneración, que desde luego era adecuado, y yo no tuve ningún motivo para presentar objeciones. Era obvio que la cantidad había obtenido por adelantado el visto bueno del tesorero de la fundación y del propio Patterson.

En cualquier caso, en el punto en el que estábamos, era imposible saber cuánto trabajo conllevaría esa responsabilidad. Acepté con toda cortesía.

Cuando comenzamos a debatir precisamente qué clase de acercamiento haría el nuevo publicista, yo saqué un par de hojas dobladas del bolsillo de la chaqueta. Durante el fin de semana había tomado notas de unas cuantas ideas, ideas que tenían que ver sobre todo con el tema del creacionismo y la inminente vista judicial de finales de junio, aunque había añadido algunas ideas muy informales sobre el segundo «enfoque» que planeaba la fundación: el próximo fin del milenio y las oportunidades que ofrecía. No había traído conmigo ningún maletín. Ni la ocasión ni el día me habían parecido tan formales. Estábamos aquí para promover la racionalidad en el mundo en general: como podría haber dicho Patterson, para intentar iluminar las esquinas todavía sumidas en la oscuridad. Necesitábamos proyectar la imagen de un nuevo hombre de la calle, un nuevo regocijo bajo las refrescantes brisas de la razón y la Filosofía humanística que estaban ahora disponibles para todos aquellos que se encontraban bajo el sol; un sol que formaba parte de un universo racional y comprensible. O eso decían mis notas.

Me pareció de repente que los estrechos muros del seminario de una universidad parecían demasiado limitados, demasiado elitistas. Seguro que recortarían nuestra imaginación, por no hablar de nuestra imagen. De hecho...

La idea tuvo tiempo para entrar en mi mente, pero no para llegar a mis labios, cuando una figura femenina apareció en el pasillo y se detuvo ante la puerta. David se volvió y se levantó.

—¡Phyllis! Nos alegramos mucho de que hayas podido venir. —Con un gesto la hizo entrar en la habitación—. Permíteme que te presente.

El primer honor fue para Patterson, por supuesto, aunque ya se habían conocido en la fiesta de su finca. Si bien se mostró cordial al saludarla de nuevo, yo detecté una insinuación de cautela, como si alguien procedente de los medios de comunicación pudiera ser una espada de dos filos: una forma de publicidad, pero también un peligro.

Weiss, en las presentaciones, esbozó una sonrisa firme y radiante. Phyllis Gramm era una mujer coqueta y atractiva de unos treinta y muchos años, un manojo de energía, como fui enterándome poco a poco. No pude imaginármela envuelta en el hábito de monja y deteniéndose cada tres horas para rezar y meditar. Quizás ahí había una razón para el fracaso de esa carrera.

—Y otro escritorzuelo como tú, el señor Kevin Quinter —dijo David al tiempo que extendía un brazo hacia mí y nos unía a los dos que vivíamos de la escritura. El apretón de manos de Phyllis era tan enérgico como su expresión, aunque había un cierto tono de sensatez en aquella mujer que hacía comprensible el toque de cautela de Patterson. Puse mi mejor sonrisa relajada.

—Las obras de ese escritorzuelo, como tú llamas al señor Quinter, están destinadas a perdurar más que las mías, estoy segura —dijo Phyllis con afabilidad—. Los temas de hoy solo tienen importancia hasta que aparece el siguiente. Algunas veces mis columnas se quedan anticuadas incluso antes de entrar en máquinas.

Estoy seguro de que ha escrito columnas con una vida algo más larga —respondí yo—. Algunos de los temas a los que nos enfrentamos hoy van a darle forma al futuro. Un análisis elegante hecho por una columnista destacada puede tener una influencia importante, me imagino.

—Es usted demasiado amable.

Patterson alzó la voz con tono informal y solo un pequeño rastro de tono legal.

—Dicen que la pluma es más poderosa que la espada, pero a veces una buena columnista puede empuñar su pluma como si fuera una espada. Me imagino que en sus tiempos le habrá hecho sangre a alguien.

No estaba seguro de qué motivos tenía Patterson para expresar semejante idea, pero Phyllis no pareció ofenderse.

—Oh, intento no excederme con los cuerpos. Prefiero estimular los procesos de pensamiento de alguien antes que su producción de glóbulos blancos. —Tenía un ingenio vivo y era obvio que dominaba el lenguaje. Sentía curiosidad por saber si alguna vez había intentado producir alguna obra literaria más «duradera».

David hizo como si invitara a Phyllis a sentarse y le señaló con un gesto uno de los lados de la mesa ovalada, pero ese era el momento para expresar mi interrumpido pensamiento.

—Antes de dejar que Phyllis se acomode, me gustaría sugerir que nos traslademos a un entorno menos estrecho. Parece más apropiado hablar sobre el aire fresco y la evolución en lugares donde se puedan experimentar de verdad... ¿no les parece?

Cuatro rostros me miraban ahora con varias mezclas de sorpresa y expectación. Me di cuenta de que sería mejor que aquello sonara bien.

Miré a David.

—¿Qué tal el Paseo de los Filósofos? Hace años que no voy allí, pero no han dejado que se cubra de malas hierbas, ¿verdad? Ni lo han convertido en una pista para monopatines...

—Eh, no. Estoy seguro de que todavía está allí. Yo tampoco me he acercado este año.

—Sale por encima del Jardín Botánico. Podríamos sentarnos y contemplar la cuenca. El sol será una maravilla. Será un gran lugar para hablar de la futura forma del universo. Y acerca de si un grupo de insignificantes criaturas como nosotros podemos ser capaces de impulsarlo en una dirección que quizá no quiera tomar.

Patterson lanzó un pequeño gruñido, como si la idea de vincular la insignificancia con él fuera un concepto novedoso. Pero Phyllis gorjeó:

—¡Suena fenomenal! ¿Dónde está ese sitio? —No era nativa de la ciudad.

David se lo explicó:

—Oh, cruzas el arroyo por un pequeño puente peatonal, por debajo del Edificio de Ingeniería. Hay un camino bastante ancho que cruza los árboles: lo llaman el Paseo de los Filósofos. Recorre algo menos de medio kilómetro. Es propiedad de la universidad, pero por suerte todavía no lo ha necesitado para expandirse. Sube una pequeña pendiente y termina en la cima de la colina, sobre el Jardín Botánico de la ciudad. La gente de la Sinfónica hace conciertos allí a finales de primavera y en verano. Antes había asientos de piedra en la cima, cuando nosotros éramos estudiantes. Una vista estupenda. No me he acercado por allí desde que volví, pero a estas alturas ya debe de estar bastante seco.

—Hace días que no vemos la lluvia —señalé yo.

Phyllis había tomado una decisión y puesto que ella era la que tenía la pluma más afilada, no había más que hablar.

—Estoy segura de que el sentido de la aventura del señor Patterson está a la altura —dijo con una chispa en los ojos.

Patterson le echó la más breve de las miradas a sus zapatos. Todos íbamos vestidos de manera informal, aunque para él la informalidad era probablemente una cuestión de grado. Se encogió de hombros y le lanzó a Phyllis una amplia sonrisa. Al menos su porte exterior estaba a la altura.

—Me parece una idea espléndida.

2

Tras pasar por el despacho de Weiss, donde el catedrático de física, muy sensible al sol, recogió gorro y gafas de sol (Phyllis y yo ya llevábamos los nuestros), cruzamos el campus hasta el Arroyo del Pescador, un riachuelo serpenteante que en esta época del año era quizá demasiado ancho y activo para vadearlo a pie. Yo tenía la sensación de que a Phyllis podríamos haberla tentado para que se quitara lo que hiciera falta e intentara cruzarlo y me pregunté cuál habría sido la respuesta de Patterson al desafío. Pero en realidad, un puente peatonal de madera que había visto días mejores salvaba el arroyo de poco menos de cinco metros, un afluente del río de la ciudad, algo más grande.

Eran más o menos las dos y media de la tarde. Habían pintado el cielo de azul con un rodillo sin costuras y después algún artista, pensando quizá que faltaba algo, le había añadido unos cuantos hábiles toques en las esquinas y los bordes, jirones de un blanco cremoso sombreado en los cercos. La vieja madera del puente vibró con un satisfactorio sonido metálico bajo nuestros pies. Al otro lado, un camino llevaba a la zona boscosa, no tan poblada como lo estaría en pleno verano, recordé, pero lo suficiente como para negar una línea de visión de más de doce metros a través de su verde densidad.

Hicimos una pausa a la entrada del bosque.

—El Paseo de los Filósofos. ¿Y qué famosos pensadores han recorrido esta senda para darle su nombre? —Phyllis no estaba tomando notas, a no ser que fueran notas mentales, pero yo tenía la sensación de que estaba valorando esta escena como inicio de alguna futura columna.

—Más bien estudiantes cachondos, a decir verdad —dijo David con un toque de descaro—. Quizá por aquí no se haya pensado mucho. —Se me ocurrió de repente, ¿brillaban esos ojos por Phyllis? En nuestros tiempos de estudiantes, David siempre se había mostrado reservado con las chicas. Yo lo había achacado a timidez. Cuando nos volvimos a encontrar me había dicho que nunca se había casado.

—¿Cuánto tiempo nos llevará llegar al otro lado? —preguntó Weiss.

—Depende de cómo camines, supongo. Y de tu filosofía. Unos veinte minutos, quizá.

Patterson hizo un gesto para señalar el camino que nos llamaba, como un general alentando a su desastrosa tropa.

—Empecemos, entonces. No vamos a adaptarnos a los rezagados, ¡ni a darles de comer!

—Hay un quiosco en el Jardín Botánico —nos informó David—. Aunque quizá no esté abierto tan pronto a pesar del buen tiempo.

—Que sean entonces frutos secos y hojas —anunció Phyllis, que parecía estar pasándoselo en grande. ¡Fantaseaba con la idea de estar perdida en el bosque con cuatro hombres? Eso también, me di cuenta, era políticamente incorrecto en estos tiempos.

La senda era lo bastante ancha como para que cupieran tres, pero terminamos yendo en parejas, siendo yo el desparejado. Patterson abría la marcha con Weiss a su lado, yo era el siguiente y David y Phyllis cerraban el grupo. Años de caminatas habían nivelado la superficie del camino y eliminado la hierba, pero habían surgido unos cuantos inocentes brotes de primavera a los que todavía no habían aplastado. Eran los estudiantes de verano los que más utilizaban el Paseo de los Filósofos, recordé, y para el comienzo de las clases de este año todavía faltaba una semana.

Bajo los árboles el aire era fresco y vigorizante. Una luz moteada se deslizaba por los troncos de los árboles. Y además, para hacer las cosas más idílicas, todavía era un poco pronto para los insectos más rapaces. En general, me dije, una sugerencia brillante. El único problema era: ¿aquel paseo seguía constituyendo una reunión y podríamos debatir algo más?

David debió de leer mis pensamientos. Detrás de mí dijo:

—Phyllis me preguntó cuando hablé con ella por teléfono la semana pasada cuál era nuestra definición de racionalidad. Tuve que confesarle que todavía no nos habíamos puesto a hacer una. Lo mejor que se me ocurrió fue que es una de esas cosas que reconoces cuando ves, pero de las que dar una definición simple y concreta resulta un poco más esquivo.

—Hizo una pausa, como si esperara que alguien interviniera. No hubo ningún voluntario inmediato—. Así que le dije que todo se aclararía cuando viniera hoy a nuestra reunión y que sin duda nuestro nuevo publicista residente podría darle una respuesta con toda facilidad.

Volví la cabeza de golpe y miré receloso la sonrisa traviesa de mi amigo.

—Ah, ¿conque sí, eh? No me había dado cuenta que me pondrían a trabajar tan pronto. Bueno, déjame ver.

Reanudé mi paso y le eché un vistazo a los bosques por los que pasábamos. Atrajeron mis ojos las altísimas líneas de los troncos de los árboles, hasta que me di cuenta que eso se podría construir como un llamamiento a los cielos en busca de inspiración, lo que no sería un preludio muy propicio para una definición de racionalidad. Bajé la mirada a un nivel más terrenal, que incluía las amplias espaldas de Patterson y Weiss que avanzaban con lentitud delante de mí. Ellos también parecían estar esperando mis progresistas palabras.

—Supongo que cualquier definición de racionalidad tendría que incluir los principios de la lógica y el hecho de hacer deducciones razonadas a partir de pruebas concretas. Se llega a una conclusión racional porque ciertas cosas que se pueden observar y evaluar apuntan en esa dirección. Más aún, no se hacen suposiciones que no se puedan apoyar. Utilizamos nuestro intelecto en el proceso, no nuestras emociones. Y desde luego, nada de hacerse ilusiones. —Hasta ahora bien, esperaba.

—¿Pero podemos observar y evaluar únicamente a un nivel intelectual? —preguntó Phyllis—. ¿No entran también nuestros sentidos en juego? Los sentidos en ocasiones pueden ser engañosos.

David la interrumpió.

—Los empíricos de la Ilustración dijeron que nada que no haya llegado a través de los sentidos entra en la mente. La razón que no implicase el medio de los sentidos se consideraba una imposibilidad a cualquier nivel práctico.

—Sí —asentí yo—, a pesar de la idea que tenía el mundo antiguo, gracias sobre todo a Platón, que dice que toda filosofía se podría realizar en la mente, sin más, sin referirse en ningún momento al mundo exterior. Pero hoy en día sería más probable que dijéramos que nuestros sentidos son las herramientas de la razón, y así es como debe ser. La ciencia lleva ya mucho tiempo dedicándose a perfeccionar estas herramientas sensoriales y a aumentarlas. Yo diría que las cosas sobre las que razonamos nunca deberían estar divorciadas de los sentidos humanos ni de los instrumentos científicos que hemos desarrollado para proporcionarles una prolongación. En cuanto se postula algo que no se puede verificar o ni siquiera señalar con ningún sensor, estás en terreno muy precario. Le abre la puerta a casi cualquier cosa que cualquiera quiera creer.

—¿Pero qué pasa con aquellos que querrían incluir las experiencias místicas y la intuición como parte del aparato sensorial humano? —objetó Phyllis—. ¿No pueden tener ninguna validez? —Me daba la sensación de que estaba discutiendo a un nivel teórico, no necesariamente por una convicción personal.

—Bueno, el problema con ese tipo de cosas es que nunca se puede demostrar que sean otra cosa que subjetivas. No existe forma científica de medirlas u observarlas. No se puede confiar en la intuición, incluso si en ocasiones resulta precisa. En la mayor parte de los casos, la percepción de los sentidos se puede verificar de forma empírica. Podemos recurrir a un número ilimitado de personas que perciben lo mismo y podemos apoyar esas percepciones con instrumentos científicos que no son subjetivos. ¿Pero cómo se mide una experiencia mística? ¿Cómo se compara con la de otra persona de una forma objetiva?

—No se puede —interpuso Weiss volviendo la cabeza para mirarme—. Astrología, ángeles, flujo de energía que no se puede detectar con instrumentos científicos: todo viene a llamar a la puerta. Asistí a una conferencia hace un par de años en la academia de Ciencias de Nueva York. Se llamaba el «vuelo para alejarse de la ciencia y la razón». Lo que pasa hoy en día es que los defensores de lo paranormal y lo metafísico están rechazando en masa la ciencia como un camino fiable que lleva al conocimiento porque, por supuesto, no ha proporcionado ninguna prueba del tipo de «conocimiento» que a ellos les interesa. Dicen: «la ciencia no puede ayudarnos a entender el mundo espiritual», sin tener en cuenta que si la ciencia no nos da pruebas de que existe ese mundo, entonces el supuesto que ellos defienden, que sí existe, se basa únicamente en una interpretación subjetiva y en querer hacerse ilusiones. En lugar de criticar o incluso cuestionar sus propios supuestos, critican la ciencia por no apoyar lo que no se puede apoyar. Pero si la medición científica no detecta nada durante una supuesta experiencia «extracorpórea», o ninguna fuerza que pudiera estar operando para que la astrología, o lo paranormal funcionen, ¿qué clase de suelo creen que están pisando? Un psicólogo del público denunció a una de las mesas por no tener en cuenta la validez de las terapias alternativas a la hora de tratar los trastornos mentales. Se hacía llamar «psicoterapeuta de vidas pasadas». ¿Se cree que ese tipo de fantasías va a conducir a una mente sana?

—Tengo entendido que más de un tercio de los americanos creen en la reencarnación —comentó David.

—Sí, solo un poco más de los que creen en las abducciones alienígenas. Para los defensores del *New Age*, no existe la muerte, solo «transformaciones de energía». Aunque no estoy seguro de por qué lo encuentran reconfortante.

Phyllis volvió a intervenir.

—Pero ese tipo de experiencias subjetivas, como ustedes las llaman, existen. Las tienen muchas personas, y siempre se han tenido. Y cuando se comparan, hay similitudes.

—Sí —dijo Weiss—. ¿Pero por qué mirar más allá de las propensiones del cerebro humano para explicarlas cuando la ciencia no puede detectar nada fuera de ellas? Y la investigación de la reencarnación y las experiencias próximas a la muerte es notoria por su parcialidad. Y sin embargo, estas mismas personas puede condenar la ciencia por estar teñida con los supuestos «juicios y presuposiciones» de los científicos. Algunos llegan incluso a decir que el conocimiento científico es imposible. ¿Dónde estaríamos si ese fuera el caso?

—¿Entonces usted cree que la investigación de cosas como la reencarnación y las experiencias próximas a la muerte no puede ser nunca objetiva?

Weiss se volvió y comenzó a caminar de espaldas. Todos le servimos de ojos y vigilamos sus pasos ciegos.

—Señorita Gramm, ¿cuál es la definición de objetivo? Seguro que solo puede implicar principios científicos verificables de forma externa. De hecho, es por definición algo independiente de la mente. ¿Y qué nos encontramos cuando ponemos en juego esos factores? Los neurólogos han demostrado que cuando se estimulan partes del cerebro con corrientes eléctricas, el sujeto ve a Dios, o demonios o ángeles. Penetra, o eso cree, en otra realidad. ¿Es eso real? ¿O una experiencia por completo subjetiva que está ocurriendo en la mente? Dado que se puede invocar a voluntad, es muy probable que sea un fenómeno producto de ciertas reacciones cerebrales. Algunas personas son más propensas a estas experiencias neurológicas que otras.

—Sí —le secundé—. Y ahí tiene un caso en el que se pueden utilizar sensores científicos para llegar a conclusiones razonadas. Si podemos observar y examinar las respuestas del cerebro, utilizamos nuestros cerebros para evaluar el resultado y esa evaluación apunta a una base puramente interna para las experiencias místicas y los recuerdos inducidos mediante hipnosis. Quizá no explique por sí mismo las razones por las que la evolución les dio a nuestros cerebros esa propensión a las respuestas religiosas y paranormales, pero desde luego nos ha traído un paso más cerca de entender la naturaleza humana y responder a algunas preguntas, por ejemplo si de verdad existe un Dios o no.

Patterson habló entonces por primera vez, pero sin volverse. Para que llegara a nosotros, proyectó la voz hacia delante, hacia la edificación de los silenciosos oyentes arbóreos que nos rodeaban.

—La existencia de Dios no se presta a pruebas empíricas, porque es un ser que nunca se define de ninguna forma significativa. Para que una teoría sea válida, debe poder rechazarse. Si se puede declarar cierta prueba como «positiva», entonces tiene que haber la posibilidad teórica de juzgar otra prueba como «negativa». Pero al creyente no le interesa saber si existe un

Dios o no. Él ya ha decidido que lo hay y les da forma a sus pruebas y a sus definiciones en consecuencia. Cuando una definición ya no se sostiene, la sustituye por otra. Cuando una prueba señala en la dirección incorrecta, cambia los requisitos de las pruebas. Redefine sus términos. Se ofusca. Recurre a principios lógicos que solo él entiende. Cuando todo lo demás falla, se limita a declarar su fe, que se convierte en el único y definitivo estándar, apoyado por el propio Dios.

—«Dios ha hecho que la sabiduría de este mundo parezca una tontería» —entoné yo en voz baja—. 1 Corintios no sé qué más.

—«Para avergonzar a los sabios, Dios ha elegido lo que el mundo tiene por necio» —respondió Phyllis como un canto antifonal—. 1 Corintios, capítulo 1, versículo 27. El suyo era el versículo 20. Uno de nuestros pasajes favoritos para meditar.

No sé si la dama habría pasado a elaborar las experiencias de alguien que ha pasado largas horas meditando en un convento; fue algo que nunca sabríamos, ya que Patterson reclamó el escenario.

—Precisamente. San Pablo está diciendo que no se puede llegar al conocimiento de Dios a través de las pruebas científicas y la racionalidad. Ese tipo de cosas son la sabiduría del mundo. El plan de Dios era establecer un camino para llegar a él que solo se pudiera seguir a través del absurdo, como San Pablo no tiene problemas en admitir. ¡Una idea genial! Sal tú con todas tus convicciones del reino de la razón. Enorgullécete de tu ignorancia. Establece tus propios estándares y rechaza todos los demás. Cuando la mente racional te llame la atención por tu falta de lógica, tu carencia de pruebas, ¡tú ya lo has abrazado todo! Has enviado el mundo racional a la oscuridad exterior, ¡y encima con la bendición de Dios! Dios, según San Pablo, ha establecido que la fe en una doctrina irracional es el único camino a la salvación. Aquellos que no repudian la ciencia, la lógica y una sabiduría humana dolorosamente adquirida para abrazar ese absurdo perecerán para toda la eternidad. ¿Y de dónde sacó San Pablo todo eso? De sus propias experiencias místicas, ¡experiencias que nos piden que coloquemos ahí arriba, justo al lado del método científico!

Un silencio momentáneo siguió a este llamativo discurso y su eco en medio de la quietud del bosque hizo que pareciera más apasionado de como se había pronunciado en realidad. En la sala del tribunal, pensé, el efecto de aquel hombre debía de ser hipnotizante. En este foro abierto, tanto jueces como guardas y jurado se abstuvieron de hacer comentarios mientras se retiraban detrás de nosotros, enraizados en sus puestos. Solo el crujido de nuestros pasos se inmiscuía en la evaluación contemplativa de las palabras de Patterson.

David fue el primero en romper el silencio.

—Parecería que la fe y la razón habitan dos universos separados. ¿No fue Tertuliano el que dijo: «Creo porque es absurdo»?

—Sí —respondí yo—. Y Lutero el que anunció que «la razón es el mayor enemigo de la fe».

—Hace poco leí algo de Noam Chomsky —continuó David—. Decía que tres cuartas partes de la población de los Estados Unidos creen en los milagros religiosos, que es una estadística, según él, que no se parece a la de ningún otro lugar del mundo industrializado. Dijo que se tendría que ir a una mezquita de Irán o hacer una encuesta entre ancianas de Sicilia para conseguir números parecidos.

—En la conferencia —dijo Weiss— había muchos que pensaban que la crisis del pensamiento crítico está poniéndole obstáculos a la ciencia, la medicina y la tecnología de este país.

El tono de David era sombrío.

—Chomsky sugiere que no es imposible que lleguemos a ver una regresión a los tiempos previos a la Ilustración.

—Seguro que no. —Aquel hilo de voz era mío, un débil signo de puntuación que se evaporó en el aire y flotó entre los árboles. Por un momento ninguno dijimos nada. El suelo ya había empezado a subir y el Paseo de los Filósofos comenzaba a serpentear y girar primero hacia un lado, luego hacia el otro, para aliviar la exigencia sobre las piernas. En algunos puntos la senda se estrechaba cuando los matorrales salían a meterse en nuestro camino y de vez en cuando perdíamos la formación. Los grillos se habían puesto a hacer ruido. Quizá era el gorjeo de los críticos, voces discrepantes que nos alentaban a volver al refugio de las creencias afines. Bajo los árboles el aire se hacía pesado y caliente. Estábamos en la parte más densa del bosque, donde no penetraba la brisa. Yo por lo menos estaba sudando un poco al remontar la colina y me pregunté quién sería el primero en quejarse. Estaba decidido a no ser yo, ya que había sido yo el que había sugerido la excursión.

Fue Phyllis la que se inmiscuyó en el coro de los grillos.

—Y sin embargo todo el mundo lleva veinticinco años diciendo que esta es la época más secular que ha conocido el mundo. ¿No hay una especie de contradicción en eso?

—Desde luego, eso parecería —dije yo—. La cara externa de la sociedad es sin duda más secular que nunca, sobre todo en los medios de comunicación y la industria del entretenimiento. Mire el modo en el que están desapareciendo las Iglesias establecidas. Nuestras expresiones seculares han sido más abiertas, más dramáticas que cualquier otra cosa en el pasado. Pero es como si de forma colectiva hubiéramos establecido este nuevo estándar intelectual, pero como individuos la mayoría decidimos no seguirlo. No nos hemos vestido para la ocasión. Y la fiesta se está dividiendo en camarillas.

Weiss advirtió:

—Yo diría, sin embargo, que este es un fenómeno muy norteamericano. Yo estuve viviendo cuatro años en Europa y mi impresión fue que las cosas no están tan mal por allí.

De repente, el bosque se hizo muchísimo menos espeso. El camino se ensanchó y llenó de hierba. A unos treinta metros por delante de nosotros se encontraba la cumbre de la colina que estábamos subiendo. Me di cuenta de que hasta el último hombre estaba jadeando.

Pero no Phyllis. Tanto el paseo como la conversación parecían haberla estimulado.

—Bueno, caballeros, ¿y cómo se proponen enfrentarse a esta situación? —Había sacado su cuaderno mental.

Todos ralentizamos el paso, como si ahora que nuestro destino estaba a la vista pudiéramos relajarnos. La formación se desintegró muy pronto. Weiss se volvió y una vez más dejó que fueran sus talones los que abrieran la marcha.

—Fue idea mía centrarse en la educación. Creo que es ahí donde el secularismo ha fracasado. No hemos insistido en que se enseñe pensamiento crítico, por muchos callos paranoicos que pise. Evitamos la confrontación con padres que no quieren que las escuelas pongan en peligro las creencias religiosas de casa. En esta época de corrección política, parece que no podemos arriesgarnos a ofender las convicciones personales de nadie. En Tennessee, hace unos años, los padres se quejaron de que la mención favorable del Renacimiento en los libros de texto de Historia exaltaba demasiado al hombre y degradaba a Dios. En una de las provincias de Canadá, leí que llegaron a quitar de las directrices de enseñanza la edad del sol, que decía que tenía más de seis mil años. Algunas personas parecen pensar que las escuelas deberían ser instituciones de adoctrinamiento. Se supone que deben proteger a los alumnos de las ideas, supongo, en lugar de exponerlos a ellas tanto como sea posible y ayudarlos a desarrollar la capacidad de pensar por sí mismos. Si los que defendían que la Tierra era plana siguieran siendo una fuerza a tener en cuenta, sin duda la Astronomía ya se habría caído de los planes de estudio. Ya casi hemos enterrado la evolución por miedo a los creacionistas.

—Y usted quiere resucitarla, ¿no es así, señor Patterson? —Patterson no había dicho nada después de su anterior discurso y Phyllis estaba intentando sacarlo de nuevo de su mutismo.

—Yo no lo llamaría resurrección —afirmó—. No se puede matar la teoría científica más firmemente establecida de la Historia de la investigación racional. Lo que necesitamos... —y aquí le hizo un gesto al jurado invisible que parecía acompañarlo donde quiera que fuese—, es una resurrección de nuestro valor.

—Ya veo —dijo Phyllis.

David se apresuró un tanto a intervenir.

—Por supuesto, debemos evitar que la presunta ciencia de la Creación invada el aula, y lo más probable es que lo consigamos. Pero quizá sea más difícil la perspectiva de devolver la evolución al lugar que le pertenece. Una de las cosas que estamos planeando es una campaña dirigida a los editores de libros de texto y a las juntas escolares. Como dice Burton, quizá ya sea hora de que las fuerzas de la razón se pongan más agresivas.

Habíamos llegado a la cima de la colina. Detrás de nosotros, el sol sesgado de media tarde bañaba la hierba de la cumbre con una luz vibrante que arrojaba sombras detrás de los escasos árboles esparcidos por allí, y a los que les habían permitido seguir en ese lugar aquellos que rediseñaron el viejo vivero de árboles que había en el paseo. El uso popular había mantenido el nombre de Jardín Botánico. La cima no era muy profunda y oscilaba en un arco amplio y suave a ambos lados, como una herradura estirada que se alejara de nosotros. Más adelante, al otro lado de la cima, se levantaba un muro bajo de cemento, de unos sesenta centímetros de altura y roto en ciertos intervalos para proporcionar aberturas. Seguía la curva de la herradura y estaba flanqueado por este lado por un camino de asfalto. La esquina de un aparcamiento se podía vislumbrar a la izquierda.

Nos detuvimos en el muro y nos asomamos por la leve pendiente al punto principal del Jardín Botánico. Las noches de verano veían con frecuencia a varios miles de personas sentadas o reclinadas en la ladera cubierta de hierba, escuchando conciertos de la orquesta sinfónica de la ciudad o de bandas de jazz de todo el país. El escenario se encontraba un poco más alejado, en la base de la cuenca; sus toldos reflejaban la luz y aguardaban la adrenalina de la música. Hoy estaba silencioso y desierto, salvo por una pareja que paseaba a su lado cogida de la mano. El quiosco donde se vendían refrigerios se encontraba a nuestra derecha, pero también parecía desatendido. La caminata de vuelta la haríamos con el estómago vacío.

En la hierba que había al lado del camino, por el otro lado, se levantaba una serie de asientos de piedra pulida reunidos en grupos de tres o cuatro. Seguían la cima como una línea de balcones. Desde algunos se podía ver por encima del borde del muro la parte superior del escenario de conciertos, pero como durante las actuaciones la gente siempre se sentaba en el muro como pájaros en la verja del patio, el sonido y la visión quedaban con frecuencia bloqueados. Hoy, después de nuestra expedición a través de la naturaleza agreste del Paseo de los Filósofos, descansamos nuestros cuerpos demasiado sedentarios en piedras donde incontables personas más se habían sentado, David y Phyllis uno al lado de la otra en el muro; Weiss, Patterson y yo, en un grupo de asientos que había enfrente.

Para mí, aquello era como una extraña confluencia de almas: dos escritores, dos catedráticos y un abogado millonario encaramados a la cima de una colina donde todavía se podían oír ecos de música, y la propia naturaleza todavía tenía algo que decir. Para los que estábamos presentes (presumiendo que pudiera incluir a Phyllis), esa voz había resonado a lo largo de los dilatados eones de una lenta evolución que luchaba por abrirse camino. Sin duda, para otros que habían ocupado estos mismos asientos, la voz de Dios podía oírse en los sonidos de la naturaleza, una naturaleza que muchos creían que tenía solo unos miles de años. ¿Se podían reconciliar de alguna forma ambas visiones? Y lo que es más importante, ¿habría alguna forma de reconciliar los dos grupos que sostenían esas visiones?

—Es un lugar precioso —comentó Phyllis con un tono de profunda satisfacción—. Yo no salgo al campo así, con la frecuencia suficiente. —Había subido un pie hasta colocarlo en el borde del muro, de tal modo que sus manos descansaban en la rodilla, un poco por debajo de la barbilla. David, observé, se había sentado a su lado, solo lo bastante cerca para sugerir una cierta intimidad, y sin embargo no tanto como para suponerla. Yo no tenía ni idea de si Phyllis estaba captando estas sutiles señales, ni si en ese caso estaría interesada en ellas.

David dijo:

—No sé si esto cuenta como campo, Phyllis. Si miras más allá del Jardín Botánico, puedes vislumbrar el contorno del centro de la ciudad a través de las copas de los árboles. —Su tono también tenía una muy leve sugerencia de intimidad.

Phyllis no se volvió para comprobarlo.

—Bueno, cuando la mayor parte de tu vida ha transcurrido en el centro de una gran ciudad, o dentro de los muros de un convento, un lugar como este constituye toda una comunión con la naturaleza.

—No es tan prístino cuando el verano está en pleno apogeo y la gente se dedica a recorrerlo con sus meriendas y refrescos. La comunión es más con Beethoven o Keith Jarrett. Pero ahora mismo lo pillamos en estado virgen, al menos por este año.

—Una virginidad renovable. —Phyllis le lanzó a David una sonrisa sin restricciones, no sin su propio toque de intimidad, y desde tan de cerca a él debió de producirle unas cuantas oleadas de placer. Phyllis tenía lo que yo podría haber llamado un rostro que había visto muchas cosas, aunque qué cosas eran esas, cualquiera lo sabría. Pero era una mujer madura y al parecer segura de sí misma, alguien a quien no se debía subestimar. David iba a estar muy ocupado.

—O la reencarnación —sugirió Weiss con ironía desde uno de los asientos de piedra. Carecían todos de respaldo y el catedrático de Física estaba inclinado hacia delante, con los codos en las rodillas y la barbilla en una mano. El sombrero permanecía encaramado en un extraño ángulo. Patterson, cerca de él, había estirado las piernas. Inclinado hacia atrás, había apoyado las manos en las esquinas de la piedra para sujetarse. Me pareció que solo escuchaba a medias la conversación; el resto de su cuerpo vagaba por paisajes que solo comenzaban con su entorno más inmediato. Aquel hombre era un enigma, me pareció, alguien que era muy probable que revelara muy poco sobre su verdadero yo. Y yo, sentado con las piernas cruzadas más o menos entre los dos, me sentía extrañamente fuera de lugar.

Phyllis levantó los ojos hacia el cielo.

—Debe de ser precioso por la noche. Tantas estrellas, me imagino. ¿No les parece que la naturaleza en sí es responsable de producir una sensación de espiritualidad? Contemplamos maravillados cosas que son mucho más grandes que nosotros. No es extraño que la gente se vea atrapada por ideas y emociones que ustedes etiquetan de no racionales.

Ahí intervine.

—Oh, no tiene nada de malo maravillarse ante el universo, Phyllis, incluso sentirse abrumado por él. Eso no tiene nada de irracional. Algunos, como Carl Sagan, fomentan esa sensación maravillada. Cree que es una parte esencial de una orientación científica adecuada. Pero necesitamos entender cómo encajamos nosotros en ese todo más grande. Y es solo la investigación científica la que puede decírnoslo.

—¿Lo es? Quizá la ciencia solo pueda detectar y medir las piezas, las fuerzas que las conectan. ¿Puede entender los significados? Ahí es donde uno se vuelve hacia la «espiritualidad», a falta de un término mejor.

—¿Pero dónde existen esos significados? —objeté—. O bien forman parte de la estructura física del universo, en cuyo caso deberíamos ser capaces de detectarlos, o existen solo en nuestras mentes, los significados que decidimos darle al mundo impersonal que nos rodea, que decidimos crear.

Patterson dijo de una forma sorprendentemente neutral:

—La persona espiritual diría que existen en la mente de Dios, ya sea ese Dios un ser personal y pensante o una fuerza inherente de la naturaleza.

—No tengo ninguna objeción a eso último —señalé yo—, siempre que dejemos que la naturaleza nos diga si de verdad tiene algún significado en mente. A lo que sí pongo objeciones es a imputarle a la naturaleza dimensiones enteras diferentes de la realidad cuando la naturaleza no nos da ninguna indicación de que posea esas dimensiones.

Weiss gruñó con la boca entre las manos.

—Quizá sea esquizofrénica y no sea consciente de sus otras personalidades.

—¿Recuerda alguien eso de la «convergencia armónica», allá por 1987, creo que fue? —preguntó David—. La gente se reunió por todo el mundo para celebrar ceremonias que se suponía que iban a dar paso a una nueva época de armonía y paz global. Se cogían de las manos y cantaban en las orillas de los lagos y varios sitios sagrados más para levantar una especie de flujo de energía cósmica que reorientaría al mundo según criterios más armoniosos. —Parecía estar evitando un tono demasiado escéptico. ¿Lo hacía por Phyllis?

—¿Puedes estar seguro de que no lo hicieron? —preguntó esta con un toque de humor.

—Las pruebas indicarían lo contrario —murmuró Patterson.

—La naturaleza, como usted dice —comentó Weiss al tiempo de incorporarse—, no nos da ninguna prueba de que la gente al actuar de esa manera produzca los resultados deseados. Sería mucho más fructífero si gastaran sus energías en cosas que sí tienen efectos detectables. Como agotar menos las fuentes de energía del mundo o tener menos hijos. O cuidar mejor de los que tenemos. Estas personas deben de haber alterado mucho más la armonía global conduciendo sus coches a estos sitios sagrados de lo que habrán logrado con todos sus cánticos cogidos de las manos.

Phyllis había bajado la pierna y ahora le colgaban las dos por el borde del muro mientras se golpeaba los pies sin fuerza. Era un encantador jugueteo del que ella quizá ni era consciente. A mí me daba la sensación de que David sí lo era.

—Pero no me están entendiendo, caballeros. Nuestro impulso hacia la espiritualidad está ahí porque deseamos con desesperación formar parte de un todo mayor. Necesitamos percibir un significado más amplio que el que podemos encontrar en nuestras miserables vidas. No tiene que ser una sensación de dependencia, o veneración, solo de pertenecer. Necesitamos sentir una conexión con algo que no seamos nosotros como individuos. De otro modo, para la mayor parte de la gente la sensación de aislamiento y de que las cosas carecen de sentido se hace abrumadora. Puede incluso llevar al suicidio.

Le aseguré que no tenía ninguna objeción a ese análisis.

—Esas son necesidades humanas básicas, lo admito. Pero tenemos que reconocerlas por lo que son y partir de ahí. Entonces podemos proceder con cuidado e investigar lo que podría haber en realidad ahí fuera que podría llenar esas necesidades. Pero crear toda una superestructura mística del universo, una de la que nunca llega a encontrarse ni un solo fundamento, ni la verifican las pruebas racionales, eso es cometer un suicidio intelectual. Mire cómo se supone que funciona la reencarnación: el sistema del karma, los cuerpos astrales, un interregno entre vidas. Todo eso es tan complejo que hace que las teorías de Einstein parezcan una especie de construcción de arena, y no hay ni un solo jirón de prueba científica en nada de ello. Nos creamos esos mundos de fantasía y mientras tanto descuidamos el mundo real, donde podríamos tener alguna posibilidad sincera de lograr la felicidad.

—También hay una distinción entre verte a ti mismo como parte de un todo mayor y querer trascenderte a ti mismo. —David también balanceaba las piernas y se inclinó hacia Phyllis al decir esto, pero no hasta el punto de tocarla—. La trascendencia del yo ha sido siempre el sueño del místico. Abandonar el cuerpo y ascender a un plano superior. Unirse a alguna fuerza astral, o a Dios, y conseguir la verdadera felicidad y el verdadero destino. Esa tiene que ser una filosofía destructiva. Como dice Kevin, niega el único mundo que estamos seguros de que existe, y el único yo del que podemos estar seguros, nuestros cuerpos y mentes presentes. En ausencia de pruebas concretas, todo lo demás está hecho de polvo de hadas.

Pero Phyllis no se dejaba convencer.

—Quizá la mente orientada hacia la espiritualidad, o la religiosa, afirmarían que tienen un estándar diferente de racionalidad, diferentes formas de medir las pruebas. Dirían que podemos llegar a una visión alternativa de la realidad.

No parecía importarle ser el abogado del diablo y enfrentarse a nosotros cuatro, si es que esa era su intención. Era difícil saber dónde se encontraban sus simpatías personales. Yo tenía la sensación de que estaba siendo la consumada columnista profesional: nos sondeaba, descubría todas las ramificaciones del tema que se discutía. Me pregunté si todos tenían la misma impresión que yo, de que tanto nosotros como nuestras ideas estaban bajo un microscopio. ¿Y cómo presentaría sus hallazgos esta influyente escritorzuela? La imagen pública de la Fundación de la Edad de la Razón muy bien podría encontrarse en manos como las de ella. Se suponía que estas cosas formaban parte de mi trabajo, pero en este momento yo no estaba precisamente en la misma posición que Phyllis Gramm.

Patterson se removió y se levantó poco a poco. Todos los ojos giraron en su dirección incluso antes de que abriera la boca.

—Yo diría que la pregunta que habría que hacerles a estas personas es: ¿qué efectos beneficiosos se han sacado de su visión alternativa de la realidad?

Dio una zancada o dos hacia el camino pavimentado que había un poco más allá del punto donde estaban sentados Phyllis y David. Por un momento se quedó de pie, con las manos apoyadas sin más en las caderas, mirando la cuenca y el espacio que había detrás del muro. No gritó, pero nos pareció que su voz podría transmitirse incluso a alguien que se encontrara en el escenario de abajo.

—Todos los avances que ha hecho la Humanidad en la Historia escrita han salido de la aplicación de principios racionales. Las leyes progresistas son progresistas porque se han hecho más razonables y humanas. Se fundan en la premisa de que todos somos seres humanos responsables y racionales cuyo destino en este mundo merece consideración. Cuando se pierde ese principio, se empieza a quemar a gente en la hoguera por creer algo incorrecto y así salvar sus almas para el otro mundo.

Comenzó a pasearse, casi sin esfuerzo; se movía dentro del espacio limitado por su público de cuatro personas. La fuerza de su presencia, el carisma de su voz pulida a medida que se iba apasionando sutilmente, parecían envolver el círculo de nuestro espacio, hasta que nos sentimos como si estuviéramos sentados en uno de los puntos centrales del universo.

—Cada mejora en las condiciones de vida, en la salud, en el control humano del medio ambiente, ha surgido de la aplicación de la ciencia y el método científico, incluso si se utilizaba de forma instintiva, porque alguien le ha dado valor a nuestra felicidad en estos cuerpos y en este mundo. En cuanto se denigra esa felicidad, o se postula una deidad que tiene otros planes para nosotros, se condena a los pararrayos por frustrar el propósito punitivo de Dios al enviar la tormenta, o se le niega a alguien el derecho a poner fin a una enfermedad terminal dolorosa dejando su vida como crea conveniente. ¿Dónde hay un solo avance en tecnología o una sola comprensión de la naturaleza que hayamos alcanzado centrándonos en el mundo espiritual? ¿La creencia en los ángeles ha evitado que una persona se ahogue, que se estrelle en un avión o que muera de una enfermedad? ¿Encontraremos una cura para el cáncer entrando en una relación personal con un salvador? ¿Y qué pasa con el misticismo oriental? ¿Nos ha ayudado a comprender el funcionamiento del átomo o el origen de la vida? En cuanto a los interminables libros de Shirley MacLaine sobre la reencarnación, o la industria que a partir de Celestine ha creado James Redfield, ¿han contribuido un ápice a la mejora de la condición humana, aparte de la condición de sus propias cuentas corrientes?

La mirada de Patterson cayó sobre mí, como si se desviara de la sala en general hacia el estrado del jurado. Sin duda esa era su técnica favorita en la sala: distinguir a un único miembro del jurado y transmitir la sensación de una apelación directa a un individuo especialmente perceptivo. Me sentí transfigurado por aquella intensa mirada, que por fortuna se extraviaba de vez en cuando en un punto situado por encima de mi cabeza.

—Nos reunimos hoy para debatir el tema de cómo combatir la ciencia de la Creación. Si en estos momentos estuviera aquí un científico creacionista, ¿qué tendría que decir sobre los efectos de su doctrina como opuesta a la evolución? Primero diría que a la puerta de la evolución se encuentran la mayor parte de los males del mundo: el aborto, la promiscuidad sexual, la liberación de la mujer, la homosexualidad, la eutanasia, la educación sexual, la pornografía, el alcoholismo, el crimen en general... Porque, por supuesto, sin la interpretación literal del

Génesis, todo lo demás que hay en la Biblia es sospechoso y relativo, con lo que se socavan la fiabilidad de la palabra de Dios y la base divina para toda la moralidad. La evolución, para el fundamentalista, se ha convertido en el buque insignia del humanismo secular, porque destruye la fiabilidad de la infalibilidad bíblica literal.

»El creacionismo, por otro lado, hace algo más que describir cómo surgió el mundo. Proporcionar una explicación para la existencia del universo no se puede decir que sea la razón principal para la porfiada insistencia del creacionista en su doctrina. En realidad, la historia de la creación coloca toda vida y propósito humanos en las manos de Dios; todo procede de su capricho y dirección. La voluntad humana, su iniciativa, sus deseos: no solo carecen de trascendencia, sino que son denigrados. Pues en la historia de la creación yace la caída que la Humanidad sufre por enorgullecerse del yo y por su sed de conocimiento y progreso. Una de las moralejas de la Historia es que ese tipo de iniciativas humanas lleva al dolor, el sufrimiento y la muerte, la expulsión del Edén, la pérdida del favor de la Deidad. De la caída se hace responsable a Eva, y dado que el proceso que Dios siguió al crear los dos sexos se supone que eleva al varón como ser superior, eso apoya la flagrante filosofía sexista de los fundamentalistas, que ve en la igualdad moderna entre los sexos y en el movimiento feminista uno de los grandes males de nuestro tiempo.

»La historia de Noé y el Diluvio tiene también una importancia esencial en el relato creacionista de los comienzos del mundo, ya que muestra el castigo de Dios como una fuerza que hay que temer y con la que hay que contar y que se produjo, o eso se deduciría de la propaganda fundamentalista, como resultado de una práctica demasiado extendida de la homosexualidad, a sus ojos otro de los grandes males del mundo. Y no debemos olvidar, por supuesto, que todo ese concepto de la caída, la culpa y el pecado es absolutamente necesario para el punto de vista creacionista, pues, sin la naturaleza caída del hombre, no habría necesitado un Salvador y eso mermaría muchísimo la necesidad de Jesús y arrojaría dudas sobre el significado de su muerte, quizá incluso sobre el hecho de su muerte.

Como Patterson me había estado dirigiendo en gran medida a mí esta fase de su discurso, me sobresalté un poco al oír eso. ¿Cómo reaccionaría este hombre a la teoría de la inexistencia de un Jesús histórico? ¿Estaba esa idea «ahí fuera», en el inconsciente colectivo, en mayor medida de lo que yo había percibido? Sabía que al final tendría que sacar ante el grupo el tema de mi investigación, considerar incluso cómo, si es que lo hacíamos, podríamos utilizarlo. Pero no hoy.

Patterson volvió a prestarle atención al grupo entero y su discurso fue adquiriendo cada vez más vigor.

—¿Entonces qué efecto ha tenido la realidad alternativa del creacionista sobre la sociedad moderna? ¿O promete tener, si su asalto a las aulas tiene éxito?

Esperamos la respuesta.

—Tenemos el menosprecio del orgullo humano y la iniciativa, el rechazo de todo el concepto de sabiduría humana. Consagramos las palabras de una colección de textos antiguos y primitivos como si proporcionaran respuestas exclusivas e irrefutables sobre el universo, en lugar de apreciar la investigación científica moderna y nuestro propio intelecto. Santificamos la denuncia de la razón y el pensamiento crítico. Devolvemos a las mujeres a la cocina. Enviamos a la oscuridad exterior a una parte considerable de la Humanidad (hombres y mujeres) por su innata orientación sexual. Construimos el edificio científico del siglo XXI: Biología, Antropología, Genética, Geología, Paleontología, Arqueología, Astronomía, Física, alrededor de un mito antiguo que dice que un Creador produjo de la nada estos billones de soles hace solo seis mil años; que la infinita multitud de formas de vida que vemos a nuestro alrededor son un capricho suyo; que todos los depósitos geológicos, así como los fósiles extintos, se depositaron durante un diluvio universal hace unos cuantos miles de años en el que ocho seres humanos sobrevivieron construyendo un barco con madera de tintóreo, de ciento cincuenta metros de largo, para albergar a todas las criaturas de la Tierra, y que todos los seres humanos y formas animales que cubren el planeta hoy en día descienden de los moradores de esta expedición acuática que tocó tierra en el monte Ararat.

Se detuvo y ladeó la cabeza en un gesto de asombro burlón.

—Y de semejante realidad alternativa se espera que produzcamos los científicos, filósofos y líderes del mañana.

Nos quedamos sentados, hechizados. Casi se podía llegar a creer que el mundo entero había sintonizado con la cima de esta pequeña colina y que Patterson estaba llegando a los cinco mil millones que lo habitábamos. ¿Estaba ensayando para el momento del juicio, dentro de unas seis semanas, en Filadelfia? Por alguna razón tuve la sensación de que el alcance de la vista quizá no permitiera una denuncia tan aplastante del lado contrario.

Phyllis preguntó de forma incongruente:

—¿Por qué la Astronomía?

Patterson la miró con expresión un tanto divertida. Ella amplió la pregunta.

—¿Por qué compromete el creacionismo la Astronomía?

El abogado le lanzó a este miembro del jurado una sonrisa de comprensión.

—Porque si la observación astronómica coloca a ciertas estrellas a una distancia superior a los seis mil años luz, entonces o bien el universo tiene que tener más de seis mil años para que la luz nos haya alcanzado, o bien la luz que viaja por el espacio no siempre se ha comportado como dice la ciencia. La ciencia de la Creación, de hecho, postula que la luz se ha ralentizado durante los últimos dos siglos. Antes viajaba mucho más rápido, ya ve, de tal modo que pudo haber cubierto esas inmensas distancias desde el momento en el que partió, que el obispo Ussher coloca en el 4004 a. C. Para apoyar este argumento, los científicos creacionistas recurren a ciertas diminutas inconsistencias en las primeras mediciones de la velocidad de la luz, sin querer admitir que hace siglo y medio esos instrumentos no es que fueran tan precisos como los que tenemos hoy.

Weiss bufó.

—¿Y se supone que en el aula debemos darle un «tratamiento equilibrado» a esa clase de razonamiento? «Desequilibrado» sería más preciso.

Phyllis respiró hondo y dejó escapar un audible suspiro. Al igual que al resto de nosotros, la hábil arenga de Patterson la había conmovido, pero no estaba dispuesta a aceptar la victoria final de este.

—Bueno, yo desde luego estaría de acuerdo en que el creacionismo, y quizá el fundamentalismo en general, es un claro caso de irracionalidad, pero sigo pensando que la espiritualidad como entidad es una expresión humana natural que busca proporcionarl respuestas a nuestras preguntas. Usted habla de efectos, pero la religión y el misticismo les han dado a muchas personas respuestas que han satisfecho o incluso enriquecido sus vidas.

Patterson esperó justo el tiempo suficiente para que el silencio quedase preñado y luego sacó a la luz su fruto, un fruto que no me pude creer que acabase de concebir de forma espontánea.

—La ciencia hace preguntas sobre lo incontestado —dijo con tono medido—. La religión responde a preguntas sobre lo incontestable.

Phyllis no pudo evitar sonreír con irónica admiración mientras que David dio una palmada involuntaria en una única nota de aplauso.

Patterson fingió no notarlo.

—En eso yacen los méritos relativos de los dos acercamientos, diría yo. Las vidas son muy capaces de enriquecerse gracias a una fantasía. En cuanto a mí, preferiría mucho más una satisfacción enraizada en una realidad, fuera cual fuera esa realidad. Y los únicos caminos fiables que me llevan ahí son la razón y la ciencia.

David salvó de un salto los quince centímetros que lo separaban del camino y después de hacerle un gesto a Patterson, se volvió hacia Phyllis y le posó una mano en el brazo por un momento.

—¿Qué tal un compromiso? —Le había dado una excusa para tocarla, el primer contacto físico que yo había notado entre ellos—. Estoy dispuesto a admitir que necesitamos considerar el concepto de espiritualidad, o sus mejores expresiones . Quizá necesitemos una palabra menos emotiva, algo menos comprometido.

—La espiritualidad se trata en esencia de emociones, ¿no les parece? —sugerí yo.

—Si es así, entonces ustedes hacen caso omiso de ellas por su cuenta y riesgo —advirtió Phyllis. Se deslizó ella también hasta el suelo y le dio un par de sacudidas a la parte posterior de sus pantalones—. Ni todas las ideas racionales del mundo apelarán a la mayoría de las personas si hacen caso omiso de sus emociones.

Weiss se estiró y se levantó.

—Emociones y racionalidad. Una mezcla potente. Todo lo que tenemos que hacer es diseñar un modo de conseguir que trabajen juntas.

David me dirigió una amplia sonrisa.

—Haremos que nuestro publicista residente prepare algo sobre el tema para mañana por la mañana.

—Será mejor que se dé prisa —contestó Weiss con ironía—. De camino a la ciudad leí dos pegatinas en unos guardabarros que decían «Una hora menos para el regreso de Jesús» y «Teletranspórtame, Señor». Muy pronto no nos quedará nadie a quien predicar salvo los conversos. El resto estará en el Cielo, donde lo más seguro es que las leyes de la racionalidad sean ilegales.

Un movimiento en uno de los lados nos llamó la atención a todos al mismo tiempo. La pareja que habíamos visto antes paseando cerca del escenario del Jardín Botánico había llegado al paseo superior por alguna ruta más larga y se acercaba a nosotros. Los dos parecían tener unos veintipocos años e iban vestidos de manera informal pero pulcra. Podrían haber sido estudiantes universitarios, aunque en estos momentos no se estaban dando clases. Cualesquiera que fueran sus intereses en la vida, parecía irles bien.

Los dos nos sonrieron al acercarse. Se detuvieron cuando Phyllis les preguntó con voz alegre:

—Disculpen. Estamos haciendo una encuesta informal. Si tuvieran hijos, ¿qué libro querrían darles para ayudarlos a entender la verdadera naturaleza del mundo? —En silencio elogié a Phyllis por su pregunta, elaborada de improviso. Albergaba la suficiente ambigüedad para que su respuesta pudiera poner en juego un cierto número de reveladores prejuicios.

Los dos se quedaron un poco sorprendidos, todavía cogidos de las manos. La mujer, una morena de rostro lozano con una boca generosa y ojos inteligentes, se volvió hacia su compañero y dijo:

—¿Cuál es ese libro de Stephen Hawkins... *Una breve historia del tiempo*? —El hombre se encogió un momento de hombros. Ella se volvió de nuevo hacia Phyllis—. Sí, creo que esa sería una buena elección. Habla de agujeros negros y demás.

Phyllis sonrió.

—Una buena elección, desde luego. —Luego miró expectante al compañero, un muchacho rapado al cero al que parecía irle un poco el culturismo. Por un instante pareció incómodo, pero aun así consiguió poner buena cara.

—Bueno... no se puede decir que haya leído nada parecido últimamente. Antes me gustaba Isaac Asimov, cuando era pequeño, sobre todo cosas de ciencia ficción. —Encontró un clavo al que agarrarse—. Supongo que la Biblia es siempre una buena apuesta. Si sabes cómo interpretarla, como dicen —añadió con aire intencionado.

Phyllis le devolvió una sonrisa parecida.

—Sí, a veces estas cosas pueden ser un poco crípticas. El mundo no es siempre lo que parece. —Ninguno tuvo ningún comentario que hacer a esa observación.

Patterson dijo con tono despreocupado.

—A mí me gusta leer sobre visitas alienígenas y abducciones. No termino de decidirme sobre ese tipo de cosas,

La joven dijo con fervor:

—Yo tampoco. Pero creo que no deberíamos cerrar nuestras mentes a nada.

—Tiene mucha razón, no deberíamos —respondió Phyllis y ella también parecía impaciente—. Bueno, gracias. Ha sido un placer hablar con ustedes.

—Con ustedes también —dijo la mujer—. Que tengan un buen día—. Y se fueron, todavía cogidos de la mano, hacia el aparcamiento.

Cuando se desvaneció la posibilidad de que pudieran oírnos, Weiss murmuró:

—Ahí está una relación que debe llegar a cierto compromiso.

—¿Eso cree? —preguntó Phyllis—. Dudo que ella haya leído de verdad el libro de Hawking, por lo menos no lo suficiente para recordar el nombre del autor como debe ser.

—Aun así, el hecho de que supiera de su existencia y pensara en recomendarlo es prometedor —dijo David—. Y yo diría que él pensó en la Biblia por un condicionamiento cultural.

—Y porque no se le ocurrió nada más —comentó Weiss con sequedad.

Patterson tomó la palabra entonces y su tono sonó sorprendentemente optimista:

—Lo que representan entre los dos es una mente que podría inclinarse en cualquiera de las dos direcciones. Bastante inteligentes, nada inflexibles, no están demasiado informados pero tampoco adoctrinados. Es justo la mente a la que queremos llegar, y podríamos, me imagino. Son mentes como las suyas las que harán que todo el trabajo merezca la pena.

—Por otro lado —dijo David—, será mejor que seamos los primeros en alcanzarlos. Tengo la sensación de que los dos serían muy capaces de adoptar unas cuantas opiniones extrañas.

Phyllis le dio un codazo.

—Pero recuerda lo que dijo la mujer: «No deberíamos cerrar nuestras mentes a nada». Eso tiene que ser prometedor, ¿no te parece? Todos podríamos seguir el ejemplo de esas opiniones. —El pequeño acento que había puesto en el «todos» había sido obvio.

—Siempre que no confundamos una mente abierta con una mente vacía —advirtió Weiss mientras se ponía en pie. Su tono parecía casi amargo. Yo había notado que en el curso de nuestro viaje a través de los arbustos de la irracionalidad, el jovial humor del que había hecho gala al conocernos se había ido ensombreciendo. ¿Había algo en su historia personal que le había llevado a unirse a la Fundación de la Edad de la Razón? Aunque era evidente que era judío, aquel hombre era con toda claridad demasiado joven para haber experimentado el Holocausto—. La ignorancia —dijo— puede dar origen a una multitud de males: intransigencia, intolerancia y crueldad, entre otros. La racionalidad y la educación son el mejor antídoto para el fanatismo.

Phyllis se volvió y se acercó al muro, luego miró el amplio escenario cubierto que había más abajo. Quizá ya se había hartado un poco de aquel pesado debate sobre la inestabilidad de la mente humana.

—Me gustaría oír aquí un poco de música. Estirarme en la hierba y dejar que los violines me bañaran la piel y los clarinetes me hicieran cosquillas en los oídos. —Toda una escritorzuela, pensé—. Me gusta Mehndelson y Mozart. Son tan frescos y vivaces. —Se volvió hacia David—. ¿Cuándo comienzan los conciertos?

Él se había acercado a ella.

—Principios de junio, por lo general. Quizá te gustaría volver y asistir a alguno conmigo. Podría hacerme con un programa y avisarte.

Phyllis asintió con gesto animado.

—Sí, hagamos eso.

Nos quedamos todos allí durante un momento, asomados al silencioso salón de conciertos de la naturaleza, como si cada uno escuchara su propia melodía. Cuando Patterson comenzó a hablar, fue de un modo tan discreto que sus primeras palabras parecieron fundirse con esa música mental.

—Estuve en el Hollywood Bowl hace dos años. Una maravilla, ese lugar. La filarmónica de Los Ángeles tocaba la quinta sinfonía de Carl Nielsen, el compositor danés. El primer movimiento no se parece a nada que haya en música. Comienza muy bajo, muy tenso. El ambiente es oscuro e inquietante. Los temas están fragmentados y todo parece atascado, incapaz de desarrollarse. Tienes la sensación de que hay una fuerza que acecha, que intimida. Luego, tras unos minutos de movimiento, aparece: el tambor militar entra como una especie de supervisor siniestro y procede a aporrear un ritmo firme y repetitivo. El resto de la orquesta le sigue el juego, no hay desviación posible. Montones de bravatas, pero sin belleza ni desarrollo. Luego el tambor militar se retira y deja que el resto de los instrumentos se arremolinen.

Patterson no había movido ni un músculo. Permaneció allí, todavía hablando en voz baja, como un director de orquesta con las manos en los bolsillos. Nos sorprendimos escuchando y cada uno oía a su manera la música que él describía.

—Y luego ocurre una auténtica maravilla. Un tema lento de cuerda da comienzo en una nueva clave. Es cálido, expresivo y emocionante. Se despliega, se eleva y modula y suena como si fuera la encarnación de todo lo que es bueno, creativo y generoso en el espíritu humano. El resto de la orquesta se va uniendo poco a poco. Pero ahora crece la tensión. Las figuras nerviosas de algunos de los instrumentos anuncian que se acerca el peligro. Algunos regresan aprensivos al antiguo ritmo del tambor. De repente, el tambor militar entra frenético, retumba su ritmo, decidido a recuperar el control y destruir el nuevo tema. Las fuerzas se alinean a ambos lados. Poco después, el tambor militar abandona su ritmo por completo y se lanza a una cadencia frenética. Nielsen le ordena al tambor en la partitura que intente detener el avance de la música. La batalla prosigue con furia hasta que el tema consigue levantarse contra la fuerza de la oposición y alcanza una cima. Lo baña todo con una abrumadora declaración de afirmación que hunde por completo al tambor militar.

»Luego la música se calma. El tambor, derrotado pero no destruido, se aleja en una marcha desafiante, solo, todavía marcando su ritmo. Les advierte a sus antiguos súbditos que será mejor que mantengan su nueva fuerza y que nunca relajen la vigilancia.

El silencio que había caído sobre el grupo era completo. Al poco, Patterson dijo:

—Nielsen lo escribió nada más acabar la I Guerra Mundial. Ahí al lado, en Dinamarca, me imagino que había escuchado los cañones del fanatismo y la irracionalidad retumbando a lo lejos.

Después de otra pausa, Phyllis dijo en voz baja.

—Debería haber sido crítico de música.

Weiss preguntó:

—No conozco esa obra, ¿cómo es el resto?

—Solo hay otro movimiento más. Creo que Nielsen intenta transmitir la lucha que hay que librar para crear entre escollos y limitaciones humanas, pero al final logra un triunfo trascendente. Su música arde de vida en general. Escucharla al aire libre, en el Hollywood Bowl, fue una experiencia muy estimulante.

Había poco más que pudiéramos decir los demás. Nos reunimos para el regreso a la universidad. Le eché un vistazo a mi reloj. Decía que eran las cuatro y media. El sol ya casi tocaba las copas de los árboles dorando sus bordes.

Mientras bajábamos la colina rumbo a la entrada del Paseo de los Filósofos, alcancé a David y Phyllis, que caminaban uno al lado del otro. Sentía no haber tenido la oportunidad de presentar las ideas que había reunido sobre el tema del creacionismo y así se lo dije a David.

—No te preocupes, Kevin, habrá otras oportunidades. Vamos a celebrar otra reunión dentro de un par de semanas.

—No creo que tengáis ningún motivo para quejaros, ninguno —comentó Phyllis—. Desde luego hoy habéis discutido sobre un montón de ideas controvertidas y estimulantes. Voy a seguir a vuestro grupo con considerable interés, sobre todo la vista. No os sorprendáis si el *Times* publica un artículo sobre la fundación dentro de unas semanas.

David sabía bien que no debía sugerir que despachara el contenido del susodicho artículo con él aunque, por varias razones, yo sabía que le encantaría disponer del derecho de consulta. Luego Phyllis comenzó a solucionarle el dilema.

—No te importará, espero, si me pongo en contacto contigo si acaso necesito más información, cosa que estoy segura de que necesitaré.

La respuesta de David no fue demasiado sutil.

—En absoluto. Por favor, llámame cuando quieras. Estaré encantado de proporcionarte todo lo que necesites. —Al parecer, el encaprichamiento podía soltar la lengua, hasta la de los más racionales.

Ya no fue posible conversar más cuando entramos en el bosque y seguimos la retorcida senda a un paso más vivo que a la ida. La mayor parte era ahora cuesta abajo y la tarde decaía. A Patterson y Weiss no se les veía. Phyllis y David me adelantaron y si bien los vi hablando, no pude oír lo que decían. Al poco los perdí de vista.

Decidí que no tenía demasiada prisa. La luz más suave de los bosques a última hora de la tarde era encantadora y en mi mente seguían resonando algunas de las cosas que había dicho Patterson. ¿De dónde había salido este hombre? ¿Qué había inspirado su actitud, las fuerzas que lo impulsaban? Las ideas que con tanta impaciencia yo había esperado presentar ante los demás parecían ahora ínfimas y aburridas al lado del poder de convicción de este hombre. En cuanto al modo de presentar esas ideas, yo no le llegaba ni a la suela de los zapatos. Desde luego iba a tener que depender de mis garabatos. La pluma quizá fuera más poderosa que la espada, ¿pero podía igualar a la voz de alguien como Patterson?

Quizá siempre era así. La pluma era más duradera, pero el día inmediato era del predicador carismático, el orador, el que podía atraer a hombres y mujeres con el sonido de la palabra hablada, la declamación dramática, pronunciada en carne y hueso. La Historia había demostrado que el contenido no siempre era importante, ni siquiera hacía falta que tuviera sentido. Pero con la idea adecuada y la voz adecuada para expresarla, un nuevo movimiento podría ser irresistible. Weiss había sido un poco cínico, pero ¿había alguna forma de convertir el ejercicio de la racionalidad en algo que se apoderara de la imaginación, jugara con esas emociones que Phyllis insistía tanto en que no pasáramos por alto? ¿Podría hacer yo con la pluma lo que Patterson podía hacer con la voz? ¿Sería posible unir las dos cosas? Después de nuestra conquista del Paseo de los Filósofos y de la hora mágica en la colina, parecía posible casi cualquier cosa.

Hice una larga pausa para meditar sobre el flujo del agua bajo el puente. Para cuando volví al campus, bastante rezagado, David y Phyllis se estaban despidiendo de Patterson a la salida del aparcamiento. No distinguí qué tipo de coche conducía el millonario, pero era de buen tono. Lo saludé con la mano desde el borde de la escalera, a unos seis metros por encima del nivel del aparcamiento, pero no pareció verme. No se veía a Weiss por ninguna parte.

Apoyado en la barandilla, vi que David acompañaba a Phyllis hasta su coche, uno más modesto. Desde esta distancia no distinguí si su apretón de manos de despedida contenía alguna promesa romántica, pero sí que parecieron sostenerlo un poco más tiempo del necesario. Como si sintiera mis ojos sobre él, David se volvió y los dos me saludaron. Luego Phyllis se metió en su coche y se fue. El sol parecía bajar con una sonrisa.

David subió los pocos escalones un momento después.

—No digas nada. Le toca a ella. No es la primera vez que malinterpreto a las mujeres. De todos modos, tengo que tener cuidado para no poner en peligro lo de la fundación.

Le dediqué una amplia sonrisa.

—Los negocios antes que el placer, ¿no?

—La vida es un malabarismo.

Mi coche se encontraba en la esquina más alejada del aparcamiento. No me había acercado a él por si David tenía intención de consultar algo más conmigo. Mi premonición había sido correcta.

—Odio aguar la fiesta; por cierto, tu idea de salir al aire libre fue brillante. Pero tengo algo que enseñarte. Hemos recibido otra comunicación de nuestros amigos, los Maestros Ascendidos. Llegó anoche y no se la he mencionado a nadie todavía.

Me dispuse a seguirlo.

—No, tú espera aquí. Subo corriendo al despacho y lo cojo.

Se fue a toda velocidad. Mientras esperaba, el campus de la universidad parecía desierto. Un centro de aprendizaje. Aprender: algo tan valioso. Difícil de conseguir y aún más difícil de poseer. El conocimiento, ¿existía como entidad en sí? La suma de la sabiduría y la actual investigación humana. Pero incluso aquí tenía su existencia solo en las mentes de aquellos que lo transmitían y aquellos que lo absorbían. Era una criatura flexible, frágil. ¿Cuántas de las ideas contenidas en el millón y pico de libros de la biblioteca eran reales, cuántas estaban anticuadas, cuántas eran sencillamente erróneas? ¿Cuántas languidecían entre cubiertas que nadie abría, sin interpretar y sin aplicar? La vida intelectual de una sociedad era una cosa intangible, tan vulnerable como un navío lanzado a un mar cuyas corrientes más profundas pocas veces se exponían al sol de la racionalidad.

David volvió al sol con un trozo de papel. Me lo entregó sin decir nada. Miré el puñado de palabras que contenía. Me resultaban conocidas y siniestras. Otro pasaje del Apocalipsis, o derivado de él.

«Pista número dos: Aquellos que se creen grandes hombres, y los ricos y los fuertes, llamarán a las piedras: Caed sobre nosotros y ocultadnos del rostro de aquel que está sentado en el trono y de la ira ante la que nadie puede permanecer».

—Estoy intentando decidir si debo notificárselo a la policía o al FBI y que ellos le echen un vistazo. Creo que estas cosas podrían interpretarse como una amenaza, ¿no te parece?

Volví a leer el *e-mail*.

—Es difícil decirlo. Básicamente solo están citando las Escrituras. Con alteraciones. A menos que podamos demostrar que hay algún mensaje críptico enterrado en esas alteraciones, lo más probable es que no haya mucho que la policía pueda hacer. Supongo que esto también llegó con un remitente falso.

—Sí. Es probable que la policía tenga la autoridad necesaria para colocar una señal que rastree la ruta de desvío, pero hasta ahora la persona a la que le pedí que comprobara los dos primeros mensajes no ha tenido mucho éxito. Voy a llamarlo esta noche para ver si tiene mejor suerte con este.

—Me llevo esta copia para compararla con el pasaje concreto. Si sale algo, te aviso de inmediato.

David me acompañó al coche.

—Supongo que ni siquiera Patterson sería capaz de conmover a los Maestros Ascendidos —dijo con tono sombrío.

—David, no te ilusiones demasiado. La Fundación de la Edad de la Razón es una buena idea y sé que va a tener influencia. Pero las creencias religiosas y paranormales están demasiado afianzadas en la psique humana para lograr nada drástico de la noche a la mañana. Y para serte sincero, Phyllis tiene razón. La espiritualidad llena un increíble montón de necesidades y no toda ella es destructiva. Lo cierto es que no vamos a poder ofrecer un sustituto así como así. A la racionalidad y el secularismo hay que darles tiempo para que echen raíces. Las semillas llevan entrando y saliendo desde hace siglos, pero tú y yo todavía nacimos antes del fin de la Edad Media. El humanismo, o como queramos llamarlo, sigue siendo un brote muy joven. En lugar de intentar producir un bosque, tenemos que aspirar a cuidar unas cuantas plantas pequeñas y tiernas. Personalmente, yo tengo la sensación de que podemos poner en marcha un bonito vivero. Será un reto emocionante.

Llegamos a mi coche, un modelo de hace cinco años al que probablemente el lustroso sedán de Patterson miró con desdén al pasar.

—Ya he empezado a remodelar algunas de mis ideas mientras volvíamos del Jardín Botánico. Veamos qué puedo elaborar antes de la próxima reunión.

Me deseó un buen viaje con un apretón de manos y una palmada en la espalda.

11

1

—No, quiero que me digas lo que le pasa a esta imagen.

En realidad era un mural. Mi gráfico temporal de la pared del estudio había ido creciendo a lo largo de las semanas. Ahora utilizaba adhesivos más grandes y rayados para representar los documentos de los siglos I y II, así podía tomar breves notas sobre ellos. Me había obligado a ampliar las dimensiones del gráfico y el resultado había sido que giraba en la esquina y continuaba por la pared de la derecha. La división coincidía con el año 100 d. C., un punto de inflexión claro en el desarrollo cristiano. La franja continua de papel que recorría ambas paredes por encima de los aleteantes adhesivos lucía ahora elaboradas señales: divisiones en décadas y años, junto con símbolos que representaban acontecimientos importantes y reinos de los emperadores.

Para esta demostración me había hecho un puntero liviano, un poco más largo que la batuta de un director de orquesta. No sabía qué clase de música podría crear a partir de la cacofonía de los primeros documentos cristianos, pero la orquesta estaba lista y mi público había aguzado el oído. El problema era que a mi partitura le faltaban algunas notas clave.

En un sillón, enfrente de la esquina de la habitación, estaba sentada Shauna. El primer siglo avanzaba por su izquierda, el segundo se lanzaba hacia un futuro cristiano por su derecha. Los verdes, rojos y azules de los adhesivos creaban un desfile calidoscópico contra los muros de color pálido y hacían cosquillas en los ojos. En una mesa, a la derecha de su silla, yo había colocado un cuenco de palomitas para acariciarle las papilas gustativas. Era el plan ideal para un sábado por la tarde.

—Así que aquí tenemos el punto de partida tradicional de todo —dije levantando la batuta—. Alrededor del año 30, a Jesús lo crucifican en

Jerusalén. O eso nos dicen los Evangelios, ayudados por algún cálculo erudito. — En mi franja del tiempo había dibujado una llamativa cruz roja, que procedí a golpear con mi batuta. Se encontraba justo encima del monitor del ordenador.

Me moví hacia la derecha.

—Entre unos dos y cinco años más tarde, San Pablo se convierte a la nueva fe. —Di un golpecito en una gran «P» dibujada en la franja a mediados de los años treinta—. No puede ser más porque Gálatas nos dice que pasaron unos 14 ó 17 años entre la conversión de San Pablo y su visita a Jerusalén para una conferencia con los Apóstoles, y la mayor parte de los cálculos lo datan en el año 48 o 49. Hasta el año 50 ó 51 San Pablo no empieza a escribir cartas, o al menos las cartas que han sobrevivido hasta nosotros. —La batuta se paseó sobre una sección de violines de siete adhesivos verdes que cubrían los años cincuenta—. Durante los años siguientes, San Pablo escribe las epístolas conocidas como 1 Tesalonicenses, Filipenses, Gálatas, 1 y 2 Corintios, Romanos y Filemón, no necesariamente por ese orden y al menos una de ellas, 2 Corintios, es un compuesto editado de dos o más cartas independientes.

La música de San Pablo era bastante armoniosa.

—No hay ni una sola palabra en estas epístolas, aparte de una interpolación reconocida como tal en 1 Tesalonicenses, que se refiera con toda claridad a un Cristo que fuese un hombre histórico reciente, y la única escena parecida a las de los Evangelios que se puede encontrar es el relato de las palabras de Jesús en la primera cena del Señor, que yo calificaría de historia mítica para explicar los rasgos de la comida comunitaria del culto. Todo lo que tiene que ver con las enseñanzas evangélicas de Jesús, con el juicio y la escena de la crucifixión en el Calvario, con la historia de la tumba vacía, no hay forma de encontrarlo por ninguna parte.

Shauna asintió con vigor, como una alumna aplicada y atenta, aunque su entusiasmo quizá se dirigiera tanto al cuenco de palomitas como a mi presentación. El primero acababa de aceptar un nuevo puesto en su regazo.

—La misma situación de silencio existe en todas las epístolas del Nuevo Testamento escritas a lo largo del siguiente medio siglo. —Mi batuta comenzó a darle paso a varios instrumentos de viento de madera a medida que yo recorría el muro de la izquierda—. Santiago y Judas, es posible que ambas escritas antes de la Guerra de los Judíos, que alcanzó un punto crítico en el año 70... —el puntero alzó el vuelo y aterrizó en una estrella de seis puntas envuelta en llamas que yo había elaborado sobre la franja de tiempo, en la marca de la séptima década—. Hebreos quizá se haya escrito también antes de la Guerra, o es posible que un poco después; no puede ser demasiado posterior. En Hebreos encontramos un par de referencias que podrían haberse etiquetado de «alusiones» a los detalles evangélicos, pero hasta los eruditos admitirán que no encajan del todo en un contexto evangélico y en general los interpretarán como producto del estudio de las Escrituras que ha hecho el autor.

—¿Por ejemplo? —Al parecer, Shauna había decidido mantener mi honestidad. Quizá pensaba que tenía que hacer algo para comerse las palomitas.

—Bueno... —Comprobé las anotaciones de los adhesivos—. Por ejemplo, 13:12 dice que Jesús «sufrió fuera de la puerta». Pero no se menciona a Jerusalén, ni siquiera a una ciudad. De hecho, se menciona el argumento en un debate sobre la práctica del sacrificio animal en los primeros días del culto sacerdotal en el desierto del Sinaí, en la época del Éxodo. El autor habla sobre partes del sacrificio que se llevan a cabo fuera del campamento israelita y compara a Jesús con eso. Así que es probable que sea un caso de adaptación de su mito de Cristo al precedente del Sinaí que describen las Escrituras. Comparar el establecimiento de la antigua alianza por parte de Moisés con el establecimiento que hace Jesús de la nueva es el tema central de la epístola. Eso es lo que hace tan llamativo su silencio sobre todos los marcos y detalles terrenales del trabajo de Jesús. En lugar de eso, presenta el sacrificio de Jesús como parte de una escena celestial en un santuario celestial, todo muy platónico, y nunca menciona el Calvario. Ni tampoco menciona la Última Cena, aunque es entonces cuando se supone que Jesús identificó su cuerpo y su sangre con el sacrificio que sella la nueva alianza. Y encima, hace caso omiso por completo de la resurrección en su teología de la redención.

—Da la sensación de que vivía en un planeta diferente al de San Pablo.

—Y también al de todos los demás documentos supervivientes. Es una especie de diversidad radical de creencias sobre Cristo la que frustra cualquier intento de ver el movimiento cristiano como algo que surgió de un único fundador y punto de origen.

Detalles como estos y la elección del día de la presentación ante Shauna, eran en gran parte producto de casi dos semanas de estudio tras la excursión de la universidad. Al día siguiente había decidido comenzar a abordar la cuestión de los Evangelios: ¿cuándo habían comenzando a aparecer en el pensamiento cristiano? ¿Podría llegar a alguna fecha aproximada para su composición y podría empezar a hacerme una idea de cómo es que los habían escrito si Cristo en un principio había sido una deidad mítica? Solo había empezado a mojarme los pies en este inmenso y complicado tema, pero Shauna había expresado su interés por mantenerse al tanto de mi investigación y eso me daba la oportunidad de exponerle mis investigaciones a alguien a intervalos regulares.

Mi puntero se trasladó a las violas y a los violonchelos.

—Colosenses, Efesios, 2 Tesalonicenses: escritos por San Pablo una década o más después de la muerte de San Pablo. Sigue sin haber ningún detalle evangélico, ningún Jesús de Nazaret entre sus páginas. El autor de 1 Pedro, quizá en la década de los 80, afirma que fue «testigo de los sufrimientos de Cristo» y muchos traductores siguen insistiendo en que eso significa testigo ocular pero en el contexto religioso: *martus* significa dar testimonio de la fe de alguien en algo, y todo lo que «Pedro» dice se basa en las Escrituras, que es con toda claridad de donde saca su información. Ni un solo detalle evangélico a la vista.

Lo siguiente, las trompas de llaves.

—Luego tenemos aquí las epístolas 1, 2 y 3 Juan. —Tres golpecitos en *staccato* cerca de la esquina—. Un material fascinante. La grande, 1 Juan, parece ser un documento estratificado que refleja quizá tres etapas sucesivas de creencias por parte de esta comunidad. ¿Sabes cuál es una de las disputas a las que se tiene que enfrentar la carta?

Shauna sacudió la cabeza ya que tenía la boca llena de palomitas.

—Si Jesús había venido en carne y hueso o no. El autor afirma que sí. Los disidentes a los que condena lo han negado. En otras palabras, niegan que el Cristo espiritual se encarnara en la Tierra. ¡Y sin embargo todavía es posible que a los que niegan esta doctrina se les consideren cristianos!

—¿Así que es entonces cuando la gente empezó a creer que había habido un Jesús humano?

—Eso parecería. Al menos en esta comunidad, es probable que en los años noventa. Pero no tienen nada histórico que decir de él. Y escucha esto: ¿de dónde obtienen esta doctrina? No se menciona ninguna información que haya llegado a través de los canales apostólicos y se remonte al tiempo de Jesús. La epístola ni siquiera especifica jamás un tiempo histórico para esta encarnación. El autor ha recibido esta doctrina a través «del espíritu que viene de Dios». En otras palabras, a través de la inspiración, es muy probable que leyendo las Escrituras. A los disidentes se les acusa de ser víctimas de un falso espíritu de Satanás.

Comprobé mis anotaciones en el papel.

—Capítulo 5: el autor habla de aceptar el testimonio que hace el propio Dios de su Hijo y de la vida eterna que se encuentra en él. No se menciona ningún testimonio del propio Jesús, de su vida o su ministerio. ¡Este cristiano sabe del Hijo por una revelación hecha por Dios! Está justo ahí, en blanco y negro.

—¿Entonces por qué no lo ve todo el mundo con tanta claridad?

Me encogí de hombros.

—Es un tributo al poder que tiene la mente humana para no ver lo que no quiere ver. Oh, hay intentos de interpretar el significado de las palabras de otro modo. Pero cuando tienes que hacerlo pasaje tras pasaje, y no solo en 1 Juan, entonces la validez de esas interpretaciones se derrumba. En algún momento tienes que empezar a aceptar que las palabras de todos estos documentos escritos por todos estos autores están diciendo con toda probabilidad lo que parecen decir.

—¿Y dónde encajan aquí los Evangelios? —preguntó Shauna señalando la pared con un gesto.

—En seguida llego a eso. No te lances... Aunque pensándolo bien...

Shauna me hizo un gesto perentorio.

—Los Evangelios, por favor. Nada de distracciones.

—Si insistes... —Me volví hacia el escritorio en el que se encontraba el ordenador. Allí tenía cuatro adhesivos verdes esperándome. Cogí el que tenía escrito «SAN MARCOS» en letras grandes.

—Bueno, aquí tenemos el primer Evangelio escrito del canon cristiano: San Marcos. No lo elaboró ningún «Marcos», claro está. Una tradición eclesiástica posterior dice que lo escribió Juan Marcos, un ayudante de San Pablo y luego de San Pedro y que representa los recuerdos de San Pedro. No sabemos quién fue el verdadero autor, ni siquiera cuándo se escribió, salvo que lo hizo fuera de Palestina, ya que comete errores sobre la geografía de ese territorio y ofrece interpretaciones de frases en arameo. Y fue escrito para gentiles, ya que el autor proporciona explicaciones sobre las costumbres judías.

—¿Cómo saben que fue el primero?

Suspiré.

—Esperaba que no hicieras esa pregunta. Es una cuestión compleja. La Iglesia siempre dijo que San Mateo fue el primer Evangelio. Básicamente, una estrecha comparación literaria de los sinópticos, es decir, San Mateo, San Marcos y San Lucas, ya que son tan parecidos que se pueden comparar unos con otros, demuestra que San Marcos tuvo que ser la fuente principal de los otros dos. San Mateo y San Lucas, que es muy probable que trabajaran de forma independiente y sin que cada uno supiera del otro, revisaron cada uno a San Marcos a su manera y añadieron los documentos perdidos conocidos como Q, que se supone que son una colección de los dichos de Jesús. Ese es uno de mis próximos proyectos: hacer un estudio de Q.

—¿Qué significa eso: «Q»?

—Es un término moderno. Representa la palabra alemana *quelle*, que significa «fuente». Es la fuente de los dichos que, según se vio, tenían en común los dos Evangelios.

—Entendido.

—En cualquier caso, es obvio que San Marcos es el más primitivo de los tres, sobre todo teológicamente hablando. San Mateo y San Lucas «asean» con frecuencia sus escenas y cambian los términos y títulos en direcciones más avanzadas. Además, a San Marcos le faltan las grandes enseñanzas de Jesús, como el Sermón de la Montaña, y no tiene ninguna escena de la Natividad ni apariciones tras la resurrección, aunque alguien añadió unas cuantas con posterioridad para compensar esa insuficiencia. Aquellos que prefieren ver a San Mateo como el primero no pueden explicar por qué San Marcos se habría limitado a cortar tanto material importante, si fue él el que copió. ¿Cuál sería el propósito de un Evangelio así? Y su teoría de la prioridad crea más problemas que la de Marcos.

Shauna levantó las manos.

—Vale, yo también siento haber preguntado. ¿Entonces dónde vas a poner eso? —Señaló el adhesivo que yo tenía en la mano.

—¿Qué tal... justo aquí? —Con un gesto apreté la franja adhesiva contra la pared, justo después de la línea del año 70 y el estallido de la Guerra de los Judíos—. Por lo menos, ahí es donde les gusta ponerlo a la mayor parte de los estudiosos. Porque el pequeño Apocalipsis de San Marcos 13 habla de grandes levantamientos y penas y de la destrucción del templo, que tuvo lugar en el 70; creen que San Marcos lo escribió durante las últimas etapas de la guerra judía o poco después.

—Pero tú no crees que tengan razón.

Me eché hacia atrás.

—No creo que sea necesariamente en una fecha tan temprana. Ni que esté demostrado. Hubo vívidas expectativas apocalípticas tanto entre judíos como entre cristianos hasta por lo menos el final del siglo y el recuerdo de la guerra, desde luego, no se desvaneció pronto. Es un poco como si las generaciones posteriores a la nuestra decidieran que cualquier obra del siglo xx que habla sobre el miedo a la guerra nuclear debiera fecharse en 1962, el año de la crisis de los misiles de Cuba. Solo porque ese fue el susto nuclear más destacado no significa que el miedo y la preocupación no pudieran expresarse en cualquier momento antes del final de la Guerra Fría. De hecho, si lees San Marcos 13 con atención, ves que Jesús en realidad está profetizando que el fin de los tiempos no es inminente, incluso cuando llegue la guerra. Eso tendería a indicar que San Marcos lo escribió cierto tiempo después. Y la situación imaginada para el Fin en sí enfatiza una época de persecuciones más que de guerra, lo que encaja mejor con el reinado posterior de Domiciano. Así que no hay nada en San Marcos que exija que se le feche antes de, digamos, el año 90.

—¿Entonces por qué no lo pones ahí?

—Porque quiero ver qué nos proporciona la imagen tradicional. —Volví al escritorio y cogí los dos adhesivos que decían «SAN MATEO» y «SAN LUCAS», uno en cada mano.

»Bueno, la opinión convencional dice que San Mateo y San Lucas realizaron sus revisiones de San Marcos menos de una década después, más o menos; San Mateo en los años ochenta y San Lucas quizá diez años más tarde. —Los coloqué en esas posiciones—. San Mateo utilizó un 90% de San Marcos, San Lucas no tanto. Pero ambas historias de la Pasión son copias casi exactas de San Marcos con unos cuantos detalles añadidos.

Shauna reaccionó a esto con una mirada de curiosidad, pero no dijo nada. Yo continué:

—San Juan es un caso independiente. Su Evangelio contiene una imagen de Jesús bastante diferente a la de los otros, pero hay elementos en él que sugieren que quizá haya incorporado tradiciones sinópticas, sobre todo en su historia de la Pasión. A San Juan le gusta hacer las cosas a su manera, tiene su propia teología y sus propios motivos editoriales en los que insistir, pero los eruditos parecen haber decidido con cierta cautela que su relato de la Pasión se basa en última instancia en San Marcos o en alguna fase de los sinópticos. Así que eso significa que los cuatro Evangelios, en su historia del juicio y la crucifixión de Jesús, en realidad se remontan a una única fuente: aquel que produjera la primera versión de San Marcos.

Rescaté el último adhesivo del borde del escritorio.

—Así que colocamos a San Juan alrededor del año 100, que es la fecha tradicional que se le suele dar. Y ahora tenemos una tira de Evangelios, los cuatro que terminaron en el canon y que se prolongan a lo largo de tres décadas al final del siglo I. Por cierto, ninguno de los otros tres

Evangelios fue escrito por sus autores tradicionales, tampoco. Todos los nombres son atribuciones que les dio la Iglesia con posterioridad. Hasta San Justino Mártir en pleno siglo II, los Evangelios son anónimos. San Justino los llama «memorias de los Apóstoles» y nunca da el nombre de ningún evangelista.

Shauna volvió a colocar el cuenco de palomitas, ahora medio vacío, en la mesa. Lucía una expresión pensativa en la que ya hacía mucho tiempo que yo había aprendido a reconocer el anuncio de algún perspicaz comentario. Aguardé con expectación.

—Da la impresión de que estás diciendo que cada uno de los Evangelios se produjo en una comunidad independiente, que algunos de ellos ni siquiera sabían lo que estaban haciendo los otros.

—Exacto. Está bastante claro que San Lucas no conocía a San Mateo y viceversa. Y el de San Juan siempre se considera como si su comunidad habitara algún universo propio, salvo que habría tenido contacto con las tradiciones sinópticas para dar forma al menos a su historia de la Pasión. Pero es probable que todos procedieran de varias regiones del norte de Palestina y Siria.

—Bueno, ¿no habría algo raro en esta situación si Jesús existió en realidad? Si San Mateo perteneció a una comunidad cristiana que era diferente de la de San Marcos...

—Sí, con toda seguridad no era la misma. San Marcos y su comunidad son sin lugar a dudas gentiles, mientras que San Mateo trabaja en un entorno mucho más judío. Es muy probable que él mismo fuera judío.

—Así que se podría pensar —dijo Shauna poco a poco, todavía elaborando la idea en su cabeza— que cada una de estas comunidades habría recordado a Jesús a su manera y habría desarrollado sus propias tradiciones sobre él. Se podría pensar que la historia de su juicio y crucifixión habrían tomado una forma diferente, hasta cierto punto al menos, con detalles y formas de contarla diferentes. Pero si San Mateo es casi una copia exacta de San Marcos, y San Lucas en otra comunidad independiente también copia a San Marcos, parece que ninguno de ellos había desarrollado ninguna tradición sobre la muerte de Jesús. De otro modo, sus formas de contar la historia habrían precedido al relato de San Marcos. No lo habrían copiado de una forma tan servil.

La miré con cierta admiración. No me había desilusionado.

—Esa es una observación muy perspicaz, Shauna. Estoy de acuerdo: se diría que no sabían nada de los detalles de la vida de Jesús hasta que cayó en sus manos un ejemplar de San Marcos.

Lo pensé un poco más.

—Pero, sabes, hay mucho más. Bien entrado el siglo I había comunidades cristianas por todo el Mediterráneo. Se suponía que llevaban en la sangre las tradiciones orales sobre las palabras y obras de Jesús. Tendríamos muchos motivos para esperar que muchas de ellas hubieran producido alguna versión escrita de esas tradiciones. Y cada comunidad, como tú dices, habría tenido su propio modo de contar la historia. Y sin embargo todo lo que tenemos son cuatro Evangelios, tres de los cuales son casi como gotas de agua. San Mateo y San Lucas son básicamente reelaboraciones de San Marcos con una colección de dichos añadida. En cuanto a San Juan, su relato de la Pasión es una gota más en el río. Y todos proceden de una sola zona del imperio.

—¿A nadie le pareció eso curioso?

—Supongo que no. Nunca he visto que surgiera el tema. Lo cierto es que el Cristianismo le debe su historia de Jesús a un solo documento: la primera versión de San Marcos.

—¿Hubo más de una versión?

—Esa parece ser la última interpretación. Algunos eruditos creen que cada uno de los Evangelios atravesó múltiples etapas de escritura y edición que añadieron material nuevo y eliminaron otro. Al parecer, Clemente de Alejandría nos proporciona algunas pruebas de dos o tres versiones de San Marcos y se cree que San Juan atravesó entre tres y cinco fases de construcción durante la primera mitad del siglo II. No olvides que en la primera fase a estos escritos no los consideraron escrituras sagradas. No hubo nada que evitase que cualquiera los revisase para ponerlos al día de las últimas novedades. De hecho, vemos ese proceso en el mismísimo Nuevo Testament: San Mateo y San Lucas son revisiones de San Marcos.

—Supongo que no habría ninguna objeción si estaban contando una historia sobre una figura con la que nadie estaba familiarizado.

—Sí, y después de la agitación de la Guerra de los Judíos, se habrían perdido los vínculos fiables con el pasado para verificar todas esas cosas. Además, si San Mateo y San Lucas pueden cambiar con tanta facilidad las cosas que escribió San Marcos, es que desde luego ellos no se veían como si estuvieran escribiendo Historia en el sentido más estricto de la palabra.

Volví de nuevo a mi foso de la orquesta, situado en ángulo recto.

—De todos modos, señorita Rosen, me ha despistado usted. Digamos que dejamos los cuatro Evangelios en los puntos donde los eruditos suelen fecharlos y continuamos con nuestra imagen. Estamos buscando señales de los Evangelios en los demás escritos cristianos de la época. Hemos llegado a las epístolas de Juan de los años noventa. Nada hasta ahora. Ni siquiera el concepto de tradición apostólica, cosas que se remonten a través de una cadena de enseñanzas y autoridad al propio Jesús. Ni una sola enseñanza atribuida jamás a Jesús, salvo ese par de dichos llamados «palabras del Señor» en San Pablo.

—¡Me acuerdo! —exclamó Shauna—. Se considera que eran directrices que San Pablo cree haber recibido a través de la inspiración. Del Cristo espiritual que está en el Cielo.

Le ofrecí mis felicitaciones y volví a coger mi batuta. Las trompetas necesitaban su entrada.

—Lo siguiente, el Apocalipsis, escrito a mediados de los 90, o eso piensan la mayor parte de los estudiosos, aunque algunos lo colocan en las primeras etapas de la Guerra de los Judíos. El Cristo espiritual escribe cartas y hace predicciones sobre el próximo fin del mundo, pero no hay ninguna señal del Jesús de los Evangelios. De hecho, no hay ninguna señal en absoluto de una vida humana para este Cristo celestial. —Consulté mis notas—. En el capítulo 12, «una mujer vestida del sol» tiene un hijo, que es de inmediato arrebatado hacia los cielos por Dios para escapar de las garras de un dragón y allí aguarda el fin de los tiempos, cuando se hará cargo del gobierno de la Tierra. Es con toda claridad el Mesías y la imaginería está sacada de las mitologías judía y griega. Pero la absoluta ausencia de cualquier sugerencia de una vida y un ministerio en la Tierra para este niño es lo que ha tenido a los estudiosos rascándose la cabeza. O haciendo caso omiso de todo el problema.

—¿Y he de suponer que tampoco hay ningún nacimiento en un pesebre de Belén?

—No. Las historias de la Natividad de San Mateo y San Lucas no aparecen en los escritos cristianos hasta la mitad del siglo II. Salvo por una pequeña curiosidad en la Ascensión de Isaías. —Señalé un adhesivo en la pared derecha, que yo había colocado bajo el año 115, y contemplé unos garabatos escritos muy apretados.

—Hay una sección en ella que se considera una de las varias inserciones cristianas en un documento judío más antiguo. La datación de las partes individuales varía mucho. Este pasaje nos ofrece una pequeña historia sobre cómo María tuvo un hijo en la casa que ella y José tenían en Belén. Pero María está sorprendida y no la han avisado de quién es este niño. No hay nada sobre pesebres, pastores o los Magos; nada de Herodes ni de la huida a Egipto. Debe de ser una de las primeras versiones de una historia de la Natividad para Jesús, una historia que San Mateo y San Lucas podrían haber ampliado, cada uno a su manera. Las historias de la Natividad de San Mateo y San Lucas son por completo diferentes, por cierto, salvo por la ubicación en Belén, que se podría haber sacado de una profecía muy conocida de Miqueas: que el futuro rey de Israel iba a nacer allí.

—¿De dónde crees que salieron los nombres de María y José si tampoco existieron jamás?

—¿Quién sabe? Quizá de algún profeta cristiano creador de mitos. En el Éxodo, Miriam es la hermana de Moisés y las leyendas sobre el nacimiento de este tienen elementos similares a los atribuidos al de Jesús. Pero es imposible decirlo.

—¿Y eso también convierte a la Estrella de Belén en un mito?

—Muchas famosas figuras del mundo antiguo, reales o imaginadas, han visto cómo se incluía algún portento astronómico en sus nacimientos. Y con frecuencia algún tipo de situación peligrosa, como es el caso de Moisés. De hecho, la matanza de los inocentes que realiza Herodes en San Mateo se parece tanto a las leyendas que rodean el nacimiento de Moisés que tuvo que haber algún préstamo cogido de forma consciente. El hecho de que Herodes ejecutara a tantos miembros de su propia familia a causa de recelos paranoicos que le hacían pensar que estaban tramando algo contra él quizás haya contribuido al relato de San Mateo. Pero ningún historiador de la época recoge ninguna matanza oficial de niños judíos. Ni ninguna estrella, como tú dices.

Shauna adoptó una expresión un poco abatida.

—Al parecer invertimos mucho en cosas que no tienen ninguna base real. Supongo que todas las religiones y culturas son iguales.

—Creamos las cosas que necesitamos para nuestra edificación —dije yo—. Y el pasado es el único sitio donde podemos ponerlas.

—Supongo. Perdona, no hago más que interrumpir. Continúa.

Mi batuta se acercó al año 96. Una variada colección de instrumentos contribuía a la partitura.

—Aquí tenemos el primer documento cristiano superviviente que no terminó en el canon: 1 Clemente, una carta escrita desde Roma a Corinto. Bueno, hay una situación bastante extraña en 1 Clemente. El escritor habla de «las palabras de Jesús, el Señor, que pronunció al enseñar», y luego da unas cuantas máximas sobre la misericordia y el perdón que se parecen vagamente a algunas partes del Sermón de la Montaña. Eso lo convierte en el primer autor cristiano fuera de los Evangelios que se refiere a Jesús como maestro. Y sin embargo, en otras partes puede ofrecer opiniones muy parecidas a otros elementos de las enseñanzas de los Evangelios sin atribuírselas a nadie, o bien se las asigna al Antiguo Testamento. También demuestra que es abismal su ignorancia de los detalles evangélicos, como los milagros y la figura de San Juan Bautista. En cuanto al juicio y crucifixión de Jesús, no parece saber nada y se limita a recurrir a Isaías en busca de información. Así que el consenso entre los estudiosos es que Clemente no sabía nada de ningún Evangelio escrito. Personalmente, yo creo que su referencia a Jesús como maestro quizá solo se refiera al Cristo espiritual que habla a través de las Escrituras. La palabra «pronunció» la utiliza también Clemente para hablar del Espíritu Santo en el mismo contexto, exacto. La epístola entera está construida sobre la idea de la justificación en las Escrituras. Incluso el punto en el que dice que Cristo envió a los Apóstoles podría ser una referencia a una llamada espiritual como la de San Pablo.

Noté que los dedos de Shauna estaban arañando el fondo del cuenco.

—¿Vas a querer más palomitas? Puedo abrir otro paquete.

—Oh, no, no quiero perder el apetito para después. Estoy segura de que querrás sacarme a ver una película y a cenar después de esta detallada disertación.

Conseguí parecer un poco avergonzado.

—Sí, por supuesto. Intentaré acelerar las cosas un poco.

Me volví de nuevo hacia la pared.

—Y ahora giramos la esquina, casi de forma literal. Las Cartas de San Ignacio, alrededor del año 107. Siete. Aquí hallamos el primer esqueleto de la historia de los Evangelios: María, Poncio Pilatos, incluso se menciona a Herodes. Pero ningún Evangelio. San Ignacio jamás se refiere a ninguno. Ni siquiera recurre a la tradición apostólica como forma de apoyar sus afirmaciones sobre los datos históricos de Jesús. Y no hay ninguna enseñanza. En ninguna parte de las cartas se menciona siquiera el hecho de que Jesús fue maestro. Tiene una escena parecida a las de los Evangelios en la Carta a los Esmirnios: Jesús se aparece a San Pedro y sus compañeros después de la resurrección y les permite que lo toquen. San Ignacio quiere demostrar que de verdad volvió a la vida en carne y hueso. Pero no da ninguna indicación sobre la fuente de esta pequeña anécdota. Ya llevamos casi una década del siglo II y sigue sin haber señales de un Evangelio escrito.

Mi batuta cayó un poco.

—Lo siguiente, la *Didaché*, más o menos de la misma época que San Ignacio. Un silencio atronador sobre las enseñanzas de Jesús, aunque tiene muchas directivas éticas que se parecen a las suyas. Un par de ellas, incluido el Padrenuestro, se atribuyen incluso a Dios. Jesús no establece la comida eucarística; no hay ninguna relación entre esta y su muerte. De hecho, no hay ninguna muerte de Jesús, ni resurrección. Todo se orienta hacia Dios, y Jesús solo se menciona como su hijo o su siervo. Parece considerarse una especie de revelador que da a conocer la «vida y conocimiento» de Dios. No existe ninguna tradición apostólica que se remonte a Jesús, ni siquiera cuando se debate la legitimidad de los profetas errantes y la validez de sus enseñanzas. Una vez más, el consenso es que este autor no pudo saber nada de ningún Evangelio escrito. O autores, porque el documento se elaboró por fases, según creen. La mayor parte es probable que se remonte al siglo I, que es por lo que no tiene ni una insinuación de ningún Jesús histórico.

—Así que ahora estamos unos 30 ó 40 años después de lo que se supone que escribió San Marcos y todavía no hay señales de que alguien lo haya leído. —El cuenco de palomitas ya estaba casi vacío.

—Ya empiezas a pillarlo. ¿Podemos creer de verdad que si San Marcos hubiese escrito la primera historia de Jesús ya en el año 70, y a algunos eruditos les gusta colocarla incluso antes, los cristianos de otras partes del imperio tardarían varias décadas en hacerle caso? A finales de siglo se suponía que había disponibles cuatro Evangelios diferentes.

—¿Nada de faxes?

—Ni tampoco fotocopiadoras. Pero esto no es la Edad de Hielo. El mundo cristiano debería estar deseando tener alguna información sobre Jesús. Había disputas por todas partes, sobre muchos asuntos importantes. Algún documento acreditado de lo que Jesús había dicho y hecho habría tenido mucha demanda. Estos Evangelios deberían haber estado en los labios de todo el mundo... y en sus plumas.

—¿Entonces cuándo surgen?

—Bueno, no en el resto del Nuevo Testamento. Ni siquiera en las epístolas que se escribieron en el siglo II. —Mi batuta le dio la entrada a los contrabajos; las tres llamadas Cartas Pastorales, escritas en nombre de San Pablo: 1 Timoteo, 2 Timoteo y Tito. Estas las había colocado alrededor del año 115, un compromiso entre las varias dataciones dadas por los estudiosos—. Algunos discutirían que este no es el caso en 1 Timoteo 6:13, donde encontramos una clara referencia a Poncio Pilatos, la primera en cualquiera de las epístolas. Pero existen tantos silencios patentes en las Pastorales, sobre todo en lo que respecta a las enseñanzas de Jesús, que yo tendría que considerar la referencia a Pilatos como una interpolación posterior. Ofrece de pasada una especie de paralelismo con la situación en la que se encuentra el destinatario de la carta, que se supone que es el amigo de San Pablo, Timoteo. Pero unos cuantos estudiosos han señalado que en realidad no encaja muy bien con esa situación y se cuestionan si no será acaso una añadidura de un copista posterior.

Comprobé lo que había anotado en el adhesivo.

—Y de hecho, unos cuantos versículos antes de eso hay una frase que parece una clara interpolación. Las Pastorales se refieren seis veces a «enseñanzas saludables» pero nunca indican que estas fueran de Jesús, salvo aquí, donde se mete una frase que suena como si en un principio fuera una glosa al margen. Los estudiosos suelen estar de acuerdo en que tiene un aspecto sospechoso.

—¿Pero no podría ser una referencia a una revelación hecha por un Cristo espiritual, como las «palabras del Señor» de San Pablo? —preguntó Shauna. Estaba encantada de poder sacarle partido a lo que recordaba sobre San Pablo.

—Supongo que sí. Pero yo más bien pienso que el pasaje tiene el aspecto de la interpolación y si es así, apoyaría la idea de que esa frase que tan mal encaja ahí cerca, la de Pilatos, también es una inserción posterior.

—Pero deberías tener cuidado de no ponerle la etiqueta de interpolaciones a demasiados pasajes inconvenientes.

—Oh, estoy de acuerdo. Hubo fases en la crítica del pasado que descartaron pasajes sin parar llamándolos interpolaciones. Pero por lo que yo veo, el de Pilatos en 1 Timoteo y el de que los judíos mataron a Jesús, el Señor, en 1 Tesalonicenses son los únicos que yo tendría que reivindicar en realidad, y todo el mundo está de acuerdo sobre este último.

El cuenco de palomitas estaba vacío. Shauna se limpió un tentador rastro de mantequilla del labio inferior y luego cruzó las manos sobre el regazo.

—El siguiente.

—El siguiente. Sí, sería la última epístola del Nuevo Testamento: 2 Pedro. —Señalé con la batuta, un documento con un sonido incongruente, quizá parte de una sección de trombones—. Si bien se suele fechar alrededor del 120, todavía hay muchos reveladores silencios sobre Jesús. El autor está preocupado por la próxima llegada del día del Señor, pero no ofrece ninguno de los pronunciamientos de Jesús sobre ese acontecimiento. De hecho, les dice a sus lectores que «recuerden las predicciones de los profetas de Dios», así que parece imposible que conozca la existencia de un Evangelio que contenía todas esas profecías hechas por el propio Jesús sobre el fin de los tiempos.

Miré con más atención el adhesivo.

»Y esta epístola tiene una escena fascinante. El autor finge ser San Pedro, y al final del capítulo 1 dice que él y los otros vieron al Cristo sobre una montaña sagrada, «investido de honores y gloria». Esto recuerda mucho a la escena de los Evangelios conocida como la Transfiguración, pero en la epístola no se proporciona ningún marco situado durante un ministerio terrenal de Jesús. Todo encaja con la ocasión de una visión del Cristo espiritual. Quizá era una tradición sobre algo que le había pasado a San Pedro y el autor recurre a las Escrituras para dilucidarlo; la escena está cargada de alusiones a las Escrituras. Está diciendo que la visión de San Pedro es un anticipo de la Parousia, una garantía del poder de Jesús y la promesa de que vendrá en toda su gloria llegado el fin de los tiempos.

Shauna me interrumpió.

—Si el autor quería dar un ejemplo del poder de Jesús, ¿por qué no ofreció la resurrección?

—Una pregunta muy perspicaz, que han planteado algunos estudiosos. Claro que ellos no consideran la posibilidad de que para este escritor no había existido ninguna resurrección física, porque no había existido ningún Jesús humano. Pero en los Evangelios, esta tradición sobre San Pedro se convierte en un incidente durante el ministerio de Jesús y sirve para dar un anticipo de su resurrección, no de la Parousia.

—¿Así que todavía se esperaban el Apocalipsis a esas alturas?

—Al parecer, aunque los burlones decían que estas promesas ya llevaban circulando demasiado tiempo sin cumplirse.

Estiré la mano para coger mi Nuevo Testamento del escritorio.

—Pero hay un extraño pasaje justo después de esta escena. Aquí: «Todo esto solo nos confirma el mensaje de los profetas... que es como una lámpara brillante en un lugar tenebroso hasta que el día nace...». El autor presenta la visión que tiene San Pedro de Cristo solo como apoyo del testimonio primario sobre el próximo reino y las esperanzas cristianas para el futuro. ¿Y cuál es ese testimonio primario? ¡Las Escrituras! ¿No le pasa algo a toda esta imagen?

Después de un momento, Shauna levantó las dos cejas.

—Ya veo a qué te refieres. ¿Por qué se considerarían las Escrituras la lámpara para los cristianos que esperan la salvación a oscuras y no la reciente vida de Jesús y lo que él prometió?

Asentí.

—Que son cosas a las que el autor de esta epístola nunca apela. Allá donde se escribiera 2 Pedro, y no sabemos dónde fue, vemos que incluso dos décadas después de comenzado el siglo II algunos autores cristianos todavía no tienen los Evangelios ni parecen ser conscientes de que Jesús estuvo alguna vez en la Tierra.

—Increíble —exclamó Shauna—. Sí que es como una historia de detectives, ¿verdad? Buscas las pistas, utilizas la lupa sobre los textos para ver lo que dicen de verdad...

—Y no dicen...

—Te encuentras con pistas falsas, como interpolaciones...

—E interpretaciones infundadas de los eruditos basadas en ideas preconcebidas.

Shauna aplaudió un momento.

—¿Entonces dónde está la primera pista de los Evangelios? ¿Dónde vemos la primera señal inconfundible? —Su animación demostraba que por fin disponía de su total y absoluta atención.

No pude resistir hacer un comentario irónico.

—En el estudio del Nuevo Testamento, querida mía, no hay nada «inconfundible».

Me volví una vez más hacia el gráfico.

—Bueno, un erudito como Helmut Koester, que ha trabajado mucho en el seguimiento del desarrollo de los Evangelios a lo largo de los años, llega a la conclusión de que hasta Bernabé, los Padres Apostólicos y otros primeros autores no parecían haber conocido ningún Evangelio escrito. Cuando dan la vaga impresión de estar mencionando material evangélico, en realidad están recurriendo a tradiciones orales que a su vez fueron incorporadas a los Evangelios.

Recurrí a otro trombón alrededor del año 120.

—Pues bien, aquí Bernabé es también un caso curioso. Parece tener algún tosco conocimiento de información histórica. También da dos citas que se parecen mucho a dichos de Jesús incluidos en San Marcos y San Mateo, pero no los identifica como procedentes de ningún Evangelio y los usa mal. Además de eso, sigue ignorando de una forma penosa cualquiera de las enseñanzas de Jesús y en cuanto a los detalles sobre su Pasión; recurre por completo a las Escrituras. Así que este es otro escrito que se adentra dos décadas al menos en el siglo II y sigue sin mostrar señales de un Evangelio escrito. Luego, alrededor de la misma época, o quizá antes, tenemos el documento superviviente más largo de los primeros escritos cristianos, el Pastor de Hermas, una alegación mística enorme, pero habla sobre el Hijo de Dios sin ni siquiera mencionar los nombres Jesús y Cristo, ¡por no hablar ya de referencia alguna a una vida humana!

Shauna tamborileó con los dedos en el brazo del sillón.

—Una pista, por favor —dijo con expresión severa—. Sigo esperando alguna señal de los Evangelios.

Hice un saludo con mi batuta.

—Muy bien, Koester señala la Carta de Policarpo, obispo de Esmirna. —Y eso hice yo también—. Está compuesta por dos partes escritas en dos épocas diferentes; la parte más larga y posterior es probablemente del 130, más o menos. Koester piensa que Policarpo conocía San Mateo y San Lucas porque tiene un par de citas parecidas a esos Evangelios. También recurre a un pasaje de 1 Clemente, el que da máximas de «las enseñanzas de Jesús» que vimos antes, y altera la redacción de tal forma que se acerca más a la versión de San Mateo. El problema es que Policarpo nunca utiliza el término «Evangelio» y todavía parece que está citando una especie de material oral. Es más, si conocía San Mateo, ¿por qué citarlo a través de 1 Clemente? ¿Y por qué acude a la cita que hace 1 Pedro de Isaías para encontrar una referencia a la crucifixión de Jesús? ¿Por qué no recurrir directamente al relato de la Pasión que hace San Mateo?

—Así que seguimos sin un Evangelio escrito claro, y sin pistas, incluso...

—Incluso sesenta años después de que, según se supone, se hubiera escrito San Marcos. Sin embargo... —continué a toda prisa por si se le ocurría lanzarme el cuenco de palomitas—. Ahora llegamos a Papías. Obispo de Hierópolis, en Asia Menor, que escribió alrededor de la misma época que Policarpo. O al menos llegamos a él a través de Eusebio, el historiador de la Iglesia que lo cita unos dos siglos después. Todos los trabajos de Papías se han perdido.

—Perdido. Así que es una pista enterrada en la pista de otra persona.

—Exacto. Una pista de segunda mano, suponiendo que Eusebio nos esté dando el producto exacto. —Quité el adhesivo de la pared para consultar las notas que había escrito en él—. De hecho, es una pista de tercera o cuarta mano, porque según Eusebio, Papías dice que Juan el Viejo le contó que «Marcos fue el intérprete de Pedro y que había puesto por escrito todo lo que Pedro recordaba sobre los dichos y hechos del Señor, aunque no por orden». Bueno, eso parece cualquier cosa salvo una referencia clara a un relato del Evangelio. También se cita a Papías diciendo que «Mateo recopiló los dichos del Señor en el idioma hebreo y todos los interpretaron lo mejor que pudieron». Esto desde luego no es una referencia a una obra narrativa, y en cualquier caso no puede ser el Evangelio canónico de San Mateo, ya que era una obra escrita en griego y derivada del Evangelio griego de San Marcos. El propio Papías no utiliza el término Evangelio y según Eusebio de todos modos menosprecia los documentos escritos: dice que prefiere las tradiciones orales.

—¿Papías no cita esas cosas?

—Habría sido muy práctico que lo hiciese, ¿verdad? Pero Eusebio no nos proporciona ninguna cita. Lo que hace que sea muy improbable que Papías viera siquiera esos documentos de los que habla. Varios comentaristas cristianos citan cosas de la obra perdida de Papías *Exposiciones de los oráculos del Señor*. Muchas son anécdotas extrañas sobre cosas como la espantosa muerte de Judas, o una historia sobre un creyente que bebió veneno de serpientes sin que le pasara nada. Pero no hay ni una palabra que se hubiera podido sacar de una narración de la vida de Jesús. Si Papías hubiera citado de verdad a San Mateo o a San Marcos o los hubiera debatido con alguna profundidad, habría sido imposible que nadie lo hubiera mencionado.

—Todo lo cual significa...

—Que estos San Mateo y San Marcos son quimeras flotando en el viento. En el mejor de los casos, quizá indiquen que habían circulado colecciones de dichos y anécdotas que se sacaron en un principio de fuentes desconocidas y que se atribuyeron al Jesús histórico en el siglo II, y luego se asociaron con los nombres de ciertos apóstoles legendarios.

Ahora Shauna sí que parecía estar a punto de tirarme el cuenco de palomitas.

Me lancé hacia delante con gesto teatral.

—Pero ahora, por fin, nuestra búsqueda da fruto. No cuarenta, ni sesenta, ni ochenta sino ochenta y cinco años después de que según se dice se escribiera el primer Evangelio, encontramos la primera referencia clara a relatos narrativos de la vida de Jesús escritos por sus supuestos seguidores, y las primeras citas inconfundibles de los mismos. —Con un floreo di la entrada a los timbales, dos adhesivos a mediados de los años 50 del siglo II—. San Justino Mártir, que escribe en Roma justo después de mediados del siglo II. Los estudiosos están bastante seguros de que cita a San Mateo y San Lucas y quizá San Marcos. Al parecer no sabe nada de San Juan.

—¿Bastante seguros?

—Bueno, por desgracia, las citas de Justino no suelen concordar con los textos canónicos actuales y se refiere a sus fuentes solo como «memorias de los Apóstoles». ¿Son de los Evangelios que conocemos o quizá de alguna versión anterior, o incluso son una composición a base de los anteriores?

Me agaché. El cuenco de palomitas surcó el aire y chocó contra la pared por debajo de mi mural de adhesivos. Por fortuna, estaba hecho de plástico ligero. Luego los dos nos echamos a reír.

—¿Ochenta y cinco años para llevar a San Marcos a la capital del imperio? —Shauna sacudió la cabeza—. Creí que los romanos eran famosos por su eficiente sistema de carreteras. —Se levantó para recoger el cuenco, que había vuelto rodando al centro de la habitación—. ¿Entonces cuándo nos encontramos con Mateo, Marcos, Lucas y Juan?

—¿Por el nombre? Solo con Ireneo, obispo de Lyón, alrededor del 180. Dice que es apropiado que haya cuatro Evangelios porque hay cuatro vientos y cuatro esquinas de la Tierra. Pero en realidad, Tatiano, discípulo de Justino, compuso una armonía de los cuatro, quizá una década antes. Y de hecho, el primer uso que conocemos de una versión primitiva de uno de los Evangelios lo hizo, por irónico que parezca, uno de los grandes enemigos de la Iglesia romana, el gnóstico Marción. Fue en la década de los años 40 del siglo I. El Evangelio que utilizó parece haber sido un proto San Lucas. Lo sabemos por la detallada condena que hizo Tertuliano de él ese mismo siglo, algo más tarde.

—Más pistas dentro de pistas. Supongo que es fascinante, si puedes unir todas las piezas.

—Bueno, el Lucas de Marción es otra prueba más de que los Evangelios atravesaron varias etapas de revisión durante el primer periodo. Su Lucas no es el mismo Lucas que tenemos hoy. Y casi con toda certeza no tenía los Hechos de los Apóstoles unido a él. Es bastante posible que los Hechos no se escribieran siquiera antes de la época de Justino. El propio Justino no demuestra conocerlos y no se encuentran rastros de los Hechos, ni siquiera de algún elemento de sus fuentes, antes del año 170; y sin embargo la posición tradicional de los eruditos es que los escribieron a finales de siglo I, ¡algunos incluso dicen que en la década de los años 60 de ese siglo!

—Un viaje de ciento diez años a Roma, ¿es eso?

—Justo. Unos cuantos eruditos son más sensatos y piensan que los Hechos se escribieron a mediados del siglo II y que lo hizo el mismo autor que revisó a Lucas. La Iglesia romana quería crear una imagen más aceptable de San Pablo, así como una visión concreta de los orígenes cristianos. En los Hechos, se pinta a San Pablo como subordinado por completo a los Apóstoles de Jerusalén y predicando un evangelio ortodoxo. Verás, algunas de las sectas gnósticas heréticas habían afirmado que San Pablo era uno de los suyos, así que había que rehabilitarlo antes de que la Iglesia ortodoxa pudiera darle la bienvenida de nuevo al redil. Por eso el retrato de San Pablo que pintan los Hechos está tan reñido con lo que San Pablo cuenta sobre sí mismo en sus cartas. También existen enormes discrepancias entre los dos relatos en la imagen que crean del primer movimiento cristiano.

—¿Y eso no molesta a la gente?

—La racionalización es una cosa maravillosamente potente.

—¿Y entonces, dónde deja eso la primera Historia del Cristianismo, si eso es lo que los Hechos se supone que tenían que proporcionar?

—En el limbo. Un limbo muy turbio. Los Hechos ya no se consideran una historia fiable. Los estudiosos más progresistas se dan cuenta de que buena parte es pura invención. Supongo que tenemos que volver a recurrir a los primeros documentos, como San Pablo, y preguntarnos qué están diciendo en realidad.

Shauna se acercó a la pared y le dio al adhesivo que llevaba el nombre de «SAN MARCOS» un pequeño papirotazo con el dedo.

—¿Entonces tienes alguna idea de dónde debería ir esto?

—De hecho, las fechas tradicionales quizá no vayan tan descaminadas, en algunos casos. Yo preferiría ver a San Marcos alrededor del 90 d.C., pero San Mateo y San Lucas no pudieron adentrarse demasiado en el siglo II porque la imagen que dan del así llamado «momento de la separación» entre la secta cristiana y la jerarquía judía, al menos en la zona de Siria y Palestina, encaja con el periodo de finales de siglo. Lo mismo se puede aplicar a San Juan, aunque sus ideas, más inclinadas al gnosticismo, es probable que lo metieran más en el siglo II. Pero recuerda que estas fechas serían de las primeras versiones de los Evangelios.

—Y supongo que si estas historias fueran sobre alguien con el que nadie estaba familiarizado, a las otras comunidades les habría llevado algún tiempo aceptarlas.

—Sí, ese es probablemente el caso. Si iban a contrapelo de los conocimientos y creencias del momento, habrían disfrutado solo de un uso limitado y revisiones aisladas, todas dentro de la misma zona general. Quizá incluso durante toda una generación. Habrían empezado a circular pequeñas ideas, pero al paquete total sobre un Jesús histórico quizá le haya llevado mucho tiempo establecerse. Tengo la impresión de que no todas las partes del movimiento cristiano subieron a bordo hasta la segunda mitad del siglo II.

Shauna estaba mirando con más atención las notas de mis adhesivos.

—¿Así que de dónde crees tú que consiguió San Ignacio la información sobre María y Pilatos?

—Bueno, es difícil decirlo con exactitud, quizá imposible. Creo que la tendencia a hacer de Jesús un personaje histórico, colocarlo al menos en un punto concreto de la Historia, podría haberse dado entre ciertos círculos de predicadores antes de solidificarse en los literarios. El escenario más simple de su nacimiento y ministerio empezaría a desarrollarse y circular antes de que se escribiera ninguno de los Evangelios completos, o al menos antes de que se diseminaran. San Pablo había dicho que Jesús había «nacido de mujer» en un contexto mítico. Pero la tendencia a considerar eso como una afirmación histórica y proponer un nombre para esa mujer fue con toda probabilidad irresistible. Y San Pablo también llamo a Santiago «el hermano del Señor». Con el tiempo eso se malinterpretó y se pensó que significaba un hermano de verdad de Jesús, cuando en un principio podría haber sido el título que ostentaba Santiago como cabeza de la Hermandad de Jerusalén. A los apóstoles cristianos se les suele llamar «hermanos» en San Pablo y en 1 Corintios se dice que quinientos de ellos recibieron una visión del Cristo. No todos pueden haber sido hermanos físicos de Jesús.

—María habría sido una mujer muy ocupada.

—Sobre todo para ser virgen.

Shauna recorrió con las puntas de los dedos varios de los adhesivos, como si quisiera darles vida, alentarlos a liberar los secretos dormidos de los documentos que representaban.

—Pero los dos sabemos que hay mucho más en los Evangelios que unos cuantos nombres, vírgenes o no. ¿Vas a poder explicar de dónde salió todo este material? No puede ser todo pura invención.

—Depende de la definición que se dé del término «invención». El mundo de las Escrituras y el mito era muy real para estas personas. La impresión que estoy empezando a tener es que las historias de los Evangelios en un principio se pretendía que fueran una especie de metáfora para procesos espirituales más profundos, nuevas verdades espirituales. Pero todavía no puedo decir si los primeros evangelistas creían o no que estaban escribiendo alguna forma de Historia. Tendrás que hacerme esas preguntas otra vez más tarde.

—¿Y todos los demás, los azules y rojos?

—Más trabajo, eso es lo que son. Varios escritos judíos y paganos a los que les tengo que echar un vistazo más atento. Para ver qué tienen que decir, si es que hay algo, sobre un Jesús histórico y cómo encaja con mi teoría. Ya estoy familiarizado con algunos de ellos, Josefo, por ejemplo. Es probable que tengas razón, llegará el final del próximo milenio antes de que esté listo.

El sol entraba a raudales por las ventanas del estudio y reflejaba el suelo pulido de madera en mi mural multicolor.

—Hablando del próximo milenio —dijo Shauna cogiéndome de la mano—, ¿qué tal si nos permitimos algún lujo en este antes de que se termine?

Le rodeé la cintura con los brazos.

—Estoy más que dispuesto a permitirme todos los lujos contigo siempre que lo desees.

Me dio un breve beso.

—Esa clase de lujos los podemos dejar para después. Es verano y deberíamos estar fuera, al menos mientras el sol se muestre tan colaborador. ¿Por qué no damos un paseo hasta el centro comercial y vemos una película sexy? Luego podemos coger mi coche e ir a comer a algún sitio donde todo sean velitas y romanticismo. Luego, si todavía te apetece... —dejó que su voz se apagara y la punta de su dedo se perdiera por la parte frontal de mi camisa.

2

Esa camisa estuvo a punto de ser la perdición de aquel momento. Me la había puesto dos días antes para un breve paseo por el parque, solo. En el bolsillo me había llevado para rumiarlo un poco más un papel en el que había anotado las dos pistas de los Maestros Ascendidos. Seguía descansando en ese mismo bolsillo cuando Shauna y yo salimos a la luz de junio y nos encaminamos hacia el centro comercial de la zona, un creciente complejo de tiendas, zonas de entretenimiento y cines a casi una docena de manzanas de distancia.

Pero antes de que yo fuera consciente de su presencia, apareció un tema diferente. Dije:

—Tengo una idea para la campaña de promoción de la Fundación de la Edad de la Razón, pero necesito un término y dudo entre el juego de palabras y la corrección política.

—Oh-oh. Adivina cuál va a ganar. ¿Qué pasa?

—Bueno, después de mi día con David y los demás me di cuenta de que no importa lo que vendas, ya sean aspiradoras o racionalidad: necesitas una imaginería efectiva. Creo que hay un principio en la venta que dice que no se vende ensalzando las virtudes del producto en sí. Vendes haciendo que los compradores en potencia se asocien con el producto de una forma positiva. Les prometes emoción, placer, satisfacción: todo lo que tienen que hacer es comprar y utilizar el producto.

Señalé un deportivo rojo que cruzaba la intersección por delante de nosotros.

—Ese tío no tiene un coche así por motivos pragmáticos. Lo cautivó porque ve en el coche algo que crea una imagen de sí mismo. Se convierte en una extensión de su personalidad, su interacción con el mundo.

Shauna me dio un codazo.

—¿Por qué supones que el conductor era un hombre? Desde aquí no pudiste verlo. Podría haber sido con toda facilidad una mujer. ¿O no crees que las mujeres también tienen esas necesidades?

Me encogí con mi mejor expresión de culpa sexista.

—Oh, estoy seguro de que sí. Bueno, ya veo que lo que va a ganar es la corrección política, sin ningún género de dudas. El problema es que no funciona ninguna de las palabras neutrales. Verás, probablemente no deberíamos ensalzar la racionalidad en sí. El producto es demasiado árido e intelectual, algo peligroso. Lo que tenemos que promover es el ejercicio de la racionalidad, la idea de un hombre o una mujer que son racionales: lo que esto supone y lo emocionante y gratificante que puede ser. Bueno. Yo quiero crear y dramatizar la imagen de... —hice una pausa para crear un ademán silencioso—. ¡El hombre racional!

Shauna me miró de lado con los ojos entrecerrados.

—He de suponer que eso también incluye a las mujeres. ¿O nosotras entramos en una categoría diferente? —Me seguía el juego.

—Así que ahora ves el problema que tengo. Por alguna razón, hombre racional y persona racional no terminan de sonar igual. Incluso intenté pensar en nombres que fueran comunes para ambos sexos, pero Sam Racional tampoco termina de cuajar.

Eso provocó una carcajada.

—¿Qué tal Vivian racional?

—Muy graciosa. —La cogí de la mano—. ¿Entonces qué hago?

Llegamos a la intersección por la que había pasado nuestro conductor unisex unos momentos antes y esperamos la señal para cruzar. Shauna dijo:

—Bueno, quizá no haga falta que nos amontonen. Podríamos estar uno al lado de la otra, enfrentándonos con valentía a un universo sin dioses y sin fantasmas, defendiendo la ciencia, la razón y el orgullo de la Humanidad cogidos de las manos. —Un floreo con la mano libre complementó el floreo de su voz—. ¡Hombre racional y mujer racional! O, para abreviar, hombre y mujer racionales. ¿Qué te parece como imagen poderosa? Y de la forma más larga puedes decir la palabra clave dos veces. ¿Las reglas de la venta no dicen también algo sobre la repetición?

Me quedé impresionado de verdad.

—Shauna, quizá tengas algo ahí. El término doble abriría todo tipo de posibilidades en lo que a imaginería se refiere. Quizá incluso diera un golpe a favor de la igualdad sexual... esto, al poner a los hombres al mismo nivel que las mujeres, claro.

—¿Ves? Funciona. Ya te estás haciendo más racional.

Cruzamos la intersección.

—¿Y qué cosas emocionantes van a hacer juntos el hombre racional y la mujer racional?

Su tono era un poco más ingenuo de lo que debería. Había insinuaciones escritas por todas partes.

—Ah no, ¡eso no pienso ni tocarlo! Pero una cosa que sí harán es enorgullecerse de su capacidad para pensar. Pensar por ti mismo y llegar a una opinión basada en el ejercicio de tu propio razonamiento: no se me ocurre una fuente mayor de autosatisfacción que esa.

—Así que el hombre racional y la mujer racional están uno al lado de la otra, pensando. ¿En qué van a pensar?

Pasábamos al lado de hogares de clase media, en las afueras, bien cuidados por lo general, aunque en este barrio todos lucían el sello del mismo urbanista. Uno de los obstáculos a los que nos enfrentábamos a la hora de pensar por nosotros mismos era el instinto gregario. Cuando todos tus vecinos piensan de una manera, con frecuencia resulta difícil defender tus propias convicciones.

—Bueno, yo diría que una de las primeras cosas a las que aspiran es a la comprensión del mundo que los rodea. ¿Cómo puedes funcionar con eficacia en el mundo si lo ves a través de unos ojos supersticiosos y poco científicos? Si el universo está gobernado por leyes naturales, ¿cómo puedes creer en milagros, o en una inmensa red de fuerzas que organizan la reencarnación? ¿Cómo vas a tomar las decisiones correctas en la vida si te fías de alguien que te lee la palma de la mano, de las cartas del tarot o de videntes? Cuando comprendes las fuerzas que gobiernan el mundo, no tienes que arrastrarte ante un poder superior, no suplicas la intervención de una deidad impredecible y no temes a lo desconocido. El miedo y la ignorancia te convierten en esclavo. El entendimiento trae la libertad. La ciencia y la racionalidad no son dioses sustitutos; son sirvientes. Podemos utilizarlos para mejorar nuestras vidas y el mundo en el que vivimos.

Shauna carraspeó.

—Al parecer, el hombre racional es también el hombre teatral.

—¡Ja! Deberías haber oído a Burton Patterson el otro día en el Jardín Botánico. ¡Eso sí que fue teatro! Por fortuna, es teatro con cuerpo. El problema es que al parecer hace que los que lo rodean se sientan ineptos en comparación con él.

—Quizá eso es lo que espera que sientas. Estás dejando que su complejo de superioridad te afecte.

Dije un tanto sombrío:

—Supongo que no se pueden evitar la personalidad humana ni las emociones.

—El hombre y la mujer racionales serían bastante aburridos sin ellos.

—Exacto. Nada de aburridos. Dinámicos, indagadores, con los ojos vivos...

—¿Desnudos?

—¿A qué te refieres?

—¿Ves a estos hombre y mujer racionales tuyos colocados uno al lado de la otra sin ropa? Después de todo, ¿no simbolizaría eso la libertad sin vergüenzas, sin el sentido del pecado? ¿Asumo que el concepto de pecado no es racional?

—Bueno, no cuando se adoctrina como algo que forma parte inherente de la naturaleza humana, que es uno de los dogmas que la mayor parte de las religiones ha sostenido siempre. Por supuesto, todo forma parte de la actitud que glorifica el sufrimiento, la abnegación y la condena de todo lo mundano. Dios nos libre de que nos enorgullezcamos de nosotros mismos y del mundo del que salimos.

—Es que Dios nos libra... ¿no es esa la idea?

—Sí. La pregunta es, ¿de dónde salió una idea así? ¿Qué fallo en la evolución de nuestra inteligencia hizo surgir algo que ha provocado tanto dolor y ha lisiado nuestro potencial humano?

—Yo diría que esa pregunta no tiene respuesta. ¿Cómo podemos descubrir los procesos mentales de hombres y mujeres que vivieron hace milenios?

—Bueno, los antropólogos y los historiadores de la cultura sí que tienen teorías, basadas en un estudio de los mitos antiguos y otras cosas.

Pero la mayor parte parece colocar la sexualidad en el centro de nuestros problemas psicológicos. Una vez que dejamos atrás el sexo instintivo de los animales, la sexualidad humana se convirtió en algo volátil y obsesivo. Hacía falta reprimirla para que la sociedad funcionara en el mundo cada vez más complejo de la civilización. No es casualidad que el mito hebreo hiciera que Adán y Eva se cubrieran los genitales cuando abandonan el Edén rumbo al mundo exterior.

—Así que la vergüenza y la culpa son nuestras hojas de parra, ¿no? ¿Pero por qué sufrir?

—Lo cierto es que Vardis Fisher ofrece una visión muy interesante de esta cuestión en su quinta novela del *Testamento del hombre, La pasión divina*. Está situada justo antes de los albores de la Historia escrita. El título se refiere al sexo, claro. Una vez que las personas comprendieron el papel masculino en la procreación, se consideró que los dioses encarnaban el principio de la procreación. La comunión con los dioses se conseguía a través del sexo. Por eso las sociedades agrícolas primitivas han tendido siempre a realizar rituales que implican prácticas sexuales y orgías, la entrega de la virginidad a los dioses, cosas así. Dicen que eso formaba parte de la línea matriarcal de pensamiento, pero persistió como trasfondo incluso después de que las sociedades se hicieran más patriarcales.

—¿Entonces quién sacó el cinturón de castidad?

—Veamos si recuerdo cómo lo dice Fisher. Sus tercera y cuarta novelas eran sobre la fase matriarcal y el primer giro hacia el dominio masculino, que al mismo tiempo creó la religión tal y como la conocemos. En *La pasión divina* sugiere que el Sol, que venía a verse como el reflejo del principio masculino, se había convertido en la deidad principal. Antes había sido la Luna, con su gobierno del ciclo menstrual. Pero los movimientos astronómicos del Sol se convirtieron en el centro del pensamiento y comportamiento de la Humanidad, al menos de los pueblos que vivían en el hemisferio norte. Se veía en el Sol una entidad que sufría y estaba bajo la amenaza de la muerte. Cada día se hundía en un inframundo de oscuridad y en invierno batallaba contra sus enemigos, que lo empujaban todavía más hacia el sur. La vegetación moría, se reducía el calor y la vida y la luz parecían estar en peligro de extinción. Hacían falta donaciones y sacrificios para darle al dios la fuerza necesaria para conquistar y regresar. El miedo y la angustia llevaron al surgimiento de costumbres crueles. Se percibía un mundo lleno de fuerzas malignas. El sacrificio se convirtió en el símbolo de la salvación.

—Eso es irónico. Y pensar que los patrones de movimiento de la Tierra, que son los que dan vida, iban a inducir a su forma de vida inteligente a desarrollar toda esa metafísica de la magia y el sufrimiento.

—Sí. Nada pone más de relieve la naturaleza impersonal del universo y su funcionamiento que la evolución en sí. Darwin desde luego nos dio la revolución más dramática e inquietante que ha producido la ciencia jamás. Todavía nos estamos recuperando. Y los hay que todavía están luchando contra ello con uñas y dientes.

—¿Pero dónde entra entonces la represión sexual?

—Buena parte tuvo que ver con la reacción masculina al dominio matriarcal. Pero a medida que nos vamos separando cada vez más del instinto, Fisher sugiere que se prestó más atención a todo el mal que se percibía en el mundo, junto con una sensación más intensa del yo y la individualidad. *La pasión divina* presenta un personaje simbólico, un profeta que decide que el mal es el resultado de la culpabilidad del comportamiento de la sociedad y que la práctica del sexo es la principal causa de pecado. La mujer, como la fuerza erótica que actúa sobre los varones, es la fuente de ese mal. La única solución es el ascetismo y la castración, real o simbólica. La pasión divina se convirtió en una pasión maligna.

—Y las mujeres éramos sus sumas sacerdotisas —murmuró Shauna—. Pobre Eva.

—Sí, y el sexo se divorció de los dioses, que ahora exigían su supresión. El mundo se convirtió en un lugar que se debía rechazar, y el cuerpo en una entidad que se debía desdeñar en busca del alma pura y buena que la Humanidad compartía con los dioses puros y buenos. Por supuesto, este no fue un desarrollo que siguieron todas las sociedades. Pero es una señal de las culturas patriarcales en general y fue más fuerte en el Oriente Próximo, donde se encarnó de una forma más absoluta en los pueblos semíticos. El mundo occidental lo ha heredado a través de la línea judeocristiana.

—Ah, genial. Ya tenemos algo más por lo que sentirnos culpables.

Sin duda por pura coincidencia, en ese momento pasábamos al lado de una iglesia cristiana. Lucía uno de esos diseños modernistas que salpicaban y se fundían tan bien con los barrios residenciales americanos. Las líneas inclinadas, casi sesgadas, del edificio sugerían que hasta la religión podía no quedarse atrás en tiempos más libres de convencionalismos. Su esbelta cruz de metal, sin adornos, se erguía con modestia de un chapitel sin pretensiones.

—El sentido del pecado es el sustento de la religión. Sin él, la estructura entera se derrumbaría. Esa cruz de ahí arriba mantiene la imagen bien plantada en la mente de todo creyente. El hijo de un dios nos está lanzando un salvavidas a los pecadores enfangados en un mundo de maldad. Es abnegado, sufre y muere. El sacrificio sigue siendo el único camino a la salvación. El único bien que conocemos es a través de una resurrección a otro mundo perfecto. ¿Se ha incubado alguna otra filosofía más contraproducente en el calenturiento cerebro de la Humanidad?

—Bueno, no sé —dijo Shauna con ironía—. No ha sido contraproducente para el clero y los evangelistas. Mira cuánto empleo crea.

—Sí, aunque una palabra mejor podría ser «poder». Los que pueden salvar tu alma de la condenación eterna y ponerte en el camino de una eternidad dichosa pueden tirar de los hilos de tus respuestas y voluntades más profundas. Si te quieren de rodillas, tienen el poder de ponerte así. El hombre y la mujer racionales jamás lo permitirán. Se yerguen libres y orgullosos... Sí, vuelvo a ponerme teatral. Pero no hay razón para que la mente racional no pueda llegar a su propio comportamiento ético y progresista.

—Es posible que no consigas que todo el mundo esté de acuerdo con eso. Preguntarán cómo puedes establecer una ética correcta sin las directivas divinas. Y cómo puedes hacerla cumplir.

—Utilizamos lo mejor del juicio humano, igual que llevamos haciendo durante los últimos millones de años. Las filosofías humanísticas ya han sugerido buenos principios para un comportamiento ético. Juzgar un acto por sus consecuencias, por ejemplo; algo que el sistema de directivas divinas pocas veces tiene en cuenta. Afilaremos nuestra propia sabiduría. Será mucho más productivo que abrir las páginas de algún libro antiguo y señalar con una abyecta sumisión palabras que se suponen que son ciertas para todo momento y circunstancia. Eso es renunciar a nuestras facultades. Para eso podíamos cerrar el chiringuito y echar nuestros cerebros al pasto.

Y sin embargo me preguntaba cuánto tiempo haría falta para retirar esos libros que habían demostrado ser tan tercos y duraderos. Quizá para la evolución tanto como para Dios, un día era como mil años. Al final, a ninguno de los dos le importaba.

—También es peligroso.

Shauna había hablado después de solo una breve pausa, pero yo había dejado vagar la imaginación.

—¿Qué lo es?

—Es peligroso confiar en las palabras de un antiguo libro. ¿Quién va a interpretarlas o asegurarse de que se aplican con propiedad? ¿Quién va a decidir si todavía tienen sentido?

—«Peligroso» es el término correcto. Una línea del Antiguo Testamento fue lo que provocó las muertes de cientos de miles de mujeres en la Europa de los siglos XIII al XVIII: «No tolerarás que viva una bruja». Está en algún sitio del Éxodo. Luego se suponía que Jesús dijo: «Obligadlos a venir a mí», como parte de una parábola en la que se invitaba a la gente a formar parte del reino de Dios. Los dominicos se lo tomaron como una prueba textual que justificaba la Inquisición. Entre los dos tenemos el equivalente medieval del Holocausto. Eso son los peligros de la aplicación mecánica de los escritos sagrados.

—¿Y qué te parece la línea que citan siempre los fundamentalistas contra los homosexuales?

—Levítico 18:22. Se ha convertido en un mantra. «No te acostarás con un hombre como uno yace con una mujer: es una abominación».

Shauna se detuvo de repente. Yo no estaba muy seguro si parecía ofendida o se limitaba a ejercitar su agudo ingenio.

—Si esa es la palabra de Dios, debía de hablarles solo a los hombres. Es obvio que no se puede aplicar a las mujeres, o bien le estaría prohibiendo las relaciones heterosexuales al sexo femenino. —Luego añadió con una amplia y pícara sonrisa—: Por otro lado, supongo que «abominación» podría ser una referencia a los hombres.

Hice caso omiso de su último ejemplo de descaro.

—El pasaje entero está dirigido a los hombres. Trata de los requisitos que exige Dios para llegar a la santidad. Supongo que la reciente actitud de que las mujeres no eran personas en el sentido legal ni tampoco capaces de tomar decisiones morales se remontaba a los tiempos bíblicos e incluso al propio cielo.

Reanudamos el paseo. Shauna dijo:

—Qué conveniente para los homófobos que Dios se expresara en términos tan brutales sobre el tema.

—¿A que sí? El problema es que esa misma sección del Levítico también tiene otras directivas divinas que no resultan tan convenientes. Ni se citan con tanto entusiasmo.

—¿Por ejemplo?

—Hay una un par de versículos antes: «No tendrás relaciones sexuales con una mujer durante el periodo de su menstruación». ¿Por qué no invierten los fundamentalistas tanta energía en defender esta proscripción sexual concreta?

—Eso, ¿por qué?

—¿Con qué frecuencia te pagan en el laboratorio?

Me miró con expresión curiosa.

—Cada dos semanas, ¿por qué?

—Bueno, deberías reñir a tu jefe por contravenir la Ley de Dios. Un versículo del capítulo siguiente del Levítico dice: «No deberías retener el salario de un jornalero hasta la mañana siguiente». Y no observo que los adictos a la Biblia presionen para que se impongan las nóminas diarias.

—Menuda armaría la comunidad empresarial.

—Y casi todos infringimos la Ley de Dios cuando no andamos por ahí corriendo desnudos.

Shauna puso los ojos en blanco y luego me miró de lado.

—De acuerdo, ¿de qué va esa? ¿O no debería preguntarlo?

Dejé por un segundo el tono irónico para citar Levítico 19:19: «No vestirás una prenda tejida con dos tipos de material».

Shauna me miró con la boca abierta.

—¿Estás de broma? ¿Es eso lo que dice? Supongo que tendremos que volver a las pieles de animales.

—Supongo que una vez que la derecha religiosa consiga el poder e instituya su ley bíblica, meterán a todos los Calvin Klein e Yves St. Laurent en la cárcel junto con los gays y lesbianas por sus «uniones antinaturales».

—O a los fabricantes de poliéster. ¡Eso sí que es una abominación!

—Solo demuestra lo absurdo que es declarar cualquier texto escrito como verdadero para todo momento en lugar de verlo por lo que es: algo muy humano que refleja las realidades y prejuicios de su época. Pero claro, incluso esos que declaran que la Biblia es infalible en cada una de sus palabras son muy selectivos a la hora de aplicarla. También hacen caso omiso, de forma muy conveniente, de la principal preocupación del Levítico: realizar sacrificios animales rituales dedicados a Dios, el Señor, desde pichones a bueyes. Si Dios puede cambiar de opinión con tanta claridad, o podemos decir que ha superado su necesidad de carne sacrificada y el olor de las ofrendas quemadas, ¿no podríamos suponer que es capaz de hacerse menos homofóbico con el paso de tres milenios?

3

Tras las imágenes de un basto altar de piedra dedicado a un dios hebreo, un altar que apesta a la carne quemada y a las manchas de sangre de incontables millones de animales, un eco monstruoso de un tiempo primitivo y remoto, nuestros sentidos se tropezaron con un altar dedicado a una deidad más moderna, con su propio ataque a nuestra sensibilidad. Justo delante se encontraba la vía principal que dividía mi trozo de barrio residencial de la ciudad en sí, un bulevar de seis carriles de asfalto y cemento. Sobre él se elevaba el estrépito de sus fanáticas criaturas apresuradas de metal y cada una llevaba el fuego y el hedor del sacrificio en su vientre. Más allá se hallaba el dios supremo de la vida moderna, el creciente centro comercial urbano, y muchas eran las donaciones que se hacían a sus sacerdotales arcas. De la salvación, ofrecía sus propios y diversos tipos.

El centro comercial en sí tenía la forma de un hexágono achatado. En el amplio centro abierto estaba la zona de entretenimientos donde, desde el vestíbulo del cine, en el nivel superior, yo en ocasiones había contemplado a los niños que chillaban en una elaborada red de toboganes. ¿Era solo coincidencia que el dios del centro comercial hubiera surgido más de cuatro décadas antes, en el momento en el que el mundo se convertía al secularismo?

Cruzamos trotando el atestado bulevar y comenzamos a subir por la larga franja peatonal que cruzaba el aparcamiento, el patio exterior del templo interior. Se me ocurrió preguntar de repente:

—¿Qué deberían pensar el hombre racional y la mujer racional de este monumento al consumismo?

Shauna respondió:

—Son lugares como este los que llevan a la gente a meterse en sectas de supervivencia en la naturaleza. Yo casi los entiendo.

Y fue en ese momento cuando recordé el trozo de papel que tenía en el bolsillo de la camisa.

—Hablando de sectas, se me olvidó decirte que David me dio otro mensaje de los Maestros Ascendidos ese día en la universidad. Resulta que lo llevo encima. Debería enseñártelo, a ver si a ti te sugiere alguna impresión que a mí se me haya escapado.

Detrás del vestíbulo de la entrada principal se encontraba la escalera que llevaba a los cines del nivel superior. Aquí se anunciaban las películas del momento y las horas de sus pases para llamar la atención del que pasaba.

Dado que Shauna había sugerido una película «sexy», escogimos la más prometedora de las tres y nos encontramos con que teníamos que esperar 30 minutos. Para pasar el tiempo paseamos hasta el pasillo central y nos sentamos al lado de una fuente que borboteaba en un estanque plateado de cerámica. El sonido del agua hablaba de corrientes siniestras.

Me saqué el trozo de papel del bolsillo.

> «Pista número dos: Aquellos que se creen grandes hombres, y los ricos y los fuertes, llamarán a las piedras: Caed sobre nosotros y ocultadnos del rostro de aquel que está sentado en el trono y de la ira ante la que nadie puede permanecer.»

Shauna sacudió la cabeza con tristeza.

—¿Por qué no se buscan algo útil que hacer en la vida?

—Sospecho que una vida es justo lo que están buscando. Suelen ser los desafectos los que dan comienzo a los nuevos movimientos. Ya están aislados de la sociedad dominante, ya sea por su posición social y económica o por su innata inestabilidad. Hasta el Cristianismo se supone que comenzó como una religión de esclavos e inadaptados sin voz ni voto, aunque eso es simplificar demasiado las cosas. San Pablo se movía en un círculo bastante sofisticado de personas cultas e inteligentes. Y sin embargo hay ciertas insinuaciones de inestabilidad en sus cartas. Algunos creen que era un homosexual reprimido. No practicante, por supuesto. Su fe era una forma de enfrentarse a sus conflictos internos y terminó descartando la Ley judía, que prescribía la pena de muerte para ese tipo de orientación sexual. Decidió confiar en la fe en Cristo para que le diera la salvación.

—¿Entonces qué es lo que les fastidia a estos Maestros Ascendidos? ¿Son como el grupo de Waco?

—No tenemos forma de saberlo. Koresh basaba su filosofía (y su propio mesianismo) también en el Apocalipsis. Pero claro, la mayor parte de los chiflados milenaristas hacen lo mismo. Es obvio que a los Maestros no les gusta lo que representa la Fundación de la Edad de la Razón. Sean quienes sean, al parecer han averiguado muy pronto nuestras intenciones anticreacionistas y lo de Burton Patterson en concreto.

—¿Quieres decir a través de alguna información interna?

—Eso es lo que sospecha David. Pero hasta que podamos rastrear quiénes son y dónde están, es difícil saber cuáles son sus intenciones, si es que tienen alguna. ¿A qué te suena este último mensaje?

—A amenaza.

—Sí, esa fue también mi impresión, aunque el Apocalipsis es ya en sí una gran amenaza psicótica. Los Maestros cambiaron un poco el pasaje verdadero: de «grandes hombres» a «aquellos que se creen grandes hombres». Y la llamada original es «a las montañas y las rocas», no a las piedras, que en griego es una palabra diferente. No estoy seguro de si el cambio de palabra significa algo, pero casi todas las traducciones que he visto utilizan «rocas»; ninguna usa «piedras». Han acortado la cita en sí pero, que yo vea, de ninguna forma significativa.

—¿Cómo era la primera pista? No me acuerdo.

—También la tengo aquí.

«Pista número uno: Esta es la revelación hecha por Dios a Jesucristo. El tiempo está cerca. Mirad, todos los ojos lo verán traspasado y todos los pueblos del mundo lo lamentarán arrepentidos. Que así sea. Amén.»

—Esa también suena siniestra.

—David dice que está tentado de llamar a la policía. Cree que nos están amenazando, sin lugar a dudas.

—¿Y tú?

—Las referencias a las «pistas» dejan claro que están utilizando las citas para señalar algo. Sospecho que si recibimos otra, y es probable que lo hagamos, David alertará a las autoridades.

—Quizá deberíais hacerlo vosotros mismos. Investigar, me refiero. ¿No podéis averiguar de dónde vienen estos mensajes?

—David está trabajando en ello.

Shauna miraba fijamente la cascada de agua.

—Habría pensado que Burton Patterson tendría contactos para eso. Parece tener formas de llegar a todo el que quiere.

—Tengo la sensación de que David está demasiado nervioso para permitir que Patterson sepa lo de esta pequeña molestia. Pero quizás hayas tenido una buena idea. —Luego asimilé el último comentario y solté de golpe—. ¿Qué quieres decir? ¿Patterson se ha puesto en contacto contigo?

Shauna levantó los ojos y me miró con una exagerada expresión de inocencia. La luz de la fuente reflejaba las chispas de sus ojos.

—¿Con quién, conmigo? ¿Y por qué un millonario tan engreído iba a mostrar algún interés por una persona como yo? —Estaba jugando con mi estallido involuntario de celos.

Le di la respuesta que estaba buscando.

—Porque al igual que todos los hombres, no podría resistirse a tu encanto, ingenio e inteligencia. Por no mencionar algún otro atributo. Y es la clase de hombre por cuyos encantos supondría que te sebtirás cautivada.

—Hmm. Bueno, en cualquiera de los casos, llamó el otro día solo para invitarme a acudir a la vista de Filadelfia. Al parecer está planeando algún evento social asociado con ella y quería asegurarse de que estuviera allí.

La miré enfadado.

—¿Y pensó que yo no te invitaría? De todos modos es la primera noticia que tengo de algún «evento social». ¿Estás segura de que no se estaba refiriendo a una cena para dos a la luz de las velas?

Shauna lo pensó un momento.

—Bueno, ahora que lo dices...

Me estaba provocando, y yo, que tenía la mano metida en el agua que había a nuestras espaldas, sentí grandes tentaciones de realizar una pequeña ablución de represalia.

—Ni te atrevas. —Se me había olvidado que era capaz de leerme el pensamiento. Se inclinó y me dijo al oído—. Después de ver esta película, podemos acercarnos a mi casa y allí me puedes mojar todo lo que quieras.

Fingí que quizá hiciera falta alguna recompensa especial para compensar su coqueteo, si bien su mayor parte había tenido lugar solo en mi mente. Me di cuenta de que mis celos no eran porque Shauna me hubiera dado motivos para dudar de nuestro compromiso extraoficial. Era el efecto que provocaba el propio Patterson. Si aquel hombre podía estar tan seguro de las intenciones que yo le imputaba, quizá ni Shauna pudiera resistirse, ¿no? El abogado me parecía una de esas personas que nunca habían tenido razones para dudar del éxito de ninguna de sus empresas o expectativas.

12

1

Mi próximo encuentro con David sería al cabo de menos de una semana. Después de eso, la vista en Filadelfia se encontraba a solo tres semanas.

Para entonces necesitaba tener terminada la mayor parte de mi investigación sobre Jesús, al menos un esbozo general, de tal modo que pudiese abordar la decisión de si debía seguir adelante con la novela. Los requisitos de mi puesto en la Fundación de la Edad de la Razón quedarían claros tras la vista sobre el creacionismo y para entonces podría ver el alcance del trabajo que se me planteaba en todos los frentes. Tenía la sensación de que la vida estaba a punto de hacerse mucho más interesante, y también más agotadora.

Me llamaba la sirena de los Evangelios, su creación de la figura de Jesús de Nazaret que iba a dominar la fe cristiana durante 1.900 años. ¿Qué mayor paradoja podía encontrarse en toda la experiencia humana que la probable conclusión de que el hombre más influyente de la Historia era en realidad una creación de la mente humana?

Sin embargo, antes de poder arrojar luz sobre cómo se produjo esto, necesitaba sacar de las sombras la figura de su predecesor, el Hijo espiritual que había existido y actuado dentro de otra creación de la mente humana: el mundo celestial que, según se percibía, se encontraba más allá del mundo de los sentidos, donde tenían lugar las actividades místicas de todos los dioses y diosas. Como había expresado Fisher, los sueños obsesionados del cerebro humano habían partido el universo en muchas mitades y al mismo tiempo habían separado al hombre de sí mismo.

La otra sirena que alguna parte de mí parecía oír y a la que el resto de mí, al igual que Ulises, se había encadenado para resistir, presentaba un dilema. ¿Podría resolver las oscuridades y los rasgos esotéricos de este extremo de mi investigación sin consultar a Sylvia de nuevo? Aquella extraña llamada de la noche de la tormenta seguía inquietándome, y la menor de las razones no era por lo enigmática que había sido. Por alguna razón, aquella mujer se me ofrecía y yo estaba resistiendo el impulso de responder. Pero lo que había detrás de esa atracción mutua seguía siendo un misterio y cualquier nuevo acercamiento hacia ella, incluso si se hacía en el contexto de mi investigación, no podría dejar de suponer algo más profundo. No sentía, en mí al menos, que los motivos fueran románticos, aunque el incidente de su despacho desde luego demostraba que los impulsos sexuales podían colarse en la mezcla. Estaba desgarrado entre una comprensible sensación de culpa con respecto a mi relación con Shauna y una sensación de culpa diferente, todavía indefinible, si persistía en negarle a Sylvia lo que fuera que buscaba en mí. La llamada había quedado ya unas tres semanas atrás. No había habido ningún otro contacto entre nosotros. Pero todo aquel asunto, exasperante por no resuelto, seguía rondándome y desestabilizando mis entrañas. Antes o después iba a tener que enfrentarme a él.

Por ahora examinaría el tema en curso lo mejor que pudiera y a partir de ahí ya vería.

Me tocaba volver al proyecto Muratorian. Durante los dos días siguientes viví dentro de su abarrotado índice de temas y solo salí a respirar para comparar mis hallazgos con algunos de los documentos judíos y cristianos más oscuros ajenos al Nuevo Testamento que había recogido de otras fuentes. Con otra visita a la biblioteca de la universidad (sin excursiones añadidas al despacho de ningún catedrático) me embolsé un surtido de libros sobre filosofía y religión antiguas. Hasta cierto punto avanzaba a tientas; si no en medio de la oscuridad, entonces en un crepúsculo de comprensión insuficiente, en mi intento de desnudar al Cristo espiritual de los primeros cristianos.

El universo estratificado en el que mi propia cultura había vivido hasta hace tan poco tiempo hundía sus raíces en la antigua convicción de que la realidad estaba dispersa a través de varias capas de materia y espíritu, de las que la tierra material sobre la que caminaba el ser humano era solo un nivel, el más bajo.

En la más alta de esas capas, una de puro espíritu, moraba el Dios supremo: el Ser Absoluto de Platón, el Dios Padre de los judíos, el Uno de Filo. Cada vez más veían en él a un ser trascendente, inconocible, inaccesible. Debajo de ese elevado reino se encontraban capas de cielos cada vez más bajas, cada vez menos puras. En algunos sistemas, había siete de esas esferas en total, cada una gobernada por uno de los cuerpos celestiales o planetas, considerados ellos también seres divinos.

Para los judíos en especial, diferentes categorías de ángeles residían en esas esferas y debajo de ellas, en la capa de aire que hay debajo de la luna (llamada «el firmamento») se encontraba la morada de los espíritus demoniacos. Era el nivel más bajo del mundo espiritual, que tenía más en común con el mundo de la materia sobre el que descansaba que con la esfera más alta de Dios. Satanás era su gobernante. Desde su dominio, los demonios acosaban a la Tierra en sí y a los hombres y mujeres que en ella vivían.

A través de todas estas múltiples capas de mundo espiritual, el contacto entre la Tierra y Dios era imposible. El espíritu puro no podía tocar la vil materia. Para llenar el vacío, se necesitaba un intermediario espiritual, una divinidad subordinada.

Ese intermediario había tomado muchas formas. Se había encarnado en conceptos diferentes, desde el impersonal *Logos* pasando por la sabiduría personificada hasta la idea del Hijo. Todos estos conceptos tenían varias mitologías asociadas con ellos. Para los primeros cristianos, Cristo el Hijo era el señor del reino espiritual. En virtud de su muerte, había colocado todas las fuerzas que había bajo la esfera de Dios, benignas y malignas, bajo su gobierno y las había sometido a él. Este tipo de ideas se expresaban con toda claridad en Colosenses y Efesios.

Al formular mis notas, me había visto obligado a generalizar y encajar diferentes sistemas e implicaciones en el frustrante y escaso registro del pensamiento mítico del mundo antiguo. Algunos documentos judíos sugerían un universo de tres capas más racionalizado; los sistemas estrictamente platónicos lo reducían a dos divisiones generales. Los gnósticos, con su extraña y elusiva mezcla de ideas judías y helenísticas, tenían un universo seccionado de una forma bulliciosa, con una multitud de partes de la Divinidad; y el gnosticismo en sí estaba dividido en incontables sectas, cada una con sus propios giros.

Los platónicos imaginaban una pronunciada distinción entre sus realidades superior e inferior, sus mundos del espíritu y de la carne, mientras que las visiones apocalípticas judías veían las cosas como algo más mezclado y graduado. San Pablo, en 2 Corintios 12, podía hablar de que estaba atrapado en una visión y revelación concedidas por el Señor «hasta el tercer cielo». Pero sobre las capas del mundo espiritual y su naturaleza en las que él creía, nunca fue más concreto.

Otra importante tendencia de pensamiento se encontraba en la idea de que dentro de las capas superiores del cielo residían equivalentes espirituales de las cosas terrenales. Eran contrapartidas celestiales de las manifestaciones materiales que había abajo. Por encima se hallaban las formas ideales de Platón. Allí también se encontraba un Jerusalén celestial, un templo celestial; ambos figuraban en las comparaciones de estilo platónico encontradas en la Carta a los Hebreos. La guerra entre los ejércitos humanos de la tierra era una extensión de las batallas celestiales libradas entre las filas de los demonios de Satanás: así lo decían la Ascensión de Isaías y otros. Los demonios tenían sus propias organizaciones políticas en su reino sublunar, igual que las tenían los gobiernos de la tierra. Todas las «copias» terrenales de las realidades superiores disfrutaban de su existencia y funcionamiento en virtud de sus contrapartidas celestiales, que eran fundamentales y superiores.

Dentro de esta categoría de pensamiento yo había comenzado a formarme una impresión que resultó ser un elemento esencial de mi visión de la primera fe judía en un Cristo espiritual. Por ahora me limité a llamarla el «paradigma».

Un aspecto de la relación general entre el Cielo y la Tierra era la idea de que las figuras celestiales, divinas o angélicas, podían servir de contrapartidas de los humanos. Quizá la primera versión de esto fue la idea del defensor angélico. El arcángel Miguel se consideraba el ángel que guiaba a Israel y algunos documentos, como el «cristiano» Pastor de Hermas, incluso veían él una figura salvadora. Cada comunidad cristiana, como demuestran las Cartas del Apocalipsis que Cristo les dedica a las congregaciones de Asia Menor, tenía su propio supervisor angélico, mientras que las naciones malignas tenían como defensores a ángeles malignos.

El defensor «paradigmático» más famoso de la literatura bíblica era «aquel como un hijo del hombre» de la visión que tuvo Daniel del fin de los tiempos. Esta figura, que en la mente del autor quizás haya sido un ángel, representaba al justo elegido de los judíos. Cuando recibía «soberanía, gloria y poder digno de un rey» de manos de Dios, simbolizaba que sus contrapartidas terrenales estaban también destinadas a heredar esta soberanía y esta gloria, y a gobernar para siempre las naciones de la Tierra en el próximo reino de Dios. El «Hijo del Hombre» de Daniel saturaría buena parte del pensamiento sectario en la última parte del siglo I, incluyendo los Evangelios.

En una sección del apocalíptico documento conocido como 1 Enoc, escrito quizá por una secta judía partidaria de Enoc a mediados del siglo I, el Mesías e Hijo del Hombre que esperaba en el Cielo el día del juicio final era el defensor y paradigma de sus creyentes escogidos en la Tierra. La rectitud de estos creyentes se reflejaba en él, que era el Justo máximo. Se le llamaba también el Elegido. Su gloria se traduciría en la gloria de sus creyentes.

Yo estaba empezando a ver que la clave para entender la primera concepción del Hijo espiritual como figura salvadora era ver que el paradigma celestial y sus contrapartidas terrenales compartían características y experiencias. De forma parecida al lenguaje de los misterios griegos, el creyente cristiano se asimilaba a la figura divina de Cristo. San Pablo hablaba de estar unidos a Cristo en su muerte y resurrección. Lo que Cristo en persona había experimentado, sus contrapartidas terrenales también lo habían conocido y también lo lograrían. Así pues Cristo, en un marco mítico, había sufrido humillaciones, amarguras y la muerte, como habían hecho durante siglos los justos judíos. Pero también lo habían elevado al Cielo y eso garantizaba que a ellos también los elevarían. Las dos contrapartidas se movían al unísono en un patrón de similitudes.

Como decía San Pablo en Romanos 6:5: «Pues si nos hemos unido a él en la similitud de su muerte, desde luego también lo estaremos en la similitud de su resurrección.»

Como había observado al hablar con Sylvia, esas ideas habían surgido de visiones más antiguas sobre un pasado primordial que se encontraba en la mitología primitiva de todo el mundo: que la sociedad presente, a través de ritos y sacramentos, aprovechaba y recibía los beneficios de las acciones originales que los dioses habían llevado a cabo durante el tiempo sagrado, al comienzo de las cosas. En el periodo del primer Cristianismo, esas visiones mitológicas habían asumido una luz más platónica y se movían de un pasado primordial remoto hacia la realidad superior e intemporal de Dios.

Estos principios filosóficos eran una expresión fundamental de las religiones místicas del mundo antiguo. Había un factor común que vinculaba al Cristianismo con los cultos mitológicos y convertía a los dos sistemas en ramas del mismo árbol. Si bien el primero tenía su propio e inconfundible carácter judío, ambos eran expresiones culturales respectivas de un fenómeno religioso común y muy extendido de la época. Para estas ideas hoy no teníamos contrapartidas, salvo en las raíces supervivientes de la fe cristiana.

Al tercer día, mi mente oscilaba entre el agotamiento y la intoxicación. Caí en una rutina de pequeñas siestas seguidas por inmersiones renovadas en mi nuevo mundo esotérico.

Necesitaba desarrollar, por así decirlo, la historia mítica real que había sufrido el Cristo espiritual como paradigma celestial de los cristianos de ese culto. Por alguna razón, en algún momento, lo habían crucificado en el mundo espiritual, lo habían colgado de su equivalente de un árbol. Las Escrituras habían hablado de este hecho, con sus supuestas referencias mesiánicas a alguien traspasado y clavado. En ese reino mítico había sido «de la semilla de David». Como el dios Dionisos, había «nacido de mujer».

Me quedaban pocas dudas de que este último rasgo del Cristo espiritual, expresado por San Pablo en Gálatas 4:4, se había basado en Isaías 7:14, un versículo que iba a tener un efecto inmenso en la doctrina cristiana. Allí decía que «una joven, o virgen, está encinta y dará a luz un varón...». Isaías solo había querido decir que antes de que este niño sin especificar, alguien que vivía en su propio presente, creciera, ciertos acontecimientos contemporáneos tendrían lugar. Todo se encontraba por completo dentro de su propio periodo histórico. Los intérpretes posteriores, sin embargo, iban a darle la vuelta a Isaías y a convertirlo en un profeta del futuro lejano que presagiaba no solo la venida del Mesías en sí, sino su nacimiento de una virgen. Antes de eso, cultistas como San Pablo leían pasajes como este y los veían como una ventana que se asomaba a la naturaleza del Cristo mítico, alguien que de algún modo podría ser descendiente de David y nacer bajo la Ley. Hebreos también había llegado a la conclusión, tras leer las Escrituras, que «de Judea ha surgido el Señor de todos nosotros», aunque no mencionaba a ninguna mujer. Claro que cada dios y diosa salvadores de la época tenía su linaje nacional.

La frase de Gálatas 4:4 de que «Dios envió a su hijo...» podría haber estado describiendo la encarnación de Jesús y siempre se había tomado de esa forma. Pero una mirada más atenta demostraba que no era el caso. El versículo 6 especificaba que era el «espíritu» de su Hijo lo que Dios había mandado; y era a Dios solo, no a Jesús, al que San Pablo señalaba como agente activo a la hora de redimir y convertir al creyente en «heredero». Así pues, Jesús, «nacido de mujer, nacido bajo la Ley», todavía se podía ubicar en un contexto mítico.

De hecho, esta idea de «enviar» o «venir» era una expresión muy común en las epístolas. Un análisis más lúcido de los textos sugería que solo significaba que el presente era una época de revelación de Cristo que hacía Dios, el espíritu del Hijo que venía al mundo.

Yo sabía que había un tipo de frase que sobre todas las demás necesitaba explicación dentro del contexto del mito. Esta frase incluía la palabra «carne». San Pablo y otros empleaban con frecuencia el término *kata sarka*, según la carne. Pero exactamente, ¿qué significaban estas crípticas palabras?

Me había encontrado con la traducción de C. K. Barret de las frases *kata sarka* y *kata pneuma* en Romanos 1 como «en la esfera de la carne» y «en la esfera del espíritu». Esto al menos le daba a esos términos algo parecido a una imagen concreta, aunque todavía vacilante. Lo que sugerían era un contraste de tipo platónico entre un mundo terrenal e inferior de la materia y sus inmediaciones y el mundo superior del espíritu puro en el que se encontraba el Cielo de Dios. Jesús había operado en ambas esferas.

En sarki, en la carne, era otra de esas frases estereotipadas. El himno de 1 Timoteo 3:16 declaraba a Cristo «manifestado en la carne» (y, por cierto, visto solo por ángeles). 1 Pedro hablaba de que a Cristo le habían dado muerte «en la carne». Colosenses hablaba de la muerte de Cristo «en el cuerpo de su carne», mientras un par de pasajes de otras epístolas se referían a la «sangre» de su sacrificio.

La primera premisa que adopté solo fue que si la filosofía platónica decía que el mundo superior poseía prototipos ideales de las copias terrenales y si el concepto del universo estratificado dominante en el pensamiento judío creía que las cosas terrenales poseían contrapartidas en los estratos espirituales del cielo, entonces no debería prohibirse ver en todos esos rasgos de aspecto humano dados a Cristo elementos de su naturaleza como ser celestial, en su papel de contrapartida paradigmática. No tenían que referirse a elementos humanos y materiales de la carne, la sangre o el cuerpo. No requerían una vida en la Tierra.

Con una sola condición. Nada que se pareciera a la materia podía existir en la más alta morada de Dios, el nivel del espíritu puro. Ni tampoco la experiencia del sufrimiento y la muerte podía tener lugar en el más sagrado de los reinos, desde luego no por parte de una divinidad. Por tanto, el uso de tales términos hablaba de su naturaleza temporal. Cristo el Hijo había asumido estos rasgos para poder realizar sus acciones redentoras. Se ponía así, de forma deliberada, las prendas de la carne espiritual.

También significaba que la deidad salvadora, ya fuera Cristo o los varios dioses paganos que habían realizado sus propias acciones redentoras, tenían que haber descendido a una esfera inferior donde tales cosas fueran posibles. Donde rasgos parecidos a los humanos y la muy humana experiencia del sufrimiento pudieran asumirse. Eso encajaba con el concepto de universo estratificado, que descendía a través de niveles cada vez más degenerados del mundo espiritual hasta que se alcanzaba el nivel sublunar infestado de demonios que había justo encima de la Tierra.

Y de hecho, este tema del descenso se extendía por todos los textos judíos, cristianos y paganos. Me lo encontraba en cada esquina. Los himnos cristológicos estaban construidos alrededor de la pauta de descenso-ascenso. La mitología pagana contenía ecos de un Redentor Descendiente-Ascendiente. El emperador Juliano, que escribió en el siglo IV, describió el descenso de Attis al nivel más bajo del espíritu anterior a la materia. Los documentos judíos y gnósticos hablaban del Hijo que descendía a través de las capas del cielo. Todos lo veían como una acción «de humildad» por parte de la deidad, que obedecía los deseos del Dios supremo.

Otras piezas del puzzle encajaron en su lugar. El autor de Hebreos, en 10:5, presentaba unos versos del Salmo 40 (en la redacción de la Septuaginta) como la voz de Cristo que decía:

«Al llegar al mundo, Cristo le dice a Dios:
sacrificios y ofrendas no has deseado,
pero has preparado un cuerpo para mí...
He venido, oh Dios, para hacer tu voluntad...».

El presente del verbo del autor, «dice», apuntaba la visión de que Cristo residía en los textos sagrados, en el «presente intemporal de las Escrituras», como había dicho un estudioso. No era una referencia a un pasado histórico ni a ningún momento de encarnación. El autor de Hebreos no nos hablaba de nada parecido. Para él, Cristo vijvía y trabajaba en el presente intemporal del reino mítico al que las Escrituras, como el Salmo 40, abrían una ventana. Dentro de ese reino, así lo revelaba el Salmo, Cristo había «venido al mundo» y tomado un «cuerpo» para poder servir como sacrificio que suplantaría de una vez por todas los tradicionales sacrificios animales del culto del templo. Estos conceptos podían existir entonces dentro del reino espiritual. La epístola entera se centraba en el sacrificio de

Cristo en el cielo y un versículo, 8:4, casi decía con todas las letras que nunca había estado en la Tierra.

Otra pieza del puzzle era también un tema recurrente. Cristo adoptó solo el «aspecto» de un hombre. No, y esa parecía ser la implicación, la naturaleza completa y real de un ser humano. El himno de Filipenses, que la mayor parte de los estudiosos consideraba anterior a San Pablo, hablaba de una forma bastante enfática y repetitiva de esta limitada transformación:

«...se vació, tomó la forma de esclavo,
se hizo semejante a los hombres,
en apariencia se hallaba como un hombre...».

Hebreos 2:14 tenía a Cristo compartiendo la carne y la sangre de los hombres de un modo «cercano a» o «similar» al de ellos. Encontré un ejemplo más esclarecedor todavía de esto, junto con otra ilustración de todo el tema, en la Ascensión de Isaías. Una vez más, su mítico relato hablaba de que Cristo descendía para sacrificarse a los reinos espirituales inferiores, donde las formas y experiencias estaban más cercanas a las de la propia Tierra y su naturaleza se asemejaba a la de la Humanidad. Este documento estaba destinado a proporcionar una multitud de nuevas percepciones clave.

La última pieza del puzzle era la más importante. Todavía en busca de la palabra «carne», busqué *sarx* en el definitivo diccionario teológico del Nuevo Testamento. En su exhaustivo ensayo me enteré de que los ángeles podían adoptar las galas de la Humanidad, que los poderes espirituales demoniacos pertenecían al reino de *sarx*, de la carne. Así pues, parecía que cualquier dios que descendiera del cielo supremo para someterse a sufrimientos y al sacrificio como acto redentor en nombre de la Humanidad, para adoptar el equivalente espiritual de la «carne» y derramar su «sangre», no tenía que ir más allá de esas esferas celestiales inferiores, para que lo crucificaran los espíritus demoniacos que vivían allí y las controlaban.

Esa sangre y esa carne se parecían lo suficiente a la realidad como para que Cristo sufriera de verdad. Esa sangre sacrificada era suficiente para proporcionar la necesaria fuerza salvadora para cumplir con los propósitos redentores de Dios. Ese, entonces, parecía ser el significado del término «carne» tal y como lo utilizaban los primeros autores cristianos. Eso era lo que había conformado el gran misterio desvelado a San Pablo en la «revelación» que hizo Dios del secreto de Cristo.

Crucificado por espíritus demoniacos. ¿Una idea absurda? Para la mente del siglo XX, quizá. Desde el punto de vista de la mitología antigua no se habría alzado ni una ceja. En cualquier caso, me di cuenta de que el propio San Pablo era el que nos había informado de que era eso precisamente lo que había pasado. De mi anterior investigación, yo sabía que la mayor parte de los eruditos aceptaban que esta idea yacía tras la afirmación que hacía San Pablo en 1 Corintios 2:8, que los «gobernantes de esta época», los espíritus demoniacos que vivían en el firmamento y gobernaban el actual y lamentable destino del mundo, habían «crucificado al Señor de la gloria» sin saberlo. Era un hecho que llevaría a su propia destrucción, planeada por la divinidad. Un torbellino de debates e interpretaciones rodeaban este pasaje. Era tan crucial para mis conclusiones que sabía que tendría que investigarlo en profundidad.

Y eso, me di cuenta al fin de forma consciente, exigiría que le hiciera una visita a Sylvia. Eso y el único pasaje que había localizado en las epístolas del Nuevo Testamento que parecía contener una referencia directa al momento intemporal, el tiempo más allá del tiempo, en el que había tenido lugar el acto redentor de Cristo. Necesitaba una mente más hábil que la mía con el griego antiguo para confirmarlo.

La historia de la deidad que se sacrificaba, el propio hijo de Dios, que había descendido de los límites superiores del Cielo para adoptar «la carne» y ser crucificado en el mundo del mito, estaba completa y perfectamente integrada en el pensamiento de la primera fase del Cristianismo. La historia se podía encontrar en los documentos no evangélicos del primer siglo del movimiento, junto con un vacío universal sobre cualquier cosa que tuviera que ver con un Jesús histórico. Parte de este, como yo iba a descubrir, se encontraba en las primeras raíces del Evangelio según San Juan. Y sus detalles se habían obtenido de las Escrituras.

Todo el ambiente de la Historia cristiana encajaba en el mismo mundo conceptual de los cultos de misterio y sus mitos. Los griegos también sabían tejer relatos sobre sus deidades, deidades nacidas en cuevas y asesinadas por otras divinidades; deidades que dormían, comían y hablaban, y nada de ello se consideraba que tuviera lugar en la Historia o en la Tierra misma. De hecho, los filósofos paganos más sofisticados, como Plutarco y el Salustio del siglo IV, veían en los mitos de los cultos alegorías que representaban los eternos procesos cósmicos en una realidad superior intemporal; no eran sucesos aislados, aunque pensé que era dudoso que los devotos medios paganospudieran ver las cosas de una forma tan esotérica. Pero incluso para ellos, el toro que se cargó Mitra no era histórico: la sangre que derramó y vitalizó la Tierra era metafísica y mítica. Nadie registró jamás el suelo de Asia Menor con la esperanza de desenterrar los genitales que le cortaron al consorte de la Gran Madre, Attis.

A lo cual, se me ocurrió de repente, se podía encontrar un paralelo exacto en San Pablo y el Cristianismo del siglo I: el absoluto desinterés que mostraba todo el mundo hacia los lugares y las reliquias de las actividades de Jesús.

3

Era miércoles por la mañana, dos días antes de mi encuentro con David y los demás. Después de una noche de sueño reparador, no parecía tener mucho sentido seguir retrasando lo inevitable. Llamé a la universidad y me pusieron con el despacho de Sylvia. La voz que se oyó al otro lado de la línea estaba grabada.

—No estoy en el despacho a las horas acostumbradas durante el mes de junio. Si lo desea puede dejar un mensaje o si el asunto es urgente puede llamarme a casa. Mi número es…

Cogí un lápiz y anoté el número. Parecía un poco extraño que una mujer soltera le proporcionara con tanta facilidad su número de teléfono particular a cualquiera que la llamara al despacho, pero quizá formaba parte de la peculiar naturaleza de Sylvia. Por otro lado, se me ocurrió que después de nuestra última conversación por teléfono y sabiendo que en general no estaría a disposición de nadie en su despacho durante algún tiempo, quizá se hubiera permitido esta rareza por mí, por si se daba la casualidad de que yo intentaba ponerme en contacto con ella.

¿Y qué clase de fantasía me estaba permitiendo yo?

Ahora que había llegado el momento, empecé a aplazarlo. Durante las horas siguientes estuve muy ocupado ordenando la casa. Desde la última visita que me había hecho Shauna el sábado, había dejado desatendidos los requerimientos mundanos de la vida y la casa estaba hecha una pena. Había platos que lavar y camas que hacer, y era asombroso el modo que tenían todos los espacios disponibles del plano horizontal de atraer todo tipo de materiales de relleno. Luego tuve que ponerme a ordenar mis propios planos.

Ya era última hora de la tarde cuando llamé a Sylvia a casa. No tenía ni idea de dónde se encontraba su residencia, aunque el prefijo indicaba algún lugar del otro extremo de la ciudad. Respondió después de dos tonos.

—Aquí Sylvia Lawrence.

Esta forma tan directa de responder al teléfono me desconcertó y a punto estuve de perder el aplomo que con tanto cuidado había preparado.

—Ah, sí, Sylvia, es usted... Soy Kevin Quinter. Espero no haberla pillado preparando la cena.

Respondió con la voz apenas entrecortada.

—No. No, como con bastante irregularidad. Solo cuando me apetece. Probablemente una mala costumbre, supongo. No, no me ha molestado.

—¿Sigue corrigiendo exámenes, evaluando trabajos sobre Tucídides, quizá?

La referencia a nuestra primera conversación en su despacho pareció tranquilizarla.

—Oh, esos ya están hechos. No había muchas ideas originales sobre ninguno de los historiadores antiguos, para desilusión mía. —Su risa era un poco nerviosa—. Estoy segura de que usted podría eclipsarlos a todos, a mis estudiantes, me refiero.

—Bueno, yo ya llevo años de experiencia práctica, sabe. Y cuando se estudia la Historia para ganarse la vida, es un maravilloso incentivo.

—Debo leer una de sus novelas. Quizá este verano. Sí, eso es lo que pienso hacer.

—De hecho, Sylvia, me conformaría con un poco más de ayuda en la que estoy trabajando ahora. Me he tropezado con una forma de ver a Jesús que implica ciertas ideas míticas antiguas, y me temo que mi insuficiente conocimiento de las cosas es un pequeño estorbo. Me preguntaba si tendría algo de tiempo para darme algún consejo.

—Oh, estaría encantada. —Parecía sinceramente entusiasmada—. No estoy muy ocupada estos días. Si quiere que me acerque, o, bueno, quizá necesite tener sus libros y sus cosas a mano... —Su precipitado ofrecimiento la había puesto nerviosa.

A mí también me había cogido por sorpresa. De ninguna de las maneras podía sentirme cómodo teniendo a Sylvia en mi casa, dada la reciente inclinación de Shauna por las visitas inesperadas.

—Bueno, no, aquí no hay nada que necesite en realidad. Quizá sus libros de referencia serían más útiles, de hecho. Podríamos encontrarnos en su despacho, si le resulta más conveniente.

Se produjo una breve pausa y solo más tarde supuse qué cálculos mentales podrían haberse estado haciendo durante ella. Cuando habló, la voz de Sylvia era bastante tranquila.

—Es que mi despacho está tan cargado en esta época del año… No tiene aire acondicionado, sabe. Tengo muy buenos libros de referencia en casa. Quizá podría invitarlo a que me visitara aquí. Sería mucho más cómodo.

—Supongo que eso… sonaría agradable, sería agradable. No quiero causarle ninguna molestia. —Tenía la sensación de que, prudente o imprudentemente, acababa de tirar unos dados, solo que no veía qué números habían salido.

—No será ninguna molestia, en absoluto. Será emocionante presenciar el proceso creativo, contemplar cómo toma forma un nuevo libro.

Me eché a reír.

—Bueno, sigue en la etapa germinal. Todavía no he escrito ni una palabra de este libro. Pero debo confesar que la investigación está resultando bastante estimulante. Montones de sorpresas.

—¿Le gustaría venir esta noche? Estoy segura de que para entonces ya tendré hambre y podría preparar algún aperitivo. —Su voz seguía tranquila y controlada. Era la mía la que sonaba un poco agitada.

—En fin, no tiene por qué ser tan urgente. —Por otro lado, no había razón para retrasar las cosas—. Pero la verdad es que podría. ¿Para qué otra cosa es un miércoles por la noche? —No tenía ni idea de a qué me refería con eso.

—Bien. —Pude oír la sonrisa en su voz—. ¿Va a traer a Jesús con usted?

No estaba seguro de cómo interpretar aquella nota de humor. El comentario era extraño.

—Oh, se apuntará a la excursión, eso desde luego. No estoy tan seguro de si podremos hacer que diga algo. De hecho, si usted puede sacarle algo, resultaría muy útil.

—Haré lo que pueda. ¿Qué le parece entonces a las ocho? —Me dio su dirección.

Durante las siguientes tres horas me duché, me afeité y pasé algún tiempo decidiendo cómo podía tener un aspecto informal. Creo que también invertí una considerable cantidad de energía intentando no pensar en aquello en lo que podría estar metiéndome.

La casa de Sylvia sí que estaba al otro lado de la ciudad, una zona más vetusta que la mía. Su calle estaba flanqueada por árboles y era lo bastante antigua para tener un aire pintoresco, pero no tanto como para estar destartalada. Ella vivía en el piso superior de un dúplex. El edificio había sido atractivo en sus buenos tiempos, aunque ahora mostraba señales de envejecimiento. Tenía su propia entrada lateral.

Bajó a la puerta para responder a mi llamada. Ella también iba vestida de forma informal y su gesto era relajado. Yo me había traído dos libros. Insistió en cogerlos cuando subimos las escaleras rumbo a su apartamento.

Le dio unos golpecitos al de arriba.

—Yo no tengo este. Es bastante especializado.

—¿La *Pseudopígrafa del Antiguo Testamento*? Es un ejemplar de la biblioteca. Y eso es solo el volumen dos.

—Ya veo que su investigación está llevándolo a rincones muy esotéricos.

—No hay que dejar piedra sin mover, como se suele decir.

Me invitó a entrar. Su apartamento era espacioso, con pesados adornos y muchos muebles. Al igual que su despacho, las líneas eran fuertes y había mucho color, pero también una notable carencia de unidad. Me di cuenta de que ningún diseñador de interiores había sido el responsable de esta decoración.

Dejó los libros en una larga mesita de café de la habitación principal. Ya albergaba varios libros de ella, junto con unas cuantas tazas, platos y parafernalia relacionada y todavía vacía. Flanqueando la mesa por dos lados se encontraba un sofá de dos piezas colocado en ángulo recto. Era de color herrumbre y estaba un tanto arrugado.

—He sacado unos cuantos libros que pensé que podía necesitar. La mayoría los guardo en uno de los dormitorios, en realidad un estudio. Allí es donde hago la mayor parte del trabajo para clase. ¿Le traigo algo de beber? Tengo un vino blanco.

Dudé un momento.

—Eh, bueno, solo media copa. No quiero drogar a estas viejas neuronas. Podría olvidar la diferencia entre el genitivo y el acusativo.

Cuando estaba tranquila, el rostro de Sylvia no era excesivamente bonito. Había demasiados ángulos extraños. Pero su sonrisa parecía volverlos a colocar y el efecto era desde luego agradable. Le daba un brillo al que uno quería acercarse. Vestía un suéter ligero, adecuado para una noche de primeros de junio y lo bastante suelto como para suavizar los contornos de su cuerpo. Con una holgada falda por las rodillas la hacía parecer... cómoda.

—Yo recordaré uno y usted puede recordar el otro. Luego podemos unir los dos.

Desapareció en la cocina y volvió un momento después con dos copas y una botella de vino. Me di cuenta de que no se había tomado la libertad de colocarlo todo sobre la mesa antes de mi llegada.

—¿Usted qué prefiere? —preguntó mientras yo cogía una copa y ella me servía hasta que estaba un poco más de medio llena—. ¿Genitivos o acusativos?

—Oh, bueno. Me temo que mi dominio del griego deja mucho que desear. Hace muy poco que volví a retomarlo después de demasiados años alejado de él. Claro que... —le di una pequeña sacudida a la cabeza— quizá no fueran tantos años.

Sylvia llenó su copa hasta un nivel más alto.

—Envidio las sutilezas de un idioma flexivo como el griego. Dale a un nombre una terminación de caso diferente y tienes un significado ligeramente diferente. O quizá muy diferente. Claro que la preposición que utilice tendrá su propio efecto.

Estuve de acuerdo en que las preposiciones podían ser sin duda enigmáticas.

Sylvia rodeó la mesa y se sentó en la sección larga del sofá, la que flanqueaba la pared. Luego metió una pierna debajo del cuerpo. A pesar de la torpeza general que siempre parecía acompañarla, fue un movimiento lleno de sensualidad.

—¿Por qué no se sienta?

En lugar de hacer un gesto, la mano que sostenía la copa se la llevó a los labios. Yo podría haberla seguido y haberme sentado en la misma parte del sofá, pero sabía que eso habría parecido demasiado atrevido. Hice lo más natural y me senté en la sección corta, que sobresalía hacia un extremo de la habitación. Eso me colocó enfrente de ella, formando un ángulo.

Le di un sorbo al vino. Era quizá demasiado dulce para mi gusto.

—Encuentro fascinante que a veces toda la interpretación de un pasaje dependa de qué caso o qué tiempo se esté utilizando. Muchas de las epístolas del Nuevo Testamento son en realidad textos bastante informales. Después de todo, la mayor parte no son más que cartas. Nadie pensó en elaborar estos textos para los siglos venideros, ni mucho menos para las Sagradas Escrituras. Algunas oraciones pueden bordear incluso lo ininteligible. Sin embargo, toda una doctrina puede girar alrededor de esa oración.

—¿No es eso lo que hace que la vida sea interesante?

Ahora me tocaba a mí esbozar una sonrisa involuntaria. Sylvia había dado en el clavo con un martillo cargado de ironía. Todo el testimonio contemporáneo del primer Cristianismo se encontraba en un puñado de cartas enviadas, algunas dictadas, sin duda, sin pensarlo demasiado y dejando muchas cosas por decir. Esas casuales palabras se habían estudiado, diseccionado e interpretado a lo largo de los siglos, se había forzado en ellas significados que nunca tuvieron, las habían consagrado como mensajes inspirados por una deidad. Ahora se las sometía al escrutinio de una investigación más racional y cosas como los genitivos y acusativos dejaban caer en el polvo dogmas de dos mil años. Ese tipo de ambigüedades habían hecho que la vida de los últimos dos milenios fuera algo más que interesante, incluso habían creado su tejido. La nueva comprensión que de ellas se hiciera en este ambiente diferente de finales del siglo XX ya prometía hacer que mi vida, y las de muchos otros, fueran igual de interesantes, y de formas que no a todos agradarían.

—Sylvia, no sabe la razón que tiene.

Pero su comentario había transmitido una cierta ingenuidad y yo me pregunté una vez más cómo reaccionaria ante la perspectiva de que Jesús de Nazaret se evaporase en medio de la mitología antigua. Había pensado mucho de camino hacia aquí si le iba a revelar todo el alcance de mis conclusiones, o si me limitaría a rodearlas. No sabía nada de la historia de esta mujer, aunque su implicación en la Fundación de la Edad de la Razón con toda seguridad daba fe de su opinión actual de no creyente. Pero la sensibilidad humana era una cosa muy peculiar. Había decidido ir a lo seguro. Además, había una consideración personal. No quería arriesgarme a darle la impresión inicial de que yo era una especie de chiflado. Aunque solo fuera por eso, revelaría la baza que tenía de una forma juiciosa.

Me miró expectante.

—Bueno, ¿por qué no me dice qué consejo necesita? Me tiene muy intrigada.

Respiré hondo.

—Está bien. Ya veo que tiene esperándonos un Nuevo Testamento en griego y en inglés. ¿Por qué no lo abre por las Cartas de San Pablo, 2 Timoteo? En realidad no es de San Pablo, solo de un autor del comienzo del siglo II que fingía ser él.

Dejó la copa en la mesa y estiró la mano para coger el libro.

—Hace muchos años que no tengo ocasión de leer muchas de estas cosas. De vez en cuando busco algo en los Evangelios, solo por puro interés. —Me sonrió un poco cohibida—. No es que siga siendo creyente, por supuesto. Ya hace tiempo. Pero supongo que algunas de las cosas que

Jesús dijo siguen significando algo para la gente, ya crean que fue el Hijo de Dios o no.

—Quizá —dije sin comprometerme—. Desde luego podría considerársele un gran maestro de ética. ¿Qué clase de cosas tenía usted en mente?

—Oh, no sé. Decirnos que nos amáramos unos a otros no se puede decir que fuera muy original por su parte, supongo. Pero creo que fue el primero en decir «pon la otra mejilla», ese tipo de cosas. Nadie había puesto jamás un énfasis tan grande en el perdón. Eso es muy importante, ¿no le parece?

La voz de Sylvia se había hecho más suave y le daba un aire de vulnerabilidad. Se había acercado el libro hasta colocarlo delante de ella en la mesa y volvía con lentitud las páginas, como si quisiera sentirlas entre los dedos además de buscar el pasaje que yo le había indicado.

—Eh, sí, supongo que sí —le dije para responder a su pregunta—. Aunque quizá ese tipo de opiniones ya estaba en el aire por aquella época. Era un periodo de renovación, y bastante religioso. Los judíos sobre todo querían persuadir a Dios para que viniera a cambiar las cosas, y los rescatara de sus miserias y de las del mundo.

—Es probable que Jesús les llenara de esperanza y creyeran que eso ocurriría. —Sus ojos, que me miraban de frente, estaban húmedos y cándidos, casi como los de una niña. Una vez más, sentí que algo muy fuerte me atraía hacia ella, igual que en ciertos momentos de nuestro anterior encuentro.

—Estoy seguro de que se la dio. —Bajé los ojos hacia mi copa y me quedé mirando la refracción de la luz a través del vino—. Estoy seguro de que aún se la da. Muy bien puede ser ese el secreto de su longevidad.

Ella se volvió hacia el libro.

—Dijo 2 Timoteo, ¿no? Aquí está.

—¿Por qué no lee el capítulo 1, versículos 9 y 10? Preferiblemente en inglés. Aunque es cierto que tiene una forma muy melodiosa de leer el griego, según recuerdo.

Cuando Sylvia levantó los ojos y sonrió me di cuenta que cualquier referencia a nuestro anterior encuentro podía tener volátiles consecuencias.

—Bueno, quizá más tarde —murmuró y se puso a buscar el pasaje solicitado—. Aquí lo tenemos. Está en el medio de una frase...

—«... Dios, el que nos salvó y nos convocó con un llamamiento sagrado... no en virtud de nuestras obras sino según su propio propósito y gracia... que nos fue dada en Cristo Jesús antes del comienzo de los tiempos... pero ahora ha sido revelada a través de la aparición de nuestro Salvador Cristo Jesús... que ha abolido la muerte y traído la vida y la inmortalidad a la luz a través del Evangelio...».

Le echó un vistazo al lado griego de la página.

—Sí, es una de esas prolijas oraciones por las que es famoso el griego. ¡Y es solo una parte! No creo haber mirado esta nunca con atención.

—Estoy seguro de que pocos cristianos lo han hecho. En el mejor de los casos es una manera bastante oscura de decir las cosas. Pero quizá usted pueda decirme si lo estoy leyendo bien.

Me incliné hacia delante para señalar ciertas frases del texto y verlas con más claridad. Un pasaje así no se podía memorizar, ni lo había hecho. De repente me di cuenta de que esta colocación no iba a funcionar. Tendría que ponerme a su lado. Durante un incómodo momento los dos llegamos a la misma conclusión, aunque ninguno de los dos dijo nada. Con todo el aplomo que pude reunir, me levanté y rodeé la esquina de la mesa. Sylvia se puso a un lado para dejarme espacio, apenas un poco. Cuando me senté, mi hombro casi rozaba el suyo.

—Bueno, aquí —dije mientras señalaba—, parece decir que es Dios el que salva. Yo pensé que era una forma extraña de decirlo, en lugar de decir de una forma más directa que era Jesús en persona el que nos salvaba. Gramaticalmente hablando, eso es correcto, ¿no? A veces los traductores tienen la costumbre de leer sus propias ideas en las cosas.

Sylvia miró el griego.

—Sí, el participio genitivo «habiendo salvado» modifica a Dios.

—Bueno, tal y como yo lo veo, estas dos frases, la que trata de algo que nos han dado en Cristo Jesús antes del comienzo de los tiempos y la siguiente, sobre algo revelado a través de la aparición del Salvador, ambas se refieren a la palabra «gracia», la gracia de Dios.

—Eso es.

—¿Entonces usted no diría que estas dos frases se refieren a dos cosas diferentes en dos momentos diferentes? La gracia de Dios fue dada «antes del comienzo de los tiempos», signifique eso lo que signifique, y en el momento presente, esa gracia se ha revelado. —Estaba escogiendo mis palabras con cuidado—. Es casi como si dijese que la acción de Jesús, que nos dio la gracia de Dios, o la hizo posible, se realizó en este «comienzo de los tiempos» y luego, hoy, hay un «ahora» muy claro ahí, es cuando nos enteramos de ello. La gracia se revela o entra en vigor.

Sylvia miró con gran atención de un texto al otro.

—Sí... técnicamente hablando. Pero ve, aquí dice que se revela «a través de la aparición de nuestro salvador». Como si el propio Jesús la revelara.

—Pero esa sigue siendo una forma muy rara de decir las cosas. ¿Por qué decir que la gracia se nos dio antes de que Jesús apareciera en la Tierra para revelarla? Parece poner la acción de Jesús antes de su aparición. Es decir, ¿por qué no habría dicho que la gracia de Dios se dio cuando Jesús apareció en la Tierra y lo crucificaron? Algo así.

Cuando Sylvia no respondió, yo añadí:

—Y también esta palabra, «aparición». Es *epiphaneia*, según recuerdo.

—Muy bien. —Luego me dio un golpecito con el hombro—. Lo acaba de mirar.

—No, no lo he hecho, de verdad. La busqué ayer con mucho cuidado. Estrictamente hablando, ¿esa palabra, en la forma verbal, no significa «mostrarse o revelarse» en el sentido de dar pruebas de tu presencia? Cuando se utiliza para hablar de un dios solo significa que manifestó el hecho de que estaba allí. He leído que los griegos utilizaban esta palabra con sus dioses cuando hablaban de experiencias religiosas en los cultos o visiones en los templos. No se puede decir que significara una encarnación física en esas circunstancias.

—No, por supuesto que no.

—Así que, en realidad, esa frase está utilizando dos palabras para indicar «revelación», *phaneroo* y *epiphaneia*. En realidad está diciendo: «la gracia de Dios se ha revelado ahora a través de la revelación del Salvador, Cristo Jesús». A través de Jesús revelándose a sí mismo... o quizá de Dios revelando a Jesús.

Ella volvió a mirar.

—Técnicamente hablando, quizá. Pero ese no puede ser el significado, seguro.

—Bueno, desde luego es una forma curiosa de decir las cosas, estoy de acuerdo. Pero mire lo que dice justo aquí después: «... el Salvador... que ha abolido la muerte y traído la vida y la inmortalidad a la luz a través del Evangelio». Eso también es muy extraño. Es decir, se podría pensar que dice que Jesús abolió la muerte a través de su propia muerte y resurrección. En su lugar, Jesús lo hace «a través del Evangelio», como si fuera la predicación del Evangelio lo que ha proporcionado estas cosas en el momento presente, no los propios actos redentores de Jesús. De hecho, dice que estas cosas fueron «traídas a la luz», otro término para revelación, como si hubieran estado ocultas o se hubieran ignorado durante un tiempo. Jesús en el presente parece estar vinculado solo con el Evangelio que se predica sobre él, no con su sacrificio real.

—Quizá está hablando sobre el propio Evangelio de Jesús, el que predicó sobre sí mismo. Cuando le habla a la gente sobre el significado de su muerte. ¿No dijo Jesús: «Yo soy la resurrección y la vida»?

—No sé si lo hizo. Pero eso no puede ser a lo que se refiere aquí, porque en el siguiente versículo, sin ir más lejos, el autor identifica este «Evangelio» con el que «yo fui nombrado para anunciar y predicar», refiriéndose a San Pablo, ya que él finge ser San Pablo.

El dedo de Sylvia recorrió durante unos segundos el pasaje inglés, luego el griego. Hizo un pequeño gesto de resignación.

—Bueno, supongo que eso es lo que dicen las palabras, estrictamente hablando. Acabo de notar, también, que eso de abolir la muerte y traer cosas a la luz podría incluso referirse también a Dios, no a Jesús. Estos dos participios genitivos son comparables al primero. Queda muy atrás, aunque eso no es demasiado extraño en griego.

Examiné el texto.

—Sí, no me había dado cuenta de eso. —Esta interpretación encajaría con la costumbre que tenían todos estos autores de concentrarse en Dios como el agente de todo lo que ocurría, sobre todo de la salvación—. Así que Jesús se vería como alguien que no hace nada en el tiempo presente, salvo revelarse.

—Quizá este autor solo estaba siendo enrevesado.

—Quizá sea eso.

Respiré hondo una vez, luego otra. La presión de mostrarme prudente sobre mi análisis de la epístola estaba resultando agotadora, a lo que se añadía el efecto que provocaba en mí la presencia física tan cercana de Sylvia. No cabía duda de que a ella también la estimulaba el estrecho contacto, y sus sentimientos internos se estaban comunicando conmigo a su manera, muy sutil. Tenía que seguir adelante.

—Pero la frase sobre la que en realidad quería pedirle consejo era «antes del comienzo de los tiempos». Eso es cuando se dio la gracia de Dios, a través de Jesús, de algún modo. «En Cristo Jesús» es una especie de frase técnica que significa «por medio de él» o «a través de él», entiendo yo. Así que parecería estar diciendo que, fuera lo que fuera lo que hizo Jesús, lo hizo «antes del comienzo de los tiempos».

Con cuidado o sin él, me estaba resultando difícil no presentar las cosas de un modo explícito.

Sylvia leyó del griego.

—«*Pro chronon aionion*». «Antes de tiempos eternos», literalmente. Debo decir que es muy oscuro.

—Bueno, todos los comentaristas que he consultado parecen estar de acuerdo en que nadie está seguro de lo que significa esa frase con exactitud. Casi todas las traducciones lo expresan de un modo un poco diferente.

—No me sorprende. Pero la idea que tenían los antiguos de «eterno» no se desarrolló como la nuestra. En realidad no tenían el concepto de infinidad que nosotros conocemos. Así que yo diría que *chronon aionion* se limita a implicar todo el tiempo posible recogido, desde que comenzó el mundo.

—Sí, he visto esa interpretación. Así que si le ponemos «*pro*» delante...

—Significaría «antes» de todo este tiempo.

—¿O quizá más allá de él? ¿O «fuera» de él? ¿Un platónico lo expresaría de esa forma si quisiera referirse a una realidad superior? Donde el tiempo era eterno. ¿Como el reino de Dios?

Sylvia dejó escapar el aire y me miró de lado.

—Necesitaría un poco de tiempo para investigar eso, Kevin. —Me dio otro juguetón codazo—. Pero no un tiempo eterno.

La jugada de mis dados estaba quedando cada vez más clara. Demasiado clara, de hecho. Sylvia a mi lado era una presencia que ya no podía excluir. Su calidez y su aroma habían empezado a incitar mis sentidos y el suéter estaba haciendo algo más que sugerir sus propias revelaciones, ya que tenía la costumbre de estirárselo en el regazo mientras hablaba, sin duda de forma inconsciente.

—Oh, no quiero darle demasiado trabajo. Solo necesitaba una opinión general y ya me la ha dado.

—En realidad, creo recordar que *aionios* tendía a utilizarse para describir las realidades eternas de Dios, que son diferentes de las del tiempo normal. Pero ya sabe, no se puede decir que en esta época las ideas técnicas estuvieran bien organizadas y hubiera formas universalmente aceptadas de definirlas. Se dejaban muchas cosas a merced del escritor o escuela individual. Si un famoso filósofo lo expresaba de una manera, solían copiarlo. De otro modo, lo hacías lo mejor que podías.

—Bueno, con eso ya puedo continuar.

Parecía que Sylvia estaba a punto de decir algo y luego cambió de opinión.

—Me está entrando el hambre. ¿Usted ha cenado? Espero que haya dejado espacio para algún bocado. Tengo algo de queso y unos embutidos.

Comprobé el estado de mi estómago y se pronunció de acuerdo con la idea, dado que había comido muy poco a lo largo de todo el día. Sylvia se levantó y a los pocos momentos puso dos grandes platos ante nosotros: un surtido de galletas saladas con embutidos variados y cuñas de queso, era obvio que preparadas por adelantado. Las ataqué de la forma más conservadora posible. El mensaje de mantener las cosas bajo control, al menos en la superficie, se imponía sobre todos mis apetitos.

—Y por favor, tome un poco más de vino, si quiere —me animó al tiempo que volvía a su sitio a mi lado—. ¿O ya ha perdido el rastro de los genitivos?

—Aunque estaba estirando la mano para coger una loncha de carne de vaca en conserva con una galleta, pude detectar la chispa en el rabillo de sus ojos.

—En absoluto —dije muy serio—. Acabamos de enfrentarnos a dos con bastante eficiencia. —Esta mujer era una extraña mezcla de inocencia y seducción, como si coexistiesen dos identidades en el mismo cuerpo. Parecían cambiar de una a otra a voluntad. Un momento podía mostrarse juguetona e incitante y al siguiente reservada y pensativa. Y a ambas, tenía que admitir, las encontraba muy atractivas.

—Sí, eso hemos hecho, ¿verdad? Pero... —preguntó la pensativa—. ¿Qué cree usted que significa esta frase, *pro chronon aionion*? ¿De qué cree que estaba hablando?

—Bueno... en este campo a veces es difícil saber lo que tiene un escritor en mente. Pero a mí me parece que el verbo «se dio» implica algo bastante concreto que tuvo lugar a través de Jesús en ese punto fuera del tiempo o antes de su comienzo. Es decir, podría haber utilizado «se prometió» o algo parecido si solo quería decir que Dios tenía un plan pensado. De hecho, la idea de las promesas de Dios era muy común, aunque se solían asociar con Abraham y en la Historia, no antes de la creación del mundo.

Decidí arriesgarme un poco más.

—He descubierto que este tipo de ideas recorre todos los primeros documentos cristianos. A los autores de las Epístolas les gusta presentar las cosas como si la muerte de Jesús hubiera tenido lugar en algún reino espiritual. Casi como el marco mítico de las historias de los dioses salvadores.

Ella hizo una pausa entre bocado y bocado.

—¿Y por qué iban a hacer eso?

—Esa es una buena pregunta. Lo otro es que, salvo por una interpolación, nunca hablan de Pilatos, ni de los romanos, o los judíos, como responsables de la «muerte» de Jesús.

Me miró confusa, casi preocupada.

287

—¿Quién fue, entonces?

Señalé con un gesto el libro que teníamos delante.

—¿Por qué no busca 1 Corintios 2:8? Quizá pueda decírmelo usted a mí.

Se metió el resto de la galleta en la boca y se colocó el libro en el regazo. En un momento teníamos delante la defensa de la sabiduría cristiana que San Pablo les escribió a los corintios. Cogí otra galleta y señalé:

—Empiece en el versículo 7.

Sylvia leyó.

—«Hablamos de la sabiduría secreta de Dios, una sabiduría oculta y predestinada antes de las edades para nuestra gloria. Ninguno de los gobernantes de esta época la ha conocido, pues si lo hubieran hecho, no habrían crucificado al Señor de la gloria.»

—¿Qué tiene el griego para «gobernantes de esta época»?

—*«Ton archonton tou aionos toutou»*

—¿A qué diría usted que se refiere el «arconte» en este contexto? Teniendo en cuenta el término «edad».

—Bueno, la palabra puede referirse a los gobernantes que están en el poder, reyes y gobernadores. *Aionos* es un tanto amplio, el periodo actual del mundo. Un poco como nuestra palabra «época», bastante largo. En realidad, en un contexto de tipo apocalíptico en general se referiría a toda la Historia escrita, dado que la próxima «edad» es después de la Parousia, cuando se establezca el reino de Dios.

—Y en ese contexto, el religioso, ¿quiénes son los «gobernantes de esta época», hablando en general?

Sylvia frunció los labios.

—Ya veo a lo que se refiere. Se suele pensar que son los espíritus demoniacos. Se suponía que controlaban el mundo y eran responsables de todo el mal que había en él. Su poder se destruiría al final de la edad actual.

—¿Y la forma habitual de referirse a estos espíritus no utiliza palabras como «gobernantes» y «potestades» y «autoridades»? Efesios habla sobre ellos en un par de sitios con bastante claridad, con el mismo lenguaje que utiliza San Pablo en 1 Corintios. Orígenes suponía que San Pablo estaba hablando de seres espirituales malignos, y también el gnóstico Marción. San Ignacio utilizaba «arconte» con un sentido angélico.

—Quizá San Pablo estaba utilizando una metáfora. Podría estar pensando en los espíritus que se suponía que había detrás de los gobernantes terrenales. Era lo que se pensaba en ese momento.

—¿Pero lo está? Dado que nunca se refiere a la intervención de ninguna entidad humana en la muerte de Jesús, ¿cómo podemos saberlo? La mayor parte de los comentaristas que he visto admiten que San Pablo se refiere aquí a los espíritus demoniacos que habitan las esferas celestiales. Efesios apunta hacia ellos directamente. «Nuestra lucha no es contra enemigos humanos, sino contra poderes cósmicos.» En eso no hay metáforas. Y cuando llegamos a los Evangelios y a gobernantes como Pilatos, desaparece por completo cualquier dimensión celestial que se supone que hay detrás de ellos.

Sylvia estiró la mano para coger otra galleta, aunque atacó esta con algo menos de entusiasmo, al parecer.

—San Pablo tenía que saber algo de Pilatos aunque no lo mencione.

—¿De veras? Mire Colosenses, si es que ese es San Pablo. —Este pasaje, 2:15, lo podía recitar de memoria—: «En la cruz despojó a los poderes cósmicos y a las potestades como de una prenda; hizo un espectáculo público de todos ellos y los llevó como cautivos en su desfile triunfal.» Eso no se parece mucho a una escena del Calvario. A juzgar por la descripción que hacen las epístolas del Nuevo Testamento, la crucifixión de Jesús ni siquiera tuvo lugar en la Tierra. Solo en una especie de esfera espiritual, a manos de espíritus demoniacos.

El lado pensativo de Sylvia pareció dar un paso más hacia el abatimiento.

—Eso no serviría, ¿verdad? Es decir, si Jesús no murió en la cruz, no sería lo mismo. ¿Quién perdonaría? Jesús murió para perdonar los pecados, ¿no? —Se contuvo—. Sé que no es el caso de verdad, en la realidad. Pero eso es lo que la gente cree. Eso es lo que necesitan. —Su voz era casi lastimera.

Había bajado la cabeza y miraba el libro abierto que tenía sobre el regazo, las palabras de San Pablo que reposaban en páginas santificadas por el tiempo y la devoción, como si en ellas ahora se percibiera el leve aroma de la traición. La miré fijamente. Le puse una mano en el brazo y pregunté en voz baja.

—¿Tan importante es para usted, Sylvia?

—No, claro que no. Es decir, no de forma personal. Es solo que puedo entender a los que piensan así.

Miró mi mano, la que le tocaba el brazo. Yo temía retirarla y ella colocó su otra mano sobre la mía.

—Quizá debería tener cuidado con lo que escribe, Kevin. —Volvió a levantar la cabeza y me miró a los ojos; los suyos estaban sorprendentemente llenos de emoción—. No estoy segura de lo que tiene en mente, pero se puede hacer daño a la gente.

—Solo estoy intentando descubrir la verdad, Sylvia. Y hacer con ella una historia entretenida. —Con mis últimas palabras intenté aligerar las nubes sombrías que parecían pender sobre nosotros.

Tuvo éxito pero en una dirección que yo no había pretendido. Sylvia me lanzó una coqueta sonrisa de soslayo y comenzó a acariciarme el dorso de la mano.

—Hay otras formas de entretenerse, además de escribir novelas.

Hice todo lo que pude por no reaccionar.

—Sí, estoy familiarizado con ellas. —Había cambiado de nuevo de una identidad a otra, de la triste inocente a la seductora coqueta, casi sin parpadear. No tenía ni idea de lo que iba a hacer yo, o de lo que quería hacer. En este momento, mis propias identidades opuestas se peleaban por la supremacía—. Pero no he venido aquí para aprovecharme de usted.

Se resintió un poco al oír eso, aunque su mano siguió moviéndose sobre la mía.

—Soy dueña de mi persona, Kevin. No voy a acusarte de nada. Ya no soy ninguna niña.

Todo eso me pareció algo así como una incongruencia, pero mi preocupación principal en esos instantes era la vívida conciencia de que la persona que estaba a mi lado reclamando algún tipo de intimidad era cualquier cosa salvo una niña. Había cruzado la pierna y girado las caderas un poco hacia mí, de tal modo que el libro se deslizó de su regazo y se incrustó entre nosotros. Tuve la imagen de que serviría como escudo para evitar un contacto más íntimo. El cuerpo de Sylvia, bajo el suéter y la falda, parecía cálido y lleno. Y me llamaba.

¿Qué respuesta le daría? Necesitaba un indulto.

—Si no eres una niña, Sylvia, no deberían hacerte daño las ideas que yo tenga en mente. Los adultos tienen que guardar las cosas del niño cuando llega el momento, ¿no es lo que dicen?

Me miró sin comprender, sin relacionar lo que yo quería decir con lo que había dicho tan poco tiempo antes. Yo aproveché la oportunidad para quitar con discreción mi mano de su brazo, que la apartó de la suya.

—Dijiste que se podía hacer daño a la gente. ¿Y a ti, Sylvia? ¿Te haría daño tener que enfrentarte a la posibilidad de que la historia de Jesús sea solo un mito? ¿Que nunca existió ese hombre?

Se incorporó y se me quedó mirando con una especie de expresión sorprendida y horrorizada.

—¿Es eso lo que piensas? Eso es… imposible.

—Las pruebas parecen abrumadoras.

—¿Por qué? ¿Porque San Pablo habla de que a Jesús lo crucificaron unos demonios? —No había desdén en su voz, pero la nota de incredulidad dolorida llegaba con toda claridad.

—Oh, hay mucho más que eso. —Pero este no era el momento de exponer una lista de fríos argumentos técnicos. De algún modo iba a tener que enfrentarme primero con las razones emocionales que subyacían en la angustiada reacción de Sylvia a la idea.

—Tú conoces los mitos antiguos mejor que la mayoría, Sylvia. Todo sobre los dioses salvadores y los universos estratificados. ¿Por qué iba a ser una sorpresa que el Cristianismo pudiera haber empezado con un salvador espiritual propio? Una versión judía. —Quizá pudiera convencerla con una prueba asombrosa, una prueba que había planeado comentar con ella—. Espera, mira esto.

Estiré el brazo para coger uno de los libros que había traído yo, el que ella había comentado.

—¿Conoces un documento llamado *La ascensión de Isaías*?

—No. —Se había tranquilizado, al menos por fuera.

—Procede más o menos de finales del siglo I. Es un compuesto: partes cristianas posteriores añadidas a partes judías anteriores. La segunda mitad del documento habla de que Isaías se elevó a los cielos y recibió una visión del redentor Hijo de Dios sobre lo que va a hacer. El problema es que parte de esta visión la escribieron cristianos antes de que supieran nada de un Jesús histórico. Hacen que Isaías prediga la salvación de unos elegidos justos como consecuencia de las acciones del Hijo, que descenderá a un reino inferior, lo matarán y resucitará de nuevo. No expía ningún pecado, así que es solo una garantía de lo de la exaltación. Es una perspectiva más primitiva que la de San Pablo, aunque con toda probabilidad fue escrita después. —No me preocupé de explicárselo.

»Ahora escucha cómo un ángel describe este futuro descenso por parte del Hijo al mundo inferior. Hay siete Cielos, por cierto, más un firmamento entre la Tierra y el primer Cielo. Ahí es donde viven Satanás y sus ángeles demoniacos. Luchan entre ellos, igual que las naciones sobre la Tierra. Sobre ellos, los siete estratos del Cielo contienen diferentes categorías de ángeles hasta que se llega a Dios en la cima. Pero estoy seguro de que estás familiarizada con esa clase de pensamiento. —Sylvia no se movió.

»En el séptimo Cielo, a Isaías le dan una visión del viaje de descenso del Hijo y de lo que le ocurrirá. En el curso de este descenso, va a sufrir una transformación... —leí del capítulo 8, versículo 12— «hasta que tome vuestra apariencia y aspecto». Ya ves que solo se «parece» a la Humanidad; se diría que no es un hombre real. Ten eso presente. Es un tema muy común en los escritos anteriores.

Sylvia estaba sentada a mi lado, callada pero alerta. Tenía las manos en el regazo. Yo tenía el libro abierto para que ella pudiera verlo, pero me di cuenta de que no estaba haciendo ningún esfuerzo para leer las palabras de la página.

—Mira, aquí en el capítulo 9 está la visión del descenso:

—«El Señor descenderá al mundo en los últimos días, aquel que ha de ser llamado Cristo después de haber descendido y haberse hecho como vosotros, y pensarán que es carne y hombre. Y el dios de ese mundo estirará la mano contra el Hijo y pondrán sus manos sobre él y lo colgarán de un árbol, sin saber quién es. Y así su descenso, como veréis, estará oculto a los cielos para que no se sepa quién es. Y cuando haya saqueado al ángel de la muerte, resucitará al tercer día y permanecerá en el mundo durante quinientos cuarenta y cinco días. Y luego muchos de los justos ascenderán con él.»

»¿Ves algo aquí que insinúe siquiera una familiaridad con la historia del Evangelio? Y si solo se piensa que Cristo es de carne y hombre, tiene que implicar que no lo es en realidad. Cuando llega al nivel más bajo, ¿quién lo crucifica? Es «el dios de ese mundo», se refiere a Satanás, aquel que gobierna el firmamento. Él y sus fuerzas «pondrán sus manos sobre él y lo colgarán de un árbol». Ellos son los que no saben quién es porque cambia su aspecto al descender a través de cada nivel del cielo hasta que se parece a los humanos. Luego, después de ocuparse de Satanás, resucita, espera 545 días y por fin se lleva arriba a los justos muertos con él. ¿Dónde está la vida de Jesús? ¿Dónde está su ministerio, sus enseñanzas? ¿Dónde están el juicio y la crucifixión por parte de Pilatos? ¿Quién compondría una visión de la encarnación de Cristo y pasaría todo eso por alto?

Sylvia trató la pregunta como si fuese retórica y no dijo nada.

—Estoy seguro de que puedes ver el paralelismo con la referencia que hace San Pablo en 1 Corintios a los gobernantes de esta edad que crucifican al Señor de la gloria.

Esta vez habló con una voz baja y tensa.

—Supongo.

Miré de nuevo al libro.

—Un poco más tarde, Dios le da instrucciones al Hijo sobre lo que se supone que debe hacer en el mundo inferior y en todas se trata de juzgar y conquistar a los espíritus demoniacos y a los dioses de la muerte y resucitar a los muertos justos de Sheol, el Hades judío. La salvación para los elegidos. Ese es el alcance de la misión que le encomienda Dios. No dice ni una palabra sobre la vida descrita por los Evangelios.

—Así que no hay perdón para los pecados, según tú. —Había cierta tristeza en su voz—. ¿Quién querría molestarse por un Cristo así?

—Son todos paradigmas, y no voy a entrar en eso ahora. Pero hay algo más en este documento que podría interesarte. —Le dediqué una pequeña sonrisa, como si intentara animarla—. Como historiadora. Ver cómo evolucionan las ideas. Es fascinante. —Todavía no sabía a qué me enfrentaba, por qué Sylvia Lawrence, no creyente, miembro de la fundación, debería estar tan desconsolada ante la evaporación de un Jesús de Nazaret vivo (y dispuesto a perdonar).

»En una etapa posterior de este documento alguien insertó un relato bastante tosco de una vida en la Tierra, el esqueleto de una historia evangélica; la mayor parte es una escena de la Natividad muy diferente a la de San Mateo o San Lucas. Tiene que ser posterior, porque de las tres clases de manuscritos supervivientes, solo uno contiene este pasaje, y no tiene sentido que los otros lo cortaran. Además, es una inserción obvia, se ven las costuras con toda claridad. —Pasé las páginas hasta el capítulo 11, versículos 2 a 22—. Jesús nace en el hogar de María y José en Belén, para sorpresa de todo el mundo. Luego crece y realiza grandes señales y milagros en la Tierra de Israel. Lo crucifica «el gobernante», quienquiera que sea, no se menciona a Pilatos, desciende a Sheol y luego resucita de entre los muertos. Hay pequeños trozos que parecen añadidos, lo que indica que esta sección fue manipulada poco a poco. Precisamente en este documento podemos ver la evolución de un Cristo espiritual que opera en un marco sobrenatural y trata solo con ángeles y espíritus demoniacos, a un Cristo físico que vive una vida en un marco terrenal entre seres humanos. Pero todavía no hay ninguna referencia a las enseñanzas. Y no hay sacrificio por el perdón de los pecados.

Sylvia miraba el libro, pero no veía las palabras.

—Quizá la solución sea: no cometas pecados —dijo con voz neutra—. Sobre todo si no hay nadie para perdonarlos. —Levantó la cabeza y me miró con unos ojos tristes y sin artificios. Presentí que en sus temblorosas profundidades había algo que estaba desesperado por salir. Quizá si la sondeaba con cuidado...

—Creo que no somos tan pecaminosos como alguna gente quisiera que creyéramos. Desde luego no lo suficiente para hacer que un dios venga a la Tierra para que lo torturemos y lo asesinemos por nosotros. ¿Qué podríamos hacer para que hiciera falta algo así para alcanzar el perdón?

Sylvia volvió a bajar los ojos, miró las manos que descansaban en su regazo. Empezó a tirarse de la punta del pulgar.

—Te sorprendería. Hay cosas que no se pueden perdonar con algo menos. Ahora, si tienes razón, ni siquiera tenemos eso.

—Yo diría que se podría perdonar casi cualquier cosa. Si uno se arrepintiera lo suficiente. Y dejara de hacer lo que fuera.

Cerré el libro y lo volví a colocar en la mesa. La luz de la habitación se iba atenuando a medida que descendía el crepúsculo en el exterior. Una única lámpara en el otro extremo del sofá derramaba una luz suave sobre la habitación.

—Pero supongamos que hicieras algo una y otra vez. Aunque intentaras no hacerlo. Aunque supieras que le estás haciendo daño a alguien.

La voz de Sylvia se iba reduciendo, alejándose. El silencio que nos rodeaba se convirtió de repente en una presencia en medio del crepúsculo. Como si los dioses del perdón estuvieran escuchando de verdad. ¿O nos estaban acusando?

Me volví hacia ella con gesto solícito, pero no la toqué.

—Sylvia, esa es la clase de pensamiento que inculca la religión. Primero te hacen sentir débil, indefenso, un pecador innato. Su catálogo de pecados es tan grande y abarca tantas cosas que no son más que expresiones naturales y humanas, que no puedes evitar sentir que eres irredimible, un pecador habitual que no puede romper esa pauta de maldad.

Permanecía con los ojos bajos.

—Tú no sabes —murmuró.

—Sí que sé. Sé que si los escuchas, los vas a necesitar siempre. Siempre tienes que acudir corriendo a ellos para poner tu vida, y tu alma, en sus manos. Lo irónico es que ellos son los que necesitan algo. Te necesitan a ti. Tú eres la fuente de su poder.

—¿Quiénes?

—Los sacerdotes, por supuesto. Sacerdotes y profetas de dioses de tiempos inmemoriales. Es su mayor arma, lo único que tienen sobre ti, el pecado y la culpa. Y el miedo al castigo divino que solo ellos pueden evitar... ¿Sylvia? ¿Qué pasa?

Había levantado la cabeza para mirarme cuando mencioné a los sacerdotes. Sus ojos se habían vidriado de inmediato y miraban un punto fijo.

—Eso no es cierto. Era un buen hombre. Y yo arruiné su vida.

Había algo en Sylvia que pendía de un hilo. No sabía si debía intentar sujetarlo o cortarlo. Esperé unos segundos, unos segundos largos y pesados mientras ella continuaba mirando, casi sin ver.

Teniendo en cuenta que nunca había tenido hijos, me sorprendió que pudiera sonar tan paternal.

—Sylvia, ¿qué podrías hacer tú para arruinar a un hombre? A un sacerdote... —la deducción había sido inevitable.

La transformación fue sorprendente. O lo habría sido si la sorpresa no hubiera quedado inmersa en una mezcolanza de reacciones ante lo que Sylvia hizo después. Sus ojos perdieron la mirada fija y se suavizaron. Una cortina de sensualidad descendió sobre su rostro, ahora sonrojado y encendido. Su voz estaba cargada de profunda sensualidad.

—Te lo mostraré.

Se movió con la agilidad de un gato, a pesar de toda su altura y rotundidad. Con un solo movimiento consiguió ponerse sobre mi regazo, a horcajadas y empujarme contra el sofá mientras al mismo tiempo se levantaba la falda por encima de las caderas. Con un gesto involuntario volví la cabeza hacia un lado y su boca entró en contacto con mi oído.

—Sé que me deseas, Kevin. Sé que no puedes evitarlo.

—Sylvia... No creo...

Su cuerpo, desde la ingle al pecho, comenzó a moverse contra mí. Después de un momento, relajó la presión y se levantó el suéter hasta que este liberó sus pechos. A esas alturas yo ya tenía claro que la ropa exterior era todo lo que llevaba. Su seducción, o una fantasía de la misma, había sido premeditada.

—Sylvia —solté de golpe—. No creo que esto sea buena idea. —Mi cuerpo no pensaba lo mismo, pero yo estaba seguro que esta mujer estaba expresando algo que procedía de algo muy diferente a nuestra situación inmediata.

Yo tenía la cabeza todavía girada y ella me estaba besando la mejilla.

—Sé que no puedes evitarlo, Kevin —dijo otra vez—. Intenté no tentarte, intenté ocultarme. No es culpa tuya, es mía.

Muchas de las cosas que decía esta noche parecían implicar unas contradicciones inherentes. Como si los cables entre la realidad y la percepción (¿o era el recuerdo?) se estuvieran cruzando.

No podía dejar la cabeza hacia un lado mucho más tiempo, y no solo por razones de incomodidad. Me giré hacia delante y la dejé encontrar mi boca. Me besó con una pasión hambrienta, emitiendo ruiditos que parecían estar a medio camino entre la excitación y la desesperación. Mis manos comenzaron por propia voluntad a perderse por su espalda, por los lados de sus pechos. Querían bajar, ansiaban calor y humedad. Sabía que si esto continuaba mucho más tiempo, estaba perdido.

—Sylvia... eres una mujer muy hermosa... más hermosa de lo que crees. —Tuve que volver a girar la cabeza—. Pero no podemos hacer el amor. A veces, las cosas no están bien.

Su pelvis se movía con un ritmo descarado contra mí. Yo sabía que ella podía sentir la respuesta de mi cuerpo.

—Está bien, Kevin. Ya verás. Coge lo que quieres. Siempre se nos puede perdonar.

Mi mente se obligó a tomar el control, a pensar.

—¿Es eso lo que te dijo? Sylvia, ¿es eso lo que el sacerdote te dijo?

Su agitación cambió de cualidad. La rapidez de su aliento adoptó una insinuación de pánico, de llanto. Contra mi oído comenzó a reiterar en un susurro ronco:

—Nunca se me perdonará... Nunca se me perdonará... —La cadencia comenzó a seguir el ritmo de los movimientos lascivos de su cuerpo. Yo estaba empezando a sentir que estaba húmeda.

Me volví y le cogí la cabeza entre las manos, sujeté su rostro cerca del mío y le hablé con dureza.

—Sylvia, ¿qué has hecho que haya que perdonar?

Dejó de moverse y me miró. Comenzó a sollozar.

—Arruiné su vida. Arruiné su carrera. Tuvieron que mandarlo fuera. Primero dijo que Jesús me perdonaría. Luego dijo que jamás me perdonaría si se lo decía a ellos.

—¿Perdonarte por qué? ¿Por decirles qué? —Detecté cierta humedad en sus mejillas. Sus ojos, en medio de las sombras suaves, estaban rojos, asustados, afligidos.

—Por seducirlo. Una y otra vez. Cada vez que iba a rogar el perdón de Jesús, lo volvía a hacer. Incluso si no era esa mi intención.

Bajé las manos hasta sus hombros.

—¿Qué quieres decir? ¿Estás diciendo que perdiste el control? —Y añadí en silencio, ¿como ahora? Ella apoyó las manos en mi pecho. Había confusión en sus ojos y sorbió un poco por la nariz—. No, no exactamente. Es solo que yo era demasiado... sexual. Hice que me deseara demasiado. Él no podía evitarlo. Fue culpa mía.

La miré con mucho cuidado. Dejaría que cada capa se desprendiese en su momento.

—¿Qué hiciste, con exactitud?

Ella no me entendió.

—Tuvimos relaciones sexuales. O ponía mi boca sobre él. Primero fue en el sótano de la iglesia, luego en la sala de reuniones. Luego en la rectoría. Una vez fue en el baño que estaba al lado de la sacristía. Yo... él me levantaba la falda y yo me sentaba sobre él... así.

Se me ocurrió que debería bajarle el suéter pero tenía los brazos en medio.

Intenté hablar con tono tranquilizador.

—Sylvia, ¿por qué habría de ser todo culpa tuya? Cada adulto es responsable de sí. Él tanto como tú. Sabía que estaba rompiendo sus votos.

Su respiración se había hecho más superficial. Pequeños jadeos seguidos por largas pausas. Tras la pasión y la agitación, su rostro adoptó una expresión de angustia vacía.

—Le hice romper sus votos tantas veces. Dijo que Jesús nos perdonaría, pero yo sabía que le dolía. Y lo destruyó cuando lo averiguaron. —Levantó una mano para limpiarse la mejilla—. Fue toda una vergüenza. Sobre todo con... alguien como yo.

Tenía su cara muy cerca. Le acaricié el pelo, la humedad de la mejilla.

—¿A qué te refieres? ¿Estabas casada o algo?

Sus ojos se abrieron más con una especie de sorpresa infantil. Su mirada esquivó la mía.

—Oh, no. —Era un sonido muy pequeño.

La miré fijamente y un escalofrío comenzó a extenderse por mi espalda.

—¿Sylvia? —Le cogí la barbilla y le giré el rostro con delicadeza hasta que me miró de nuevo. Luego le pregunté en voz baja—. Sylvia, ¿cuántos años tenías?

Los dioses también estaban escuchando. Pero ellos ya sabían la respuesta.

Ella se me quedó mirando la punta de la nariz, los ojos rojos en un rostro que había perdido toda expresión.

—Once y doce.

Durante un largo momento no pude respirar. Vi que una lágrima alcanzaba el borde del labio. Quería limpiarla con un beso. ¿Pero estaría besando a la adulta o a la niña? La sequé con el dedo.

—Sylvia, te estaba utilizando. Tú solo eras una niña.

Su voz estaba cargada de emoción, pero al mismo tiempo había una nota de alivio. Las palabras se abrieron paso por la presa rota.

—Estaba muy desarrollada para mi edad. Y... sentía cosas.

—Todos los niños las sienten. Eso no era excusa. No solo te utilizó, te hizo sentir responsable. Violó tu cuerpo y tu mente.

Volvió un poco de la agitación.

—Dijo que no podía evitarlo. Que yo estaba enviando mensajes seductores porque tenía una vena pecadora y lasciva en mí.

Le acaricié los lados de la cara, le aparté unos mechones díscolos de cabello. Hice una deducción más.

—Y te dijo que Jesús te perdonaría, pero solo a través de él.

Los pequeños jadeos se habían detenido. Ahora respiraba más profunda y tranquilamente.

—Sí. No debía confesarme con nadie más que con él. Porque él podía interceder ante Jesús mejor que cualquier otro. —Las mejillas salpicadas de lágrimas parecieron hundirse—. A veces, después de la confesión me llevaba abajo y... lo hacíamos otra vez. Después rezábamos para pedir perdón.

La atraje hacia mí y le apoyé la cabeza contra un lado de mi cuello.

—¿Cómo terminó? ¿Cómo lo descubrieron?

—Una mujer de la parroquia nos sorprendió un día. Él tuvo un ataque de pánico. Empezó a chillarme y a acusarme.

Le coloqué las manos en la espalda, un roce muy ligero. La piel estaba fría y pegajosa.

—No fue culpa tuya, Sylvia. Él estaba en una posición de confianza. Él era el adulto y tú eras la niña. Seguro que no te echaron la culpa a ti.

Comenzó a sollozar otra vez.

—El obispo lo sacó de la parroquia. Mi padre nunca volvió a hablarme con cariño hasta el día que murió. Mi madre seguía abrazándome pero siempre tenía un gesto herido. Antes de irse, el padre Cameron les dijo que yo era una putita seductora.

Después de un momento, se incorporó y bajó los ojos para mirarse.

—Supongo que tenía razón.

Se bajó el suéter y se apartó con torpeza de mi regazo. Mientras se tiraba con gesto cohibido de la falda, se encaramó al borde del sofá. El mundo se había quedado callado.

—Ya no me queda energía para disculparme, Kevin, lo siento.

—Sylvia, no tienes nada por lo que disculparte, ni entonces ni ahora. —Me incorporé a su lado—. Pero tienes que hablar con alguien sobre esto, alguien que pueda ayudarte. Has llevado toda esta culpa y vergüenza en tu interior durante demasiado tiempo. De una forma subconsciente has estado representando las cosas.

Le pregunté vacilante:

—¿Nunca se lo has dicho a nadie? ¿Aparte de tu familia?

Sorbió por la nariz y cogió un pañuelo de papel de una caja que había sobre la mesa.

—Intenté contárselo a alguien una vez. A una amiga. No quiso saber nada. Creo que nunca me respetó igual después de eso.

Le cogí una mano y ella me la apretó con avidez. Era un tipo de ansia diferente.

—Sylvia, yo te respeto. Eres una de las personas más agradables que he conocido jamás. Eres inteligente, tienes una mente viva. Has conseguido cosas buenas en la vida. —Con la otra mano señalé los libros que teníamos en la mesa y bromeé—: Algunas personas lo llaman pesadas, cosas aburridas, pero nosotros sabemos que no es así, ¿verdad?

Le di a su mano una pequeña sacudida juguetona y ella me respondió con un sorbidito risueño. Añadí más en serio:

—Quizá estarían mejor si entendieran un poco más esas cosas tan pesadas.

Me miró de frente, con los ojos hinchados pero más tranquilos y consiguió esbozar la insinuación de una sonrisa.

—Gracias, Kevin. —Su voz era suave, con una nota de cansancio.

Eran tantas las emociones que recorrían mi cuerpo. Ira, ira contra aquella figura apagada y distante que tanto había comprometido su vida, ira contra el sistema que lo había hecho posible. Comprensión y solicitud. Amor. Pero el amor era un complejo de elementos, ¿y quién los había clasificado todos alguna vez? Quería acariciarla e incluso hacerle el amor, si eso pudiera curarla. Pero estas no eran las circunstancias adecuadas. Había demasiados bordes en carne viva que rozaría, irritaría. Me conformaría con el amor de la aceptación, del consuelo, de estar allí para ella.

Mis ojos habían vagado un poco, cargados de pensamientos y ella debió de creer que me sentía incómodo. Con gesto angustiado colocó la otra mano sobre la que sujetaba la suya.

—Por favor, no te vayas, Kevin, ojalá...

—Mira, verás —me apresuré a decir—. Solo son las diez. Puedo quedarme un rato. Pero pareces agotada. Quizá te gustaría descansar un poco y yo conozco una buena forma de hacerlo.

Había un cojín en el otro asiento. Estiré el brazo para cogerlo y luego me puse cómodo contra el respaldo de mi asiento, con el brazo apoyado en el brazo arrugado del sofá. En el ángulo entre este y mi regazo coloqué el cojín. Sylvia me miraba con ingenua anticipación.

Le di unos golpecitos al asiento que tenía a mi lado.

—Arrodíllate aquí.

Lo hizo y yo la atraje con suavidad hacia mí, de tal modo que tenía las piernas estiradas en el sofá y la parte superior de su cuerpo se encontraba en ángulo con el mío, de cara a mí, mientras parte de su peso reposaba sobre el cojín. Emitió un ruidito de euforia y nuestros brazos rodearon al otro en un abrazo cómodo. Apoyó la cabeza en mi hombro. Dejé descansar las manos en su espalda, sin acariciarla.

Después de escucharla respirar con suavidad durante unos momentos, le dije:

—Me alegro de que me hablaras de eso, Sylvia. No puedes reprimir cosas así en tu interior.

—Nunca hubo nadie a quien contárselo. Los pocos hombres con los que estuve... Temía decir nada. Estaba segura de que nunca me habrían perdonado.

—Sylvia, no hace falta que te perdonen. La culpa fue suya. Se deshonró a sí mismo y su posición.

—¿Entonces, por qué siento que necesito que me quiten este gran peso de encima?

—Perdón es la palabra equivocada, Sylvia. Tú necesitas sentirte libre. Libre de toda esa culpa y sentido de la responsabilidad. Él lo puso ahí porque le convenía. No sentía ninguna consideración por ti. Y es probable que no comprendiera lo que te iba a hacer a ti. O quizá ni siquiera le importara.

—¿Y por qué le iba a importar yo ahora a nadie?

Respiré con ella, me di cuenta que tenía que pisar con prudencia. No podía prometer cosas que no estaba en posición de cumplir.

—Porque mereces que te cuiden. Eso es lo que tienes que empezar a sentir. A mí me importas y a David le importas. Estoy segura de que también al resto de tus colegas. Incluso si lo supieran, cosa que no tiene por qué ocurrir. Solo tienes que aprender a importarte a ti misma.

Le empezaba a pesar la cabeza y yo subí una mano para acunarle la nuca. Este cálido, emotivo, e increíblemente complejo ser humano que tenía en los brazos era una creación abrumadora, un misterio del universo. A pesar de toda la evolución de nuestra comprensión, ¿podríamos llegar a penetrar alguna vez en las sutiles profundidades, las maravillas y tristes falibilidades que yacían en nuestro interior? El hombre y la mujer racionales solo eran una pequeña parte de este desconcertante organismo, aunque yo tenía que creer que eran una parte crítica. Necesitábamos todos los instrumentos de guía que tuviéramos a nuestra disposición, arrojados al mar de este misterioso viaje en el que todos nos habíamos embarcado, sus horizontes apenas percibidos y su destino enigmático.

Me di cuenta de que había comenzado a acariciarle la espalda con suavidad.

Hablé en voz baja:

—No necesitamos que Jesús nos perdone, ni ninguna otra deidad de un mundo espiritual fuera del nuestro. Podemos perdonarnos, a nosotros mismos y a los demás. Y si alguien se coloca más allá del perdón, entonces es asunto suyo volver dentro de esos límites y pedirlo. No nos hace falta coger las mejores partes que poseemos, nuestro potencial para hacer el bien, nuestra capacidad innata para la sabiduría, y colocar todo eso fuera de nosotros mismos, encarnarlo en una entidad idealizada y sobrehumana que está en el cielo y dejar solo la escoria como propia. Entonces nos damos la vuelta y decimos que las vetas de esos atributos divinos que podemos detectar en nosotros mismos no se derivan de nuestro interior, sino de esa glorificada encarnación externa. Nosotros solo somos el reflejo crudo e indigno de una perfección superior que ni siquiera podemos esperar alcanzar. Ese también ha sido siempre el mensaje de los sacerdotes.

Sylvia se movió entre mis brazos, pero no emitió ningún sonido.

—Cuando nos liberemos de todos esos dogmas debilitadores con los que nos han cargado, podremos moldearnos como deseemos. Encontraremos una fuente de fuerza en nuestro interior, nuestra propia autoestima. No puedes deshacer lo que te ha pasado, Sylvia. Pero puedes aprender a superarlo y dejarlo atrás. Intentaré hacer lo que pueda para ayudarte.

Bajé los ojos y le sonreí.

—Además, ¿qué otra persona tengo yo para hablar sobre esos viejos historiadores griegos tan pesados?

Tenía los ojos cerrados. Los párpados permanecían quietos y tranquilos. Me di cuenta que se había quedado dormida.

Mientras Sylvia dormía, yo tenía mis propios pensamientos para hacerme compañía. Había conseguido una respuesta para la pregunta que llevaba tanto tiempo haciéndome: ¿qué era lo que me había atraído de esta mujer? Por alguna razón había sido capaz de sentir e identificarme con la gran injusticia que su experiencia infantil le había puesto encima. Su violación había sido literal y traumática. Yo había pasado por aquel mismo mundo medieval de una forma menos gráfica, pero quizá mis propias experiencias no habían sido una sumisión menor, una asfixia menor de mi potencial. Todos necesitábamos salir de la misma prisión, respirar un aire más libre. Quizá dos mil años fueran suficientes. Quizá, después de tanto tiempo, el gran mito había cumplido su misión y habría que retirarlo a la papelera de la Historia. ¿Podría ayudarlo yo a irse?

Cuando Sylvia se despertó casi una hora más tarde, yo ya casi me había quedado dormido también. Su primera reacción fue de vergüenza y se levantó de mi regazo, aunque creí detectar cierta reticencia a hacerlo.

Después de reiterarle algunas de mis palabras de consuelo, así como animarla de nuevo a que buscara ayuda para sus problemas, le dije que debería irme a casa.

—Pero quiero que te sientas libre de llamarme si necesitas algún consejo o si solo tienes que hablar con alguien. Últimamente estoy siempre en casa. —Señalé los libros con un gesto—. Intentando encontrarle algún sentido a todo esto.

Sylvia no hizo ningún comentario más sobre mis conclusiones con respecto a Jesús. Nos levantamos los dos y yo recogí mis libros de la mesa. Tenía los ojos cargados, pero le daban un aspecto seductor y con todo lo que había pasado entre nosotros y las cosas ocultas que había desnudado ante mí, yo sabía que en su presencia la tentación siempre levantaría la cabeza. Si no hubiera sido por Shauna...

Me dio la impresión que Sylvia también sintió ese potencial bloqueado. Aun así, no hubo resentimiento en su voz cuando dijo:

—Gracias, Kevin. Intentaré no molestarte demasiado. Tienes otros compromisos, estoy segura. Tu amiga tiene mucha suerte.

Me limité a sonreír. Se me ocurrió que con toda probabilidad iba a tener que revelarle la situación a Shauna, con discreción. Y mucha cautela.

Dije:

—Te pondrás en contacto con alguien por todo esto. Y me avisarás. ¿Prometido?

Estábamos ante la puerta.

—Sí, lo haré.

Me besó en la mejilla y bajé solo las escaleras y salí al fresco aire de medianoche. Me alejé con el coche bajo un cielo claro como el cristal cuyos estratos se habían evaporado en una infinidad de espacio. Sus legiones de ángeles y espíritus se habían visto obligados a encontrar algún otro domicilio.

13

1

Éramos cinco en la reunión del viernes más dos que llegaron en mi maletín. Nos reunimos en la sala que ya conocíamos de la universidad, pero hoy nadie se iba a ir al Paseo de los Filósofos. El cielo permanecía parcialmente cubierto, restos de una lluvia nocturna que enfriaba el atractivo del aire libre, aunque quizá estuviera pronosticando los acontecimientos que iban a seguir a la reunión.

Salvo Phyllis, la dotación de la reunión anterior volvía a estar presente hoy: David, Patterson, Weiss y yo. El quinto miembro era un joven callado de veintipocos años llamado James Franklin, un estudiante de la facultad de David y miembro directivo del sindicato de estudiantes. También se había unido a la Fundación de la Edad de la Razón y sus habilidades informáticas habían resultado ser un activo inestimable para el grupo central que rodeaba a David. Una de sus tareas concretas, y la razón por la que estaba presente ese día, iba a averiguarla yo solo al final de nuestra sesión.

Burton Patterson fue el primero en salir a la pista. Yo esperaba un seco resumen de los preparativos para la vista de Filadelfia. En lugar de eso, nuestro formidable abogado pro derechos civiles tenía un destello descarado en los ojos.

—Caballeros, parece que de verdad se va a proceder con la vista.

David se quedó desconcertado al oír eso.

—¿Quieres decir que esperabas que no se hiciera?

—En situaciones como esta no sería la primera vez que nuestros amigos creacionistas se retiran en el último momento, sobre todo en vista de la pobre trayectoria que han tenido en pasados intentos. Medio me esperaba que hicieran lo mismo esta vez.

Pude ver la nota de alivio en el rostro de David al ver que rescataban a la Fundación de la Edad de la Razón de una inesperada caída en la oscuridad. Luego pareció preocupado.

—Pero faltan casi tres semanas todavía. ¿Cómo sabes que no va a ocurrir eso todavía?

Patterson esbozó la sonrisa del campeón que acaba de enterarse de que su incvitable victoria va a ser encomiable.

—Porque el estado de Pensilvania acaba de cambiar de abogado principal. Los méritos del creacionismo como ciencia los va a defender el señor Chester Wylie. El señor Wylie es de Maryland y no el típico fundamentalista testarudo. Y tampoco habría aceptado llevar el caso sobre la base de una simplista posición en plan «cada palabra del Génesis es literalmente cierta». El problema es que sé que la Coalición por el Renacimiento Moral estuvo detrás del último intento de meter el creacionismo en la clase. Fueron sus colaboradores los que estuvieron detrás de la elección de Georgia y Filadelfia como nuevos campos de pruebas y me imagino que han estado metidos en el cambio de abogado. La verdad es que no sé muy bien qué pensar, pero promete ser interesante. Con Wylie dentro, no cabe ninguna duda de que no se van a retirar.

Pregunté:

—¿Deduzco que con la información interna de la que dispone no ha llegado a enterarse de cuál va a ser su estrategia concreta? —Era natural pensar eso, pero yo sabía que también era una pulla sutil contra el hombre al que yo ahora suponía dueño de unas intenciones muy elaboradas y bien planeadas con respecto a Shauna que implicaban un nidito de amor en Filadelfia para después de que se levantase la sesión cada día.

O quizá no tan sutil. Mi suspicaz cerebro leyó abundantes insinuaciones en la réplica de Patterson y en la sonrisa que la acompañaba.

—No se preocupe, señor Quinter. Estoy trabajando en muchas cosas. Se pueden abrir muchas puertas en tres semanas, incluso las más protegidas.

Dije con desdén:

—Estoy seguro de que todos estamos tan llenos de confianza como usted, señor Patterson. Y sin duda ya ha planeado una fiesta para celebrar la victoria, o algo parecido, una vez que la vista siga su curso inevitable.

David debió de presentir que se estaba produciendo un sutil intercambio de golpes, o al menos lo que yo percibía como tal, porque interpuso:

—El comité de programación se ocupa de todo lo que sea de esa naturaleza, Kevin. Tenemos una recepción incluida en la lista, sobre todo para aprovechar la atención de los medios de comunicación que va a recibir la vista, pero todavía está en la etapa de planificación. En cualquier caso, esa es una de las cosas que estamos aquí para discutir: la publicidad de los medios de comunicación y cómo manejarla. O mejor, organizarla, si es posible.

Decidí que sería mejor tranquilizarme. La llamada que le había hecho Patterson a Shauna sobre la recepción quizá no hubiera sido más que una expresión de la fanfarronería natural de aquel hombre. Por ahora, no me iba a poner a acusarlo de planear una seducción sobre una base tan endeble.

David dijo:

—Necesitamos presentar el tema del creacionismo contra la evolución y combinarlo de algún modo con los principios generales que defiende la Fundación de la Edad de la Razón. Queremos que parezca que el acontecimiento forma parte de una imagen más amplia, para que al informar sobre la vista en sí, se incluya de forma automática la fundación y sus ideas.

Y ahí era donde entraba yo. Durante la siguiente media hora recité ideas con las que había estado jugando, en el centro de las cuales se encontraban los otros dos invitados de la reunión de aquel día: el hombre racional y la mujer racional. En general, recibieron una cálida bienvenida; por parte de David, la bienvenida fue entusiasta. Patterson pareció darles unas cuantas vueltas en su mente y examinarlos desde varios ángulos. Terminó dándoles una cauta aprobación como ideas que se podrían desarrollar. Si había interpretado bien lo que pensaba aquel hombre, estaba intentando equilibrar dos respuestas iniciales. Una consideraba la figura del hombre racional, si se presentaba de una forma demasiado gráfica, como un posible rival ante los focos. La segunda, por otro lado, podría resolver la primera: una asociación natural de él con la encarnación del hombre racional. Yo tenía la sensación de que había vencido la segunda interpretación.

Weiss sugirió que el concepto podría transmitirse mejor con la ayuda de un logotipo, que luego llevaría de forma natural a una explicación de la figura conjunta. Eso produjo un animado debate de todo el concepto. Franklin tomó la palabra por primera vez para sugerir que a lo largo de los años la estatua del Pensador había terminado asociándose con el movimiento librepensador, pero que ahora estaba anticuado y era de suponer, en esta época tan políticamente correcta, que se veía como sexista. Más aún, todos estuvimos de acuerdo en que la postura de la estatua, por su naturaleza, no le permitía decir nada, por no hablar ya de hacer algo. Weiss señaló que el logotipo del humanismo internacional, una figura humana estilizada, era elegante y tenía gancho, pero resultaba abstracto. Tampoco se podía hacer que dijese o hiciese nada. El hombre y la mujer racionales, sin embargo, podían asumir cualquier vida que decidiéramos darles.

David se entusiasmó de tal modo con las posibilidades del doble logotipo que decidió ocuparse de inmediato de encargar algunas sugerencias para la representación artística.

—Podríamos desvelarlo en la recepción.

Patterson, sin embargo, tenía sus dudas: no pensaba que un proyecto de este tipo pudiera alzar el vuelo tan pronto. Tuve que estar de acuerdo con él.

Dijo:

—No podemos quemar el último cartucho, por así decirlo, antes de que todos los detalles de la idea estén en su sitio. Hay que desarrollar vuestros hombre y mujer racionales. Y cualquier cosa que implique una representación visual siempre lleva tiempo. Pero estoy de acuerdo: desde luego podríamos sugerir el concepto en el momento de la vista y ver qué respuesta produce.

—Me gustaría poner la idea a prueba con Phyllis —dijo David con entusiasmo.

Todos lo miramos sorprendido y él nos devolvió la mirada avergonzado. El uso que había hecho David del nombre estaba lleno de connotaciones de familiaridad.

—Sí, bueno, cené con ella el otro día y ya ha esbozado un artículo para el *Times* sobre la implicación de la fundación en la vista sobre el creacionismo. Creo que va a estar muy de nuestra parte.

No pude resistir la tentación de dirigirle una amistosa pulla, que también lucía un segundo bocado en una dirección diferente.

—Bueno, parece que alguien más ha estado trabajando en algún que otro canal interno. ¿Pudiste abrir la puerta lo suficiente para ver un esbozo de ese artículo?

Patterson también mostró un vivo interés por mi pregunta.

David me siguió el juego.

—Bueno, caballeros, eso no habría sido ético. Y no querría que ella pensara en mí como en un manipulador.

—Ya llegará —dijo Patterson con tono práctico—. Y cuando ocurra, dime de inmediato qué está escribiendo sobre nosotros. Si promete crear algún problema y todavía queda un día o dos antes de que el texto aparezca impreso, moveré algún hilo en el *Times*. —Cuando todos lo miramos un tanto perplejos, añadió—. Hemos entablado una guerra, caballeros. ¿Creen que nuestros oponentes fundamentalistas van a jugar según las reglas? Tenemos que enfrentarnos al fanatismo con nuestra propia marca de fábrica.

—No estoy seguro de estar de acuerdo con esa filosofía —murmuró David. Patterson no hizo ningún comentario pero la observación pareció servir de señal para el levantamiento de la reunión. El abogado se levantó.

—Creo que ya hemos cubierto bastante por hoy —dijo—. Estaremos en contacto de un modo u otro a medida que se acerque la vista. El verdadero trabajo será después. Es entonces cuando tenemos que ponerlo todo en juego. Espero que nadie haya hecho muchos planes para el mes de julio, personales o de otro tipo.

Aquello se prestaba a varias réplicas, pero tuve la prudencia de dejarlas pasar. Después de una enérgica ronda de despedidas, Patterson salió a zancadas de la habitación.

David, al parecer, sentía la necesidad de disculparse por algo, aunque yo no estaba muy seguro de si era en nombre de Patterson o en el propio.

—Supongo que en Burton tenemos una especie de tigre furioso pero estoy seguro de que son más sus ventajas que sus inconvenientes.

—Esperemos —murmuró Weiss mientras se levantaba—. Yo también me voy. Me temo que tengo otras obligaciones. —Salió por la puerta con un saludo.

David suspiró y yo dije para animarlo:

—No hay organización que no tenga conflictos de personalidad. Estoy seguro de que tienes razón con Patterson. —Luego bromeé—. Solo tendremos que atarle con una correa más corta.

David hizo una mueca irónica.

—¿De quién es la correa que lleva a quién?

Se volvió hacia el joven que estaba sentado con expresión un tanto divertida al otro lado de la mesa oblonga.

»Bueno, este chaval es alguien a quien no tenemos que ponerle ninguna correa. Aunque ha resultado ser un sabueso de primera clase. —Hizo una pausa para impresionar—. Ya sabemos quiénes son y dónde están los Maestros Ascendidos.

Me volví hacia James Franklin con una expresión de asombro.

—¿De veras? ¿Cómo lo has logrado?

—Rastreé su ruta de desvío pidiendo en la Red consejo sobre cómo utilizar yo una. Luego fue pura chiripa. Cuando les dije a las personas que habían estado usando ellos que quería enviarles un mensaje a los Maestros Ascendidos, señalaron que me lo estaría desviando de nuevo a mí mismo. No se dieron cuenta de que no salía precisamente de la misma terminal.

Mi expresión reveló que no entendía nada.

David me iluminó en voz baja y tono dramático:

—En otras palabras, Kevin, los Maestros Ascendidos han estado enviándonos los *e-mails* desde esta universidad.

Me recosté en la silla, atónito de verdad.

—¿Tenéis un grupo así aquí, en la universidad?

—No exactamente —respondió Franklin—. Lo que tenemos aquí es un capítulo de la cruzada del campus por Cristo. Es su cuenta la que han estado utilizando los Maestros. Es obvio que tenían contactos con alguien de la Cruzada. Haciendo un poco de detective averigüé que ese alguien se unió a un grupo a finales del año pasado que ha alquilado una granja a unos cuarenta y cinco kilómetros de la ciudad.

—¿Otra operación Waco? —exclamé—. No había oído hablar de nada así por esta zona.

—Todavía no ha llegado a esas proporciones —dijo David—. En realidad solo parece haber un puñado de personas viviendo allí.

—Y son todos hombres —añadió Franklin—. El grupo solo está abierto a los varones, al parecer.

—Recuerdan al Qumran —gruñí.

—¿A qué? —preguntó David.

—La gente que escribió los manuscritos del Mar Muerto. O al menos allí era donde se escondían, en un sitio al lado del Mar Muerto, en Israel. Eran una secta apocalíptica judía, es probable que esenios, que se retiraron al desierto para protestar por el modo en que se dirigía el templo de Jerusalén. Tuvieron mucha fuerza durante la supuesta época de Cristo. Muy ascéticos, renunciaban por completo a las mujeres y esperaban el final del mundo en una gran guerra definitiva entre los hijos de la luz y los hijos de la oscuridad. Chifladura sectaria de la mejor clase. Cuando los romanos invadieron el país durante la Guerra de los Judíos, escondieron en cuevas un montón de sus escritos que tardaron en descubrirse casi dos mil años.

—¿Algunas teorías no dicen que Jesús era esenio? —preguntó David.

—No las acreditadas. A algunos estudiosos les gusta ver influencias esenias en Jesús, quizás a través de San Juan Bautista, pero los únicos escritos cristianos que parecen contener algo parecido a las ideas de Qumran son las epístolas y el Evangelio según San Juan. Incluso la relación de San Juan Bautista con la secta esenia parece ahora improbable.

—Bueno, no sé si los Maestros están escribiendo algún manuscrito, pero siguen enviándonos mensajes sobre su propio fin del mundo. —David metió la mano en su maletín—. Aquí está la pista número tres. Hace cuatro días. James pudo rastrearlos con eso. Me gustaría que decidiéramos qué deberíamos hacer. Solo entre los tres.

—¿No se lo has dicho a Patterson?

—Todavía no. Pero si voy a alertar a las autoridades, sobre todo ahora que sabemos de dónde vienen, supongo que tendré que meterlo a él también.

Cogí el trozo de papel que me tendía David.

«Pista número tres: Y el cuarto vertió su copa sobre esos hijos; y se le permitió quemarlos con sus llamas. Pero solo maldijeron el nombre de Dios y se negaron a arrepentirse.»

Apocalipsis, capítulo 16, creo. Uno de los siete ángeles que vierten las copas de la ira de Dios sobre la Tierra. —Yo también metí la mano en mi maletín—. ¿Al hombre racional se le permite tener poderes? Debo de haber tenido algún tipo de premonición, porque me traje un Nuevo Testamento conmigo.

—Quizá en tu subconsciente te diste cuenta de que ya era hora de recibir otra pista —sugirió David con una sonrisa—. Creo que podemos vivir con el subconsciente. Hay muchas pruebas científicas que lo apoyan.

—Aquí lo tenemos: Apocalipsis 16:8. —Y leí—. «El cuarto vertió su copa sobre el sol...». Eso sí que es un cambio. De «sol» a «hijo». No se puede decir que sea un malentendido involuntario. Ni un juego de palabras deliberado en la interpretación. Si lo es, eso descartaría que algún Maestro estuviera familiarizado con el griego. Las palabras no son homónimas, como lo son en inglés *sun* y *son*.

Franklin sugirió:

—¿Y qué tal los hijos de la luz y los hijos de la oscuridad que has mencionado?

—Buena observación, James —comentó David.

—Sí —asentí yo—. Aunque en el Apocalipsis no hay ninguna idea parecida. Y tampoco hay ninguna conexión entre Juan el Profeta, que escribió el Apocalipsis, y Qumran. Por lo menos, nada que se haya descubierto. Proceden de zonas geográficas muy diferentes. Pero supongo que no hay razón para pensar que los Maestros tuvieran que limitarse al Apocalipsis en busca de inspiración. Es posible que en su mente hayan adoptado términos del estilo de Qumran para referirse a las fuerzas del bien y del mal.

—¿Entonces por qué no el término completo? —preguntó Franklin.

—¿Porque no está en el texto del Apocalipsis? —sugirió David.

—Es posible. También hay trocitos hechos a partir del texto original, pero no veo que sean muy significativos.

—¿Entonces a qué nos estamos enfrentando aquí? —preguntó David con tono preocupado—. ¿Son simples chiflados que nos señalan profecías de un apocalipsis inmediato en el que todos nos vamos a ver inmersos? ¿O tienen en mente a alguno de nosotros en particular?

—Es posible que estén interpretando estos pasajes como un destino marcado por la divinidad para grupos como el nuestro. La interpretación atomista de la Biblia siempre ha sido el sello de fábrica de las sectas extremistas. Hacen que las palabras digan lo que ellos quieren que digan.

—¿Pero por qué las «pistas»?

Sacudí la cabeza, frustrado.

—No sé. Parecen estar señalando algo. ¿Pero es una amenaza concreta? No hay forma de saberlo. —Me volví hacia Franklin—. ¿Es factible hablar con alguno de estos tipos?

David gruñó.

—No creo que te vayan a dejar entrar en su conspiración, si es que tienen alguna.

Franklin meneó el dedo.

—No, pero quizá sí que estén dispuestos a hablar sobre sí mismos. Este tipo de fanáticos nunca puede resistirse a la oportunidad de discursear. Sobre todo si los oye un escéptico.

Lo pensé un momento.

—¿Se les ha dado alguna publicidad, que tú sepas?

—No creo. Parecen ser un grupo muy nuevo.

Me di unos golpecitos en la barbilla, luego me la rasqué.

—Creo que mañana voy a hacer una excursioncita al campo. ¿Por qué no me das la ubicación de la escuela? Quién sabe, quizá me dé por parar a charlar un poco.

—¿Hablas en serio? —David me miró un tanto asombrado.

—¿Por qué no? Sé que estás preocupado por esos mensajes y tu primer impulso es acudir a las autoridades. Pero tengo miedo de que por alguna razón pueda salirnos el tiro por la culata. No queremos darle a la prensa ninguna razón para ridiculizar a la Fundación de la Edad de la Razón incluso antes de que despegue. Todavía no tenemos suficiente en lo que basarnos. Déjame intentar sondearlos. No tenemos nada que perder.

David lo entendió y le dio a mi propuesta una aprobación reticente. Franklin comprobó algunas notas que tenía con él y me dio la información que necesitaba. Los restos de la reunión se separaron y David y yo nos dirigimos al aparcamiento.

—Dime algo —dijo cuando llegamos a mi coche—. Cuando estabas hablando sobre los esenios, dijiste que estaban haciendo lo suyo en la «supuesta época de Cristo». ¿A qué te referías con eso?

—Sí, eso fue lo que dije, ¿verdad? —Miré más allá del límite inferior del campus, hacia el contorno de la ciudad que ahora relucía bajo la luz de un sol que acababa de salir. Desde esta atalaya sentí que formaba parte del aire vibrante y siempre progresista de finales de siglo XX. ¿Pero había algún momento o marco adecuado para abordar una idea de tal trascendencia?

—Verás. Dame otra semana o así para seguir con mis investigaciones y luego nos reunimos para hablar de unas interesantes observaciones que la fundación quizá quiera usar o no. De hecho, quizás hasta incluyamos a Phyllis en esto, si está disponible. —Había solo un toque de timidez en la mirada de soslayo que le dediqué—. ¿Tendrías alguna influencia en ese plano?

—Podría tenerla. La sondearé el domingo, cuando la vea.

—Ah...

—¿Pero no me vas a decir nada más que eso?

—Tú solo dile que no se va a aburrir, se lo garantizo. Y tú tampoco.

Y así lo dejamos. Prometí llamarlo en veinticuatro horas para contarle lo que había sucedido durante mi excursión al campo del día siguiente.

2

La escuela estaba situada en una propiedad con forma de V que había creado una bifurcación en una serpenteante carretera rural. De ladrillo rojo y en general desvaída, procedía de una época en la que la educación era más abiertamente cristiana y lucía una cruz de metal oxidado montada sobre las puertas de madera de estilo eclesiástico. Se notaban algunas renovaciones recientes, nada demasiado importante. El patio que había detrás del edificio albergaba un par de tiendas de campaña.

Aparqué el coche al borde de la carretera, cerca de la verja lateral. Había dos jóvenes trabajando en una huerta que tenían en el patio. Uno observó mi presencia cuando me metí en la hierba. Fingí no tener demasiada prisa. Contemplé la escuela y sus terrenos como si fueran lo que más me interesaba en el mundo.

El joven se acercó al otro lado de la verja, cerca de la puerta. Era alto y un tanto desgarbado, pero sin manifestaciones visibles del profeta de mirada salvaje, por no hablar ya del terrorista en potencia. Tenía la cara y las manos manchadas.

—¿Puedo ayudarle en algo?

—Bueno, quizá sí. Tengo entendido que esta propiedad la ha adquirido un grupo religioso. Soy escritor por cuenta propia, escribo sobre temas religiosos, entre otras cosas, y pensé acercarme y ver si había alguna historia detrás. —Desde ayer había estado repasando posibles formas de acercarme y esta parecía la más prometedora. Comenzaría de una forma neutral y seguiría presionando según se desarrollara la situación.

—¿Y dónde oyó eso?

Le dediqué una tranquila sonrisa.

—Oh, los escritores como yo no tendemos a revelar nuestras fuentes, ya sabe. No disfrutaríamos de muchas confidencias más. Pero no hay nada siniestro en ello. Hay muchos grupos formándose ahora que nos acercamos al final del milenio. Es un fenómeno social y a los lectores les gusta estar informados sobre ese tipo de cosas. Incluso meterse dentro un poco.

—Nosotros no nos consideramos parte de ningún fenómeno. —No había una animosidad manifiesta en la respuesta del joven, pero desde luego había entrado en contacto con una mentalidad sectaria.

—Bueno, sí, me doy cuenta de que las cosas adquieren otro aspecto cuando se está dentro. A todos nos gusta pensar que nos hemos sumergido en la verdad auténtica, supongo. —Cuando no respondió nada, le pregunté—: ¿Forman parte del movimiento «Éxtasis»?

Emitió un sonido de desdén.

—Eso son tonterías. No se va a elevar a nadie al Cielo en un cuerpo nuevo. Dios y el Cordero establecerán su reino de mil años aquí, en la Tierra.

—Ah, sus ideas son más milenarias, ya veo. Supongo que sacan muchas de sus predicciones del Apocalipsis. ¿No es ahí donde entra el Cordero?

—Sí, así es. —Había una nota de cautela en sus ojos, pero me di cuenta de que Franklin tenía razón. Este tipo de personas sí que sentía la necesidad de proclamar sus creencias.

—¿Y qué pasa con el falso Mesías? ¿Dónde entra? He oído que es el concepto habitual en las expectativas milenarias de estos tiempos. —Intenté evitar cualquier falsa nota de simpatía por esas opiniones, pero también cualquier desdén obvio que me pudieran inspirar.

—Más tonterías. Eso es una lectura totalmente equivocada de las Escrituras. Al Anticristo se le reconocerá por lo que es, y la gente que lo siga no lo hará engañada de ninguna forma. Nosotros no formamos parte del «concepto habitual». —El tono neutral había dado paso a un discurso más arisco, aunque seguía manteniendo el control. Después de todo, estaba hablando con un completo extraño.

No insistas demasiado rápido, me dije.

Miré a mi alrededor y contemplé el entorno. El día era cálido y soleado.

—Tienen un sitio muy bonito. Lo bastante lejos para ser rústico, pero no tanto como para no poder disfrutar de la vida nocturna. —Le guiñé un ojo.

Su sonrisa fue condescendiente.

—A nosotros no nos preocupa ese tipo de cosas.

—¡Ah! Aislados del perverso mundo, quiere decir. Bueno, a veces yo también siento esa necesidad. Puede resultar un poco abrumador. Televisión, teléfonos, Internet. Así como otras cosas que más vale no mencionar. —Levanté la cabeza—. Veo líneas de teléfono, así que supongo que no están aislados del todo. ¿También están en la Red?

—Aquí no... Quiero decir, no.

—Ya veo. Bueno, escuche. ¿Qué le parecería que yo escribiera un pequeño artículo sobre su grupo? ¿Cómo se hacen llamar? Alguien dijo que creía que era Renacidos no sé qué. —No podía mostrar un conocimiento demasiado exacto y tenía la sensación de que esto provocaría una respuesta.

Pero solo después de una pequeña vacilación.

—Nos llamamos los Maestros Ascendidos. —Fue casi como si esperara que me echara a reír, y lo cierto es que el título sí que me pareció por primera vez de una petulancia profunda e hilarante. Evité que se me notara la reacción en la cara, pero solo con dificultad.

—¿Y eso significa...?

—Significa que nosotros ya hemos logrado la salvación. Hemos ascendido a un nuevo estatus con la aceptación de la resurrección de Cristo. Aquellos de nosotros que perciben la verdad, claro.

—Supongo que con eso se referiría a una verdad especial que solo ustedes conocen. —Me salió teñido con unas connotaciones más sarcásticas de lo que había pretendido. Los dos sabíamos que era a eso exactamente a lo que se refería, pero me di cuenta de que el joven se ofendió, quizá por la implicación de que era ridículo.

Resultó no importar demasiado. No me había dado cuenta de que el otro jardinero había desaparecido dentro de la casa. Ahora él y otro hombre mayor salieron de una puerta lateral y se movieron con presteza hacia los dos que conversábamos por encima de la verja.

—¿Hay algo que pueda hacer por usted? —Parecía preocupado; un hombre de una edad más cercana a la mía, con cabellos grises en las sienes y un semblante de una severidad notable, adquirido sin duda gracias a una estricta dieta de reflexiones sobre el significado de obras como el Apocalipsis. Supe sin que nadie me lo dijera que este era el dirigente de los Maestros Ascendidos.

Repetí la historia que le había contado al jardinero, que ahora se había retirado a un lado con gesto deferente. Cuando incluí parte de la información que había obtenido de él, el mayor le lanzó una mirada ceñuda.

—Jeffrey lleva con nosotros muy poco tiempo. Es posible que no le haya dado la impresión adecuada. Pero usted es el primero en buscar cualquier clase de información sobre nosotros. —El ceño permaneció en su lugar—. No nos interesa la atención pública.

Eso lo dudaba.

—Ya veo. —Decidí que los acercamientos arteros no funcionarían con este hombre. Quizá procediera algún sondeo directo—. ¿Y entonces qué les interesa a los Maestros Ascendidos?

—Lo que nos interesa pronto será evidente, puesto que ya se están desplegando los acontecimientos, como se predijo. Estamos aquí para cumplir nuestro papel. Y para recoger la recompensa de Dios. —Tuve la impresión de que esta manera tan altanera de hablar era tanto por los acólitos que tenía al lado como por mí. Me habría gustado encontrarlo a solas.

—¿Me está diciendo que espera que los acontecimientos se desplieguen de la forma en que se describen en el Apocalipsis? No habría creído que en estos tiempos alguien pudiera tomarse esas predicciones de una forma literal. —Esta vez no me molesté en disfrazar un cierto grado de desdén en la voz.

El hombre no pareció afectado.

—Las profecías son flexibles. Se diseñaron para ser aplicadas a cada generación. Cuando Dios decida por fin qué generación es digna de disfrutar de la ejecución de sus planes, se verá que esas profecías se aplican en consecuencia.

Ese sí que era un nuevo giro, quizá un giro muy avispado. Su sutileza podría resultar atrayente para aquellos que todavía poseían un mínimo de inteligencia, ya que resolvía el problema de la naturaleza anticuada del Apocalipsis y del inmenso retraso en el cumplimiento de sus predicciones.

Mi siguiente pregunta se basaba en una impresión sobre antiguas sectas que había surgido de mis recientes lecturas.

—¿Y supongo que su trabajo, sea el que sea, está diseñado para convencer a Dios de que esta generación es, en realidad, la que es digna de ello?

El dirigente de los Maestros me lanzó una mirada penetrante, como si no supiera muy bien qué pensar de mí, pero se inclinara por creer que podría ser peligroso.

—Creemos que Dios está abierto a sugerencias. Así lo indican las Sagradas Escrituras. Los antiguos sabían que cuando sabes el nombre secreto de Dios, este tiene que escucharte. Decimos que cuando sabes la voluntad de Dios, este tiene que actuar. Si podemos convencerle de que ahora es el momento de ejecutar las resoluciones planeadas hace tanto tiempo, ¿a qué mayor tarea podría dedicar nadie su vida?

Señalé con un gesto la antigua escuela.

—¿Y usted espera que un puñado de fanáticos sectarios en una pequeña esquina de Estados Unidos pueda apretarle las tuercas a Dios? ¿Cree que por fin van a persuadirle de que programe la Segunda Venida? —A estas alturas yo ya solo estaba intentando provocar en aquel hombre un estallido revelador, ya fuera sobre las intenciones del grupo respecto a la Fundación de la Edad de la Razón o sobre cualquier otra cosa.

—Tenemos una red más grande de lo que a usted puede parecerle. Y toda ella está al servicio de la verdad.

—La verdad. —Miré hacia el cielo—. Qué suerte que sea usted dueño de algo tan esquivo. Pero siento curiosidad por saber cuáles son sus opiniones sobre aquellos que no tienen su marca de verdad. ¿Qué debería hacerse con ellos?

—Ellos también le serán útiles a Dios. Su destino ya se ha trazado en los escritos sagrados, siempre que se sepa cómo descifrarlo. —Aquel hombre mantenía el gesto recto, aunque había algo en sus ojos que sugería que quizá no fuera tan tonto como indicaban sus palabras. ¿Todos los Mesías en potencia se guardaban alguna parte secreta de sí mismos como refugio para la cordura? Se me ocurrió que el fanático puro y absoluto jamás podría ser un líder eficaz. Esa cualidad era mejor reservarla para las fuerzas de a pie.

—Ah, sí. La infalibilidad de la Biblia depende tantas veces de la interpretación particular que se le dé. Un acercamiento muy conveniente.

Miré a los dos jóvenes que permanecían a ambos lados de él, los dos escuchando con los ojos muy abiertos. Me pregunté qué elementos de sus experiencias, de sus personalidades, los había llevado a este lugar en este momento de sus vidas.

—¿Y usted cree que eso también forma parte del propósito de Dios? ¿Alejar a jóvenes como estos de sus familias, como no tengo duda de que ha ocurrido? ¿O crear un mundo para ellos en el que creencias conflictivas alejan a unas personas de otras, sociedades enteras de otras sociedades? ¿Es eso lo que logra su verdad?

—No es mi verdad: es la verdad de Dios.

A pesar de mis intentos por guardar la calma, la ira comenzaba a surgir de pozos muy hundidos.

—¡La verdad absoluta! ¡La espada ardiente de cada uno de los grupos sectarios que cree tener una línea directa con la mente de Dios! ¿Y a dónde nos lleva esa verdad? A la ruina de mentes como estas. A la fragmentación de la sociedad en «nosotros» contra «ellos», los elegidos y los condenados, donde la preocupación principal es la condena e incluso la destrucción del nocreyente. ¿Por eso creó Dios el mundo, para verter copas de ira y fuego sobre la amplia mayoría del mismo, como le gustaría que creyéramos al Apocalipsis? —Todavía poseía un dominio suficiente sobre mis facultades como para intentar dirigirlo hacia una respuesta que dijera algo sobre los mensajes enviados a la fundación.

Por desgracia, no fue posible. Me lanzó una mirada llena de maldad y dijo:

—Vamos, Jeffrey, Steven. Tenemos mejores cosas que hacer que quedarnos aquí y escuchar a uno de los embusteros de Satanás. Creo que lo han enviado para tentarnos.

Lancé los últimos vestigios de mi autocontrol tras las figuras que se retiraban.

—Sí, Jeffrey, sí, Steven. ¡Id con él! ¡Seguid su verdad! ¡Ignorancia y superstición! Eso es lo que os está ofreciendo. ¿Qué mejor forma de invertir vuestras vidas? ¿Qué mejor camino hacia la felicidad y el éxito? ¡Os deseo lo mejor! —Los otros desaparecieron dentro de la escuela.

Bueno, pues ya estaba. La había fastidiado. Probablemente había sido inevitable. Razón y religión, sin que la una se acerque a la otra jamás. La división definitiva que parte la carne del organismo humano. Todavía no se había encontrado ninguna medicina que pudiera curar esa división.

Mientras daba la vuelta por delante del coche para volver al lado del conductor, vi un viejo buzón abierto sobre un poste, cerca de la verja. Dentro se podía ver solo la esquina de un sobre. Al parecer, nadie había vaciado el buzón hoy. Seguí un impulso. En tres zancadas me planté ante el trasto y metí la mano dentro. Me llevó dos segundos sacar la carta, tomar nota del nombre que llevaba y volverla a meter. No me molesté en mirar hacia la casa.

Otros cinco segundos después estaba dentro del coche y me alejaba. No había nada en el retrovisor que indicara que alguien había presenciado mi intrusión. Todavía seguía reprochándomelo. ¿Podría haber manejado el encuentro de forma diferente? Ninguno de los bandos tenía el monopolio de la emoción ni de la cólera farisaica.

Bueno, tenía un nombre. Robert Cherkasian. El sobre iba dirigido a una dirección rural, pero no había ninguna referencia a los Maestros Ascendidos. Y había observado de una forma más periférica en las señas del remitente algún lugar de Filadelfia. Filadelfia... ¿Qué posibilidades había de que eso fuera una coincidencia?

Volví a reñirme otra vez. ¿Por qué no me había tomado un momento para tomar más detalles de la dirección de la que había salido la carta?

¿Había averiguado algo concreto? Aunque parecía probable que el tal Cherkasian fuese el responsable de los correos electrónicos enviados a la fundación, yo seguía sin tener ni idea de lo que pretendía con eso. Había hablado de convencer a Dios para que ejecutara las predicciones del Apocalipsis. Que tales profecías podrían tener su propio significado, más evolucionado, para cada generación, incluyendo la actual. El traspaso de la carne, las piedras caídas, la copa de fuego. ¿Era la lógica retorcida solo un modo de recordarle a Dios que existían ocasiones para cumplir esas profecías del fin de los tiempos? ¿Estaban relacionadas esas ocasiones con la Fundación de la Edad de la Razón y sus planes en Filadelfia? Quizá las «pistas» eran el pequeño chistecito de los Maestros que nos indicaban el camino hacia ese apocalipsis en potencia.

El pavimento caliente estaba haciendo cantar a las llantas. O quizá era un sonido más siniestro. Mi cerebro, sensibilizado e inyectado de adrenalina, estaba haciendo que el paisaje estival reluciera con fuerzas recién percibidas. La escena que me rodeaba se convirtió en un mundo poblado de espíritus, poderes metafísicos, extrañas perturbaciones que antes ni sospechaba. Rondaban por el aire, vigilando, amenazando. Donde antes yo había visto un ambiente impregnado solo con los demonios racionales y modernos de la contaminación, la radioactividad y la lluvia ácida, percibía ahora un ambiente saturado del espíritu de venganza, voces psicóticas del pasado, influencias radicales que inducían al fanatismo, comportamiento aberrante que volvía al hijo contra el padre, al padre contra el educador, comunidad contra comunidad. Con la llegada del milenio, estas fuerzas se revolvían en un frenesí cada vez mayor. El Cristianismo había vuelto al punto de partida. Desde los oscuros comienzos de una secta convencida de que la transformación del mundo estaba a punto de llegar, el movimiento había viajado dos mil años para regresar a sus raíces: éxtasis, mesías falsos y verdaderos, una destrucción de fuego y azufre en las enfebrecidas visiones del Apocalipsis.

En cuanto entré llamé a David. Me di cuenta de que había estado esperando al lado del teléfono.

—¿Conoces a alguien llamado Robert Cherkasian?

—No.

—¿Y a algún Jeffrey o Steven? ¿James Franklin mencionó el nombre del tipo del grupo de la cruzada del campus?

—Sí, de hecho creo que era Jeffrey algo.

Le confié todo lo que pude de mi conversación con los Maestros de la zona. David preguntó ciertas cosas palabra por palabra, tanto como pudiera recordar.

—Así que crees que quizá solo estén intentando echarnos el equivalente a un maleficio de los Maestros Ascendidos. Es decir, ya que en realidad no tienen puesto el dedo en el botón apocalíptico, no son más que un montón de amenazas vacías, ¿no te parece?

—Mi primera impresión sería decir que sí. Pero con personas así, nunca se sabe. No piensan como tú o como yo. Si se frustran sus expectativas, ¿quién sabe cómo podrían reaccionar?

Casi pude oír el gemido silencioso de David por teléfono.

—¿Entonces qué hago? ¿Hablo con la policía o qué? ¿Se lo digo a Burton?

—Bueno, nuestra policía no servirá de mucho si la reacción se va a producir en Filadelfia. Sigo pensando que tenemos que ir con cuidado. ¿Pero por qué no haces algunas indagaciones discretas con el FBI, a ver si tienen algo sobre este grupo, en especial sobre alguna rama ubicada en Filadelfia? Rompe el hielo con alguien. Quizá en estos momentos les interesen los grupos milenaristas. Podrían seguir a partir de ahí. En cuanto a Burton, bueno, sobre eso vas a tener que utilizar tu propio criterio.

David suspiró.

—Lo consultaré con la almohada. No parece que vaya a ocurrir nada trascendental de la noche a la mañana. Tu sugerencia quizá sea la mejor. Y Kevin, gracias. Por saltar a la guarida de los leones.

—¡Bah! Menuda guarida. Un león viejo y dos gatitos.

—Esperemos que no tengan garras ocultas.

14

1

Q.

De esa única letra, yo llegaría a darme cuenta, pendía la imagen liberal moderna de Jesús de Nazaret.

Una letra que representaba un documento que ya no poseíamos, desmenuzado y perdido en las arenas de la Palestina del siglo I. Sus fantasmas rielaban entre las páginas de San Mateo y San Lucas, su eco se podía oír tras las palabras de San Marcos.

Sin que se pudiera encontrar ninguna enseñanza que atribuirle en las epístolas del Nuevo Testamento, el maestro de ética de escenas evangélicas como el Sermón de la Montaña de San Mateo o el viaje de Jesús a Jerusalén en San Lucas, eran en gran medida producto de Q. El silencio que guardaban las epístolas sobre cualquier conflicto de Jesús con la clase dirigente judía se había llenado hasta cierto punto con las historias sobre controversias sacadas de Q. El Jesús de San Pablo y de otros autores epistolares del siglo I, que jamás dijeron ni una palabra sobre los milagros realizados por su Cristo divino, había pasado a surgir como hacedor de maravillas y exorcista por primera vez en las páginas perdidas de Q.

La esencia del Jesús histórico, el hombre que había recorrido las arenas de Palestina y había causado tanta mella en todos los que lo rodeaban, la imagen de la que dependía tanta fe y con la que se ganaban la vida tantos estudiosos modernos, descansaba sobre una momia resucitada de los relicarios construidos por San Mateo y San Lucas y despojada de las envolturas del retrato teológico y sociológico que habían hecho de Jesús.

¿Pero cuánto del Q original se podía desenterrar de estas reencarnaciones posteriores?

La investigación de Q era quizá el departamento más activo y vital dentro del estudio del Nuevo Testamento ahora que el siglo XX se acercaba a su conclusión. Los últimos diez o quince años de estudio habían establecido más allá de toda duda que buena parte del documento utilizado por San Mateo y San Lucas se podía reconstruir con un alto grado de precisión a partir de los pasajes comunes que no habían obtenido de San Marcos; que el documento (con toda probabilidad diferentes ediciones de ese documento) del que los dos evangelistas habían sacado cosas de forma independiente era el resultado final de una larga historia; y que esta historia había atravesado tres etapas principales de evolución y muy probablemente numerosas etapas menores.

Pero descubrir lo que yacía en los oscuros comienzos de Q, y la naturaleza de su material más antiguo previo a cada etapa de revisión, era algo sobre lo que yo sospechaba que los estudiosos alardeaban de más confianza de la que en realidad merecía.

Utilicé una serie de fuentes, tanto en papel como en la Red y me pasé tres días haciendo una lista y clasificando todas las unidades de Q que se podían identificar a partir de los dos evangelios sinópticos posteriores. En cuanto a San Marcos, su relación con Q era espinosa. La mayor parte de los estudiosos parecían estar de acuerdo en que reflejaba un material parecido al de Q, que se había inspirado en tradiciones sobre una presumible figura histórica que procedía de la comunidad que produjo el documento Q. Pero no les quedaba más remedio que llegar a la conclusión de que San Marcos no había poseído la obra escrita a la que habían accedido San Mateo y San Lucas. Ninguna de las grandes enseñanzas que los autores posteriores sacaron de Q estaba presente en San Marcos. Y ningún estudioso había encontrado una explicación razonable de por qué el primer evangelista, si había tenido una copia de Q delante de él, se habría saltado de una forma tan absoluta las enseñanzas de Jesús, así como de tantos detalles sobre la controversia de Jesús con los fariseos.

Era un problema sobre cuya resolución yo no me hacía muchas ilusiones.

De San Mateo y San Lucas, por tanto, se había resucitado a Q.

Q era el producto de una comunidad o círculo judío que había surgido en Galilea alrededor de mediados del siglo I para predicar la llegada del Reino de Dios. Este documento no ofrecía un relato, aunque unas cuantas de sus unidades presentaban alguna anécdota o desplegaban un encuentro, por ejemplo el diálogo entre Jesús y San Juan Bautista o la historia de las Tentaciones.

En realidad, la inmensa mayoría del material de Q estaba compuesto por dichos individuales y pronunciamientos. Estos tendían a estar asociados en grupos, vinculados porque poseían un término clave común (llamado «reclamo») o porque se referían a un tema común. Era obvio que Q no había reflejado ninguna pauta en las enseñanzas de Jesús, sino que había organizado sus dichos de acuerdo con un par de principios de contenido común.

San Mateo era el que mejor trabajo había hecho a la hora de modernizar el material de Q. Había recogido numerosos trozos de toda su copia de Q y los había recopilado en el gran Sermón de la Montaña, un sermón que pocos creían ya que hubiera sido pronunciado de una sola vez por Jesús sentado en una colina de algún lugar de Galilea.

El uso que había hecho San Lucas de Q había sido menos perjudicial. Su secuencia se consideraba la más cercana al original porque, entre otras cosas, no tenía sentido que hubiera dividido tanto el Sermón y hubiera distribuido sus partes al azar por todo el Evangelio. La pauta que se creaba al extraer el material Q de San Lucas y presentarlo sugería que esa era en gran medida la forma en que aparecía en la fuente que utilizó San Lucas. Así pues, los estudiosos habían adoptado un sistema para referirse a las unidades de Q según los capítulos y números de versículo en los que se encontraban en San Lucas. El lamento de Jesús por Jerusalén, por ejemplo, se identificaba como Q 13:34-35, porque aparecía en San Lucas 13:34-35.

Pocas veces existía un acuerdo exacto de palabras entre San Mateo y San Lucas. Pero eso se podía achacar a pequeños cambios que uno u otro evangelista, o ambos, habían hecho para que encajase en sus propios estilos, o quizá para alinear un material concreto con sus propias opiniones y propósitos editoriales. Después de todo, ese tipo de cambios eran visibles en el modo en que habían adaptado los pasajes de San Marcos a sus Evangelios. Establecer la redacción original de Q era con frecuencia una tarea incierta y especulativa. Muy de vez en cuando, una divergencia mayor ponía en duda si algo procedía en realidad de Q o si los dos escritores podrían estar recurriendo a alguna otra fuente, quizá una fuente oral. El mismo tipo de similitud general en unos cuantos de los pasajes de San Marcos, cuando se comparaban con el material Q de San Mateo y San Lucas, llevaba a algunos estudiosos a postular que San Marcos también había sacado unidades seleccionadas de Q.

A estas alturas, Q, en su perfil más amplio e incluso en muchos de sus detalles más sutiles, había salido a la luz del día, pero otros detalles, así como el proceso evolutivo que había sufrido, todavía yacían entre ciertos grados de sombra e incierta especulación. Una cosa estaba clara: Q se había escrito, desde el comienzo, en griego.

Q estaba formado por entre sesenta y ciento y pico unidades, dependiendo del estudioso que hiciera el desglose. La pauta que se derivaba de San Lucas proporcionaba una imagen de la evolución del documento, y, por extensión, de la evolución de la comunidad que lo produjo. Se habían identificado tres etapas generales.

Varios agrupamientos de dichos repartidos por Q poseían un aire, estilo y propósito comunes. Como grupo, estos dichos sobre ética y el trabajo de los discípulos guardaban una gran relación con el género judío de las colecciones de máximas, como el Libro de los Proverbios del Antiguo Testamento. También había equivalentes grecorromanos. Este tipo de colecciones ofrecían instrucciones sobre la vida y sobre cómo comportarse en la situación social actual. Se consideraba que este grupo de dichos era la primera capa de Q, y los estudiosos los llamaban Q1.

En su mayoría, estos dichos eran ahora considerados por los estudiosos liberales como el mejor registro auténtico de las enseñanzas de Jesús de Nazaret. La comunidad de Q, se decía, los había conservado y adoptado para su propio uso en la predicación del Reino. Incluían lo más preciado de la ética del Evangelio, nada menos que las líneas de San Lucas / Q 6:27-28:

«Amad a vuestros enemigos, haced el bien a aquellos que os odian; bendecid a los que os maldicen, rezad por aquellos que os maltratan. A aquel que te abofetee una mejilla, ofrécele también la otra; y de aquel que te quita el manto no ocultes también la túnica.»

Otras eran recomendaciones sucintas, con frecuencia teñidas de humor: no ocultar la luz bajo una vasija, pedir, buscar y llamar y la respuesta deseada te saldrá al camino, parábolas sobre el Reino de Dios. Y, por supuesto, las Bienaventuranzas.

Al lado de máximas tan innovadoras y progresistas, sin embargo, se encontraban agrupamientos de dichos tan radicalmente diferentes como la noche y el día. Q 10:13-14 ponía estas opiniones en boca de Jesús:

«¡Ay de ti, Corozaín! ¡Ay de ti, Betsaida! Pues si las poderosas obras que se han hecho en ti se hubieran hecho en Tiro y en

Sidón, se habrían arrepentido hace ya mucho tiempo, ser[...]
con un hábito de penitencia y cenizas... Y tú, Cafarnaú[...]
elevarás al cielo? ¡Te hundirán hasta el infierno!».

Estas imprecaciones contra las ciudades galileas que no habían respondido a las prédicas de la comunidad, junto con pronunciamientos e historias de controversias que ilustran un choque con los fariseos, formaban parte de una capa «profética» o apocalíptica que los estudiosos llamaban Q2. Consideraban que estos dichos representan una etapa posterior de la historia de la comunidad, una reacción a la hostilidad y rechazo que había recibido entre la clase dirigente judía. El tema del juicio punitivo contra el no creyente se había hecho primordial. La figura del Hijo del Hombre entraba entonces por primera vez, alguien que llegaría durante el fin de los tiempos para juzgar al mundo en medio del fuego. Aquí también aparecía San Juan Bautista, un precursor de los predicadores de Q, que profetizaba un gran castigo merecido a manos de aquel que habría de llegar para «bautizar con fuego».

Si algunos de los dichos de Q2 los había pronunciado Jesús era un tema muy debatido. Muchos consideraban que estos puntos posteriores de disensión se habían hecho remontar a la época de Jesús. El crudo contraste con las enseñanzas del Q1 también ponía en duda su autenticidad. La añadidura de estos dichos «proféticos» a la colección previa de «máximas» constituía una importante revisión del documento Q.

La tercera etapa de Q era más difícil de identificar. Para algunos solo era una cuestión de embellecer las cosas después de los traumáticos acontecimientos de la Guerra de los Judíos. Esta etapa posterior vio el despertar de la biografía, incluso de la divinidad de Jesús, elementos que no habían estado presentes antes en los dichos de Q. Se podían ver en la Historia de las Tentaciones, en la que Satanás intentaba atrapar al Hijo de Dios con la promesa de poder, o en el dicho sobre el Hijo que conoce al Padre.

Otros estudiosos veían más. Había señales de un material más antiguo que se había vuelto a elaborar en la etapa de Q3; por ejemplo, en el diálogo entre Jesús y San Juan en Lucas 7. Pero era difícil juzgar con exactitud cuánto se había vuelto a elaborar de las capas anteriores. Tal reelaboración la había gobernado el salto dado desde Q2: Jesús, de ser un sabio humano de Galilea, se había convertido, en la mente de la comunidad de Q, en un ser divino: de hijo y enviado de la sabiduría, había evolucionado y se había convertido en el mismísimo Hijo del Padre.

Y en algún momento, después de las revisiones que se habían hecho de Q3, los evangelistas San Mateo y San Lucas echaron mano de diferentes ediciones de esta obra y la incorporaron a las revisiones que hicieron ellos del vangelio de San Marcos. Estaba menos claro, pero el propio San Marcos, presumiblemente, había tomado prestadas de allí algunas de sus ideas, o las ideas que se encontraban detrás de su Evangelio, aunque no hubiera descansado sobre su mesa de escritura ninguna copia física de Q.

2

Comenzaba a caer la tarde de un martes cuando me senté con mis listas y las notas que había tomado hasta entonces para intentar encontrarle sentido a Q a la luz de la conclusión a la que ya había llegado: es decir, que no había existido un Jesús histórico.

Dado que todos los documentos del Nuevo Testamento, aparte de los Evangelios, señalaban con tanta claridad en esa dirección, ¿cómo podía explicar la evolución de Q hasta quedar convertido en una colección de dichos atribuidos a un Jesús humano que había vivido y enseñado en Galilea y Judea?

Había que tener en cuenta un dato sorprendente a la hora de evaluar Q: en ninguna de las etapas se podía discernir referencia alguna a la muerte de Jesús, por no hablar ya de su resurrección. Los estudiosos lo admitían. Desde los primeros días de investigación sobre Q, hace un siglo, esta ausencia había sido fuente de gran preocupación y perplejidad.

Hacía ya mucho tiempo que se habían rechazado las explicaciones más antiguas para este silencio. Hoy en día, la explicación más destacada se correspondía con el contexto de la tendencia más reciente del pensamiento crítico sobre los comienzos del Cristianismo. Estaba diseñada para tener en cuenta la gran diversidad de comunidades y creencias que se encuentran en los primeros documentos cristianos.

Este escenario sugería que Jesús había dado origen, en varios momentos y lugares de su carrera (incluso después de su muerte), a varios movimientos que respondieron a él de formas muy diferentes. La comunidad Q era una de esas «respuestas», un grupo que se formó en Galilea como reacción a un sabio maestro que había trabajado entre ellos. Lo consideraba alguien por completo humano. Esta comunidad, según decía la teoría, no se vio afectada por el destino que Jesús pudo haber sufrido a continuación en Jerusalén. Permaneció inmune durante la mayor parte de su historia a cualquier influencia que pudieran haber ejercido sobre ella los círculos de culto, como los de San Pablo, que habían convertido de inmediato a Jesús en una divinidad cósmica y abandonado todo interés en su vida y obras terrenales.

Un escenario como este de reacciones tan increíblemente diversas a un humilde predicador judío me pareció muy sospechoso. Convertía al primer Cristianismo en un movimiento que habría sido esquizofrénico hasta extremos absurdos. El contraste entre San Pablo y Q no podría haber sido más brutal. Q no sabía nada de lo que San Pablo había pensado de Jesús. San Pablo no parecía saber nada de lo que Q recordaba de Jesús, y tampoco le interesaba, como se diría en este caso. Los estudiosos que postulaban esta teoría también luchaban con la cuestión de cuándo y cómo habría tenido lugar una transformación tan elevada que había convertido a Jesús en una divinidad.

Además de estas respuestas tan opuestas, había habido otras opiniones y apropiaciones divergentes de Jesús flotando en el aire, algunas divinas, algunas humanas.

El sumo sacerdote expiatorio de Hebreos se movía en todo momento en el marco platónico de un mundo superior. La *Didaché* hablaba de un «siervo» intermediario que no sufría y estaba en el Cielo. Las Odas de Salomón y los primeros documentos gnósticos presentaban de formas muy diversas a un Cristo que formaba parte espiritual de la Divinidad y actuaba en el mundo. El Evangelio según San Juan, al parecer, había poseído en un principio a un Jesús que salvaba revelando a Dios; y al que con el tiempo se le hizo equivaler al *Logos* griego.

Además de todo esto, a ciertos elementos de los Evangelios, dado que parecían poseer sus propias características distintivas, se los estaba etiquetando como productos de otros grupos que habían adoptado de forma selectiva ciertos aspectos de la carrera de Jesús, por ejemplo sus milagros o cierta clase de declaraciones. Habían convertido todo ello en principios directores de la vida de su grupo. Al igual que Q, se considera-ba que estos «pueblos de Jesús» no habían utilizado en absoluto la muerte y resurrección de Jesús. Al igual que Q, no tenían ningún interés en Jesús como agente redentor, ya fuera a través de un sacrificio por los pecados o de cualquier otra forma.

Aparte de la extraña cualidad innata de este tipo de argumentos, había al menos un problema sin explicar y una falacia fundamental, o eso me parecía a mí.

¿El problema? La conversión de San Pablo. La elevación de Jesús al estatus divino se consideraba algo que tenía que haberse desarrollado con el tiempo, dado que contravenía de una forma tan blasfema el espíritu judío. Y es probable que tuviera lugar bajo influencia gentil, en centros de la Diáspora como Antioquía. Sin embargo, San Pablo se había convertido a Cristo entre unos dos y cinco años después de la muerte de Jesús. Y encima en Jerusalén. ¿Quién, en este centro del judaísmo, cuando el cadáver de Jesús aún no se había enfriado, había ido en contra de todo aquello que los judíos respetaban y había convertido a un hombre humano en Dios, asociándolo además con todo tipo de mitología helenística? ¿Acaso San Pablo, un judío por nacimiento y educación, se había limitado a tragárselo entero? ¿O no había creído en Jesús como el Hijo de Dios desde el mismo principio? ¿Lo habían convencido de ello después unos gentiles anónimos, quizá en Antioquía, y luego había eludido el tema en sus cartas? ¿Y cómo explicar por qué esos mismos gentiles, personas que no tenían ninguna experiencia personal de Jesús y no tenían ningún antecedente a la hora de convertir a seres humanos en divinidades cósmicas, le harían algo así a un humilde predicador judío, hasta el punto de considerar que había sido resucitado de entre los muertos?

¿La falacia? Se encontraba en el hecho de que el argumento era una extrapolación hacia atrás. Los estudiosos derivaban estas variadas «respuestas» de una fusión posterior de los diversos sistemas independientes, de la supuesta reconvergencia de las ramas divergentes originales, es decir, los Evangelios. Para llegar a Jesús el maestro había que quitar las capas de un evolucionado Q. Sugerir que una serie de comunidades había conservado los milagros y varios elementos más del ministerio de Jesús requería unas suposiciones especulativas sobre las historias de estos ingredientes previas a los Evangelios, historias que San Marcos y los demás habían incorporado a sus narrativas. No había ningún documento que recogiese el fenómeno inicial, la división de Jesús en sus componentes. Y nuestro primer documento, las Cartas de San Pablo, no insinuaba ninguna de estas otras respuestas al hombre que, para San Pablo, había pasado por completo al reino de la divinidad. No se encontraba ni una sola indicación sobre estos «pueblos de Jesús», que es de suponer que prosperaban y seguían su camino en algún lugar fuera de los límites del mundo de San Pablo.

¿Había existido todo eso en una serie de universos alternativos?

Si dejábamos que la cronología de las pruebas documentales gobernara nuestro pensamiento, la primera manifestación de Jesús fue la de un Cristo divino, espiritual, con el que no se asociaba ninguna vida ni ministerio sobre la Tierra. Solo más tarde, junto con otras expresiones diversas del Hijo espiritual, las pruebas mostraron el desarrollo de una figura humana que había vivido en Palestina en la época de Herodes y

Poncio Pilatos, había enseñado y hecho milagros y había muerto y resucitado de una tumba en los alrededores del Jerusalén terrenal.

¿Qué pensar entonces de Q?

¿Qué pensar de esos elementos de su interior que con el tiempo, y casi sin ayuda, habían creado la imagen de un Jesús que enseñaba, predicaba el Apocalipsis y hacía milagros?

Más de una vez me había encontrado con una reivindicación: que el recientemente descubierto Evangelio de Tomás, parte de un alijo enterrado de documentos gnósticos encontrados en Egipto, era un testimonio independiente de Jesús el maestro. Muchos de sus dichos reflejaban los de Q e incluso podían representar las versiones más primitivas. Pero ya que estaba clara algún tipo de relación literaria entre los dos documentos, también era posible otra explicación y algunos eruditos se inclinaban en esa dirección.

Q, según lo que teníamos, y el Evangelio de Tomás (que representaba un texto del siglo II) eran los dos finales divergentes de un comienzo común. La trayectoria que produjo el Evangelio de Tomás se había separado pronto de la de Q y había experimentado su propio desarrollo. Era posible que si se pudiera eliminar el aumento evolutivo de Tomás (con toda probabilidad una tarea imposible, dado que había muy poco con lo que trabajar) se llegaría al mismo punto de partida en el que había comenzado el documento Q.

¿Y cuál era ese punto de partida?

En lugar de proceder a partir de la suposición incontestada de que Jesús existió y Q debía reflejarlo de algún modo (que era el acercamiento de los estudios modernos), ¿se podrían analizar las etapas del desarrollo de Q de tal modo que no tuvieran que llevarnos hasta un predicador histórico de Galilea que había proclamado bienaventurados a los pobres y que los mansos heredarían la Tierra?

3

De la medianoche a las dos de la mañana.

Utilizando una copia impresa del índice Muratorian, me permití varias lecturas de la capa de dichos que formaban Q1.

«Bienaventurados los pobres, pues de ellos es el Reino de Dios...
Si amas solo a aquellos que te aman, ¿qué mérito tienes?

Trata a los demás como te gustaría que te trataran a ti...
¿Puede un hombre ciego guiar a otro? ¿No caerán ambos en la zanja?...
No lleves monedero ni bolsa, y viaja descalzo; no intercambies saludos en el camino...
Piensa en los cuervos, ni siembran ni recogen, no tienen almacén ni granero; sin embargo Dios los alimenta... Tu padre sabe que necesitas esas cosas...
Vende tus posesiones y dalas a caridad. Almacena tu riqueza en el cielo donde ningún ladrón puede alcanzarla... pues donde está tu riqueza, allí estará también tu corazón....»

Y demás.

Una curiosa colección de dichos para un predicador judío. En todo Q1 apenas se encontraba alguna idea específicamente judía. Una referencia a Salomón. No se menciona a los fariseos, ni a ningún otro funcionario o institución judía. Referencias dispersas al Reino de Dios, pero no en un sentido apocalíptico y sin ninguna de las asociaciones judías habituales. Ausencia de todo aire profético.

El único pasaje que mostraba algo parecido siquiera a un diálogo incorporado era también la única unidad de Q1 que contenía el nombre de «Jesús».

Muy curioso, la verdad.

Y sin embargo, se suponía que esta era la auténtica voz de Jesús de Nazaret. A mí me parecía francamente cosmopolita, incluso con cierto sabor helenístico. De hecho...

Cuatro de la mañana.

Mi instinto había acertado.

Ciertos estudiosos llevaban ya una década señalando una observación tan intrigante como asombrosa sobre los dichos de Q1. Estos aforismos «sabios» tenían un gran parecido con el espíritu y el estilo de un tipo de movimiento predicador helenístico de la época.

Los cínicos. Sabía que me sonaban.

Comprobé mis propias fuentes sobre la filosofía grecorromana. Una investigación medio recordada de años pasados los sacaron a la luz. Durante el primer siglo, predicadores cínicos errantes habían recorridos las ciudades y los caminos menos transitados del imperio, incitando a la gente a que adoptara cierto un estilo de vida, una perspectiva del mundo que era a la vez religiosa y social. Afirmaban estar siguiendo las enseñanzas y modo de vida de Diógenes de Sinope, el fundador de la filosofía cínica.

Aquel al que le había tapado la luz Alejandro Magno, según contaba la leyenda popular.

Eran unos tábanos, convencidos de que la sociedad era demasiado autoritaria, demasiado desigual, demasiado hipócrita. Eran una especie de manifestantes agresivos y descarados, impulsados por la sensación de que un poder divino los estaba dirigiendo y ordenando que reformaran la sociedad.

Como Q, ellos también hablaban de un Dios Padre benevolente. Epicteto, un filósofo estoico que adoptó las tradiciones cínicas y predicó a las masas pobres y humildes, según se recoge, dijo: «Todos los hombres tienen siempre y en todas partes un Padre que los cuida.»

Dio de Prusa alentó a la gente a que confiase en la providencia, pues «Considerad las aquellas bestias, y las aves: cuánto más libres de problemas viven que el hombre...».

Los cínicos también tenían sus Bienaventuranzas. Bienaventurada es la persona, decía Epicteto, que disfrutaba de una relación adecuada con la deidad.

¿Y qué pasa con la enseñanza más característica de Jesús: Ama a tus enemigos, pon la otra mejilla?

Séneca, a mediados del primer siglo, presentó el principio filosófico cínico de la contracultura: «Permite que cualquier hombre que lo desee te insulte y haga daño, porque si solo la virtud mora en tu interior, nada sufrirás. Si deseas ser feliz, si quieres de buena fe ser un buen hombre, deja que una persona u otra te desprecie». Epicteto hablaba a favor de la aspiración cínica al amor fraternal y comentaba sobre esa opinión que «cuando a uno lo azotan como a un burro, debe amar a los hombres que lo azotan».

Aquí había algo más que ecos distantes del Sermón de la Montaña. Aquí había enseñanzas cortadas por el mismo patrón.

Los cínicos y la filosofía popular tenían incluso el concepto de un Reino de Dios, aunque sin asociaciones apocalípticas. La frase era más bien un símbolo de la postura ante el mundo que defendían los cínicos. Aquel que dominaba sus pasiones era un «rey» en un nuevo dominio y vivía un orden natural y diferente bajo un gobierno divino especial.

Este, me parecía a mí, era el mismo ambiente que transmitían las referencias al Reino presentes en el Q1.

En cuanto a las «reglas para el camino» de Q, lo que practicaban los cínicos en sus vagabundeos por el imperio era casi idéntico. Para ambos, la llamada divina exigía una ruptura total con la familia y las posesiones. Eso con toda probabilidad explicaba el significado de Q 14:27, que un discípulo tenía que «tomar su cruz» y seguir al Maestro. Los comentaristas en general consideraban esto no como una referencia a la cruz de Jesús (algo a lo que Q no prestaba ninguna atención), sino a un proverbio cínico-estoico. Bultmann pensó que quizá lo utilizaran también los celotes judíos. Significaba una sumisión absoluta a una vocación de privaciones y dedicación.

También había otras observaciones muy reveladoras.

No solo estaban las opiniones de Q1 que eran parecidas a la filosofía cínica, sino que el modo en el que algunas se presentaban encajaban con la imagen del *chreia* cínico: una pequeña anécdota sobre un profesor que consistía en una objeción y una respuesta. Una famosa historia sobre Diógenes tomaba esta forma de *chreia*:

«A Diógenes se le preguntó por qué le pedía algo a una estatua. Respondió: "Para tener práctica en que me rechacen"».

Lo que podíamos comparar a la anécdota de Q:

«Un hombre al que se invitó a seguir a Jesús dijo: "Déjame ir a enterrar a mi padre antes". Pero Jesús dijo: "Deja que los muertos entierren a sus muertos"».

Relatos de pronunciamientos como estos también se podían encontrar en la segunda capa de Q.

Si se sacaba por completo de contexto, Q1 podía confundirse con toda facilidad con un producto cínico. La referencia de pasada a Salomón y un par de matices de procedencia judía, la inclusión del nombre Jesús en un grupo de dichos, podían ser pequeñas capas superpuestas en un proceso de adaptación.

Confundido con un producto cínico. ¿Pero sería una confusión?

Ese fue mi último pensamiento cuando caí en la cama.

Miércoles, tres de la tarde.

Hmm. Así que Burton Mack, entre otros, ponía ahora a Jesús en el papel de un sabio de estilo cínico.

¿Por qué no me sorprendía? Q1 tenía un intenso sabor cínico. Pero tenía que ser el primer documento de Q del Jesús predicador. Así pues...

Claro que eso hacía que fuera necesario colocar a Jesús en un entorno fuertemente helenístico. El estilo cínico de su predicación debió empaparse de ese tipo de influencias. Mack, por tanto, hacía todo lo que podía por retratar la Galilea de principios del siglo I como una región muy cosmopolita. Aquí los judíos eran muy independientes y podían absorber las ideas extranjeras sin dificultad.

Quizá esa imagen no era tan inexacta. Después de todo, Q1, al parecer había aparecido en Galilea.

Mack también se vio obligado a proyectar las inquietudes de Jesús sobre cosas que no tenían mucho que ver con el mundo social judío, ya que los dichos de Q1 no mostraban ninguna preocupación sobre temas o instituciones específicamente judíos. El gran conflicto con los fariseos surgiría solo en Q2.

¿Tenía algún sentido?

Un cuerpo de material formaba la base del documento Q. Había figurado, de algún modo, en los comienzos de un movimiento predicador de Galilea. Sin embargo, su carácter no era en esencia judío, sino tan parecido que llegaba a ser casi indistinguible de la filosofía cínica.

Es más, la amplia variedad de sus inquietudes, la naturaleza reveladora e innovadora de sus observaciones, sugería que era producto de un movimiento, no de un único individuo. Reflejaba la opinión de una escuela, un estilo de vida seguido por muchos. Su expresión en anécdotas y aforismos muy afinados se había desarrollado y afilado con el tiempo. No se podía decir que todo aquello pareciera la invención repentina de una sola mente.

Y sin embargo, como candidato a dueño de esa mente improbable, los estudiosos apuntaban ahora al mismísimo y judío Jesús de Nazaret, el Jesús de los Evangelios.

¿Qué probabilidades había de que un Jesús así se remontase a estas incongruentes raíces?

¿No era más probable que el Jesús posterior fuera un producto compuesto por muchos ingredientes, recogidos y adaptados de un sitio y otro? En lugar de dividir a Jesús en una multiplicidad de «respuestas» a él, las primeras raíces de la figura de Jesús se encontraban en conjuntos independientes de dichos, enseñanzas éticas, colecciones de máximas. Sus milagros los inspiraron los profetas que hacían maravillas y los filósofos errantes de la época, y tomaron como modelo las historias bíblicas sobre milagros con alimentos, curaciones y resurrecciones de entre los muertos. Las historias sobre controversias y encuentros con adversarios reflejaban las experiencias de misioneros de todos los sellos en sus conflictos con la clase dirigente, tanto judía como pagana.

Todo ello eran restos de un periodo muy religioso de formación de filosofías y proselitismo. Algunos de estos restos habían sido los aforismos de estilo cínico que encontrábamos en el corazón de Q. De un modo u otro, todas estas piezas independientes iban a unirse para juntarse luego con el dios salvador de San Pablo y crear una imagen mezclada, una imagen con frecuencia inconsistente y contradictoria.

Seis de la tarde.

Releyendo Q1 por décima vez por lo menos.

La unidad que contenía el nombre «Jesús» era en realidad una retahíla de tres anécdotas al estilo de las *chreias*. En cada una, Jesús respondía a algo que le decían. La primera decía:

«Cuando un hombre le dijo: "Te seguiré donde quiera que vayas", Jesús respondió: "Los zorros tienen madrigueras y las aves sus nidos; pero el Hijo del Hombre no tiene ningún lugar en el que reposar la cabeza"».

Aquí los estudiosos reconocían que este «Hijo del Hombre» en concreto no se refería, en la forma original del dicho, a la figura apocalíptica, sino al «hombre» en general. No debería ir con letras mayúsculas. El dicho era con toda probabilidad un proverbio popular de la época.

Si comparabas los dichos de Q1 con sus equivalentes en el Evangelio de Tomás, te encontrabas en este último y casi en cada caso solo la atribución más básica, «Jesús dijo». Aquí, también, el nombre de Jesús pudo haberse añadido en una etapa posterior de la historia de ese documento. Resulta revelador: el Evangelio de Tomás contenía el dicho sobre los zorros, las aves y el hijo del hombre, pero no estaba conectado con las otras *chreias* (que no aparecían en ningún momento). Eso indicaba que en la primera etapa de Q, el dicho de los zorros se había encontrado solo. Además, la versión de Tomás iba introducida solo por el habitual «Jesús dijo», no por las palabras de nadie más; no era una respuesta a nada. La versión de Q era con toda claridad una reelaboración posterior.

Todo eso reforzaba mi creciente convicción de que Jesús como orador, en las tres *chreias*, era una incrustación posterior. En un principio, no había habido ningún «Jesús» en ninguno de los dichos de Q1.

Y en Q1 no se encontraba por ninguna parte ningún elemento narrativo, nada que pudiera ubicarse en una vida o ministerio. No había líneas establecidas para los dichos, no había contextos.

Una evaluación científica e imparcial de la primera capa de Q tendría que llegar a la conclusión de que esta colección de dichos la había adoptado un círculo o comunidad judía, los primeros en predicar el Reino de Dios en algún lugar del entorno de Galilea hacia la mitad del siglo I d. C. La colección provenía o bien de una fuente no judía o de judíos que estaban muy helenizados e inmersos en las tradiciones cínicas. En el momento de la adopción o quizás a continuación, quizá sufriera sutiles cambios judaizantes cuando los dichos encontraron un nuevo hogar en un entorno profético judío, pero en general, Q1 conservó su carácter cínico. Los dichos se consideraron una ética adecuada para aquellos que predicaban y aguardaban la llegada del Reino de Dios.

Qué irónico.

El corazón de las enseñanzas de Jesús, los cimientos éticos de la religión cristiana. Estaba empezando a parecer que, en última instancia, no habían sido el producto de una forma de pensar judía, sino de un movimiento filosófico griego.

El camino de la Historia de las ideas podía ser retorcido e inesperado.

Ir quitando las capas enterradas de Q y declarar que en el fondo se encontraba la auténtica voz de Jesús era con toda claridad un ejercicio de preconcepción; se llegaba a una conclusión porque se había comenzado desde un punto de partida al que no se podía renunciar, se descubriera lo que se descubriera. A nadie se le había ocurrido insistir en que Salomón era el auténtico autor de Proverbios y Eclesiastés solo porque la tradición posterior le atribuía estas anónimas colecciones de máximas a él.

¿Pero y las otras piezas del puzzle Q? Si uno se movía hacia el exterior a partir de este núcleo central, ¿apuntaría el resto de las pruebas de Q hacia un proceso en evolución: el desarrollo de un Jesús humano que no estaba al principio, que no se encontraba en la zona cero de Q?

¿Qué podría indicar un examen de Q2?

Me esperaba otra larga noche.

Ocho de la tarde.

Shauna al teléfono. Una sacudida que me recordó que ahí fuera había un mundo y el siglo XX.

No había hablado con ella desde el fin de semana. No la había visto desde casi una semana antes a ese fin de semana. Me lo hizo notar.

—¿Ya hace tanto tiempo? Supongo que el tiempo se mueve a una velocidad diferente por aquí. He estado muy metido en algo. Lo siento. Ya no debería tardar mucho.

—Eso ya lo he oído antes.

—¿Qué tal este fin de semana? Haremos algo.

—¿Crees que habrás vuelto a la Tierra para entonces?

—Haré un viaje especial.

Su pausa sugirió que estaba intentando decidir si encontraba aquello gracioso.

—Para ser alguien que nunca existió, ese tipo te tiene bien agarrado.

No tenía respuesta para eso.

—Te llamo mañana por la noche.

Y mira por dónde, no lo hice.

Once de la noche.

Había un incendio en el vientre de Q2.

> «Esta es una generación malvada. Exige una señal y la única
> señal que se le dará será la señal de Jonás...
> Ay de vosotros, fariseos... Sois como las tumbas sobre las
> que quizá caminen los hombres sin saberlo...
> ¿Suponéis que he venido a establecer la paz en la Tierra? No,
> he venido a traer división...
> ¡Qué hipócritas sois! ¿Cómo es que no podéis interpretar
> esta hora fatídica?
> Habrá llantos y rechinar de dientes cuando veáis a Abraham,
> Isaac y Jacob y a todos los profetas en el Reino de Dios y
> vosotros arrojados fuera.
> Donde está el cadáver, allí se reúnen los buitres...»

Un mensaje rechazado. Se habían burlado de los predicadores de Q. Les habían dado un portazo en la cara.

En estas coléricas opiniones se podrían ver con toda facilidad la respuesta de la comunidad de Q al rechazo. No era necesario atribuirle nada a la figura de Jesús. Quizá solo más tarde se vería esta reacción como la de un hombre concreto, una figura heroica situada en los comienzos de la secta. En ese momento, algunos de los dichos quizá hubieran sufrido alguna alteración para colocarlos en su boca.

¿Había algún dicho en Q2 que traicionara la presencia de una figura así en el pasado de la comunidad?

De hecho, encontré unos cuantos que traicionaban su ausencia.

Lucas / Q 16:16: «Hasta Juan, era la ley y los profetas; desde entonces, hay la buena nueva del Reino de Dios y todo el mundo se esfuerza para entrar en él.»

La versión de Mateo en 11:23 decía: «Desde los días de Juan el Bautista hasta ahora...».

Los estudiosos de Q consideraban que Mateo se acercaba más al original de Q, aunque ambos evangelistas habían adaptado el dicho a sus propios propósitos y contextos. Pero la implicación subyacente parecía innegable.

Cuando se formó el dicho, la comunidad miraba hacia atrás y contemplaba su historia. La escala de tiempo implicada era demasiado amplia para convertirlo en un auténtico dicho de Jesús, que comentaría un año o dos de su propio ministerio. Esta era la imagen que tenía Q del pasado, de años pasados, quizá décadas.

Antes de la predicación de San Juan Bautista, visto ahora como predecesor o mentor del trabajo de la comunidad, el estudio de las Escrituras era la actividad principal y fuente de inspiración. Pero se percibía que había surgido un nuevo movimiento en la época de Juan: la predicación de la llegada del Reino de Dios, y había inaugurado una época de disensión.

Pero había algo que no iba bien.

¿Por qué no se iba a ver al propio Jesús en este papel? Seguro que la secta consideraría su ministerio como el punto de inflexión en el que pasaban de lo viejo a lo nuevo. El dicho, con toda seguridad, se habría formado a su alrededor.

La imagen que daba Q2 de su pasado carecía de un Jesús en el momento más crítico en el que se esperaría que apareciera: el comienzo del movimiento.

Un vacío similar saltaba de la página cuando leí Lucas 11:49:

> «Por esto dijo la sabiduría de Dios: "Les enviaré profetas y
> mensajeros; y a algunos los perseguirán y matarán", de tal
> modo que esta generación tendrá que responder por la sangre
> de todos los profetas, vertida desde la fundación del mundo...».

¿Pero cómo se pudo haber formulado un dicho así sin mencionar a Jesús? Seguro que él, el Hijo de Dios, era el más importante de aquellos a los que había enviado la sabiduría.

Es más, vi una omisión incluso más profunda. Este dicho reflejaba la intensa emoción que en Q2 inspiraba el gran mito de la época que corría entre los grupos sectarios, que los líderes judíos tenían un largo historial de matar a los profetas y mensajeros de Dios. Y sin embargo, en ningún lugar de Q se hacía alusión alguna a la persecución y asesinato del más grande de todos: el propio Jesús.

La comunidad de Q se veía a sí misma como la culminación de esa larga línea de mensajeros perseguidos de Dios. Si hubiera tenido algún conocimiento de un destino parecido sufrido por su supuesto fundador a manos de la clase dirigente política en Jerusalén, ese destino no podría dejar de incorporarse a este tema.

¿Podría objetar alguien que no se podía incluir porque se presentaban los dichos como algo pronunciado por Jesús... antes de que el acontecimiento de su muerte tuviera lugar? Se podría hacer una objeción parecida con respecto al dicho que afirmaba que Juan inauguraba la nueva era.

Pero los evangelistas habían esquivado este tipo de problemas con gran pulcritud. Se habían limitado a hacer que Jesús hiciera profecías, o alusiones a su futuro. Parábolas como la de los Viñadores podían contener una referencia clara al asesinato del Hijo de Dios. Los recopiladores de Q no habían hecho nada de eso.

No, el asesinato de Jesús habría sido una de las preocupaciones centrales de Q2 y habría aparecido en pasajes como Lucas / Q 11:49f.

Una conclusión así destruía de hecho los argumentos compuestos por los estudiosos modernos en los que comunidades como la de Q reaccionaban a Jesús de formas aisladas, concretas y limitadas. En el caso de Q, que se concentraba en el asesinato de los mensajeros de Dios, esta postulada exclusión de todo interés en la muerte de Jesús desafiaba todas las leyes del sentido común. Las anteojeras lucidas por Q eran una invención de los estudios modernos. Parecía del mismo modo imposible que el círculo predicador de Q hubiera permanecido inmune a los cultos que se desarrollaban a su alrededor y que se centraban en esa misma muerte como acto redentor.

Cuatro de la mañana.

Me estaba empezando a dar la sensación de que iba a presenciar otro amanecer.

Pero no podía dejar ese dicho sobre la sabiduría en Lucas / Q 11:49.

«Por esto dijo la sabiduría de Dios...».

Mateo lo había representado como un dicho directo de Jesús: «Os envío profetas, sabios y maestros...». Los estudiosos consideraban que la versión de Lucas reflejaba el original, ya que no había razón para que Lucas hubiese creado la referencia a la sabiduría de Dios y hubiese colocado un dicho así en su boca.

¿Es que Lucas había dejado abierto aquí, quizá sin querer, un revelador resquicio en el muro que ambos evangelistas habían levantado delante de la verdadera naturaleza de Q?

Desde luego daba la sensación de que algunos de los dichos del nivel de Q2 se habían atribuido a la sabiduría. ¿Podría considerarse esta la fuente de los pronunciamientos de la comunidad? En lugar de un «Jesús dijo», quizá era «la sabiduría dijo».

Sabiduría. Ese aspecto personificado y comunicador de Dios. Ella, que había interpretado un papel tan persuasivo en el pensamiento judío al llamar a los hombres para que conocieran a la Deidad, sus deseos e intenciones. Los predicadores de Q eran los portavoces de esta entidad, sus enviados. Sus hijos.

¿Había comenzado esta actitud incluso con la primera capa de dichos cínicos?

Cuando los adoptó y adaptó un nuevo movimiento judío que predicaba el Reino, quizá se presentaran como la voz de la sabiduría. O al menos como algo inspirado por ella. Ese era el pensamiento más habitual dentro de todo el género de colecciones de máximas de aquella época, un género al que pertenecía la primera capa de Q.

Y si las palabras de la sabiduría se encontraban en la génesis de la comunidad de Q, ¿por qué no iba a ser la propia sabiduría la supuesta «fundadora»? La fuerza inspiradora y el canal de Dios.

Ese resquicio que había dejado abierto Lucas quizá revelara todo el primer paisaje de Q, un paisaje carente de la figura de Jesús, habitado por un movimiento predicador inspirado por el Cielo y trabajando bajo la dirección de la sabiduría. Como había hecho a lo largo de todo el pasado de Israel, la sabiduría había enviado su oleada culminante de mensajeros para proclamar la salvación de Dios y, como en el pasado, habían sido recibidos con hostilidad, rechazo e incluso la muerte.

Comenzaba en efecto a amanecer cuando decidí que mi cerebro no podía seguir funcionando sin dormir un poco. Aunque estaba deseando realizar un experimento basado en una observación que ya había hecho sobre los dichos de Q1.

¿Podría encontrar alguna indicación de un contexto original para los dichos de Q, algo común entre Mateo y Lucas, que demostrase la presencia clara de Jesús, sobre todo en los primeros niveles?

Tendría que esperar.

———

Jueves, mediodía.

La figura de la sabiduría había perseguido unas horas demasiado escasas de sueño intermitente. Quizá ella también estaba deseando liberarse de los confines de los evangelistas, salir de detrás de la cortina, y me punzaba para que me pusiera a ello.

Comencé confirmando mis observaciones sobre Q1.

El aforismo yacía en el corazón de Lucas / Q 17:5-6: «Si tuvierais una fe no mayor que un grano de mostaza, podríais decirle a este sicómoro: "Arráncate y trasplántate al mar", y os obedecería.»

Mateo 17:20 utilizaba el mismo dicho con pequeños cambios: «Si tuvierais una fe no mayor que un grano de mostaza, le diríais a esta montaña: "Muévete de aquí allá", y se movería».

¿Q había presentado este dicho en algún contexto relacionado con Jesús?

Era evidente que no, pues Lucas lo había colocado en la boca de Jesús como respuesta a una petición de los Apóstoles, «aumenta nuestra fe», una escena que tenía lugar durante el largo viaje de Jesús a Jerusalén. Mateo, por otro lado, se lo hacía pronunciar a Jesús como explicación de por qué los discípulos no habían sido capaces de arrojar a un diablo del cuerpo de un muchacho epiléptico. Y su escena tenía lugar en Galilea, justo después de la Transfiguración.

Estaba claro: el dicho había llegado a Q sin ninguna asociación previa a un contexto relacionado con un ministerio de Jesús.

Lo mismo, por asombroso que parezca, se podía decir del Padrenuestro.

Se podría decir que eso es lo más importante y duradero que Jesús había pronunciado jamás. Sin embargo, ni siquiera eso había llegado a Q asociado con un marco concreto en la carrera de Jesús. Mateo lo incluía en el Sermón de la Montaña, pronunciado ante una inmensa y atenta multitud. Lucas lo presentaba durante el viaje a Jerusalén, una comunicación privada a petición de los discípulos que le preguntaron: «Señor, enséñanos a rezar».

Si ni siquiera el Padrenuestro había pasado por la transmisión oral asociado al contexto en el que Jesús lo enseñó, ¿cómo se podía confiar en ningún contexto o marco narrativo que presentaran los Evangelios?

Todos los dichos de Q1 mostraban la misma falta de contexto. ¿Y qué pasaba con Q2?

Cinco de la tarde.

Restos de sobras recalentadas acompañaron mi estudio de los dichos de Q2. No me habría sorprendido averiguar que el estudio obsesivo de las Escrituras era una forma no reconocida para perder peso.

«Ay de ti Corozaín... Betsaida...»

Me pregunté si estas ciudades galileas habían conservado la ocasión de los anatemas de Jesús mejor que la propia tradición cristiana. Lucas la colocaba en el momento en que se nombran y envían al exterior 72 discípulos. Mateo 11:20 la incluía en el diálogo entre Jesús y San Juan Bautista.

Parecería que en Q se habían encontrado las palabras, pero no se habrían asociado a ninguna ocasión, ni siquiera (pues no había indicación de tal cosa) al nombre de Jesús.

Había un dicho en Lucas 22:28-30 según el que los seguidores fieles de Jesús se «sentarían en tronos para juzgar a las doce tribus de Israel». Al parecer, los Apóstoles que recibieron esta garantía no la habían transmitido en el contexto en el que la oyeron, pues aparecía durante la Última Cena en Lucas y durante el paso de Jesús por Judea en Mateo. En ambos casos, ancladas a palabras precedentes que eran por completo distintas.

Narración o diálogo que implicaban a apóstoles, fariseos o espectadores, utilizados por Mateo y Lucas para mantener en marcha una cadena de dichos como si fuera una escena que se desenvolviera, no había ni el más remoto parecido entre los dos evangelistas. Estaba claro que Q no proporcionaba ningún marco narrativo ni contextual para ninguno de estos agrupamientos individuales de dichos. Ni siquiera se podían encontrar pequeñas líneas establecidas como «Jesús les dijo a sus discípulos». Mateo y Lucas habían tenido que inventárselas todas.

La situación se sostenía para todos los dichos que se podía considerar de forma fidedigna que procedían de Q1 o Q2. Los evangelistas habían trabajado con un material básico y esquemático de palabras centrales.

¿Pero por qué esos dichos, sobre todo los que se consideran auténticos, se han conservado y transmitido de forma consistente sin nada que identifique siquiera una atribución a Jesús?

¿Y por qué los propios recopiladores de Q, sobre todo en los primeros niveles, cuando habrían estado más próximos al recuerdo de Jesús, no habrían desarrollado contextos propios que implicaran aunque fuera su nombre?

———

Ocho de la tarde.

Así que me quedé con dos o tres unidades extendidas de todo Q en las que los elementos contextuales comunes entre Mateo y Lucas indicaban que por fin se había introducido a un Jesús en el material de Q.

Había llegado Q3.

Quizá la más importante de todas era el diálogo entre Jesús y Juan.

San Juan Bautista.

¿Qué papel había cumplido en el pensamiento de la comunidad de Q? ¿Había sido un papel que había evolucionado? ¿Qué había proclamado Juan en un principio? La mayor parte de los estudiosos de Q admitía que en el documento había capas de material del Bautista.

Así es como lo presentaba Lucas en 3:7 a 17, un pasaje por lo general asignado a Q2, aunque Lucas también había hecho inserciones procedentes de Marcos:

> «Multitudes de personas venían a que los bautizara Juan y él les dijo: "¡Raza de víboras! ¿Quién os ha advertido para que huyáis de la ira que viene? Entonces demostrad vuestro arrepentimiento con sus frutos... Yo os bautizo con agua, pero ha de llegar uno que es más poderoso que yo. Yo no soy digno de desatarle las correas de sus sandalias. Él bautizará con el Espíritu Santo y con fuego. La pala está lista en sus manos para despejar el suelo donde se ha de trillar y para reunir el trigo en el granero, pero la paja la quemará con un fuego inextinguible"».

¿Predicó Juan alguna vez de esta forma? Probablemente no se pueda saber. Pero no cabe duda de que así era como sonaban los predicadores de Q durante la etapa de Q2, y representaban a Juan como alguien que había hecho lo mismo.

¿Pero, en la mente de estos predicadores, quién era este «que ha de llegar»? Si era Jesús, era una imagen bastante sucinta de él. Aquí no había ningún maestro de sabiduría, nadie que formulara aforismos al estilo de «pon la otra mejilla» y los consejos desenfadados de Q1. Esta era una poderosa figura del fin de los tiempos que no mostraría ningún tipo de misericordia y aventaría los buenos de los malos y enviaría a estos últimos al fuego del infierno.

Que la comunidad de Q en esta etapa viera en Juan a alguien que pronosticara su propia y presunta figura fundadora con estas palabras era casi imposible de aceptar.

Una comparación de Lucas y Mateo indicaba que no se había hecho ninguna referencia a Jesús en el pasaje de Q que presentaba a Juan. El relato del bautismo de Jesús por parte de Juan en el Jordán era desconocido para este autor. En realidad, le debemos esa escena a San Marcos.

Este, al presentar a Juan al comienzo de su Evangelio, no ofrecía ninguna de las fulminantes palabras encontradas en Q. En su lugar, Marcos citaba a Isaías (o más bien lo citaba mal), señalando a Juan como una voz que clamaba en el desierto e intentaba preparar el camino para el Señor. Aun así, el Juan de San Marcos había hecho una predicción de uno que habría de venir:

«Después de mí viene aquel que es más poderoso que yo, las correas de cuyas sandalias yo no soy digno de inclinarme a desatar. Yo os he bautizado con agua, pero él os bautizará con el Espíritu Santo.»

La pregunta era: ¿Marcos derivaba esas palabras del conocimiento de Q o del contacto con las tradiciones de esa comunidad? ¿Eliminó el fuego y las implicaciones sobre el fin de los tiempos porque equiparaba la profecía de Juan con un Jesús de Nazaret humano que estaba a punto de reunirse con Juan al lado del Jordán? A Marcos, el material original de Q le habría parecido inapropiado. Como de hecho nos parecía a nosotros.

Si no era al Jesús humano, ¿a quién presentaba Juan profetizando en este pasaje de Q?

Era obvio que a la figura que representaba otro de los principales temas de la predicación de la comunidad en la etapa del Q2: al Hijo del Hombre.

«El Hijo del Hombre llegará cuando menos lo esperéis», decía Lucas / Q 12:40.

«Como fue en los días de Noé, así será en los días del Hijo del Hombre», advertían los predicadores de Q, según se recoge en Q 17:26.

En este tipo de dichos no había ninguna indicación de que esa figura fuera a equipararse con un Jesús fundador humano. La «señal dada a esta generación» en Q 11:30 era la predicación del Hijo del Hombre, y todo indicaba que esta apocalíptica figura se derivaba de la interpretación de «aquel como un hijo del hombre» que recibía poder y gloria de manos de Dios en la visión de Daniel 7.

Las personas de Q que estudiaban las Escrituras muy bien podrían haber sido los primeros en crear esta nueva figura sacada del Libro de Daniel. Los seguirían de cerca los autores de esa sección de 1 Enoc conocida con el nombre de Similitudes, y más tarde los de 4 Ezra y, por supuesto, los Evangelios y el Apocalipsis.

Esa referencia de Juan a las sandalias, ¿estaba presente en Q o Mateo y Lucas la sacaron de Marcos? Pero incluso si las sandalias se remontaban al dicho de Q, no tenían por qué insinuar una figura humana. El comentario del Muratorian señalaba que la idea de llevar o quitar las sandalias era una imagen común de aquella época, utilizada para ilustrar la relación entre amo y esclavo. Aludía a la gran brecha que existía entre el señor y el humilde. El autor de Q bien podría haber pensado que concordaba con el abismo que Juan declaraba que había entre él y el Hijo del Hombre que venía.

En Q2, entonces, el Hijo del Hombre era una figura que se erguía sola, un juez apocalíptico profetizado por los predicadores de Q y, según se decía, por Juan. Es obvio que solo más tarde se le empezó a identificar con un Jesús fundador. La mayor parte de estos dichos del Hijo del Hombre se limitaron a colocarse luego en su boca, creando así la curiosa impresión de que Jesús estaba hablando de alguien distinto a él. Salvo en uno o dos lugares, Mateo y Lucas no habrían hecho nada para corregir esa impresión.

¡No era de extrañar que existiera tan perplejidad hoy en día en la interpretación del Hijo del Hombre! Esta figura también habría atraído a dichos no apocalípticos, dichos que utilizaban el término «hijo del hombre» como referencia no a una figura del fin de los tiempos, sino solo al «hombre» en general, una práctica ocasional del Antiguo Testamento. El aforismo de Q1 que dice que «el hijo del hombre no tiene ningún lugar en el que reposar la cabeza» se habría visto absorbido por el torbellino del Hijo del Hombre de la etapa Q3 y se habría convertido en una referencia al Hijo del Hombre durante las actividades de su ministerio terrenal.

San Marcos, a su vez, habría seguido el ejemplo adaptando dichos generales como «el hombre es el Señor incluso sobre el Sabbath». También había creado una serie de predicciones hechas por Jesús sobre la inminente muerte y resurrección del Hijo del Hombre, así como sobre su llegada en el fin de los tiempos sobre las nubes del cielo, una imagen con una influencia directa de Daniel 7.

Era incluso posible, me parecía a mí, que con el Hijo del Hombre en pleno apogeo durante la época de la formación de los Evangelios, tanto los dichos proféticos cristianos como las interpretaciones de las Escrituras que en un principio implicaban al Mesías se convirtieran en referencias al Hijo del Hombre, dado que ahora se equiparaban los dos. Por eso San Marcos podía declarar en 9:12 que las Escrituras predecían los sufrimientos del Hijo del Hombre cuando, en realidad, no se podían encontrar tales referencias.

Puesto que era algo tan mal construido, sin una única fuerza organizadora que lo convirtiera en una unidad coherente, el Hijo del Hombre del Nuevo Testamento terminó convirtiéndose en un batiburrillo que continuaba volviendo locos a los estudiosos. Estos declaraban con regularidad que el «problema» era insoluble. Me pareció quizá la mayor broma exegética que les habían gastado a los herederos del primer proceso cristiano.

Once de la noche.

¿Entonces cuándo supo el Juan Bautista de Q algo de la existencia de un Jesús histórico?

Debe de haber sido en la etapa de Q3 y se creó un nuevo pasaje para reflejarlo: el diálogo entre Jesús y Juan en Lucas / Q 7:18-35.

Me di cuenta de que había notables diferencias en el modo que habían tenido Mateo y Lucas de adaptar esta unidad de Q, pero no cabía duda de que en las ediciones de Q que utilizaron los dos el diálogo se encontraba con su implicación actual.

En esta etapa los editores de Q creían que había existido un Jesús histórico y que era el fundador de la comunidad Q.

El diálogo pretendía establecer los papeles relativos de ambas figuras: Jesús y Juan. Por implicación, asumían la mayor parte de los estudiosos, la comunidad se veía obligada a enfrentarse a los seguidores del Bautista, que ya llevaba unas cuantas décadas muerto, que ocupaban una posición rival con respecto a la propia comunidad Q. El diálogo servía para establecer la superioridad de Jesús y el papel de Juan como su heraldo.

En Q 7:18-35, Juan, desde la cárcel, envía a sus discípulos a preguntarle a Jesús si él es el que esperan «que ha de venir» o no. Jesús señala sus milagros y les dice a esos discípulos que vuelvan y respondan a Juan. Jesús declara entonces ante el pueblo que Juan es algo más que un profeta: es el heraldo de Jesús. Cuenta una parábola que condena a la gente de su generación por rechazar tanto a Juan con su ascético mensaje como a Jesús con el suyo, más liberal. Sin embargo, ambos acercamientos son válidos, sugiere Q, demostrando que «la sabiduría ha sido justificada por todos sus hijos».

Todos los análisis críticos que yo había consultado consideraban este pasaje un compuesto, un pastiche construido a partir de unidades más pequeñas y anteriores. Era una escena inventada por un autor de Q en alguna etapa de la revisión.

Cosa que se demostró al compararlo con el Evangelio de Tomás. Allí, el dicho N° 78 decía:

«Jesús dijo: ¿Por qué habéis salido al desierto? ¿Para ver un junco sacudido por el viento? ¿(O) para ver a un hombre ataviado con finas prendas como vuestros reyes y grandes? Sobre ellos están las finas prendas y son incapaces de discernir la verdad».

En Tomás no había un contexto ni nada que sugiriera la presencia del Bautista. Aquí lo que se implicaba era que aquellos a los que se dirigía habían salido a ver a Jesús. En un principio quizá se refiriera a algún profeta o predicador anónimo, incluso a un cínico.

La oración final, una idea totalmente gnóstica, fue una añadidura posterior y mostraba que el Evangelio de Tomás también había sufrido su propia evolución con añadidos.

En Q3, este dicho anterior (sin la añadidura de Tomás) se había incluido en la escena entre Jesús y Juan. Las líneas, dirigidas a la multitud en los versículos 24-25, ahora se referían a Juan en el contexto de la declaración que hacía Jesús sobre él.

¿Podría verse en otras partes de este diálogo algo construido a partir de dichos anteriores e independientes?

¿Qué pasa con la pregunta de Juan y la respuesta de Jesús?

«¿Eres tú el que ha de venir?» podría haber sido en un principio una pregunta dirigida al pueblo de Q: ¿son estos los últimos tiempos? ¿Podemos esperar a aquel que ha de venir (refiriéndose al Mesías) o habrá más retrasos? La respuesta original de la comunidad era citar pasajes de Isaías, sobre los pobres que se regocijan, sobre las esperables señales y maravillas que acompañarían la llegada del Reino de Dios: la curación de los ciegos, los sordos, los lisiados, los mudos. Sí, decía el anterior Q, el Reino en efecto llegaba y apuntaba a las predicaciones y las actividades curativas de los profetas de Q.

En Q3, las palabras de Isaías, con otros milagros incorporados, se asignaban al nuevo Jesús, una referencia a sus propias señales y maravillas. Lo cual proporcionaba ahora la respuesta a la pregunta de Juan.

La evaluación que de Juan hacía Jesús ante la gente también se veía como un pasaje compuesto. Y la parábola, cuyo significado original no se podía descubrir, se había incluido para que cumpliera un nuevo papel: comparar a Jesús con Juan Bautista en sus fallidas súplicas a una generación obstinada. Aquí también se había formado de modo artificial otro dicho del Hijo del Hombre.

Mientras me tomaba un aperitivo de madrugada pensé que, para la mente moderna, todo este proceso era una práctica muy extraña. Recoger pequeños fragmentos de dichos, proverbios, versículos de las Escrituras y construir con todo ello una escena, un diálogo, un pequeño relato que contuviera una moraleja o una nueva percepción teológica. Y presentarlo como si fuera una especie de verdad.

Y sin embargo esta era una de las prácticas literarias más habituales de la época, que se veía no solo en Q, sino a lo largo de toda la historia de escritos cristianos, tanto canónicos como apócrifos. Coger unidades anteriores distintas y volverlas a fundir, asignarles nuevos referentes y oradores, nuevos significados e interpretaciones. Con frecuencia los entornos y significados anteriores de estas unidades se perdían detrás de la nueva creación. Es posible que tuvieran poca o ninguna relación con sus reencarnaciones.

Como es obvio, no se puede decir que el redactor creyera que estaba creando algo objetivo; pero las unidades independientes habían poseído su propia santidad, sus núcleos de verdad. Sin duda, y así lo planteaba el pensamiento, se podían reunir para crear el reflejo de una nueva verdad, nuevas percepciones, nueva relevancia para los tiempos y situación actuales.

Esta idea, como solución para los Evangelios, yo la iba a desarrollar más a fondo antes de mucho tiempo. Vendría bajo el concepto y práctica judíos del *midrash*.

La conclusión de este diálogo de Q era esclarecedora:

«Y la sabiduría ha sido justificada (ha sido demostrada) por todos sus hijos».

San Mateo decía: «Y la sabiduría ha sido justificada por sus obras».

En el que reflejara a Q (y los estudiosos estaban convencidos de que era Lucas) estaba claro que esta línea la habían adoptado después de vivir una vida anterior propia. Apuntaba a mi anterior deducción: que la sabiduría personificada se encontraba en el centro de los orígenes de la comunidad de Q. En su nuevo entorno, el dicho se utilizaba para describir a Jesús y a Juan, pero antes, no me cabía duda, se refería a la propia comunidad en sí. Su pueblo había sido los hijos de la sabiduría, sus portavoces. Sus obras habían sido las obras de la sabiduría.

Q, en sus primeros estadios, había sido un movimiento predicador inspirado y fundado por la sabiduría, no por ningún Jesús histórico.

¿Y qué pasaba con el nuevo Jesús que surgía en Q3? ¿Cuál era su naturaleza? Tanto Jesús como Juan se presentaban en este diálogo como hijos de la sabiduría. No se advertía ninguna diferencia cualitativa entre ellos.

Uno era superior al otro, Juan era el heraldo. Pero se veía a ambos como predicadores humanos.

No se pregonaba a Jesús como el Hijo de Dios, algo que está mucho más allá del estatus de cualquier hijo de la sabiduría. En esta etapa de Q, era un fundador humano del movimiento. Aunque su identificación con «el que ha de venir» lo convirtió en una figura mesiánica, Q no utilizó en ningún momento para referirse a él el elevado término de «Cristo», Ungido, un nombre que tenía implicaciones de reyes, un nombre que otros en círculos muy diferentes ya se estaba usando para referirse a su deidad salvadora trascendente.

Cuando se desarrolló un Jesús fundador en la mente de la comunidad, todavía no se le aplicó una pátina de divinidad. Eso se produciría solo en la última etapa, reflejada en la historia de las Tentaciones.

Una de la mañana.

Una vez más, mi parte del mundo había virado hacia la noche más profunda y me había llevado con ella. Estaba agotado. Me di cuenta de que no había llamado a Shauna, como le había prometido.

Rodeado de restos, notas y mis propios asuntos, había llegado a una intrincada visión de Q que amenazaba con hacer explotar mi pobre cabeza, a la que le había exigido un esfuerzo excesivo. Y sin embargo solo había arañado la superficie de los interminablemente fascinantes y laberínticos detalles de este documento por poderes. Uno podía pasarse toda una vida estudiando Q, y unos cuantos lo habían hecho.

Pero las líneas generales parecían claras. En estos primeros estratos no se podía descubrir ninguna atribución a Jesús. Era muy probable que las máximas se declarasen palabras de la sabiduría en sí; los pronunciamientos proféticos reflejaban las actividades de los predicadores de Q, que no se atribuían a ningún individuo. No se ofrecía ningún marco concreto.

En la gran revisión de la etapa de Q3, un puñado de unidades, como el diálogo entre Jesús y Juan o la controversia sobre Belcebú en Lucas / Q 11:14-23, partían de fragmentos más antiguos. Un par de curaciones milagrosas que se atribuirían a los profetas de Q se refundían y relataban como de Jesús. Pero a la inmensa cantidad de material anterior, quizá ordenado de nuevo, se le permitió permanecer como estaba, quizá con un simple encabezamiento que lo identificaba como las palabras del nuevo Jesús.

Es probable que se hubieran hecho cambios internos menores, el uso de pronombres personales ahora que las palabras se colocaban en la boca de

Jesús, alguna reelaboración incidental para reflejar su papel. La última etapa del Evangelio de Tomás mostraba un proceso igual. Les habría ofrecido a evangelistas como Mateo y Lucas incluso menos con lo que trabajar que Q.

Me quedaba solo una adivinanza importante. La pregunta obvia y trascendental en el patrón de desarrollo de Q.

¿De dónde había salido la idea que tenía la comunidad de un Jesús fundador? ¿Cómo había surgido una figura así en la mente de Q si no se había basado en un hombre histórico real?

Y quizá tenía otra pregunta como corolario: ¿Por qué se le había dado a esta figura el nombre de Jesús, que en otros círculos poseía todas las implicaciones de su significado hebreo: salvador? No había ninguna soteriología en Q. Q no había visto un redentor en su hijo de la sabiduría. Una vez más, alzaba la cabeza el rasgo más llamativo de Q: el Jesús de Q no había sufrido ninguna muerte ni resurrección.

Todo mi cuerpo se rebelaba contra la idea de abordar semejantes cuestiones esta noche. Habría sido una amenaza demasiado grande para mi cordura. Además, ya no quedaba mucha noche por delante.

El sueño era la única opción disponible, una opción que yo agradecía.

4

El desayuno llegó al mediodía. Pensé llamar a Shauna al laboratorio pero no tenía costumbre de hacerlo y ella quizá se sintiera incómoda hablando conmigo delante de otros. La llamaría esa noche, me prometí.

Pero resultó que fue una llamada de David lo que provocó un retraso de un día que me impidió zambullirme en la última y espinosa cuestión de Q, y lo que con toda probabilidad protegió mi cordura.

Si se podía decir que las actividades de los Maestros Ascendidos fomentaran la cordura de una persona.

—Seguí tu consejo, Kevin, y me puse en contacto con alguien del FBI; un agente de Washington llamado Nelson Chown me devolvió la llamada ayer por la noche. Al parecer acaban de establecer un sub-departamento o algo así para seguir la pista de todos los grupos milenaristas que hay en el país. Están intentando asegurarse de que ninguno arma nada según se va acercando el año 2000.

—Que tengan suerte.

—A tu amigo, Robert Cherkasian, lo tienen en sus archivos, pero hasta ahora no ha armado mucho follón. Hace varios años estaba metido en un grupo televangelista y tuvo una pelea con la oficina central. Intentó montar su propio ministerio y metió un montón de dinero en una nueva cadena, pero no despegó. Chown cree que su antigua organización se enfrentó a él entre bambalinas. O bien no querían competencia o tenían la sensación de que era una bomba de relojería a punto de estallar.

—Yo apostaría por las dos cosas. Es probable que sus ideas fueran demasiado extremas para el ministerio fundamentalista medio. Sobre todo con millones de ellas cabalgando en las ondas.

—En cualquier caso, Cherkasian estuvo en Filadelfia hasta hace poco, pero al parecer ha decidido pasar desapercibido.

—O se ha mantenido en la clandestinidad.

—Chown dice que en realidad nadie de la agencia le ha estado prestando mucha atención.

—¿Y los Maestros Ascendidos? ¿Qué sabe de ellos?

—Nada. Nada en absoluto. Era nuevo para él. Por eso va a subir a principios de la semana que viene. Nos vamos a reunir y va a examinar los *e-mails,* y luego se va a acercar a la escuela para echar un vistazo. Le dije que podría hablar contigo cuando esté aquí. Espero que no te importe.

—Supongo que no. ¿Y Patterson?

David se aclaró la garganta.

—Sí, bueno, voy a seguir callándomelo hasta que vea a Chown. Mi vida ya es bastante complicada tal y como están las cosas; no me hace ninguna falta tener también a Burton con una especie de crisis. Sobre todo cuando averigüe que no le he contado nada de esto.

—La crisis va a llegar antes o después, amigo mío. Cuanto más cerca esté de Filadelfia, más perjudicial podría resultar para tu estresante vida.

La voz de David sonaba triste.

—Sí, lo sé. Pero supongo que solo estoy esperando que alguien chasquee los dedos y todo este asunto desaparezca. No quiero volver a oír jamás la palabra «Apocalipsis».

Me eché a reír.

—Entonces será mejor que te vayas a la Luna durante los próximos cuatro años.

—No me tientes.

—Claro que quizá para cuando vuelvas te encuentres con que la Fundación de la Edad de la Razón la dirigen los Maestros Ascendidos. Cherkasian me tendrá escribiendo panfletos sobre el creacionismo o elaborando listas de miembros para los 144.000 elegidos. Quizás haga que Patterson se dedique a realizar trabajos comunitarios: vamos a necesitar un montón de manos para grabar la marca del Cordero o la marca de la bestia en la frente de todos. Hay que organizar las cosas para el gran día.

—Está bien, está bien. La Luna tendrá que esperar. Ya te llamaré cuando llegue Chown y organicemos una reunión.

—Que duermas bien. Intenta poner un ejemplar del Apocalipsis bajo la almohada.

David me respondió con el tono de marcar.

La llamada y el tema de los Maestros Ascendidos me habían devuelto a la realidad tras mis exploraciones subterráneas de Q, así que decidí ducharme y cambiarme. Además, sabía que la investigación de aquella gran pregunta que se cernía sobre mí iba a requerir algunas indagaciones en cierta área sociológica, a saber, el comportamiento de las sectas y la formación de sus grupos. Varias de las cosas que había leído en los últimos días habían apuntado en esa dirección. Para eso necesitaría hacerle una visita a la biblioteca de la universidad, cosa que tendría que hacer antes de que se hiciera demasiado tarde.

Para las cinco ya me sentía bastante más humano y despejado. Me estaba preparando para abandonar la casa cuando sonó el timbre de la puerta. Tuve que reírme de mí mismo cuando se me cruzaron por la cabeza varias imágenes. ¿Quién se encontraba al otro lado de la puerta? ¿Robert Cherkasian? ¿El agente Chown? Quizá era Juan el Profeta, acompañado por uno de sus ángeles castigadores.

Cuando abrí la puerta y encontré a Shauna en el porche, lo primero que se me ocurrió fue que venía a contarme que se iba con Burton Patterson. David no era el único cuya vida y cerebro se estaban estresando demasiado.

—¿Qué pasa, me ha salido una segunda cabeza o algo? ¿Me vas a invitar a entrar?

—Sí, claro. Estaba pensando en otra cosa. —Shauna pasó a mi lado y entró.

—Eso veo. —Miró a su alrededor, a la salita y más allá al estudio—. Así que supongo que ha sido otra persona la que ha estado viviendo aquí durante los últimos días y ha dejado este desastre a su paso.

Suspiré.

—Algo así. Estoy en medio de una fase especialmente difícil de mi investigación.

—Si, eso me dijiste. Pero de verdad, Kevin, tienes que subir a respirar en algún momento. En serio, no deberías dejar que te controlase de esta manera. Hay otras cosas en la vida.

Había una nota inequívoca de exasperación en su voz que yo no había oído jamás. Intenté introducir un ánimo algo más alegre.

—Tienes razón. Me alegro de que hayas venido a rescatarme. Te habría llamado esta noche, de todos modos. Para hacer algo este fin de semana. —Estaba improvisando—. Pero esto es mejor. Puedes venir conmigo a hacer un recado y luego te invito a comer en alguna parte.

Shauna me miró con un toque de escepticismo.

—¿En qué clase de empresa estabas a punto de embarcarte?

Le dediqué una amplia sonrisa.

—Estaba a punto de investigar los encantos de las sectas.

Mi retruécano, aunque bien pronunciado, no hizo ninguna gracia.

—¿Con quién? Debo de haberme perdido la invitación.

La besé en la mejilla.

—Considérala renovada. Venga. Un viajecito rápido a la biblioteca. Sé qué libros quiero y luego podemos investigar lo que tú prefieras. ¿Has venido en tu coche?

—No, vengo del trabajo.

—Bien. Entonces esta noche conduzco yo. Así volveré al buen camino.

—No, cariño. Lo que tú necesitas es una buena carretera.

—Cogeré la autopista.

La parada en la universidad fue un poco más larga de lo prometido. Sabía la sección a la que iba, pero me llevó un poco de tiempo examinar la selección de material sobre el tema, tanto en el área de religión como en la de sociología. Por fortuna, el innato amor de Shauna por los libros la mantuvo ocupada durante la espera; se perdió entre las estanterías varias veces para mirar y coger algunos de los añejos volúmenes que poseía la universidad. Mientras cenábamos en un buffet chino, me habló sobre algunos de los antiguos libros que había examinado.

Después, nos fuimos con el coche al Mirador que se asoma al río. Yo había pensado en reanimar el espíritu romántico bajo una luna crepuscular de junio, pero durante el trayecto cometí el error de ponerla al día de las noticias referidas a los Maestros Ascendidos y fue una conversación sobre la escuela, Cherkasian y agentes del FBI lo que ocupó la hora que estuvimos aparcados allí. También le leí el *e-mail* que constituía la pista número tres, y que tenía en una libretita que llevaba ahora con todos los mensajes de los Maestros Ascendidos y mis reflexiones. La consideraba un amuleto de la buena suerte, o eso esperaba. Llevar al enemigo en el bolsillo disminuye las oportunidades de que te sorprenda por la espalda.

—Bueno, me alegro de que se lo hayáis notificado a alguien —fue la reacción de Shauna—. La verdad es que no me gusta cómo suena eso de las copas de fuego vertidas sobre aquellos que se niegan a arrepentirse.

—¿Por qué, crees que están hablando de mí?

—No me sorprendería. A veces eres bastante impenitente.

—Au. ¿Qué puedo hacer para ganarme tu perdón?

Volvimos a casa de Shauna, un apartamento moderno en un edificio caro situado a la distancia conveniente para ir caminando al laboratorio cuando hacía bueno. Nos comimos unas cuantas galletas de chocolate que habían sobrado, pero en el sexo subsiguiente, aunque volvió a establecerse parte de la intimidad que sabía que nos había faltado durante toda la velada, había cierta reserva, una pérdida de dirección. Quizás acontecimientos más grandes me estaban arrastrando en su tormentoso curso y es posible que a nuestra relación le hiciera falta un poco de tiempo para recuperar sus antiguas amarras. Claro que ese antiguo y seguro muelle quizá ya no fuera suficiente. En lugar de ser un lugar de alegría, podría haberse convertido en un lugar húmedo y viejo. Tendríamos que alcanzar un nuevo puerto.

15

1

Una de las introspecciones más profundas y trascendentales de la historia del estudio del Nuevo Testamento se produjo durante la década de los años 70. Nunca habría sido posible si la sociedad en general no hubiera entrado poco antes en ese valiente y nuevo mundo secular y no se hubiera llevado con ella a los círculos más aventureros de la investigación bíblica.

Hasta entonces, la interpretación de los orígenes del Cristianismo había disfrutado de un estatus protegido de color de rosa. El funcionamiento interno del movimiento cristiano, se afirmaba, no había estado gobernado por las mismas fuerzas que revestían a otros agrupamientos religiosos y sociales. El Cristianismo no debía considerarse el producto de su tiempo y más de un estudioso había hecho esa atrevida declaración por escrito. Si San Pablo o San Lucas emitían un dictamen sobre un comportamiento social, si defendían los rituales y prácticas de las comunidades cristianas, era porque se habían desarrollado dentro del movimiento cristiano como resultado de la necesidad teológica, revelada a través del espíritu de Dios o de las propias enseñanzas de Jesús.

La corrección teológica, según se suponía, era permanente e intemporal, aislada de sus orígenes históricos y en última instancia procedente de la voluntad de Dios. Nada en las experiencias personales de las grandes figuras del primer Cristianismo, como San Pablo o los evangelistas, habrían alterado esta búsqueda inspirada de la verdad. El movimiento cristiano en general había evolucionado por una senda de necesidad divina, sin que lo afectara el contexto social y político que lo rodeaba.

Cuando ese globito tan acogedor y absurdo se pinchó por fin, todo se derrumbó casi de inmediato.

De la noche a la mañana, los estudiosos comenzaron a producir libros y artículos que demostraban que, de hecho, el proceso funcionaba al revés. Los principios teológicos tendían a desarrollarse para justificar y legitimar las prácticas de la comunidad. La construcción religiosa que un movimiento desarrollaba para sí servía al propósito principal de cubrir sus necesidades como grupo social. El modo en el que un grupo así veía e interpretaba su pasado estaba determinado por completo por su situación vital en el presente.

Había llegado por fin el estudio del Cristianismo como secta, una secta que seguía las reglas universales del comportamiento sectario.

Una secta era por naturaleza un grupo que se había constituido en oposición al resto de la sociedad, o bien se había visto obligado a situarse en esa posición porque sus planes de reforma, su nueva interpretación de los acontecimientos actuales, de los principios directores de la sociedad, no habían sido aceptados por la mayor parte de la clase dirigente. En esa situación de aislamiento y conflicto, tenía que justificar su postura, su nueva visión del mundo. Y el primer público al que iba dirigida esa justificación era al propio; solo en segundo lugar se dirigía al mundo en general.

La reacción de una comunidad sectaria de este tipo seguía sendas consistentes. Una miraba hacia atrás. El apoyo del presente se buscaba en una reconstrucción del pasado. Los elementos de la fe de hoy y sus enseñanzas, los rituales y prácticas actuales, se reforzaban si se podía demostrar que todo eso había estado allí desde el comienzo; que se habían establecido bajo auspicios divinos, en circunstancias inspiradoras y, a ser posible, los había establecido una heroica figura fundadora que tenía línea directa con la deidad. Cuanto más inspirador fuese el pasado y más glorificado estuviese, más grande sería la fe y la determinación de los creyentes actuales. Cosa que se necesitaba de forma especial en momentos de conflicto o en una generación posterior, cuando el fervor y la lealtad del periodo inicial podrían flaquear. De acuerdo con las tendencias más amplias de las sociedades humanas que buscan el sentido y la estabilidad del presente a través de los mitos de un pasado sagrado y determinante, el grupo sectario buscaba santificar sus creencias y prácticas encarnándolas en sus propios precedentes sagrados e irreprochables.

Otra senda miraba hacia fuera, más allá de las almenas. Hacía falta una fuerte autodefensa dentro la secta para soportar los ataques de un entorno hostil. La teología venía en gran medida determinada por ese

355

conflicto. Una vez más, el rechazo que sufría la secta se santificaba, viendo en él el reflejo de la oposición similar que habían experimentado los miembros fundadores o la figura fundadora glorificada. Se podía conseguir más fuerza retratando a esa figura como alguien que había predicho el duro momento actual y había aprestado a sus seguidores contra él.

Y por último, todos estos elementos de respuesta sectaria necesitaban un documento en el que recogerlos. El relato de la formación de la comunidad, la historia de su fundador, sus enseñanzas y su ejemplo, los acontecimientos y raíces en los que estaba basada la teología de la secta: algunas o todas estas cosas puestas por escrito formaban lo que se conocía con el nombre de «documento de fundación». Los sociólogos habían demostrado que este era un fenómeno casi universal de la expresión sectaria a lo largo de la Historia y por todo el mundo.

Me iba a pasar el resto del fin de semana y algo más leyendo varios trabajos seminales sobre este tema, tanto de autores del campo del Nuevo Testamento como de varios sociólogos seculares que los habían precedido y señalado el camino. Los comentarios del Muratorian también me habían llevado a unos cuantos estudios recientes de los Evangelios desde el punto de vista sectario, sobre todo con respecto a San Mateo, San Lucas y San Juan, con su imagen de la «separación de caminos» entre la secta cristiana y el progenitor judío. Estaba acumulando un material considerable y la oportunidad de entender mejor las cosas para mi análisis de los Evangelios. Pero aunque hasta ahora nadie había aplicado estos principios a la cuestión de la invención del Jesús histórico, me encontré con que esos mismos factores sectarios me estaban llevando a la respuesta que buscaba para Q.

¿Q1 representaba una fase sectaria nítida? Me resultaba difícil de creer.

Los dichos que conformaban estas sabias y sutiles enseñanzas no mostraban un ambiente apocalíptico, no se insinuaba un conflicto violento con la clase dirigente. Había una ausencia total de concentración en unos comienzos glorificados o en una figura fundadora. El Reino de Dios que se proclamaba era poco más que aquel del que hablaban en la filosofía helenística popular. Como lo expresó Mack, el Reino de Q1 tenía la característica cínica de ofrecer «una visión social y ética comunitaria alternativa».

Y la presentación que hacía Q1 de Dios Padre encajaba con los conceptos más extendidos de la época, los que se extendían más allá de las fronteras del Judaísmo.

Pero Q2 sí que era un caso de sectarismo clásico. Hostilidad y reacción. Las carretas se ponen en círculo. La transición de uno a otro era casi insondable. Resultaba difícil creer que la primera fase de esta secta de Galilea había operado en realidad durante un tiempo en el ambiente y según los principios encarnados por los dichos de Q1. Si iba a surgir la hostilidad, ¿no lo habría hecho casi de inmediato?

Mi conclusión tenía que ser que Q1 representaba una fuente extranjera, una fuente que había florecido en un medio no judío. Era incluso posible que esta fuente hubiera sido oral. Los predicadores judíos del nuevo movimiento la habían encontrado y adoptado, quizás habían hecho cambios menores durante la asimilación y afirmado que era producto de la sabiduría. No habría sido la primera vez que los judíos declaraban que unos escritos paganos, o las ideas contenidas en ellos, tenían una procedencia en última instancia judía.

¿Pero dónde estaba la atención que Q2 debía poner en el pasado? ¿O el fundador glorificado? Aquí vi una especie de división única. San Juan Bautista marcaba el comienzo de una nueva era de predicación. Q lo había convertido en un predecesor, si bien no en el fundador real. Cumplía el papel de validar las enseñanzas del presente ubicándolas en el comienzo del movimiento. Él también había predicho lo que la comunidad Q profetizaba ahora, sobre todo la venida del Hijo del Hombre.

Pero mi instinto ya me había dicho que la comunidad Q había poseído desde el mismísimo comienzo un fundador tan adecuado como glorioso, exuberante, una entidad con auténtica línea directa con la Deidad. Esa entidad había sido la propia sabiduría. Con este agente de Dios, comunicador y personificado, en su lugar, el papel de San Juan Bautista habría quedado comprometido. Si pudiéramos leer entre las líneas de Q 7:35, el Bautista había quedado relegado al estatus de «hijo de la sabiduría», lo mismo que se consideraban todos los miembros de la comunidad de Q en las primeras etapas.

Pero en última instancia, hasta la sabiduría poseía deficiencias como fundadora ideal. Si en realidad no había estado en la Tierra sino que solo inspiraba a la comunidad y transmitía sus enseñanzas desde el Cielo, no pudo haber realizado las acciones que reflejaban y predeterminaban las de la comunidad. No había sido ella la que había entablado una controversia con la clase dirigente judía. Y lo que era más importante, no había pronunciado las enseñanzas de la secta en carne y hueso.

¿O quizá sí?

El primer surgimiento claro de Q ante nuestros ojos era en el Evangelio según San Mateo. Cuando utilizaba los pasajes de Q, Mateo tenía cierta tendencia a considerar a Jesús la encarnación de la propia sabiduría. ¿Era esa una actitud que ya estaba presente en el documento de Q que utilizó él? ¿Una perspectiva que Lucas no recogió quizá porque no tenía los mismos intereses? Varios de los dichos de Q3 eran una reelaboración obvia de dichos anteriores de la sabiduría. El lamento de Jesús por Jerusalén en Q 13:34 según se pensaba ahora había sido en un principio un oráculo de Sofía / sabiduría; la gallina era una imagen maternal de un ser divino:

> «¡Oh, Jerusalén, Jerusalén, que matas a los profetas y apedreas a aquellos que se te envían! ¡Con qué frecuencia habría reunido yo a tus hijos como una gallina reúne a sus polluelos bajo las alas y no quisiste! He aquí, tu casa queda abandonada...».

A Lucas se le había escapado que un oráculo de Q2 del mismo tono, en 11:49, había sido pronunciado por «la sabiduría de Dios». Y el dicho de que solo el Hijo conoce al Padre de Q 10:22 era un reflejo del papel de la sabiduría, como intermediaria autorizada de Dios.

En otras palabras, la sabiduría se estaba convirtiendo en Jesús.

El primer paso habría sido imaginarse que la sabiduría había nombrado un representante, alguien que había fundado la comunidad y pronunciado sus dichos. Había sido, como revelaba Q 7:35, su hijo. Las Escrituras estaban llenas de la sabiduría hablando «al lado de la puerta». Sus mitos, en varios escritos apócrifos, contenían la idea de que había venido a la Tierra e intentado que la aceptaran. ¿No habría sido una encarnación humana de la sabiduría un desarrollo natural en la mente de Q?

Y la colección de dichos en sí. Su misma existencia, a lo largo del tiempo, habría inducido a la comunidad a creer que se habían pronunciado a través de una boca humana.

Lo siguiente que la mentalidad sectaria necesitaba era prioridad. El pueblo de Q se veía a sí mismo como el último de una larga línea de profetas y mensajeros enviados por Dios y rechazados en la Tierra. Este hijo de la sabiduría serviría como aquel que primero había sufrido ese rechazo; que había dado ejemplo de fortaleza y resistencia ante él. Era el que primero había discutido con los fariseos. Era el que había realizado los pronunciamientos autorizados de fe y prácticas religiosas que continuaban guiando a la comunidad. Y los milagros. No cabía duda de que los profetas de Q, como predicadores del Reino que eran, habían reivindicado la realización de señales y maravillas, ya que todo movimiento sectario de la época tenía que poseer esa facultad. Estos milagros, en especial las curaciones, eran los indicadores indispensables que marcaban el camino al Reino. Recoger las tradiciones sobre esos milagros y asignárselos, con debida exageración, a un fundador, los consagraría bajo la mejor luz posible.

El Jesús de la comunidad Q habría sido una figura reconocible al instante. Pues era la encarnación glorificada de los propios predicadores de Q. Por eso nunca sería Cristo ni redentor. Solo hacía lo que el pueblo de Q había hecho desde el comienzo, pero mejor. Abría la puerta para que entraran los hombres y mujeres al nuevo Reino.

¿Era posible en realidad que la comunidad de Q creyera que había existido tal fundador? ¿Que interpretara la evolución de los documentos de la comunidad de esta forma? Después de los grandes trastornos de la Guerra de los Judíos que trastocó Palestina de un extremo a otro, matando o desplazando a tres cuartas partes de la población y destruyendo otro tanto, no sería tan fácil verificar una negación de cualquier nueva visión del pasado.

Lo más probable es que ni siquiera surgiera.

Se me ocurrió preguntarme por qué San Juan Bautista no pudo servir como fundador heroico. Casi parecía que Q2 lo había estado preparando para ese papel. Pero quizá San Juan era demasiado conocido. Quizá se sabía que no había sido un maestro de aforismos, que no pudo haber pronunciado los dichos de Q1. Y yo sospechaba que para cuando apareció Q3 existía una secta rival que ya había reclamado a San Juan como su fundador. Esta situación podría haber inducido además a la comunidad de Q a desarrollar un fundador propio, alguien del que se pregonaba que era superior a San Juan. El Bautista podría ahora realizar el papel secundario de precursor y heraldo, alguien que encajaba con las expectativas de las Escrituras. Un papel que, por cierto, pondría a los rivales en su sitio.

Juan, el heraldo. Así lo había declarado Q2. ¿Pero heraldo de quién? En un principio había sido del Hijo del Hombre. ¿Pero Juan el heraldo había sido otra influencia a la hora de imaginar un Jesús terrenal? Quizá tras la Guerra de los Judíos, esas sandalias a las que Juan se había referido se veían como pertenecientes a pies humanos.

Q3, entonces, alcanzaba por fin la etapa en la que podía servir como un auténtico «documento de fundación» de una secta clásica. De lo único de lo que carecía era de una biografía del fundador. Esa deficiencia la compensarían en breve los Evangelios.

¿Había precedentes de una figura fundadora completamente inventada? Las tradiciones míticas del mundo antiguo estaban llenas de ellas e incluso de una secta gnóstica cristiana posterior, los partidarios de Elchasai, se reconocía que era muy probable que hubieran empezado de una forma muy parecida a como yo postulaba que había empezado Q. El *Libro de Elchasai* (que significa «poder oculto») contenía el testimonio de las visiones y enseñanzas que habían inaugurado la secta, pero más tarde se llegó a ver como el testimonio escrito por un hombre, Elchasai, que había sido el destinatario de este conocimiento proveniente del Cielo. Un ejemplo más famoso y moderno de este proceso se hallaba en la invención de Guillermo Tell, una famosa figura en la fundación de la Confederación Suiza a finales de la Edad Media. Tell no hizo acto de presencia hasta cerca de 200 años después del acontecimiento y ahora se sabe que nunca existió. La facilidad con la que se aceptó este hecho se debió sin duda a su contexto nacionalista, más que a un entorno más sectario y cargado de religiosidad.

Una vez más salí a la luz de un amanecer adormilado (calculé que era miércoles por la mañana) con una pregunta sin resolver. En ese momento no vi otro camino para llegar a la respuesta que la especulación.

¿Por qué el fundador de Q se había llamado Jesús?

¿Por qué aparecía con la misma designación que el señor divino de los cultos de Cristo y otras expresiones del Hijo espiritual que salpicaban el primer paisaje cristiano? Después de todo, el Jesús de Q no se consideraba un salvador, que era el significado del nombre en sí.

Salvo quizá, de una forma general, ya que es posible que se dijera de los propios predicadores de Q que ofrecían la salvación a aquellos que respondían a su mensaje. ¿Habría bastado con eso?

¿O es que a estas alturas el término ya estaba tan extendido entre los círculos sectarios judíos de todo el imperio que la oferta sencillamente no se podía rechazar? Sin embargo, eso implicaría que la comunidad Q en estos momentos, quizá una década o así después de la Guerra de los Judíos, era consciente de los cultos al Cristo espiritual que florecían en el mundo exterior y por tanto de la superior importancia del nombre. Si es así, ¿impulsó eso el movimiento hacia la divinidad que se aprecia en las fases finales de Q3?

Otra posibilidad: ¿podrían las últimas etapas de Q ser de una fecha posterior a las primeras raíces de San Marcos y es posible que hubiera alguna influencia cruzada? Algunos estudiosos especularon con que ese podría haber sido el caso, aunque eso requeriría retrasar la versión inicial a una fecha anterior a la que yo había decidido.

Pero había otra explicación posible y sabía que con esta me iba a arriesgar mucho.

¿Es que Q3 no había utilizado nunca el nombre de Jesús?

Incluso si no apareciera nunca en el texto de Q, incluso si los redactores de Q3 hubieran utilizado otra designación en pasajes como el diálogo entre Jesús y Juan, Mateo y Lucas lo habrían cambiado por Jesús.

Mientras me caía en la cama para pasar durmiendo una vez más las horas del día, se me ocurrió un corolario más. Dado que Mateo y Lucas solo cogieron Q para amalgamarlo con Marcos probablemente no antes de finales de siglo, después de la desaparición de la comunidad Q o su paso a otro estado, era incluso posible que alguna mano intermedia ya hubiera alterado la designación primera que Q3 le había dado a su fundador para que encajara con una tendencia cada vez más profunda: la universalidad del nombre de Jesús. Es posible que fuera en este periodo posterior cuando se produjo la influencia cruzada de un Marcos recién escrito. Quizá la mano alteradora era alguien que veía en el documento Q un testimonio superviviente del Cristo divino del Evangelio de San Marcos, ahora humanizado y metido en la Historia.

En realidad ¿es que Mateo y Lucas habían heredado ambos documentos, Q y Marcos, de una fuente común? ¿Había llegado con el mismo correo, por así decirlo? La idea tenía cierto sentido.

Me quedé mirando al techo con los ojos ebrios y pesados. ¿Tenía sentido que se pudiera renovar con tanta alegría una y otra vez y de una forma tan completa el material de una comunidad?

Pero es lo que veíamos ante nuestros propios ojos en los cortes y reelaboraciones que Mateo y Lucas habían realizado con Marcos y Q.

Ni siquiera las mismísimas palabras del Señor habían sido sacrosantas. Los evangelistas se habían inventado cosas de la forma más flagrante y absoluta. Para mostrar, por ejemplo, que Jesús había resucitado en carne y hueso de entre los muertos, Lucas había fraguado una escena en la que Jesús les mostraba a los discípulos las manos y los pies y les dejaba tocar su «carne y sus huesos». Para demostrar la fiabilidad del testimonio de la resurrección, ¡el evangelista había imaginado una anécdota «fiable» para apoyarlo!

Para mi nariz del siglo xx, todas estas prácticas emitían un olor repugnante. Seguro que sus perpetradores tuvieron que considerarlo un engaño descarado. Y sin embargo, las pruebas, procedentes de todas las ramas del Cristianismo durante sus primeros cientos de años, demostraban que esa era la forma universal de hacer las cosas: rescribir, reelaborar, inventar sin escrúpulos dichos y diálogos, obras y milagros, escenas enteras, Evangelios enteros, cartas escritas por famosos apóstoles del pasado, vidas enteras para esos apóstoles, cartas entre Jesús y reyes extranjeros, entre apóstoles y filósofos, entre un Pilatos cristianizado y el emperador, historias de nacimientos, genealogías, fenómenos astrológicos, escenas en el propio Cielo, por no mencionar ya inserciones falsificadas en escritos no cristianos.

Las mentes de esos hombres no habían funcionado como las nuestras, así de simple. No seguían ninguno de los principios modernos de la lógica, la ciencia y la integridad. La verdad conocía criterios diferentes. La honestidad histórica quedaba sometida y se desvanecía bajo la lealtad a la necesidad y a una verdad religiosa superior.

El movimiento cristiano se fundó sobre unas expectativas de futuro inmediato que no conducían a un comportamiento ordenado y razonado. Carecía de cualquier influencia o cuerpo central moderador y los hombres implicados en él no eran famosos por ser individuos estables y sobrios que siguieran las reglas académicas. San Ignacio de Antioquía fue uno de los principales ejemplos de estas mentes cerradas, enfebrecidas y monolíticas de muchos de los primeros cristianos. Las injurias lanzadas contra oponentes y expresadas en todo tipo de documentos demostraban que podían ser hombres inestables, impulsados por un fervor fanático y faltos de escrúpulos cuando se trataba de defender su punto de vista. Cuando uno creía que estaba en comunicación directa con lo divino, en la presencia generalizada de espíritus malévolos y engañosos que operaban en todos los niveles de la vida y el mundo, enfrentado a herejes y no creyentes manipulados por Satanás, cuando el concepto de que las opiniones particulares de uno y sus propias visiones no podían estar de ningún modo equivocadas ni ser subjetivas, uno operaba con unos principios que eran completamente diferentes de los del estudioso medio moderno de ese campo o de los del lector medio de esas antiguas palabras. Intentar analizar el sistema de transmisión y el desarrollo de la tradición del primer Cristianismo, oral o escrita, como si siguieran unas líneas razonables, honestas o de algún modo predecibles desde el punto de vista de mentes como las nuestras que se encuentran dos mil años después y a eones de distancia de su perspectiva psicológica, era embarcarse en el más ingenuo de los autoengaños.

Los estudiosos de la era moderna cometían el inmenso error de querer imponer su propio sentido del orden y la razón a los documentos cristianos y al movimiento en general. Solo habían conseguido crear unos castillos de arena que no tenían relación alguna con la realidad histórica.

Con esa nota, caí en un profundo sopor infestado de sueños.

2

Sonaban las trompetas de Juan. Yo me deslizaba al interior del gran lago de fuego. Shauna, en su orilla, no podía alcanzarme, ya que la había dejado muy atrás.

Cherkasian se regodeaba en su júbilo porque esas malditas trompetas no dejaban de sonar.

Ni de repicar. ¿Las trompetas angélicas repicaban?

¿Los teléfonos?

Me di la vuelta en la cama. El sol de últimas horas de la tarde entraba a raudales por la ventana del dormitorio y me traspasaba unos párpados que más parecían plomo fundido. No iba a poder abrirlos. Tanteé en busca del teléfono por la mesilla de noche.

Lo que salió de mi boca cuando me llevé el auricular al oído fue ininteligible.

—¿Kevin? Soy David. Tienes una voz horrible. ¿Estás enfermo?

—No —murmuré—. Acabas de despertarme después de dormir toda la noche.

—¿A las cinco de la tarde?

—Hay que aprovechar la noche a la hora que se pueda. ¿Qué pasa?

—Estoy en el despacho. Con Nelson Chown, el tío del FBI. Nos pasamos hoy por la escuela. Le gustaría hablar contigo esta noche. ¿Puedes salir de la cama? Quizá quieras cenar con nosotros. O desayunar, en tu caso.

—Bien. Beicon y huevos. Solo dame tiempo para meter la cabeza en la bañera. ¿Qué tenías pensado?

—Este tío es de los que nunca paran. ¿Qué te parece Edna's, en River Road? Lo más probable es que él vuelva a Washington desde allí en cuanto terminemos.

—De acuerdo. ¿Has dicho que son las cinco? Que sea a las seis y media.

Salí dando tropezones de la cama y jurando que nunca más me pegaría un atracón semejante de Sagradas Escrituras. Seguro que iba a tener que unirme a Fundamentalistas Anónimos.

—Cada vez surgen más de estas pequeñas comunas por todo el país. Planean esperar a que pase el fin del milenio y la mayor parte no causan ningún problema.

Nelson Chown era un hombre bajo, de constitución poderosa y calvo por completo. A pesar de aquel apellido de resonancias orientales, parecía tan americano como la tarta de manzana. Que era lo que estaba comiendo en esos momentos. Nada de plato principal. En cuanto a mí, dado que el menú de la cena no incluía beicon y huevos, me había conformado con espaguetis con salsa de carne, aunque la salsa era más fina que el ketchup con el que la había coronado.

—¿Habló con Cherkasian?

—Oh, no. Solo una vigilancia discreta. Se pueden sacar ciertas impresiones con solo echarle un vistazo al sitio, sobre todo a los terrenos. Yo diría que no hay más de media docena viviendo allí. Y apostaría a que no es la residencia permanente del mandamás.

—¿Diría que parecen reservados? ¿Como si estuvieran intentando aislarse y dejar a todo el mundo fuera?

Chown me miró con un poco más de atención.

—¿Usted sabe algo sobre este tipo de gente? La verdad es que no de una forma abierta. En general, cuando un grupo adquiere un lugar como ese, durante un tiempo no crean problemas, se limitan a organizar las cosas en silencio, nada más. Es luego cuando levantan los muros y empiezan las declaraciones, si lo que les va es ese tipo de cosas.

—Oh, eso es lo que les va, desde luego. Supongo que ha visto sus *e-mails*.

—Sí, muy interesantes.

David interpuso.

—El señor Chown se pasó la tarde comprobándolos a través de canales a los que James jamás tendría acceso. Resulta que no todos vinieron del mismo punto.

—¿Te refieres a la universidad?

El tenedor de Chown atacó el último trozo de su tarta de manzana.

—Sí. El primero, su carta de amor inicial, venía de Filadelfia. Las pistas 1 y 3 de la universidad. La pista número 2 era también de Filadelfia. —La de las piedras que caían; a estas alturas me las sabía de corrido.

—¿Y qué le parece?

—No sé. Puede que solo dependiera de dónde estaba en ese momento. Pero algo me dice que no es esa la razón. En Filadelfia, los correos provenían de una terminal ubicada en una casa privada. Me he enterado de que los dueños de esa casa son dos hombres que en el pasado estuvieron relacionados con grupos marginales. Ahora mismo estamos realizando una comprobación más exhaustiva de sus historiales. La residencia de Cherkasian figura en un pueblo de Nueva Jersey, pero no hay razón para que la casa de Filadelfia no sea su hogar fuera del hogar. Así que le resultaría cómodo mandar correos desde allí. Los dos de aquí no se pudieron enviar desde la escuela. Tuvo que hacer que los mandara alguien desde la universidad. ¿Para qué molestarse?

—¿Para que fuera más difícil rastrearlos?

—En realidad, cuantas más personas y terminales utilices, más difícil es cubrir tus huellas. Si tienes un buen sistema de desvío instalado en una ubicación, tiene sentido enviarlos todos desde allí.

David preguntó:

—Eso del desvío, ¿significa que estos tipos tienen una especie de red por todo el país?

—Oh, no, solo es un proveedor que ofrece un servicio dudoso. Hay unos cuantos por ahí. En realidad no es ilegal, solo está mal visto.

—¿Y qué pasa con los Maestros Ascendidos? ¿Qué clase de organización es?

Chown apartó el plato e hizo un gesto irónico.

—Usted sabe tanto de ellos como yo, señor Quinter. Lo más probable es que sea el niño bonito de Cherkasian, diría yo. No está en ningún archivo. Así que quiero que me diga todo lo que recuerde sobre ese hombre. ¿No le importa? —Hizo un gesto con una minigrabadora que se había sacado del bolsillo.

Me encogí de hombros y procedí a relatarle la visita a la escuela que había hecho la semana anterior, el aspecto del hombre mayor y su porte, la impresión que me había producido.

—Diría una cosa, no es un simple fanático chiflado, aunque es muy probable que declamase las Escrituras como el mejor de ellos. Pero me pareció un manipulador. Desde luego era el que controlaba a aquellos dos chavales.

—La mayor parte de los autoproclamados Mesías son así.

—¿Qué cree que quiere? —soltó David. Seguía preocupado y era obvio que todavía dudaba antes de tomar ciertas decisiones—. ¿Cree que representa un peligro?

—Por lo poco que sabemos de él, yo diría que está intentando establecer una base de poder propia. Atraer un poco de atención al mismo tiempo. Hace un tiempo lo invitaron a abandonar una organización televangelista con inclinaciones milenarias, lo echaron, y es probable que no los haya perdonado. Ahora quizá esté intentando establecer su propio programa, ofrecer su propio mensaje sobre el fin del mundo. Superar a los menos chiflados.

—Hasta los marginados lunáticos tienen su propia jerarquía —murmuré.

David insistió:

—No ha respondido a mi pregunta.

—Porque no puedo, señor Porter. Es probable que lo máximo que tengan que temer sean unas cuantas manifestaciones en su vista de Filadelfia. Cuando vuelva al despacho, voy a asignar a un agente para que se acerque por aquí de forma periódica a lo largo de las próximas dos semanas para ver que se está cocinando algo en la escuela. Siempre podemos hacer una pequeña batida si vemos algo sospechoso. También me mantendré al tanto de la investigación de Filadelfia. Y si puedo organizar mi calendario de trabajo, estaré en su vista. He oído hablar un poco de Burton Patterson en el pasado y me encantaría verlo en acción. En cualquier caso, entretanto los mantendré informados de todo lo que ocurra. No se preocupe, señor Porter.

—Ya —me burlé—. Dígale al agua que no corra.

David hizo chasquear la lengua y puso los ojos en blanco.

—Por cierto —pregunté—, ¿que usted sepa, Cherkasian ha escrito algo?

Una vez más Chown me miró con cierto respeto.

—Hace las preguntas adecuadas, señor Quinter. La mejor forma de entrar en la mente de un hombre es por medio de lo que ha escrito. Hasta ahora no ha aparecido nada, pero es una de las cosas de las que estoy pendiente.

Nelson Chown se fue unos minutos después para emprender su vuelta nocturna a D. C. David y yo nos quedamos un rato más tomando café.

—No voy a decírselo a Burton. —Daba la sensación de que David acabara de tomar la decisión más difícil de su vida—. La vista empieza del martes en una semana y Burton se va a Filadelfia a mediados de la semana que viene. Tendrá tantas cosas en la cabeza con los preparativos que no voy a preocuparlo con posibles manifestaciones. De todos modos es probable que se espere algo parecido.

—O que lo desee. Con el fin de atraer la atención de los medios hacia la fundación, por supuesto. —Cherkasian no era el único que iba detrás de los focos.

David, una vez tomada la decisión, dejó de lado todo el asunto y se le iluminó la cara.

—Phyllis va a bajar a partir del viernes. Su artículo saldrá en el *Times* el día anterior. Vamos a hablar de la vista durante el fin de semana. Ella también va a estar allí, ya sabes. Vamos a subir el lunes por la mañana.

Sonreí. Me alegraba por él.

—Espero que tu fin de semana mezcle un poco de placer con los negocios.

—Sí. Aún no hemos recorrido mucho camino pero... En fin, quizás a Shauna y a ti os guste reuniros con nosotros. Tomarnos un pequeño respiro antes del gran momento.

—Supongo que sería posible. Estoy seguro de que a Shauna le gustaría conocer a Phyllis.

—Las dos son muy animadas.

—Sí, yo diría que sí.

—¿No mencionaste algo en nuestra última reunión sobre revelarnos algo a Phyllis y a mí que tiene que ver con tu investigación? Creo recordar que prometiste que sería fascinante.

—Sí, así es. No estoy demasiado seguro de que Shauna quiera aguantarlo. Creo que últimamente se está impacientando un poco conmigo por culpa de mi obsesión con este estudio. Admito que me tiene un poco atrapado, aunque siempre suelo ponerme así cuando investigo. Es solo que estoy intentando sacar todos los datos básicos antes de que empiece el caso.

—¿Despejando el terreno?

—Algo así. En fin, si Shauna no quiere aguantarlo, quizá podamos quedar en otro momento.

—A mí me parece bien. Por cierto, ¿has organizado tu viaje a Filadelfia? Sabes que tenemos algunas habitaciones reservadas para la fundación en el Holiday Inn. Podemos alojar quizás a doce o quince, dependiendo de la distribución en las habitaciones.

—Shauna y yo estamos planeando coger el tren el lunes por la tarde. Ella tiene la semana libre, está de vacaciones.

—¿No le importa pasarlas en una sofocante sala de tribunal?

—Tiene otras dos semanas planeadas para más adelante, en verano. Es decir, no considera que la vista sea lo mismo que un viaje a Hawai, pero sé que está lo bastante intrigada. Pareció gustarle la idea cuando se la sugerí.

—Tomaré nota de reservaros una doble. —La amplia sonrisa fue seguida por una mueca—. Yo no he llegado tan lejos con Phyllis, todavía. Tendré que tocar de oído.

Mi propio oído necesitaba que lo rascaran.

—Dime algo: ¿Y Patterson? ¿Se va a traer alguna compañía femenina? Alguien con quien compartir sus noches. O incluso esa recepción que estabais planeando.

David me miró sin comprender del todo.

—La verdad es que no lo sé. Ahora que lo pienso, no ha mencionado nada en concreto. Dispone de su propio alojamiento, en el mismo hotel. Pero a juzgar por la fiesta en su casa, no deberían faltarle unas cuantas señoritas atractivas flotando por allí.

—Flotando, sí. Por culpa de sus vacías cabecitas. Pero quizá esté buscando algo más que eso —reflexioné con cierto sarcasmo—. Ahora que está a punto de convertirse en una celebridad nacional.

—Esperemos que todos lo seamos.

3

Si el gran momento de Patterson iba a llegar dentro de dos semanas, yo empecé a tener la sensación de que el mío llegaría en menos tiempo. Veía en la inminente presentación que iba a hacer ante David y Phyllis la primera prueba real para ver hasta qué punto podía presentar un caso coherente con mi teoría y lo convincente que podría ser. Esperaba tener para entonces todos los ingredientes. Sabía que en el tiempo que quedaba no podía hacer más que un reconocimiento general de los cuatro Evangelios, pero ya sabía la clase de cosas que estaba buscando. Cuando llegara el momento de moldear una novela real, habría que llevar a cabo alguna investigación detallada más.

De toda la intrincada multitud de sendas que cruzaban el primer paisaje cristiano, el punto más importante y más cargado de interés era ese lugar del mapa en el que se creó el Evangelio de San Marcos.

En un escritorio perdido, en un edificio derrumbado ya mucho tiempo atrás, en una ubicación geográfica ahora desconocida, quizá en el espacio de unos pocos años cuyas fechas ya no podían marcarse en el calendario de la Historia, el relato más influyente jamás compuesto por manos humanas fue puesto por escrito en un papel. Muchos caminos habían convergido en esa empresa. Muchos otros partieron de su centro para crear una cultura y una fe que ya tenían dos milenios de antigüedad y que le habían dado forma al mundo occidental.

Y sin embargo eran muchos los elementos de ese acontecimiento que estarían para siempre en la oscuridad, para siempre perdidos. Jamás se conocería ni uno solo de los nombres de aquellos que estuvieron implicados en la empresa. Si alguno de ellos respondía al nombre de «Marcos», sería solo coincidencia, pues el Marcos que la Iglesia posterior tenía en mente no era desde luego, todos estaban ahora de acuerdo, el autor.

El pensamiento moderno ubicaba el Evangelio de San Marcos en una amplia comunidad gentil del norte de Palestina o sur de Siria. Las ciudades de Sidón y Tiro eran algunas de las suposiciones favoritas y bien fundamentadas. La naturaleza del enclave sectario que creó la primera versión narrativa de una vida y una muerte para un Jesús humano era apocalíptica. Esperaba un derrocamiento inminente y violento del orden actual y el establecimiento del Reino de Dios. Jesús llegaría como el Hijo del Hombre en las nubes del cielo para juzgar al mundo.

Como las parábolas y su comentario de Marcos 4 indicaban, solo a esta selecta comunidad en la que Marcos trabajaba se le había permitido comprender de forma adecuada los misterios que concernían al próximo Reino. En la historia del Evangelio, esa comunidad estaba representada por los discípulos. De hecho, la imagen que da Marcos de los seguidores de Jesús no se habría basado en ninguna tradición histórica sobre los primeros apóstoles de la época de San Pablo, sino en una invención literaria que cumplía un propósito simbólico e instructivo dirigido a los lectores del Evangelio. El Jesús de Marcos y el mundo narrativo creado para él sirvieron como documento de fundación de la comunidad de Marcos. Todos los rasgos de este Evangelio, de un modo u otro, cubrían sus necesidades sectarias y su situación.

Sin embargo, Marcos no se limitó a inventar. Se inspiró en las tradiciones de Q, aunque no poseyera una copia del documento utilizado por Mateo y Lucas. De hecho, se me ocurrió que la comunidad de Marcos quizá solo hubiera formado parte del movimiento de predicación del Reino que produjo Q, lo que con toda probabilidad exigiría colocarlo en un entorno más interior, menos urbano, quizá en la zona del sur de Siria. La imagen del ministerio de Jesús que se ofrece en el Evangelio de San Marcos representaría la predicación y las actividades milagrosas del propio grupo de Marcos. Jesús simbolizaba la comunidad en sí. Aun así, los milagros que Marcos inventó para Jesús tenían un modelo muy cercano en las historias de milagros encontradas en el Antiguo Testamento, como los realizados por Elías y Eliseo en 1 y 2 Reyes. Algunos estudiosos estaban comenzando a darse cuenta de que había otros elementos en el ministerio de Jesús, desde las historias de controversias en las que Jesús debate con las autoridades judías, pasando por las instrucciones sobre las misiones dadas a los apóstoles, hasta la escena de la Transfiguración: todo parecía construido a partir de versículos y pasajes de las Escrituras judías, siguiendo el proceso del escriba judío del *midrash*. A estos estudiosos les preocupaba que poco o nada pudiera considerarse como algo derivado de una memoria histórica real sobre los acontecimientos del ministerio de Jesús. Pronto iba a descubrir que ese era el caso en la parte del Evangelio de San Marcos que trataba de la Pasión: el relato del juicio y la crucifixión de Jesús.

Sin embargo, si Marcos pertenecía a una comunidad de tipo de Q, también se inspiraba en el culto a Cristo del que había formado parte San Pablo, con su concepto de un Jesús que era el Hijo divino de Dios, crucificado y resucitado en un reino mítico como sacrificio expiatorio de los pecados, aunque el Evangelio no contenía nada del lenguaje teológico que utilizaba San Pablo. De alguna forma, Marcos había combinado estas dos expresiones separadas y tan diferentes del panorama del siglo I.

En uno de esos momentos de inspiración como el que había experimentado la noche de la tormenta, creí ver la clave para entender la génesis del Cristianismo tal y como lo conocemos, con todos sus complejos ingredientes, todos esos elementos tan variados que los estudiosos tenían tantas dificultades para hacer encajar siempre que insistiesen en derivarlo todo de un único hombre y punto de origen. Lo que había ocurrido con Marcos era un caso clásico y espectacular de sincretismo, la fusión de dos juegos diferentes de ideas y prácticas. El sincretismo casi siempre tenía lugar en el reino de la filosofía o la religión. Habían existido ciertos puntos de similitud entre la predicación galilea del Reino tal y como se encontraba en Q y el culto apostólico al Cristo que predicaba San

Pablo, y quizá la comunidad de Marcos había adoptado hasta cierto punto ambos. Marcos quizá se sintiera obligado a crear su historia evangélica como un medio para expresar ese sincretismo, esa combinación de ideas. Su producto compuesto iba a generar un sistema de creencias que dominaría la mitad del mundo durante los siguientes dos mil años.

La pregunta más inmediata que yo tenía en mente era: ¿el autor de Marcos presentó su historia de Jesús como un hecho, o solo como una forma de relato moral, un mito inspirador con muchas lecciones, una forma de encarnar en metáfora y alegoría los principios religiosos de esas dos expresiones anteriores de la fe? ¿La primera vez que fue leído a la congregación se consideró «historia»? Había tantos detalles que era obvio que habían salido de las Escrituras que los oyentes tendrían que reconocerlos de inmediato. ¿Habrían visto los pasajes de las Escrituras como predicciones de acontecimientos históricos o como simples indicadores de verdades religiosas superiores?

Es muy probable que yo no encontrase jamás una respuesta definitiva a estas preguntas, pero estaba claro que tras un par de generaciones, después de que unos cuantos escritores más (aquellos que conocíamos ahora con los nombres de San Mateo, San Lucas y San Juan) se encontraran con un ejemplar de Marcos y reelaboraran su historia para que sirviera a los propósitos de sus propias comunidades y teologías, la idea de Jesús de Nazaret y su vida en la Tierra cobró fuerza. Con el tiempo se haría imparable.

Quizá incluso fuera de los Evangelios, la dinámica del movimiento de predicación del culto, que cada vez se inspiraba más en las Escrituras para crear su imagen del Cristo mítico, habría tendido de forma inevitable a atraer al Cristo de San Pablo a la Tierra, a interpretar las indicaciones de las Escrituras como históricas. ¿El «nacido de mujer» de San Pablo, regido por Isaías 7:14, llevó de un modo irresistible a buscar una madre humana para Jesús y a un nombre concreto? ¿Aquellos a los que San Pablo y sus compañeros apóstoles predicaron exigieron que su dios salvador plantara los pies en el suelo? Hay algunas cosas en la documentación, como la disputa de 1 Juan 4, que así lo sugerían.

Cuando llegaron los Evangelios, con su relato de un Hijo de Dios que predicaba y hacía milagros en la Tierra, quizá fuera la gota que colmó el vaso.

Para el fin de semana, mi examen de los Evangelios ya estaba en marcha, pero había decidido no volver a enterrarme en el estudio hasta el punto de excluir todo lo demás. Como mínimo, Shauna terminaría por repudiarme. Así que tanto el viernes como el sábado por la noche nos largamos de juerga nocturna, que para nosotros incluía la sinfónica y el teatro. Parecía especialmente fascinada por la implicación del FBI en la investigación de los Maestros Ascendidos.

—¿Os van a asignar guardaespaldas a todos?

—Nada tan drástico, espero. Lo peor que podría ocurrir es que los medios de comunicación se adueñen de ello y se centren por completo en Cherkasian y los Maestros. No les sobraría tiempo ni atención para la vista en sí y los temas implicados, y mucho menos para la Fundación de la Edad de la Razón. El ejercicio entero podría volverse contra nosotros.

—¿Has pensado alguna vez que esa puede ser su intención?

Acabábamos de empezar a pulirnos los helados que habíamos comprado en un quiosco callejero a la salida del teatro y la bola de arriba de mi cucurucho hizo malabarismos con mi reacción al comentario de Shauna. De repente la miré aterrado.

—¡Oh, no! ¿Crees que podría ser eso? Es verdad que Chown dijo algo sobre que esta gente buscaba atención. Es posible que Cherkasian pretenda contárselo todo a los medios de comunicación en persona. No solo conseguirá acaparar los focos, sino que hará que parezca que exageramos cuando nos pusimos en contacto con el FBI.

—¿Pero todo el asunto no le haría parecer un poco chiflado?

—Quizá no le importe. Podría pensar que, de todos modos, la publicidad le podría venir bien para sus ambiciones, sean las que sean. Debería llamar a David y decirle al menos que le quite importancia al tema con Phyllis. No queremos que piense que nos están asustando un puñado de majaras milenaristas.

—¿Y no es ese el caso?

—Bueno, yo solo lo sugerí para evitar que David enfermara de preocupación. Y para evitar que se lo dijera a Patterson, supongo. Quizás habría sido mejor que se lo contara, después de todo. Conociendo a Patterson, es muy probable que hubiera insistido en que David pasara de todo el asunto.

—Tener a unos cuantos agentes del FBI en la sala de justicia para protegerle de unos defensores del fin del mundo fanáticos de la Biblia quizá no encaje con la imagen que le gustaría proyectar al señor Patterson.

—Quizá sea mejor que lo hable con David.

Después de la obra, Shauna se acercó un rato a mi casa, pero una vez más había cierta incomodidad y reserva entre nosotros cuando comenzamos con actividades más íntimas. Yo estaba casi seguro de que Shauna se sentía un tanto insatisfecha con nuestra situación, probablemente con mi falta de compromiso incondicional. Mis ataques de privacidad y la inmersión obsesiva en mis investigaciones que habían marcado las últimas semanas solo eran los síntomas más destacados. Había llegado el momento de abordar el tema de frente, tanto para mis adentros como hablando con ella sobre nuestra relación. En otro momento, es probable que lo hubiera hecho sin más dilación. Pero a causa de la presión de los acontecimientos, porque no quería arriesgarme a añadir más dificultades al curso de las próximas dos semanas, me dije que la conversación podía esperar hasta entonces.

Parecía bastante entusiasmada con la idea de reunirnos con David y Phyllis el fin de semana siguiente, aunque eso implicase tener que escuchar mi presentación. Yo tenía la sensación de que a estas alturas quizá se sintiera más familiarizada con el tema de lo que le gustaría estar. Era posible que para ella hubiera adoptado la naturaleza de un villano, una bestia en expansión que estaba devorando mi alma e interponiendo su incómodo bulto entre los dos.

Quizá no estaba muy equivocada.

Durante el curso de los días siguientes, parecía que varias bestias indefinibles rondaban por los horizontes de mi concentración y no todas ellas eran externas. A pesar de mis recientes propósitos, mis lecturas, mis rastreos interminables por la Red y la toma de notas se hicieron una vez más casi obsesivos, como si intentara sacarles alimento, seguridad, justificación; quería convertirlo en una experiencia mística, hacer de esto la culminación del trabajo de mi vida, algo que me transformaría a mí además de al mundo que me rodeaba. Sentía la necesidad de proclamar mis descubrimientos y percepciones, esparcirlos como semillas nuevas por el paisaje ignorante e ingenuo de una sociedad enfangada en creencias primitivas, convertirme en un nuevo Mesías. Seguro que se podía lograr que el mundo viera lo sólidas e incontrovertibles, lo maravillosas y poderosas que eran mis ideas, solo con escucharles.

Al parecer el fanatismo no era monopolio de ningún tipo sistema de creencias. Tuve que admitir con tristeza que el sello humano era sin duda muy parecido en todos. Quizá lo más inteligente sería no presentar al hombre racional y a la mujer racional como una especie aparte.

Por fin conseguí localizar a David el martes. Un agente enviado por Chown le había echado un vistazo a la escuela esa mañana y no había notado nada raro. El propio Chown había llamado para decir que estaría en la vista, pero solo a partir del segundo día. Un tanto avergonzado, le conté a David mis nuevos recelos sobre Cherkasian y que quizá pudiera estar planeando darle la vuelta a la tortilla de la publicidad y volverla contra nosotros.

—Gracias, Kevin —dijo David con fingida amargura; al menos espero que fuera fingida—. Creí que por fin teníamos esto controlado y podría dormir por las noches. Bueno, intentaré inmunizar a Phyllis en ese aspecto cuando llegue aquí. Y la próxima vez que hable con Chown, le sugeriré que él y su gente se mantengan en un segundo plano en la vista. Es probable que tengas razón en lo de Burton. Lo último que querrá es una especie de guardaespaldas visible. ¿Quién sabe lo que harían los medios de comunicación con eso?

—Es muy probable que mis talentos narrativos no estuvieran a la altura.

Phyllis iba a llegar el viernes. De momento dejamos la tarde del domingo para reunirnos en mi casa. David me pinchó un poco pero me negué a decirle nada sobre el relato que iba a hacer. Lo cierto era que ya había planeado el orden de presentación de las pruebas antes de lanzarles el golpe final. No pensaba fastidiarlo antes de tiempo. Tendría que meter a Shauna en el juego.

Fue también el día que intenté ponerme en contacto con Sylvia, ya que no había sabido nada de ella desde la noche que había visitado su casa. ¿Había seguido mi recomendación de buscar ayuda profesional? Quería que supiera que mi preocupación y mis promesas habían sido sinceras y que de verdad quería que siguiera en contacto conmigo. Pero el par de llamadas ese día solo encontró su contestador. Decidí esperar en lugar de dejar un mensaje. Lo intentaría otra vez antes de irme a Filadelfia.

El jueves por la tarde me trajo una noticia inquietante. Shauna llamó para disculparse: había decidido irse a pasar el fin de semana fuera.

—Hace tiempo que no veo a mis padres, Kevin, y quizá este sea un buen momento. Lo más probable es que no me necesites para tu pequeña presentación ante David y Phyllis y puedo conocer a Phyllis en Filadelfia.

Presentí que el deseo de ir a visitar a su familia no era todo, pero algo en su voz me dijo también que no debería intentar convencerla de lo contrario. Al parecer, las cosas se habían desestabilizado lo suficiente entre nosotros para que Shauna sintiera la necesidad de alejarse, aunque todavía parecía decidida a asistir a la vista conmigo. Quizá era una señal de que iba a tener que añadir un punto más personal al orden del día de Filadelfia. ¿Me las arreglaría para atenderlo por encima de todo lo demás?

—Siento que no estés aquí. Si no presento bien los argumentos y no convenzo a David y Phyllis, me vendría bien tenerte de hincha al lado.

Eso, claro está, jamás debería haberlo dicho; me di cuenta en cuanto terminé. ¿Era para eso para todo lo que la necesitaba?

—Bueno, Kevin, no creo que sea yo la que vaya a convertir tu proyecto en un éxito o un fracaso. Quizá te encuentres con que es una empresa un poco solitaria, teniendo en cuenta lo que intentas hacer. En cualquier caso, me voy mañana justo después del trabajo, así que ya te llamaré cuando vuelva el domingo por la noche.

Intenté no dejar que la inquietud me asomara a la voz.

—De acuerdo. Y... los billetes están listos para el lunes. Y la habitación de hotel. David lo ha organizado todo. —Pero eso ella ya lo sabía—. Estoy seguro de que lo pasaremos bien.

—Estoy segura.

—Dales recuerdos a tus padres.

—Siempre lo hago.

16

Phyllis Gramm había brillado el día que apareció por primera vez para enfrentarse al Paseo de los Filósofos con nosotros, pero el domingo por la tarde resplandecía de verdad y junto con el fulgor de la mirada de David, mirada que intentó sin mucho éxito ocultarme, estuve seguro de que habría otra habitación doble entre las reservas de Filadelfia.

David también llegó con una copia del *Times* del jueves. Como publicista residente de la Fundación de la Edad de la Razón, yo debería haber estado el primero en la parrilla de salida para conseguir un ejemplar. Pero sabía que David me traería uno y, en cualquier caso, no había tenido disponibles ni un minuto ni una neurona para lecturas ajenas.

—«Podría haber un nuevo movimiento en el horizonte de la educación americana. Sus objetivos prometen ponerlo en conflicto con las fuerzas más conservadoras que se proponen dar la entrada al próximo milenio con una nota diferente... —David comenzó a leer trozos del artículo de Phyllis saltando de un punto a otro. Sabía que yo lo leería entero con detenimiento a la primera oportunidad.— «...Burton Patterson, destacado abogado especialista en derechos civiles ausente del panorama público durante casi dos décadas, volverá a entrar en una sala de justicia de Filadelfia la semana que viene para intentar evitar que el estado de Pensilvania introduzca el creacionismo cristiano en la clase bajo el estandarte de la ciencia, una medida a la que se oponen con pasión los defensores de los derechos civiles y otros que lo ven como un intento mal disimulado de terminar por completo con la separación constitucional entre la Iglesia y el Estado... Detrás de Patterson se encuentra un grupo recién formado que ambiciona influir sobre el panorama intelectual americano del periodo previo al año 2000...» —David se aclaró la garganta—. «A la cabeza de este prestigioso equipo se encuentra el sagaz y muy aclamado profesor de Filosofía...».

—¡Eh! —exclamó Phyllis al tiempo que me daba un simpático codazo que habría llenado de orgullo a Shauna—. Nada de redacción creativa. Con una junta editorial ya fue más que suficiente.

—¿Qué piensa Patterson? —pregunté.

—Hablé con él por teléfono anoche; estaba en el hotel. Dijo que todavía no había tenido tiempo de hacerse con un ejemplar, pero parecieron gustarle las partes que le leí. Ha estado muy ocupado preparándose para la vista.

—Apuesto a que sí. ¿Por qué necesitaba un fin de semana en el hotel para eso?

—Es un hombre que quiere saber lo que pasa detrás, Kevin. Buena parte de su preparación implica hacer contactos personales y averiguar lo que tiene en mente su adversario.

—Oh, estoy seguro de que está haciendo un montón de contactos personales. —Ahora empezaba a ponerme mezquino. Cambié de tema—. ¿Alguna cosa más sobre los Maestros Ascendidos?

—Nada. Supongo que tres pistas es todo lo que tenemos para resolver el rompecabezas. Hablé ayer con Nelson Chown. Dice que su gente de Filadelfia ha descubierto que el grupo de la casa ha estado reclutando adeptos en la universidad de Pensilvania, lo mismo que Cherkasian hacía aquí. Uno de los agentes entró en contacto con un estudiante que respondió a la propuesta y luego decidió que no le gustaba lo que veía. Chown espera tener algo más concreto sobre Cherkasian y lo que está tramando para cuando llegue a Filadelfia a última hora del martes.

Vaya, eso nos da tiempo más que de sobra —comenté con algo más que un toque de sarcasmo.

—También le dije que no se le ocurriera acercarse a Patterson en la vista. Creo que eso no le hizo demasiada gracia.

—Creí que había dicho que solo teníamos que preocuparnos por unas cuantas manifestaciones.

En ese momento, David le lanzó una mirada a Phyllis, que nos contemplaba con una expresión fascinada.

—¿Ves? La reportera con ojos de lince. Será mejor que tengas cuidado con lo que dices. Lo más probable es que crea que tiene delante una jugosa historia de confrontaciones y todo el asunto de la Fundación de la Edad de la Razón saldrá por la ventana convertido en un pobre segundón a los ojos del público.

No estaba muy seguro de si debía inquietarme. David se echó a reír.

—No te preocupes. Ya le he puesto al día de todo lo bueno. Le prometí una exclusiva con respecto a nuestros apocalípticos amigos, siempre que quede a la sombra de consideraciones más importantes, claro está.

—Siempre hay más de un ángulo en toda buena historia —contraatacó Phyllis—. No voy a dejar de lado a la fundación, pero Patterson contra Cherkasian podría ser un gran combate.

—No te olvides, cariño, que el adversario del señor Patterson en la sala será Chester Wylie. Y ese no es ningún fundamentalista chiflado.

—Genial. Un asalto a tres bandas. La pelea del siglo.

Luego Phyllis se volvió hacia mí.

—Pero David me ha dicho que tú llevas algún tiempo husmeando tu propia historia. Los comienzos del Cristianismo son un tema fascinante. Hace unos años escribí una columna sobre el Seminario de Jesús, cuando votaron la autenticidad de los dichos de Jesús. Fue la primera vez que los medios de comunicación mayoritarios estuvieron dispuestos a cubrir sin censuras un cuestionamiento radical del testimonio evangélico. Tengo entendido que hace poco votaron que no era muy probable que a Jesús lo enterraran de forma adecuada, por no hablar ya de que resucitara de entre los muertos.

—Es cierto. Supongo que una vez que ha salido el genio de la botella, luego es imposible volverlo a meter. Las cosas empiezan a crecer como una bola de nieve. La presión lleva tanto tiempo acumulándose bajo la tapa que ahora que la han quitado, empieza a salir todo.

—Espero que no mezcles así las metáforas en tus novelas —me riñó Phyllis con una risita.

—Mi editor no me deja salirme con la mía casi nunca —reí—. Pero venid al estudio. Allí es donde hago la mayor parte de mi investigación. Me he estado apoyando mucho en el proyecto Muratorian, en la Red. ¿Qué sabéis de eso?

—Jamás he oído hablar de él.

Phyllis y David me siguieron a la habitación de atrás. Mi mural multicolor seguía en su sitio y había colocado dos sillas para este público más amplio, pero nada de palomitas. La batuta estaba lista, pero hoy dependería menos de mi exposición de la pared y más de la simple exposición verbal, con unas cuantas notas y ejemplares del Nuevo Testamento listos para ilustrar algún punto. Había tenido muy poco tiempo para prepararme y sabía que, básicamente, tendría que ir improvisando.

Cuando David y Phyllis hubieron tomado asiento, di un paso atrás y me coloqué al lado del ordenador, me rasqué la cabeza y jugueteé con algo; actué en general como un catedrático nervioso a punto de dar su primera conferencia. Solo que no estaba actuando.

—Empecemos con una analogía.

David esbozaba una amplia sonrisa, Phyllis parecía intrigada. Al menos había captado su atención.

—Supongamos que los descendientes de un hombre fallecido afirmaron que ese hombre había ganado la lotería en cierta ocasión. Sin embargo, en aquel momento no quedó constancia de ese premio en ningún sitio. Ninguna entrada de una gran suma de dinero en sus extractos bancarios, ninguna mención en sus diarios y cartas, ningún recuerdo de un momento de derroche. Si en su lecho de muerte le dijo a alguien que nunca había tenido un respiro en la vida, si se murió de hambre y demás. ¿Qué conclusión creéis que sacaríais de todo este silencio sobre el premio de lotería?

Phyllis preguntó:

—¿Tengo que levantar la mano?

Todos nos reímos y comencé a relajarme. Estaba entre amigos, aunque al final terminaran llegando a la conclusión de que estaba loco.

Habló David:

—Supongo que la respuesta que estás buscando es que las pruebas (o falta de ellas) apuntan hacia la falsedad de la afirmación. No es muy probable que el hombre hubiera ganado la lotería.

—Sí. Ese tipo de pruebas se llaman el «argumento del silencio». A pesar del desdén que les gusta apilar sobre él a los estudiosos del Nuevo Testamento, puede ser bastante legítimo en ciertas circunstancias. Cuantas más razones tenga uno para esperar que se mencione algo y sin embargo te encuentras con que falta, más validez adquiere ese argumento. Y cuanto más extendido está el silencio, mayor es su fuerza. Así que me gustaría empezar hablándoos de algo que yo llamo «una conspiración de silencio».

Por supuesto, eso era un término irónico. Pero parecía una forma adecuada para expresar la asombrosa universalidad del vacío que se encontraba en los primeros testimonios cristianos.

Me lancé a un análisis de la amplia variedad de silencios que hay en las epístolas del Nuevo Testamento sobre la vida y circunstancias de Jesús de Nazaret, señalando de vez en cuando el documento relevante en mi mural. La falta de mención de los lugares y detalles del nacimiento de Jesús, su ministerio, su pasión y su muerte. No había peregrinaciones al Calvario, el lugar donde se había salvado a la Humanidad, no había oraciones ni conmemoraciones en la tumba donde Jesús había resucitado de entre los muertos, ningún lugar santo. No había reliquias, nada que Jesús hubiera tocado o usado. Y, en el siglo I, tampoco había habido ninguna referencia al agente de su muerte, nada sobre

Pilatos, no se hacía responsables a los judíos, salvo la interpolación en 1 Tesalonicenses. Nada sobre Judas, ni sobre San Juan Bautista, no había bautismo de Jesús. Y ni una sola referencia a algún milagro. Ningún apóstol nombrado por Jesús y ninguna cadena de predicación y tradición apostólica que se remontase hasta él. Ninguna reacción, ninguna defensa contra la blasfemia y la afrenta a la sensibilidad judía por convertir a un hombre en Dios.

En las 80.000 palabras del Nuevo Testamento, aparte de los Evangelios y los Hechos, en 22 documentos en los que había más de 500 referencias distintas a «Jesús», «Cristo» o «el Hijo», más unas cuantas al «Señor», refiriéndose a Cristo, nadie, por elección, accidente ni necesidad, resultaba que nadie había utilizado las palabras que identificarían al Hijo divino y al Cristo del que todos hablaban con esta reencarnación reciente, el hombre Jesús de Nazaret que había vivido y muerto en la época de Herodes y Poncio Pilatos.

Había captado su atención. Y estaba claro que había estimulado su curiosidad. Pero me había guardado la categoría más enigmática para el final. Pues incluso más que por su muerte, Jesús persistía en la mente secular moderna por su trabajo documentado como maestro. Por eso (como hombre) había sido y continuaba siendo famoso con toda justicia. ¿Por qué entonces, pregunté, las epístolas del Nuevo Testamento hacían caso omiso de esa manera de él como tal, hasta el punto incluso de ofrecer enseñanzas idénticas a las suyas sin atribuírselas ni una vez a él? Un esbozo de los silencios más destacados sobre las enseñanzas, profecías y pronunciamientos de Jesús que se podían encontrar en las epístolas suscitaron comentarios de asombro tanto por parte de David como de Phyllis.

—Como es natural, los estudiosos llevan mucho tiempo comentando este silencio sobre el Jesús histórico como fuente de la ética cristiana. —Estiré la mano para coger otra hoja de la pila de notas que había impreso a toda prisa la noche antes—. Pero me gustaría leeros uno de los comentarios sobre el tema más alucinantes que se han hecho jamás en una publicación crítica. Esta es Sophie Law, de su estudio de la epístola de Santiago: «Mientras que los Evangelios tienen una forma de adoptar las enseñanzas de Jesús, pues las identifican como suyas, Santiago nos proporciona pruebas de otra forma de recordarlas y conservarlas: las absorbe sin diferenciación el capital general del material ético».

David lanzó un gruñido.

—Me pregunto cómo deberíamos llamar a eso. ¿«Conservación por enterramiento»?

Me eché a reír y tomé nota mental de acordarme de eso.

—Sí, es asombroso que generaciones posteriores fueran capaces de desenterrarlo.

Phyllis se mostró más cauta.

—Es extraño, porque yo tenía entendido que las cosas que Jesús dijo e hizo se conservaron durante el primer periodo por medio de la transmisión oral.

— Exacto. De palabra, al predicar, en la correspondencia; se suponía que los dichos de Jesús se mantuvieron vivos a lo largo de varias décadas hasta que los evangelistas los reunieron y recogieron en sus Evangelios. ¿Pero cómo se mantienen vivas las enseñanzas de Jesús cuando «las absorbe sin diferenciación el capital general del material ético»? ¿Cómo se conservan si nadie le atribuye nada jamás? La otra pregunta es: ¿por qué tendría lugar un desarrollo tan extraño, esta falta universal de atribución a Jesús de las enseñanzas de Jesús? Otros eruditos han comentado este silencio y algunos se consuelan diciendo que todos y cada uno de los documentos muestran lo mismo, como si una colección de silencios asegurara aún más la existencia del objeto del silencio.

—Supongo que se podría decir que cero más cero más cero asciende a una cantidad considerable —comentó David.

—Solo en las matemáticas del Nuevo Testamento.

Pasé entonces a ilustrar el vacío que había en San Pablo sobre el reciente ministerio de Jesús. San Pablo no había dejado lugar alguno para él en la imagen de la historia de la salvación de Dios que llevaba a la futura Parousia. Había hablado de revelacion e inspiración a través del Espíritu. Todo conocimiento, incluso el propio evangelio, procedía de Dios. Cristo y su papel redentor era el gran misterio revelado por Dios después de permnecer largas eras oculto y el movimiento misionero del que formaba parte San Pablo había sido la primera proclamación de ese secreto divino. Para San Pablo, todo había llegado a través de las Escrituras, el gran depósito del acontecimiento de Cristo. O eso era lo que parecían decir los autores del primer siglo.

Por la expresión de David, tenía la sensación de que presentía hacía dónde me dirigía, pero Phyllis parecía cada vez más inquieta. Hice un giro radical y resumí algunas de las principales ideas filosóficas de la época: el Padre trascendente y el Hijo intermediario; el *Logos* platónico y la sabiduría judía personificada, ambos canales de conocimiento del Dios principal y los caminos de salvación. Intenté transmitir algo del pensamiento de la época: universos estratificados y fuerzas sobrenaturales, la base del pensamiento mítico.

Cuando llegué a los cultos paganos griegos, con sus relatos míticos de dioses y diosas salvadores, asesinar y ser asesinado, enseñanzas y revelaciones, el establecimiento de comidas sagradas, seres nacidos de madres vírgenes y ofrecimientos de garantías de una feliz inmortalidad, una mirada de comprensión bañó el rostro de Phyllis. Iba acompañada de un escepticismo bastante evidente, aunque no parecía haber hostilidad en él.

—Ya veo a dónde quieres ir. No sé mucho sobre la teoría de que Jesús no existió, por lo menos en detalle, pero jamás le he dado demasiado crédito. Debo confesar que jamás la he oído presentada de este modo. Creí que tenía que ver en general con la falta de referencias a él en fuentes ajenas al Nuevo Testamento.

—Sí, ahí parece ser donde se centra buena parte de la atención. Personas como el filósofo judío Filo de Alejandría, o el historiador judío Justo de Tiberia, Plinio el Viejo que recogió testimonios y mitos asociados con figuras famosas... ningún escritor de ningún tipo de esa época dice nada sobre Jesús o los cristianos.

—¿No había archivos romanos sobre Jesús?

—El historiador romano Tácito, alrededor del 115, hace la primera referencia pagana a Jesús como un hombre ejecutado por Pilatos. Pero es muy improbable que esté consultando un archivo oficial. Para empezar, se equivoca con el título de Pilatos. Y las posibilidades de que los romanos guardaran archivos meticulosos sobre cada ejecución política del imperio durante casi un siglo son prácticamente nulas. Muchos estudiosos reconocen que la información de Tácito, y es una simple referencia desnuda, es muy probable que procediese de rumores populares y de interrogatorios policiales de cristianos. Habría sido en una época en la que la idea de un Jesús histórico acababa de desarrollarse entre ellos. Plinio el Joven y Suetonio, alrededor de la misma época, dicen aún menos sobre una figura humana.

—¿Y Josefo? —objetó Phyllis—. ¿No es al que citan siempre los cristianos para apoyar su lado del caso?

—Bueno, Josefo es el gran enigma. ¿Escribió él ese famoso pasaje sobre Jesús o no? Tal y como está, es demasiado piadoso, demasiado ingenuo para ser suyo. Josefo jamás habría declarado a Jesús el Mesías ni habría dado crédito a sus milagros y a su resurrección de entre los muertos. Esa es una interpolación cristiana posterior, todo el mundo está de acuerdo. ¿Pero se sustituyó o reelaboró algo que Josefo escribió de verdad? En lo que a mí respecta, el silencio de todos los comentaristas cristianos anteriores al siglo cuarto sobre un pasaje original es prueba suficiente de que no existió ninguno. Orígenes, en particular, habría tenido ocasión de recurrir a él para rebatir a Celso, pero él y todos los demás se callan.

»En cuanto a la segunda referencia de Josefo, es solo de pasada cuando habla sobre el asesinato de Santiago, el supuesto hermano de Jesús, y presenta sus propios problemas. Contiene la frase «aquel llamado el Cristo», pero encontramos la misma frase exacta en dos Evangelios cristianos. Además el tema del «Cristo», referido al Mesías judío, es algo que Josefo ha evitado cuidadosamente en el resto de sus escritos. Todo el asunto podría haber empezado como una glosa marginal que hubiera adjuntado a Santiago algún escriba cristiano. Por otro lado, Orígenes da fe de que la misma frase estaba presente en otra parte en su copia de Josefo, en conexión con la idea de que Dios había castigado a los judíos con la destrucción de Jerusalén por el asesinato de Santiago. Dado que esta referencia, ahora perdida, no podía reflejar la opinión de Josefo, tuvo que ser una interpolación cristiana. Lo que hace que sea más probable que la frase idéntica que tenemos ahora en el segundo pasaje de Josefo refiriéndose a Jesús también sea una interpolación.

—¿Pero los judíos no hablaban de Jesús en el Talmud? —preguntó David.

—Bueno, esa es otra cuestión espinosa. Esas referencias se escribieron mucho después y pudieron haber sido una respuesta a los Evangelios y a lo que los cristianos estaban diciendo sobre su Jesús. De hecho, las supuestas referencias a Jesús en los primeros comentarios rabínicos del siglo III, como el Mishnah, quizá no sean en absoluto referencias a Jesús y solo se convirtieron en eso en el Talmud posterior. En cualquier caso, son tan confusas y están tan equivocadas en lo que dicen sobre él que no se puede confiar en que reflejen ningún conocimiento histórico sobre ese hombre. Una lo convierte en el hijo de un soldado romano, otra dice que lo matan apedreado. Una lo coloca alrededor del 100 a. C., la otra a principios del siglo II. Y ninguna de ellas insinúa siquiera que los romanos tuvieran algo que ver con todo ello. ¿Te imaginas una tradición rabínica judía que va contra la supuesta Historia y responsabiliza de la muerte de Jesús enteramente a los judíos?

—Una auténtica conspiración —comentó David.

Era obvio que Phyllis había asimilado buena parte de lo que yo había dicho durante la última hora. Ahora se mostró como la alumna inteligente que no está de acuerdo con su profesor.

—Pero espera un minuto. Dijiste que San Pablo nunca habla sobre la muerte de Jesús y su resurrección como si formaran parte de la Historia, pero hay un famoso pasaje en 1 Corintios, verdad, no recuerdo el capítulo ni los versículos, donde menciona todas las apariciones que Jesús hizo ante varios apóstoles después de la resurrección. ¿No ubicaría eso a Jesús en la época de esos apóstoles?

Una muestra de impugnación bien informada. Muy bien. Ese pasaje lo había mirado con atención algún tiempo atrás y estuve de acuerdo con ella. Era quizá el pasaje más fuerte de las epístolas contra la teoría que estaba adoptando. Al menos a primera vista.

—Sí, 1 Corintios 15. Vamos a echarle un vistazo. —Les di a cada uno un ejemplar del Nuevo Testamento y lo abrimos por el pasaje crítico. Leí en voz alta:

—«Pues yo os transmití, como de primera importancia, lo que yo también recibí: que Cristo murió por nuestros pecados, según las Escrituras; que fue sepultado; que fue resucitado al tercer día, según las Escrituras...».

»En primer lugar, antes de que continuemos con esas apariciones, toda la clave de este pasaje empieza con ese verbo, «recibí». ¿Está hablando San Pablo de una tradición recibida de boca de otros, por ejemplo de los apóstoles que se supone que siguieron a Jesús? ¿O está hablando de una revelación personal del Cielo? El verbo se puede utilizar en ambos sentidos y San Pablo lo hace. Pero la consideración rectora es con toda seguridad la firme declaración que hace en Gálatas 1:11-12, que su evangelio no lo recibió de ningún hombre, sino de una revelación sobre Jesucristo. No parece probable que comprometiera un principio tan apasionado aquí. Incluso si los otros hubieran estado predicando a un Cristo resucitado, San Pablo le daba su propia interpretación a todo, sobre todo a la parte de «morir por el pecado», para poder sentirse justificado a la hora de afirmar que había recibido su doctrina del Señor. De hecho, pasa luego a hacer un sucinto resumen de su evangelio y señala a las Escrituras como fuente. De ahí es de donde procede su inspiración. O a través de ellas, ya que en última instancia la revelación procede de Dios. No es el significado que los estudiosos suelen darle a este «según las Escrituras», pero es un significado válido y encaja con todo lo que San Pablo dice sobre su utilización de los textos sagrados.

—¿Y lo de que Cristo resucitó al tercer día? ¿No se refiere eso a la Semana Santa?

—Eso también puede ser de las Escrituras. Oseas 6:2. En cualquier caso, «al tercer día» es una expresión bíblica que en realidad quiere decir «el momento en el que Dios decide actuar», más bien una promesa futura que una designación cronológica exacta.

—Ya veo.

—Pero continuemos. Bueno, sí que parece haber un vínculo directo que lleva a los versículos 5 a 8:

> «... y que se apareció a Cephas, luego a los doce. Luego se apareció a más de 500 hermanos de una vez, la mayor parte de los cuales están aún vivos aunque algunos se han dormido. Luego se apareció a Santiago, luego a todos los apóstoles. Después de todos, como a uno nacido prematuro, también se me apareció a mí...».

»En primer lugar, esto es una sola frase. ¿Pero se supone que todo esto sigue al «recibí» del principio? Si San Pablo está usando «recibí» en el sentido de información recibida de otros, no creo que eso se aplique a su propia revelación. Si está hablando sobre una revelación personal de Dios, no creo que eso incluyera las apariciones ante Pedro y los otros. Hay algo que no termina de encajar en el modo en el que este pasaje nos ha llegado a nosotros y la mayor parte de los estudiosos tienen la sensación de que la lista de visiones probablemente no pertenece a la misma categoría que las doctrinas sobre Cristo. Algunos sugieren que San Pablo pensaba en algún tipo de conclusión después del versículo 4, y de hecho, hay un cambio en el tiempo del verbo. Quizá las «visiones» pretendían ser un testimonio de la doctrina.

—Dices «visiones». ¿Insinúas entonces que no se refería a una aparición física?

—De hecho, la palabra «apareció», que utilizan la mayor parte de las traducciones, es engañosa. Este verbo griego se suele utilizar en el contexto de la revelación, no del contacto físico o visual. Sería mejor pensar en él como «experimentó una manifestación de». San Pablo utiliza el mismo verbo al referirse a su propia experiencia en el versículo 8 y nadie considera que viera a Cristo en carne y hueso. Incluso si aceptáramos la dramática interpretación que hacen los Hechos de lo que ocurrió en el camino a Damasco, no podemos considerar todas las demás como otra cosa que no sean visiones de ese tipo. Eso no solo liquida la Semana Santa: significa que no hay una conexión cronológica necesaria entre la resurrección de Jesús y la lista de visiones. La resurrección que describe San Pablo puede ser mítica por completo, y revelada a través de las Escrituras. Luego, estas personas experimentan una revelación sobre Cristo y esa resurrección. Resulta que yo creo que esta serie de «experiencias reveladoras» que tuvieron los miembros de la secta de Jerusalén que rodeaba a Pedro y Santiago inauguró esta rama concreta del movimiento cristiano. San Pablo se unió a ella y el mundo occidental se lanzó a una loca excursión, y todavía nos dura el mareo.

—¿Quiénes eran esos «Doce», por cierto? —preguntó David—. Supongo que no son los doce Apóstoles del Evangelio, porque San Pablo habla de Pedro y de «los apóstoles» de forma separada.

—Buena observación. Es difícil decirlo. Hay otra vaga referencia en los Hechos a los Doce y sospecho que se refiere a una especie de comité de la primera Iglesia de Jerusalén, quizá basado en el símbolo de las doce tribus. Cuál era su papel, no tengo ni idea.

—Así que las cosas no siempre dicen lo que parecen decir.

—No cuando estás tratando con cadenas de traducción y transmisión y la evolución de las ideas a lo largo de dos mil años. Por no mencionar la añadidura de ideas preconcebidas a las que nadie quiere renunciar.

—Así que... —dijo Phyllis. Parecía haber alcanzado una especie de posición neutral: ni aceptaba ni rechazaba nada, si es que yo la interpretaba bien—. Si nadie conoce al Jesús del Evangelio antes de los Evangelios, ¿de dónde salió toda la información del Evangelio?

Por supuesto, siempre se reducía a eso. Shauna y Sylvia habían hecho más o menos la misma pregunta. Para la mente moderna, escribir una información en un marco narrativo tenía que ser por uno de dos motivos posibles: una obra deliberada de ficción o un relato de unos hechos, de forma tan fiel como se pudiera determinar. En el mundo antiguo había otras variedades de narrativa, sobre todo en el contexto religioso.

Y así se lo dije a mi público.

—¿Estáis familiarizados con el concepto del «midrash»?

Los dos sacudieron la cabeza.

—Sé que tiene algo que ver con los escritos judíos —comentó Phyllis.

—Correcto. Era un antiguo método judío para presentar alguna clase de verdad espiritual, una percepción, comunicar un punto moral o instructivo, encarnándolo en un nuevo comentario, incluso en una narración. Los detalles de esa historia, los indicadores que señalaban la percepción o la verdad, debían encontrarse en las Escrituras. Las Escrituras eran el código de Dios. Si sabías cómo interpretarlas, cómo reunir las piezas, podrías crear una imagen que inspiraría a la gente y revelaría cómo se debería creer y cómo se debería actuar.

»El procedimiento del midrash era «desarrollar» el significado de un pasaje dado, combinar quizá dos o más pasajes y crear una imagen compuesta. Algunas veces solo se volvía a contar una historia de la Biblia, pero colocada en un contexto nuevo, moderno, para ilustrar que las ideas que se encuentran tras la versión antigua no solo seguían siendo aplicables, sino que Dios les había dado un nuevo significado.

—¿Puedes darnos un ejemplo? —preguntó Phyllis.

—Bueno la opinión general del primer movimiento cristiano era que la relación de Dios con el mundo había entrado en una nueva fase. Estaba estableciendo una nueva alianza, algo que desbancaría a la antigua. La mayor parte creía que estaba preparando el establecimiento del Reino. Y los gentiles que se unieron a este nuevo movimiento judío o que trabajaban sobre él desde dentro, ya que los gentiles convertidos al judaísmo ya eran un cuerpo notable asociado a las sinagogas de la Diáspora, como es natural veían la inclusión de los no judíos como una parte crítica de la nueva alianza.

»Así que los elementos implicados en el establecimiento de la vieja alianza tenían que incorporarse a la historia de la nueva. Jesús tenía que ser retratado como el nuevo Moisés. Sus nacimientos son parecidos. Realiza milagros que son como los que asistieron al Éxodo. San Marcos, de hecho, mete dos series de cinco historias milagrosas que reflejan el cruce del Mar Rojo y el maná del cielo, así como los milagros de curaciones de los profetas Elías y Eliseo en 1 y 2 Reyes. El objetivo es demostrar que Jesús es un nuevo Moisés y un nuevo profeta.

—¿Qué milagros de Jesús reflejaban el Éxodo? —preguntó David por pura curiosidad.

—Apaciguar la tormenta, caminar sobre el agua. Y por supuesto, los milagros de los panes y los peces. El vínculo con los prototipos del Éxodo sería obvio para los creyentes de esa época y establecerían todo tipo de asociaciones conscientes e inconscientes. También se esperaba que los milagros marcaran la inauguración del Reino, así que había que retratar a Jesús como alguien que realizaba señales y maravillas. La antigua Alianza estaba marcada por el sacrificio sangriento, el de los animales que había realizado Moisés. El propio Jesús sirvió como sacrificio para establecer la nueva, y pronuncia palabras en la escena de la Última Cena, que son un reflejo claro de las dichas por Moisés. Y hace cosas que demuestran que se va a dar la bienvenida a algo más que a los judíos en la nueva Alianza. Consideraciones como esta determinarían cómo los evangelistas, o más bien San Marcos, ya que los otros siguen en general su patrón, trazarían la historia básica.

Phyllis dijo con cautela:

—¿Así que estás diciendo que ninguno de los detalles del Evangelio se habrían remontado a los recuerdos conservados de lo que Jesús había hecho en realidad? Si es que existió, por supuesto.

Sonreí ante su diplomática salvedad.

—El caso es que los últimos cincuenta años de investigación del Nuevo Testamento han sido un proceso de eliminación de esa misma necesidad de casi todos los elementos que podemos encontrar en los Evangelios. Los estudiosos ya sabían que los Evangelios se habían reunido a partir de unidades pequeñas y separadas, casi como si fueran cuentas hilvanadas en una cuerda con material de relleno añadido para crear un efecto narrativo. Pero en cada evangelista después de Marcos se podría haber visto una reelaboración del material del que se adueñaron de acuerdo con sus propios propósitos editoriales y teológicos concretos. Tuvieron que suponer que Marcos había operado bajo el mismo principio al unir sus trozos. Si cambias de una forma tan flagrante las fuentes que has recibido, o los trozos con los que trabajas, lo último que estás intentando es conservar la Historia o la exactitud de los hechos. Estás creando un alegato religioso, una guía moral. En términos sectarios, estás justificando tus propias creencias y prácticas.

Me aparté del tema unos minutos para darles un pequeño esbozo del Cristianismo como reflejo de la naturaleza y comportamiento de la secta clásica.

—El Jesús predicador es en realidad la secta predicadora. Los estudiosos reconocen que Jesús contra los fariseos es en gran medida la imagen de la situación posterior a la Guerra de los Judíos. Es una anacronía intentar trasplantarla a la Galilea de medio siglo antes. Todo el ambiente apocalíptico de San Marcos y San Mateo no encaja con la época anterior y San Lucas refleja una situación incluso posterior. En cuanto a San Juan, está por ahí, a lo suyo. Pocos creen que su imagen de Cristo tenga algo que ver con la memoria histórica. Todas las supuestas enseñanzas de San Juan son completamente diferentes a las de los sinópticos.

—¿Pero qué pasa con esas enseñanzas? —preguntó Phyllis con un tono un poco quejumbroso—. Todo lo que los cristianos valoran de su ética se supone que se remonta a Jesús. Seguimos pensando que la moralidad progresista del mundo occidental, la que sea, como probablemente dirías tú, depende de esta gran mente progresista, incluso si no crees que fuera divino.

—Pero esa es una tendencia humana universal, 'hyllis —respondí—. Al parecer solo somos capaces de lidiar con las cosas, ya sean ideas, inventos tecnológicos, o lo que sea, imputándoselos a individuos concretos y superiores. Siempre hemos centrado ese tipo de cosas en famosos ancestros, o figuras pasadas que construimos. O dioses en el caso de los mitos. Mientras que casi siempre son progresos colectivos que se desarrollaron con el tiempo. El siglo ɪ fue una era bastante progresista. Había ideas nuevas en el aire. Muchos de los dichos de Jesús eran en realidad máximas morales judías o helenísticas, parábolas populares, aforismos tradicionales. Una vez que se puso todo en boca de Jesús, con el paso del tiempo la gente perdió de vista sus verdaderos orígenes.

—Los verdaderos orígenes habrían sido menos emocionantes, supongo; menos inspiradores —comentó David.

—Exacto. Después de todo, un líder de una comunidad puede decir: «Jesús dijo esto» o «Jesús nos dio ejemplo cuando hizo esto», pero si no tienes la figura en la que centrarte como fuente, la que dio el ejemplo, es mucho más difícil. Esa es una de las dinámicas principales en la invención de figuras prototípicas como Jesús. Desempeñan los papeles necesarios a la perfección. Es casi imposible prescindir de ellos.

—Pero veo un problema en eso, sin embargo —sugirió David—. Cuando tienes a esa figura famosa e intachable a tu disposición, es muy tentador atribuirle cosas. Si la jerarquía religiosa declara que eso es lo que Jesús dijo o hizo, se convierte entonces en una ley inmutable, en el Evangelio, por así decirlo. Lo que puede llevar a todo tipo de abusos.

—Cierto. Aunque en un principio, este mecanismo servía para justificar cosas que la comunidad ya estaba haciendo, o para resolver los problemas a los que se enfrentaba. Te daré un ejemplo. Uno de los temas más candentes en el primer movimiento cristiano era si el judío practicante podía comer con gentiles e individuos de clase inferior, dado que eso contravenía sus estrictas leyes sobre la pureza. Sin embargo, compartir la mesa era la expresión central de la sociedad cristiana. No se podía abandonar. Había que encontrar una solución.

—Déjame adivinar —dijo Phyllis—. Por eso los Evangelios retratan a Jesús relacionándose con gentiles y parias.

—Cierto. «No he venido a llamar santos, sino pecadores». Los Hechos tienen una ingenua escena en la que Pedro recibe visiones en las que es el propio Dios el que suspende las restricciones dietéticas del pasado judío.

—¿Así que una de las cosas por las que Jesús es famoso, su igualitarismo, no es más que una invención sectaria?

—Sí, pero para justificar las acciones progresistas de la propia secta. Al parecer necesitamos encarnar todas las cosas buenas que se nos ocurren en algún precedente sobrehumano. Lo malo lo podemos manejar solos.

Phyllis parecía estar reaccionando, a medida que avanzaba mi presentación, con una mezcla de fascinación y desconcierto. Al mismo tiempo, como miembro de los medios de comunicación, presentía que estaba oliendo una buena historia, una controversia de proporciones épicas. Pero todavía no estaba preparada para aceptar con tanta alegría ciertas cosas solo por la investigación de un novelista histórico. Tenía la sensación de que lo de hoy pondría a Phyllis Gramm, escritorzuela por cuenta propia, en el camino de su propia investigación.

—Entonces digamos que relegamos la mayor parte, o todas si quieres, de las palabras y hechos atribuidos a Jesús en los Evangelios a cambios posteriores que cumplen los propósitos de tu mentalidad sectaria. ¿Pero no parten de algo para construirlos? Seguro que al menos la muerte de Jesús no está determinada por necesidades sectarias. ¿No se basaría en algo histórico?

—No necesariamente. La muerte de Jesús en los Evangelios podría seguirse viendo como una interpretación *midrash* de la creencia anterior que presentaba la muerte de Jesús en un marco mítico. Antes del papel que cumple Pilatos en los Evangelios, los únicos que se mencionan como responsables eran los espíritus demoniacos de San Pablo.

Le recordé el concepto de universo estratificado con sus dimensiones espirituales. Describí el descenso de Jesús a través de los Cielos, disfrazado, tal y como «se predecía» en la Ascensión de Isaías, cómo sería «colgado de un árbol» por Satanás en su dominio espiritual situado por encima de la Tierra.

—Y la muerte de Jesús es, de hecho, la necesidad sectaria definitiva. Es la fuente de salvación, la exaltación del elegido, o, en un contexto más universalista, el perdón de los pecados del mundo. La muerte del dios era absolutamente necesaria. Es un antiguo motivo mucho más viejo que el Cristianismo.

—De acuerdo, ¿pero por qué descartas por completo la opción de que los Evangelios estén interpretando una muerte real? La muerte de un hombre que había vivido en Palestina, el Jesús de la Historia real. No sé por qué San Pablo hablaba de espíritus demoniacos, ¿pero no existe la posibilidad de que Jesús fuera un simple hombre, quizá un predicador bastante carismático de la época, y que todo esto fuese lo que otros pensaron de él cuando se fue?

Asentí y me encontré paseándome por la habitación delante de mi mural de adhesivos, con su giro en ángulo recto en el año 100, más o menos el punto en el que el Cristianismo en sí había virado de forma radical en una nueva dirección.

—Sí, por supuesto, ese es el camino del mínimo esfuerzo. No cabe duda de que esa es la dirección que están tomando los estudios modernos liberales, junto con la mayor parte de la comunidad no creyente. Pero...

Busqué una forma de transmitir el gran problema, la falacia incluso, que estaba implicada en este tipo de racionalización.

—Si todo empezó con un hombre así, ¿por qué ese hombre se muestra tan enloquecedoramente esquivo durante casi cien años después de su muerte? Y si algunos grupos están interpretando su muerte, su crucifixión, y la están convirtiendo en un acto redentor cósmico, ¿por qué hay otros a los que no les preocupa en absoluto ninguna muerte? ¿Cómo es posible que la vida de un solo hombre haya dado origen a tantas respuestas radicalmente diferentes? ¿Cómo es posible que la multiplicidad que vemos en los primeros testimonios cristianos haya podido proceder de un criminal crucificado?

—Quizá porque era una persona impresionante. Conmovió a la gente de muchas maneras.

—Pero convertir a un hombre en un dios es un salto inmenso, sobre todo una deificación de la magnitud que se supone que sufrió Jesús. No existe ningún otro precedente en la Historia. No se puede comparar con cuando declaraban divinos a los emperadores romanos. Mira lo que los cristianos hicieron de Jesús: el Hijo de Dios, preexistente antes de la creación del mundo, equiparable al *Logos* griego, creador y redentor del mundo. ¡Lo hicieron resucitar de su tumba, por el amor del cielo! ¡Y todo esto entre judíos! Un pueblo que estaba obsesionado con no vincular lo divino con lo humano de ninguna forma. Ni siquiera eran capaces de representar a Dios por medio de la menor sugerencia de una figura humana. ¿Qué podría haber motivado una reacción así en un hombre como San Pablo? ¿Porque Jesús era un predicador carismático? Si ese fuera el caso, la Historia estaría llena de hombres convertidos en deidades cósmicas.

»Dices que era una persona impresionante. ¿Entonces por qué no encontramos ni rastro de él como hombre, ni rastro de las cosas que se supone que hizo para producir esa reacción, durante todo el primer periodo del Cristianismo? Los estudiosos desesperados señalan la primera capa de Q, pero están señalando algo del subsuelo, algo oscurecido e interpretado a través de capa tras capa. Han traído sus propias necesidades e ilusiones a la excavación. Si todo el movimiento cristiano comenzó a partir de un Jesús que enseñaba, como afirman ahora los estudiosos,

¿tiene sentido que el testimonio de esas enseñanzas sobreviviera solo de un modo tan exiguo y tortuoso?

Phyllis hizo un gesto de perplejidad.

—Sí, leí un libro sobre Q después de hacer el artículo sobre el Seminario de Jesús, apelaban mucho a eso. Me chocó que sacaran tanto de un documento sobre el que nadie ha puesto las manos. Es un enigma, desde luego.

Quizá hubiera encontrado un camino.

—¿Un enigma? No, Phyllis, es un dilema. Un dilema que no se puede resolver. Míralo de este modo.

Me apoyé en el borde del escritorio.

—Si Jesús fue un hombre que tuvo el efecto explosivo que los estudiosos dicen que tuvo, sobre la gente que lo rodeaba y sobre innumerables personas más que ni siquiera posaron sus ojos sobre él, ese hombre habría iluminado el cielo como una vela romana, y disculpad el juego de palabras. Ninguno de los comentaristas e historiadores de la época habrían evitado notar su presencia. Solo el hecho de que sus seguidores fueran por ahí afirmando que había resucitado de la tumba habría provocado los reportajes de la prensa, buenos y malos. ¿Crees entonces que Josefo se habría desentendido por completo de la secta cristiana? Imposible. Los propios cristianos habrían proclamado a los cuatro vientos todos los aspectos de su vida, las cosas que dijo y que hizo. En lugar de eso, no tenemos nada salvo silencio, tanto dentro del Cristianismo como fuera.

»Por otro lado, digamos que fue solo un tío normal, quizá un predicador con cierto carisma y unas cuantas ideas provocadoras, como tú dices. Pero en realidad no hizo ningún milagro, no dijo ni una cuarta parte de lo que se le atribuye, no resucitó de entre los muertos. Eso explicaría por qué no creó ningún revuelo en el mundo exterior y por qué sus propios seguidores prácticamente se desentendieron de su vida. ¿Pero entonces cómo explicas ese inmenso incendio forestal que se supone que prendió por todo el imperio, casi de la noche a la mañana? ¿Todas esas respuestas diferentes, esa elevación por parte de los judíos, ¡judíos!, al estatus de compañero de trono del propio Dios de Abraham?

»Creo que entiendes a lo que me refiero. El dilema es insoluble. O bien era un revolucionario, y sin embargo su vida se eclipsó de inmediato, incluso entre los cristianos. O bien era en esencia un hombre normal, y sin embargo lo convirtieron en una deidad cósmica. Si alguien me puede ofrecer una solución convincente para elegir entre esas dos falacias, yo estaría dispuesto a escuchar.

Phyllis me miró desolada.

—Nunca lo había pensado de esa forma. Me temo que no puedo darte ninguna solución.

Los tres nos quedamos en silencio durante unos momentos. Yo estaba empezando a darme cuenta de que, al enfrentarse a la posibilidad de que Jesús nunca existió, la reacción instintiva sería siempre la misma: una sensación de pérdida, la impresión de que se había abierto un agujero en el tejido de los cimientos del mundo, ya se fuera creyente o no. La figura de Jesús había creado el mundo occidental tal y como lo conocemos y su eliminación no podía por menos que remover el suelo bajo los pies de todos.

El siguiente comentario de David lo confirmó:

—Creo que la mayor parte de las personas, poco importa lo que crean, si tuvieran la oportunidad de volver atrás en el tiempo y presenciar una única escena de la Historia, es muy probable que eligiesen el juicio y crucifixión de Jesús, solo porque está cargado de dramatismo y consecuencias para el futuro. Haría falta un reajuste muy doloroso para aceptar que toda esa historia no es más que un invento. Llevamos viviendo con ella demasiado tiempo.

—Bueno, no olvidéis que yo también crecí con ella —dije—. ¿Pero lo hicieron los cristianos del siglo I? Casi todos los detalles del relato de la Pasión se remontan a una única fuente: San Marcos. Y no aparece ninguno en San Pablo ni en los demás autores del siglo I, salvo por las palabras que, según San Pablo, Jesús pronunció en la cena del Señor, pero eso se puede ver como un mito de origen que da lugar al establecimiento de la comida sagrada cristiana, como las comidas de algunos de los otros cultos de dioses salvadores de la época. Quizá no sea una coincidencia que el culto a Mitra, cuya comida sagrada es la que más se parece a la cristiana, comenzara a florecer en el entorno natal de San Pablo, en Tarso durante el siglo I a. C.

—¿Así que estás diciendo que San Marcos se inventó todos esos detalles? —Phyllis había adoptado ahora el aire de alguien que estaba tomando notas, aunque tenían que ser notas mentales.

—No —dije—. Estoy diciendo que los tomó de las Escrituras. No fue el primero que supo de Jesús por los escritos, claro. San Pablo y la fase mítica anterior sacaban la imagen que tenían de las actividades de Jesús en el mundo espiritual también de las Escrituras. Pero San Marcos fue mucho más allá. Construyó toda una historia terrenal de la Pasión a partir de infinidad de pequeños pasajes, la mayor parte de los Salmos y los profetas. En la mejor tradición del *midrash*.

—¿Todo?

—¿Y si pudiera demostraros que casi todos los detalles del relato de la Pasión que hace San Marcos, desde la entrada de Jesús en Jerusalén hasta la mañana de la Resurrección, tenían un reflejo en algún versículo del Antiguo Testamento?

Phyllis extendió las manos invitándome a hacerlo.

Aquí estaba mi momento. A lo largo de la pared de la derecha, bajo el tramo del siglo II de mi gráfico temporal, había despejado un espacio de tres metros. De detrás del ordenador saqué un rollo de papel, otra creación reunida a toda prisa el día anterior. Utilizando trocitos de cinta adhesiva protectora, desenrollé la larga y estrecha franja y la pegué a los tres metros de pared que recorrían el mural por debajo. Las marcas que había estaban hechas con un rotulador de trazo grueso. Una serie de rollos de papel toscamente dibujados que contenían las citas de las Escrituras recorrían la parte superior de la franja. Debajo de cada pergamino, yo había impreso una línea o dos, acompañada por un bosquejo tosco en bolígrafo rojo. Tenía cierto talento para dibujar e, incluso a un par de metros de distancia, pensé que las pequeñas viñetas se podían reconocer bastante bien.

David y Phyllis variaron el ángulo de sus sillas para ver mejor. Yo cogí mi batuta.

—En el apogeo del ministerio que San Marcos ha creado para su Jesús de Nazaret, Jesús y sus discípulos suben a Jerusalén. ¿Recordáis cómo entra Jesús en la ciudad?

—Eso es el Domingo de Ramos, ¿no? —dijo David—. ¿No va a lomos de un burro?

—Sí. —Mi batuta dio unos golpecitos en el bosquejo de una figura sobre un pequeño animal—. Ahora miramos en Zacarías, capítulo 9, versículo 9 y encontramos... —Leí del pergamino que tenía encima:

«¡Regocíjate, oh hija de Sión!
¡Grita, oh hija de Jerusalén!
Mira, tu rey viene a ti:
triunfante y victorioso,
humilde y montado sobre un asno,
en un potro parido por una asna».

»Bueno, a menos que estemos dispuestos a creer que Zacarías está en realidad profetizando el Domingo de Ramos (cosa que no se le ocurriría hacer a ningún estudioso acreditado de nuestros tiempos), podemos ver que San Marcos construyó su escena como un *midrash* de este pasaje.

A las personas a las que Zacarías incita a alegrarse, San Marcos las convierte en la reacción de la multitud cuando Jesús entra en la ciudad y, extienden los mantos y las ramas de palma sobre el camino. Incluso hace que griten un versículo del Salmo 118: «Bendito el que viene en nombre del Señor». Es probable que también esté pensando en una línea de Sofonías: que la gente se regocija al tener al Rey de Israel entre ellos. Ese es uno de los rasgos de la construcción *midrash*. El intérprete coge diferentes pasajes de varios puntos de las Escrituras que en su mente se complementan o relacionan entre sí. Se recopilan todos en la imagen compuesta.

—Supongo que la cuestión es: ¿San Marcos construyó cosas así porque creía que los pasajes de las Escrituras eran en realidad profecías de acontecimientos históricos? —Phyllis seguía decidida a no rendirse con facilidad.

—Es muy posible que así haya sido —respondí—, aunque la impresión que yo tengo es otra. Pero podemos estar seguros de que él empieza de cero. Ni él ni ninguno de los otros evangelistas pueden estar familiarizado con ninguna tradición oral que diga que Jesús hizo en realidad una entrada como esa en la ciudad. Se parecen todas demasiado a las Escrituras, y son todas retratos exactos de San Marcos. No hay señal de ninguna otra fuente de información aquí.

»De hecho, Mateo hace algo bastante extraño. Está unido de una forma tan servil a las Escrituras que cuando reelabora a San Marcos, hace que los discípulos vayan y se traigan tanto a la asna como a su potrillo. ¿Por qué? Porque, como podéis ver, en el pasaje de Zacarías se puede pensar que se refería a dos animales diferentes. Nunca se ilustra cómo es posible que Jesús pueda montar a los dos, pero Mateo se preocupa mucho de señalar que con eso se cumplen las palabras del profeta y cita a Zacarías.

—Así que Mateo por lo menos piensa que se está refiriendo a la Historia.

Dudé un momento.

—Es posible. Él y los otros evangelistas posteriores se pasan la vida diciendo que los acontecimientos de sus Evangelios cumplen lo dicho por las Escrituras, mientras que no encontramos casi ningún alegato sobre esa idea en San Marcos. Y sin embargo, ¿por qué San Mateo moderniza tan a fondo sus fuentes, San Marcos y Q? ¿No debería haber pensado que eran testimonios históricos y que los estaba distorsionando? Yo me inclino por pensar que el cumplimiento de las Escrituras sigue formando parte del acercamiento del *midrash*. Los pasajes de las Escrituras señalan nuevas verdades, pero estas verdades se encarnan en relatos ficticios. No lo sé. Es muy difícil meterse en las mentes de estos autores.

Mi batuta siguió su camino.

—Jesús limpia el templo. Una escena muy gráfica. Un Jesús colérico echa a los cambistas y a los vendedores de animales del patio del templo.

—«¡Habéis convertido la casa de mi Padre en una cueva de ladrones!» —citó David.

—Algo así. Ha sido una de las imágenes favoritas del honesto Jesús casi desde que se escribió, pero sospecho que eso lo motivó la necesidad cristiana de denigrar todo lo que fuese judío. El problema es que, hasta hace poco, nadie preguntó jamás si esta escena era plausible de algún modo, si tenía sentido. ¿Podría un solo hombre hacer eso? El patio exterior del templo era enorme. ¿Y podría hacerlo con impunidad? Las autoridades romanas y judías estaban siempre presentes. En realidad es una idea absurda. El historiador Josefo no menciona ningún incidente así, aunque recoge otros acontecimientos parecidos durante las actividades revolucionarias de ese periodo. En cualquier caso, las actividades de esos mercaderes eran absolutamente necesarias para el funcionamiento del templo. Eran los que hacían posibles los sacrificios. No tenían nada de robo.

Phyllis se asomó al pergamino que había sobre mi esbozo de Jesús con un látigo.

—¿Y esta escena sale de dónde?

—Una vez más, de una combinación de pasajes. Malaquías dice «el Señor que buscáis vendrá a su templo». Oseas 9:15, que desde luego no estaba hablando de vendedores de animales, dice «Por sus malvadas obras los echaré de mi casa». Y Zacarías 14:21 lo profetiza: «Cuando llegue el momento, no se verá ningún mercader en la casa del Señor». Tu cita de la «cueva de ladrones» viene de Jeremías 7:11. Pero despotrica contra aquellos que cometen atrocidades, le ofrecen sacrificios a Baal y luego entran en el templo pensando que conseguirán el perdón.

David sugirió:

—Me imagino que si Jesús lo hubiera hecho en realidad, habría todo tipo de detalles disponibles que no encajarían con las Escrituras.

—Exacto. Es la clase de incidente que habría crecido con cada narración, al pasar a través de la transmisión oral. Algún evangelista habría recogido con toda seguridad algún detalle no perteneciente a las Escrituras.

Continué con mi franja de pergaminos. La conspiración contra Jesús. Los Salmos habían hablado de aquellos que habían deseado su muerte, de las conspiraciones de sus enemigos, salvo que el desconocido salmista hablaba de sí mismo y de sus enemigos.

Jesús en el Huerto de Getsemaní. Los Salmos contenían muchas lamentaciones que los Evangelistas podían haber utilizado para pintar su imagen de un Jesús asustado. «Cuán profunda es la miseria en la que estoy hundido, gimiendo mi angustia», decía el Salmo 42. Señalé que el modo que tuvo San Marcos de redactar tantos de los elementos de su Evangelio era por motivos instructivos. Si hasta Jesús podía tener miedo de las pruebas a las que se enfrentaba, los miembros de la secta no tenían que sentirse culpables por temer las persecuciones que los acosaban. Y los Apóstoles dormidos de Getsemaní eran un ejemplo de las debilidades personales a las que todos tenían que enfrentarse y superar.

Phyllis señaló uno de mis bosquejos, un montón de monedas.

—Supongo que eso representa a Judas. Sé que su existencia se ha puesto en duda.

—Sí. Aparte de que Judas fuera una figura muy conveniente para representar a los judíos insensibles como una especie de fuerza maligna, había enemigos de los autores de los Salmos en los que se podría ver una indicación de esa figura. El Salmo 41 dice que «Incluso el amigo en quien confiaba, el que comía a mi mesa, se regocija de mi desgracia». Eso le dio a San Marcos la escena de la Última Cena en la que Jesús dice: «Uno de vosotros que está comiendo conmigo me traicionará». Las treinta monedas de plata están tomadas de Zacarías 11:12. Mateo llega al punto de decirnos que Judas se arrepintió de su acción y «arrojó las monedas de plata al templo». ¿Creéis que podría haber sacado eso de Zacarías, que dice que tiró al tesoro el dinero sucio que las autoridades le habían dado?

Eso me llevó a los juicios de Jesús. Los estudiosos habían señalado las muchas inconsistencias, imposibilidades en realidad, en la aparición de Jesús ante el Sanedrín: que ese juicio no pudo haber tenido lugar por la noche, que la acusación de blasfemia no tenía sentido, que los líderes judíos no tenían jurisdicción para pronunciar una sentencia de muerte. La mayor parte de los estudiosos consideraban ahora que toda la narración del juicio que hizo San Marcos era algo diseñado para prestar un servicio a sus inquietudes teológicas. Su deseo de retratar a las autoridades judías como la fuerza que está detrás de la ejecución de Jesús encarnaba la animadversión que sentía su comunidad hacia aquellos que intentaban acabar con la secta cristiana en sí.

Las falsas acusaciones en el juicio del Sanedrín, el silencio de Jesús ante sus acusadores y ante Pilatos, incluso el hecho de que Pilatos se lavara las manos en el Evangelio según San Juan, todos esos detalles tenían precedentes en las Escrituras. La famosa elección ofrecida entre Jesús y Barrabás era con toda probabilidad pura ficción, en cualquier caso, porque iba contra todo lo que se sabía de las prácticas romanas y del propio Pilatos. Muchos estudiosos lo habían puesto en duda.

Los minuciosos detalles de la flagelación de Jesús, los maltratos que sufrió a manos de los soldados, eran todos ecos de versículos de los profetas. La corona de espinas reflejaba un detalle del tratamiento que se le daba a una de las cabras en el ritual judío del día de la Expiación. Isaías 50:6 había dicho: «Ofrezco mi espalda al látigo... y no hurté mi rostro a los salivazos y el insulto». La Canción de la Pasión del Siervo de Isaías 53 hablaba de aquel que «soportó nuestros sufrimientos... se sometió a que lo mataran».

San Marcos estaba construyendo el edificio de su Pasión con piedras extraídas de escritos sagrados, con ladrillos fabricados con los ingredientes de las palabras de los profetas.

—Quizá los primeros cristianos no conocían los detalles del sufrimiento de Jesús —sugirió Phyllis—. Quizá San Marcos se vio forzado a inventarse cosas.

Me rasqué la cabeza con la batuta.

—Bueno, en estos tiempos esa tiende a ser la explicación más habitual. Pero ignorar los detalles es una cosa. San Pablo, con todo lo que habla sobre la muerte de Jesús, jamás insinúa siquiera que se sometiera a un juicio de ninguna clase. Con todo lo que habla sobre los sufrimientos de Jesús, no es capaz de ofrecer ni una mínima tradición sobre los detalles concretos. El maltrato en el patio, la crucifixión en el Calvario, esas cosas se realizaron ante grandes multitudes, o eso nos dicen, y seguro que habría sido así. ¿Ninguno de los detalles de estas escenas le llegaron a San Pablo? ¿Ni a ninguno de los demás autores de epístolas? Nadie alude jamás a nada en todo el siglo I. ¡Ni siquiera aparece el nombre de Pilatos!

—Así que los espectadores judíos nunca gritaron: «Que su sangre caiga sobre nosotros y sobre nuestros hijos» —dijo David en tono sombrío—. Siempre me ha parecido una línea lamentable. Tanto dolor por un puñado de palabras.

—No, no lo dijeron. —Escudriñé uno de mis pergaminos—. Pero, según 2 Samuel, «David dijo: que tu sangre caiga sobre tus manos». Y «que retroceda sobre la cabeza de Joab y sobre toda su familia». ¿San Mateo sacó esta idea de estos pasajes? ¿Quién sabe? En cualquier caso, el Evangelio de San Marcos está atestado de opiniones antijudías. Lo irónico es que de todos los evangelistas, el que con toda probabilidad también era judío era él, aunque los cristianos que vinieron detrás estaban bastante dispuestos a creer que el estallido de la multitud fue un hecho.

Me moví por la pared, batuta en mano, recitando.

—Isaías 53:12: «Y fue contado entre los malhechores». A Jesús lo crucifican entre dos ladrones. Salmo 22:7: «Todos los que me ven hacen burla, menean la cabeza; confió su causa al Señor, pues que él lo libre». Las pullas de los espectadores en la crucifixión incluso utilizan las mismas palabras griegas que aparecen en la Septuaginta.

»Salmo 22:18: «Se dividieron mis prendas entre ellos, y mi vestimenta se sortearon».

Phyllis interpuso.

—Ese asunto de los soldados sorteándose las ropas de Jesús justo a sus pies siempre me afectó cuando era niña. Pensaba que era tan cruel... Ahora supongo que voy a tener que disculparme ante todos esos centuriones romanos.

—Y por la bebida de vinagre y hiel —añadió David.

—Sí, eso es del Salmo 69. Los prodigios de la naturaleza durante la muerte de Jesús, como la oscuridad al mediodía y el terremoto, son de Amós y Joel; incluso la hora es la misma. La historia necesitaba unas cuantas cosas que no procedían de las Escrituras, como la invención de Marcos de José de Arimatea para bajar a Jesús de la cruz y sepultarlo. Y Mateo añade guardias en la tumba para asegurarse de que nadie afirmara que el cuerpo de Jesús fue robado por sus discípulos.

—Una cosa que siempre me pareció curiosa —dijo Phyllis—. San Pablo tiene esa larga lista de apariciones tras la Resurrección en 1 Corintios, todas ante hombres, por supuesto, pero los Evangelios lo contradicen por completo al hacer que sean mujeres las que vayan a la tumba y presencien la primera aparición de Jesús. ¿Por qué crees que es?

—Bueno, Marcos le dio comienzo, pero él solo hizo que sus mujeres fueran a ungir el cadáver y ellas encuentran la tumba vacía: eso es todo. En Marcos no había apariciones tras la Resurrección, es decir, hasta que alguien las añadió después para cubrir una insuficiencia tan embarazosa. San Mateo y San Juan ampliaron las cosas inventándose apariciones y haciendo que la primera sea ante las mujeres de San Marcos. En San Lucas encuentran la tumba vacía, pero hace que unos apóstoles menores que van por el camino a Emaús sean los primeros en encontrarse con el Jesús resucitado. Todo crece de una forma un tanto descuidada.

Phyllis se levantó y se acercó a mi mural. Recorrió con los ojos los trozos y las franjas que contenían las notas garabateadas y las citas escritas a toda prisa, y las ocasionales manchas de color en los bosquejos que había hecho a lo largo del gráfico temporal.

Luego dijo con sobriedad:

—Es obvio que en la imagen del primer Cristianismo hay más de lo que parece a los ojos de una persona normal, ya lo veo. Y a partir de toda esta conglomeración de ideas, alguien se sienta un día, escribe un Evangelio y envía la historia del mundo disparada en una nueva dirección. Si lo que dices es cierto, Jesús de Nazaret cobra vida de la nada, y se lo debemos todo a un hombre cuyo nombre quizá nunca sepamos.

—Bueno, no exactamente de la nada. Resulta que yo creo que ninguna idea surge de repente en un estado de pura originalidad. Hay una fuente y una razón inevitable para todo.

Dejé la batuta.

—Las ideas que se incluyeron en Jesús de Nazaret tuvieron muchos precursores. Ya he dicho que San Marcos reunió su Evangelio, sobre todo la Pasión, a partir de trozos de las Escrituras, pero también tenía una plantilla para encajarlo todo. Hay un patrón, un tema que aparece de forma repetida en los siglos anteriores de literatura judía, a veces en la Biblia, a veces en escritos apócrifos. Es una historia que los estudiosos han calificado como «el sufrimiento y reivindicación del justo inocente». Lo encuentras en la historia de José en el Génesis, en Isaías 53 con «la pasión de su siervo», en Tobías, Ester, Daniel, 2 y 3 Macabeos, Susana, la historia de Ahiqar, la sabiduría de Salomón. Todos relatan un cuento sobre un hombre justo, o una mujer, falsamente acusado, que sufre, es encontrado culpable y condenado a muerte; lo rescatan en el último momento y lo elevan a una posición más alta. En la literatura posterior lo exaltan después de la muerte. ¿Os suena conocido?

—El Jesús de San Marcos es otro cuento de la misma serie —respondió David.

—Sí, un hombre que predicaba a Dios es condenado a pesar de ser inocente, sufre en fiel silencio y después de morir es exaltado a la gloria y la presencia de Dios. Pero todas estas historias son en realidad la Historia del pueblo judío: el modo en el que se veían a sí mismos durante los siglos que siguieron al Exilio. Como nación, salvo por el periodo en el que reinaron los reyes macabeos, estuvieron siempre sometidos por los imperios impíos que los rodeaban. Y como grupo justo dentro de la nación, fueron perseguidos por aquellos de los suyos que habían rendido sus almas a la cultura extranjera, los ricos y poderosos. Como todas las mentalidades sectarias o perseguidas, creían que a través de su sufrimiento y fidelidad a Dios estaban destinados a ser elevados a la gloria.

»Para la nueva secta cristiana, Jesús era algo más que un simple Mesías. Era su paradigma. Lo que él soportó, lo soportaron ellos, y el triunfo del que él disfrutó era una garantía del triunfo que les estaba reservado. Los gentiles que se apropiaron del movimiento de Cristo judío finalizaron la nueva historia, se la aplicaron a sí mismos como nuevo Israel y se llevaron la pelota saliéndose por una nueva tangente. La Historia de las ideas es cualquier cosa salvo lineal. Crece como una forma de vida mutante, en direcciones impredecibles.

Phyllis se volvió y me miró con una expresión pensativa.

—Capas sobre capas. Creas una imagen de una gran masa hirviente de motivaciones y experiencias subconscientes que se remontan a un pasado colectivo brumoso. Las cosas borbotean y salen a la superficie y un grupo nuevo crea una nueva teología, una nueva mitología a partir de todo eso.

—Y en la siguiente generación, una nueva Historia ha entrado en la conciencia de la sociedad. Así es como opera el mito. Hasta que la sociedad evoluciona hasta el punto en el que los grandes mitos del pasado se descomponen y ya no pueden seguir funcionando ante las novedades que surgen. Ese es el punto al que hemos llegado hoy. Nos ha llevado dos milenios llegar aquí, pero ya es hora de que Jesús se retire a las brumas de las que salió. De hecho, eso me recuerda a algo que escribió mi autor favorito. Permitidme que me dé el gusto...

Me acerqué a la librería que tenía al otro lado del estudio y saqué un libro sólido, la cubierta una sencilla tela azul ya gastada. Las ediciones que había hecho Alan Swallow del *Testamento del hombre* habían sido frugales.

—Cuando Vardis Fisher llegó a su novela sobre el crecimiento del Cristianismo, estaba realizando un retrato más bien sencillo y conmovedor de un Jesús que nunca comprendió lo que era o lo que estaba inaugurando. En *Una cabra para Azazel*, Fisher tenía que presentar una gran riqueza de material, tanto religioso como filosófico, sobre todas las ideas que se incluyeron en el movimiento cristiano y lo que se pensaba de Jesús. Por esa razón, algunos críticos la calificaron de demasiado prolija, incluso demasiado sermoneadora, con carencias en la trama y la caracterización. Pero yo comprendo a Fisher, porque un tema tan complejo es imposible comunicarlo por completo a través de la acción dramática. Quizá intentó meter demasiado, pero sin esos detalles habría estafado al lector y lo habría dejado sin material suficiente para pasar a juzgar el caso. Creo que el lector que se acercase a este libro pensando que es una novela de ideas y percepciones provocativas terminaría fascinado por todo lo que se incluyó en los orígenes del Cristianismo. Es un problema al que sé que me voy a enfrentar a la hora de crear mi propia novela.

—¿Esto formaba parte de una serie? —preguntó Phyllis.

Le hice una breve descripción de este proyecto, uno de los trabajos más ambiciosos de la ficción histórica.

—Si coges el *Testamento del hombre* en su totalidad, *Una cabra para Azazel* se podría considerar una especie de capítulo de debate filosófico dentro de un cuadro más grande. Es cierto que las novelas anteriores tienen mucha acción, como *El valle de las visiones*, sobre Salomón y los primeros pasos de Israel hacia el monoteísmo. O *La isla de los inocentes*, que hace una crónica del choque del pensamiento hebreo con el griego, centrada en la Revuelta de los Macabeos. En esa sangre y fuego hay más que suficientes. Pero incluso *Una cabra para Azazel* está llena de color e interés. Fisher la presenta como una historia de detectives e introduce famosas figuras cristianas como el evangelista San Lucas y San Ignacio de Antioquía.

—¿A qué se refiere ese título? —preguntó David.

—Forma parte del ritual del día judío de la Expiación. Los sacerdotes colocaban los pecados del pueblo sobre la cabeza de la cabra, luego la echaban al desierto, donde el demonio Azazel se deshacía de ella, y los pecados quedaban borrados.

—Es decir, que Jesús es la nueva cabra, supongo.

—Sí. La moraleja que Fisher está intentando transmitir, o quizá la pregunta que está haciendo, es la siguiente: ¿hacemos bien en crear un chivo expiatorio para nuestros pecados en lugar de aceptar sobre nosotros la carga que suponen? Sugiere que quizá la salvación es demasiado fácil si todo lo que se requiere es fe y arrepentimiento, porque las consecuencias del pecado se han colocado sobre los hombros del chivo expiatorio, que es Jesús. ¿La sabiduría ética de la Humanidad debería basarse en unas relaciones penitentes con una deidad, o en un comportamiento social responsable y productivo en este mundo, para poder eliminar sus dolores e injusticias?

—Buena pregunta —dijo David.

Phyllis preguntó:

—¿Creía Fisher que Jesús era un mito?

—Tengo la sensación de que no intentó responder a eso en concreto. Lo dejó abierto. Por eso llamó a la novela sobre el propio Jesús «una parábola». Y aquí dice que incluso si el nacimiento de la nueva religión fue desencadenado por un hombre que vivió y murió de verdad, la religión en sí es el producto de mitos que llevaban mucho tiempo desarrollándose y que él ha estado rastreando a lo largo de sus novelas anteriores. Por supuesto, los estudios de su época no estaban en absoluto tan avanzados como lo están ahora. La estructura estratificada de Q, por ejemplo, todavía pasaba inadvertida, así como la naturaleza sectaria del Cristianismo y las obvias motivaciones editoriales de los evangelistas. Aun así, el análisis de Fisher era muy adelantado para su época.

Phyllis, la escritorzuela, preguntó:

—¿Era un buen escritor?

Sonreí al oír aquella pregunta, tan natural como partidista.

—Yo diría que muy bueno. Hay cierta simplicidad en su estilo, pero también poesía. De hecho, iba a leeros este pequeño pasaje a modo de resumen del que me acabo de acordar... —abrí el libro.

»El héroe de la historia, el «detective», deja un manuscrito en el que hace una crónica de su investigación y en el último capítulo su hijo está leyéndolo:

«El relato tuvo su sencillo y humilde comienzo en la tierra de los judíos, y sin embargo no lo tuvo allí, pues la historia es antigua. ¿Hubo un hombre humilde llamado Jesús al que colgaron como falso Mesías? Le planteé esa pregunta a mi amigo Eliseo y este dijo que ya nadie lo sabrá jamás y que no importa. ¿Hubo un Orfeo, hubo, preguntémonos, un Buda, o acaso los dioses solo han sido imágenes glorificadas de nosotros mismos? Si hubo un Jesús, se lo han tragado ahora las brumas, como una figura solitaria que trepa a una montaña alta, que se desvanece ante nuestros ojos y para siempre cuando las nubes lo envuelven; y lo que él enseñó, o a quién, o cómo vivió y murió nunca lo podremos saber».

—Casi parece que eso le pone triste —comentó Phyllis.

—Sí, quizá lo está. Quizá incluso como no creyente, Fisher no pudo evitar beber del poder que el mito tiene sobre todos nosotros. En otro momento del libro hace que su héroe diga algo así como: «Incluso si jamás existió un hombre así, incluso si nunca dijo ni una de las palabras que le han hecho decir, ahora ese hombre existe para mí».

»Creo que se dio cuenta de que la idea de Jesús formaba parte de un gran anhelo humano que está muy extendido. Constantemente luchamos por crearnos mejores mitos. Tantos de ellos se han fabricado fundiendo los ya existentes. El Cristianismo tomó la promesa de la salvación de los cultos de misterio helenísticos y las inclinaciones místicas de la filosofía griega y los fundió con las preocupaciones éticas superiores de la cultura judía junto con sus expectativas de un nuevo mundo. Incluso el propio Judaísmo, después de la Guerra de los Judíos y la destrucción del templo, estaba evolucionando y pasando a su propio estado superior. Quizá no sea una coincidencia que ambos cambios estuvieran teniendo lugar durante la misma época. La Historia tiende a moverse por oleadas y con frecuencia se ve que todo un complejo de innovaciones tiene lugar de forma simultánea, incluso en zonas no relacionadas. El siglo II, con el imperio romano, fue quizá el periodo de la historia humana más alegre y progresista antes del nuestro. El problema es que cada nuevo movimiento trae consigo las semillas de su propia petrificación y deterioro. Cuanto más éxito tenga, más se acerca a su institucionalización. Fisher dice que los primeros cristianos, como San Pablo, estaban creando un nuevo poema para la mente religiosa de la Humanidad, pero en poco tiempo otros lo habían comprometido declarándolo una historia real.

—Los poetas escriben un poema y los teólogos lo convierten en dogma —sugirió David.

Levanté las cejas sorprendido.

—De hecho eso se acerca mucho a la forma que el propio Fisher tiene de expresarlo. Con el dogma llega la intransigencia. Con el poder, el poder absoluto como el que adquirió la Iglesia cristiana, llega la traición de los principios superiores antes adoptados. Al final, todo lo que no se ve como un camino directo a la salvación en el otro mundo se denigra e incluso arranca: arte, ciencia, filosofía...

—Por no mencionar las diferencias de opinión —añadió David.

—Sí. Luego llega algo más, como el redescubrimiento de las antiguas enseñanzas en la época del Renacimiento, y tiene lugar una nueva fusión. Las cosas toman toda una nueva dirección.

—Seguidas por la Reforma y las horrendas guerras de religión. De las cuales, es de suponer, sale una reacción en la Ilustración.

—El péndulo que no deja de oscilar —comentó Phyllis. Se volvió luego hacia David—. Y usted, caballero, ¿está construyendo alguna salvaguarda contra el abuso de poder en tu nueva fundación? —La ligereza de su tono no mitigó del todo el tema real que se hallaba detrás de la pregunta.

David se estremeció.

—¡Aghh! Justo ahora, lo único que estoy intentando es preparar a los medios de comunicación para la vista de la semana que viene.

—¡Ajá! ¡Ya estamos manipulando! Voy a tener que vigilaros. Espero que os deis cuenta de que todavía estáis a prueba.

David pareció tomárselo por el doble sentido, a juzgar por la mueca que puso.

—En fin —dije yo al tiempo que cerraba el libro—. Este es mi caso hasta ahora. Todavía hay que desarrollar muchas cosas y no he respondido a todas las preguntas que tengo en mente, más unas cuantas que seguro que no se me han ocurrido todavía. No tenéis que decir si estáis de acuerdo conmigo o no. Son demasiadas cosas para asimilarlas de una sola vez, sobre todo cuando salen de la nada como estas.

David se levantó y se estiró.

—Bueno, la idea ya lleva un tiempo por ahí, eso ya lo sé. Pero parece que tú le has dado unos cuantos giros nuevos. ¿Qué tal si dejamos el debate sobre el tema hasta después de la vista? Si la fundación querrá utilizarlo, no lo sé. —Me dedicó la vieja sonrisa del estudiante de primero—. Quizá dejemos que primero plantees la idea en tu novela. Luego si no te apedrean ni te cuelgan del primer árbol que pillen, es posible que nos planteemos recogerla.

—¡Ese es el espíritu de la vieja escuela! —dije.

Pusimos el punto final a la tarde en un restaurante local, un lugar muy agradable y una de las guaridas preferidas de Shauna y mía. Hoy la había echado de menos. En mi vida había invertido mucho en nuevas direcciones, pero era a costa de los viejos valores establecidos, ¿mitos, por así decirlo? Los paralelismos dentro de paralelismos eran un poco desconcertantes. Esperaba que me llamara cuando volviera a casa esa noche, como había prometido.

Mañana a estas horas, si las cosas iban acordes con el plan previsto, estaríamos llegando a Filadelfia. A esas alturas, supuse, todos los actores estarían ya en escena, listos para entrar al día siguiente en el escenario que habíamos montado, que quizá el propio tiempo había montado, para el enfrentamiento entre lo sagrado y lo secular, entre lo viejo y lo nuevo.

17

1

—Todos en pie.

Filadelfia. Martes por la mañana, diez en punto. El juez Henry Banks Still entró en la sala del tribunal C, edificio del Tribunal Superior de Justicia, con una expresión tan hastiada como los distritos que presidía y mostrando casi las mismas señales de envejecimiento. Encanecido por completo, con un cuerpo algo encorvado coronado por un rostro muy arrugado e impasible, su porte al cruzar el espacio que separaba la puerta de atrás de su estrado sugería que verificaría exactamente qué caso iba a oír una vez que se sentase. Dado que yo estaba seguro de que no era muy probable que esa fuera la situación, lo tomé como señal de que sus convicciones personales sobre la cuestión que tenía ante él las había dejado atrás, en su despacho.

Una de las cosas buenas del tribunal C, me habían dicho, era que tenía ventanas. En días soleados como este, en los que junio ya moría, la luz que entraba a través de los cristales de bordes recargados situados en lo alto de la pared hacía relucir todas las superficies de madera de la sala y ayudaba a suavizar la suciedad del tiempo: los suntuosos paneles de madera, el elevado estrado del juez, los escritorios de los abogados y el personal del tribunal, las filas de asientos para los espectadores, en fin, un bosque de roble y caoba fibrosos y llenos de nudos. Al contrario que algunas salas de justicia más modernas con su estéril y sintético ambiente, esta antigua cámara poseía un resplandor de vida. Esa mañana se me ocurrió que esa era una observación muy oportuna, pues lo que estaba a punto de discutirse aquí era el origen de esa vida, no solo la vida de los árboles, sino la de las criaturas que los cultivaban, talaban y utilizaban para dar forma a salas como esta.

Los asientos para los espectadores estaban casi llenos. Shauna y yo estábamos sentados en la segunda fila, justo detrás de la mesa asignada a aquellos que representaban la recusación contra el Estado de Pensilvania. Shauna iba vestida con ropas elegantes y de buen corte, como yo pocas veces la había visto, unas ropas que ensombrecían mi menos inspirado atavío. Ya fuera la ciudad que pocas veces había visitado, la presencia de los medios de comunicación o quizá la importancia del tema que se juzgaba, había tratado la ocasión como si fuera un gran acontecimiento casi desde el momento en que habíamos llegado la noche antes.

Resultó que no supe nada de ella hasta el lunes por la mañana. Se excusó y le echó la culpa a lo avanzado de la hora y a un cansancio general a su regreso el domingo por la noche. Bajamos en tren y el viaje transcurrió sin incidentes: unas cuantas anécdotas sobre su visita a casa, pero no más de las necesarias, me pareció. De hecho, nuestra conversación hasta ahora había sido indefinida, casi cautelosa. Shauna tenía un aire de deliberada neutralidad, como si los sentimientos y temas que se estaban cocinando entre nosotros se hubieran colocado de momento en el quemador de atrás; como si ella también fuese consciente de la importancia de la ocasión y las exigencias que me plantearían los días siguientes. Allí hervían a fuego lento, y el leve borboteo era como un ruido de fondo que no dejaba de incidir en mi conciencia. La habitación de nuestro hotel, modesta pero cómoda, tenía una cama doble, pero bajo sus mantas la noche anterior nos habíamos abrazado sin hacer el amor.

Dos horas antes nos habíamos encontrado con David y Phyllis junto con otros dos miembros de la fundación en una esquina del bar del hotel; el lugar estaba en ebullición para ser un lunes por la noche. Quizá la multitud estaba en la ciudad para la vista, aunque ninguna de las conversaciones que nos rodeaban parecía tratar de la edad de la Tierra, o sobre Burton Patterson. Phyllis y Shauna congeniaron bien y sentí envidia del brillo añadido que acudió a los ojos de Shauna durante su conversación. David no pareció notar nada raro mientras hablaba de los detalles de última hora concernientes al caso. Quizá lo cegaba el brillo de sus propios ojos.

No se había sabido nada más de Nelson Chown y los Maestros Ascendidos: podrían haber quedado reducidos a un recuerdo borroso salvo porque James Franklin le había dicho a David a primera hora de esa mañana que Jeffrey, el joven con el que yo había hablado en la escuela, se había ido a Filadelfia el sábado anterior. Lo había acompañado otro miembro de la cruzada del campus que al parecer formaba parte del grupo de la escuela, alguien que se hacía llamar Lindon. Cómo había descubierto Franklin esa información, actuando de sabueso particular de David, nadie me lo dijo.

En cuanto a mí, yo llevaba mi pequeño cuaderno en el bolsillo de la chaqueta y sus crípticas pistas generaban un hervor diferente, este contra mi piel, donde parecía cosquillearme. Shauna y yo habíamos pasado parte del tiempo en el tren repasando las pistas varias veces y especulando sobre su significado. Pero la razón por la que los Maestros deseaban dirigir nuestra atención hacia los pronunciamientos que hacía el Apocalipsis sobre aquellos que contemplaban al Cristo traspasado, o sobre aquellos que clamaban a las piedras para que cayeran sobre ellos y los ocultaran del rostro de Dios, o sobre el espectáculo del ángel que vertía su copa de fuego sobre los impenitentes, seguía siendo tan enigmático como siempre.

Si había algún ángel presente en la sala del tribunal C, desde luego no estaba batiendo las alas, porque el lugar carecía de aire acondicionado y con los chorros de sol que entraban sesgados por las ventanas del sur, aquel lugar prometía convertirse en una sala cargada y caliente. De momento era cómoda. Había vasos y jarras de agua colocadas en las mesas de los abogados. Dos ventiladores colocados en las esquinas de la sala, a ambos lados del estrado del juez, permanecían de momento ociosos.

A unos cinco metros por delante de Shauna y de mí, más allá de la primera fila de asientos y bajo la balaustrada que separaba a los espectadores del lado oficial, se cernía la bien tallada espalda de Burton Patterson. Estaba flanqueado por una mujer joven, pero de aspecto profesional, que supuse que era su ayudante. Antes de la entrada del juez Still, Patterson había transmitido la sensación de ser alguien seguro de sí mismo y bien preparado. En lugar de enterrar la cabeza en una revisión de último minuto del papeleo, como estaba haciendo a su lado la mujer, él se había pasado los pocos minutos transcurridos desde nuestra entrada relajándose en su silla y estirando el cuello de vez en cuando para darse la vuelta y mirar hacia los espectadores. Durante una de esas incursiones, nos había reconocido a Shauna y a mí y una amplia sonrisa había acudido a su rostro. Ni me sentí aludido ni pensé que se dirigiera a mí y mientras yo asentía de un modo bastante formal, Shauna lo saludó con un gesto propio y la más leve de sus sonrisas enigmáticas.

No me había atrevido a preguntarle si Patterson se había vuelto a poner en contacto con ella acerca del «evento social» que debía seguir al presumible éxito de la vista. David había hablado la noche anterior sobre una recepción planeada para el jueves por la noche. El juez Still había anunciado que limitaría los testimonios a dos días y pronunciaría su fallo al tercer día. Esperaba que David tuviera razón al decir de eso que era el trabajo de un mediador sensato y no el de alguien que ya hubiera tomado una decisión, a menos, claro está, que esa decisión fuera a nuestro favor. De camino al juzgado yo había hecho una referencia casual a la planeada recepción, pero Shauna al parecer no había querido decir nada más sobre una supuesta propuesta de Patterson.

En la fila que estaba delante de nosotros, pero sentados más a la izquierda, se encontraban David y Phyllis. Vi que esta por fin tenía su cuaderno en la mano. Si esperaba que se repitieran hoy los fuegos artificiales del famoso «juicio de los monos» de Scopes, con Patterson en el papel de un reencarnado Clarence Darrow, yo no lo sabía, pero ella parecía muy ilusionada. Las recusaciones legales como esta contra los intentos de varios estados de introducir el creacionismo en la clase habían salpicado varias salas de justicia de todos los Estados Unidos a lo largo de la última década y media. Pero en ninguna había figurado una figura estelar como Burton Patterson, aunque la suya era una estrella que llevaba oculta algún tiempo. Las cámaras estaban prohibidas en la sala, pero media docena de asientos, tres a cada lado, se habían colocado ante la barandilla que separaba al tribunal de los espectadores y estas sillas, durante buena parte de la vista, se llenarían con los periodistas asignados de forma oficial a cubrir el acontecimiento. Su atención y sin duda la mayoría de las palabras que garabatearían allí delante, se dedicarían al litigante especialista en derechos civiles que regresaba a los tribunales.

En un momento determinado, Phyllis le preguntó algo a David, que de inmediato había estirado el cuello para mirar por encima del grupo de espectadores. Me hizo un gesto y sin ruido me hizo una pregunta que, me di cuenta, incluía el nombre de Cherkasian. Mi propio barrido del público no reveló la presencia del hombre con el que había hablado en la escuela.

Sí que distinguí, sin embargo, al segundo jardinero de ese día, aquel al que Cherkasian había llamado Steven. El joven estaba sentado en la parte de atrás, cerca de la esquina contraria. Incluso a esta distancia, vi que tenía una expresión nerviosa y tensa y me pregunté qué esperaba oír hoy y si se había preparado para escucharlo.

Steven. ¿Era de Filadelfia antes de instalarse en la escuela? Jeffrey era un estudiante de la universidad que había vuelto a casa. Había sido él, era de suponer, el que había enviado los *e-mails* a la fundación desde el ordenador de la cruzada del campus, aunque al menos había habido otro estudiante de la universidad, según Franklin, presente en la escena.

Pistas 1 y 3. El primer mensaje y la pista número 2 habían llegado de Filadelfia. ¿Tenía Steven algo que ver con su envío? El mensaje inicial tenía un tono imperioso que sugería la actuación del propio Cherkasian.

David y yo deberíamos haberle insistido a Chown, o incluso a la policía local, para que los llevaran a todos a comisaría y los interrogaran. ¿Eran unas citas apocalípticas de la Biblia suficiente prueba? ¿Por qué no? Sacadas de contexto, quizá se pudiera convencer a algún juez de que tenían un aire amenazador.

Unos momentos después de ese jovial pensamiento, la tribuna de los espectadores ya estaba casi llena y el juez Henry Banks Still había entrado en la sala. Era él el único que decidiría la cuestión que se discutía en estos procedimientos. No se había permitido que se involucrara ningún jurado de americanos medios.

Shauna susurró:

—¿Sobre qué van a jurar los testigos de Burton Patterson?

—Buena pregunta. ¿Un ejemplar de Darwin, quizá?

Las formalidades llevaron un cuarto de hora. Un secretario del tribunal detalló la recusación hecha por la Fundación de la Edad de la Razón, actuando bajo los auspicios de la UALC, contra el Senado del Estado de Pensilvania, por las instrucciones que le había dado a la Junta Estatal de Educación de introducir en el plan de estudios de ciencias al nivel de enseñanza secundaria un esbozo de la teoría que defendía que el universo se había creado según un diseño deliberado realizado por una deidad. A esta teoría se le debía conceder un tiempo equivalente al de todas y cada una de las teorías que defendían que las estrellas, planetas y la vida en sí habían evolucionado a través de procesos naturales y no dirigidos. La resolución del Senado había sido redactada con todo cuidado para evitar cualquier referencia a la religión cristiana como tal, aunque sí aparecían las palabras «tal y como se presenta en documentos culturales que reflejan opiniones y creencias tradicionales, como por ejemplo la Biblia». A lo que le seguía casi de inmediato la frase «y apoyada por los principios científicos modernos de la investigación». Quizá el gruñido que en ese momento partió de donde estaba David fue solo producto de mi imaginación.

Las bases para la recusación se encontraban, como siempre, en el argumento de que el creacionismo se derivaba únicamente de creencias religiosas encarnadas en escritos religiosos y como supuesta teoría no podía demostrar ninguna adhesión a los principios científicos. Se requería del Estado de Pensilvania, ante la Corte Superior de Justicia, que demostrara que había razones para permitir que las Juntas de Educación actuasen de acuerdo con esas instrucciones, razones que no violaran la separación constitucional entre la Iglesia y el Estado.

Exactamente a las diez y veinte, del asiento que ocupaba en la mesa del abogado contrario, al otro lado de la sala, se levantó el señor Chester Wylie. Era un hombre corpulento de cincuenta y tantos años, cabello canoso teñido y peinado con discreción, con un rostro jovial y casi alegre que no habría llevado a nadie a acusarlo de estrechez de miras o intolerancia.

Saludó a la sala con afabilidad y luego se puso a trabajar.

—El tema de esta vista, Señoría, no es religioso, a pesar de lo que le gustaría mantener al letrado contrario. Y, por cierto, le doy la bienvenida al señor Patterson a sus viejas guaridas de antaño, las que abandonó, hace ya algún tiempo, al parecer. Sin embargo, no lo llamaré como testigo para que dé fe de las primeras etapas del desarrollo del mundo.

Varias risitas disimuladas y una carcajada se elevaron entre los espectadores e incluso el juez Still esbozó una leve sonrisa. Patterson se medio levantó de la silla para agradecer la presentación y con una voz suave que se transmitió a todos los rincones de la sala, dijo:

—El señor Wylie no debe de estar deseando tener muchas noticias de su propio árbol familiar.

Eso levantó una serie diferente de risitas disimuladas y un amago de aplausos. Incluso Shauna a mi lado dio una pequeña palmada involuntaria. Por la dirección de los sonidos me di cuenta de que los partidarios de cada lado se habían colocado detrás de la mesa de sus respectivos abogados. Parecía claro que este sería un público partidista y quizá expresivo.

Fue evidente que el juez Still también lo notó y se dispuso a establecer el control de su sala de justicia.

—Entiendo la emotiva naturaleza del asunto que vemos hoy —dijo con voz contundente y áspera—. Pero no toleraré ningún estallido. Y advierto a los dos letrados que reduzcan al mínimo sus comentarios provocativos.

Chester Wylie asintió con elegancia.

—La provocación no se encuentra entre mi repertorio, Señoría. Y tampoco desea el Estado de Pensilvania resultar provocador al insistir en que se le proporcione un tiempo equivalente a la teoría científica del creacionismo. Como ya he dicho, este no es una cuestión religiosa en principio. La cuestión es si deberíamos exponer a nuestros hijos a todas las facetas del pensamiento contemporáneo. Y en el aula de ciencias, eso incluye todas las teorías que siguen las líneas del argumento científico. Debemos preguntar también, reflejando la otra de la moneda: ¿les dejaremos el campo de la educación solo a esas teorías que son erróneas y cuestionables y que a muchos en nuestra sociedad les parecen inaceptables o incluso ridículas? Enseñarles a nuestros hijos que la única opción abierta para contemplar su árbol genealógico (y no solo el mío) es que sus ancestros se descolgaron de él, es lo mismo que hurtarles las opiniones sobre la vida y el universo que todos tenemos disponibles. Todos conocemos a qué nivel de divinidad los elementos seculares modernos de nuestra sociedad han elevado la disciplina conocida con el nombre de «ciencia» y el santificado estatus que le han dado a todo lo que se predica bajo este estandarte. El Estado de Pensilvania cree que la ciencia puede y debe incluir teorías que la comunidad secular no está dispuesta a tomar en consideración.

Chester Wylie tenía un modo de hablar en público relajado, al menos cuando argumentaba ante el estrado de un juez en lugar de ante un jurado. Había salido de detrás de la mesa pero no se había alejado de ella, se movía poco y de vez en cuando posaba una mano sobre su superficie. Hasta ahora había hablado sin mirar sus notas.

—Y tampoco deberíamos fijar un criterio para las teorías que han de incluirse en las clases de ciencias ni decir que se debe probar que son correctas. Me gustaría llamar la atención del tribunal, una especie de visión retrospectiva, si quieren, sobre el hecho de que los cursos medievales de ciencias incluían la teoría de que el Sol giraba alrededor de la Tierra. Sabemos que eso era incorrecto, como demostraron Copérnico y Kepler. Pero estaba basado en la tradición científica aceptada de la época y se remontaba a sus buenas observaciones científicas realizadas por Ptolomeo y otros en el mundo antiguo. ¿Diría el tribunal que las clases de ciencias no deberían haber enseñado el sistema ptolemaico?

Mientras Wylie pronunciaba estas palabras yo creí detectar un sutil aumento de la tensión en toda la sala: ahí estaba pisando terreno muy delicado. Por implicación, admitía la posibilidad de que la teoría del creacionismo pudiera ser errónea. Y sin embargo la táctica era astuta. Su argumento era que la ciencia podía abarcar teorías que no eran infalibles. Quizá iba camino de argüir que era el modo de acercarse a una teoría, más que lo demostrable de su precisión, lo que justificaba su inclusión bajo el paraguas de la ciencia. Ya veríamos.

Quizá Wylie presintió las poco recomendables implicaciones de su argumento porque cambió de ejemplo, un ejemplo que los que estaban en su lado de la sala sin duda encontraron más aceptable.

—¿Deberíamos haber enseñado la versión anterior de la teoría de la evolución, podríamos preguntar? Describía una progresión gradual de una especie a la siguiente. Las pruebas demostraron que esta versión no se podía apoyar, así que se ha ofrecido una teoría diferente, lo que ahora se llama «equilibrio puntuado». ¿Quién sabe cuánto tiempo va a durar antes de que la tiren a la papelera y se ofrezca otra más en su lugar? El caso es, Señoría, que la ciencia no puede limitarse a esos tópicos que una elite intelectual considera aceptables mientras nos relega al desierto a los que menos predispuestos estamos en nuestros usos de los principios científicos. Y tampoco debemos desterrar a nuestros hijos al desierto y negarles la riqueza de lo que todas nuestras filosofías culturales e investigaciones tienen que ofrecer.

Aquel hombre era listo, de eso no cabía duda. No solo se las estaba arreglando para pulsar un montón de botones emocionales, sino que por implicación estaba alineando el creacionismo con los principios asociados con la ciencia y todas las cosas buenas de nuestra sociedad actual. Me pregunté qué estaba pensando Burton Patterson en ese momento sobre la calidad de la oposición y los retos a los que se enfrentaría para ganar el caso de la fundación.

El «testimonio» que dio esa primera mañana el Estado de Pensilvania se centró en una selección de los argumentos habituales a favor del creacionismo. Eran cosas que tenían que ver con el registro geológico, la naturaleza de la vida y las pruebas fósiles, las leyes químicas y físicas, todo ello, por supuesto, interpretado de formas poco usuales. Me di cuenta por la expresión de David de que aquí no había nada nuevo. Unos cuantos de esos puntos los explicó el propio Chester Wylie, otros se expusieron a través de testigos. Entre estos, la mayor parte tenían licenciaturas en ciencias obtenidas en lo que yo sabía que eran facultades evangélicas, uno o dos de universidades más mayoritarias. Después de cada declaración de principios, a Burton Patterson se le permitía hacer una declaración de refutación, interrogar al testigo o llamar a un testigo de refutación propio. Esto último ocurrió tres veces, y siempre incluía al mismo individuo. Era un biólogo evolutivo de una universidad de Boston. Era, con toda claridad, un hombre hábil y con experiencia a la hora de refutar el argumento creacionista; sus respuestas parecían preparadas y daba la sensación de haber hecho una segunda carrera de este servicio. Aunque casos tan destacados como este eran una rareza relativa, la evolución contra la creación era un tema por el que se estaba luchando mucho a nivel local: en universidades, juntas escolares y organizaciones comunitarias.

Parecía por los modales y el tono de Chester Wylie que no estaba demasiado preocupado por convencer a nadie de la validez de su defensa del creacionismo. Muchos puntos los explicó de un modo somero, como si los deslizara como algo que no merecía objeción alguna. Y de hecho, Patterson dejó pasar algunos como argumentos que no requerían refutación. Estaba claro que Wylie estaba presentando estos rasgos del creacionismo como expresiones de una ciencia y de investigaciones científicas, para así crear la impresión de que el creacionismo tenía un corpus material y un método de presentarlo que podría figurar al lado de cualquier disciplina científica. Por esa razón parecía estar impaciente por introducir tantos puntos como le fuera posible, sin llegar a argumentar la mayoría en profundidad. Al mismo tiempo, Wylie pocas veces decidía intentar responder a las refutaciones del letrado de la fundación.

El juez Still hizo un alto en los procedimientos matinales a las doce menos tres minutos. La sala se vació con rapidez.

Fuera, en el pasillo, se congregaron los miembros de la fundación y sus partidarios, siendo Patterson y David el punto central del círculo. Shauna y yo nos quedamos al margen, pero me di cuenta de que el abogado era consciente de nuestra presencia y más de una vez miraba en dirección a Shauna. Esta mantenía una expresión imperturbable aunque, al igual que todos nosotros, parecía estar escuchando con atención.

—No quiero empantanarme intentando refutar todos los detalles del caso creacionista —le explicaba Patterson a David, aunque hablaba para todos los que estaban escuchando—. A veces demasiadas refutaciones puede ir en tu contra porque crea una imagen de abusón, y para la mente no científica algunos de sus argumentos pueden tener un barniz de respetabilidad. Refutarlos requiere muchas veces un debate muy técnico que no siempre convence, porque la gente no lo entiende y suena elitista.

David asintió, aunque su expresión sugería que seguía preocupado. Cosa que, reflexioné, era la propensión natural de aquel hombre.

—¿Vamos a estar en posición de desacreditarlos? Por el modo en que está estructurada la vista, al parecer es a ellos a los que les dan todos los servicios. Y nosotros tenemos que responder a lo que nos lanzan.

Patterson se mostró tranquilizador.

—Están respondiendo a nuestra recusación. No te preocupes. Podemos sacarle partido a eso. Cuanto más les dejemos abrir la boca, más va a salir algo perjudicial. Creo que Wylie se da cuenta, y por eso parece interesarle más crear una impresión que ofrecer algo sólido. Está poniendo las bases para algo, y tengo la sensación de que no llegaremos a lo que sea hasta mañana. Prefiero reservar mi mejor munición para las tropas de asalto, cuando por fin ataquen. Mientras tanto, nos cruzamos de brazos e intentamos no dejarles que se salgan demasiado con la suya.

Phyllis, de pie al lado de David, preguntó:

—¿No hay cierto peligro en no refutar su caso tan a fondo como sea posible? Cuanto más convencido esté el juez de que tienen caso, más puede pensar que los estudiantes tienen derecho a escucharlo.

Patterson no se inmutó.

—Mi estimada señora, como usted debería saber, lo más importante no es siempre la solidez de algo, sino la forma de presentarlo. El propio señor Wylie insinuó ese principio en sus comentarios iniciales. En realidad su objetivo es la cuestión de cómo se presentaría el creacionismo en el aula. Ese tiene que ser el tema central, y él lo sabe.

La sonrisa que le había dedicado a Phyllis con la respuesta dio paso de repente a una expresión más pensativa.

—Esa batalla todavía no ha comenzado a librarse. Ahí será donde saldrán los sentimientos más auténticos.

Miró a su alrededor y creí verlo posar los ojos por un momento en mí y en Shauna. Luego vio a alguien detrás de nosotros e hizo un gesto. A David le dijo:

—Tengo que hablar con Kaminsky. Come algo y relájate. Nos vemos otra vez aquí a las dos. —Se abrió camino para salir del círculo y se alejó pasillo abajo con su experto en refutaciones.

Shauna y yo nos encontramos a solas con David y Phyllis cuando el resto del círculo se deshizo en sus propias direcciones. Después de una breve discusión sobre los méritos del almuerzo y dónde disfrutar de él, nos pusimos de acuerdo para seguir la recomendación de Phyllis de un pequeño restaurante italiano que conocía ella, a una manzana del juzgado.

Cuando dejamos el edificio y descendimos las escaleras de piedra que llevaban a la calle, nos acercamos a una figura conocida que se encontraba al final de las escaleras; había levantado la cabeza y miraba con atención la fachada curtida del juzgado, como si encontrara en ella un lugar maligno o de una amenaza indeterminada. Cuando pasé al lado del joven llamado Steven, este observó mi presencia, nuestras miradas se trabaron y cada uno siguió la del otro mientras yo pasaba a solo unos centímetros de distancia. Su expresión era insondable.

—¿Quién era ese? —preguntó David mientras seguíamos nuestro camino calle abajo.

—Ese, amigo mío, era uno de nuestros Maestros Ascendidos. Se llama Steven. Trabaja en los huertos y quién sabe en qué más. Al parecer suscribe la noción, si es que escucha al señor Cherkasian, de que se puede pinchar a Dios hasta obligarlo a que ponga fin al mundo y levante una nueva Jerusalén.

—Y supongo que nosotros no formaríamos parte de ella —comentó Phyllis.

—No, no me cabe duda de que todos somos ciudadanos de la malvada Babilonia. Los ángeles vengadores se lo van a pasar pipa con nosotros. Alguien tiene que sufrir todo ese fuego, granizo y escorpiones que tienen almacenado en el arsenal del Cielo para el día del juicio final.

—¿Pero hasta ahora ninguna señal del propio Cherkasian? —David había adoptado una vez más un tono preocupado.

—Ni un bigote. Es curioso que no quisiera estar aquí, pero al parecer esta vez ha dejado salir solos a sus muchachos, sin carabinas. Aunque no he visto a Jeffrey. Creí que Franklin había dicho que se suponía que estaba en Filadelfia, ¿con alguien más de la universidad?

—Eso me dijo. Pero yo tampoco lo reconocería. Quizá el agente Chown tenga algo que decirnos cuando llegue aquí esta noche. Tiene mi número de habitación del hotel. Con suerte, sabré algo de él esta noche.

Dejamos la vista a un lado durante una hora y disfrutamos de una pesada comida de pasta. Aunque con frecuencia respondía a los comentarios que se sucedían, Shauna parecía ensimismada. Cuando nuestros ojos se encontraron unas cuantas veces, había una nota de reflexión en ellos, de lejana tristeza, como si la vida, a pesar de todos nuestros esfuerzos, tuviera la costumbre de seguir su propio curso inescrutable y hubiera que seguirle la corriente. Por primera vez desde que había empezado nuestra relación, se me ocurrió que su permanencia no estaba garantizada y que, de hecho, podía perderla.

2

Para cuando volvimos a la sala del tribunal a las dos menos cinco, la concentración de calor se había hecho bastante acusada. Los ventiladores de las esquinas estaban funcionando y creaban un pequeño y somnoliento zumbido y una sensación en la piel como si se estuviera poniendo en perezosa circulación el aire cerrado de aquel sitio. Había motas de polvo flotando dentro de los haces dorados de luz que caían de lado de las altas ventanas moriscas.

Cuando me volví a asomar por encima de la multitud que ahora llenaba la sala por completo, observé al menos una cara nueva. Jeffrey estaba aquí. Quizá el joven que tenía al lado era Lindon, el otro Cruzado del Campus. En ese momento los dos miraban a su alrededor. Por fin vi a Steven al otro extremo. ¿Había repartidos por la sala otros Maestros con los que yo no estaba familiarizado? Examiné al resto de los doscientos y pico espectadores. Cherkasian seguía sin hacer acto de presencia.

¿Por qué no habría acudido? Chown pensaba que Filadelfia era su «hogar lejos del hogar». No debería haber encontrado ningún obstáculo para trasladarse aquí, sobre todo cuando habían venido tantos miembros de la secta. Estaba empezando a tener la sensación de que su ausencia era por alguna razón más amenazante que si hubiera estado sentado a mi lado. Al menos en un asiento adyacente habría podido vigilarlo. Ahora sentía que era una presencia amenazadora, una fuerza espiritual visible solo a través de sus secuaces, demonios juveniles cuyo comportamiento adolescente podría resultar impredecible. Sus horcas me rozaban la espalda, ya nerviosa de por sí.

Patterson aguardaba en su mesa la entrada del juez Still, inmerso en una conversación con la joven abogada que le había pasado los papeles durante toda la mañana y había dirigido los movimientos del experto de Boston; este se encontraba sentado al final de la primera fila, justo un poco más allá de David y Phyllis. La espalda del letrado principal no mostraba señales de estremecerse debido a las púas de los demonios imberbes presentes.

—Todos en pie.

Durante las dos horas de la sesión de la tarde, Chester Wylie se colocó al otro lado de la posición creacionista y atacó los principios fundamentales de la evolución. Hizo todo lo que pudo por explotar todos los elementos vulnerables de la teoría darwiniana. Patterson, con toda una batería de fuentes y su leal bostoniano evolutivo, hizo cuanto estaba en su mano por esquivar los golpes y contraatacar.

Algunas de las maniobras defensivas eran fáciles. Wylie debió de arrepentirse de hacer que uno de sus «científicos de la creación» sacara a colación la segunda ley de la termodinámica.

—Todas las cosas tienden a hacerse más desordenadas, menos complejas —dijo el señor Ellington—. En todas las reacciones se pierde algo de energía en forma de calor, de ahí que el total de la energía disponible se reduzca; las cosas se estropean, se encogen; el orden poco a poco es sustituido por el desorden. La teoría de la evolución contravendría esta ley, ya que requiere que las cosas se desarrollen más, se hagan más complejas.

Cuando Patterson abandonó su silla y se acercó al estrado del testigo, se rascó detrás de la oreja y adoptó una expresión un poco perpleja.

—Señor Ellington, ¿cuántos años tiene?

Wylie dio la sensación de estar a punto de poner alguna objeción, pensando que la pregunta pretendía comprometer o denigrar al testigo de algún modo. Dado que ese efecto no quedaba claro de una forma inmediata, por el momento se contuvo.

—Eh, cuarenta y seis.

—¿Y cuánto mide?

—Uno ochenta y cinco.

—Ya veo. —Patterson pasó a rascarse detrás de la otra oreja—. Debe de haber sido muy duro para su madre.

Wylie ya no pudo contenerse más, tenía la sensación de que allí se le estaba denigrando de algún modo, esta vez de verdad.

—¡Señoría! No estoy seguro de lo que el señor Patterson tiene en mente, pero creo que este interrogatorio bordea lo desagradable.

—Sí, señor Patterson —respondió el juez Still—. ¿Dónde quiere llegar?

—Solo observaba, Señoría, que la señora Ellington debió de pasarlo mal en el nacimiento de un hijo que medía más de uno ochenta y cinco. Solo puedo suponer que si la segunda ley de la termodinámica es pertinente, el estado actual en el que vemos al testigo es más desordenado y está más encogido que en el punto en el que vino a este mundo.

Wylie, que se había levantado de su silla, se sentó de repente y sacudió la cabeza. Risas y un amago de aplausos estallaron en el lado derecho de la sala, interrumpido de forma abrupta cuando el juez Still miró furioso a la tribuna de espectadores. Patterson murmuró en medio del silencio:

—Supongo que también deberíamos felicitar al señor Ellington por haber sido un niño inteligente.

Antes de que el juez Still pudiera dirigir su colérica mirada hacia el letrado de la fundación, Patterson se giró hacia una de las ventanas y señaló.

—¿Qué es eso, señor Ellington?

El señor Ellington lo miró perplejo.

—¿Se refiere a la ventana?

—No, señor. Me refiero a lo que entra a través de la ventana.

Ellington dijo con lentitud.

—¿Se refiere a la luz del Sol?

—Sí, señor, me refiero a la luz del Sol. Sin duda es usted consciente de que no es maná del cielo, sino que representa el calor y la energía que emite el Sol. La ciencia creacionista reconoce la existencia del Sol, ¿no es cierto?

—Pues claro que sí.

—Ah, sí, se me olvidaba. Dios tuvo la amabilidad suficiente de detenerlo en su rotación alrededor de la Tierra para que Josué pudiera conquistar a unos cuantos canaanitas más. —Wylie había adoptado una expresión indignada, sin duda dirigida a sí mismo por haberle permitido a Patterson un comienzo tan devastador.

—¿Es usted consciente —continuó Patterson— de que la ley de la termodinámica opera en un sistema cerrado? La Tierra no es un sistema cerrado. Nos baña la energía del Sol, como puede ver usted a través de estas ventanas. Esta es la fuerza que impulsa la evolución. Es lo que impulsó su crecimiento para que pasara de ser un recién nacido a ser el adulto de uno ochenta y cinco que con toda seguridad llenó de orgullo a su madre.

Patterson se retiró a su mesa.

—Creo que no necesito nada más de este testigo.

A partir de entonces, Chester Wylie pareció pisar con más cautela. Cuando sacó a colación una serie de reivindicaciones creacionistas acerca de que muchas de las técnicas de fechado habituales en las que confiaban los evolucionistas para calcular la edad de los estratos geológicos podían ser defectuosas, ya que no se no había tenido en cuenta la posibilidad de que cosas como que el índice de deterioro radioactivo podría haberse alterado con el tiempo, Patterson aprovechó entonces la oportunidad para presentar un ejemplo relacionado que no se había mencionado hasta entonces.

A estas alturas yo ya comprendía el razonamiento y la estrategia que había tras el acercamiento de Patterson. La retención de helio y la descomposición del Uranio 238 eran un galimatías para la mayor parte de las personas. Pero él quería señalar que la teoría de la creación también requería que la velocidad de la luz se hubiera reducido de una forma dramática en los últimos siglos y lo absurdo de esa idea era obvio incluso para los semianalfabetos científicos.

—Los 279.000 kilómetros por segundo de hoy son el ritmo de un caracol comparado con la marcha a la que viajaba en realidad para llegar desde los límites conocidos del universo a la Tierra en los seis mil años que han trascurrido desde la Creación. —Invitó con un gesto a Chester Wylie—. Por supuesto, le dejo la puerta abierta al letrado del lado contrario por si desea argüir que la luz de todas esas galaxias lejanas fue creada en un punto cercano del espacio y lanzada desde allí.

Wylie objetó mientras surgían más risas disimuladas entre la tribuna de espectadores, que estaban claramente más animados esta tarde que durante la sesión matinal. La despreocupación que Patterson había exhibido durante la pausa para la comida quizás había quedado un tanto erosionada por la preocupación de David. ¿Se había dado cuenta de que quizá le había estado permitiendo a la oposición que se anotase demasiados puntos? En este lado de la sala, el cambio se agradecía, además de hacer el juicio bastante más ameno. Shauna se reía para sí de forma audible y sus ojos se habían animado al contemplar la escena que se desarrollaba más allá de la balaustrada. Patterson era una figura que por momentos podía ser hipnótica. Pero eso yo ya lo sabía.

El acercamiento más agresivo de Patterson pareció inducir un cambio de dirección en la estrategia del propio Wylie. De repente dejó de atacar a la evolución como teoría y pasó a leer extractos de defensores de la evolución, palabras que indicaban de forma ostensible la descomposición de sus propias teorías. Todas sacadas de contexto, por supuesto.

Yo era consciente de que esta práctica era común entre los abogados de la ciencia de la creación: explotar el cuestionamiento y el examen honrado que de su campo hacen los evolucionistas, la admisión de sus limitaciones y de la información incompleta. Tomar el rasgo fundamental de la investigación científica (la capacidad de cuestionar la teoría actual ante las nuevas pruebas, de alterar e incluso descartar conclusiones pasadas que ya no eran sostenibles) y utilizarlo para insinuar que los científicos seculares eran una panda desconcertada, incapaz de respaldar los supuestos llenos de prejuicios que tan absurdamente se les habían ocurrido.

Ningún nuevo filo había entrado en el registro de fósiles desde la explosión cámbrica, había admitido Stephen Jay Gould. El fracaso a la hora de localizar pruebas fósiles generalizadas de formas de vida «intermedias» era una observación que se remontaba a un siglo atrás. El desafío que suponía comprender cómo podrían haberse producido complejas reacciones químicas en el caldo primordial era algo que comentaban con regularidad los biólogos y físicos evolutivos. Por supuesto, todas estas admisiones iban acompañadas o seguidas de explicaciones sugeridas, teorías revisadas y nuevos descubrimientos. Nada de lo cual, sin embargo, aparecía en momento alguno en las citas de los creacionistas.

Patterson se conformó con ofrecer una declaración de principios: que el proceso ilustraba la vitalidad y fluidez productiva del pensamiento científico en su persecución de la comprensión.

—La ciencia prefiere dejar que el universo nos revele su verdad, no importa el tiempo que le lleve, en lugar de permitirnos que le impongamos al universo nuestras propias verdades.

En respuesta a la historia de siempre de que hasta el propio Darwin se había mostrado desconcertado ante cómo era posible que la evolución hubiera dado origen a la maravilla del ojo humano, Patterson leyó un fragmento de un libro nuevo de Richard Dawkins que ofrecía una teoría para explicar precisamente eso.

La sesión de la tarde fue llegando poco a poco a su final. Quizá Patterson tenía razón. Durante la última media hora, Wylie parecía estar descontando el tiempo, esperando a que sonara la campana que ponía fin a este asalto para poder reagruparse e introducir una nueva serie de movimientos cuando sonara la siguiente campana por la mañana. El juez Still hizo sonar el martillo a las cuatro menos cinco.

Cuando la sala comenzó a vaciarse, yo me fijé en los tres Maestros Ascendidos. Durante varios minutos cada uno de ellos permaneció sentado, contemplando a Patterson mientras este reunía sus cosas y se levantaba de la mesa de los letrados. Ninguna de sus miradas parecía amistosa. Más de una vez durante el curso del día me había dejado llevar por mi imaginación y me había consolado diciéndome que el omnipresente detector de metales de la entrada que tenían la mayor parte de las salas de justicia americanas estaba funcionando en esta vista.

Al contrario que al final de la sesión de la mañana, cuando dejamos la sala se acercaron a Patterson varias personas de los medios de comunicación, incluyendo una reportera de televisión acompañada por un cámara. A tenor de las preguntas que le hizo, estaba claro que no había asistido a la vista y le interesaba más Patterson como celebridad de la semana, a lo que Patterson se mostró menos contrario de lo que yo pensé que debería, y como por primera vez tuve la sensación de que debería estar haciendo algo para cumplir con mi papel de publicista de la Fundación de la Edad de la Razón, intervine en el momento oportuno para introducir el tema de la fundación y señalar su patrocinio de la recusación del Estado de Pensilvania. Los invité a todos a la recepción programada para el jueves por la noche en el hotel.

—Estoy seguro de que el señor Patterson estará encantado en ese momento de responder a todas sus preguntas.

Patterson me miró con curiosidad mientras David esbozaba una amplia sonrisa. Era más fácil de lo que yo creía, pensé. Me gustaba bastante la sensación. Y con un poco de suerte, bajo una nube de reporteros y entrevistadores, Patterson se mantendría ocupado durante todo su «evento social».

Hasta este momento, la vista no se había convertido en el circo mediático que algunos habían pensado. O esperado, dependiendo de cómo se mirase. Estuve casi tentando de mencionar el tema de los Maestros Ascendidos y sacar sus pistas bajo las cámaras. Prevaleció la inteligencia, sin embargo. Además, había tiempo de sobra para recurrir a medidas desesperadas. Lo mejor estaba sin duda por llegar y yo tenía fe en que Patterson tenía su propia conjura y métodos para atraer la atención sobre sí mismo.

3

Al lado de la sala de recepciones, el hotel presumía de un restaurante de primera clase y a las seis de la tarde nos habíamos reunido ocho personas para disfrutar de una cena de calidad a cargo de Patterson. El abogado estaba acompañado por su ayudante de la sala del tribunal. Se llamaba Helen Walters, pero aunque se mostraban cordiales entre sí no parecía avistarse por ningún lado una relación romántica. Observé que la joven parecía tener unos veinticinco años menos que él.

Me pareció curioso que Patterson no pareciera tener ninguna compañía femenina en este viaje a Filadelfia. Quizá tenía la sensación de que el trabajo era demasiado importante para dejar que se interpusieran las distracciones románticas. Sin embargo y por alguna razón, el papel de boxeador profesional célibe antes del gran combate no le iba nada bien.

Durante los cócteles la charla recayó en lo ocurrido durante el día. Patterson una vez más expresó la opinión de que a Chester Wylie no le preocupaba demasiado defender un caso impecable a favor del creacionismo.

—Sospecho que cree que hoy los dos salimos igualados de allí, más o menos. Espera que la balanza se incline a su favor mañana. No habría aceptado el caso si no pensara que tenía la posibilidad de convencer al juez. Si puede transmitir la impresión de que la ciencia de la creación tiene cierta solidez y al mismo tiempo explotar las supuestas deficiencias de la evolución, quizá incluso lo consiga.

Le guiñó un ojo a David.

—Por supuesto, entonces logramos que se anule en la apelación.

David lo miró como si no supiese si debía tomar a Patterson en serio.

—Espero que no se llegue a eso.

Phyllis lo pinchó.

—¿Entonces cree que hay alguna posibilidad de perder el caso?

—Yo nunca espero algo semejante.

Desde luego el porte relajado de Patterson a medida que avanzaba la comida sugería que no le preocupaba el resultado final. Y sin embargo había perdido la arista de bravuconería que yo había terminado por asociar con ese hombre. Esta noche su conversación era, en su mayor parte, atenta y sensible con los que le rodeaban. Hubo un momento en el que incluso me pareció un hombre solitario que intentaba llenar una vida que se había hecho demasiado difusa, demasiado carente de propósito para satisfacer los impulsos que lo habían traído hasta aquí. Quizás, ahora que comenzaba a dejar atrás la madurez, buscaba su propio estallido final de evolución.

Entre Patterson y yo todavía permanecía una sensación de fricción y lo sorprendí más de una vez mirándome meditabundo, como si se estuviera produciendo en su mente algún tipo de evaluación. De vez en cuando, esa mirada abarcaba a Shauna, que estaba a mi lado. En esos momentos, la sensación de que tiraba de ella era palpable y tampoco pensé que fuera mi imaginación. Pero ese día, en medio del debilitado estado de mi relación con Shauna, que yo admitía que solo podía ser culpa mía, esa evidente atracción no despertaba el mismo sentimiento de hostilidad. En su lugar, despertó en mí la conciencia de la potencia y la fragilidad de los sentimientos humanos, el poder de ese mar de emociones y necesidades que nos llevaba a todos entre sus olas agitadas e impredecibles. Quizá la tendencia natural de las moléculas, ya fueran del mito o de las relaciones humanas, fuera descomponerse y reformarse. Ni siquiera Jesús podía continuar para siempre y el mundo tendría que enfrentarse algún día a esa pérdida, quizá pronto. Mi propia sensación de pérdida estaba empezando a afectarme, porque Shauna yo estábamos empezando a alejarnos y yo no estaba seguro de cómo podía tirar la cuerda del salvavidas. Me di cuenta que todo aquel asunto exigía un grado de examen de conciencia al que yo no había querido o no había podido enfrentarme.

Cuando por fin un par de atentos camareros comenzaron a traer el plato principal, Patterson se aventuró a dirigirse a Shauna.

—¿Y usted, señorita Rosen? Supongo que usted piensa que lo de hoy ha sido un montón de truenos y relámpagos que no significan nada.

Eran las primeras palabras que se dirigían el uno al otro, aunque yo había creído sentir un sutil trasfondo entre ellos desde el comienzo de la velada, algo que en este caso había achacado a mi imaginación. De hecho, la pregunta de Patterson había sido muy perspicaz, ya que reflejaba la actitud real de Shauna hacia este tipo de temas, ella que creía que la vida había que vivirla en el centro de la realidad presente.

Hasta este momento, Shauna había hablado muy poco durante la cena. Ahora miró directamente a Patterson y dijo:

—Todavía no me he decidido. Supongo que está bien tener causas y todo eso, pero no deberíamos perder de vista las cosas que de verdad importan, las cosas que nos alimentan. Es demasiada la energía que se dirige mal. Siempre ha sido así.

—Supongamos que se pudiera encontrar el equilibrio. Entonces podría tener lo mejor de ambos mundos.

Shauna dijo con lo que me pareció un candor sorprendente:

—Disfruté con su actuación de hoy. Fue muy entretenida. Y supongo que estas cosas son necesarias hasta que establezcamos algún tipo de sentido común, algo según lo que podamos vivir y enseñar a nuestros hijos.

—Todos nos impacientamos un poco esperando las cosas que nos gustaría que pasaran.

—Como ya he dicho, todavía no me he decidido.

Este curioso intercambio lo interrumpió Phyllis, que le propuso a Patterson que escogiera una cierta línea de argumentación en la sesión de mañana. Yo comenzaba a perder el apetito y terminé el resto de mi comida con poco entusiasmo. De hecho, todo el mundo parecía absorto en algún limbo indefinido, sin saber muy bien cuál era el curso de los acontecimientos que nos aguardaban. Habíamos depositado tantas expectativas en esta vista... De algún modo, la fundación casi se había desviado de su camino al poner todos los huevos en la cesta de Patterson. Si él se caía, ¿se romperían todos? Quizá nuestra Edad de la Razón se evaporase sobre la fría piedra de los escalones del juzgado de Filadelfia, y las fuerzas regresivas a las que se oponía la fundación, porque para eso había nacido, terminarían triunfando ese día y llevándose el milenio.

Por sorprendente que parezca, fue David el que nos animó proponiendo un brindis con el vino que tomamos después de la cena.

—Por la victoria de la razón y el progreso. Hemos recorrido un camino turbulento para intentar alcanzarla, pero ninguna lucha ha sido más importante ni más prometedora. Y por nuestro buen amigo Burton Patterson, que muy pronto estará poniendo un clavo más en el ataúd de la irracionalidad y nos llevará un poco más lejos por ese camino.

Se escuchó una calurosa ronda de «¡Bravo!» «¡Eso!» Hasta Shauna levantó su copa y se unió a las expresiones de ferviente esperanza y celebración.

Al final resultó que nuestro animado humor iba a quedar comprometido en poco tiempo. Alrededor de las nueve, Shauna y yo terminamos con David y Phyllis en su habitación y cinco minutos más tarde Nelson Chown llamó desde el vestíbulo. Lo invitamos a reunirse con nosotros.

—A las once en punto de esta mañana, vieron a Robert Cherkasian en la escuela —nos informó Chown—. Creo que podemos asumir que no tiene intención de acudir a la vista. Supongo que podría llegar tarde, pero si tuviera algo en marcha, yo diría que ya estaría aquí desde el principio.

David pareció aliviado.

—Así que es probable que ni siquiera esté planeando sacarles partido a los medios de comunicación para intentar dejarnos en ridículo por lo de los e-mails.

Pero había algo en aquella situación que me perturbaba.

—Pero eso es muy raro. Va y se dirige a nosotros precisamente por el tema de la vista. Llamó a Patterson «pez gordo de la abogacía». ¿Qué motivo tendría para quedarse fuera? Y no sé si es usted consciente de ello o no, pero están aquí al menos tres de los Maestros, dos de la escuela. Y ninguno de los que he visto me ha parecido demasiado amigable. A Cherkasian tiene que interesarle lo que está pasando, o no habría enviado a los chavales. ¿Por qué no venir en persona?

—Quizá solo los está exponiendo a este tipo de cosas —sugirió David—. Quizá se supone que es una experiencia de aprendizaje.

—Sí —añadió Phyllis—. Revolverles las entrañas contra los impíos evolucionistas.

Chown reflexionó.

—Les da rienda suelta al no acompañarlos, pero cuenta con que la vista solidifique el adoctrinamiento. Es muy probable que lo haya programado a la perfección.

Me acerqué a la ventana y contemplé doce pisos más abajo una calle de Filadelfia llena de vida bajo el creciente crepúsculo.

—No es eso. Cherkasian no puede controlar lo que dice Patterson y se arriesga a que lo que diga dañe de algún modo la fe de los muchachos, su propio adoctrinamiento. Yo diría que sería mejor acompañarlos.

Chown se encogió de hombros.

—No creo que podamos atrevernos a suponer los motivos de Cherkasian. Quizá los ha alterado tanto que los chicos vinieron por su cuenta. Quizá estén esperando presenciar algún tipo de ira divina. Pero si quiere, puedo echarles un ojo.

David se apresuró a decir.

—Pero no deje que el señor Patterson sepa que anda por ahí. No quiero que nada lo distraiga mañana. Tenemos un caso que ganar y todavía no es cosa segura.

Shauna intervino entonces.

—¿Se os ha ocurrido que el señor Cherkasian ha enviado a estos muchachos para hacerle algún daño al señor Patterson?

Chown la miró y frunció el ceño.

—Eso no parece factible. Para él sería un suicidio. Si les dio ese tipo de instrucciones, no hay forma de que eso no saliese a la luz. No me parece la clase de tipo que quiere predicarles el fin del mundo a los convictos de Levinworth. —Chasqueó los dedos—. Sin embargo...

Phyllis le ganó por la mano.

—Podría haberlos enviado para hacer una manifestación.

David pareció alarmarse.

—¿En la sala? Si fueran capaces de interrumpir lo suficiente el desarrollo del juicio, ¡la vista entera podría quedar en peligro!

Chown bufó.

—Lo dudo. No hay razón para que no los sometan con bastante rapidez. La vista se reanudaría después de un breve retraso, así de simple.

El agente del FBI se irguió en toda su fornida altura.

—No tiene sentido seguir especulando. Que nosotros sepamos, Cherkasian puede aparecer mañana. —Se volvió hacia mí—. Reúnase conmigo en la puerta de la sala unos minutos antes de que comience la sesión, ¿a las diez, no?, y señáleme esos personajes, si puede. Intentaré mantenerlos vigilados.

Una vez más David tenía un aspecto completamente abatido.

—Intenta que Burton no te vea —me dijo con tono desolado.

A las once en punto, Shauna y yo nos retiramos a nuestra habitación pasillo abajo. Habíamos estado juntos todo el día, pero desde que habíamos dejado el hotel a primera hora de la mañana nos las habíamos arreglado de algún modo para decirnos muy poco y casi todo ello superficial. Ahora los dos nos sentíamos incómodos. Sabíamos que había problemas que había que abordar, pero una habitación de hotel en Filadelfia tampoco es que fuera el sitio adecuado, sobre todo cuando teníamos un día agotador por delante y preocupaciones, algunas inquietantes, presionándonos por todos lados. Nos preparamos para irnos a la cama mientras charlábamos sobre los acontecimientos del día.

Había algo en la conversación de Shauna con Patterson durante la cena que me estaba perturbando desde entonces, pero sabía que ese era el último tema que debería sacar ahora. Exteriorizar los celos, sobre todo cuando consideraba que yo era el culpable de los problemas a los que nos enfrentábamos, habría sido algo mezquino y por completo inapropiado.

En lugar de eso, debería haberle dicho que había estado pensando mucho en nuestra relación y que me daba cuenta de que las cosas mueren a menos que se vivifiquen. Debería haberle dicho que mi retiro periódico a un mundo propio, ese sumergirme en el pasado para evitar un compromiso con el presente, estaba reprimiendo el vínculo más profundo que podríamos estar desarrollando. Debería haberle dicho que la amaba.

Lo que no debería haber hecho era decirme que no podíamos pasarnos la noche metidos en una discusión tan seria y emotiva. Que eso podía esperar uno o dos días más.

Shauna salió del baño con el camisón puesto. Yo retiré la ropa de cama. Para llenar el silencio creado por esa indecisión, comencé a hablar sobre el otro tema que me preocupaba.

—Supongo que deberíamos confiar en el instinto de Chown, que no tenemos que preocuparnos con respecto a los Maestros, salvo quizá por una pequeña alteración en la sala. Pero no dejo de volver a esas pistas. Alguien, sin duda Cherkasian, se tomó muchas molestias para escoger los pasajes del Apocalipsis que nos iba a enviar. Y cada uno de ellos está alterado de algún modo. Ahora ni siquiera asiste a la vista. ¿Se supone que esas pistas no tenían ninguna aplicación concreta?

Shauna mulló las almohadas contra el cabecero de la cama, deslizó las piernas bajo la colcha y se sentó. Cruzó las manos en el regazo y dijo:

—Pistas. ¿Para qué se suelen utilizar las pistas?

Me acerqué a la ventana con el cinturón de la bata atado alrededor de la cintura. Miré la calle iluminada por las luces de neón.

—Como significado oculto. ¿Una advertencia, quizá?

Shauna salió entonces con una de sus repentinas intuiciones, producto de una mente perspicaz que podía convertir la vida con ella en algo infinitamente fascinante.

—¿Y si la idea de «pista» no está dirigida a vosotros, a la fundación? Quizá las pistas tengan algún significado para el propio Cherkasian.

Me di la vuelta y la miré pensativo. Era una idea inteligente. Me acerqué y me senté al borde de la cama, cerca del contorno de sus pies bajo la ligera manta.

—Quieres decir que Cherkasian podría ver las pistas como indicador para él o para los Maestros. Lo cierto es que tenía una forma bastante sutil de mirar las Escrituras. Creía que las profecías se expresaban de tal modo que tenían una aplicabilidad sin plazo definido. Podían referirse a cierto número de épocas futuras y era cosa de Dios decidir cuándo debía permitir que se cumpliesen.

—Las Escrituras proporcionan el molde y Dios vierte el metal fundido.

Hice una mueca de dolor.

—Esa imagen se acerca casi demasiado a los horrores del Apocalipsis. Pero tienes razón. Y había otro elemento en las opiniones de Cherkasian, algo incluso más original. Dijo que cuando conoces la voluntad de Dios, sea lo que sea lo que quiso decir con eso, este tiene que actuar. Creía que era posible convencer a Dios de que ahora era el momento de cumplir todas esas profecías. Cree que puede apretarle las tuercas a Dios.

—Quizá las pistas eran para Dios —dijo Shauna con tono ocurrente.

—Quizá.

Me levanté y empecé a pasearme.

—Pero supón que seguimos tu sugerencia y consideramos que Cherkasian y los Maestros las leen como pistas, para su propia iluminación. Me dijo que los acontecimientos ya se estaban desplegando como se había predicho. ¿Están ocurriendo estas cosas? ¿Los pasajes que nos envió se refieren a algún acontecimiento actual que él cree que se señala en el Apocalipsis?

—¿No es eso lo que hacen todos los fundamentalistas? ¿Señalar el cumplimiento de las profecías en nuestra época?

—Sí, así es. —Me rasqué la cabeza—. Quizá Cherkasian no es tan ingenioso como yo había pensado. Ni siquiera ha venido a la vista. Pero, sabes, ¿por qué hay algo ahí que me molesta más que si de hecho estuviera aquí?

—Quizá hacer acto de presencia estaba por debajo de él.

Sacudí la cabeza, frustrado.

—Como dice Chown, quizás aparezca mañana, o al tercer día. Si está planeando alguna hazaña para robarnos los focos, quizá no quiera diluir el efecto apareciendo antes de tiempo.

—Así que envía a sus muchachos para reconocer el terreno. Para preparar su llegada.

—Como Jesús el Domingo de Ramos al entrar en Jerusalén. —En mi voz pesaba el sarcasmo—. Quizá esté esperando en la escuela a que algún carro de ángeles lo transporte a escena. Es imposible saber lo que mentes como esa son capaces de creer. Lo que sí son capaces de hacer es volver locas a mentes como la mía.

—Quizá deberías venir a la cama.

El silencio de la oscurecida habitación de hotel estaba lleno de angustias y pensamientos no expresados, y no solo sobre el tema de los Maestros Ascendidos. Mientras yacía con el brazo sobre su hombro, tanto en mi cerebro como en el de Shauna, estaba seguro, resonaban las palabras que querían pronunciarse, sentimientos que necesitaban expresarse. Pero salvo por el trasfondo de vibración cerebral, el silencio de la habitación permaneció intacto. Ruidos lejanos del mundo que se movía abajo subían flotando los doce pisos. Terminé cayendo en un sueño inquieto.

Cuando desperté todavía era de noche, aunque el mundo estaba más callado. Los números de mi reloj relucían apenas y me decían que eran las cuatro y veintidós. Mi mente debía de estar en modo de solución de problemas mientras dormía porque ahora se me ocurrió una configuración que antes no había visto. Los Maestros Ascendidos nos habían enviado tres pistas. Que nosotros supiéramos, tres de ellos habían venido a Filadelfia.

¿Era una coincidencia? Quizá lo amenazador de la hora combinado con un estado de angustia podría hacer que hasta los detalles más insignificantes de un problema parecieran portentosos.

Dos pistas vinieron de la universidad. Dos Maestros de allí asistían a la vista. Una pista de la casa de Filadelfia. El tercer Maestro, antes de trasladarse a la escuela, había residido en el cuartel general de Filadelfia, si eso es lo que era.

Me levanté en silencio de la cama, cogí el cuaderno del bolsillo de la chaqueta y entré en el baño.

La luz me abrasó los ojos. Igual que el aspecto que me vi en el espejo. El hombre racional estaba decididamente demacrado, obsesionado. Casi estaba dispuesto a admitir que aparentaba los años que tenía. ¿Era ese el precio por intentar cambiar el mundo? ¿Y recuperar tu vida personal al mismo tiempo?

Hasta ahora no lo estaba haciendo de una forma muy loable en ninguno de los dos casos.

Me senté en el váter cerrado y abrí el cuaderno.

«Pista número uno». La habían enviado desde la universidad. Jeffrey y Lindon eran miembros de la cruzada del campus por Cristo, recién reclutados por los Maestros Ascendidos.

«Esta es la revelación hecha por Dios a Jesucristo. El tiempo está cerca. Mirad, todos los ojos lo verán traspasado y todos los pueblos del mundo lo lamentarán arrepentidos. Que así sea. Amén.»

La pista sobre el traspaso se había acortado con respecto a la del Apocalipsis: «Todos los ojos lo verán y entre ellos los que lo traspasaron». ¿Una simple abreviación?

Cristo crucificado. Todos lo lamentaremos. Una pista enviada por Dios a los Maestros, ¿al propio Cherkasian? ¿Ya se estaban desplegando esos acontecimientos?

«Pista número dos». Enviada desde la casa de Filadelfia. La antigua guarida de Steven.

«Aquellos que se creen grandes hombres, y los ricos y los fuertes, llamarán a las piedras: caed sobre nosotros y ocultadnos del rostro de aquel que está sentado en el trono y de la ira ante la que nadie puede permanecer.»

El pasaje original llamaba a «las montañas y las rocas». Los grandes hombres, los ricos y los fuertes con toda probabilidad se veían como referencia a la fundación: Patterson y el resto de nosotros llamaremos a las piedras para que caigan sobre nosotros y nos oculten de la ira de Dios.

No recordaba haber hecho nada parecido últimamente.

«Pista número tres». De vuelta a la universidad.

«Y el cuarto vertió su copa sobre esos hijos; y se le permitió quemarlos con sus llamas. Pero solo maldijeron el nombre de Dios y se negaron a arrepentirse.»

Aquí había un cambio significativo con respecto al original. El cuarto ángel había vertido su copa sobre el Sol. La pista lo había alterado a «hijos». Era obvio, nosotros éramos los hijos y me gustaba la sugerencia de Franklin de que el término quizá se refiriese a los hijos de la oscuridad de la concepción de Qumran, una conexión que Cherkasian podría haber hecho en su propia mente. Dudaba que nos viera como hijos de la luz.

Hacía poco me habían acusado de que me negaba a arrepentirme. Pero ningún ángel había vertido copas de fuego sobre mí, ni ninguna otra cosa. Al menos, nada de lo que Cherkasian se pudiera haber enterado.

¿Una táctica para asustar? ¿Tres llamadas al arrepentimiento y el remordimiento? Todas tenían ese elemento en común.

¿Se le había asignado a cada uno de los Maestros Ascendidos que asistían ahora a la vista que entregaran una? Implicarlos en la conversión del mundo, ¿era esa la estrategia de Cherkasian? ¿Y cómo iban esas apelaciones a persuadir a Dios para que cumpliera sus profecías?

¿Podía una mente racional encontrarle algún sentido a una irracional?

Cuando volví a meterme en la cama sin ruido, lo único que podía esperar era conseguir dormir un par de horas más. Tenía la inquietante sensación de que iba a necesitar una buena reserva de energía para enfrentarme al día que se acercaba.

4

A las diez menos veinte la Sala del tribunal C del Edificio del Tribunal Supremo del centro de Filadelfia comenzaba a llenarse con gran rapidez. David había llegado un poco antes y había tenido la precaución de reservar varios asientos al final de la primera fila. Shauna y yo nos sentamos un poco más allá de David y Phyllis, y quedaba un asiento en el lado del pasillo. Si lo iba a necesitar el agente Chown o si lo consideraría una buena ubicación, eso no lo sabía.

En diez minutos tendría que retirarme al pasillo para encontrarme con Chown, como habíamos quedado. Me retorcí en la silla para mirar la tribuna de espectadores que quedaba detrás de mí. Los rostros que contemplaban las mesas todavía vacías de los letrados y el estrado del juez estaban llenos de expectación. Estaba claro que era una multitud partidista. David había dicho que los telediarios de la noche anterior y por la mañana los periódicos habían creado un pequeño revuelo. Al parecer, el tema todavía podía cautivar la imaginación del público, y su partidismo.

La primera cara conocida apareció a las diez menos cuarto. Jeffrey tomó asiento junto al otro pasillo. Parecía estar solo. Si el joven que se había sentado a su lado el día antes había sido Lindon, los dos ya no estaban juntos hoy. Procuré recordar qué aspecto tenía, pero no conseguí ver a nadie que me recordara su cara.

A las diez menos diez me levanté y me dirigí al pasillo. Al hacerlo, vi que otra figura conocida entraba por la puerta central y se encaminaba a una de las filas de la parte de atrás. Steven. Él también estaba solo. Intenté decidir si él o su compañero Maestro de la pared contraria daban la sensación de estar listos para recibir hoy el Armagedón.

Chown estaba esperando justo fuera de la puerta, más allá del arco detector de metales.

—Espero que usted durmiera anoche mejor que yo —murmuré.

La gente nos empujaba para pasar. Había pensado ponerle al día de algunas de las enfebrecidas reflexiones que nos habíamos permitido Shauna y yo la noche anterior sobre el tema de los Maestros Ascendidos y sus crípticas pistas, pero a la luz del día y con la prensa y el ruido que nos rodeaba parecía todo menos lógico. Detrás de nosotros se encontraba un equipo de televisión y la misma periodista del día anterior. Era obvio que su intención era esperar aquí hasta que terminase la sesión matinal, ya que estaba prohibido que entraran las cámaras en la sala. El estatus de celebridad de alguien se había disparado de la noche a la mañana. Y yo estaba seguro de que no era el de la fundación.

—Tenemos un asiento para usted delante, si quiere —le dije a Chown. Este negó con la cabeza.

—No es que sea la posición más ventajosa. No se preocupen por mí. ¿Ha visto hasta ahora a alguien que yo debiera conocer?

—No a Cherkasian. Estoy empezando a pensar de verdad que no va a aparecer. Pero dos de los tipos de la escuela están aquí. Quizá más, pero yo no los conozco lo bastante bien.

Nos metimos en la tribuna de espectadores y nos quedamos apoyados en la pared, en la última fila. De repente me di cuenta de que Patterson y su ayudante habían entrado en la sala, procedentes de la puerta de abogados, y se encontraban al lado de la mesa de los letrados. Patterson se había vuelto hacia fuera y le hacía un gesto a David. Me encogí con la esperanza que no mirara más allá y me viera acechando en la parte de atrás de la sala con alguien que a mí me parecía que tenía todo el aspecto de un agente de la ley.

El momento pasó y Patterson se giró de nuevo hacia delante. Respiré con más facilidad y le señalé a Chown, con tanta discreción como pude, los dos jóvenes, Jeffrey y Steven, a los que había conocido en la escuela. Hoy no transmitían la sensación de ser labradores. Sus pistas pedían el arrepentimiento bajo la amenaza del caos divino; quizá se veían a sí mismos como lúgubres segadores, parcas que separaban el grano de la paja en el momento de la gran contabilidad que prometía el Apocalipsis.

Chown asintió y volvió a fundirse con la multitud del pasillo. Yo desanduve mis pasos por el pasillo y volví a acomodarme entre Shauna y Phyllis. Desde el asiento siguiente, David me lanzó una mirada inquisitiva. Asentí tranquilizador. Todo iba a ir bien, o eso esperaba. Luego susurré, pues se había hecho el silencio en la sala cuando se levantó el alguacil.

—Chown no necesita el asiento.

—Todos en pie.

El Sol, como de costumbre, se había elevado de nuevo este segundo día de vista y hacía sentir su presencia en los sesgados rayos por los que pasó el juez Henry Banks Still al dirigirse una vez más a su elevado estrado. Tras mirar el reloj, que indicaba tres minutos después de la diez, el juez Still no perdió más tiempo y le hizo un gesto al abogado principal del Estado de Pensilvania.

—Puede proceder, señor Wylie. —La tribuna de los espectadores se agitó expectante, pero no emitió ningún sonido.

Chester Wylie se puso en pie y se acercó con paso lento al espacio abierto que había ante el estrado. Una vez más adoptó un aire de tranquila afabilidad. Estaba claro que para él los tropiezos del camino de ayer habían quedado descartados, carecían de importancia.

—Señoría, los argumentos que presentamos el martes son importantes para la cuestión que va a decidir este tribunal, pero eran también material preliminar e incluso provisional.

Bueno, aquí viene el zapato que faltaba, pensé. Patterson, detrás de su mesa, parecía relajado pero alerta. Yo solo pensaba que ojalá pudiera ver la expresión de su rostro.

—Señoría, como ya insinué ayer, aquí la cuestión no es si ciertos argumentos a favor o en contra de uno u otro punto de vista son verdaderos o falsos, ni si se puede hacer que parezcan verdaderos o falsos. Dejemos a un lado de momento la cuestión del creacionismo contra la evolución y preguntémonos cuál es la naturaleza de una teoría científica. ¿Cómo se llega a ella? Las supuestas verdades científicas no caen del cielo; de hecho, semejante idea podría constituir una contradicción lógica para la mayor parte de mis adversarios aquí presentes hoy.

Chester Wylie, en medio de su pausado balanceo entre las mesas de los dos letrados, dejó caer ahora una afable y gran sonrisa sobre Burton Patterson. Yo pensé: *este hombre exuda la confianza del tigre que cree que tiene a su presa a la vista y sabe que no tiene forma de escapar.*

—Algunos podrían afirmar que las verdades científicas se consiguen por medio de experimentos irrefutables o pruebas incuestionables. Dispara unas cuantas moléculas a través de un pulverizador de átomos, saca una cucharada de protones y electrones por el otro lado y ¡abracadabra! Un grupo de eminentes científicos hace una declaración precisa sobre la inmutable naturaleza del universo. Quizá sí, pero no todas las verdades científicas se consiguen con tanta facilidad. Y de las que sí se consiguen, muchas han pasado por etapas anteriores de experimentos menos precisos, incluso conjeturas, basadas en poco más que en suposiciones informadas. Ni tampoco se cumple que el experimento siempre preceda a la teoría. Con frecuencia la teoría es el resultado de una sencilla observación, observación que exige, para la mente del científico, una explicación. El experimento quizá solo siga a este paso y continúe durante muchos años sufriendo alteraciones y cambios de enfoque a medida que se va aprendiendo más.

Wylie giró para señalar con un gesto amable la mesa del letrado contrario.

—Creo que mi docto adversario estaría de acuerdo conmigo hasta ahora.

Patterson, con los codos apoyados en la mesa, las manos cubriéndole la cara hasta la base de la nariz, hizo un gesto de generosa aquiescencia. Wylie continuó.

—Tome, por ejemplo, la teoría científica de la deriva continental. ¿Cómo se propuso por vez primera esta «verdad indiscutible»? ¿Se había pasado el doctor Wegener unos cuantos años bajo tierra midiendo el movimiento de la corteza terrestre que tenía sobre su cabeza? Quizás había encontrado los restos de un guante izquierdo tirado en una playa de Florida y los de su gemelo de la mano derecha metidos en un banco de arena a poca distancia de Marruecos.

Hubo unas cuantas sonoras carcajadas entre los espectadores. Hasta el juez Still reaccionó con poco más que una mirada no demasiado furiosa que lanzó hacia el público.

—Bueno, por supuesto que no. Nada tan irrefutable como eso. De hecho, al parecer la idea se le ocurrió al doctor Wegener mientras estaba sentado en su estudio mirando un mapa. Quizá en ese momento se estuviera permitiendo un coñac después de cenar. Resulta que notó que el abombamiento de África encajaba a la perfección con la cuenca del Caribe y que las provincias marítimas de Canadá taponaban muy bien el canal de la Mancha. Por supuesto, tras estas primeras observaciones investigó un poco las formaciones geológicas que se habrían encontrado unas al lado de las otras y es cierto que encontró algunas similitudes, incluso fósiles animales parecidos que sugerirían alguna antigua forma de contacto entre las dos zonas que ahora se encontraban completamente separadas por el océano. Y sin embargo, durante muchos años su teoría fue rebatida con pasión por otros eminentes científicos de este campo y la disputa ha continuado incluso hasta nuestros días. Hay científicos que todavía afirman que no hay fuerza en la Tierra que pudiera servir de motor para provocar tales movimientos en la corteza terrestre; que la formación de montañas, uno de los supuestos efectos colaterales de la deriva continental y uno de los principales argumentos que la apoyan, es más bien el resultado del encogimiento de la Tierra en general, lo que fuerza a la corteza a combarse hacia arriba, un poco como cuando la piel de una persona que hace dieta se arruga cuando desaparece la masa subyacente. —Más risitas de los espectadores. Wylie los tenía de su lado y ya estaba listo para ir al grano que le convenía—. La cuestión es: ¿cuándo encontró el camino de los libros de texto de nuestra nación la teoría de la deriva continental? De los que se utilizan en los cursos de ciencias, claro —añadió dedicándole una sonrisa a Patterson, su mirada casi chispeaba.

La mano de Patterson señaló con un gesto al otro abogado. Este punto es todo suyo, decía.

—Bueno, creo que fue en algún momento de la década de los años 30. Se incluyó con la salvedad de que la teoría todavía era provisional. Pero se ofreció. Hoy en día esa teoría ha adquirido una estructura más sólida, pero sigue siendo debatida con fuerza en algunos círculos científicos.

Yo sospechaba que Wylie estaba exagerando este último punto, pero ahora que ya había puesto la base, presentí que el abogado del Estado de Pensilvania estaba a punto de cambiar de marcha. Al parecer, Patterson pensó lo mismo, porque creí detectar un sutil cambio en el porte de su espalda.

Después de una breve pausa, Chester Wylie dijo:

—Ahora me gustaría pedirle que preste declaración al señor Frank Wickens.

Frank Wickens resultó ser el subdirector del Instituto de Segunda Enseñanza Fennimore, de Great Bend, Pensilvania. No me cabía la menor duda de que lo habían elegido con cuidado y tenían pocas dudas de que bordearía el estatus de «liberal», o todo lo cerca que pudiera llegar a estar de eso un miembro de la Coalición. Era probable que estuviera dispuesto a doblegarse durante el interrogatorio del abogado contrario. Las opiniones más rígidas siempre se partían cuando estaban bajo presión y los comentarios preliminares de Wylie me habían llevado a creer que los creacionistas estaban por primera vez preparados para adoptar una postura más flexible, aunque debía de haber hecho tragar hiel a los círculos más fundamentalistas. ¿Hasta dónde podría doblegarse el señor Frank Wickens y dónde estaba su límite? Patterson intentaría averiguarlo a partir del interrogatorio de Wylie. Podíamos estar seguros de que a aquel hombre lo habían preparado a conciencia, tanto para su declaración como para el interrogatorio posterior. Otro fiasco como el de Scopes era lo último que quería la Coalición.

—Bueno, señor Wickens —comenzó Wylie después de quitar de delante la identificación e historial del testigo—. Voy a ofrecerle una definición de teoría científica y veamos si usted está de acuerdo con ella. Llamémosla así: una interpretación honesta y responsable ofrecida para explicar ciertos fenómenos observados. Igual que al doctor. Wegener en 1912 se le ocurrió la teoría de la deriva continental para explicar sus observaciones geológicas y cartográficas. ¿Estaría usted de acuerdo con esta definición?

—Sí, señor, lo estaría.

Frank Wickens exudaba un aire de confianza en sí mismo, no hasta el punto de transmitir arrogancia, pero lo suficiente como para aparentar que era un hombre independiente en lugar de un loro que repitiese los argumentos de otra persona. Era más o menos de mediana edad, con un prematuro avance del color gris por una distinguida mata de pelo. Su mirada era directa, quizá un poco engreída, y tenía una tez sana y bronceada. No me cabía duda de que era un individuo responsable con convicciones responsables y Patterson tendría que manejarlo como tal.

—Bien, ¿diría usted que el creacionismo tal y como usted lo entiende encajaría con esa definición?

—Desde luego que sí.

—¿Y tal y como usted lo adoptaría y enseñaría en Fennimore, o en cualquier otra escuela americana, en realidad?

—Sí.

—Bien, veamos cómo aplicaría usted el creacionismo a nuestra definición. Tal y como podría enseñarlo usted.

Tenía que quitarme el sombrero ante Chester Wylie, o ante aquel al que se le había ocurrido ese acercamiento. No solo daba Frank Wickens la impresión de ser un ciudadano responsable de la América de clase media, sino que como educador responsable que era también podría transmitir la idea de que la ciencia de la creación podía enseñarse de verdad de un modo objetivo y nada amenazante. Wylie y compañía estaban haciéndole el juego no solo al juez Still, sino también al pueblo americano.

—En primer lugar, ¿cuáles diría usted que son esos «ciertos fenómenos observados»? De forma breve y no demasiado técnica, por favor. No hay razón para que no se pueda conseguir que cualquier tema sea comprensible para el hombre o la mujer medios profanos en el tema.

Eso era una indirecta que alineaba a los exponentes de la evolución y a otros elitistas intelectuales contra el «profano medio» de Wylie. Me di cuenta que eso seguramente obligaría a Patterson a mantener su interrogatorio dentro de una sencillez directa parecida.

—Bueno, señor, yo diría que la existencia del universo, que sugiere la necesidad de explicar esa existencia; el hecho de que la vida surgiese en este planeta, y sobre todo que sea una vida inteligente, consciente de sí misma, lo que a mí en realidad me parece un fenómeno muy notable. Luego, son muchas las características del mundo físico, como el desarrollo de los componentes adecuados para crear una atmósfera estable para la vida, el ciclo de las estaciones, el comportamiento del clima, el equilibrio general de la naturaleza, y que todo ello conduzca a aquello que llamamos progreso y al desarrollo de la civilización. Cosas así.

Muy bien, pensé. Todos puntos que suenan científicos, apartándose de cualquier referencia a la moralidad o lo sobrenatural. Y el tono: no se insinuaba ningún tipo de tenso fanatismo. Wickens estaba siendo un tanto impreciso y había falacias implicadas en parte de lo que había dicho, pero me pregunté si Patterson consideraría que era una buena idea molestarse en extraerlas.

—Sí —dijo Chester Wylie—. Yo desde luego llamaría a esas cosas fenómenos que están pidiendo a gritos una explicación. Y si resultara que está usted sentado en su estudio, tomándose un coñac después de la cena, intentando pensar en una interpretación honesta y responsable para estos fenómenos, ¿qué podría tomar usted en consideración?

—Yo diría que desde luego querría investigar la posibilidad de que un Creador hubiera causado de forma deliberada todos estos fenómenos. — Investigar, causado, posibilidad. Toda la terminología apropiada.

—Y una vez que esta posibilidad (llamémosla teoría) se le hubiera ocurrido, ¿querría investigar más para ver si más observaciones y experimentos podrían prestar apoyo a esta teoría? De la misma forma que los científicos responsables han hecho para poner a prueba la validez de otras teorías científicas.

—Naturalmente.

—¿Podría extenderse en eso? ¿Qué clase de investigación podría usted realizar?

Frank Wickens hizo una pausa como si reflexionara sobre su respuesta a esa pregunta, transmitiendo la sensación de que, aunque hubiera pensado antes estas ideas, de todos modos no contestaba lo primero que se le ocurría.

—Bueno, por supuesto no soy geólogo ni biólogo, pero querría examinar el registro fósil y el registro geológico para ver si podrían adaptarse a la idea de un Creador; y por lo que sé, por ejemplo, del registro fósil, no hay nada que desmienta la noción de que un Creador originó todas estas especies en un momento dado del pasado y algunas de ellas se extinguieron en momentos diferentes. —El subdirector de Fennimore esbozó una sonrisa condescendiente—. Sé que hay personas que todavía suscriben el cálculo del obispo Ussher, pero para el fin de la ciencia de la creación, no hay necesidad de mantener que la Tierra solo tiene seis mil años.

Un leve murmullo estremeció la sala. El señor Frank Wickens era desde luego de orientación «liberal». Los creacionistas habían decidido al parecer que la flexibilidad a tiempo era una victoria, aunque me pregunté si la influencia personal de Chester Wylie era lo que había provocado este notable cambio de postura. Quizá incluso de la noche a la mañana, ya que el día antes no se había visto señal alguna de semejante posición liberal.

—De hecho, señor Wickens, ¿estaría de acuerdo conmigo en que una creencia como la del obispo Ussher estaría más acorde con el área de opiniones religiosas y que tal opinión podría mantenerse separada de los principios de la ciencia de la creación y no incluirse en sus enseñanzas? —Extraordinario, desde luego.

—Desde luego que sí.

—En otras palabras, señor Wickens, ¿sería justo decir que sus convicciones religiosas, sean las que sean, podrían mantenerse separadas de las científicas dentro de un aula? ¿Que lo que aquí estamos debatiendo, en nuestro deseo de que se presente una teoría de la creación como alternativa en las escuelas de América, es un intento honesto y responsable de explicar un posible origen del mundo a nuestros jóvenes? ¿Y que esta teoría tiene una validez propia que no procede de creencias puramente religiosas? ¿Estaría de acuerdo conmigo en esos puntos, señor Wickens?

—Sí, lo estaría.

David giró la cabeza, miró más allá de Phyllis y al encontrarse conmigo alzó las cejas. Estaba claro que pensaba lo mismo que yo. Nunca antes el creacionismo había estado dispuesto a retirarse de ninguna de sus posiciones fundamentalistas básicas, ni a formular su caso en términos tan tolerantes. De hecho, casi parecían admitir la posibilidad de que podrían estar equivocados.

Chester Wylie se apartó del estrado de los testigos.

—Antes de cederle el testigo al señor Patterson, me gustaría señalar lo que creo que es una analogía pertinente, Señoría. Alrededor del año 585 a. C. un filósofo griego llamado Tales fue el primero en ofrecer una explicación científica para el origen del mundo físico: declaró que todos los materiales procedían de un único elemento, concretamente el agua. El hecho de que no fuera del todo preciso no viene al caso. Pero si los hombres que pensaban que estaba equivocado, como algunos de los hoy aquí presentes, hubieran estado en posición de negarle a Tales el derecho a diseminar sus ideas, eso habría sido un gran error y una injusticia. Y podría haber sofocado el desarrollo de otras ideas que han provenido de Tales, ideas que han conducido a muchos de los principios científicos que sostenemos hoy en día. Señoría, a ninguna idea honesta y responsable, cosa que mantenemos que es la ciencia de la creación, se le debería negar la voz solo porque no están de acuerdo con ella otros que están en posiciones de poder. Quién sabe qué futuro progreso podría de ese modo ser sofocado...

Burton Patterson sacudió la cabeza y se levantó a medias de la silla.

—Señoría, debo protestar. ¿Pretende el señor Wylie pronunciar su alegato final en este momento sin permitirme que interrogue al señor Wickens?

El estoico rostro del juez Still se permitió un leve fruncimiento de cejas.

—Sí, señor Wylie, estoy de acuerdo en que está usted yendo más allá del alcance del testimonio de su testigo. Estoy seguro de que no querría hacer perder el hilo del interrogatorio al señor Patterson.

—Desde luego que no, Señoría —objetó Wylie, y se retiró a su asiento para ceder el terreno a su adversario.

Shauna se inclinó sobre mi oído y susurró:

—Esa ha sido una exhibición magistral con humo y espejos.

Asentí, pero no me volví en su dirección, ya que yo, junto con todos los presentes en la sala, estaba contemplando al letrado de la fundación, que se levantaba en esos momentos. Lo hizo con lentitud, casi con despreocupación, pero no por ello sin dejar de fascinarnos. Después de un momento, durante el cual hizo una pausa y le echó un vistazo a una hoja de notas que descansaba delante de él, Burton Patterson rodeó la mesa. Su altura, algo más de metro noventa, y la mata de espeso y rebelde cabello castaño claro le daba una presencia llamativa. Como ya había notado ayer, pareció adoptar una ligera insinuación de encorvamiento, como si creyera que en una sala, sobre todo bajo la mirada de los medios de comunicación, era importante no transmitir la imagen de depredador. Esa pose quizá también pretendiera desarmar al testigo.

Ahora, al aproximarse al señor Frank Wickens, lo rodeaba un silencio absoluto. En ese momento, volví la cabeza con discreción para examinar los rostros cautivos del público. Steven y Jeffrey permanecían en sus sitios. Intenté dejar que zonas enteras de la sala se grabaran en mi retina a la vez, pero nada que se correspondiera al rostro de Robert Cherkasian incidió en mi conciencia. Era evidente que hoy no iba a estar aquí.

No vi ninguna señal de Chown. Las puertas de la sala estaban todas cerradas. Sí que noté que justo en el centro de una se encontraba la entrevistadora de televisión. Aunque no había podido meter la cámara con ella, al menos ella no pensaba perderse el evento.

Me volví de nuevo a la escena que se desarrollaba ante mí. El subdirector del Instituto de Segunda Enseñanza Fennimore, de Great Bend, Pensilvania, aunque obviamente era un hombre decidido a mantener la compostura, delataba en sus ojos una mezcla de aprensión y hostilidad. Sin duda había estado sentado entre los espectadores durante los testimonios del día anterior para acostumbrarse al estilo de los interrogatorios de Patterson. Algo de lo que había presenciado ayer no podía haber sido muy alentador.

Patterson se detuvo delante del estrado y le lanzó al testigo una sonrisa tranquilizadora.

—Bueno, señor Wickens, quiero que sepa que yo también estoy de acuerdo con la definición del señor Wylie de teoría científica. ¿Cómo era? «Una interpretación honesta y responsable ofrecida para explicar ciertos fenómenos observados». Hasta yo me permito un coñac después de la cena y reflexiones sobre cuestiones como esta.

La voz de Patterson era suave, relajada y amable; se transmitía a cada esquina de la sala, pero no llegaba a alargar las palabras. Ahí debió de trazar el límite para no parecer demasiado afectado; de hecho, junto con el encorvamiento, podría haber parecido demasiado rústico. No me cabía duda de que algunas de las cosas que iba a decir decididamente no iban a atraer en absoluto a la gente sencilla.

Le eché un vistazo a la mesa del letrado contrario. Chester Wylie se había acomodado en la silla, las manos plegadas sobre una amplia sección media, la cara redonda revelando solo una insinuación de tensión en un ligero estrechamiento de los ojos.

Patterson continuó.

—A mí me parece, señor Wickens, que aquí las palabras clave son «honesto» y «responsable». Honesto en que debería representar una preocupación genuina de la persona que propone la teoría por llegar a la verdad del asunto, o tan cerca de la verdad como sea posible, sin cerrar su mente a lo que esa verdad pueda ser. Responsable en que... bueno, la palabra habla por sí misma.

A mi lado Shauna lanzó una suave risita. Comprendí muy bien lo que estaba pensando. Patterson no había tenido oportunidad de encontrar una ampliación adecuada para la segunda palabra, pero no solo había conseguido taparlo sino que había transmitido una impresión muy fuerte con la propia tapadera.

—El famoso doctor Wegener —siguió Patterson—, al que se le ocurrió la teoría de la deriva continental, no cerró su mente, estoy seguro, a ninguna explicación plausible para sus observaciones, cada una de las cuales, estoy seguro, sopesó con todo cuidado para hacer su elección, libre de prejuicios, en uno u otro sentido. ¿Estaría de acuerdo conmigo en eso?

—Sí, sí, lo estaría. Siempre teniendo en cuenta que esa elección viene determinada por muchas cosas, ¿y quién puede decir lo que son prejuicios?

—Eso se lo concedo. —La respuesta, además de ser de una sorprendente sutileza, demostraba que Frank Wickens era desde luego un hombre que podía hablar por sí mismo. Hubo un suspiro de alivio casi audible procedente de la mesa del letrado contrario.

—Digamos, señor Wickens, que pudiera ser una proposición válida que un Creador fue el responsable de este mundo y todo lo que hay en él. Creo que todos los presentes, sean cuales sean sus convicciones personales, dirían que esa idea tiene un cierto sentido. Siempre que, por supuesto, no les cierre sus mentes.

Wickens hizo un enfático gesto de asentimiento. Noté que tenía un rostro especialmente expresivo.

—Y si este fenómeno de la existencia del mundo sugiriera de hecho la existencia de un Creador, ¿qué más podría sugerir sobre el mismo?

Wickens pareció confundido.

—No estoy seguro de a qué se refiere.

—Por ejemplo, ¿le diría eso a usted qué Dios fue el que creó el mundo? A lo largo de la Historia han sido muchos los dioses a los que se les ha atribuido esta hazaña. ¿Su teoría incluye su identificación?

Wickens dio la sensación de ser un hombre que había pisado de improviso un terreno de arenas movedizas.

—Bueno, creo que suponemos que...

—¿Pero seguro que las suposiciones, señor Wickens, cuando se refieren a la teoría científica, deben basarse en alguna prueba, en alguna observación concreta o experimento?

—Bueno, sí, supongo.

—¿Hay algo relacionado con su teoría científica del creacionismo que justifique que ustedes propongan que el Dios que creó el mundo debe identificarse con el Dios judío y cristiano en lugar de con cualquier otro Dios, como el Alá musulmán, por ejemplo?

Hubo un revuelo de tensión que cruzó toda la sala. Wickens se dio cuenta del peligro que corría y vio que solo había una forma de salir. Un tanto sorprendido, observé que la tomaba.

—Así de pronto, aunque me gustaría poder reflexionar más sobre esa pregunta, es probable que tuviera que decir que no.

Patterson terminó de rematar su argumento.

—Así que si a usted, como profesor de ciencia de la creación en una de las escuelas de nuestra nación, se le acercara uno de sus estudiantes, digamos un alumno negro cuyos padres practicaran la fe musulmana, y ese estudiante le preguntara quién era el Creador, ¿usted le diría que su teoría científica no incluye esa información?

—Supongo que sí.

Patterson sonrió.

—Señor Wickens, no estoy intentando hacerle caer en una trampa. Pero usted le dijo al señor Wylie que podría separar sus opiniones religiosas de los principios de la ciencia de la creación y yo solo estoy intentando descubrir si ese es en realidad el caso.

Pero Patterson todavía no estaba listo para soltar al testigo de este cebo en concreto.

—Bien. Solo para clarificar las cosas. Me doy cuenta de que usted tiene sus opiniones religiosas a las que tiene derecho, como lo tenemos todos, pero en lo que se refiere a su posición como profesor de ciencia de la creación, ¿usted estaría preparado para no descartar la posibilidad de que el Creador responsable de la existencia del mundo sea Alá?

—Como profesor de ciencia de la creación, y en lo que a mis alumnos se refiere, no lo descartaría.

—Estoy seguro de que eso tranquilizaría a esos padres americanos que practican fes no cristianas. También supongo que dada la naturaleza de las pruebas usted no descartaría la posibilidad de que el Creador que creó el mundo haya muerto desde entonces, ya que no hay nada que indique una cosa o la otra.

Era obvio que ese concepto nunca se le había ocurrido a Frank Wickens.

—Yo... no estoy seguro. Quizá se pueda hallar alguna prueba de que el Creador todavía se encarga de mantener la existencia del mundo. Tendría que pensarlo.

—Pero si no se pudieran encontrar esas pruebas, usted estaría preparado para admitir la posibilidad de que el Creador ya no existe.

Wickens dijo con tono taciturno:

—Es posible.

—En ese sentido, incluso es posible que el Creador todavía exista en realidad, pero que se haya vuelto loco, o que al empezar ya estuviera loco. Si consideramos la naturaleza del mundo con todos sus males y desastres naturales, por no hablar del mal inherente a su forma de vida más inteligente...

Un murmullo estalló en la tribuna de los espectadores y se transmitió por la sala como una ola lejana y creciente. Me di cuenta de que el testigo no estaba preparado para admitir esa posibilidad en su teoría. De hecho, con una ira repentina, Wickens abrió la boca y pronunció cuatro palabras: «El mal del hombre...», antes de que Chester Wylie se levantara de un salto.

—¡Señoría, protesto! El letrado de la fundación está acosando al testigo con conjeturas inútiles y me atrevería a decir que terminará proponiendo algo tan extravagante que provocará la reacción que está buscando. Creo que el señor Wickens ya ha demostrado de forma suficiente la integridad de su postura.

—Se admite la protesta —dijo el juez Still—. Señor Patterson, ya lo ha dejado claro y le sugiero que suspenda esta línea concreta de interrogatorio.

—Desde luego, Señoría. Solo deseo que el tribunal quede satisfecho de verdad en cuanto a la integridad de la afirmación creacionista de que pueden mantener la ciencia separada de la religión. Con ese fin, plantearé una pregunta diferente.

Cuando Patterson se volvió de nuevo hacia Frank Wickens, me di cuenta de que le echó un vistazo al reloj de la pared. Decía que eran las once y cinco. Estaba seguro de que Patterson estaba calculando cuánto tiempo tendría para poner en duda el testimonio de este testigo. Tendría que hacerlo antes del descanso para la comida, antes de que Wickens, tras consultar con Wylie, pudiera apuntalar sus defensas. La protesta de Wylie había interrumpido el ataque, pero lo que había estado a punto de ser el estallido de Wickens demostraba que sí que tenía un límite.

Recordé que en la sesión matinal de ayer se había hecho la pausa para comer unos minutos antes del mediodía. Pero yo también había notado que el juez Still había comenzado a parecer inquieto poco después de las once y media. Patterson tendría que hacer su trabajo con rapidez para derribar al testigo con el que era obvio que Chester Wylie se había jugado todo el caso.

Por suerte, podía seguir la carrera sin girar la cabeza. El reloj se encontraba en la pared, a una buena altura, más o menos en la misma línea de visión que el estrado de los testigos. Colgaba cerca de la cima de los paneles de roble de la sala, donde la madera se encontraba con las toscas piedras de la envejecida arquitectura del edificio, un producto de una época más confiada y creyente, un siglo atrás.

Patterson reanudó su interrogatorio mientras se inclinaba por un momento hacia fuera y miraba al embelesado público.

—Señor Wickens, usted y el señor Wylie hablaron antes sobre la observación y los experimentos con respecto a la teoría de la ciencia de la creación y a mí me gustaría, con su ayuda, comparar la naturaleza de las pruebas en ambas teorías. Las cosas que un evolucionista miraría para intentar apoyar su teoría son tangibles: cosas que están presentes en el mundo y que todos pueden examinar, es decir, el registro fósil, el registro geológico, la naturaleza y comportamiento de ciertas especies de vida, tanto vegetal como animal. De hecho, estas son las cosas que pudieron y de hecho llevaron a los evolucionistas a plantear su teoría en primer lugar. ¿Qué tipo de pruebas consideraría usted que serían equivalentes y que se aplicarían a la ciencia de la creación?

Frank Wickens había recuperado una cierta compostura y confianza.

—Bueno, por mi parte, yo diría que las mismas pruebas, dada una interpretación diferente, claro, podrían satisfacer las necesidades de la ciencia de la creación.

Patterson sonrió e inclinó la cabeza para rascarse detrás de la oreja.

—Sí, pero, como vimos ayer, la ciencia clásica tiende a mostrarse bastante disconforme con este tipo de interpretación. Además, según los testimonios de ayer, que he de suponer que usted escuchó, la teoría de la creación se pasa la mayor parte del tiempo que le dedica a esos temas concretos intentando desacreditarlos como pruebas de la evolución. Intenta demostrar que la interpretación científica clásica de estas cosas es falsa o engañosa. Con respecto al registro fósil, por ejemplo, yo he oído afirmar con frecuencia que estas criaturas quizá no hayan vivido jamás, sino que el Creador las colocó en el suelo como fósiles, con qué propósito yo no lo sé. O que representan una especie de experimento divino con diferentes formas de cada especie, lo que explica por qué existen fósiles que tienen un gran parecido entre sí.

—Creo que está usted tergiversando nuestro argumento —protestó Wickens.

Me pareció que la protesta de Wickens era válida hasta cierto punto, al menos en términos de los testimonios del día anterior, ya que recordé que cosas como los registros fósiles y geológicos las habían presentado los creacionistas como un apoyo más positivo de su postura de lo que insinuaba Patterson. Y en realidad nadie había afirmado que Dios había colocado los fósiles en el suelo, aunque yo sabía que algo así se había insinuado en otros sitios, que era como Patterson había tenido buen cuidado de expresarlo. Wylie parecía a punto de hacer una objeción pero habría sido una muy sutil, y dudó justo el tiempo suficiente para que Patterson llevara las cosas más allá y se diluyera la oportunidad. Al abogado de la fundación le había salido bien el juego de manos y yo estaba bastante seguro de saber hacia dónde se dirigía.

—Lo que estoy intentando decir es lo siguiente, señor Wickens. Podríamos decir de estas pruebas tangibles a favor de la evolución que son la voz de la Tierra que habla en su propio nombre, en nombre de la teoría que defiende que la vida y el mundo comenzaron a existir a través de sus propios procesos naturales. ¿Cuál diría usted entonces que es la prueba primaria equivalente a favor del creacionismo? ¿Dónde está la voz del Creador hablando en su defensa y en defensa de la teoría creacionista?

No cabía duda de que a Wickens lo habían conducido al borde de un abismo. Pero para el testigo, retirarse habría significado una derrota parecida, y él debió de decidir que seguiría adelante mientras se defendiese lo mejor que pudiera. Vi que Chester Wylie estaba sentado con los músculos de las piernas tensos, listo para lanzar su objeción si el testigo se tiraba en plancha hacia la trampa de Patterson.

—Creo que es legítimo —dijo Wickens con gran cuidado— decir que, en principio, escritos como la Biblia —(e hizo gran énfasis en la palabra «como»)— representarían esa voz y se podrían sopesar como prueba. La mayor parte... de las culturas tienen escritos así, y tomados en conjunto representan una especie de tendencia universal que respalda la teoría creacionista.

Tuve que admirar la articulación de Wickens bajo presión, su meticuloso mantenimiento de la imparcialidad. Wylie se vio obligado a dudar un poco más a la hora de hacer una objeción, aunque el peligro estaba claro.

—¿Usted cree en la infalibilidad de la Biblia, señor Wickens?

Esta vez Chester Wylie hizo algo más que tensar los músculos de las piernas.

—¡Señoría, protesto! ¡El señor Patterson está siguiendo una línea de interrogatorio irrelevante! Sean cuales sean las opiniones religiosas del señor Wickens, ha declarado que puede mantenerlas separadas de sus opiniones científicas. ¡Creo que el letrado contrario está intentando confundir y engañar al tribunal!

El juez Still dirigió una mirada inquisitiva a Burton Patterson, invitándolo a que lo refutara.

—En absoluto, Señoría. Estoy intentando señalar que tal declaración podría no ser válida simplemente porque la supuesta línea que en el creacionismo separa la religión y la ciencia está muy desdibujada. De hecho, ya la ha cruzado el señor Wickens, que ha metido escritos religiosos en la imagen, poco importa con qué dosis de imparcialidad. Estoy intentando establecer si de hecho puede existir esa línea, si hay una distinción entre las opiniones religiosas y científicas en la ciencia de la creación.

El juez Still asintió.

—Se desestima la protesta. Puede proceder, señor Patterson.

Chester Wylie se sentó con gesto pesado.

—Quizá —continuó Patterson— la pregunta sobre la infalibilidad de la Biblia es religiosa, así que en este momento la dejaré a un lado. Acerquémonos a mi argumento de este modo. Podríamos decir que Charles Darwin se vio por primera vez inducido a pensar en su teoría gracias a los aguijonazos que le daban ciertas observaciones sobre las características y comportamientos de los animales. Es decir, fue eso lo primero que le hizo pensar en ello. ¿Diría usted, señor Wickens, que lo primero que le dio la idea de un Creador fue una lectura de la Biblia, o la educación que recibió de aquellos que habían leído la Biblia?

Chester Wylie estaba de nuevo levantado y gritando con tono desesperado.

—¡Señoría, está dirigiendo al testigo!

El juez Still golpeó una vez con el martillo en la primera muestra de ira que yo había presenciado por su parte. Pareció hacer tintinear los nervios de todos los presentes en la cámara.

—¡Señor Wylie, esto es un interrogatorio del lado contrario! No me obligue a sospechar que está intentando obstruir este proceso. Y si el testigo no quiere que lo dirijan, puede limitarse a decir no. Proceda, señor Patterson.

—Gracias, Señoría. —Patterson se acercó a su mesa y comprobó unas notas. Yo tenía la sensación de que estaba dejando que se apagara el alboroto. Quizá creía que en un ambiente demasiado agitado, un testigo podría terminar siendo inútil, en lugar de colocarse en un estado más deseable de vulnerabilidad. Cosa que sería especialmente crítica en un caso como este, en el que el letrado estaba intentando desarrollar un intrincado argumento intelectual.

El sol de últimas horas de la mañana entraba a raudales por las ventanas. ¿Había algún pueblo en la faz de la Tierra, me pregunté, que todavía adorara al Sol como a un dios? El fino polvo del antiguo edificio que pendía con suavidad del aire hacía que los rayos de sol fueran tangibles. Quizá sí que se encontraba allí el espíritu de algún dios, contemplando la resentida escena con... ¿qué emoción? Bueno, decidí, pues que se adelante él y clarifique el tema. Que su voz resuene entre las vigas y las piedras.

Las piedras.

Los ricos y fuertes llamarán a las piedras, caed sobre nosotros y ocultadnos del rostro de Dios y de su ira.

Mi cuerpo tuvo un espasmo y Shauna lo notó. Sacudí la cabeza como si quisiera despejarla. La idea que se me acababa de ocurrir era demasiado extravagante. Era ridícula, imposible. ¿Una bomba en el edificio del Tribunal Superior de Justicia? Ladeé la cabeza. Jeffrey y Steven seguían en sus asientos. Cherkasian no los sacrificaría en una destrucción de este tribunal impío diseñada por el hombre. En cualquier caso, la escena era conjunta. Había presentes un número igual de miembros del lado creacionista.

A menos que Cherkasian también sintiera antagonismo hacia ellos. O no le importara.

No, a mi débil y demasiado estimulado cerebro le había estallado un circuito. Devolví con algún esfuerzo la atención a la escena que tenía delante. Patterson le había dado la espalda a la mesa para dirigirse de nuevo al estrado de los testigos.

Además, ¿qué pasaba con las otras dos pistas? Si la pista número dos, la de las piedras que caían, pertenecía a Steven, este todavía estaba aquí, absorto en la misma escena que yo.

A menos que este no fuera el momento.

Steven, de la casa de Filadelfia. ¿La investigación del FBI había profundizado lo suficiente para saber si alguien de allí tenía algo que ver con explosivos?

—Bien, señor Wickens...

¿Pensaría Chown que estaba loco si abordaba la cuestión con él durante la pausa para la comida? ¿Una bomba envuelta en una cita del Apocalipsis?

—¿Sería justo decir que la fuente original de su teoría, lo que le hizo pensar en ella en primer lugar, fue la Biblia o algún otro escrito semejante?

Wickens miró con tristeza hacia la mesa del letrado de la Coalición, pero de allí no iba a llegar ninguna ayuda.

—¿Señor Wickens?

—Bueno, sí, en un principio...

Antes de que el testigo pudiera añadir algún calificador, Patterson continuó.

—Bien, entonces si su supuesta teoría científica procede de un escrito religioso, ¿cómo puede afirmar que mantiene la ciencia separada de la religión?

Al darse cuenta de que estaba solo, Frank Wickens hizo un valiente intento de salvar la situación. Se irguió y miró al abogado directamente a los ojos.

—La naturaleza de la teoría del creacionismo no puede evitar ser en cierto modo religiosa, señor Patterson. El creacionismo trata de un Creador. Y la creencia en un Creador, no importa en lo que se base, siempre se ha etiquetado como «religión». En lugar de suponer una separación rígida, yo calificaría al creacionismo como un compuesto de religión y ciencia.

Frank Wickens había ido de forma definitiva a lo suyo. En la tribuna de los espectadores hubo un cauto suspiro de satisfacción entre los partidarios del creacionismo, que creían que el testigo había vuelto a pisar un terreno más firme y sensato. Pero en sus prisas por cubrirse las espaldas, Wickens añadió:

—Pero el creacionismo todavía puede reivindicar que se incluya en la categoría de ciencia si se somete a los principios científicos y se enseña de acuerdo con ellos, como hemos estado intentando demostrar.

Aquel hombre tenía recursos. Le eché un vistazo al reloj. Las once y veinte. Patterson tendría que lanzarse a la yugular, comprendí, y rápido.

Pero la mitad de mi mente estaba ocupada en otra dirección, dirección que parecía un poco menos extravagante con cada minuto que pasaba. Cherkasian había dicho que los acontecimientos ya se estaban desplegando. ¿Eran las insinuaciones contenidas en las pistas esos «acontecimientos»? Y dado que era obvio que ninguna de esas cosas había pasado todavía, ¿qué era lo que ya se estaba desplegando? ¿Cómo estaba Cherkasian apretándole las tuercas a Dios?

Patterson preguntó:

—¿Está usted familiarizado con los principios científicos, señor Wickens? ¿En concreto con los principios de la investigación científica?

—Sí, yo diría que sí.

—Usted y el señor Wylie ofrecieron antes una definición de una teoría científica. Ahora yo quiero ofrecer una definición propia. La ciencia es una disciplina que avanza por medio de una cadena de acontecimientos que se repiten de forma constante: teoría e investigación, teoría e investigación. Es decir, un científico propone una teoría y luego la somete a una investigación. Eso a su vez lleva a una revisión de la teoría anterior o a una completamente nueva si es necesario. Luego, con la nueva teoría en la mano, realiza más investigaciones que pueden a su vez llevar a nuevos cambios en la teoría, todo ello con el fin de llegar a la verdad definitiva. Bien, señor Wickens, si en cualquier punto de esta cadena, el científico se coloca con su teoría en una mano y los resultados de su última investigación en la otra y ambos son incompatibles, no coinciden, ¿cuál descarta?

El testigo miró al abogado sin hablar. Al parecer presentía que Patterson tenía intención de responder a su propia pregunta.

—Siendo como es un hombre de ciencia, señor Wickens, usted sabe que descarta la teoría. ¿No es cierto?

Frank Wickens no pudo hacer otra cosa más que asentir.

—A mí me parece entonces que la reivindicación de los creacionistas de ofrecerles una ciencia alternativa a nuestras escuelas viene determinada en gran medida por su disposición a seguir tales principios científicos. En el caso de la evolución, la teoría original presentada por Darwin ha sufrido una revisión considerable. Por ejemplo, como todos observamos ayer, hace treinta años se enseñaba que la evolución procedía de cambios lentos y graduales en una especie dada hasta que esos cambios más adecuados para la supervivencia se hacían predominantes con el tiempo. Pero la investigación continuada del registro fósil pareció arrojar dudas sobre la precisión de esta teoría y ahora los evolucionistas sugieren que el proceso supuso algunas mutaciones repentinas y notables que tuvieron lugar de forma periódica, quizá debido a estallidos de radiación procedentes del espacio exterior. Entre medias, la mayor parte de las formas de vida permanecieron inmutables durante largos periodos de tiempo. A través de la investigación, una teoría previa da paso a una nueva. Veamos si se pueden aplicar los mismos principios científicos a la ciencia de la creación.

Once y media. Todavía no había señal de que el juez Still se estuviera impacientando. Por desgracia yo no podía decir lo mismo de mí. La copa de fuego. Vertida por el cuarto ángel. La pista de Jeffrey. Estaba sentado yo demasiado lejos, detrás de mí. Ridículo. ¿Iba a prenderle fuego a la sala? ¿A irrumpir con un lanzallamas? Por otro lado, ¿debía suponer de

449

forma automática que la sala, o incluso el juzgado, era el escenario donde se le apretarían las tuercas a Dios?

Genial. Chown pensaría que me había vuelto majareta por completo. Bombas e incendios abrasadores.

—Bien, señor Wickens, yo aceptaría que escritos como la Biblia fueran considerados fuentes primarias y legítimas de pruebas en la teoría creacionista. Después de todo, ¿de dónde más se puede sacar la información sobre un Creador sino es de los escritos y las tradiciones que tienen algo que decir sobre él? No es que se pueda hacer caso omiso de ello. ¿Estaría usted de acuerdo?

Wickens respondió vacilante.

—Desde luego.

—Así que si surgiera la cuestión de las fuentes de las pruebas en el curso de la ciencia creacionista, como es natural la Biblia se incluiría entre ellas.

—Creo que es lo más justo —dijo Wickens un tanto a la defensiva.

—Sí, lo es. Bien, señor Wickens, voy a volver a la pregunta que dejé antes de lado, pero usted puede tomarse unos momentos y formular su respuesta como desee: ¿cree que la Biblia es infalible?

El momento de silencio que siguió a esa pregunta resonó por toda la sala. Sospeché que Patterson estaba esperando que su salvedad, que yo estaba seguro de que en realidad no significaba nada, haría dudar a Chester Wylie en lo que a otra protesta se refería.

No hubo reacción por parte del abogado del Estado. El testigo respondió con cautela.

—Si lo creo o no es una convicción puramente religiosa. En un curso de ciencia de la creación, la cuestión se dejaría abierta.

Un incierto revuelo cruzó la sala como una onda. Es probable que a los partisanos creacionistas les pareciera que Frank Wickens se había anotado otro punto, pero había una creciente inquietud por la cantidad cada vez mayor de terreno que estaban cediendo para conseguirlo.

—Ya veo. Así que entonces, si al considerar la afirmación de la Biblia de que el mundo se creó en seis días, uno de sus estudiantes señalara las pruebas científicas concluyentes que demuestran que miles de millones de años separan la formación de la Tierra, o digamos su creación, de la creación de la primera forma de vida, ¿diría usted que la Biblia es errónea en ese punto?

—No, señor, no errónea —respondió Wickens con más vigor—. Podría ser solo que fuera nuestra interpretación de la palabra «día» lo que es erróneo. El calendario básico de la creación podría seguir siendo el mismo. —Era innegable que este hombre profesaba una visión muy «liberal» para ser creacionista.

—Cierto, aunque nos vemos obligados a estirar los significados de las palabras y darles a pasajes enteros un significado que no es obvio. Bueno, entonces, ¿qué pasa con el pasaje del Génesis que dice que Dios le dio al hombre el dominio sobre todos los animales? Si un alumno señalara que eso no era del todo correcto porque algunas especies animales vivieron y murieron antes de la primera aparición del hombre, ¿diría usted que la Biblia se equivoca en esa cuestión?

—Bueno, no necesariamente. No se podría esperar que la Biblia cubriera todos y cada uno de los puntos. Nos correspondería a nosotros hacer encajar esos detalles en la imagen más amplia que presenta el Génesis.

—Me parece a mí, señor Wickens, que bajo ninguna circunstancia sería usted capaz de admitir en un curso de ciencia de la creación que la Biblia fuese otra cosa que infalible.

Chester Wylie se puso en pie con gesto cansado y adoptó su tono menos agresivo.

—Señoría, sugeriría con todo el debido respeto que el letrado de la fundación está siendo un tanto argumentativo.

—Señoría —se apresuró a interponer Patterson—, solo estoy intentando establecer si el testigo estaría en principio dispuesto a revisar o descartar algún elemento de su teoría si se presentan pruebas que la contradicen. Después de todo, ha estado de acuerdo en que la voluntad de hacerlo es un principio fundamental de la investigación científica. El señor Wylie ha basado su caso en la reivindicación de que la ciencia de la creación se ajusta a esos principios.

El juez Still, tras echarle un vistazo al reloj, dijo:

—Se desestima.

Apretarle las tuercas a Dios. ¿Cómo? ¿Haciendo que ocurran esas cosas? «Si conoces su voluntad, tiene que actuar». En el antiguo pensamiento mágico, pronunciar el nombre de un dios ponía en juego la fuerza del dios; el dios no tenía voz ni voto. ¿Acaso Cherkasian consideraba que una acción que encajara con la profecía de Dios era una forma de apretarle las tuercas? Dios había estado esperando el momento para cumplir esas profecías, que no tenían plazo definido. ¿Pensaba Cherkasian que podría disparar el mecanismo que hacía cumplir las profecías de tal modo que Dios no podría resistirse?

¿Podría saber yo en qué mundo enfebrecido se movía Cherkasian?

Patterson había dado la espalda al estrado de los testigos.

—¿Y bien, señor Wickens? ¿No es cierto que usted jamás admitiría que la Biblia podría equivocarse?

Poco importaba hacia dónde se dirigiera el testigo, Patterson se haría con él al final.

Wickens se pasó la base de la palma de la mano por la frente.

—Eso no es necesariamente cierto —tartamudeó—. Pero tendría que darme un ejemplo de un punto en el que la Biblia se equivoca de una forma flagrante.

En una esquina de la tribuna de los espectadores se oyó un pequeño gemido, como si por fin se hubiera presionado a Frank Wickens·hasta el punto de hacerle emitir una herejía.

—Bien, señor Wickens, cuando afirmé que hay pruebas científicas de que el mundo y la Humanidad llevan por aquí mucho más tiempo que el periodo que establece la Biblia, usted lo explicó diciendo que el término bíblico «día» tendría que ser reinterpretado. Pero seguro que tendría que admitir.que la genealogía que lleva de Adán a Noé, tal y como se expone en el Génesis, no es posible que sea correcta, ya que sencillamente no se dan las suficientes generaciones para llenar los cientos de miles de años y más que los hombres y las mujeres han caminado sobre la Tierra. Y no creo que nadie le permitiera explicarlo diciendo que el término «año» también significa algo diferente y que estos hombres en realidad vivieron durante muchos milenios.

A Wickens lo habían arrinconado y lo sabía. Si una vez más defendía la exactitud esencial de la Biblia, confirmaría la acusación de Patterson. Tenía un aspecto de lo más desgraciado cuando dijo con un hilo de voz.

—Supongo que se podría decir que la Biblia dejó fuera alguna cosa.

—Así que eso significaría que la Biblia se equivoca.

El labio inferior de Wickens tembló de forma perceptible.

—Si quisiera insistir sobre eso, supongo que podría llamarlo una inexactitud.

—Una inexactitud —repitió Patterson. El público contuvo el aliento.

El reloj marcaba las once y cuarenta y tres.

¿Qué pista sería el disparador? ¿Todas ellas? ¿Podía Cherkasian contar con las tres? ¿Con que los tres muchachos cumpliesen esa clase de orden? ¿O sería suficiente con uno?

¿Pero cuál era la pista número uno? ¿Cómo podría reconstruirse la crucifixión de Cristo?

Una vez más sacudí la cabeza. Me di cuenta de que Shauna, a mi lado, estaba empezando a pensar que me pasaba algo. Me dije que una copa bien cargada durante la comida me despejaría la cabeza de todas estas estrambóticas fantasías.

Estaba mirando al juez Still, que por fin parecía dar señales de inquietud. Sorprendí la mirada que dirigía Patterson hacia el tribunal. Quizá por esa razón se apresuró a continuar.

—Bueno, señor Wickens, es tranquilizador saber que usted podría, después de todo, ser capaz de advertirles a sus estudiantes que la Biblia, como fuente de información sobre la teoría de la creación, es como cualquier otra fuente de pruebas: podría tener en parte razón y en parte equivocarse. Me atrevería a decir, siguiendo los principios científicos, que si un estudiante le señalase que el registro fósil revela varias ramas diferentes de la especie humana que se remontan a millones de años atrás, usted tendría que admitir que estas pruebas tienden a indicar que el Génesis se equivocaba en otros aspectos: que nunca existieron Adán y Eva, que nunca hubo un Jardín del Edén, nada de fruta prohibida, nada de pecado original...

Con una expresión desesperada, el señor Frank Wickens se levantó del estrado de los testigos. Tenía los puños apretados y pequeñas venas se le marcaban en ambas sienes cuando estalló contra el abogado.

—¡No, señor Patterson, yo nunca admitiría eso! ¡Si no hubiera existido ningún Adán y Eva ni ninguna fruta prohibida, entonces no se habría producido ninguna caída! ¡Y si no hubo caída, no habríamos necesitado que viniera Jesús a la tierra a redimirnos! Si no hay pecado original, ¿cuál es la fuente del mal del hombre? ¡Usted es una de las encarnaciones de ese mal, señor Patterson, y yo estoy aquí, en esta sala, para intentar contrarrestarlo! Y la ciencia de la creación debe enseñarse en las escuelas de nuestra nación para destruir males como el suyo...

Al comienzo de la diatriba de Wickens, Patterson había inclinado la cabeza para mirar al suelo en actitud de sumisión. Sin duda había visto, como lo hicimos todos, que Chester Wylie empezaba a levantarse de la silla. Pero ningún sonido acompañó al movimiento, pues no había forma justificada de detener el estallido.

El subdirector de Fennimore se detuvo de golpe. Le siguió un estruendoso silencio durante el que Chester Wylie volvió a sentarse en su silla mientras el testigo cerraba poco a poco la boca y se quedaba mirando la sala con expresión desolada. Patterson y su joroba por fin levantaron la cabeza. Su voz era de una serenidad inquietante, pero se aseguró de que se transmitía hasta los últimos rincones de la cámara.

—Creo que el señor Wickens le ha demostrado al tribunal cuáles son los motivos que se esconden detrás de la supuesta ciencia de la creación y de aquellos que la promueven. Cuando una interpretación honesta y responsable de las pruebas se sacrifica por una doctrina estricta, no constituye nada parecido a una ciencia verdadera. No tengo más preguntas para este testigo, señoría.

El reloj marcaba las doce menos doce.

El juez Still golpeó con el martillo y dijo:

—El tribunal levanta la sesión hasta las dos en punto de esta tarde. —Se levantó de su silla y salió por la puerta.

En un momento la sala entera comentaba lo ocurrido y se levantaba. La mayor parte de los espectadores se limitaron a arremolinarse sin irse. Algunos parecían sumidos en un estado de agitación, otros lucían expresiones triunfantes. Vislumbré a Steven de pie, cerca de su asiento, con el gesto adusto y los dientes apretados. A Jeffrey no pude verlo entre la multitud. De Lindon no había habido señales en toda la mañana.

David estaba eufórico y pasó a través del hueco de la balaustrada hasta la mesa del letrado. Allí le estrechó la mano a Patterson. Tras ellos vi a Frank Wickens abandonar el estrado de los testigos y acercarse a la otra mesa sumido en el desánimo. Wylie estaba recogiendo para irse: era obvio que estaba desalentado por el giro de los acontecimientos.

A mi lado Shauna dijo con un aliento:

—Ha sido la representación más increíble que he visto jamás.

Tuve que estar de acuerdo con ella.

—Ese hombre es un maestro, no cabe duda.

Ella, Phyllis y yo seguimos a David a la zona abierta. David decía:

—Si Wylie se recupera de esto para intentar un solo argumento más, me dejará asombrado.

Patterson asintió, su seriedad era sorprendente. Yo incluso diría que humilde. Quizá en realidad no saboreaba que se triturara la integridad de un hombre en público.

—Lo más probable es que Wylie vaya directamente al alegato final. Yo ya no tengo intención de llamar a ningún testigo. —Le sonrió a David—. Pero claro, yo siempre me basé en la suposición de que se torpedearían solos.

Phyllis declaró con tono despreocupado:

—No fue de ahí de donde salió el torpedo, no desde donde yo estaba.

Algunos de los reporteros de prensa que habían llenado las sillas de la parte delantera de la tribuna de espectadores estaban rondando por allí, como si pensaran acercarse a Patterson, aunque la vista aún no había terminado. Cuando dudaron, una voz detrás de ellos soltó de sopetón:

—¡Señor Patterson!

Era la entrevistadora de televisión, de pie en el hueco de la balaustrada. Había presenciado el proceso desde su puesto al lado de la puerta, en la parte posterior de la tribuna de espectadores.

—Señor Patterson, ¿podría concederme un momento? Tengo un equipo fuera y me encantaría darle un espacio en las noticias de las seis. Si esperamos hasta más tarde, no podré llegar a tiempo.

Patterson levantó los ojos y le dedicó una educada sonrisa. Luego miró a David y se encogió de hombros con gesto relajado. Las comisuras de la boca se le subieron en una expresión divertida que decía: «¿Por qué no?». En voz alta anunció:

—Esa es una de las cosas para las que estamos aquí. Me aseguraré de meter a la fundación.

Se volvió hacia Helen Walters, su ayudante.

—¿Te importaría recoger mis papeles y mi maletín, Helen, y reunirte conmigo fuera?

Sus ojos barrieron los rostros animados de las personas que lo rodeaban. Patterson tenía que saber que acababa de demostrarle al mundo que seguía siendo todo un maestro de la sala de justicia. Cuando su mirada recayó sobre Shauna, se detuvo allí por un momento. Luego se volvió y siguió a la entrevistadora por el pasillo.

David expresó su júbilo dándole a Phyllis un beso en la mejilla.

—Quizá deberíamos cambiar la recepción para la prensa a esta noche.

Phyllis lo miró con una expresión de divertido asombro.

—Cariño, el juez todavía no ha dado su veredicto. Todo lo que ha hecho el señor Patterson es desacreditar a uno de los testigos. La vista no ha terminado.

David puso una expresión sobresaltada, luego avergonzada.

—Bueno, sí, por supuesto. Pero su caso está hecho trizas, eso está claro. Pero tienes razón, no podemos precipitarnos.

La multitud que nos rodeaba, una vez desaparecido su centro, comenzaba a disminuir. Helen Walters lo había recogido todo y se encaminaba al pasillo. Alguien dijo:

—Supongo que deberíamos ir a comer.

Shauna me cogió del brazo sin moverse.

—¿Por qué te retorcías así antes? Daba la sensación de que estabas tan nervioso que no podías parar quieto.

Le quité importancia con un encogimiento de hombros aunque su pregunta me devolvió parte de la inquietud.

—Oh, solo unos cuantos demonios que sobraron de ayer. Las pistas y eso. Veía a Cherkasian detrás de cada columna... o piedra.

Shauna entrecerró los ojos solo un poco.

—¿Por qué, se te ha ocurrido algo más?

—Solo estaba pensando en esos tres chicos. Es evidente que Cherkasian ejerce algún tipo de control sobre ellos. Quizá incluso se ha estado permitiendo algún tipo de adoctrinamiento. Cada uno recibe una pista que enviar...

—Eso no lo mencionaste anoche.

—Eh, no. De hecho, eso se me ocurrió en plena noche, pero no te desperté.

David y Phyllis se habían encaminado hacia el pasillo central de la tribuna de los espectadores. Seguía atestado de gente.

Shauna preguntó:

—¿Qué quieres decir con que cada uno recibió una pista?

—Bueno... —Mi cerebro estaba recogiendo sus deliberaciones, como un tren que sale a duras penas de un túnel lleno de niebla y sigue donde lo había dejado. Había resultado difícil pensar de forma coherente mientras se desarrollaba la dramática escena que tenía lugar en el tribunal, delante de mí.

»Se me ocurrió que cada una de esas advertencias se la dio a uno de los chicos para que la enviara. ¿Cherkasian estaba intentando plantar alguna idea en su mente? ¿Alguna clase de sugerencia? O... —Me encontré dándome golpecitos en la frente, como si intentara inducir a mis procesos cerebrales a que funcionaran más rápido—. Con tanta charla sobre la voluntad de Dios y persuadir a Dios para que actúe, ¿quién sabe qué efecto debían tener esos pasajes sobre ellos?

Miré a mi alrededor sin saber qué esperaba ver.

—De esa forma él podría cubrirse. No fue una orden directa. Quizá no esperaba que los tres respondieran.

El tono cada vez más urgente, la aprensión de mi voz hizo reaccionar a Shauna. Me preguntó un poco alarmada:

—¿Los tres qué? ¿Una orden para hacer qué?

Yo estaba hablando un poco agitado. David se había detenido a medio camino y había vuelto la vista atrás, con curiosidad. Phyllis también se había girado.

—No lo sé. Ponerle una bomba a este sitio quizá. Incendiarlo. Sé que parece una locura, pero de eso hablan las pistas. Al menos dos de ellas. Fuego y piedras que caen. Jeffrey y Steven. La otra habla de Cristo crucificado. Verlo traspasado.

—¿Ver a quién traspasado?

Shauna casi había gritado. David, desconcertado, volvía hacia nosotros.

—¿Ver...?

¿Cómo pude estar tan ciego? Cuando Shauna hizo la pregunta así, quedó claro que era absurdo. El pasaje se había cambiado para eliminar el sentido pasado del traspaso. Todos los ojos lo verán traspasado. Una predicción futura. Una sugerencia. ¿Quién? ¿Qué otra persona más que el propio Burton Patterson?

David estaba delante de mí, nervioso.

—¿Qué pasa, Kevin?

Esa habría sido la más sencilla de las pistas para llevar a cabo. ¿Para Lindon? De él no sabía nada. Ayer había puesto los ojos sobre él por un breve instante. Hoy no se le veía por ninguna parte.

Un cuchillo no se podía meter en la sala del tribunal. Jamás habría pasado por los detectores de metales.

Miré más allá de David, tras una Phyllis igual de perpleja.

—¿Dónde está Patterson?

David me miró desconcertado.

—Bueno, fuera, en el pasillo. Hablando con la mujer de la televisión.

Durante un largo momento una parte de mi cerebro me envió el mensaje de que parara, me calmara y luego considerara si debería ponerme en plan alarmista. Seguro que había creado una pesadilla fantasma en mi propia cabeza. El universo en el que vivíamos y amábamos no estaría tan loco.

Al momento siguiente, el mensaje resultó superfluo. Y se había equivocado, de una forma horrible.

Una cacofonía de voces acompañaba por varios gritos surgió de repente del pasillo que había detrás de la puerta de la tribuna de espectadores. Pasé corriendo al lado de los demás y me abrí camino a la fuerza por el pasillo de la sala. Tras la puerta, detrás del arco protector del detector de metales, me detuvo una multitud arremolinada de personas, todas luciendo expresiones aterradas u horrorizadas. Una o dos estaban llorando. Un momento después sentí a David empujando detrás de mí.

Más adelante, en medio de la multitud, una cámara subía, bajaba y se agitaba. Enfocaba hacia el suelo. Oí una voz gritando desde la misma dirección. El agente Chown le bramaba a alguien, «¡Detenedlo!». Había gritos pidiendo una ambulancia. La gente de seguridad del juzgado giraba en medio de todo, se abría paso a la fuerza, apartaba a otros. Vislumbré a la reportera de televisión. Había sangre en la parte delantera de su blusa. Tenía una expresión aturdida y todavía se aferraba al micrófono.

Con la presión añadida de David a mi espalda, me encontré penetrando en el grupo arremolinado de humanidad que chillaba y llegando hasta su centro, allí donde Nelson Chown estaba agachado sobre una figura echada de espaldas y ensangrentada. Burton Patterson estaba de lado, las piernas ladeadas, la cabeza y el torso torcidos hacia el cielo. Tenía los ojos fijos y llenos de dolor y la sangre se le escapaba de una boca abierta que parecía expresar un asombro silencioso. Chown estaba intentando colocarlo por completo de espaldas. La mujer de la televisión rondaba sobre ellos, una mezcla de horror y autodominio en la cara; a su lado, la cámara seguía grabando.

Unos pocos metros más allá había un nudo de tres figuras en el suelo. Un hombre con una trinchera junto con un guardia de seguridad del tribunal agarraban a otro, los brazos retorcidos, la cabeza sujeta brutalmente contra el suelo. Bajo una de las piernas yacía un cuchillo manchado de sangre.

—¡Oh, Dios! ¡Burton! —David me apartó con un empujón y se arrodilló al lado de Chown, con la rodilla metida en un charco cada vez más grande de sangre—. ¿Oh, Dios, cómo ha ocurrido esto? —Su voz se quebraba de angustia.

Chown, mientras movía a Patterson, apretaba una especie de trapo contra el pecho del abogado para intentar restañar el flujo de sangre.

—Estaba demasiado lejos —gruñó Chown—. Vi pasar al muy hijo de puta, parecía que solo estaba pasando a su lado, sin mostrar interés. Luego sacó de golpe el maldito cuchillo. Yo estaba demasiado lejos. —Chown levantó la cabeza y chilló—: ¿Viene esa ambulancia?

Las voces, la conmoción, el sonido de la respiración áspera de Patterson, todo me parecía extraño, carente de cuerpo, como un sueño lejano. En ese sueño entró Shauna, aferrándose con fiereza a mi brazo.

—Oh, no. No, no. ¡Burton!

Me soltó y se acercó al hombre caído, intentaba rodear al arrodillado David. Había alguien en medio. Pisó algo de sangre.

En mi sueño, con ese paso esa mujer salía de mi vida. Me di cuenta. No lo entendí del todo en ese momento, pero supe que ahora existía un vínculo entre mi antigua amante y Burton Patterson, que yacía sobre el duro suelo con la vida escapándosele del cuerpo.

Aturdido, oí y sentí que Phyllis lloraba colérica a mi lado.

Se oyó una voz gritando: «¡Despejen el camino!». Unos miembros del personal médico nos apartaron. La mano de Shauna había bajado hasta el abogado caído. Le había acariciado el brazo y luego se había visto obligada a retirarse. David se deslizó de lado, todavía de rodillas, para dejar pasar a los médicos.

Mis pies se retiraron con torpeza; una sensación de atontamiento se apoderaba de mi cuerpo. Shauna dio un par de pasos, al azar, como si no supiera qué hacer. Luego se volvió y se me quedó mirando con los ojos llenos de lágrimas. Angustia, culpa, obstinación, todo ello estaba grabado en su cara. Se movió vacilante hacia mí.

—Yo... estuve con él el fin de semana pasado. Aquí, en Filadelfia. En el hotel. Prometió no decir nada. —Las sílabas me llegaron de una en una, apretadas como trozos de tierra a través de la conmoción continua y las voces. Mi cerebro luchaba por unirlas en significados coherentes, imágenes espeluznantes. Shauna se acercó más y me puso una mano en el antebrazo.

—Solo pasé un día en casa de mis padres. Me había pedido que viniera. Le dije que sí porque... tú...

Sacudí la cabeza, fruncí los labios. Quizá me temblaban. Mis ojos le dijeron que no tenía que dar ninguna explicación.

—Necesitaba averiguar... si... cómo me sentía sobre todo... —Sus ojos eran estanques hundidos y rojos de aflicción e inseguridad. Se volvió de nuevo a mirar el nudo de personas que trabajaban con furia alrededor de Patterson.

Parecía atrapada en medio de una cuerda que tiraba en ambas direcciones. De repente se encogió y se quedó allí, sollozando como el flujo de un embalse que se ha derrumbado. Durante otro momento fui incapaz de moverme y Phyllis, tras haber presenciado el intercambio entre los dos, entró en la brecha y se acercó a Shauna para abrazarla. Sus lágrimas se mezclaron cuando yo recuperé el control de mi cuerpo. Como todo lo demás, demasiado tarde.

Trozos de frases surgían del grupo del suelo.

—Dale un poco más... Está a menos de siete milímetros de distancia... Atrás por favor. ¡Dejen pasar la camilla!

Un momento después estaban levantando a Patterson con mucho cuidado para colocarlo en una camilla. Su rostro tenía un aspecto exangüe. Las ruedas resbalaban.

David estaba allí de pie, con los pantalones empapados, con la expresión más afligida que yo haya visto jamás en un hombre. Mientras los médicos sujetaban las correas, cogió la mano de Patterson y le dijo, aunque el abogado apenas parecía consciente:

—Aguanta, testarudo hijo de tu madre. Vamos a pedir la revancha y será mejor que estés allí. —Patterson no mostró señales de haberlo oído.

Shauna y Phyllis, todavía abrazadas, miraban junto a todos los demás cómo sujetaban a toda prisa al brazo de Patterson una botella de suero intravenoso. David le preguntó al paramédico.

—¿Va a salir de esta?

El hombre le lanzó una mirada fugaz.

—Recen por él.

La reacción de David fue amarga cuando empezaron a llevarse la camilla.

—Creo que el Dios al que usted quiere que le rece estaba demasiado ocupado atendiendo las locas solicitudes de otra persona.

A estas alturas estaban llegando más policías y la camilla que llevaba a Patterson desapareció a través de una masa de uniformes azules. Noté que habían levantado al aspirante a asesino, le habían puesto las esposas y lo habían llevado a un banco situado al lado de la puerta de la sala, donde sin más ceremonias lo estaban obligando a sentarse. Su rostro me resultaba conocido. El joven, los rasgos serenos y sombríos, era sin lugar a dudas Lindon.

Durante los minutos siguientes hubo apresuradas consultas por todas partes, entre los varios miembros de las fuerzas de seguridad, entre Chown y yo; él quería que yo examinara la multitud para ver si había a la vista algún otro Maestro Ascendido, quizá incluso el propio Cherkasian. No vi señales de nadie. Noté, también, la ausencia de Chester Wylie y Frank Wickens. Habían salido de la sala por la puerta de los letrados y supuse que se habían perdido todo el asunto. Se iban a llevar un buen susto cuando volvieran para la sesión de la tarde. Me pregunté cuál sería el destino de la vista, pero en ese momento sentía que ya no me importaba nada más. Que los creacionistas enseñaran su ciencia. Era una gota en el cubo de la locura del mundo.

Después de unas cuantas consultas más con el jefe de la policía local, Chown me informó:

—Vamos a poner en marcha una redada inmediata de la guarida de los Maestros aquí, en la ciudad. Llevará un par de horas ponerse en contacto con la agencia y organizar otra en la escuela. No sé dónde está Cherkasian, pero lo tendremos aquí para la hora de la cena. ¿Podrá estar usted disponible más tarde? Usted parece ser el que más sabe sobre estos personajes.

Dije con amargura:

—Sí, tenía las pistas, desde luego. Pero no las interpreté como debía hasta que ya fue demasiado tarde.

Chown me miró con curiosidad, pero fue evidente que decidió dejar el tema para más tarde. Se alejó para organizar las cosas.

David, mientras tanto, había preguntado a dónde se habían llevado a Patterson. Entre los cuatro decidimos volver al hotel, donde David podría quitarse los pantalones ensangrentados y los demás podríamos asearnos, luego comer algo e irnos al hospital. Avisamos a Chown de a dónde íbamos antes de dejar el entristecido juzgado. Sus siniestras piedras, desde luego, habían caído sobre todos nosotros.

En el asiento trasero del coche alquilado de David, coloqué una mano sobre una apagada y llorosa Shauna.

—Lo entiendo —dije en voz baja—. Vamos a concentrarnos en sobrevivir a hoy. Si hay cosas que tengamos que solucionar entre nosotros, podemos hacerlo en otro momento. —Me lanzó una mirada furtiva y asintió.

Más tarde, esa noche, me informó de que se quedaría en Filadelfia el resto de la semana. Patterson había sufrido una operación de urgencia y estaba inconsciente, pero de momento estaba aguantando y los médicos decían que todavía había una posibilidad de que se recuperase. No tenía ninguna familia inmediata y Shauna quería esperar por si se despertaba. David también se quedaría unos días.

Un poco antes, Chown me había cogido y me había llevado a una cafetería cerca del hospital. Allí me exprimió todo lo que sabía de los Maestros Ascendidos. La redada de la escuela no había cogido a Cherkasian «por milímetros», dijo. De alguna forma se había enterado. A Jeffrey y a Steven los habían arrestado cuando volvieron a la casa de la ciudad y al día siguiente los someterían a un intenso interrogatorio. Chown dudaba que tuviera algo para poder retenerlos, pero quizá le proporcionaran alguna información que le permitiera al FBI seguir el rastro de Cherkasian.

—Lo que no entiendo es cuáles eran sus motivos —se inquietaba Chown con su tercera taza de café—. ¿Qué demonios creía que iba a lograr?

Yo también iba por la tercera taza, lo que eran dos por encima de mi límite. Me dije que no importaba, ya que no era muy probable que fuera a dormir mucho esa noche en cualquier caso.

—Si le respondiera a eso, pensaría que ese hombre estaba loco, o que lo estaba yo. La mente religiosa, sobre todo cuando se sumerge en las partes más enfebrecidas de las Escrituras, es un invernadero. Ahí pueden echar raíces todo tipo de ideas extrañas e híbridas. Digamos solo que Cherkasian pensó que podría aprovechar fuerzas que provocarían algunos cambios en el mundo. Cuando ansías con desesperación las cosas que crees que Dios lleva tanto tiempo prometiéndote, la frustración puede llevarte a crear clavos a los que agarrarte.

—En otras palabras, ¿el tío está loco?

—Según estándares no oficiales como el suyo o el mío, es probable. Legalmente, no lo sé. Pero creo que va usted a perder el tiempo. Se ha cubierto muy bien las espaldas. Afirmará que no les dio a los muchachos ninguna instrucción parecida. Solo se dejaron llevar, o al menos Lindon se dejó llevar, y se tomó los pasajes de las profecías demasiado en serio. Dirá que las escogió para advertir a la fundación, de una forma estrictamente religiosa, por supuesto, y dejó que cada muchacho mandara una. Sin duda las rodeó con un montón de sugestivo adoctrinamiento, pero dudo que alguien pueda demostrar intenciones homicidas o una conspiración deliberada.

Chown dio unos golpecitos en el borde de su taza de café con una cuchara. Era como el golpeteo del martillo de un juez.

—No esté tan seguro de eso. Pienso asegurarme de que el departamento lo intente. Además, si tan seguro estaba de que no había nada contra él, ¿por qué huyó?

—No lo sé. Quizá le entró el pánico.

—Bueno, lo cogeremos antes o después.

Para evitar una situación incómoda, cuando me enteré de que Shauna tenía intención de quedarse toda la semana, decidí coger el tren de medianoche a casa y dejarle la habitación del hotel a ella. La vista se había suspendido y no había razón para que me quedase. David prometió llamarme cada día para informarme del estado de Patterson. Shauna dijo que me llamaría cuando volviera a casa.

Nuestra despedida, en la sala de espera fuera de la pieza donde descansaba Patterson, fue resignada, aunque un poco emotiva. Era imposible saber lo que guardaba el futuro y ninguno de los dos estábamos de humor para profecías. Antes de este desastroso día y sus revelaciones, yo había tenido la sensación de que estaba en el umbral de una nueva y emocionante fase de mi vida. Si ese iba a ser todavía mi destino, era muy probable que entrara en él sin ella.

El viaje de vuelta a casa fue largo y melancólico. El estrépito de las ruedas en los raíles, en lugar de su habitual efecto hipnótico y tranquilizador, fue inquietante, casi angustioso. En el oscurecido vagón de tren, con repentinos puntitos de luz que iban quedando atrás en medio del campo negro como espíritus dementes y caóticos, una parte de mí se desesperaba por encontrar una razón clara para este catastrófico día, por poder hacer responsable a alguna persona o entidad. En lugar de eso, era como la colisión de una avalancha de vehículos en una intersección complicada durante una tormenta. Algunos de los conductores eran imprudentes, otros estaban distraídos. Unos cuantos habían estirado el cuello para mirar al cielo.

Era como la encrucijada de nuestros tiempos. El mundo se precitaba a la carretera hacia el próximo milenio. Ese próximo cruce de épocas estaba volviendo locas a algunas personas, literalmente. Para otras era una inspiración. El trozo de autopista que acababan de recorrer los había llevado a través de un tiempo de cambios y progresos. Algunos, para defenderse de esa nueva velocidad y de la libertad de la carretera, estaban construyendo desvíos, colocando vías alternativas que llevaban de vuelta al desierto que había quedado atrás. El choque de estas fuerzas era inevitable.

Quién sabe qué nuevo mundo surgiría del impacto.

Epílogo

1

Al final, la Fundación de la Edad de la Razón consiguió su publicidad, casi más de la que podía manejar, pero ninguno habríamos pagado el precio de buena gana. Patterson se fue recuperando poco a poco, y en parte fue gracias a los cuidados de Shauna. Aunque hablamos varias veces durante las semanas que siguieron a la abortada vista e incluso nos vimos en una ocasión, no intenté sondear sus motivos. Por qué se había sentido atraída por Patterson era asunto suyo y como yo siempre había sabido que Shauna era una persona honesta y cariñosa, sabía que la elección no se había hecho de forma frívola. Era evidente que la evaluación que yo había hecho de aquel hombre había sido parcial y poco generosa.

En cuanto a su insatisfacción con nuestra pasada relación, los dos éramos conscientes de las razones. No pasamos mucho tiempo discutiendo ese tema. Consiguió decirme que mi eterna reticencia a la hora de hacer una inversión incondicional en el asunto de vivir (y amar) había minado parte de su propio compromiso, lo que llevó a aquel fatídico fin de semana en Filadelfia. Nos separamos como amigos, pero fue una separación que iba a inaugurar en mí un intenso periodo de búsqueda interna.

Tres semanas después de la vista, David y yo nos vimos en su despacho para revisar la situación. Fue discreto, menos mal, y no mencionó a Shauna. Patterson para entonces ya había salido del estado crítico pero estaba claro que a corto plazo no iba a volver a la sala de justicia. La UALC, me informó David, había recuperado las riendas y estaba trabajando para cambiar la fecha de la vista y celebrarla bajo sus propios auspicios un tiempo después, ese mismo verano.

—A tiempo, esperemos, de evitar que el Estado de Pensilvania lleve a cabo sus intenciones de introducir el creacionismo en el plan de estudios escolar del año que viene.

—¿Quién va a defenderlo? —pregunté.

—No lo sé. No está en nuestras manos. Nosotros ya hemos tenido nuestro momento de gloria. Un momento bastante sangriento, ¿no? Chown dice que Cherkasian ha desaparecido en un agujero negro. Pero afirma que terminará sacándolo de allí. El largo brazo de la Agencia y todo eso.

—¿Y los muchachos?

—Hasta ahora no hay prueba alguna de confabulación entre los tres. Lindon trabajaba solo, desde luego bajo la influencia de Cherkasian. Pero no está tan claro si se podría demostrar eso ante un tribunal, si es que leo bien entre las líneas de las fanfarronadas de Chown.

—Quizá Lindon alegue locura.

Los ojos de David se iluminaron con una mezcla de ira y perversidad.

—Sabes, me encantaría verlo. Sería un juicio sonado en todo el país. Hagamos que un buen abogado defensor presente un caso en el que las creencias fundamentalistas constituyan una forma de locura, o que induzcan ese estado en el creyente.

Tuve que reírme.

—Quizá si el caso se retrasa lo suficiente, Patterson se habrá recuperado a tiempo para hacerse cargo de la defensa de Lindon. ¿No sería eso la ironía suprema?

David se echó a reír conmigo y luego de repente se puso serio. Suavizó un poco el tono irónico y dijo:

—Sabes, Kevin, no es una idea tan estrambótica como crees. Quizá saque el tema con Patterson la próxima vez que lo visite. Podría darle un incentivo extra para su recuperación. De hecho, oyendo a Chown daba la sensación de que aún se tardará un tiempo en llevar el caso a juicio, con eso de que no aparece Cherkasian y demás.

—No, David, la idea sí que es estrambótica, del todo. Y quizá precisamente por eso Patterson llegaría a pensárselo. ¡Imagínate la atención mediática que atraería!

—Es probable que hubiera algún tipo de impedimento legal. Conflicto de intereses o algo. —Sin embargo sus ojos parecían pensárselo, sembrados de estrellas provocadas por las visiones del potencial que supondría tal situación—. La fundación estaría bajo los focos durante meses.

Los dos sacudimos la cabeza como si quisiéramos despejarla de aquel surtido de fantasías estrambóticas.

—Hablando de publicidad...

David levantó una pila de hojas de periódico que tenía detrás del escritorio y las dejó caer delante de mí. Examinamos las páginas, la mayor parte portadas, de publicaciones de todo el país, sacadas de los días inmediatamente posteriores al intento de asesinato. Algunos de los titulares intentaban ser ingeniosos. «El más fuerte de Darwin quizá no sobreviva» y «El fantasma de Bryan persigue al Darrow moderno». Casi todos los artículos hacían alguna mención de la Fundación de la Edad de la Razón. La revista *Time*, en el número de la semana anterior, había incluido un artículo importante sobre la fundación y los temas que la rodeaban, centrándose en la disputa sobre el creacionismo. Como señaló David, habíamos pagado un alto precio por aquella publicidad imprevista.

—Y por eso no podemos dejar pasar la oportunidad de aprovecharla. De momento, la fundación está atrayendo a nuevos miembros a un ritmo diez veces superior al anterior. Estoy a punto de perder el control personal sobre todo el asunto. ¿Y sabes cuál es la mejor parte de todo, para mí por lo menos? La mitad de la Junta de Escépticos Internacionales, a los que en un principio les propuse el tema y que básicamente me dijeron que me buscara la vida, ahora quieren entrar en la fundación. Bueno, pues tendrán que ponerse a la cola.

Le pregunté vacilante.

—¿Y yo qué? ¿Crees que todavía puedo ocuparme de las obligaciones de «publicista residente»? —De hecho, sentía cierta aprensión al pensar que la organización estaba evolucionando, llegaba a una etapa nueva y más grande y yo podía quedarme atrás. Había observado, sin hacer comentarios, que no me habían llamado para ayudar con la entrevista de *Time*.

David se mostró atento.

—Por supuesto. Quizá incluso tengamos que ponerte un ayudante. Te abandoné un tiempo, supongo que abandoné a todo el mundo, tras el apuñalamiento de Patterson y no he parado un momento de ir de aquí a Filadelfia y de Filadelfia aquí. Por cierto, ya está empezando a preguntar por la gente y por las cosas en la fundación, lo que yo creo que es buena señal. Pero quiero que volvamos a encarrilarlo desde ya. —La vieja chispa volvió a sus ojos—. ¿Qué tal si te doy dos días, está bien, tres, para elaborar una estrategia a grosso modo? Algo que lo cubra todo, desde ahora hasta nuestro Simposio sobre la Racionalidad del año 2000.

El problema era que hablaba medio en serio. Asentí con lentitud.

—De acuerdo, tres días, no hay problema. Quizá le dé forma a mi novela durante los otros dos.

Nos echamos a reír los dos.

—Eso lo puedes hacer los fines de semana. De todos modos, no me desagrada del todo la idea de utilizar de algún modo la idea de un Jesús no existente. Casi me convenciste el otro día. Pero eso lo tendremos que manejar con cuidado. Veamos si el mundo está listo para oírlo. Lo que me recuerda...

Metió la mano en un cajón del escritorio y sacó un número reciente de *Atlantic Monthly*. Había marcado una página.

—Escucha lo que tiene que decir uno de los más destacados estudiosos de hoy en día sobre las últimas conclusiones de la investigación del Nuevo Testamento. Lo citan en un artículo sobre Q: «Como Q no contiene ninguna narración de la Pasión, Mack cree que nadie sabe en realidad cómo murió Jesús y que las historias evangélicas sobre su pasión, al igual que la mayor parte de las historias de los Evangelios, son pura ficción. "Se acabó", dijo Mack. "Ya hemos tenido suficientes apocalipsis. Ya hemos tenido suficientes mártires. El Cristianismo lleva dos mil años haciendo campaña y se ha acabado"».

David me miró con expresión de curiosidad.

—¿Qué te parece?

Dudé un momento.

—Es... inaudito. Burton Mack está desde luego a la vanguardia; antes pertenecía al Seminario de Jesús. Pero no creo que ni siquiera él se hubiera atrevido a expresar algo tan irreversible hace solo cinco años. Supongo que la bola de nieve está de verdad ganando velocidad. Ya hemos llegado a un Jesús completamente humano. Las conclusiones que yo he sacado quizá se encuentren justo detrás de la próxima colina.

David tiró la revista sobre la pila de papeles.

—¿Quién sabe? Aun así, tengo la sensación de que los Frank Wickens de este mundo no van a subir a bordo como corderitos de la noche a la mañana, ni a tu barco ni al de Burton Mack. El Cristianismo se está enfrentando a mares muy revueltos. Quizá la religión en general. Por eso quiero estar ahí fuera. Quiero ofrecer un puerto en medio de la tormenta. Ayúdame a darle forma a esa dársena, Kevin. Tenemos que ofrecer una alternativa viable. El mundo lleva tiempo moviéndose hacia una actitud secular, los dos lo sabemos. Está buscando a ciegas una nueva racionalidad que podamos abrazar todos. Sé que no podemos abandonar de la noche a la mañana todas las necesidades emocionales que hemos tenido hasta ahora, todo lo que hemos invertido durante tanto tiempo en misticismo, dioses y lo sobrenatural. Lo irónico es que es muy probable que nuestra valiosa evolución haya apostado por esa inversión, solo para mantenernos con vida.

Intenté darle una mejor perspectiva a las cosas.

—Quizá no tengamos que abandonar todo eso, David. Solo necesitamos encontrarles un hogar mejor. Ese viejo dicho sobre guardar las cosas de la infancia nunca me pareció del todo bien. Nunca pierdes esas cosas, ni las guardas. Te limitas a traducirlas a expresiones más adultas. Eso es lo que necesitamos hacer. Estamos al borde de la edad adulta, por fin, y necesitamos encontrar un nuevo marco para nuestras necesidades y emociones infantiles. Pero no le pidas a la gente que las deje a un lado, ni mucho menos las denigres. Solo tenemos que conseguir verlas como lo que son.

Mientras David asentía con la cabeza, yo me acerqué a la ventana del despacho y contemplé el cuadrángulo del campus, un lugar lleno de vegetación y luz en medio de artefactos de cemento hechos por el hombre. La naturaleza había sido testigo de nuestro largo y doloroso crecimiento. ¿Era paciente o impaciente? ¿Le preocupaba o le daba igual? ¿Tenía capacidad para cualquiera de las dos cosas? Sí, porque nosotros teníamos esa capacidad y formábamos parte de la naturaleza, esa parte que había desarrollado la capacidad de pensar, de sentir, de ser consciente. En nosotros crecía la mente del universo. La mayoría de edad era inevitable. Ningún organismo podía continuar para siempre en la infancia. El camino de la evolución seguía una sola dirección. Aquellos que querían sujetarnos, o devolvernos al pasado, no podían, a la larga, vencer.

Con ese pensamiento me consolé, y me inspiré.

2

Las reflexiones sobre la niñez habían llevado mis pensamientos en otra dirección, pues la niñez era también una época de inocencia y vulnerabilidad. Y lo que el niño experimentase, cosas que casi de forma invariable estaban fuera de su control, determinaría buena parte de aquello en lo que se convirtiera el adulto. Me pregunté qué clase de racionalidad lograríamos como especie al llegar a la edad adulta después de haber pasado nuestros años de formación acosados por tantas fantasías extrañas, imposiciones crueles y un desfile de demonios miserables.

Pero cuando dejé el despacho de David, tras declinar su oferta de acompañarme hasta el coche, mis pensamientos estaban no tanto con nuestro destino colectivo como con el de un individuo muy concreto. Me encontré desandando mis pasos por el pasillo en una dirección diferente, rumbo a otro despacho que había visitado en una ocasión anterior. A través del cristal esmerilado no vi nada salvo la luz natural del final del día, no había movimiento y mi ligera llamada no tuvo respuesta. Sylvia no se encontraba en el interior. Quizá no tenía clases durante las sesiones de verano, o quizá ya se habían terminado por hoy.

Durante el frenesí de los preparativos para el viaje a Filadelfia, no había llegado a intentar ponerme en contacto con ella de nuevo. Al volver y durante las últimas tres semanas, el peso de aquellos descabellados acontecimientos por los que había pasado evitaron cualquier esfuerzo renovado de llamarla, aunque me di cuenta de que jamás me la había quitado por completo de la cabeza. Pero también era cierto que la propia Sylvia al parecer no había intentado ponerse en contacto conmigo, a pesar de la garantía que le había dado de que quería ayudar y que me mantuviera informado. Seguía sin tener ni idea de si había seguido mi recomendación de que buscara una terapia que la ayudara con aquellas demoledoras experiencias de su infancia.

¿Pero había hecho lo correcto dejándole a ella la iniciativa de ponerse en contacto conmigo? A lo largo de la tarde, una tarde cada vez más pesada por la humedad que traía julio bajo las nubes entrantes, aquella pregunta no dejó de preocuparme.

La casa estaba silenciosa y sombría, como lo había estado, al parecer, desde mi regreso de Filadelfia. Unos intentos poco entusiastas de esbozar ideas para una novela habían llenado parte de aquel melancólico tiempo, pero todavía no estaba convencido de haber encontrado el acercamiento adecuado. Lo que necesitaba era un formato, un marco, que pudiera tomar en cuenta de algún modo los efectos modernos de la caída de un Jesús de dos mil años de su firmamento celestial, por no mencionar ya su evaporación en la nada en cuanto chocase contra el suelo. De repente comprendí que mi novela tendría que moverse entre ambos mundos, el mundo del siglo I, cuando ideas nuevas y vitales se apoderaban de la mente de la gente, cuando se lanzaban nuevos movimientos hacia un futuro radicalmente diferente, y el mundo de finales del siglo XX, cuando el gran impulso de aquel antiguo mito estaba por fin quedándose sin fuerza y a punto de ser barrido por las nuevas corrientes que todavía se discernían solo en parte.

Necesitaría temas para unir las dos eras, para señalar la comparación y el contraste. Para el conflicto, no faltarían mecanismos. En cuanto a los rasgos más sutiles y difíciles de cualquier novela, sus personajes: ¿qué serían? y ¿podrían salvar esa brecha de dos milenios? ¿Sería capaz de hacerlos comunicarse a algún nivel, interactuar para compartir sentimientos, esperanzas y convicciones a través de ese gran abismo de tiempo, conocimiento y sofisticación humana? ¿O la evolución nos había llevado tan lejos en los últimos dos mil años que mentes como la de San Pablo no tenían nada que compartir con mentes como la de Patterson?

Y sin embargo todos formábamos parte de esa misteriosa corriente de vida y progreso que fluye en direcciones inciertas y con propósitos desconocidos. A la mayoría de edad llegaríamos, seguro, cuando por fin pudiéramos realizar esa investigación de nosotros mismos y nuestro mundo a la luz de ese trascendental y difícil entendimiento. ¿Quién iba a decir que las voces del pasado no podían contribuir todavía a ese ingente proyecto continuo? Sería interesante verlo.

Pero no esta noche.

A medida que progresaba la larga y apática velada, me fui preocupando cada vez más, incluso me angustié, ante el continuo silencio que me presentaba la imagen de Sylvia. ¿Me había equivocado al asumir tan alegremente que tomaría ella la iniciativa, que tendría el valor para estirar el brazo y coger mi mano tendida? Después de todo, yo había rechazado sus avances. Su estado mental, cuando un pasado cruel invadía de nuevo y de forma abrumadora su vida, no sería el más adecuado para conducirla hacia un comportamiento razonable. Debería haberle preguntado a David si había tenido algún contacto con Sylvia y cómo parecía irle, incluso si eso significaba arriesgarse a traicionar una confidencia.

No, lo que debería haber hecho era tomar la iniciativa yo. Ella ya había sufrido por culpa de personas que la habían abandonado y decepcionado; no era sorprendente que temiera ponerse de nuevo en esa misma situación. Y mi silencio solo lo había confirmado.

Mi reloj de pie, antigua reliquia de familia, dio las once. Hubo algo en mí, un sensor inconsciente, que comenzó a vibrar. Ya fuera algo racional o no, de repente sentí que esperar un día más, quizá incluso una hora más, sería de algún modo desastroso.

Revolví el cajón del escritorio donde recordaba haber puesto el papel con el teléfono de Sylvia, hacía ya varias semanas. Después de un momento en el que a punto estuve de tener un ataque de pánico, lo descubrí y lo traje junto con el teléfono al sillón de lectura de la sala de estar. Se me ocurrió que si San Pablo hubiera tenido teléfono para arengar a los corintios a través de los cables de larga distancia, no habríamos tenido ninguna carta, ni forma de entender en qué había consistido en realidad el primer Cristianismo. Esta noche, sin embargo, me importaba más que la invención del teléfono me había proporcionado un salvavidas que ninguna carta podría igualar.

El viejo teléfono descansaba en mi regazo mientras marcaba el número. Transcurrieron ocho tonos, pero yo no estaba dispuesto a romper la conexión y reanudar el actual silencio. Fuera, la noche oscura pareció exhalar un suspiro de triste resignación, cuando casi de forma imperceptible levantaron el auricular al otro extremo. Después de una pausa momentánea que pareció una eternidad de quietud, un hilo de voz femenino dijo:

—Diga.

Mi propia voz me salió ronca y temblorosa.

—¿Sylvia? Ya sé que es tarde. Pero he estado pensando en ti. Y, y un poco preocupado. ¿Te he despertado? Hace bochorno esta noche, ¿verdad? ¿Te encuentras bien? Soy Kevin...

Pero bueno, hombre, deja hablar a la mujer, me reñí.

—¿Kevin? —La voz del otro extremo seguía siendo un hilo, casi desorientado—. Yo... Me sorprende saber de ti. ¿Sigues en Filadelfia? —La pregunta no tenía sentido.

—Oh, no. Estoy en casa. No, solo estuve allí unos días. —Nunca había hablado de la inminente vista con ella, aunque sin duda se había enterado por David o por algún otro miembro de la fundación—. ¿Cómo estás? ¿Te encuentras bien?

Pareció desconcertarle la pregunta.

—Yo, hace algún tiempo que no me encuentro muy bien. Quizás algunas cosas... tienen que ser así, sin más.

Había una apatía en su tono que me pareció inquietante, como si algo se hubiera desconectado.

—¿Has... te has puesto en contacto con alguien, como te recomendé?

Dudó un momento.

—Hmm... Hablé con mi médico de ello. Supongo que hace una semana. —¿Había esperado todo ese tiempo? Eso no era buena señal.—. Todavía no me ha devuelto la llamada, creo que no. —Otra duda—. No estoy segura de que sirviera de mucho hablar con alguien.

—Siempre ayuda hablar con alguien, Sylvia.

Hubo otra larga pausa.

—Quizás haya otras formas.

Si acaso, su voz se iba reduciendo cada vez más, con una insinuación de lágrimas. De repente me alarmé.

—Sabes, hace tanto bochorno esta noche —dije manteniendo la voz tranquila y amistosa—. Estoy seguro de que habrá problemas para dormir. Se me ha ocurrido que si no estás demasiado cansada, podría acercarme hasta ahí y podríamos charlar un poco. Han pasado un montón de cosas dramáticas en Filadelfia, como seguro que habrás oído. Sería agradable charlar con alguien de ellas. Ese tipo de cosas te pesan, ya sabes.

Se transmitió una agitación por la línea.

—Yo no... Creo que no quiero que vengas hasta aquí, Kevin. Es que, bueno, esto no está muy ordenado que digamos.

Tenía la sensación de que esa no era la verdadera razón. Quizá su apartamento albergaba ahora las asociaciones menos oportunas para ella, en vista de mi última visita.

Pero yo estaba decidido a no dejarla con sus propios demonios.

—¿Entonces dejarás que te envíe un taxi a buscarte? Podrías venir a visitarme aquí. —Decidí ser más directo—. Tengo la sensación de que no deberías estar sola, Sylvia. Lo cierto es que ahora mismo yo también me siento solo y creo que a los dos nos vendría bien la compañía del otro. ¿Qué dices?

Podía sentir todo un complejo de emociones en su voz.

—¿No estaría interfiriendo con nada?

—No, en absoluto. Eso puedo prometértelo.

Hubo un audible suspiro.

—De acuerdo. Tendrás que darme una hora. Y puedo llamar a mi propio taxi.

—Si no estás aquí en una hora y cinco minutos, iré a buscarte yo mismo.

Resultó que le sobraron tres minutos. Aunque era una noche cálida y húmeda, llegó a mi puerta envuelta en una especie de pesado chal. Tenía un aspecto demacrado y atormentado y el efecto que daba su apariencia no era más que el de una niñita perdida. No creí que David pudiera haberla visto en los últimos tiempos, o me habría hecho algún comentario sobre ella. Le di un pequeño abrazo al hacerla entrar.

Julio quizá no sea el mes habitual para un chocolate caliente aunque ya sean las últimas horas de la noche, pero presentí que las entrañas de Sylvia necesitaban algo cálido por razones que no tenían nada que ver con el tiempo y ella no puso ninguna objeción cuando le propuse la bebida caliente. El café habría sido demasiado perturbador para los nervios.

Charlamos de cosas sin importancia y sin mucha convicción mientras yo lo preparaba en la cocina, y sentí en ella un toque de recelo. De vez en cuando miraba a su alrededor como si esperara que Shauna apareciese de repente. Me resultaba incómodo sacar el tema de mi difunta y lamentada relación, así que lo dejé estar por el momento.

Con las tazas humeantes en la mano, nos fuimos a la sala de estar, a mi gastado y cómodo sofá. Nos sentamos uno al lado del otro, lo bastante próximos para que yo pudiera demostrarle que no sentía aversión a estar cerca de ella, pero dándole espacio para que no se sintiera presionada. La torpeza de sus movimientos volvía a ser aparente, noté, aunque había perdido peso y ahora parecía casi esbelta. La ropa de esta noche era apagada y de colores oscuros, pero tuve la sensación de que ella había intentado darse un toque de elegancia.

Después de un sorbo del cálido líquido, dije:

—Quiero disculparme por no ponerme en contacto contigo antes de lo que lo he hecho, Sylvia. Estaban pasando muchas cosas, pero sí que pensé en ti con frecuencia.

Sus ojos se abrieron mucho sobre el borde de la taza.

—Oh, no tienes que disculparte, Kevin. No era responsabilidad tuya. Si no recuerdo mal, fui yo la que prometí llamar.

—Sí, pero esa no era razón para que yo no lo hiciera. —Me giré un poco hacia ella—. Esta noche, antes de llamar, tuve una sensación muy fuerte. No creo en los fenómenos psíquicos, pero sí que sentí que si no te llamaba de inmediato, algo... Habría pasado algo. Y no me gustó el sonido de tu voz cuando hablamos.

Sylvia bajó los ojos hacia la taza, que ahora descansaba en su regazo.

—Sí, estaba pensando en ello —dijo en voz baja—. Quizá, quizá algo más que pensando. —Tenía húmedos aquellos ojos grandes y brillantes—. No sé si puedo enfrentarme a la idea de desenterrar todo aquello. ¿Y si al que se lo cuente también me rechaza?

—Eso no ocurrirá, Sylvia. Son tus miedos y experiencias infantiles los que hablan. —Después de una pausa, dije—. Y yo no te rechacé. Era solo que había cosas en medio.

Ella se apresuró a colocar una mano sobre la mía.

—Oh, no, no me refería a ti. Lo entendí. De todos modos, no se puede decir que me comportara de una forma muy decorosa. No sé lo que debes de haber pensado de mí.

—Pensé muchas cosas. La mayor parte buenas.

Volvió a sus tristes pensamientos, aunque dejó su mano posada con suavidad sobre la mía.

—Quizá sea inevitable que estas cosas sean así. Quizá tengamos que aceptarlas. Además, lo más probable es que ya sea demasiado mayor para que me ayuden. Fue hace ya mucho tiempo.

La miré directamente y hubo una intensidad en mi voz que me sorprendió.

—Pero no es esa la sensación que tienes, ¿verdad? Parece que ocurrió ayer. Porque nos guardamos estas cosas justo bajo la superficie, donde podamos cogerlas en cualquier momento, aunque pensemos que las hemos enterrado fuera de nuestra vista, de nuestro alcance. Las mantenemos a mano porque parte de nosotros sabe que hay que enfrentarse a ellas. A la primera oportunidad disponible, será mejor que no las hayamos traspapelado.

Sylvia buscó en mi rostro, en mis ojos, comprensión. Quizá ya era hora de sacar a la luz mis propios demonios.

—Yo no pasé por lo que pasaste tú, Sylvia. Nadie violó mi cuerpo. Pero a la mente y al espíritu se les pueden hacer cosas que son casi igual de dañinas. Es irónico, en realidad es el gran Fraude; la verdad, es que si bien las religiones se jactan de sus principios de amor y respeto, siempre los han puesto en práctica a través del miedo y la coacción. Le demuestran amor y compasión al prójimo obligándolo a creer lo mismo que ellos, o si no, lo relegan a la oscuridad exterior, o a algo peor. Labran el orgullo humano y el amor propio predicando la culpa, que la Humanidad es inherentemente malvada, el cuerpo pecaminoso y ninguno de nosotros vale nada cuando se mide al lado de la perfección de Dios. Los sacerdotes se pasan mucho más tiempo hablando del infierno que del cielo, o al menos eso era lo que hacían. En estos tiempos ya no está tan de moda. Desarrollan el carácter a través del adoctrinamiento, haciendo que tengas miedo incluso de dudar o preguntar. Desarrollan la capacidad de razonar imponiendo dogmas, incluso cuando la ciencia moderna y la racionalidad dejan esos dogmas hechos trizas risibles. Construyen sus sistemas éticos sobre los caprichos de una deidad, o al menos de aquellos que la interpretaban para nosotros. La religión exige que cometamos un suicidio intelectual y nos aleja de nuestras propias necesidades humanas y del mundo en el que vivimos.

»Crecí en una familia y una comunidad que se tragaron por completo toda esa filosofía sesgada y vi lo que hicieron a los que me rodeaban. Vi lo que me estaban haciendo a mí antes de liberarme por fin, si es que llegué a lograrlo alguna vez del todo. Hay muchas personas que siguen liberándose, pero debe de haber una necesidad profunda de esa antigua esclavitud, porque la religión que prospera hoy en día y que quiere arrastrarnos de nuevo al pasado es ese fundamentalismo sin sentido que casi le cuesta la vida a Burton Patterson, la religión que está haciendo todo lo que puede y más por poner de nuevo en vigencia un sistema patriarcal y represivo y convertir a nuestros hijos en eunucos esclavizados por la Biblia. ¿Quién habría pensado que la época medieval se aclamaría como refugio cuando nos acercamos al tercer milenio?

Pero no podemos dejar que eso pase. Ya llevamos tiempo suficiente. Un estudioso dijo hace poco: «se ha acabado», y tiene razón. Lo fundamental es que la religión, y no solo el Cristianismo, no funciona y nunca lo ha hecho. Cualquiera de las cosas buenas que tiene pueden ser igual de eficaces, si no más, en un contexto diferente, un contexto humanístico. Ya es hora de volverse hacia otra cosa.

El rostro normalmente expresivo de Sylvia pareció asombrarse un poco con el reventón de mi propia presa.

—No tenía ni idea de que tenías unas opiniones tan emocionales sobre las cosas, Kevin. Supongo que todos tenemos más en común de lo que pensamos.

Sentí de repente que debía disculparme.

—Perdóname por ponerme a soltar semejante parrafada. Sigo intentando resolver algunos de los dolores y limitaciones de mi propia juventud. —Adopté luego un tono más solícito—. Pero no te pedí que vinieras para hablar de mi pasado, Sylvia. Es el tuyo del que hay que ocuparse, y es mucho más urgente. Lo que dije lo dije en serio: me gustaría estar ahí para ti.

Sus ojos se suavizaron y parecieron buscar una vez más en los míos cosas que no habíamos dicho, que permanecían todavía tácitas porque yo seguía investigándolas en mi interior. Había perdido a Shauna, o quizá nunca la había tenido, por culpa de cosas no resueltas, porque buscaba el entendimiento en el pasado. Pero claro, vivíamos en un mundo sin resolver. Nadie insistía en que teníamos que suspender nuestras vidas y nuestros compromisos mientras buscábamos esa resolución.

Miré aquel dulce rostro, la figura desesperada pero todavía vital que tenía ante mí, con una mente tan entusiasta y que compartía tantos intereses con la mía. Estaba empezando a caer en la cuenta de que tanto Sylvia como yo nos beneficiaríamos de una relación amorosa mientras los dos luchábamos por despojarnos de nuestros respectivos demonios, y estaba empezando a sospechar que de hecho podría llegar a amar a esta mujer. Ella, por su parte, podría encontrar la fuerza necesaria para la lucha que tenía por delante en un compañero comprensivo, alguien que, a su manera, también hubiera estado allí.

Pero todos estos pensamientos seguían sin expresarse, así que Sylvia solo podía preguntar con tono vacilante:

—¿Y tu amiga?

Sonreí a mi manera, igual de cauto, porque el fantasma de Shauna quizá se quedase un tiempo.

—Ya no está en escena. Estas últimas semanas han sido una locura por más de una razón. Pero está fuera de mi vida y no va a volver.

En lugar de confiar por completo en las palabras, esos pequeños mecanismos patéticos y con frecuencia embarazosos, posé las dos tazas en la mesita que tenía a mi lado y le cogí una mano entre las mías. En sus ojos había un torbellino de anticipación y aprensión y sabía que si iba a ofrecerme a esta mujer, sería mejor que estuviera listo para cumplir. Ya había habido bastantes traiciones, suficiente autoflagelación en su vida.

Le acaricié la mano mientras le decía:

—No quiero que te vayas a casa esta noche, Sylvia. Podemos tomarnos las cosas al ritmo con el que tú te sientas más cómoda. Estamos todos recuperándonos, de un modo u otro, pero tú más que la mayoría. Mañana vamos a encender una hoguera debajo de ese médico tuyo. Pero quiero que puedas tener confianza en mí. Déjame entrar en tu vida y yo te dejaré entrar en la mía y los dos podemos darnos cosas el uno al otro. E intentaremos concentrarnos más en el futuro que en el pasado. Resulta que yo creo que hay en marcha un futuro bastante emocionante y los dos podemos formar parte de él. A David y la fundación les vendrá bien toda la ayuda que podamos proporcionarles. ¿Qué dices?

El fulgor de su rostro, la ávida luz de sus ojos, me dijeron todo lo que necesitaba saber. Lo más probable es que fueran equivalentes a los míos. Merecía la pena morir por esas cosas, o mejor todavía, vivir por ellas.

Dijo con la más suave de las voces:

—Lo intentaré, Kevin.

En la hora más oscura de la noche, justo antes del amanecer, hicimos el amor. Quizá los demonios del pasado seguirían rondando siempre por allí, vigilándonos y esperando, pero si Sylvia podía aprender a recibir el amor con tanta libertad como ansiaba darlo, esos demonios por siempre se debatirían impotentes a lo lejos, expulsados de su antiguo espacio, como el tambor militar de Nielsen en la música que Patterson nos había descrito al final del Paseo de los Filósofos.

Después lloró, durante mucho tiempo, con profundos sollozos.

Yo me limité a esperar, y a consolarla. Sí, había dejado fuera un resquicio en mi anterior diatriba contra el sistema religioso, quizá el peor de todos. Cuando las apuestas estaban en la balanza de la eternidad, cuando la dicha o la condena pendían de un hilo, se colocaba un inmenso poder en las manos de aquellos que dirigían los relatos de las imaginaciones míticas de los hombres. El hecho de que con tanta frecuencia ni siquiera ellos, como representantes de tales verdades, pudieran resistirse a la tentación del abuso de poder, debería haber sido suficiente para desacreditar las bases de los mensajes que ofrecían. En lugar de eso, como todas las cosas que crecían bajo el sol, todos nosotros, tanto ministros como devotos, tanteábamos el camino a ciegas para salir de los males inherentes a la riqueza y el terror que representaba una vida no dirigida por nadie.

Me vino una imagen a la cabeza, una de esas intensas escenas con las que Vardis Fisher había llenado las novelas de su *Testamento del hombre*. Esta aparecía en el momento culminante del último y aplastante libro de la serie, *Mi sagrado Satanás*. El tema principal de la novela era la tiranía que las personas siempre habían intentado ejercer unas sobre otras, y la más grande de ellas era la tiranía que se ejercía sobre la mente.

En la novela anterior, *Paz como un río*, Fisher se había maravillado con tono desolado ante la tiranía sobre el cuerpo que los primeros ascetas cristianos del desierto se habían impuesto de forma voluntaria, y su miedo patológico a los encantos del mundo y los males de la carne. Pero cuando se puso a examinar el Santo Oficio de la Inquisición de la Iglesia medieval, tuvo que describir la imagen de la supresión de pensamiento y libertad más institucionalizada de la historia del hombre; el mayor ejercicio de tiranía sobre la mente de una sociedad dócil y temerosa, mantenida a propósito en la ignorancia, en la servidumbre material y espiritual. Que todo se realizara con la mejor de las intenciones, para salvar las almas de hombres y mujeres de cara al otro mundo, fue solo el más escalofriante de sus aspectos. Durante la última parte del libro, el lector se veía obligado a descender con Fisher a la mazmorra de la Inquisición, con sus torturas y degradaciones brutales, donde toda esperanza e iniciativa, sentimiento humano y compasión debían arrancarse en un intento de purificar el alma del inmenso mal que suponía la creencia errónea, antes de la ejecución que la salvaría.

¿Qué locura había llevado a la sociedad a entregar semejante poder a aquellos que atendían la vida eterna y la muerte, a permitir semejante privación obscena de los derechos humanos? ¿Por qué la religión, por su propia naturaleza, nunca podría divorciarse de esa necesidad obsesiva de suprimir la sed de conocimiento, la búsqueda del progreso humano, la defensa de la dignidad del individuo y la libertad de su mente, y de su cuerpo?

En el curso de la Historia no había habido ninguna religión que hubiera demostrado estar libre de este defecto, exenta del gran Fraude. Y si Fisher fuera a escribir una continuación que retratase el espíritu del fundamentalismo religioso de hoy en día, tanto cristiano como no cristiano, sin duda apuntaría más de lo mismo.

Lo vería en la negativa del Vaticano a que el ser humano elija en lo que a la procreación se refiere, en su negativa a ver la necesidad de controlar la población y la merma de los recursos en un planeta finito y frágil; en la voz que suma a las de las otras iglesias establecidas y evangélicas cuando niegan de forma universal el derecho de las mujeres a tener el control reproductivo de sus cuerpos. Lo vería en las ambiciones de poder político de la derecha religiosa, sus intentos de desviar la legislación de la nación en la dirección de los supuestos valores judeocristianos, incluso de institucionalizar la ley bíblica. En eso ya tenían un precedente moderno en los logros de las sociedades islámicas fundamentalistas.

Fisher lo vería en la ya triunfante socavación de la ciencia y el conocimiento humano en los colegios, en la supresión de la evolución y en los intentos de propagar los mitos y la superstición. Y lo vería en los horrendos escándalos de abusos físicos y sexuales de niños, esos inocentes a los que la sociedad ha colocado confiada en manos de ministros religiosos, escándalos que surgían ahora como ampollas abiertas en una piel oculta durante mucho tiempo cuando por fin se apartaba el manto de la santidad y el privilegio.

¿Y Jesús? Era una institución en sí mismo, todavía con fuerza, el mascarón de proa de tantas de las tonterías y amargas locuras que el mundo se había autoinfligido durante los últimos dos milenios. Si pudiera presenciar los hechos decretados y las ideas impuestas en su nombre, no me cabía duda de que él mismo optaría de forma voluntaria por la no existencia, por desvanecerse en las solitarias brumas que Fisher había arrojado sobre él, para que nadie lo recordase.

Hoy en día, la solución era la misma que siempre, y se hallaba en el corazón de *Mi sagrado Satanás*, con el que Fisher había cerrado su inmenso estudio de la inteligencia e ideas humanas, con una nota sombría aunque esperanzada. Lo «sagrado» estaba en el pensamiento valiente e independiente y en la investigación libre, cosa que en la retorcida lógica de la mente eclesiástica medieval se encontraba en el gran adversario de la Iglesia, el propio Satanás. En las manos del Príncipe de la Oscuridad había yacido siempre la «sabiduría del mundo», como opuesta a aquellos que conocían la mente de Dios, y para los fundamentalistas de hoy en día seguía encontrándose en Satanás. Quizá para Fisher, al ponerle el sello a su Testamento justo antes de 1960, los principios no habían cambiado mucho entre las afirmaciones de la oligarquía religiosa de los tiempos medievales y las de esa misma autoridad en su propia época; solo la ferocidad de su aplicación. Pero su trabajo, aunque miraba de frente la ignorancia, crueldad e inmadurez de la Humanidad, no obstante confirmaba su gran potencial y la gloria de los esfuerzos humanos.

El giro sin precedentes hacia el secularismo coincidió con la última década de la vida de Fisher, mientras él y sus libros languidecían sumidos en la censura y la oscuridad. Fue una de las últimas víctimas de la posición sagrada y privilegiada a la que la religión establecida todavía se aferraba en medio de sus paredes medio derruidas. Quizá ya era hora de devolver a la luz de la literatura a este defensor único y audaz de la Humanidad inquisitiva. Si pudiera darle vida a mi propia novela, sería para mí un privilegio tener tal compañía.

Pero el año 2000 se encontraba en el horizonte. Y aunque era una división por completo arbitraria en la continua saga humana y además (a la luz de mis propias conclusiones) una división carente de sentido, quizá el mundo tendría el valor de aprovechar el momento y la oportunidad. Seguro que ya no podría haber vuelta atrás.

Con Sylvia sumida en un sueño tranquilo a mi lado, Patterson recuperándose en el hospital con la ayuda de Shauna, y David y nuestra Fundación de la Edad la Razón lanzando prometedores tentáculos hacia la conciencia de una nación, yo también sentía que me llenaba la esperanza en un futuro gratificante, un futuro luminoso y lleno de orgullo.